Zur Autorin:

Die preisgekrönte Schriftstellerin sitzt jeden Tag acht Stunden am Schreibtisch. Inzwischen sind mehr als 240 Romane geschrieben, die weltweit regelmäßig auf den Bestsellerlisten landen. Vom *New Yorker* wurde sie zu »Amerikas Lieblingsautorin« ernannt. Auch in Deutschland erfreut sich Nora Roberts einer großen Fangemeinde. Sie lebt mit ihrem Ehemann in Maryland.

Wie Sternschnuppen am Strand

Nora Roberts

Geheimrezept zum Glücklichsein

Nora Roberts

Das Geheimnis von Orcas Island

1. Auflage 2023
Neuausgabe im HarperCollins Taschenbuch

Originaltitel: »Loving Jack«
Erschienen bei: Silhouette Books, Toronto
Übersetzung: Tatjána Lénárt-Seidnitzer

Originaltitel: »The Welcoming«
Erschienen bei: Silhouette Books, Toronto
Übersetzung: Tatjána Lénárt-Seidnitzer

Published by arrangement with
HARLEQUIN ENTERPRISES II B.V./SARL

Umschlaggestaltung von zero Werbeagentur
Umschlagabbildung von Edmund Lowe Photography,
Rasto SK/Shutterstock
Gesetzt aus der Stempel Garamond
von GGP Media GmbH, Pößneck
Druck und Bindung von GGP Media GmbH, Pößneck
Printed in Germany
ISBN 978-3-365-00259-9
www.harpercollins.de

Klimaneutral
Druckprodukt
ClimatePartner.com/15109-2009-1001

MIX
Papier
FSC FSC® C014496

Nora Roberts

Geheimrezept zum Glücklichsein

Roman

Aus dem amerikanischen Englisch von
Tatjána Lénárt-Seidnitzer

HarperCollins

1. Kapitel

Sobald Jackie das Haus sah, war sie verliebt. Allerdings musste sie zugeben, dass sie sich schnell verliebte. Es lag nicht daran, dass sie sich leicht beeindrucken ließ. Sie war nur Gefühlen gegenüber offen, weit offen – ihren eigenen und denen anderer.

Das Haus barg viele Gefühle, fand sie, und nicht nur heitere. Das war gut so. Völlige Heiterkeit hätte ihr für einige Tage gefallen, doch bald hätte sich Langeweile eingestellt. Jackie bevorzugte die Kontraste, die scharfen Winkel und arrogant vorstehenden Ecken, aufgelockert durch Rundfenster und unerwartet reizvolle Torbögen.

Die weiß getünchten Wände leuchteten im Sonnenschein, strenge Ebenholzrahmen setzten sich davon ab. Obgleich sie nicht glaubte, dass die Welt schwarz-weiß war, bewies das Haus, dass die beiden krassen Gegensätze in Harmonie miteinander existieren konnten.

Die Fenster waren groß, gaben den Ausblick nach Westen wie nach Osten frei, während Oberlichter den Sonnenschein willkommen hießen. Blumen gediehen in Hülle und Fülle im Seitengarten sowie in Tontöpfen auf der Terrasse. Sie genoss die kühnen Farben, den Hauch von Exotik und Üppigkeit.

Durch breite Glastüren blickte Jackie hinaus auf das kristallklare Wasser eines nierenförmigen Pools. Sie konnte sich bereits vorstellen, daneben zu sitzen und den Sonnenuntergang zu beobachten, umgeben vom Duft der Blumen. Allein. Das war ein Haken, den sie jedoch zu akzeptieren bereit war.

Hinter dem Pool und der hügeligen Rasenfläche verlief der

Intracoastal Waterway, ein Kanal. Das Wasser war dunkel, geheimnisvoll. Ein Motorboot tuckerte gerade vorüber. Ihr gefiel das Geräusch. Es bedeutete, dass andere Menschen da waren – nahe genug, um Kontakt zu knüpfen, aber nicht so nahe, um sie zu stören.

Die Wasserstraße erinnerte sie an Venedig und einen besonders angenehmen Monat, den sie als Teenager dort verbracht hatte. Sie war Gondel gefahren und hatte mit dunkeläugigen Männern geflirtet. Florida im Frühling war nicht so romantisch wie Italien, aber es sagte ihr zu.

»Es gefällt mir.« Jackie drehte sich zu dem großen, sonnendurchfluteten Raum um. Zwei hellbeige Sofas standen auf einem stahlblauen Teppich. Die restlichen Möbel waren aus elegantem Ebenholz und hatten etwas Männliches. Ihr gefiel der strenge Stil. Sie verschwendete selten ihre Zeit mit der Suche nach Mängeln und war manchmal bereit, sie zu akzeptieren, wenn sie ihr auffielen. Aber in diesem Haus sah sie Perfektion.

Sie strahlte den Mann an, der lässig vor dem weißen Marmorkamin stand. Die Feuerstelle war gereinigt worden, ein Farn stand jetzt darin. Die tropisch anmutende weiße Kleidung des Mannes hätte genau für diesen Hintergrund ausgewählt sein können. Und so, wie sie Frederick Q. MacNamara kannte, war das der Fall.

»Wann kann ich einziehen?«

Freds Lächeln erhellte sein rundes, jungenhaftes Gesicht. »Das ist typisch Jackie. Immer impulsiv.« Sein Körper war ebenfalls gerundet – nicht gerade fett, aber auch nicht sehnig. Seine Lieblingsbeschäftigung war Heranwinken – Taxen und Kellner. Er trat zu ihr mit einer lässigen Grazie, die früher einmal vorgetäuscht gewesen war, nun aber zu seiner zweiten Natur geworden war. »Du hast noch nicht mal den ersten Stock gesehen.«

»Ich sehe ihn, wenn ich auspacke.«

»Jackie, ich will, dass du dir ganz sicher bist.« Er tätschelte ihr die Wange – der ältere, erfahrenere Cousin dem jungen Wirrkopf. Sie verübelte es ihm nicht. »Ich möchte nicht, dass du es in ein paar Tagen bereust. Immerhin beabsichtigst du, drei Monate lang allein in diesem Haus zu wohnen.«

»Irgendwo muss ich ja wohnen.« Sie gestikulierte mit einer Hand, die so schlank und zart war wie alles andere an ihr. Gold und bunte Edelsteine glitzerten an vier Fingern, ein Zeichen ihrer Liebe für das Schöne. »Wenn ich es mit dem Schreiben ernst meine, muss ich allein sein. Warum also nicht hier?« Sie hielt einen Moment inne. Es zahlte sich nie aus, Fred gegenüber allzu arglos zu sein, auch wenn er ihr Cousin war und sie eine Schwäche für ihn hatte. »Bist du sicher, dass du mir das Haus vermieten darfst?«

»Vollkommen.« Seine Stimme war so glatt wie sein Gesicht. »Der Besitzer benutzt es lediglich als Winterhaus, und selbst dann nur sporadisch. Er hat lieber jemanden hier wohnen, als es leer stehen zu lassen. Ich habe Nathan gesagt, dass ich mich bis November darum kümmere, aber dann hat sich dieses Geschäft in San Diego ergeben, und es lässt sich nicht verschieben. Du weißt ja, wie es ist.«

Jackie wusste es genau. Bei Fred bedeutete ein »unerwartetes Geschäft« für gewöhnlich, dass er entweder einen eifersüchtigen Ehemann oder das Gesetz mied. Trotz seines wenig gewinnenden Äußeren hatte er ständig Probleme mit Ersteren, und nicht einmal ein gewinnender Familienname konnte ihn immer vor Letzterem schützen.

Jackie hätte argwöhnischer sein sollen, aber sie war nicht immer weise, und das Haus hatte sie bereits geblendet. »Wenn der Besitzer es bewohnt haben möchte, komme ich ihm gern entgegen. Lass mich unterschreiben, Fred. Ich möchte auspacken und ein paar Stunden am Pool verbringen.«

»Wenn du dir sicher bist.« Er holte bereits ein Papier aus der Tasche. »Ich möchte keine Szene – wie damals, als du meinen Porsche gekauft hast.«

»Du hattest versäumt, mir mitzuteilen, dass das Getriebe mit Klebstoff zusammengehalten wurde.«

»Gekauft wie besehen«, meinte Fred milde und reichte ihr einen silbernen Kugelschreiber mit Monogramm.

Jackie verspürte einen Anflug von Beklommenheit. Schließlich hatte sie es mit Cousin Fred zu tun, der stets leichtfertige Geschäfte tätigte. Doch plötzlich flog ein Vogel in den Garten und sang fröhlich. Sie sah es als ein gutes Omen an. Sie unterzeichnete den Mietvertrag in kühner, geschwungener Schrift, bevor sie ihr Scheckbuch zückte. »Tausend pro Monat?«

»Plus fünfhundert Kaution«, fügte Fred hinzu.

»Stimmt.« Vermutlich hatte sie Glück, dass ihr lieber Cousin ihr keine Kommission berechnete. »Gibst du mir eine Nummer oder eine Adresse, damit ich mich mit dem Besitzer in Verbindung setzen kann, falls es nötig sein sollte?«

Einen Moment blickte er verdutzt drein. Dann strahlte er sie an. Es war jenes MacNamara-Lächeln, charmant und harmlos. »Ich habe ihm schon von dem Wechsel erzählt. Sorg dich um nichts, Süße. Er wird sich bei dir melden.«

»Gut.« Sie wollte sich nicht mit Details belasten. Es war Frühling, und sie hatte ein neues Haus sowie ein neues Projekt. Neuanfänge waren das Beste auf der Welt. »Ich werde mich um alles kümmern.« Sie berührte eine große chinesische Vase. Als Erstes wollte sie frische Blumen hineinstellen. »Bleibst du über Nacht?«

Den Scheck hatte er bereits in seine Jackentasche gesteckt. »Ich würde gern, aber da wir alles geregelt haben, sollte ich den nächsten Flug zur Küste nehmen. Du wirst bald einkaufen müssen, Jackie. Das Nötigste ist da, allerdings nicht mehr viel.«

Während Fred sprach, ging er zu einem Stapel Gepäck. Es kam ihm nicht in den Sinn, ihre Koffer hinaufzutragen, und ihr nicht, ihn darum zu bitten. »Die Schlüssel liegen auf dem Tisch. Viel Spaß.«

»Den werde ich haben.« Jackie öffnete ihm die Tür, als er seine Koffer nahm. Sie hatte ihre Einladung, über Nacht zu bleiben, aufrichtig gemeint, und sie war ebenso aufrichtig froh, dass er abgelehnt hatte. »Vielen Dank, Fred.«

»Gern geschehen.« Er beugte sich hinab, um ihr einen Kuss auf die Wange zu geben. »Grüß die Familie von mir, wenn du mit ihr sprichst.«

»Mach ich. Gute Reise, Fred.« Sie beobachtete, wie er zu einem langen, schnittigen Cabriolet ging. Es war weiß, genau wie sein Anzug. Nachdem er die Koffer verstaut hatte, setzte er sich hinter das Lenkrad und winkte ihr lässig zu. Dann brauste er los.

Jackie wandte sich ab und schlang die Arme um sich. Sie war allein und auf sich selbst gestellt. Natürlich nicht zum ersten Mal in ihrem Leben. Immerhin war sie fünfundzwanzig und war allein in Urlaub gefahren, hatte ihre eigene Wohnung und ihr eigenes Leben. Doch jedes Mal, wenn sie etwas Neues anfing, war es ein Abenteuer.

Von diesem Tag an … war es der sechsundzwanzigste oder siebenundzwanzigste Mai? Sie schüttelte den Kopf. Es war nicht wichtig. Von diesem Tage an begann sie eine neue Karriere. Jacqueline R. MacNamara, Schriftstellerin.

Das klingt gut, dachte sie. Als Erstes wollte sie ihre neue Schreibmaschine aufstellen und das erste Kapitel anfangen. Mit einem Lachen nahm sie den Maschinenkasten sowie ihren schwersten Koffer und schleppte alles die Treppe hinauf.

Es dauerte nicht lange, sich einzuleben, in den Süden, in das Haus, in die neue Routine. Jackie stand früh auf, genoss die morgendliche Stille mit Obstsaft und Toast – oder Cola und kalter Pizza, wenn es sich so ergab. Ihr Tippen verbesserte sich durch die Übung, und am dritten Tag klapperte ihre Schreibmaschine schon recht flott. Nachmittags legte sie eine Pause ein, um im Pool zu baden, in der Sonne zu liegen und über die nächste Szene nachzudenken.

Sie wurde schnell braun. Es war ein Geschenk ihrer italienischen Urgroßmutter, die die rein irische Linie der MacNamaras durchbrochen hatte. Die Bräune gefiel ihr, und oft dachte sie an die Gesichtscremes, die ihre Mutter ihr stets empfohlen hatte: Gute Haut und die Figur machen eine Schönheit aus. Nicht Stil oder Mode oder geschicktes Make-up, hatte sie oft erklärt.

Nun, Jackie besaß die Haut und die Figur, obgleich selbst ihre Mutter zugeben musste, dass sie nie eine wahre Schönheit sein würde. Sie war hübsch genug, auf eine frische, gesunde Art. Aber ihr Gesicht war dreieckig statt oval, ihr Mund breit statt geschwungen. Ihre Augen waren eine Spur zu groß, und sie waren braun. Wiederum das Italienische. Sie hatte nicht das Meergrün oder Himmelblau geerbt, das sonst in ihrer Familie dominierte. Auch ihr Haar war braun. Als Teenager hatte sie mit Tönungen und Strähnchen experimentiert, sich aber schließlich doch für ihre Naturfarbe entschieden. Diese gefiel ihr inzwischen sogar, und dass ihr Haar sich von selbst lockte, ersparte ihr kostbare Zeit beim Friseur. Sie trug es kurz, und es umrahmte in üppigen Locken ihr Gesicht.

Sie nahm jeden Tag so, wie er kam, stürzte sich gleich nach dem Aufwachen in die Schreiberei und jeden Nachmittag in den Pool. Nach einem schnellen Lunch kehrte sie an die Schreibmaschine zurück und arbeitete bis zum Abend. Danach spazierte sie im Garten umher, oder sie setzte sich auf die Terrasse und las oder beobachtete die Boote. Nach einem besonders produktiven Tag gönnte sie sich ein Bad im Whirlpool und ließ sich von dem sprudelnden Wasser und der feuchten Hitze des verglasten Raums angenehm ermüden.

Jackie verschloss das Haus eher um des Besitzers als um ihrer eigenen Sicherheit willen. Jeden Abend ging sie in dem Raum, den sie als Schlafzimmer ausgewählt hatte, mit völligem Seelenfrieden und in freudiger Erwartung des nächsten Tages zu Bett.

Wann immer ihre Gedanken zu Fred wanderten, lächelte sie. Vielleicht irrte sich die Familie doch in ihm. Gewiss hatte er mehr als einmal einen leichtgläubigen Verwandten in eine Einbahnstraße geführt, ja in einer Sackgasse zurückgelassen. Aber ihr hatte er mit dem Haus in Florida etwas Gutes getan. Am Abend des dritten Tages sank sie in das sprudelnde Wasser und dachte daran, Cousin Fred Blumen zu schicken. Sie war ihm zu Dank verpflichtet.

Nathan war todmüde und ausgesprochen glücklich, endlich wieder nach Hause zu kommen. Der letzte Teil der Reise war ihm endlos lang vorgekommen. Nach sechs Monaten wieder amerikanischen Boden zu betreten, reichte ihm nicht. Bei der Landung in New York setzte die erste Woge der Ungeduld ein. Er war zu Hause und doch nicht zu Hause. Zum ersten Mal seit Monaten gestattete er sich, an sein eigenes Haus, sein eigenes Bett zu denken. An sein privates Heiligtum.

Dann musste er eine Stunde Verspätung ertragen. Selbst nach dem Start blickte er immer wieder zur Uhr, um zu sehen, wie lange er noch durchhalten musste.

Der Flughafen von Fort Lauderdale war immer noch nicht das Ziel. Nathan hatte einen kalten, harten Winter in Deutschland verbracht und genug von Schnee und Eiszapfen. Die warme, feuchte Luft und der Anblick der Palmen verärgerten ihn nur, weil er immer noch nicht ganz zu Hause war.

Als er endlich am Flughafen in seinen vertrauten Wagen stieg, fühlte er sich wieder wie er selbst. Die Stunden des Flugs von Frankfurt nach New York zählten plötzlich nicht mehr. Die Verspätung und Ungeduld waren vergessen. Er war hinter dem Lenkrad und zwanzig Minuten von seiner eigenen Auffahrt entfernt. Wenn er sich an diesem Abend ins Bett legte, dann zwischen seine eigenen Laken. Frisch gewaschen von Mrs. Grange, die alles für seine Ankunft vorbereiten würde, wie Fred MacNamara ihm versichert hatte.

Nathan verspürte einen Anflug von Schuldbewusstsein wegen Fred. Er hatte ihn recht überstürzt aus dem Haus gedrängt, aber nach sechs Monaten intensiver Arbeit in Deutschland war er nicht in der Stimmung für einen Hausgast. Er musste sich unbedingt mit ihm in Verbindung setzen und sich bedanken, dass Fred sich um alles gekümmert hatte. Es war eine Regelung, die eine Unmenge Probleme mit wenig Aufhebens gelöst hatte. Und je weniger Aufhebens, desto lieber war es Nathan. Er schuldete Fred ein riesiges Dankeschön.

In ein paar Tagen, dachte Nathan, während er den Schlüssel ins Schloss steckte. Nachdem er vierundzwanzig Stunden geschlafen und sich ein wenig Faulsein gegönnt hatte.

Er öffnete die Tür, schaltete das Licht ein und blickte sich um. Es war so unglaublich gut, zu Hause zu sein. In dem Haus, das er entworfen und gebaut hatte, inmitten der Dinge, die er nach seinem Geschmack und Wohlbehagen ausgesucht hatte.

Zu Hause! Es war genau so, wie er … nein, es war nicht so, wie er es zurückgelassen hatte. Er rieb sich die müden Augen, während er den Raum musterte. Seinen Raum.

Wer hatte die Ming-Vase ans Fenster gerückt und Lilien hineingestellt? Und warum stand die Meissen-Schale auf dem Tisch statt auf dem Regal? Er runzelte die Stirn. Er nahm solche Dinge sehr genau, und er entdeckte ein Dutzend kleiner deplatzierter Dinge.

Er musste mit Mrs. Grange darüber sprechen, aber er wollte sich durch ein paar Ärgernisse nicht die Freude darüber verderben lassen, wieder zu Hause zu sein.

Es war verlockend, geradewegs in die Küche zu gehen und sich etwas Kaltes einzugießen, doch das Wichtigste kam zuerst. Er nahm seine Koffer, ging hinauf, genoss dabei jeden Moment der Ruhe und des Alleinseins.

Nathan schaltete das Licht in seinem Schlafzimmer an und blieb wie angewurzelt stehen. Sehr langsam stellte er die Koffer ab und ging zum Bett. Es war gemacht, allerdings sehr nachlässig. Seine Chippendale-Kommode stand voller Tiegel und Fläschchen. Ein eindeutiger Duft lag in der Luft – nicht nur von den Rosen in der Waterford-Vase, die eigentlich in den Esszimmerschrank gehörte, sondern der Geruch einer Frau. Puder, Lotion und Öl. Weder stark noch schwer, sondern leicht und lässig. Er kniff die Augen zusammen, als er ein farbiges Etwas auf der Bettdecke erblickte. Er hob den winzigen Slip auf.

Mrs. Grange? Allein der Gedanke war lächerlich. Die stämmige Mrs. Grange hätte nicht einmal mit einem Bein in das kleine Ding gepasst. Wenn Fred einen Gast gehabt hatte … Nathan drehte den Slip unter dem Licht um. Er konnte tolerieren, dass Fred Gesellschaft gehabt hatte, aber nicht in diesem Raum. Und warum waren ihre Sachen nicht gepackt und verschwunden?

Er hatte eine genaue Vorstellung. Vielleicht war es der Architekt in ihm, der ihn befähigte, im Geiste eine leere Seite oder einen leeren Platz völlig zu füllen. Er sah eine große, schlanke Frau, sexy, ein wenig kühn. Eine Rothaarige wahrscheinlich, mit blitzenden Zähnen und keck.

Nathan bedachte die Fläschchen auf der Kommode mit

einem letzten Blick. Er würde sie von Mrs. Grange schleunigst entfernen lassen. Ohne nachzudenken, steckte er das dünne Höschen in die Tasche und stürmte hinaus, um nachzusehen, was sonst noch nicht so war, wie es sein sollte.

Mit geschlossenen Augen, den Kopf an den Rand des Whirlpools gelehnt, sang Jackie vor sich hin. Ein besonders guter Tag lag hinter ihr. Der Roman ergoss sich so schnell aus ihrem Kopf aufs Papier, dass es beinahe beängstigend war. Sie war froh, dass sie den Westen als Schauplatz gewählt hatte, das alte Arizona, trostlos, rau und staubig. Es war genau der richtige Hintergrund für ihren knallharten Helden und ihre sittsam-naive Heldin.

Es gefiel ihr, sich an den Anfang des neunzehnten Jahrhunderts versetzen zu können, die Hitze zu spüren, den Schweiß zu riechen. Und natürlich lauerten überall Gefahren und Abenteuer. Ihre Heldin, im Kloster erzogen, hatte es schwer, aber sie kam zurecht, denn sie war stark. Jackie hätte nicht über eine schwache Frau schreiben können, selbst wenn sie es gemusst hätte.

Und ihr Held. Allein der Gedanke an ihn ließ sie lächeln. Sie sah ihn genau vor sich. Das dichte schwarze Haar, das rötlich in der Sonne schimmerte, wenn er den Hut abnahm. Lange genug, sodass eine Frau eine Handvoll davon ergreifen konnte. Der Körper sehnig und muskulös vom Reiten, braun gebrannt von der Sonne, narbig von den Unruhen, denen er nie aus dem Weg ging.

Sein Gesicht war schmal, knochig und oft von Bartstoppeln beschattet. Er konnte mit einem Lächeln das Herz einer Frau höherschlagen oder mit einer finsteren Miene einen Mann vor Angst erschaudern lassen. Und seine Augen waren wundervoll. Schiefergrau, von langen dunklen Wimpern umrahmt, mit winzigen Fältchen in den Winkeln vom ständigen

Blinzeln in die Sonne Arizonas. Sie blickten kalt und hart, wenn er seine Waffe abdrückte, heiß und leidenschaftlich, wenn er eine Frau im Arm hielt.

Jede Frau in Arizona war verliebt in Jake Redman. Und Jackie gefiel es, dass sie selbst auch ein wenig in ihn verliebt war. Wenn sie ihn so deutlich vor sich sah und so intensiv für ihn empfand, bedeutete das nicht, dass sie gute Arbeit leistete? Er war kein guter Mensch, jedenfalls nicht durch und durch. Es lag an der Heldin, Sarah Conway, nach dem Gold in ihm zu graben und die rauen Steine ebenfalls zu akzeptieren.

Jackie konnte es kaum erwarten, sich den beiden wieder voll und ganz zu widmen und sich zeigen zu lassen, was als Nächstes geschah. Wenn sie sich genügend konzentrierte, konnte sie ihn beinahe zu sich sprechen hören.

»Was zum Teufel tun Sie hier?«

Verträumt öffnete Jackie die Augen und blickte in das Gesicht ihrer Fantasiegestalt. Jake? dachte sie und fragte sich besorgt, ob ihr das heiße Wasser zu Kopf gestiegen war. Jake trug keine Anzüge und Krawatten, aber sie erkannte den Blick, der bedeutete, dass er zum Schießen bereit war. Mit offenem Mund starrte sie ihn an.

Sein Haar war kürzer, aber nicht viel, und der Schatten eines Bartes war sichtbar. Sie rieb sich die Augen, bekam Wasser hinein und blinzelte. Er war immer noch da, nun ein wenig näher. Das Motorgeräusch des Whirlpools wirkte plötzlich lauter. »Träume ich etwa?«

Nathan kniff die Augen zusammen. Sie war nicht die lasterhafte Rothaarige, die er sich vorgestellt hatte, sondern eine niedliche rehäugige Brünette. Dennoch gehörte sie nicht in sein Haus. »Was Sie tun, ist Hausfriedensbruch. Wer zum Teufel sind Sie?«

Die Stimme! Sogar die Stimme war richtig. Jackie schüttelte den Kopf und versuchte, sich zu fassen. Sie befand sich im zwanzigsten Jahrhundert, und so echt ihre Charaktere auch auf dem Papier wirkten, erwachten sie nicht so einfach in Fünfhundert-Dollar-Anzügen zum Leben. Tatsache war, dass sie allein mit einem Fremden und in einer sehr verwunderlichen Situation war.

Jackie überlegte, wie viel sie noch von ihrem Karatekurs wusste, blickte dann auf die breiten Schultern des Mannes und befand, dass es zu wenig war. »Wer sind Sie?« Der Anflug von Angst verlieh ihrer Stimme einen hoheitsvollen Klang, auf den ihre Mutter stolz gewesen wäre.

»Sie sind diejenige, die Fragen zu beantworten hat«, konterte er. »Ich heiße Nathan Powell.«

»Der Architekt? Oh, ich bewundere Ihre Werke. Ich habe das Ridgeway Center in Chicago gesehen und ...« Nicht länger ängstlich, begann sie, sich aufzusetzen. Dann fiel ihr ein, dass sie keinen Badeanzug angezogen hatte, und sank wieder unter die Wasseroberfläche zurück. »Sie haben ein wundervolles Talent, das Ästhetische mit dem Praktischen zu kombinieren.«

»Danke. Und jetzt ...«

»Aber was tun Sie hier?«

Er kniff erneut die Augen zusammen. »Das ist meine Frage. Das hier ist mein Haus.«

»Ihrs?« Sie rieb sich erneut die Augen. »Sie sind der Nathan? Freds Nathan?« Sie lächelte erleichtert. »Nun, das erklärt alles.«

Nathan bemerkte ein Grübchen in ihrer Wange, ignorierte es aber. »Für mich aber nicht. Ich wiederhole: Wer zum Teufel sind Sie?«

»Oh, Entschuldigung. Ich bin Jackie.« Als er die Brauen hochzog, lächelte sie erneut und reichte ihm eine nasse Hand. »Jackie – Jacqueline MacNamara. Freds Cousine.«

Er blickte auf ihre Hand mit den glitzernden Ringen, ergriff sie aber nicht. »Und warum, Miss MacNamara, sitzen Sie in meinem Bad und schlafen in meinem Bett?«

»Ist das Ihr Zimmer? Tut mir leid. Fred hat mir nicht gesagt, welches ich nehmen soll, und da habe ich mir das ausgesucht, das mir am besten gefällt. Er ist in San Diego, wissen Sie.«

»Es ist mir völlig egal, wo er ist.« Nathan war stets ein geduldiger Mensch, zumindest hatte er das bisher geglaubt. Nun stellte er fest, dass er überhaupt keine Geduld besaß. »Ich will wissen, warum Sie in meinem Haus sind.«

»Oh, ich habe es von Fred gemietet. Hat er Ihnen das nicht mitgeteilt?«

»Sie haben was?«

»Wissen Sie, es ist ziemlich schwierig, sich zu unterhalten, während dieser Motor läuft. Warten Sie.« Sie hielt eine Hand hoch, bevor er den Abstellknopf drücken konnte. »Ich bin ... nun, ich habe niemanden erwartet und bin nicht gerade gesellschaftsfähig gekleidet.«

Automatisch blickte er hinab auf das Wasser, das heiß und schnell um ihren Brustansatz wirbelte. »Ich warte in der Küche. Beeilen Sie sich.«

Jackie atmete tief durch, als sie allein war. »Ich glaube, Fred hat es wieder mal getan«, stellte sie verärgert fest, während sie aus der Wanne stieg.

Nathan mixte sich einen großen Gin mit Tonic, und er ging dabei sehr freizügig mit dem Gin um. Manche Männer hätte es vielleicht angenehm überrascht, nach einem anstrengenden Projekt nach Hause zu kommen und eine nackte Frau vorzufinden. Leider gehörte er nicht zu ihnen. Er nahm einen kräftigen Schluck, während er sich an den Schrank lehnte.

»Mr. Powell?«

Er blickte auf, als Jackie die Küche betrat. Sie trug einen kurzen, kühn gestreiften Bademantel. Ihre Beine waren leicht gebräunt und lang – sehr lang, wie ihm auffiel. Ihr Haar lockte sich feucht um ihr Gesicht, mit langem Pony, der große dunkle Augen betonte. Sie lächelte, und das Grübchen war wieder da. Er war nicht sicher, ob es ihm gefiel. Wenn sie lächelte, sah sie so aus, als könne sie einem zehn Morgen Sumpfland aufschwatzen.

»Es scheint, dass wir über Ihren Cousin reden müssen.«

»Fred.« Sie nickte immer noch lächelnd und rutschte auf einen Hocker an der Essbar. Sie hatte beschlossen, sich völlig gelassen und überlegen zu geben. Wenn er sie für nervös und verunsichert hielt ... Nun, sie hatte das Gefühl, dass sie sich dann auf der Straße wiederfinden würde. »Er ist ein Original, nicht wahr? Wie haben Sie ihn kennengelernt?«

»Durch eine gemeinsame Freundin.« Nathan verzog ein wenig das Gesicht. Er beschloss, auch mit Justine ein Wörtchen zu reden. »Ich hatte ein Projekt in Deutschland, das mich einige Monate lang beschäftigen sollte. Ich brauchte jemand, der sich um das Haus kümmert. Er wurde mir empfohlen. Da ich seine Tante kenne ...«

»Patricia? Das ist meine Mutter!«

»Adele Lindstrom.«

»Oh, Tante Adele. Das ist die Schwester meiner Mutter.« Schalkhafte Belustigung blitzte aus Jackies Augen. »Sie ist eine reizende Frau.«

Es lag etwas Drolliges, ein bisschen zu Drolliges in der Bemerkung. Nathan zog vor, es zu ignorieren. »Ich habe einmal an einem Projekt in Chicago mit ihr zusammengearbeitet. Wegen der Verbindung und der Empfehlung beschloss ich, Fred auf das Haus aufpassen zu lassen.«

Jackie nagte an ihrer Unterlippe. »Er hat es nicht von Ihnen gemietet?«

»Gemietet? Natürlich nicht.« Nun drehte Jackie ihre Ringe an den Fingern, einen nach dem anderen.

Lass dich nicht beeindrucken, warnte Nathan sich selbst. Sag ihr, dass sie packen und ausziehen soll. Keine Erklärungen, keine Entschuldigungen. Du kannst in zehn Minuten im Bett sein. »Hat er Ihnen das gesagt?«

»Ich sollte Ihnen lieber die ganze Geschichte erzählen. Kann ich auch so einen haben?«

Als sie auf sein Glas deutete, lag ihm eine barsche Erwiderung auf den Lippen. Gute Manieren waren ihm sorgfältig eingetrichtert worden, und er ärgerte sich über seinen Lapsus, obwohl Jackie wohl kaum ein Gast war. Wortlos mixte er einen Drink und stellte ihn vor sie hin. »Ich wäre Ihnen dankbar, wenn Sie sich auf das Wesentliche beschränken könnten.«

»In Ordnung.« Sie nahm einen Schluck. »Fred rief mich letzte Woche an. Er hatte gehört, dass ich für ein paar Monate eine Unterkunft suche. Ein ruhiges Plätzchen zum Arbeiten. Ich bin Schriftstellerin«, erklärte sie im kühnen Brustton der Überzeugung. Als er nicht darauf reagierte, nahm sie noch einen Schluck. »Jedenfalls sagte Fred mir, dass er genau das Richtige für mich hätte. Er behauptete, dass er dieses Haus gemietet hätte. Er beschrieb es mir, und ich konnte kaum erwarten, es zu sehen. Es ist wundervoll, so gut durchdacht. Jetzt, wo ich weiß, wer Sie sind, kann ich verstehen, warum. Eigentlich hätte ich Ihren Stil gleich erkennen müssen. Ich habe nämlich ein paar Semester Architektur studiert, bei LaFont.«

»Wie faszinierend ... LaFont?«

»Ja. Er ist ein wundervoller alter Knabe, nicht wahr? So aufgeblasen und von sich selbst überzeugt.«

Nathan zog eine Braue hoch. Er hatte selbst bei LaFont studiert – vor einer Ewigkeit, wie es schien – und wusste sehr gut, dass der »alte Knabe« nur vielversprechende Studenten annahm. Er öffnete den Mund, schloss ihn dann aber wieder. Er wollte sich nicht aus der Reserve locken lassen. »Kehren wir zurück zu Ihrem Cousin, Miss MacNamara.«

»Jackie.« Sie lächelte wiederum. »Wäre ich nicht so bedacht auf eine Unterkunft gewesen, hätte ich wahrscheinlich von vornherein ›Nein‹ gesagt. Bei Fred ist immer ein Haken dabei. Aber ich kam her, sah das Haus, und damit war alles entschieden. Er sagte, er müsse geschäftlich nach San Diego und der Besitzer wolle das Haus nicht leer stehen lassen. Ich nehme an, Sie benutzen es nicht wirklich nur sporadisch als Winterhaus?«

»Nein, absolut nicht. Ich lebe das ganze Jahr hier, außer wenn ein Auftrag mich für kurze Zeit wegführt. Fred sollte nur während meiner Abwesenheit hier wohnen. Ich rief ihn vor zwei Wochen an und teilte ihm meine Rückkehr mit. Er sollte sich mit Mrs. Grange in Verbindung setzen.«

»Mrs. Grange?«

»Die Haushälterin.«

»Er hat keine Haushälterin erwähnt.«

»Irgendwie überrascht mich das nicht.« Nathan leerte sein Glas. »Das bringt uns zu Ihrer Hausbesetzung.«

Jackie holte tief Luft. »Ich habe einen Mietvertrag unterschrieben. Für drei Monate. Ich habe Fred einen Scheck für die Miete gegeben, im Voraus, zuzüglich der Kaution.«

»Das ist sehr bedauerlich. Sie haben keinen Vertrag mit dem Besitzer geschlossen.«

»Mit Ihrem Stellvertreter, Ihrem vermeintlichen Stellvertreter. Cousin Fred kann sehr gewandt sein.« Jackie registrierte, dass Nathan nicht lächelte, nicht einmal ein wenig. Es war zu schade, dass er die Situation nicht komisch fand. »Hören Sie, Mr. Powell, offensichtlich hat Fred uns beide hereingelegt, aber es findet sich bestimmt ein Ausweg. Was die dreieinhalbtausend Dollar angeht …«

»Sie haben ihm dreieinhalbtausend Dollar bezahlt?«

»Es schien mir angemessen. Es ist ein wunderschönes Haus, und außerdem sind da der Pool und das Solarium. Vielleicht kann ich einen Teil davon zurückbekommen. Früher oder später.« Sie dachte einen Moment an das Geld, tat es dann jedoch ab. »Aber das eigentliche Problem besteht darin, wie wir diese Situation bewältigen.«

»Die da wäre?«

»Dass ich hier bin und dass Sie hier sind.«

»Das ist sehr einfach.« Nathan sah keinerlei Grund, sich schuldig zu fühlen, weil sie das Geld verloren hatte. »Ich kann Ihnen einige ausgezeichnete Hotels empfehlen.«

Sie lächelte erneut. Das Grübchen war wieder da, doch ihm entging, dass ihre sanften braunen Augen vor Entschlossenheit härter blickten. »Das würde Ihren Teil des Problems lösen, aber nicht meinen. Ich habe einen Vertrag.«

»Sie haben ein wertloses Stück Papier.«

»Möglich.« Sie tippte mit den beringten Fingern auf die Bar. »Haben Sie jemals Jura studiert? Als ich in Harvard war ...«

»Harvard?«

»Nur sehr kurz. Es lag mir im Grunde nicht. Aber ich glaube, es könnte schwierig und vor allem unangenehm werden, mich auf die Straße zu setzen. Wenn Sie vor Gericht gehen wollen, werden Sie wohl irgendwann gewinnen, da bin ich sicher. Aber in der Zwischenzeit lässt sich bestimmt eine angemessenere Lösung für alle finden. Sie müssen erschöpft sein«, fuhr sie sanft fort. »Warum gehen Sie nicht hinauf und schlafen sich erst einmal aus? Alles sieht einfacher aus, wenn man geschlafen hat. Wir können morgen alles klären.«

»Es geht nicht darum, irgendetwas zu klären, Miss MacNamara. Es geht darum, dass Sie Ihre Sachen packen.« Er steckte eine Hand in die Tasche und fühlte ihren Slip. Mit zusammengebissenen Zähnen zog er ihn hervor. »Ist das Ihrer?«

»Ja, danke.« Ohne Verlegenheit nahm sie das hauchzarte Nichts entgegen. »Es ist ein bisschen spät, um die Polizei zu rufen und ihr alles zu erklären. Vermutlich könnten Sie mich gewaltsam hinauswerfen, aber Sie würden sich dafür hassen.«

Nathan begann zu glauben, dass sie mehr mit diesem Cousin Fred gemeinsam hatte als nur den Familiennamen. Er blickte auf seine Uhr und fluchte. Es war nach Mitternacht, und er brachte es nicht übers Herz, sie jetzt auf die Straße zu setzen. Das Schlimmste war, dass er vor Müdigkeit beinahe doppelt sah und ihm nicht die richtigen Argumente einfielen. »Ich gebe Ihnen vierundzwanzig Stunden, Miss MacNamara. Das erscheint mir wirklich mehr als anständig.«

»Ich wusste, dass Sie ein vernünftiger Mensch sind.« Sie lächelte. »Warum gehen Sie jetzt nicht schlafen?«

»Sie liegen in meinem Bett.«

»Wie bitte?«

»Ihre Sachen sind in meinem Zimmer.«

»Oh.« Jackie rieb sich die Schläfe. »Nun, wenn es Ihnen wirklich wichtig ist, könnte ich jetzt wohl alles hinausschaffen.«

»Schon gut.« Vielleicht war alles nur ein Albtraum, eine Halluzination. Er würde am Morgen erwachen und feststellen, dass alles so war, wie es sein sollte. »Ich nehme einfach eines der Gästezimmer.«

»Das ist eine viel bessere Idee. Sie sehen wirklich müde aus. Schlafen Sie gut.«

Er starrte sie fast eine volle Minute lang wortlos an. Nachdem er schließlich gegangen war, legte Jackie den Kopf auf die Bar und begann zu kichern. Oh, das würde sie Fred heimzahlen, daran bestand kein Zweifel. Aber im Augenblick war es für sie nun mal das Lustigste, was sie seit Monaten erlebt hatte – trotz einiger Turbulenzen.

2. Kapitel

Als Nathan erwachte, war es zehn Uhr, doch der Albtraum war nicht vorüber. Das wurde ihm klar, sobald er die gestreifte Tapete des Gästezimmers sah. Er befand sich in seinem eigenen Haus, aber er war irgendwie zu einem Gast degradiert worden.

Seine Koffer, geöffnet, aber noch gepackt, standen auf der Kommode unter dem Gartenfenster. Er hatte die Gardinen nicht zugezogen, und Sonnenlicht fiel auf die sauber gefalteten Hemden. Entschieden wandte er sich ab. Er hatte nicht die Absicht auszupacken, bevor er das nicht in seinem Schlafzimmer tun konnte.

Jacqueline MacNamara hatte in einem Recht behalten. Ausgeschlafen fühlte er sich besser. Sein Kopf war klarer. Er erkannte, dass es dumm von ihm gewesen war, sie nicht am vergangenen Abend hinausgeworfen zu haben, aber das ließ sich nachholen. Je eher, desto besser.

Er duschte und rasierte sich. Nachdem er eine leichte Leinenhose und ein Sporthemd angezogen hatte, fühlte er sich wieder in Form. Wenn er nicht mit einem verrückten kleinen Ding wie der Brünetten in seinem Bett fertigwerden konnte, dann hatte er eindeutig nachgelassen. Trotzdem konnte es nicht schaden, vorher eine Tasse Kaffee zu trinken.

Er war auf halbem Weg die Treppe hinunter, als er einen köstlichen Duft wahrnahm. Kaffee, frischer starker Kaffee. Das Aroma war so angenehm, dass er beinahe lächelte, aber dann erinnerte er sich, wer ihn aufgebrüht haben musste. Ein anderer Geruch wehte ihm entgegen. Gebratener Speck?

Gewiss war es gebratener Speck. Offensichtlich fühlte sie sich wie zu Hause. Er hörte auch Musik – Rock, fröhlich und munter und laut genug, um ein Zimmer weiter gehört zu werden.

Nein, der Albtraum war nicht vorüber, aber Nathan beabsichtigte, ihn schleunigst zu beenden. Er stürmte in die Küche.

»Guten Morgen!« Jackie begrüßte ihn mit einem Lächeln, das mit dem Sonnenschein konkurrierte. Aus Rücksicht auf ihn stellte sie das Radio leiser. »Ich wusste nicht, wie lange Sie schlafen würden, aber ich halte Sie nicht für den Typ, der den ganzen Vormittag im Bett bleibt. Daher habe ich angefangen, das Frühstück zuzubereiten. Ich hoffe, Sie mögen Blaubeerpfannkuchen. Ich habe die Beeren heute früh gekauft. Sie sind frisch.« Bevor er noch etwas sagen konnte, steckte sie ihm eine in den Mund. »Setzen Sie sich. Ich bringe Ihnen den Kaffee.«

»Miss MacNamara …«

»Jackie bitte. Milch?«

»Schwarz. Wir haben die Dinge gestern Abend ziemlich offengelassen, aber jetzt müssen wir diese Angelegenheit klären.«

»Eindeutig. Ich hoffe, Sie mögen den Speck knusprig.« Sie stellte einen Teller auf die Theke, wo bereits ein Platz mit seinem besten Geschirr und einer Damastserviette gedeckt war.

Jackie fiel auf, dass Nathan sich rasiert hatte. Ohne den Bartschatten sah er nicht mehr so sehr wie ihr Jake aus – abgesehen von der Augenpartie. Es wäre unklug, erkannte sie, ihn zu unterschätzen.

»Ich habe viel darüber nachgedacht, Nathan, und ich glaube, mir ist die ideale Lösung eingefallen.« Sie goss Teig in die Pfanne. »Haben Sie gut geschlafen?«

»Ja.« Zumindest hatte er sich gut gefühlt, als er aufgewacht war. Nun griff er beinahe trotzig nach seiner Kaffeetasse. Jackie war wie ein Sonnenstrahl, der sich hineingestohlen hatte, während er eigentlich die Gardinen hatte zuziehen wollen.

»Meine Mutter sagt immer, dass man zu Hause am besten schläft, aber mir ist es nicht wichtig. Ich kann überall schlafen. Möchten Sie die Zeitung?«

»Nein.« Er nippte an seinem Kaffee, starrte ihn an, nippte erneut. Vielleicht bildete er es sich nur ein, aber es war der beste Kaffee, den er je getrunken hatte.

»Ich kaufe die Bohnen in einem kleinen Geschäft in der Stadt«, antwortete Jackie auf seine unausgesprochene Frage, während sie gekonnt die Pfannkuchen umdrehte. »Ich trinke nicht oft Kaffee, und deshalb halte ich es für wichtig, dass es wirklich guter ist.« Sie nahm seinen Teller und häufte Pfannkuchen darauf. »Sie haben eine wundervolle Aussicht von hier.« Sie schenkte eine zweite Tasse Kaffee ein und setzte sich neben ihn. »Das macht das Essen zu einem Erlebnis.«

Nathan griff unwillkürlich zur Gabel. Es würde nicht schaden, erst zu essen. Er konnte Jackie danach immer noch hinauswerfen. »Wie lange sind Sie schon hier?«

»Erst ein paar Tage. Fred hatte schon immer ein hervorragendes Zeitgefühl. Wie sind die Pfannkuchen?«

»Ausgezeichnet. Essen Sie nicht?«

»Ich habe zwischendurch schon genascht.« Doch das hielt sie nicht davon ab, sich eine Scheibe Frühstücksspeck zu nehmen und daran zu knabbern. »Können Sie kochen?«

»Nur, wenn die Anleitung auf der Tüte steht.«

Jackie verspürte sofort einen Anflug von Triumph. »Ich koche sehr gut.«

»Ich nehme an, Sie haben im Ritz gelernt.«

»Nur sechs Monate«, sagte sie und grinste. »Aber ich habe die Grundlagen erlernt. Danach beschloss ich, meine eigenen Wege zu gehen. Experimente, wissen Sie. Kochen sollte ein Abenteuer sein.«

Für Nathan war Kochen eine Plackerei, die gewöhnlich in einem Misserfolg endete.

»Ihre Mrs. Grange«, begann Jackie jetzt im Plauderton. »Kommt sie jeden Tag hierher, führt Ihnen den Haushalt und kocht auch?«

»Einmal pro Woche.« Die Pfannkuchen schmeckten wirklich ausgezeichnet. Er hatte sich an Hotelkost gewöhnt, und so gut sie auch war, konnte sie mit Jackies Kochkünsten nicht mithalten. Er begann, sich zu entspannen, während er die Aussicht bewunderte, die tatsächlich großartig war. Er konnte sich nicht erinnern, jemals ein Frühstück intensiver genossen zu haben. »Sie macht sauber, erledigt die wöchentlichen Einkäufe und kocht gewöhnlich einen Eintopf oder so was. Warum?«

»Es hat mit unserem kleinen Dilemma zu tun.«

»Ihrem Dilemma.«

»Wie auch immer. Sind Sie eigentlich ein fairer Mensch, Nathan? Ihre Bauwerke beweisen einen Sinn für Stil und Ordnung, aber ich kann wirklich nicht sagen, ob Sie einen Sinn für Fairness haben.« Sie hob die Kaffeekanne. »Lassen Sie mich nachschenken.«

Ihm verging sehr rasch der Appetit. »Worauf wollen Sie denn hinaus?«

»Ich habe dreieinhalbtausend ausgegeben.« Jackie kaute ihren Speck. »Ich will Sie nicht glauben lassen, dass ich wegen des Verlusts an der nächsten Straßenecke Bleistifte verkaufen muss, aber es geht eigentlich nicht um den Betrag. Es geht ums Prinzip. Sie glauben doch an Prinzipien, oder?«

Vorsichtig zuckte er die Achseln.

»Ich habe in gutem Glauben für eine Unterkunft bezahlt, in der ich drei Monate lang wohnen und arbeiten kann.«

»Ich bin sicher, dass Ihre Familie ausgezeichnete Anwälte zu ihrer Verfügung hat. Warum verklagen Sie also Ihren Cousin nicht?«

»Die MacNamaras lösen Familienprobleme nicht auf diese Weise. Oh, ich werde schon mit ihm abrechnen – und zwar, wenn er es am wenigsten erwartet.«

Der Ausdruck in ihren Augen bestätigte Nathan, dass sie genau das tun würde, und zwar gehörig. Er musste einen Anflug von Bewunderung unterdrücken. »Ich wünsche Ihnen viel Glück dabei, aber Ihre Familienprobleme betreffen mich nicht.«

»In diesem Fall schon, da Ihr Haus sozusagen im Mittelpunkt steht. Möchten Sie noch etwas essen?«

»Nein danke. Miss ... Jackie, ich will ganz offen zu Ihnen sein.« Er lehnte sich zurück, in der festen Absicht, sehr deutlich und entschieden mit ihr zu reden. Hätte er sie besser gekannt, wären ihm die ersten Bedenken gekommen, als sie ihn mit einem hilfsbereiten Ausdruck in den großen braunen Augen anblickte. »Meine Arbeit in Deutschland war schwierig und ermüdend. Ich habe ein paar Monate Freizeit vor mir, die ich hier zu verbringen gedenke – allein und in Ruhe.«

»Was haben Sie gebaut?«

»Wie bitte?«

»In Deutschland. Was haben Sie gebaut?«

»Ein Vergnügungszentrum, aber das ist wirklich nicht relevant. Es tut mir leid, wenn es gefühllos wirkt, aber ich sehe mich nicht für Ihre Situation verantwortlich.«

»Das wirkt gar nicht gefühllos.« Jackie tätschelte seine Hand, schenkte ihm dann Kaffee nach. »Ein Vergnügungszentrum. Das klingt faszinierend, und ich würde später gern alles darüber hören, aber die Sache ist die ...« Sie hielt inne, während sie sich ebenfalls nachschenkte. »Ich betrachte uns irgendwie als zwei Menschen im selben Boot. Wir haben beide erwartet, die nächsten Monate allein zu verbringen und unseren Projekten nachzugehen, und Fred hat alles vermasselt. Mögen Sie orientalisches Essen?«

Nathan verlor an Boden. Er wusste nicht, warum oder wann der Sand unter seinen Füßen zu rutschen begonnen hatte, aber es war der Fall. Er stützte die Ellbogen auf und hielt den Kopf in den Händen. »Was zum Teufel hat das mit der ganzen Sache zu tun?«

»Es hat mit meiner Idee zu tun, und ich wollte wissen, was für Essen Sie mögen oder gerade nicht mögen. Ich selbst esse alles, aber die meisten Leute haben eindeutige Vorlieben.« Jackie zog die Füße unter sich auf den Hocker. Sie trug Shorts, leuchtend blaue, mit einem Flamingo-Emblem auf einem Bein.

Lange Zeit musterte Nathan den rosa Vogel auf Jackies Shorts, bevor er den Blick zu ihrem hob. »Warum erklären Sie mir nicht einfach Ihre Idee, solange ich noch einen kleinen Teil Verstand habe?«

»Das Ziel besteht darin, dass wir beide bekommen, was wir wollen – oder zumindest so weit wie möglich. Es ist ein großes Haus.« Sie zog die Brauen hoch, als er die Augen zusammenkniff. Dieser Blick, dachte sie, diesem Jake-Blick ist schwer zu widerstehen. Seine Rückkehr war womöglich die Art von Bonus, die das Schicksal manchmal verteilt. Und Jackie war stets bereit, danach zu greifen. »Ich bin eine ausgezeichnete Mitbewohnerin. Ich könnte Ihnen Referenzen von mehreren Leuten geben. Ich habe die verschiedensten Colleges besucht und daher mit den verschiedensten Leuten zusammengewohnt. Ich kann ordentlich sein, wenn es wichtig ist, und still und unauffällig.«

»Das finde ich schwer zu glauben.«

»Nein, wirklich, vor allem, wenn ich in ein Projekt vertieft bin, so wie jetzt. Ich schreibe fast den ganzen Tag. Dieser Roman ist im Moment eindeutig das Wichtigste in meinem Leben. Ich muss Ihnen irgendwann davon erzählen, aber das ersparen wir uns jetzt.«

»Ja, das wäre mir sehr lieb.«

»Sie haben einen herrlich subtilen Sinn für Humor, Nathan. Verlieren Sie ihn bloß nicht. Jedenfalls halte ich sehr viel von Atmosphäre. Als Architekt muss es Ihnen ebenso ergehen.«

»Ich komme schon wieder nicht mit.« Er schob den Kaffee beiseite.

»Das Haus«, erklärte Jackie geduldig.

Ihre Augen sind das Problem, entschied Nathan. Etwas an ihnen zwang einen, sie anzusehen und anzuhören, während man eigentlich die Hände auf die Ohren pressen und davonlaufen wollte. »Was ist mit dem Haus?«

»Es hat etwas an sich. Kaum war ich hier eingezogen, da ging alles bestens voran mit dem Roman. Wenn ich nun auszöge, meinen Sie nicht, dass es dann nicht mehr so gut vorangehen würde? Das möchte ich nicht riskieren. Also bin ich zu Kompromissen bereit.«

»Sie sind zu Kompromissen bereit«, wiederholte Nathan langsam. »Das ist faszinierend. Sie wohnen in meinem Haus, ohne meine Zustimmung, aber Sie sind zu Kompromissen bereit.«

»Das ist nur fair.« Sie lächelte erneut, spontan und strahlend. »Sie können nicht kochen. Ich ja. Ich bereite Ihnen sämtliche Mahlzeiten zu, auf meine Kosten, solange ich hier bin.«

Das klang sehr vernünftig. Warum zum Teufel klang es so vernünftig, wenn sie es sagte? »Das ist außerordentlich großzügig von Ihnen, aber ich will keine Köchin und keine Mitbewohnerin.«

»Woher wollen Sie das wissen? Sie hatten beides noch nicht.«

»Was ich will«, erklärte er betont nachdrücklich, »ist mein Privatleben.«

»Natürlich.« Sie berührte ihn nicht, aber ihr Ton klang wie ein Schulterklopfen.

Er sah sie nur finster an.

»Wir schließen einen Pakt: Ich respektiere Ihr Privatleben, und Sie respektieren meins. Nathan …« Sie beugte sich zu ihm, legte die Hand auf seine, in einer Geste, die eher natürlich als berechnend wirkte. »Ich weiß, dass Sie absolut keinen Grund haben, mir einen Gefallen zu tun, aber ich engagiere mich wirklich für dieses Buch. Aus privaten Gründen habe ich ein starkes Bedürfnis, es zu vollenden, und ich weiß, dass ich es kann. Hier.«

»Wenn Sie versuchen, Schuldgefühle in mir zu wecken, weil ich den großartigen amerikanischen Roman sabotiere …«

»Nein. Ich hätte es versucht, wenn es mir eingefallen wäre, aber ich habe nicht daran gedacht. Ich bitte Sie nur, mir eine Chance zu geben. Ein paar Wochen. Wenn ich Sie verrückt mache, dann ziehe ich aus.«

»Ich kenne Sie etwa zwölf Stunden, und Sie haben mich bereits verrückt gemacht.«

Jackie war am Gewinnen. Nur ein sehr schwacher Unterton in Nathans Stimme ließ es erahnen, aber sie schnappte ihn auf und schlug zu. »Sie haben all Ihre Pfannkuchen aufgegessen.«

Beinahe schuldbewusst blickte Nathan auf seinen leeren Teller. »Ich habe vierundzwanzig Stunden lang nur Flugzeugkost bekommen.«

»Warten Sie, bis Sie meine Crêpes probiert haben. Und meine belgischen Waffeln.« Sie zog die Unterlippe zwischen die Zähne. »Nathan, überlegen Sie es sich. Sie brauchen nicht eine einzige Konservendose zu öffnen, solange ich hier bin.«

Unwillkürlich dachte er an all die wahllosen Mahlzeiten, die er sich bereitet hatte, und an die kaum essbaren Gerichte, die er in Plastikbehältern ins Haus gebracht hatte. »Ich werde auswärts essen.«

»Ein tolles Privatleben hätten Sie, wenn Sie in überfüllten Restaurants sitzen und um die Aufmerksamkeit der Kellner wetteifern müssten. Bei meiner Lösung brauchen Sie nichts weiter zu tun, als sich zu entspannen.«

Er hasste Restaurants. Und er hatte im vergangenen Jahr mehr als genug davon gehabt. Die Vereinbarung erschien ihm durchaus sinnvoll, zumindest, während er angenehm gesättigt war. »Ich will mein Schlafzimmer zurück.«

»Das versteht sich von selbst.«

»Und ich mag keine Plauderei am Morgen.«

»Sehr unzivilisiert. Ich möchte den Pool benutzen dürfen.«

»Wenn ich auch nur einmal über Sie oder Ihre Sachen stolpere, fliegen Sie raus.«

»Einverstanden.« Jackie streckte die Hand aus. Sie ahnte, dass er ein Mann war, der zu einem Händedruck stand. Sie wurde sich dessen noch sicherer, als er zögerte. »Wissen Sie, Sie würden sich wirklich hassen, wenn Sie mich hinauswerfen.«

Nathan blickte finster drein, aber er fand seine Hand in ihrer wieder. Eine kleine Hand und eine weiche, dachte er, aber der Griff war fest. »Ich nehme jetzt ein Bad im Whirlpool.«

»Gute Idee. Lockern Sie all Ihre verkrampften Muskeln. Übrigens, was möchten Sie zum Lunch?«

Er ging, ohne sich noch einmal umzudrehen. »Überraschen Sie mich.«

Zeitweilige geistige Umnachtung, konstatierte Nathan. Er hatte einen Pensionsgast, noch dazu einen nicht zahlenden. Nathan Powell, ein konservatives, rechtschaffenes Mitglied der Gesellschaft, das zweiunddreißigjährige Wunderkind der Architektur, hatte eine fremde Frau im Haus.

Jacqueline MacNamara war ihm nicht nur fremd, sondern auch befremdend. Zu dem Schluss war er gekommen, als er sie nach dem Lunch am Pool meditieren gesehen hatte. Mit gekreuzten Beinen hatte sie am Rand gesessen, den Kopf zurückgeneigt, die Augen geschlossen, die Hände auf den Knien, mit den Innenflächen nach oben.

Er musste geistig umnachtet gewesen sein, als er sich auf ihre Vereinbarung eingelassen hatte, nur aufgrund von Blaubeerpfannkuchen und eines Lächelns. Die Zeitumstellung, entschied er, während er sich noch ein Glas Eistee einschenkte, den sie als Begleitgetränk zu einem wirklich außergewöhnlichen Spinatsalat bereitet hatte. Selbst ein kompetenter, intelligenter Mann konnte nach einem Transatlantikflug den Schwächen des Körpers zum Opfer fallen.

Zwei Wochen, beruhigte er sich. Genau genommen hatte er sich nur auf zwei Wochen eingelassen. Nach Ablauf dieser Zeit konnte er sie sanft, aber entschieden auf den Weg schicken. Vorerst wollte er tun, was er schon vor Stunden hätte tun sollen – sich vergewissern, dass er keine Verrückte am Hals hatte.

Ein ordentliches, ledergebundenes Adressbuch lag neben dem Küchentelefon wie neben jedem Telefon im Haus. Nathan schlug unter L nach. Jackie arbeitete oben an ihrem Buch – wenn es überhaupt ein Buch gab. Er wollte einen Anruf tätigen, einige sachdienliche Informationen einholen und dann entscheiden, wie es weitergehen sollte.

»Residenz Lindstrom.«

»Ich möchte mit Adele Lindstrom sprechen, bitte. Hier spricht Nathan Powell.«

»Einen Moment, Mr. Powell.«

Er nippte an seinem Tee, während er wartete.

»Nathan, mein Lieber, wie geht es Ihnen?«

»Sehr gut, und Ihnen, Adele?«

»Es könnte nicht besser sein. Was kann ich für Sie tun? Sind Sie in Chicago?«

»Nein. Ich bin gerade nach Hause zurückgekommen. Fred hat … ähm … das Haus für mich gehütet.«

»Natürlich, ich erinnere mich.« Eine lange, für Nathan bedeutungsvolle Pause trat ein. »Fred hat doch nichts Unartiges getan, oder?«

Unartig? Nathan strich sich mit einer Hand über das Gesicht. Nach kurzem Zögern entschied er, Adele nicht mit den traurigen Tatsachen zu schockieren, sondern diese abzuschwächen. »Wir haben allerdings ein kleines Durcheinander. Ihre Nichte ist hier.«

»Meine Nichte? Nun, ich habe mehrere davon. Jacqueline? Natürlich. Ich erinnere mich jetzt, dass Honoria – das ist Freds Mutter – mir erzählt hat, dass die kleine Jackie in den Süden wollte. Armer Nathan, Sie haben das Haus voller MacNamaras.«

»Fred ist in San Diego.«

»San Diego? Was treibt ihr denn alle in San Diego?«

Nathan überlegte, ob Adele Lindstrom damals in Chicago auch schon so zerstreut gewesen war. »Fred ist in San Diego – zumindest nehme ich es an. Ich bin in Florida, mit Ihrer Nichte.«

»Oh ... Oh!« Das zweite Oh klang höchst entzückt. »Ist das nicht reizend? Ich habe ja immer gesagt, dass unsere Jacqueline nur einen netten, beständigen Mann braucht. Sie ist zwar ein bisschen flatterhaft, aber sehr gescheit und äußerst gutherzig.«

»Da bin ich sicher.« Nathan hielt es für angebracht, die Sachlage schnellstens zu klären. »Sie ist nur aufgrund eines Missverständnisses hier. Es scheint, dass Fred ... nicht verstanden hat, dass ich nach Hause zurückkommen wollte, und er hat Jackie das Haus ... angeboten.«

»Ich verstehe.« Und Adele verstand wirklich vollkommen. Zum Glück für Nathan konnte er das belustigte Funkeln in ihren Augen nicht sehen. »Wie unangenehm für Sie. Ich hoffe, dass Sie und Jacqueline sich einig geworden sind.«

»Mehr oder weniger. Sie sind die Schwester ihrer Mutter?«

»Ja. Jackie sieht Patricia äußerlich ähnlich. So pikant. Ich war als Kind immer eifersüchtig. Ansonsten sind wir uns alle nicht ganz sicher, nach wem Jackie schlägt.«

»Das überrascht mich nicht.«

»Was ist es jetzt ... Malerei? Nein, es ist die Schreiberei. Jackie ist neuerdings Schriftstellerin.«

»Das sagt sie.«

»Bestimmt schreibt sie eine entzückende Geschichte. Sie hatte schon immer viele auf Lager.«

»Darauf wette ich.«

»Nun, mein Lieber, ich weiß, dass ihr beide prima miteinander auskommen werdet. Unsere kleine Jackie schafft es, mit fast jedem auszukommen. Das ist ein Talent von ihr. Patricia und ich hatten ja gehofft, dass sie inzwischen zur Ruhe gekommen wäre und geheiratet hätte – einen Teil ihrer Energie in die Gründung einer netten Familie gesteckt hätte. Sie ist ein süßes Ding – ein bisschen unbeständig, aber süß. Sie sind immer noch ledig, oder, Nathan?«

Den Blick zur Decke erhoben, schüttelte er den Kopf. »Ja, das bin ich. Es war nett, mit Ihnen zu plaudern, Adele. Ich werde Ihrer Nichte vorschlagen, dass sie sich bei Ihnen meldet, wenn sie hier auszieht.«

»Das wäre nett. Ich freue mich immer, von Jackie zu hören. Und auch von Ihnen, Nathan. Lassen Sie es mich wissen, wenn Sie wieder mal nach Chicago kommen.«

»Das werde ich. Passen Sie gut auf sich auf, Adele.« Er legte auf, starrte finster das Telefon an.

Es bestand kein Zweifel daran, dass seine Untermieterin genau die war, als die sie sich ausgegeben hatte. Doch damit war eigentlich nichts erreicht. Er konnte noch einmal mit ihr reden, doch als er es beim Lunch versucht hatte, da hatte er leichte, aber quälende Kopfschmerzen bekommen. Es mochte feige sein, aber er wollte lieber für den Rest des Tages so tun, als würde Jacqueline MacNamara mit den langen Beinen und dem strahlenden Lächeln nicht existieren.

Oben saß Jackie vor ihrer Schreibmaschine. Sie dachte überhaupt nicht an Nathan. Oder wenn sie es tat, dann hatte sie ihn so sehr mit ihrem hartgesottenen und heldenhaften Jake identifiziert, dass sie den Unterschied nicht merkte.

Es klappte. Manchmal, wenn ihre Gedanken zurück in die Gegenwart glitten, überkam sie die wundervolle Erkenntnis, dass sie tatsächlich schrieb, dass sie sich nicht nur nebenbei damit beschäftigte, wie sie es mit so vielen anderen Dingen getan hatte.

Sie wusste, dass ihre Familie über sie tuschelte. Der brillante Verstand und die gute Erziehung, und Jackie konnte sich anscheinend nie entscheiden, was sie damit anfangen sollte. Sie war glücklich, dass sie diesmal etwas gefunden hatte.

Sie lehnte sich zurück, las die letzte Szene und befand sie für gut. Sie wusste, dass drüben in Newport gewisse Leute den Kopf schütteln und nachsichtig lächeln würden. Die liebe kleine Jackie brachte nie etwas zu Ende, dafür war sie bekannt.

In ihrer Dekorationsphase hatte sie ein riesiges altes Haus gekauft und geschmirgelt, gehobelt, gestrichen und tapeziert. Sie hatte Klempnern und Verkabeln gelernt, hatte Holzlager und Eisenwarenhandlungen abgeklappert. Das Erdgeschoss – sie war stets dafür, unten anzufangen – war fabelhaft geworden. Das Problem dabei hatte, wie immer, darin bestanden, dass etwas anderes ihr Interesse erweckt hatte, sobald der Reiz des Neuen verflogen war. Das Haus hatte seinen Reiz für sie verloren. Sie hatte es zwar mit gutem Gewinn verkauft, aber nie die beiden oberen Stockwerke in Angriff genommen.

Diesmal war es anders. Jackie stützte das Kinn in die

Hand. Wie oft hatte sie das schon gesagt? Das Fotostudio, der Tanzunterricht, die Töpferscheibe. Aber diesmal war es wirklich anders. Sie hatte auf jedem Gebiet, auf dem sie sich versucht hatte, Geschick und Kreativität bewiesen, doch nun erkannte – oder hoffte – sie, dass all jene Experimente, all jene falschen Anfänge, zur Schriftstellerei geführt hatten.

Diesmal musste sie es zu Ende bringen. Nichts, an dem sie sich bisher versucht hatte, war ihr so wichtig und so richtig erschienen. Es war egal, dass ihre Familie sie als exzentrisch und wankelmütig ansah. Sie war exzentrisch und wankelmütig. Aber es musste etwas Bedeutsames in ihrem Leben geben.

Der große amerikanische Roman. Das ließ sie lächeln. Nein, das würde es nicht werden. Sie konnte sich kaum etwas Langweiligeres vorstellen, als zu versuchen, den großen amerikanischen Roman zu schreiben. Aber es konnte ein gutes Buch werden, das den Leuten vielleicht gefiel, ein Buch, mit dem sie sich an einem ruhigen Abend gern befassten. Das wäre schon wunderbar.

Es flog ihr so schnell zu, beinahe schneller, als sie es verarbeiten konnte. Der Raum war voller Nachschlagewerke und Handbücher, Reiseführer und Straßenkarten. Sie hatte alle erforscht. Sich gründlich auf ihr Thema vorzubereiten war eine Disziplin, die sie stets befolgte. Doch nun, da sie mittendrin in der Geschichte war, schien das alles nicht mehr wichtig. Sie schrieb spontan, instinktiv. Und soweit sie sich erinnerte – und ihr Erinnerungsvermögen war ausgezeichnet –, hatte sie noch nie so viel Spaß gehabt.

Jackie schloss die Augen, um an Jake zu denken. Sofort machten ihre Gedanken einen Sprung zu Nathan. War es nicht seltsam, wie sehr er dem Helden ihres Romans ähnelte? Dadurch wirkte alles wie vorherbestimmt. Sie hatte einen gesunden Respekt vor dem Schicksal, besonders seit ihrem Astrologiestudium.

Nicht, dass Nathan ein verwegener Revolverheld war, nein, er war eher liebenswürdig konservativ. Ein Mann, der sich gewiss für ordentlich und praktisch hielt. Sie bezweifelte ernsthaft, dass er sich als Künstler betrachtete, obgleich er zweifellos ein sehr talentierter Architekt war. Außerdem hielt er gewiss viel von Listen und Plänen. Sie respektierte das, obgleich sie selbst sich nie an eine Liste hatte halten können. Noch mehr bewunderte sie, dass er wusste, was er wollte, und es erreicht hatte.

Es war außerdem ein Vergnügen, ihn anzusehen – besonders, wenn er lächelte. Das Lächeln kam gewöhnlich widerstrebend, wodurch es noch netter wirkte. Jackie hatte bereits beschlossen, dass es ihre Pflicht war, ihm dieses Lächeln so oft wie möglich zu entlocken.

Es dürfte nicht allzu schwer sein. Offensichtlich hatte er ein weiches Herz. Sonst hätte er sie bereits am ersten Abend hinausgeworfen. Dass er es nicht getan hatte, obgleich ihm offensichtlich daran gelegen war, veranlasste sie, recht freundlich von ihm zu denken. Und deshalb war sie entschlossen, ihr Zusammenwohnen so angenehm wie möglich für ihn zu gestalten.

Sie bezweifelte nicht, dass sie ein paar Monate lang gut miteinander auskommen konnten. Im Grunde genommen zog sie Gesellschaft, selbst seine widerstrebende, der Einsamkeit vor.

Jackie mochte seinen Scharfsinn und seinen Sarkasmus. Selbst ein weniger feinfühliger Mensch als sie hätte erkannt, dass ihn nichts glücklicher machen würde, als sie loszuwerden. Leider konnte sie ihm diesen Gefallen nicht tun. Sie war entschlossen, ihr Buch zu vollenden und es dort zu vollenden, wo sie es begonnen hatte. Bis dahin wollte sie ihm so wenig wie nur möglich im Weg sein und ihm die besten Mahlzeiten seines Lebens zubereiten.

Dieser Gedanke ließ sie zur Uhr blicken. Es war wirklich lästig, in dem Moment ans Dinner denken zu müssen, in dem Jake gerade mit einem Apachen-Krieger kämpfte. Doch abgemacht war abgemacht.

Wiederum waren es die Düfte, die Nathan anlockten. Völlig zufrieden hatte er sich in die Lektüre der letzten Ausgabe seiner Architekturzeitschrift vertieft. Er genoss es, in seinem Arbeitszimmer mit den holzgetäfelten Wänden und dem Perserteppich zu sitzen. Terrassentüren öffneten sich zum Patio und zum Garten. Es war sein Refugium, mit dem schwachen Ledergeruch der Bücher und dem hellen Sonnenlicht, das durch Bleiglasfenster hereinströmte.

Am späten Nachmittag war es ihm beinahe gelungen, Jacqueline MacNamara und ihren hinterhältigen Cousin zu vergessen. Er hatte ihr fröhliches Summen gehört und es ignoriert. Das erfreute ihn. Ein Dienstmädchen. Er wollte sie als Dienstmädchen betrachten, sonst nichts.

Dann hatten die Düfte ihn zu reizen begonnen. Scharfe, würzige Düfte. Sie ließ wieder das Radio laufen. Laut. Darüber musste er wirklich mit ihr reden. Er beugte sich in seinem Sessel vor und versuchte, sich zu konzentrieren.

Ist das wohl Hähnchen, fragte Nathan sich, und er verlor prompt die Stelle, an der er in einem Artikel über Höhlenwohnungen angelangt war. Er dachte kurz daran, die Tür zu schließen, blätterte zerstreut eine Seite um und stellte dann fest, dass ihm die Popmusik aus dem Radio im Kopf herumspukte. Er sagte sich, dass Jackie jetzt zunächst einmal einen Vortrag über Musikverständnis brauchte, legte die Zeitschrift beiseite und eilte entschlossen zur Küche.

Nathan musste Jackie zweimal ansprechen, bevor sie ihn hörte.

Sie behielt den Griff der Bratpfanne in der Hand und schüttelte sie sanft, während sie rief: »Es ist gleich fertig. Möchten Sie ein Glas Wein?«

»Nein. Ich möchte, dass Sie das Ding da abstellen.«

»Dass ich was?«

»Das Ding da abstellen.« Verärgert ging Nathan zum Radio und schaltete es aus. »Haben Sie noch nie was von Innenohrschädigung gehört?«

»Ich lasse immer laut Musik laufen, wenn ich koche. Es inspiriert mich.«

»Leisten Sie sich Kopfhörer«, schlug er vor.

Mit einem Achselzucken rüttelte Jackie erneut die Pfanne, bevor sie die Flamme abdrehte. »Entschuldigung. Ich dachte, dass Sie Musik mögen, da Sie in jedem Zimmer Lautsprecher haben. Wie war Ihr Tag? Haben Sie sich gut ausgeruht?«

Etwas in ihrem Ton ließ ihn sich wie ein mürrischer Großvater fühlen. »Es geht mir gut«, sagte er kühl.

»Prima. Ich hoffe, Sie mögen Chinesisch.« Jackie schenkte ihm ein Glas Wein ein. Diesmal benutzte sie sein Waterford-Geschirr. Äußerst geschickt löffelte sie süß-saures Hähnchen auf ein Bett aus Reis. »Ich hatte keine Zeit für Glückskekse, aber im Backofen ist ein Kuchen.« Sie leckte sich Soße vom Daumen, bevor sie sich selbst auftat. »Lassen Sie es nicht kalt werden.«

Er setzte sich. Schließlich musste er essen. Während er einen Fleischwürfel auf die Gabel spießte, beobachtete er sie. Nichts schien sie aus der Ruhe zu bringen oder ihr Selbstvertrauen zu erschüttern. Das wird sich ändern, dachte er und wartete, bis sie sich zu ihm an die Theke setzte. »Ich habe heute mit Ihrer Tante gesprochen.«

»Wirklich? Tante Adele? Hat sie sich positiv über mich geäußert?«

»Mehr oder weniger.«

»Sie haben selbst Schuld«, sagte Jackie und begann, mit gesundem Appetit zu essen.

»Wie bitte?«

Sie kostete eine Bambussprosse. »Es wird sich wie ein Lauffeuer verbreiten, über den Lindstrom-Zweig und zu den MacNamaras. Wahrscheinlich auch bei den O'Brians. Das ist der Ehename der Schwester meines Vaters.« Sie nahm eine Gabel voll Safranreis. »Ich übernehme nicht die Verantwortung.«

Nun war er es, der aus der Ruhe gebracht war. Wieder einmal. »Ich weiß nicht, wovon Sie reden.«

»Von der Hochzeit.«

»Welcher Hochzeit?«

»Unserer.« Sie nahm unbekümmert ihr Glas, nippte daran und lächelte ihn über den Rand hinweg an. »Was halten Sie von dem Wein?«

»Was meinen Sie damit? Unsere Hochzeit?«

»Nun, ich meine es nicht, und Sie meinen es nicht. Aber Tante Adele wird es meinen. Zwanzig Minuten nach dem Gespräch mit Ihnen wird sie jedem, der ihr zuhört, überglücklich von unserer Romanze erzählt haben. Und die Leute hören ihr zu. Ich habe nie verstanden, warum. Sie lassen ja das Hähnchen kalt werden, Nathan.«

Er legte die Gabel neben den Teller und sagte mit ruhiger Stimme und festem Blick: »Ich habe keinerlei Grund zu der Annahme gegeben, dass wir etwas miteinander haben.«

»Natürlich nicht.« Jackie drückte beruhigend seinen Arm. »Sie haben Tante Adele nur erzählt, dass ich hier wohne.« Die Zeituhr summte, und sie sprang auf und holte den Kuchen aus dem Ofen.

Da Nathan einen Moment zum Nachdenken brauchte, wartete er, bis sie sich wieder gesetzt hatte. »Ich habe ihr erklärt, dass es sich um ein Missverständnis handelt.«

»Sie hat ein sehr wählerisches Gedächtnis.« Jackie nahm einen herzhaften Bissen. »Keine Sorge, ich binde Sie nicht daran. Finden Sie, dass genügend Ingwer an der Soße ist?«

»Es gibt nichts, an das Sie mich binden könnten.«

»Nicht aus unserer Warte.« Sie schenkte ihm einen mitfühlenden Blick. »Lassen Sie sich nicht den Appetit verderben. Ich werde schon mit der Familie fertig. Darf ich Ihnen eine persönliche Frage stellen?«

Nathan nahm seine Gabel wieder zur Hand. »Warum nicht?«

»Haben Sie zurzeit eine Beziehung mit jemandem? Es muss auch nicht besonders ernst sein.« Ihr gefiel, wie er als erste Reaktion die Augen zusammenkniff. Graue Augen, richtig graue Augen, hatten etwas sehr Durchdringendes an sich.

Er überlegte sich ein halbes Dutzend Antworten, bevor er sich für die Wahrheit entschied. »Nein.«

»Zu schade.« Sie runzelte flüchtig die Stirn. »Das hätte geholfen, aber ich werde einfach etwas erfinden. Würde es Sie sehr stören, wenn ich Sie sitzen ließe, vielleicht wegen eines Meeresbiologen?«

Nathan lachte. Er wusste nicht, warum, aber als er nach seinem Weinglas griff, schmunzelte er immer noch. »Keineswegs.«

Jackie hatte nicht damit gerechnet, dass sein Lachen so anziehend sein würde. Schmetterlinge tanzten in ihrem Bauch. Sie nahm es zur Kenntnis, genoss es flüchtig, unterdrückte es dann. »Sie sind ein feiner Kerl, Nathan. Nicht jeder würde das glauben, aber nicht jeder kennt Sie so wie ich. Ich hole Ihnen noch etwas Hähnchen.«

»Nein, ich hole es.«

Sie erhoben sich gleichzeitig, griffen beide nach seinem Teller. Ihre Hände schlossen sich darum und umeinander. Ihre Körper stießen zusammen. Er nahm ihren Arm, um sie zu stützen. Das übliche Lächeln und die automatische Entschuldigung blieb bei beiden aus.

Jackie stockte der Atem, und ihr Herz setzte einen Schlag aus. Das Gefühl überraschte sie nicht. Sie war zu sehr im

Einklang mit ihren Gefühlen, um überrascht zu sein. Es war deren Tiefe, die sie erstaunte. Die Berührung war zufällig, eher komisch als romantisch, doch sie hatte das Gefühl, als hätte sie ihr ganzes Leben darauf gewartet.

Sie würde sich erinnern an den Druck seiner Hand und an die Wärme seines Körpers, der flüchtig ihren streifte. Sie würde sich erinnern an den Ausdruck des überraschten Argwohns in seinen Augen und an das Aroma der Gewürze und des Weins. Sie würde sich erinnern an die Stille, die völlige und plötzliche Stille. Als hätte die Welt einen Augenblick lang den Atem angehalten. Nur einen Augenblick lang.

Was zum Teufel ist das? Das war Nathans erster und einziger zusammenhängender Gedanke. Er packte sie härter, als er sollte, so, als wolle er sich festhalten – aber das war absurd. Doch so absurd es auch war, er konnte sich nicht dazu bringen, Jackie loszulassen. Ihre Augen waren so groß, so sanft. War es dumm zu glauben, dass er völlige Aufrichtigkeit in ihnen sah? Jener Duft war da, ihr Duft, auf den er zuerst in seinem Schlafzimmer gestoßen war. Der Duft, der immer noch in der Luft hing, nachdem sie in eines der Gästezimmer gezogen war. Er hörte ihren tiefen Atemzug. Oder vielleicht war es sein eigener.

Und er begehrte sie. Es hielt nur einen Moment an, aber das Verlangen war stark.

Sie wichen gleichzeitig zurück, mit jener schnellen, beinahe ruckhaften Bewegung, die man machte, wenn man vor einer unerwarteten Flamme zurückschreckte. Jackie räusperte sich. Nathan stieß einen langen Atemzug aus.

»Es macht mir nichts aus.«

»Danke.«

Sie trat an den Herd. Während sie Hähnchen und Gemüse auf den Teller häufte, fragte sie sich, ob sie sich diesmal nicht auf ein Abenteuer eingelassen hatte, auf das sie lieber hätte verzichten sollen.

3. Kapitel

Jackie lehnte sich im Schreibtischstuhl zurück und dachte über Sarahs verwirrte und widersprüchliche Gefühle für Jake nach. Wie reagierte eine behütete junge Frau, kaum achtzehn, auf einen rücksichtslosen Revolverhelden, der sein Leben lang nach Regeln gelebt hatte, die sie nicht verstehen oder billigen konnte? Und wie reagierte ein Mann, der all das gesehen und getan hatte, was Jake Redman gesehen und getan hatte, auf eine unschuldige, im Kloster erzogene Frau?

Ihr Umgang miteinander konnte nicht reibungslos verlaufen. Ihr Zusammenfinden war zwar nicht unmöglich, aber zumindest sehr schwierig. Zwei verschiedene Welten, dachte Jackie. Verschiedene Wertvorstellungen, verschiedene Ambitionen. Das waren schwer zu überwindende Konflikte. Dazu kamen Schießereien, Verrat, Kidnapping und Rache, um die Sache interessant zu machen. Doch trotz all der Abenteuer sollte die Liebesgeschichte den Kern des Romans bilden. Wie diese beiden Menschen sich änderten und einander ergänzten, wie sie Kompromisse schlossen und sich anpassten.

Jackies Ansicht nach hatten Sarah und Jake eine gute Chance. Weil sie sich liebten. Und das war mehr als viele andere Leute von sich behaupten konnten.

Ihr kam in den Sinn, dass es alles war, was sie selbst wünschte. Eine gute Chance. Jemanden, den sie liebte und der sie liebte, mit dem sie Kompromisse schließen und langfristige Pläne schmieden konnte. Sie erwartete keine Perfektion, nicht nur, weil es langweilig wäre, sondern weil sie selbst niemals perfekt sein konnte. Es war weder nötig noch reizvoll, einen Mann zu haben, der in allem zustimmte.

Würde ihr schneidig gefallen? Wahrscheinlich. Es konnte lustig sein, jemanden zu haben, der in ihrem Leben ein und aus ging, der taufrische Rosen und Champagner vorbeibrachte. Es wäre ein nettes Intermezzo, aber sie war todsicher, dass sie nicht auf Dauer damit leben konnte. Schneidig brachte bestimmt nicht den Müll hinunter.

Einfühlsam. Jackie ließ sich das Wort durch den Kopf gehen und stellte sich einen netten, fürsorglichen Mann mit Hornbrille und sanfter Stimme vor, der Gedichte schrieb. Einfühlsam verstand immer die Bedürfnisse und Stimmungen einer Frau. Einfühlsam konnte ihr sehr gefallen. Bis einfühlsam sie verrückt machte.

Leidenschaftlich wäre auch ganz nett. Jemand, der sie über die Schulter warf und sie auf sonnenüberfluteten Feldern feurig liebte. Aber es konnte eine Strapaze werden, solche Dinge zu tun, wenn man einmal achtzig war.

Witzig, intelligent, verwegen und verlässlich.

Das war wohl das Problem. Ihr fielen ein Dutzend verschiedener Eigenschaften ein, die ihr an einem Mann gefielen, nicht aber eine Kombination, die sie auf lange Sicht fesseln konnte. Mit einem Seufzer stützte sie das Kinn in die Hand und blickte über die Schreibmaschine hinweg zum Fenster hinaus. Vielleicht war sie einfach noch nicht bereit, an Eheringe und Jägerzäune zu denken. Vielleicht wurde sie niemals bereit dazu.

Es war nicht so, dass sie Männer nicht schätzte. Alle, denen sie bisher nahegekommen war, hatten zumindest eine der Eigenschaften besessen, die sie bewunderte. Sie hatte sie gemocht, sogar ein bisschen geliebt. Aber die Liebe fiel ihr auch leicht. Sie verliebte und entliebte sich ohne Wunden und Narben. Doch das ist keine wahre Romanze, dachte sie. Eine wahre Romanze geht unter die Haut. Das muss so sein, wenn Liebe daraus erblühen soll.

Himmel, sie wurde philosophisch, seit sie begonnen hatte, Worte aufs Papier zu bringen. Vielleicht erklärte das ihre Reaktion auf Nathan.

Das Problem war, dass sie – obwohl sie geschickt mit Worten war – nicht die richtigen finden konnte, um jenen kurzen Moment des Kontakts zu beschreiben. Intensiv, verwirrend, aufschlussreich, unheimlich. All das war zutreffend, aber sie wusste nicht recht, was die Summe aus alldem ergab.

Anziehungskraft vielleicht? Die meisten Frauen empfanden dunkle, grüblerische Typen mit unnahbaren Eigenschaften als anziehend. Wusste der Himmel, warum. Doch jener Moment, jene flüchtige Verbindung, hatte mehr als Anziehungskraft bedeutet. Es war in keiner Weise einfach gewesen. Sie hatte ihn auf diese starke, vitale Art begehrt, die gewöhnlich erst im Laufe der Zeit kam.

Ich kenne dich, schien etwas in ihrem Innern gesagt zu haben, und ich habe auf dich gewartet.

Auch er hatte etwas gefühlt, da war sie sich sicher. Vielleicht war es dasselbe spontane Erkennen und spontane Verlangen. Was immer er empfunden hatte, es behagte ihm nicht, denn er mied sie seit zwei Tagen sehr sorgfältig. Kein leichtes Unterfangen, da sie im selben Haus wohnten, aber es war ihm gelungen.

Jackie hielt es noch immer für recht unhöflich von Nathan, dass er den ganzen Tag lang draußen auf seinem Boot verbrachte und sie nicht eingeladen hatte.

Vielleicht musste er die Situation durchdenken. Sie hielt ihn für einen Mann, der jedes Gebiet seines Lebens analysieren, ergründen und berechnen musste, selbst den Gefühlsbereich. Das war schade, aber sie war die Erste, die jedem seine Marotten zugestand.

Nathan brauchte sich ihretwegen nicht zu sorgen. Sie liebäugelte nicht mit einer Beziehung und schon gar nicht mit einem so zugeknöpften Mann wie ihm. Andernfalls hätte er Grund zur Sorge gehabt. Sie konnte sehr hartnäckig und überzeugend sein, wenn sie sich etwas in den Kopf gesetzt hatte. Zum Glück für ihn und vielleicht auch für sie selbst war sie viel zu sehr mit der Schreiberei beschäftigt, um ihm mehr als einen flüchtigen Gedanken zu widmen.

Dennoch blickte Jackie zur Uhr und stellte fest, dass es beinahe Dinnerzeit und er noch nicht zurück war. Sein Problem, dachte sie, er kann sich ein Sandwich machen, wenn er nach Hause kommt. Beim Geräusch eines Bootes spähte sie aus dem Fenster, lehnte sich dann mit einem winzigen Seufzer wieder zurück, als es vorbeifuhr.

Sie dachte eigentlich nicht an ihn, wie sie sich sagte. Sie … vertrieb sich nur die Zeit. Sie sehnte sich eigentlich nicht danach, dass er sie mitgenommen hätte, um einander besser kennenzulernen. Sie fragte sich eigentlich nicht, was für ein Mensch er war.

Was machte es schon, dass ihr sein Lachen gefiel? Es war bestimmt nicht wichtig, dass seine Augen dunkel und gefährlich in einem Augenblick und empfindsam im nächsten blicken konnten. Er war nur ein Mann, der ebenso an seine Arbeit und sein Image gebunden war wie sie an ihre Arbeit und ihre Zukunft. Es ging sie nichts an, dass er verspannter war, als er sein sollte, und einsamer. Es war nicht ihr Lebensziel, ihn aus der Reserve zu locken.

Mein Lebensziel, rief Jackie sich ins Gedächtnis, besteht darin, den Roman zu vollenden, ihn zu verkaufen und den Profit einer publizierten Schriftstellerin zu ernten. Sie richtete sich auf, verdrängte Nathan Powell aus ihren Gedanken und machte sich wieder an die Arbeit.

Dafür bin ich nach Hause gekommen, sagte Nathan sich, während er über einen der schmalen, verlassenen Kanäle fuhr. Ruhe und Frieden. Ohne Termine und Verträge, ohne Materialknappheit oder Inspektoren, mit denen er sich auseinandersetzen musste. Sonne und Wasser. Darüber hinaus wollte er an nichts denken.

Er fühlte sich beinahe wieder wie er selbst. Es war seltsam, dass er nicht früher daran gedacht hatte – das Boot zu nehmen und für den ganzen Tag zu verschwinden. Er mochte zugestimmt haben, für ein paar Wochen eine Untermieterin aufzunehmen, aber das bedeutete nicht, dass er ans Haus gefesselt war. Oder gar an sie.

Er konnte nicht sagen, dass es völlig unerfreulich war, Jackie dazuhaben. Sie hielt sich an ihren Teil der Verabredung. Die meisten Tage vergingen, ohne dass er sie überhaupt sah, außer in der Küche. Irgendwie hatte er sich sogar daran gewöhnt, stundenlang das ununterbrochene Klappern ihrer Schreibmaschine zu hören. Nach allem, was er wusste, mochte sie Kinderreime schreiben, aber er konnte nicht behaupten, dass sie sich nicht ranhielt.

Es gab eine Menge Dinge, die er nicht von ihr sagen konnte. Das Problem begann mit den Dingen, die er sagen konnte.

Sie sprach zu schnell. Das mochte wie eine seltsame Beschwerde klingen, nicht aber für einen Mann, der ruhige und geordnete Gespräche vorzog. Wenn sie über das Wetter sprachen, erwähnte sie ihre kurze Karriere als Meteorologin und sagte dann, dass sie den Regen mochte, weil er gut roch. Wer konnte schon mit solchen Gedankengängen mithalten?

Sie kam ihm zuvor. Er mochte gerade denken, dass er ein kaltes Getränk gebrauchen könnte, und fand sie in der Küche, wo sie ihm just in diesem Moment Eistee zubereitete oder ein Bier einschenkte. Sie hatte zwar bisher nicht erwähnt, dass sie als Hellseherin ausgebildet war, aber er fand es beunruhigend.

Sie wirkte immer vollkommen ungezwungen. Es war schwer, ihr das vorzuhalten, aber er wurde unwillkürlich verspannter, je gelassener sie wurde.

Sie trug stets Shorts und irgendein luftiges Top, ohne Make-up und mit ungezähmten Locken. Sie war schon beinahe nachlässig, und das hätte er nicht reizvoll finden dürfen. Er bevorzugte gepflegte, elegante Frauen – Frauen mit Schliff und Stil. Warum ging ihm dann dieses übermütige, natürliche Wesen nicht aus dem Sinn, das nichts weiter tat, um ihn anzulocken, als zu lächeln?

Weil sie anders war? Diese Idee konnte er sogleich verwerfen. Er zog das Gemütliche vor, und das Gemütliche bedeutete gewöhnlich das Vertraute. Und an Jackie war gewiss nichts Vertrautes. Man mochte ihm vorwerfen, dass er in einen gleichmäßigen Trott verfallen war, aber er fühlte sich dazu berechtigt. Da sein Beruf ihn in verschiedenste Städte, verschiedenste Länder führte und den Kontakt mit verschiedensten Leuten und auch ständige Probleme beinhaltete, hatte er, so fand er, einen netten, gemütlichen Rhythmus im Privatleben verdient.

Einsamkeit, Ruhe, ein gutes Buch, gelegentlich einen geistesverwandten Gefährten zum Dinner. Es schien nicht zu viel verlangt. Und Jacqueline MacNamara hatte das alles verdorben.

Er gab es nicht gerne zu, aber er gewöhnte sich allmählich an sie. Nach nur wenigen Tagen war ihm ihre Gesellschaft vertraut. Das allein war schon für einen Einzelgänger eine erschütternde Entdeckung.

Nathan gab Gas und ließ sein Boot dahinjagen. Vielleicht hätte er sich wohler gefühlt, wenn sie langweilig oder unscheinbar gewesen wäre. Für gesellschaftliche Anlässe bevorzugte er kultivierte Frauen, aber als Mitbewohnerin – als Untermieterin, korrigierte er sich entschieden – wäre ihm eine langweilige Person lieber gewesen.

Das Problem war – so still und unaufdringlich sie sich auch fast den ganzen Tag verhielt –, dass sie mit ihren spritzigen, überschäumenden Gesprächen, ihrem blendenden Lächeln, ihrer bunten Kleidung einfach nicht zu ignorieren war. Besonders auch, da sie niemals etwas anzuziehen schien, das mehr als zehn Prozent von ihr verhüllte.

So ärgerlich und unangenehm es auch war, einen Eindringling in seinem Heiligtum zu haben, konnte Nathan sich nun, da er allein war, mit dem Wind in den Haaren und auf dem Gesicht, vielleicht eingestehen, dass es Spaß brachte.

In den letzten Jahren hatte er sich nur wenig Spaß gegönnt. Die Arbeit war und blieb vorrangig für ihn. Das Bauen nahm seine Zeit in Anspruch. Er hatte die Verantwortung nie bereut. Hätte ihn jemand gefragt, ob ihm seine Arbeit Spaß machte, hätte er denjenigen erstaunt angeblickt und erwidert: Natürlich. Warum sonst sollte ich sie tun?

Er hätte über den Ausdruck »besessen« die Stirn gerunzelt, obwohl er besessen war. Er konnte sich im Geist ein Gebäude vorstellen, vollständig, bis hin ins letzte Detail, aber er betrachtete sich nicht als Künstler. Er war ein Profi, ausgebildet und erfahren, nicht mehr und nicht weniger.

Er liebte seinen Beruf und schätzte sich glücklich, eine Beschäftigung gefunden zu haben, für die er Geschick sowie Passion besaß. Nichts hatte ihm jemals so viel Zufriedenheit vermittelt wie die Vollendung eines seiner Bauwerke.

Dass er in seiner Arbeit aufging, bedeutete nicht, dass es seinem Leben auf anderen Gebieten mangelte. Es lag einfach daran, dass kein anderer Bereich denselben Reiz auf ihn ausübte. Er genoss die Gesellschaft von Frauen, hatte aber noch nie eine kennengelernt, die ihn nachts so wach halten konnte wie Konstruktionsprobleme eines Gebäudes. Es sei denn, er zählte Jackie mit. Doch das wollte er nicht.

Nathan blinzelte in die Sonne, drehte dann ab, bis er ihre Wärme im Rücken spürte. Das Stirnrunzeln blieb jedoch.

Ihre Gespräche waren wie Puzzlespiele, die er sortieren musste. Seit Jahren hatte ihn niemand zu so komplizierten Gedankengängen angeregt. Jackies ständige Fröhlichkeit wirkte ansteckend. Es wäre dumm zu leugnen, dass er seit seiner Kindheit nicht mehr so gut gegessen hatte – und vermutlich selbst damals nicht.

Sie hat ein reizvolles Lächeln, dachte Nathan, während er einen Seitenarm des Kanals entlangsteuerte. Und ihre Augen waren groß und dunkel. Dunkel, ja, aber sie hatten diese Eigenart, sich zu erhellen, wenn sie lächelte, und dazu war ihr voller Mund stets bereit.

Nathan ermahnte sich. Ihre körperlichen Attribute spielten keine Rolle, sollten es zumindest nicht.

Jener Moment der Berührung war Zufall gewesen. Und er übersteigerte zweifellos die Bedeutung dessen. Es mochte eine flüchtige Anziehungskraft bestanden haben, das war nur natürlich. Aber gewiss war nicht die Zuneigung vorhanden, die er sich eingebildet hatte. Er glaubte nicht an solche Dinge. Liebe auf den ersten Blick war eine Annehmlichkeit, die Schriftsteller benutzten – gewöhnlich schlechte. Und unmittelbares Verlangen war nur ein beschönigender Name für Begierde.

Was immer er gefühlt hatte, war nichts weiter als ein vager und vorübergehender Reiz, rein körperlich und leicht zu unterdrücken.

Er konnte Jackie beinahe über ihn lachen hören, obgleich er allein auf dem Wasser war und die Ufer verlassen dalagen.

Es dunkelte bereits, als Jackie das Boot ans Ufer kommen hörte. Sie war sicher, dass es Nathan war. Seit zwei Stunden waren all ihre Sinne auf seine Rückkehr eingestimmt. Eine

Woge der Erleichterung überlief sie. Er hatte also keinen der schrecklichen Bootsunfälle erlitten, die sie sich im Geiste schon ausgemalt hatte. Er war nicht entführt worden. Er war zurück, gesund und wohlbehalten.

Zwölf Stunden, dachte sie, während sie kopfüber in den Pool sprang. Er war beinahe zwölf Stunden fortgeblieben. Der Mann kannte offensichtlich keine Rücksicht.

Natürlich hatte sie sich nicht um ihn gesorgt. Sie war viel zu sehr mit ihren eigenen Problemen beschäftigt, um ihm mehr als einen flüchtigen Gedanken zu widmen – alle fünf Minuten in den letzten zwei Stunden.

Jackie begann, in einem steten Freistil zu schwimmen, um ihre aufgestaute Energie loszuwerden. Sie war nicht zornig, sie war nicht einmal verstimmt. Es war sein Leben, und er konnte damit tun, was ihm beliebte. Sie wollte kein Wort darüber verlieren, kein einziges Wort.

Sie schwamm zwanzig Bahnen, stützte dann die Ellbogen auf den Rand des Pools und warf das nasse Haar zurück.

»Trainieren Sie für die Olympischen Spiele?«, fragte Nathan. Er stand ein paar Schritte entfernt, ein Glas mit klarer, sprudelnder Flüssigkeit in der Hand.

Jackie blinzelte das Wasser aus ihren Augen und blickte ihn stirnrunzelnd an. Er trug frisch gebügelte Shorts und ein kurzärmeliges Polohemd, das so adrett und frisch aussah, als käme es geradewegs aus dem Karton. Nathan Powells Freizeitkleidung, dachte sie spöttisch. »Ich habe gar nicht gemerkt, dass Sie zurück sind.« Sie blickte auf seine Füße. Trotz all ihrer Leistungen war es ihr nie gelungen, demjenigen in die Augen zu sehen, den sie belog.

»Ich bin noch nicht lange hier.« Nathan erkannte, dass sie verärgert war. Er empfand es als höchst befriedigend. Er verwarf seine Abneigung gegen belangloses Geplauder und lächelte. »Wie war Ihr Tag?«

»Arbeitsreich.« Jackie stieß sich vom Rand ab und begann, gemächlich Wasser zu treten. Im Westen war der Himmel beinahe dunkel, aber die letzten Sonnenstrahlen fielen auf Pool und Garten. Sie traute der Art nicht, wie Nathan lächelte, aber es gefiel ihr. Es gab vermutlich nichts Langweiligeres als einen Mann, dem eine Frau bedingungslos vertrauen konnte. »Und wie war Ihr Tag?«

»Entspannend.« Er verspürte den Drang, seltsam und unerwartet, zu ihr in den Pool zu gleiten. Das Wasser war gewiss kühl und weich wie ihre Haut. Vielleicht ist mir die Sonne zu Kopf gestiegen, dachte er verärgert.

Jackie musterte ihn. Für seine Verhältnisse wirkte er wirklich relativ locker. Sie hatte bereits erkannt, dass er zu jenen Leuten gehörte, die Verspannung mit sich herumtrugen wie eine Verantwortung. Sie lächelte, verzieh ihm ebenso spontan, wie sie ärgerlich geworden war. »Möchten Sie ein Omelett?«

»Wie bitte?«, hakte er zerstreut nach. Sie trug zwei schmale Streifen als dürftigen Ersatz für einen Badeanzug. Das Wasser und vielleicht ein Trick des Lichts ließen sie auf ihrer Haut glänzen. Sehr viel Haut.

»Haben Sie Hunger? Ich kann Ihnen ein Omelett machen.«

»Nein. Nein danke.« Er nahm einen Schluck aus seinem Glas, um seine plötzlich ausgedörrte Kehle anzufeuchten. Dann stellte er das Glas ab und steckte die Hände in die Taschen. »Es wird kühl.« Wenn mir nichts Besseres einfällt, dachte er düster, dann sollte ich das Geplauder lieber einstellen.

»Wem sagen Sie das?« Jackie strich sich das Haar zurück und zog sich aus dem Pool.

Sie ist dünn, sagte Nathan sich. Im verblassenden Sonnenschein des Abends glitzerten Wassertropfen auf ihrer Haut.

»Ich habe ein Handtuch vergessen.«

Nathan schluckte und blickte zur Seite. Es war unklug, sie anzusehen, während er sich unwillkürlich vorstellte, wie leicht es wäre, ihr diese winzigen Stofffetzen abzustreifen und mit ihr ins Wasser zu gleiten. »Na, dann gehe ich jetzt mal ins Haus«, brachte er nach einem Moment hervor. »Ich habe Lektüre aufzuholen.«

»Ich auch. Ich lese Unmengen von Western. Haben Sie schon mal Zane Grey oder Louis L'Amour ausprobiert?« Sie trat auf ihn zu, während sie sprach, und er war unwillkürlich fasziniert von der Art, wie das Wasser an ihren Haaren und Wimpern hing. »Großartiges Zeug. Ich nehme Ihr Glas mit hinein.«

»Nicht nötig.«

Zum zweiten Mal griffen sie gleichzeitig zu. Zum zweiten Mal berührten und verfingen sich ihre Finger. Nathan spürte, wie ihre sich um das Glas versteiften. Sie fühlte es also auch … dieses Prickeln. Er bildete es sich nicht nur ein. Rasch löste er seinen Griff und trat zurück, im selben Moment wie Jackie.

Das Glas kippte, schwankte am Rand des Tisches. Gleichzeitig griffen Jackie und Nathan danach, fassten es, standen dann mit dem Glas zwischen ihnen da.

Jackie brachte nur ein rasches, nervöses Auflachen zustande. In Nathans Augen sah sie genau das, was sie verspürte. Verlangen, heiß, gefährlich und stark. »Sieht so aus, als bräuchten wir einen Choreografen.«

»Ich habe es.« Seine Stimme klang gepresst.

Nachdem Jackie das Glas losgelassen hatte, atmete sie tief und langsam aus. Sie fasste den Entschluss schnell, wie ihrer Ansicht nach alle guten Entschlüsse gefasst wurden. »Vielleicht ist es besser, wenn wir es hinter uns bringen.«

»Was?«

»Den Kuss. Es ist ganz einfach. Ich frage mich, wie es wohl wäre, Sie fragen sich, wie es wäre.« Obgleich ihre Stimme gelassen klang, befeuchtete sie sich die Lippen. »Meinen Sie nicht, dass wir uns wohler fühlen, wenn wir uns nicht mehr fragen?«

Nathan stellte das Glas ab und musterte sie. Es war kein romantischer Vorschlag, es war ein logischer. Das gefiel ihm. »Das ist eine sehr sachliche Betrachtungsweise.«

»Gelegentlich kann ich auch sachlich sein.« Sie zitterte ein wenig in der kühlen Luft. »Es besteht die Chance, dass es hinterher längst nicht mehr so wichtig ist. Die Fantasie verklärt die Dinge. Zumindest meine.« Das Lächeln stellte sich erneut ein, schnell und bezaubernd, mit dem Grübchen in der Wange. »Sie sind nicht mein Typ. Nichts für ungut. Und ich bezweifle, dass ich Ihrer bin.«

»Nein, das sind Sie nicht«, bestätigte er ein wenig gekränkt.

Jackie nahm seine Bemerkung mit einem zustimmenden Nicken hin. »Also, wir schaffen den Kuss aus der Welt und normalisieren wieder alles. Abgemacht?«

Er wusste nicht, ob sie es absichtlich tat – er war beinahe sicher, dass es nicht der Fall war –, aber es war ihr gelungen, seinen männlichen Stolz zu verletzen. Sie war so gelassen, so verdammt freundlich. So sicher, dass sein Kuss sie unbeeindruckt lassen würde. Ihn zu küssen war für sie wie das Verscheuchen einer lästigen Fliege.

Sie hätte gewarnt sein sollen durch seinen Blick – den Jake-Blick, wie sie ihn im Stillen immer noch nannte. Vielleicht war sie es auch, aber zu spät.

Mit einer Hand umschmiegte er ihren Hals, sodass seine Finger sich in ihrem feuchten Haar vergruben. Die Berührung war überraschend intim. Ein plötzlicher Instinkt riet ihr zurückzuweichen, aber sie ignorierte ihn. Sie war es gewohnt, sich den Dingen zu stellen. Daher trat sie vor, hob den Kopf. Sie erwartete etwas Angenehmes, Gewöhnliches. Es geschah nicht zum ersten Mal, dass sie mehr bekam, als sie erwartet hatte.

Raketen. Das war ihr erster Eindruck, als sich seine Lippen über ihren schlossen. Raketen, mit jenen leuchtenden Farben und jenem blitzschnellen Abzischen. Ihr leises Seufzen bedeutete nicht Protest, sondern Überraschung und Wonne. Sie lehnte sich an Nathan und genoss das Vergnügen.

Sie roch das Wasser an ihm, nicht das saubere, gechlorte Wasser des Pools, sondern das dunklere, aufregendere Wasser, das zum Meer floss. Die Luft kühlte rasch ab, während die Nacht anbrach, aber Jackies Frösteln war verschwunden. Ihre Haut erwärmte sich, als sie sich an ihn schmiegte und die Berührung seiner Hände spürte.

Sie hatte wirklich gewartet. Still kam ihr diese Erkenntnis. Sie hatte Jahre und Jahre darauf gewartet. Nur darauf.

Im Gegensatz zu Jackie hatte Nathan völlig zu denken aufgehört – zumindest glaubte er das. Sie schmeckte ... irgendwie exotisch. Ihr hübsches, exotisches Äußeres und ihr drahtiger Körper hatten ihn nicht vorgewarnt, ihm keinen Hinweis auf Milch, Honig und Gewürze gegeben. Sie schmeckte mild und wunderbar – nach der Wüste, nach etwas, das ein Sterbender gierig trank in der Oase seiner Fantasie.

Er hatte nicht beabsichtigt, sie zu umarmen, nicht so fest. Er hatte nicht beabsichtigt, seine Hände über ihren Körper gleiten zu lassen, nicht so frei. Irgendwie hatte er die Kontrolle über sich verloren. Mit jeder Berührung und jedem Streicheln verlor er ein klein wenig mehr.

Ihr Rücken war lang und schlank und glatt. Er ließ die Finger über ihre Haut gleiten und spürte Jackie erschauern. Das Verlangen erblühte erneut, bis sein Mund sich hart auf ihren presste – fordernder, als er beabsichtigt hatte. Sie akzeptierte mit einem sehnsüchtigen Seufzer, und sein Herz machte einen Satz.

Sie presste sich an ihn, ihr Mund geöffnet und willig, ihr Körper weich und nachgiebig.

Ich werde das niemals vergessen, dachte Jackie, bestimmt nicht ein einziges Detail. Nicht den schweren Duft der Blumen, das sanfte Summen der Insekten, das Plätschern des Wassers. Sie würde nie diesen ersten Kuss mit ihm vergessen.

Ihre Hände waren mit seinem Haar verflochten, ein Lächeln lag um ihre Lippen, als sie sich voneinander lösten. Sie schämte sich nicht ihrer Reaktion auf ihn und stieß einen langen, zufriedenen Seufzer aus. »Ich liebe Überraschungen«, murmelte sie.

Er nicht. Das rief er sich ins Gedächtnis und wich zurück, bevor er mit der Hand durch ihr Haar streichen konnte. Es verblüffte und verärgerte ihn, dass seine Finger ein wenig zitterten. Er begehrte unerträglich, was er nicht zu nehmen beabsichtigte. »Da wir nun unsere Neugier befriedigt haben, sollte es keine Probleme mehr geben.«

Er erwartete Zorn. Der kam auch zuerst, ein Blitzen in ihren Augen. Sie sind außergewöhnlich ausdrucksvoll, dachte er und verspürte einen Stich, als er den Schmerz in ihnen sah. Dann, wie der Zorn, verschwand auch das, wurde ersetzt durch Belustigung.

»Darauf würde ich lieber nicht wetten, Nathan.« Sie streichelte seine Wange, obgleich sie lieber die Faust eingesetzt hätte, und spazierte ins Haus zurück, ein schadenfrohes Lächeln auf den Lippen.

Ich werde ihm schon Probleme bereiten, dachte sie, als sie die Tür hinter sich schloss. Und es wird mir ein Vergnügen sein.

Ich werde seine pochierten Eier vergiften, überlegte Jackie, und dann malte sie sich die Szene in allen Einzelheiten aus. Wie er zum Frühstück herunterkam, kühl und selbstgefällig, in heller Leinenhose und dunkelblauem Hemd ohne die kleinste Knitterfalte.

Wie sie ihm köstlichen kanadischen Schinken servierte, zart gegrillt, dazu pochierte Eier auf Toast. Mit einem Hauch von irgendeinem Schmerzen verursachenden, wenn auch nicht tödlichen Gift. Wie sie sich selbst einen Teller herrichtete, damit alles normal wirkte. Wie sie über das Wetter sprachen. Ein bisschen feucht heute, nicht wahr? Vielleicht gibt es Regen.

Wie er den ersten Bissen Eier aß und ihr der kalte Schweiß ausbrach, während sie wartete. Wie er sich dann auf dem Boden wand, nach Luft schnappte, sich an die Kehle griff. Mit großen Augen und entsetztem Blick, während sie sich lächelnd und triumphierend über ihn beugte. Wie er sie keuchend um Verzeihung bat …

Aber das war nicht raffiniert genug. Jackie hielt sehr viel von Rache. Leute, die mit einem frommen Lächeln alles verziehen, verdienten es, getreten zu werden. Nicht, dass sie kleine, ungewollte Kränkungen nicht verzeihen konnte, aber die großen, vorsätzlichen erforderten Rache. Und sie wollte es Nathan Powell heimzahlen, wie er es verdiente.

Sie sagte sich, dass er ein kalter Fisch sei, ein gefühlloses Wesen, aber sie glaubte es nicht. Zu ihrem Pech hatte sie die Freundlichkeit und den Sinn für Fairness in ihm erkannt. Vielleicht war er steif, aber er war nicht kalt.

Vielleicht, nur vielleicht, maß sie dem Kuss zu viel Bedeutung bei. Vielleicht lagen ihre Gefühle dichter unter der Oberfläche als die der meisten Menschen. Doch auch er hatte etwas empfunden. Ein Mann hielt eine Frau nicht fest, als würde er von einem Kliff stürzen, wenn er nur von einem Bordstein rutschte.

Er hatte etwas empfunden, und sie wollte dafür sorgen, dass er noch mehr empfand. Und erbärmlich litt.

Ich kann Zurückweisung vertragen, sagte Jackie sich, während sie frische Kaffeebohnen mahlte. Es bereitete ihr eine ungeheure Befriedigung, etwas zu Staub zu zermahlen. Zurückweisung machte einen Menschen hart genug, um sich mehr anzustrengen. Sie hatte zwar nicht oft damit kämpfen müssen, aber sie hielt sich für genügend wohlwollend, um es zu akzeptieren, wenn es gerechtfertigt war.

Stirnrunzelnd beobachtete sie, wie der Kessel zu dampfen begann. Sie erwartete gewiss nicht, dass die Männer ihr zu Füßen fielen – obgleich sie sich erhoffte, dass sie gelegentlich ein wenig stolperten. Sie erwartete gewiss nicht Schwüre unsterblicher Liebe und Treue nach nur einer Umarmung, egal, wie heftig. Aber verdammt, es war doch etwas Besonderes zwischen ihnen, etwas Seltenes und Wundervolles. Er hatte kein Recht, das mit einem Achselzucken abzutun.

Und er wird bezahlen, dachte Jackie grimmig, während sie das kochende Wasser auf den gemahlenen Kaffee goss. Er würde bezahlen für das Achselzucken, das vorgetäuschte Desinteresse und vor allem für die schlaflose Nacht, die sie in Erinnerung an jede Sekunde in seinen Armen verbracht hatte.

Schade, dass ich nicht atemberaubend aussehe, sinnierte sie, während sie eine Pfanne erhitzte, um Speck darin zu braten. Wirklich atemberaubend, mit hohen Wangenknochen und üppiger Figur – oder aber zart und zerbrechlich, mit schmachtenden blauen Augen, hellem Haar und Porzellanhaut.

Nun, da sie ihr Äußeres nicht ändern konnte, wollte sie das Beste aus dem machen, was ihr gegeben war. Nathan Powell, Mann aus Stein und Stahl, sollte ihr schon bald verfallen sein.

Jackie hörte Nathan hereinkommen, aber sie ließ sich Zeit, bevor sie sich umdrehte. Ihr spärliches Oberteil brachte ihren gebräunten Rücken fantastisch zur Geltung. Sie warf ihr charmantestes Lächeln über die Schulter und musste einen Lachanfall unterdrücken. Er sah schrecklich aus.

Und er fühlte sich noch schlimmer. Während sie sich

zornig in ihrem Bett gewälzt hatte, hatte er sich fluchend in seinem gewälzt. Ihr fröhliches Lächeln erweckte in ihm den Drang zu barscher Unhöflichkeit.

Ein Kuss, und alles würde sich normalisieren? Er hätte sie erwürgen mögen. Nichts war mehr normal, seit sie sich in sein Leben gedrängt hatte. Soweit er sich erinnerte, hatte sein Körper seit seiner Teenagerzeit nicht mehr so geschmerzt, als seine Fantasie noch seine Erfahrung überflügelt hatte. Nun wusste er genau, wie es sein konnte, und er hatte fast die ganze Nacht damit verbracht, daran zu denken.

»Morgen, Nate. Kaffee?«

Nate? dachte er verärgert und nickte nur.

»Heiß und frisch, so, wie Sie ihn mögen.« Ihre Stimme klang zuckersüß. »Es gibt kanadischen Schinken und Eier. In fünf Minuten.«

Er leerte die erste Tasse. Dann stellte er sie zurück auf die Theke, und Jackie füllte sie erneut. Sie war großzügiger mit ihrem Parfüm umgegangen. Ihr Duft war immer noch nicht schwer oder aufdringlich, aber an diesem Morgen wirkte er ein wenig intensiver als gewöhnlich. Erinnerst du dich? schien es zu fragen. Argwöhnisch blickte er sie an.

War sie hübscher, oder bildete er es sich nur ein? Wie schaffte sie es nur, dass ihre Haut immer so leuchtend, so zart wirkte? Es war nicht fair, dass ihr Haar ständig zerzaust und dennoch so reizvoll aussah, ob sie nun einen Salat zubereitete oder ein Nickerchen auf der Couch hielt. Er hätte schwören können, dass er nie jemanden gesehen hatte, der am Morgen so lebendig aussah. Es war sehr ärgerlich, dass sie so frisch wirkte, während er sich völlig zerschlagen fühlte.

Obwohl Nathan es nicht wollte, wanderte sein Blick zu ihrem Mund. Sie hatte irgendetwas aufgelegt, das ihre Lippen so feucht und weich aussehen ließen, wie er sich an sie erinnerte. Er blickte sie finster an. »Mrs. Grange kommt heute.«

»Oh?« Jackie lächelte, während sie den brutzelnden Schinkenspeck umdrehte. »Das ist nett. Die Dinge normalisieren sich wirklich, nicht wahr?« Sie schlug ein Ei auf, einhändig, und ließ es in die Pochierpfanne fallen. »Werden Sie zum Lunch hier sein?«

Das Eigelb blieb ganz, und die Schale war nicht zersplittert. Ein netter Trick, dachte Nathan. Er war sicher, dass sie Hunderte auf Lager hatte. »Ich werde den ganzen Tag hier sein. Ich habe viele Anrufe zu tätigen.«

»Gut. Ich werde etwas Besonderes kochen.« Sie drehte sich zu ihm um und musterte ihn lange und interessiert. »Wissen Sie, Nathan, Sie sehen heute Morgen ein bisschen verhärmt aus. Schlecht geschlafen?«

Was immer es ihn auch kostete, er wollte die Ruhe bewahren. »Ich hatte einigen Papierkram aufzuarbeiten.«

Jackie schnalzte mitfühlend mit der Zunge, während sie sein Frühstück auf einem Teller arrangierte. »Sie arbeiten zu hart. Das macht Sie verspannt. Sie sollten Yoga probieren. Es gibt nichts Besseres als Meditation, um Geist und Körper zu entspannen.«

»Arbeit entspannt mich.«

»Ein verbreiteter Irrtum.« Sie stellte den Teller vor ihn hin, ging dann um die Bar herum. »Arbeit beschäftigt Ihr Gehirn und kann Sie von anderen Problemen ablenken, aber sie läutert nicht. Lassen Sie sich eine gute Massage verpassen.«

Jackie begann, seine Schultern zu kneten, und es freute sie, dass er bei der ersten Berührung zusammenzuckte. »Eine gute Massage lindert die Verspannung von Körper und Geist. Ein bisschen Öl, sanfte Musik, und Sie schlafen wie ein Baby. Oh, Sie haben einen richtigen Knoten hier im Nacken.«

»Ich fühle mich bestens«, brachte er mühsam beherrscht hervor. Sie hatte Magie in den Händen. Schwarze Magie. »Ich bin nie verspannt.«

Jackie runzelte die Stirn. Glaubte er das wirklich? Wahrscheinlich. Wer ständig verspannt war, hielt es vermutlich für normal. »Sagen wir mal, dass es unterschiedliche Grade der Entspannung gibt. Nach einer richtig guten Massage sind meine Muskeln weich wie Butter. Ich habe ein wundervolles Öl. Hans schwört darauf.«

»Hans?« Warum frage ich eigentlich? dachte Nathan ärgerlich, während er sich unwillkürlich unter ihren Händen streckte.

»Mein Masseur. Er stammt aus Norwegen und hat die Hände eines Künstlers. Er hat mir seine Technik beigebracht.«

»Das kann ich mir denken«, brummte Nathan und brachte sie damit zum Grinsen.

Wer hätte erwartet, dass Nathan solche Muskeln hat? dachte Jackie. Er zeichnete Grundrisse und verhandelte mit Ingenieuren. Sie hatte nicht vermutet, dass seine konservativen Hemden solch eine wundervolle Gestalt verbargen. Am vergangenen Abend, als er sie umarmt hatte, war sie zu benommen gewesen, um es zu bemerken. Sie ließ die Hände über seine Schultern gleiten. »Sie haben einen tollen Körperbau. Ich selbst habe nur schlappe Muskeln. Als ich beim Bodybuilding war, habe ich nicht viel mehr geschafft, als ins Schwitzen zu kommen.«

Genug ist genug, dachte Nathan. Noch ein Druck ihrer langen, geschmeidigen Finger, und er würde etwas Peinliches tun. Wimmern zum Beispiel. Stattdessen wirbelte er herum und packte ihre Hände. »Was zum Teufel wollen Sie erreichen?«

Es störte sie nicht, dass ihr Herz einen Satz machte. Es war sogar ein herrliches Gefühl, doch sie rief sich in Erinnerung, dass Rache ihr oberstes Ziel war. »Ich will erreichen, dass Sie locker werden, Nate. Verspannung ist schlecht für die Verdauung.«

»Ich bin nicht verspannt. Und nennen Sie mich nicht Nate.«

»Entschuldigung. Es passt zu Ihnen, wenn Sie diesen Ausdruck in den Augen haben – diesen Ausdruck, der so viel heißt wie: erst schießen, dann fragen.«

Er ermahnte sich zur Geduld. Er nahm sich vor, bis zehn zu zählen, aber er kam nur bis vier. »Vorsicht, Jackie. Sie sind nur auf Probe hier. Es wäre klüger, Ihr Spiel einzustellen.«

»Spiel?« Sie lächelte, aber in ihren Augen lag der erste Anflug von Kälte, den er je in ihnen gesehen hatte. »Ich weiß nicht, wovon Sie reden.«

»Was ist mit dem Zeug, dass Sie sich auf den Mund geschmiert haben?«

Bewusst fuhr sie sich mit der Zungenspitze über die Lippen. »Einer Frau steht hin und wieder ein bisschen Lippenstift zu. Gefällt es Ihnen nicht?«

Er wollte die Frage nicht mit einer Antwort würdigen. »Sie haben auch irgendwelches Zeug auf den Augen.«

»Verstoßen Kosmetika gegen das Gesetz in diesem Staat? Also wirklich, Nate – Entschuldigung, Nathan, das ist albern. Sie glauben doch wohl nicht, dass ich versuche, Sie zu … verführen?«

Sie lächelte erneut. »Ich würde doch meinen, dass ein großer, starker Mann wie Sie auf sich selbst aufpassen kann.« Ihr gefiel die Art, wie seine Augen sich verdunkelten. »Aber wenn es Sie anmacht, werde ich meinen Mund von jetzt an absolut nackt lassen. Ist Ihnen das lieber?«

»Wer anderen eine Grube gräbt, fällt selbst hinein.« Seine Stimme klang so sanft, so beherrscht, dass sie sich immer noch am Ruder wähnte.

»Das habe ich auch gehört.« Sie warf den Kopf zurück und blickte ihn unter langen Wimpern hervor an. »Aber wissen Sie, ich kann auch auf mich selbst aufpassen.« Da merkte sie, dass sie ihn falsch eingeschätzt hatte. Der Blick, der in seine

Augen trat, war so verwegen, so gefährlich, dass ihr Puls schneller ging.

Nun würde es mehr als ein Kuss sein, ob sie wollte oder nicht, dachte Nathan. Es würde genauso sein, wie es ihm beliebte, wann es ihm beliebte. Kein geschicktes Gerede, kein noch so charmantes Lächeln konnte sie retten.

Als es an der Haustür klingelte, rührte sich keiner von beiden. Dann setzte Jackies Vernunft wieder ein. »Das muss Mrs. Grange sein«, sagte sie fröhlich, eine Spur zu fröhlich. »Wenn Sie meine Hände loslassen, Nathan, mache ich gern die Tür auf, während Sie zu Ende frühstücken.«

Er ließ sie die längsten fünf Sekunden ihres Lebens leiden, während derer sie glaubte, er würde das Klingeln ignorieren und die Absicht, die sie in seinen Augen las, in die Tat umsetzen. Dann ließ er sie schweigend los und drehte sich zur Theke um. Leider war ihm nicht mehr nach Kaffee zumute, sondern nach einem kräftigen Drink.

Jackie lief aus der Küche. Sie hoffte inbrünstig, dass sein Frühstück eiskalt geworden war.

4. Kapitel

Als Jackie die Haustür öffnete, wusste sie zunächst nicht recht, was sie von der großen Frau in dem geblümten Hauskleid und den bequemen Freizeitschuhen halten sollte.

Mrs. Grange bedachte sie mit einem langen, abschätzenden Blick aus wässrig blauen Augen, schürzte die Lippen und sagte: »Na ja.«

Jackie lächelte und bot ihr die Hand. »Guten Morgen, Sie müssen Mrs. Grange sein. Ich bin Jackie MacNamara, und Nathan hat mich für ein paar Wochen am Hals, weil er es nicht über sich bringt, mich hinauszuwerfen. Haben Sie schon gefrühstückt?«

»Vor einer Stunde.« Mrs. Grange trat ein und stellte ihre große Leinentasche auf den Fußboden. »MacNamara. Sie müssen mit diesem Nichtsnutz verwandt sein.«

»Schuldig. Wir sind Cousin und Cousine. Er ist weg.«

»Ein Glück.« Schniefend blickte Mrs. Grange sich im Wohnbereich um. Obgleich ihr die frischen Blumen gefielen, war sie entschlossen, keine voreilige Anerkennung zu zeigen. »Ich sage Ihnen, was ich ihm auch gesagt habe. Ich räume niemandem den Dreck hinterher.«

»Und wer könnte Ihnen das verdenken?« Jackie grinste. Wenn ihr lieber Cousin Fred versucht hatte, sich bei Mrs. Grange einzuschmeicheln, so war er gründlich auf die Nase gefallen. »Ich wohne im blau-weißen Gästezimmer. Ich arbeite auch dort. Wenn Sie mich einfach wissen lassen, wann das Zimmer in Ihren Plan passt, dann werde ich Ihnen nicht im Weg sein. Um halb eins gibt es Mittag.«

Mrs. Grange schürzte erneut die Lippen. Es kam selten vor, dass ein Arbeitgeber ihr ein Essen anbot. Meistens wurde sie mit höflicher Missachtung behandelt. »Danke, ich habe mir Sandwiches mitgebracht.«

»Natürlich, wenn Sie die lieber möchten, aber ich hatte gehofft, dass Sie mit uns essen. Nathan ist in der Küche, und der Kaffee ist frisch.« Sie lächelte erneut und ging dann hinauf.

Den ganzen Vormittag über hörte Jackie die Geräusche des Staubsaugers und das schwere Poltern von Mrs. Granges Schuhen auf dem Flur. Es freute sie, dass der Lärm ihre Konzentration nicht störte. Ein richtiger Schriftsteller sollte ihrer Meinung nach genügend Fantasie besitzen, um jegliche äußere Störungen zu verkraften. Gegen Mittag war sie auf dem besten Wege, Jake und Sarah in ein neues Abenteuer zu schicken.

Sie entschied sich für einen Weizen-Petersilien-Salat zum Lunch. Zu lauter Radiomusik würfelte und hackte sie und summte vor sich hin, während sie sich vorzustellen versuchte, wie es sein mochte, Desperados zu entkommen.

Als Nathan hereinkam, drehte Jackie die Musik leiser und stellte eine riesige Schüssel auf den Tresen. »Ist Ihnen Eiskaffee recht?«

»Ja.« Seine Antwort klang gelassen, aber er beobachtete sie. Eine falsche Bewegung, dachte er, und ich stürze mich auf sie. Er wusste nicht genau, was eine falsche Bewegung wäre oder was er tun würde, nachdem er sich auf Jackie gestürzt hätte, aber er war bereit für sie.

»Ich möchte später gern das Telefon benutzen, wenn Sie nichts dagegen haben. Ferngespräche lasse ich über meine Kreditkarte laufen.«

»In Ordnung.«

»Danke. Ich halte es für an der Zeit, den Samen für Freds Untergang zu säen.«

Mit der Gabel auf halbem Weg zum Mund verharrte Nathan. »Was für eine Art Samen?«

»Es ist besser für Sie, wenn Sie es nicht wissen. Oh, hallo, Mrs. Grange.«

Verärgert über die Störung drehte Nathan sich zu seiner Haushälterin um. »Mrs. Grange?«

»Setzen Sie sich hierher«, lud Jackie die Haushälterin ein, bevor er weitersprechen konnte. »Ich hoffe, Sie mögen das hier. Es heißt Tabouleh und ist in Syrien sehr beliebt.«

Mrs. Grange hievte ihren schweren Körper auf einen Hocker und beäugte zweifelnd die Schüssel. »Da ist doch kein komisches Zeug drin, oder?«

»Nein.« Jackie stellte ein Glas Eiskaffee vor sie hin. »Wenn Sie es mögen, kann ich Ihnen das Rezept geben. Haben Sie Familie, Mrs. Grange?«

»Die Jungen sind erwachsen.« Vorsichtig nahm Mrs. Grange den ersten Bissen. Ihre Hände waren von der Arbeit gerötet und unberingt, wie Jackie bemerkte.

»Sie haben Söhne?«

»Vier. Zwei sind inzwischen verheiratet. Ich habe drei Enkelkinder.«

»Drei Enkelkinder! Das ist wundervoll, nicht wahr, Nathan? Haben Sie Fotos?« Ihre Augen strahlten.

Mrs. Grange nahm noch eine Gabel voll. Sie hatte noch nie etwas Derartiges probiert, aber es schmeckte ihr gut. »Ich habe ein paar in meiner Tasche.«

»Ich würde sie gern sehen.« Jackie setzte sich zwischen Mrs. Grange und Nathan. Er aß schweigend, wie ein Mann, der in einem Restaurant zu Fremden an einen Tisch gesetzt worden war. »Vier Söhne. Sie müssen sehr stolz sein.«

»Es sind gute Jungen.« Mrs. Granges breites, strenges Gesicht entspannte sich ein wenig. »Der Jüngste ist am College. Er wird Lehrer. Er ist wirklich klug. Hat mir nie Sorgen gemacht. Die anderen …« Sie hielt inne, schüttelte dann den Kopf. »Dieser Salat ist wirklich gut, Miss MacNamara.«

»Jackie. Und es freut mich, dass es Ihnen schmeckt. Möchten Sie noch Kaffee?«

»Nein, ich gehe lieber wieder an die Arbeit. Soll ich Ihre Hemden in die Wäscherei bringen, Mr. Powell?«

»Das wäre mir sehr lieb.«

»Wenn Sie Ihr Arbeitszimmer jetzt nicht benutzen müssen, mache ich dort als Nächstes sauber.«

»Sehr gut.«

Mrs. Grange wandte sich an Jackie, und ihre Augen blickten freundlich. »Machen Sie sich keine Gedanken, dass Sie mir oben im Weg sein könnten. Ich kann um Sie herumarbeiten.«

»Danke.« Jackie begann, das Geschirr abzuräumen, während Mrs. Grange hinausging.

Nathan blickte Jackie stirnrunzelnd über den Rand seines Glases hinweg an. »Was sollte das alles?«

»Hmm?« Sie blickte ihn an, während sie den restlichen Salat in eine kleinere Schüssel füllte.

»Die Sache mit Mrs. Grange. Was war das?«

»Mittagessen. Haben Sie etwas dagegen, wenn ich ihr den Rest mit nach Hause gebe?«

»Nein, nur zu. Essen Sie für gewöhnlich zusammen mit den Hilfskräften?«

Sie blickte ihn erneut an, zog eine Augenbraue hoch. »Warum nicht?«

Jede Antwort, die ihm einfiel, wirkte steif und snobistisch. Daher zuckte er nur die Schultern.

»Ist Mrs. Grange geschieden oder verwitwet?«

»Was?« Nathan schüttelte den Kopf. »Woher soll ich das wissen? Wieso wissen Sie, dass sie eins von beidem ist?«

»Weil sie von ihren Söhnen und Enkelkindern gesprochen

hat, aber ihren Ehemann nicht erwähnt hat. Daraus ist zu schließen, mein lieber Nathan, dass sie keinen hat. Ich tippe auf Scheidung, weil eine Witwe gewöhnlich den Ehering weiterhin trägt. Haben Sie nie darüber gesprochen?«

»Nein.« Brütend starrte er in seinen Eiskaffee. Er wollte nicht zugeben, dass Mrs. Grange seit fast sechs Jahren bei ihm arbeitete und er bis vor fünf Minuten nichts von ihren vier Söhnen und drei Enkeln gewusst hatte. »Es stand nicht in ihrem Bewerbungsschreiben, und ich wollte sie nicht aushorchen.«

»Das ist Unsinn. Jeder spricht gern von seiner Familie. Ich würde gern wissen, wie lange sie schon allein ist.« Sie ging in der Küche umher, spülte Geschirr und wischte Arbeitsflächen ab. »Ich kann mir nichts Schwereres vorstellen, als Kinder allein großziehen zu müssen. Haben Sie je daran gedacht?«

»Woran?«

»Eine Familie zu haben.« Sie schenkte sich noch ein Glas Eiskaffee ein, um es mit nach oben zu nehmen. »Wenn ich an Kinder denke, fühle ich mich immer sehr traditionell. Es überrascht mich, dass Sie nicht verheiratet sind, Nathan. Ein so traditioneller Mann wie Sie.«

Er blickte finster drein. »Ich merke, wenn man mich beleidigt.«

»Natürlich.« Sie berührte sanft seine Wange mit den Fingerspitzen. »Traditionell zu sein, ist kein Grund, sich zu schämen. Ich bewundere Sie, Nathan, ehrlich. Es ist etwas Gewinnendes an einem Mann, der immer weiß, wo seine Socken sind. Wenn die richtige Frau kommt, wird sie einen Haupttreffer erzielen.«

Er umklammerte ihr Handgelenk, bevor sie zurückweichen konnte. »Ist Ihnen schon mal die Nase gebrochen worden?«

Jackie grinste ihn vergnügt an. »Bisher noch nicht. Wollen Sie kämpfen?«

»Versuchen wir dies.«

Unvermutet fand Jackie sich auf seinem Schoß wieder. Sie musste sich an seine Schultern klammern, um nicht tatsächlich auf die Nase zu fallen. Sie hatte nicht erwartet, dass er so schnell handeln würde und auf diese Weise. Bevor sie entscheiden konnte, wie sie kontern sollte – oder ob überhaupt –, war sein Mund auf ihrem.

Nathan wusste nicht, warum er das getan hatte. Eigentlich hatte ihm danach verlangt, ihr eine Ohrfeige zu geben. Aber natürlich schlug ein Mann eine Frau nicht, und daher war ihm keine andere Wahl geblieben.

Wieso er geglaubt hatte, ein Kuss könnte Rache sein, begriff er nun nicht mehr. Sie wehrte sich nicht, obgleich ihm ihr stockender Atem und ihre verkrampften Hände verrieten, dass er sie zumindest überrascht hatte.

Sie konnte jedoch nicht überraschter sein als er selbst. Verdammt, er war nicht der Typ, der so mit Frauen umsprang. Doch es schien angebracht, wenn es um Jackie ging. Es schien … vorherbestimmt. Er konnte stundenlang rationalisieren und überlegen, bis alles kristallklar war. Dann konnte er sie berühren und jegliche Logik in den Wind schlagen.

Er wollte sie nicht. Er verzehrte sich nach ihr. Er mochte sie nicht einmal. Sie faszinierte ihn. Er hielt sie für verrückt. Und er wurde sich allmählich sicher, dass er es auch war. Er hatte stets gewusst, dass alles nach einem festen Schema ablief. Bis Jackie kam. Anscheinend war das Leben nicht immer geometrisch.

Ich habe es selbst herausgefordert, dachte Jackie. Und, zum Glück, hatte sie es bekommen. Jeglicher Gedanke an Rache verflog, als sie sich in den Kuss stürzte. Er war wundervoll, süß, scharf, heiß, prickelnd, so, wie sie es sich vorgestellt und erhofft hatte.

Sie legte ihr ganzes Herz hinein. Nathan war ein Mann, der sie lieben, sie akzeptieren konnte. Sie war nicht dumm und auch nicht naiv. Sie spürte es so deutlich, als hätte er die Worte ausgesprochen. Es war etwas Besonderes, Einzigartiges. Etwas, worüber Liebesgedichte geschrieben, worum Kriege geführt wurden. Manche Menschen warteten ein Leben lang darauf. Und nicht jeder fand es. Sie wusste es, und sie schlang die Arme um ihn – bereit, ihm alles zu geben, was sie war. Ohne Fragen, ohne Zweifel.

Etwas geschah. Er spürte es hinter dem Verlangen, hinter der Leidenschaft. Eine Veränderung fand in ihm statt, ein Sich-Öffnen. Wenn ihr Mund auf seinem war, ihr Körper in seinen Armen dahinschmolz, konnte er nicht über den Augenblick hinaus denken. Es war verrückt. Er dachte nie an ein Heute, ohne das Morgen zu berücksichtigen. Aber in diesem Moment wollte er sie einfach nur umarmen. Mehr von ihr kosten, Stück für Stück. Sie erforschen, sie entdecken. Er konnte an nichts anderes als an Jackie denken.

Es war der reine Wahnsinn. Nathan wusste es, fürchtete es, obgleich er sie fester an sich zog. Er versank buchstäblich in ihr. Es war ein seltsames und erotisches Gefühl, den Halt zu verlieren. Er musste dem sofort ein Ende setzen, bevor die Gefühle in ihm zu stark wurden, um sich kontrollieren zu lassen.

Er schob Jackie weg, bemühte sich, entschieden zu sein, beabsichtigte, grausam zu sein. Er wusste, dass er sie eigentlich wegschicken müsste. Doch sosehr er sich auch einredete, dass er sie nicht in seinem Leben wollte, konnte er doch nicht auf sie verzichten.

»Nathan.« Sanft schmiegte sie eine Hand um seine Wange. »Lass uns Mrs. Grange für heute freigeben. Ich möchte mit dir zusammen sein.«

Die Worte blieben ihm in der Kehle stecken, gefangen in einer neuen Woge des Verlangens. Er kannte keine andere Frau, die so offen mit ihren Gefühlen war, so ehrlich mit ihren Bedürfnissen. Jackie erschreckte ihn zutiefst. Er ließ sich noch einen Moment Zeit. Er konnte es sich schließlich nicht leisten, dass seine Stimme unsicher klang oder Jackie merkte, wie wankend sein Entschluss wirklich war.

»Du übertriffst dich selbst.« Als wäre der Kuss ohne Bedeutung gewesen, stellte er sie zurück auf den Boden. »Ich glaube, eine Affäre ist weder in deinem noch in meinem Interesse angesichts unserer derzeitigen Vereinbarung. Aber danke.«

Sie wurde blass, und er erkannte, dass er zu weit gegangen war in seinem Bedürfnis nach Selbstschutz.

»Jackie, ich habe es nicht so gemeint, wie es geklungen hat.«

»Nein? Nun, wie auch immer.« Sie war erstaunt, wie sehr es schmerzte. Sie hatte stets davon geträumt, sich zu verlieben, inniglich, blindlings, wundervoll verliebt zu sein. So ist es also, dachte sie, als sie eine Hand auf den Magen presste.

»Jackie, hör zu …«

»Nein, lieber nicht.« Als sie ihn nun anlächelte, erkannte er, wie speziell ihr ehrliches Lächeln war. »Keine Erklärungen nötig, Nathan. Es war nur ein Vorschlag. Ich sollte mich entschuldigen, dass ich zu weit gegangen bin.«

»Himmel, ich will keine Entschuldigung.«

»Nein? Nun, das ist gut, weil ich glaube, ich würde daran ersticken. Ich muss jetzt wieder an die Arbeit gehen, aber vorher ist da noch etwas.« Äußerst ruhig nahm sie ihr Glas Eiskaffee und goss es auf seinen Schoß. »Wir sehen uns beim Dinner.«

Jackie arbeitete wie eine Verrückte. Sie merkte kaum, dass Mrs. Grange kam, um die Bettwäsche zu wechseln und Staub zu wischen. Es erstaunte und verärgerte sie, wie gefährlich nahe sie den Tränen war. Es störte sie eigentlich nicht, Tränen zu vergießen. Es gab Zeiten, in denen sie nichts so genoss wie einen Heulanfall. Doch sie wusste, dass sie es diesmal kein bisschen genießen würde.

Wie konnte Nathan so unempfänglich, so gefühllos sein und glauben, dass sie ihm nichts als Sex, nichts als eine schnelle nachmittägliche Nummer geboten hätte? Und wie konnte sie so dumm sein und glauben, in ihn verliebt zu sein?

Liebe erforderte zwei Menschen, das wusste Jackie. Legte sie nicht gerade ihr Herz in einen Roman, der die Gefühle und Bedürfnisse zweier Menschen beinhaltete? Und jene Liebe war nicht aus einem Kuss entsprungen, sondern durch Zeit und Anstrengungen erwachsen.

Immer noch dieselbe alte Jackie, warf sie sich vor. Immer noch in dem Glauben, dass alles im Leben kinderleicht sei. Sie hatte einen Tritt verdient und ihn bekommen. Aber ob verdient oder nicht, dadurch wurde es nicht weniger demütigend, dass ausgerechnet Nathan ihr diesen Tritt verabreicht hatte.

Mrs. Grange räusperte sich zum dritten Mal, während sie das Kopfkissen leicht aufschüttelte. Sobald die Schreibmaschine verstummte, meldete sie sich zu Wort. »Sie tippen wirklich schnell. Arbeiten Sie als Sekretärin?«

Jackie ermahnte sich, dass es keinen Grund gab, ihre schlechte Laune an Mrs. Grange auszulassen. Sie zwang sich zu einem Lächeln. »Nein. Ich schreibe ein Buch.«

»Ach, wirklich?« Interessiert ging Mrs. Grange ans Fußende des Bettes und zog das Laken glatt. »Ich lese gern mal ein gutes Buch.«

Mrs. Grange war die erste Person, die von der Schreiberei erfuhr und nicht sofort die Augenbrauen hochzog oder den Blick zur Decke hob. Ermutigt wirbelte Jackie auf ihrem Drehstuhl zu ihr herum. Zum Teufel mit Nathan, dachte sie.

Jacqueline M. MacNamara war hierhergekommen, um ein Buch zu schreiben, und genau das würde sie auch tun. »Haben Sie oft Gelegenheit zu lesen?«

»Nach einem ganzen Tag auf den Beinen gibt es für mich nichts Schöneres, als es mir ein Stündchen mit einem netten Buch bequem zu machen.« Mrs. Grange rückte ein wenig näher, entstaubte die Lampe. »Was für ein Buch schreiben Sie denn?«

»Einen Liebesroman. Einen historischen Liebesroman.«

»Im Ernst? Liebesgeschichten mag ich besonders gern. Schreiben Sie schon lange?«

»Es ist mein erster Versuch. Ich habe etwa einen Monat lang Nachforschungen angestellt und Informationen gesammelt, und dann habe ich mich einfach hineingestürzt.«

Mrs. Grange blickte zur Schreibmaschine, dann wieder hinauf zur Lampe. »Ich nehme an, es ist wie mit dem Malen. Sie wollen es niemanden sehen lassen, bis es fertig ist.«

»Scherzen Sie?« Jackie lachte. »Ich brenne darauf, dass jemand es lesen möchte.« Aber nicht meine Verwandten, dachte sie, die haben schon zu viel gesehen, was ich angefangen und nicht beendet habe. »Möchten Sie die erste Seite lesen?«

»Na ja.« Mrs. Grange nahm das getippte Blatt und hielt es auf Armeslänge von sich. Sie las mit geschürzten Lippen und zusammengekniffenen Augen. Sekunden später stieß sie ein Keuchen aus, das Jackie als Lachen erkannte. Nichts, absolut nichts, hätte sie mehr erfreuen können.

»Es geht wirklich mit einem Knall los.« Bewunderung und Anerkennung lagen in Mrs. Granges Blick. »Es gibt nichts Besseres als eine Schießerei, um das Interesse zu wecken.«

»Das hatte ich gehofft. Natürlich ist es nur ein erster Versuch, aber ich komme schnell voran.« Jackie nahm die Seite zurück und musterte sie. »Ich hoffe, dass ich in ein paar Wochen genug geschafft habe, um es wegzuschicken.«

»Ich würde mich sehr freuen, das ganze Ding zu lesen, wenn Sie fertig sind.«

»Ich auch. Jeden Tag, wenn ich sehe, wie viele Seiten ich geschafft habe, kann ich es kaum glauben.« Ein wenig zögernd legte Jackie die Hand auf das Manuskript. »Ich weiß noch nicht recht, was ich tun werde, wenn es fertig ist.«

»Nun, dann werden Sie wohl ein anderes schreiben müssen, oder?« Mrs. Grange hob den Putzkorb auf und polterte hinaus.

Sie hat recht, dachte Jackie. Ob man gewann oder verlor, das Leben begann oder endete nicht mit dem ersten Versuch. Niemand wusste das besser als sie. Wenn etwas klappte, machte man weiter. Und wenn etwas nicht klappte und man wollte, machte man auch weiter.

Sie drehte sich um, blickte lächelnd auf die halb volle Seite in der Maschine. Diese Philosophie konnte sie gut auf ihre Schreiberei anwenden. Und vielleicht auch auf Nathan.

Nathan war wütend auf sich selbst. Doch es war einfacher und wesentlich angenehmer, seinen Zorn auf Jackie zu richten. Er hatte sie nicht küssen wollen. Sie hatte ihn dazu verleitet. Er hatte ihr gewiss nicht wehtun wollen. Sie hatte ihn dazu gezwungen. In nur wenigen Tagen hatte sie ihn in einen unwirschen Schuft mit übertriebener Libido verwandelt.

Er war eigentlich ein sehr netter Mann, davon war er überzeugt. Gewiss, er konnte starrsinnig sein, und er war oft ein ungeduldiger Perfektionist im Beruf. Er konnte mit unpersönlicher Geschwindigkeit einstellen und entlassen, aber das war rein geschäftlich. Im Privatleben hatte er niemandem Grund gegeben, ihn nicht zu mögen.

Wenn er gesellschaftlich mit einer Frau verkehrte, achtete er stets darauf, dass die Regeln von Anfang an feststanden. Wenn sich die Beziehung vertiefte, kannten beide sehr genau die Möglichkeiten und Grenzen. Niemand hätte ihn je als Frauenhelden bezeichnet.

Das bedeutete nicht, dass er nicht eine gewisse Anzahl an … Freundinnen hatte. Für einen erwachsenen, gesunden Mann war es unmöglich, ohne Gesellschaft und Sex zu leben. Aber, verdammt, er war es, der die entsprechenden Schritte, die Avancen unternahm – und es gab ein gewisses Muster, nach dem diese Dinge abliefen. Wenn ein Mann und eine Frau beschlossen, über Freundschaft hinauszugehen, dann taten sie es verantwortungsbewusst, mit ebenso viel Vorsicht wie Zuneigung. Und vorher entwickelten sie ein gewisses Einvernehmen und Verständnis.

Sich in der Küche nach dem Genuss eines Petersiliensalats zu befummeln, entsprach nicht seiner Vorstellung von einer vernünftigen, erwachsenen Beziehung. Wenn das altmodisch war, dann war er eben altmodisch.

Das Problem war nur, dass der Kuss am Küchentresen ihn mehr aufgewühlt hatte als jede der sorgsam programmierten, rücksichtsvollen und reifen Beziehungen, die er je eingegangen war. Und es war nicht die Art, in der er sein Leben verlaufen lassen wollte.

Nathan hatte nicht viel von seinem Vater gelernt, außer eine Krawatte richtig zu binden sowie einige andere Kleinigkeiten, aber er hatte gelernt, dass eine Frau mit Respekt, Bewunderung und Fürsorge zu behandeln war. Er war ein Gentleman – war es stets gewesen. Rosen zu den entsprechenden Anlässen, eine leichte Hand und ein gewisses Maß an Werbung.

Er wusste mit einer Frau umzugehen, eine Beziehung in die richtigen Bahnen zu lenken und ohne Szenen und Beschuldigungen zu beenden. Wenn er übertrieben bedacht war, niemanden zu nahe an sich heranzulassen, so hatte er gute Gründe. Noch etwas hatte er von seinem Vater gelernt: niemals Versprechungen zu machen, die er nicht halten konnte, und niemals Bindungen einzugehen, die er gewiss brechen würde. Er war sehr stolz darauf, dass er und die jeweils beteiligte Frau sich stets als Freunde getrennt hatten, wenn es nötig geworden war, eine Beziehung zu beenden.

Wie konnten er und Jackie sich als Freunde trennen, wenn sie noch gar keine geworden waren? Auf jeden Fall hielt er sich für scharfsinnig genug, um zu wissen, dass eine Beziehung mit einer Frau wie Jackie nicht ohne Szenen und Beschuldigungen ausgehen würde. Das Ende wäre gewiss genauso explosiv und unlogisch wie der Anfang.

Nathan mochte keine sprunghaften Persönlichkeiten und keine hochfliegenden Temperamente. Sie störten seine Konzentration.

Er musste unbedingt wieder in Gang kommen – die Vorbereitungen für sein nächstes Projekt beginnen, sein gesellschaftliches Leben wieder aufnehmen. Er hatte zu viel Zeit mit dem Projekt in Deutschland verbracht. Und seit er wieder zu Hause war, hatte er keinen friedlichen Moment erlebt.

Seine eigene Schuld. Nathan war bereit, die Verantwortung zu übernehmen. Seinem uneingeladenen Gast blieb noch eine Woche – schließlich hatte er es ihr zugesagt. Dann war sie draußen. Draußen und vergessen. Nun, auf jeden Fall draußen.

Nathan ging hinauf in den ersten Stock in der Absicht, sich umzuziehen und sich in den Pool zu stürzen. Dann hörte er Jackies Lachen. Es war wohl sein Pech, dass sie ein so reizvolles Lachen hatte. Er hörte sie auf ihre spritzige Art sprechen und blieb stehen. Ihre Zimmertür stand offen. Es ist kein Lauschen, sagte er sich, schließlich ist es mein Haus.

»Tante Honoria, wie bist du denn bloß auf die Idee gekommen?« Im Stuhl zurückgelehnt, hielt Jackie das Telefon zwischen Schulter und Kinn, während sie sich die Fußnägel lackierte. »Natürlich bin ich nicht böse auf Fred. Warum sollte ich? Er hat mir einen wundervollen Gefallen erwiesen. Das Haus ist einfach vollkommen, genau das, was ich gesucht habe. Und Nathan – Nathan ist der Besitzer –, ja, er ist einfach hinreißend.«

Sie streckte ihren Fuß aus, um ihr Werk zu bewundern. »Nein, Liebes, wir haben uns bestens geeinigt. Er ist ein bisschen einsiedlerisch, und deswegen bleiben wir für uns. Ich koche für ihn. Der Darling setzt ein bisschen Bauch an.«

Vor der Tür legte Nathan automatisch eine Hand auf seinen Magen.

»Nein, er ist sehr nett. Wir kommen einfach prima miteinander aus. Er könnte einer meiner Onkel sein. Sein Haaransatz geht übrigens ein bisschen zurück, genau wie Onkel Bens.«

Diesmal griff Nathan mit beiden Händen zu seinen Haaren.

»Ich bin froh, dass ich dich beruhigen konnte. Nein, lass Fred unbedingt wissen, dass es nicht besser sein könnte. Ich hätte mich ja selbst bei ihm gemeldet, aber ich wusste nicht genau, wohin er entschwunden ist.«

Eine Pause trat ein. Aus irgendeinem Grund empfand Nathan sie als besonders kalt.

»Natürlich, Liebes, ich weiß genau, wie Fred ist.« Jackie lauschte einen Moment, murmelte gelegentlich zustimmend und lachte einige Male. Nathan wollte schon weitergehen, als sie wieder sprach. »Ach, Tante Honoria, jetzt hätte ich es fast vergessen. Wie heißt dieser wundervolle Grundstücksmakler, den du beim Hawkins-Besitz eingeschaltet hast?«

Sie nahm sich den anderen Fuß vor und erklärte: »Nun, es ist noch vertraulich, aber ich weiß ja, dass ich mich auf dich verlassen kann. Also, da ist ein Stück Land, ungefähr fünfundzwanzig Morgen. Südlich von hier, genannt Shutter's Creek. Du wirst es doch für dich behalten, oder?«

Jackie lächelte und lackierte weiter, während sie die Zusicherung erhielt. Tante Honorias Versprechungen waren so leicht wegzuwischen wie feuchter Nagellack. »Ja, das wusste ich. Jedenfalls wird es zu Tiefstpreisen verkauft, und natürlich wäre ich normalerweise nicht interessiert. Im Moment ist es kaum mehr als ein Sumpf. Aber das Schöne daran ist, dass ›Allegheny Enterprises‹ – du weißt doch, die Baufirma, die all die wundervollen Erholungszentren errichtet? Ja, genau die. Sie erkunden das Gebiet. Sie wollen es trockenlegen und so ein tolles Zentrum wie in Arizona errichten. Ja, es ist wundervoll, was sie dort aus ein paar Morgen Wüste gemacht haben, nicht wahr?«

Sie lauschte eine Weile, fuhr dann fort: »Ein kleiner Tipp von einem meiner Freunde. Ich will es mir schnellstens schnappen und dann an ›Allegheny‹ weiterverkaufen. Mein Freund sagt, dass die den dreifachen Preis zahlen. Ja, ich weiß, es klingt zu gut, um wahr zu sein. Behalte es bloß für dich, Tantchen. Ich will sehen, ob dieser Makler die Angelegenheit durchziehen kann, bevor es bekannt wird.«

Jackie lauschte erneut, während sie eine dritte Schicht Lack in Erwägung zog. »Ja, es ist streng geheim. Deswegen will ich keinen Makler hier in Florida beauftragen. Nein, ich habe Mom und Dad noch nichts gesagt. Du weißt ja, wie sehr ich Überraschungen liebe. Oh, es klingelt an der Tür. Ich muss rennen. Grüß alle von mir. Ich melde mich wieder. Ciao.«

Erfreut über sich selbst, richtete Jackie sich auf und ließ den Drehstuhl kreisen. »Oh, hallo, Nathan.«

»Ich weiß nicht, woher du deine Informationen hast, aber wenn du nicht noch mehr Geld verlieren willst, solltest du dir ein anderes Projekt als Shutter's Creek suchen. Das sind fünfundzwanzig Morgen Schlamm und Mücken.«

»Ja, ich weiß.« Gelenkig hob Jackie einen Fuß, sodass sie auf die lackierten Zehennägel pusten konnte. »Und wenn ich mich nicht sehr täusche, wird der liebe alte Fred diese herrlichen Mücken innerhalb von vierundzwanzig Stunden besitzen. Ich finde, wenn man etwas heimzahlt, sollte man es da tun, wo es am meisten wehtut. Bei Fred ist es die Brieftasche.«

Beeindruckt trat Nathan weiter in den Raum. »Du hast den Samen seines Untergangs gesät?«

»Genau. Und er müsste über Nacht sprießen.«

Nathan überdachte es. Ein gemeiner Trick, ein sehr gemeiner Trick. Er wünschte nur, die Sache wäre ihm eingefallen. »Woher weißt du, dass er zugreift?«

Jackie lächelte nur gelassen. »Wollen wir wetten?«

»Nein, lieber nicht. Wie viel wird pro Morgen verlangt?«

»Ach, nur zweitausend. Fred müsste es eigentlich schaffen, ohne große Mühe fünfzig zu erbetteln, zu leihen oder zu stehlen.« Jackie entschied sich schließlich gegen eine dritte Schicht Lack und schraubte das Fläschchen zu. »Ich zahle immer alles zurück, Nathan. Ohne Ausnahme.«

Er erkannte die Warnung und fand, dass er sie verdient hatte. »Falls es dich tröstet – ich bezweifle, dass ich jemals wieder Eiskaffee trinken kann.«

Sie kreuzte lässig die Beine. »Ich nehme mal an, das bedeutet einiges.«

»Und mir geht nicht das Haar aus.«

Sie ließ den Blick über sein Haar gleiten. Es war dicht und kräftig und dunkel. Sie erinnerte sich sehr deutlich, wie es sich angefühlt hatte. »Wahrscheinlich nicht.«

»Und ich habe auch keinen Bauch.«

Sie ließ den Blick zu seinem festen und sehr flachen Bauch wandern. »Nun, noch nicht.«

»Und ich bin nicht hinreißend.«

»Nun …« Ihre Augen lachten, als sie seinem Blick begegnete. »Dann eben toll – auf eine sehr gesetzte und männliche Weise.«

Nathan öffnete den Mund, um zu widersprechen, entschied dann aber, dass es sicherer war aufzugeben. »Es tut mir leid«, lenkte er stattdessen ein.

Jackies Blick wurde sanfter, ebenso wie ihr Lächeln. Rache geriet immer in den Hintergrund vor einer Entschuldigung. »Ja, das glaube ich. Magst du Neuanfänge, Nathan?«

So leicht war es also. Er hätte wissen sollen, dass es bei ihr so leicht war. »Ja, eigentlich schon.«

»Also gut.« Sie stand auf, reichte ihm die Hand. »Freunde?«

Er wusste, dass er ihr eine Liste mit Gründen hätte geben können, warum sie keine Freunde sein konnten, und eine noch längere, warum sie keine sein sollten. Aber er schlug dennoch ein. »Freunde. Möchtest du schwimmen gehen?«

»Ja.« Sie hätte ihn küssen mögen. Sie sehnte sich danach, doch sie ermahnte sich zur Zurückhaltung. »Gib mir fünf Minuten zum Umziehen.« Zum Küssen wollte sie mehr Zeit haben.

5. Kapitel

Nathan war gerade in den Pool gesprungen und wieder aufgetaucht, als Jackie kam. Bevor er sich das Wasser aus den Augen wischen konnte, sprang sie neben ihm hinein.

»Du bist schnell«, bemerkte er, als sie auftauchte.

»Meistens.« Sie schwamm anderthalb Längen auf der Seite. »Ich liebe deinen Pool. Er hat dazu beigetragen, dass ich hier bin. Ich bin mit einem Pool aufgewachsen, und deshalb hätte es mir gar nicht gepasst, drei volle Monate lang ohne auskommen zu müssen.«

»Stets gern zu Diensten«, sagte er, doch es klang längst nicht so sarkastisch, wie er beabsichtigt hatte. »Ich nehme an, du schwimmst sehr viel.«

»Nicht so viel wie früher.« Sie rollte sich auf den Rücken und ließ sich treiben. »Als Teenager war ich ein paar Jahre in einem Schwimmteam. Ich dachte ernsthaft an die Olympiade.«

»Das überrascht mich nicht.«

»Dann verliebte ich mich in meinen Trainer. Sein Name war Hank.« Jackie seufzte und schloss die Augen. »Danach konnte ich mich nicht mehr auf meinen Stil konzentrieren. Ich war fünfzehn und er fünfundzwanzig. Ich träumte davon, ihn zu heiraten und mit ihm eine Schwimmstaffel aufzubauen. Aber er war nur an meinem Rückenschwimmen interessiert. Rückwärts konnte ich mich schon immer gut bewegen.«

»Was du nicht sagst.«

»Wirklich. Ich war im ganzen Staat bekannt für mein Rückenschwimmen. Jedenfalls war Hank sehr groß, mit Schultern wie ein Kleiderschrank. Ich hatte schon immer eine Schwäche für breite Schultern.« Sie öffnete kurz die Augen, um Nathan zu mustern. Ohne Hemd wirkte sein Körper muskulöser und durchtrainierter, als sie erwartet hatte. »Deine sind sehr nett.«

»Danke.« Nathan stellte fest, dass es entspannend und anregend zugleich war, sich neben ihr treiben zu lassen.

»Hank hatte außerdem große blaue Augen. Ich pflegte von diesen Augen zu träumen.«

Unsinnigerweise begann Nathan, diesen Hank zu verabscheuen. »Aber er interessierte sich nur für dein Rückenschwimmen.«

»Genau. Um seine Aufmerksamkeit zu erregen, gab ich vor zu ertrinken. Ich stellte mir vor, dass er mich herausziehen, Mund zu Mund beatmen und erkennen würde, dass er wahnsinnig in mich verliebt sei und nicht ohne mich leben könne. Woher sollte ich wissen, dass mein Vater ausgerechnet jenen Tag ausgewählt hatte, um dem Training zuzusehen?«

»Niemand konnte das ahnen.«

»Ich wusste, dass du es verstehen würdest. Also sprang mein Vater in seinem dreiteiligen Anzug und seiner Schweizer Uhr in den Pool. Beides war übrigens nachher nicht mehr zu gebrauchen. Nachdem er mich herausgezogen hatte, war er hysterisch. Meine Teamgenossen glaubten, es wäre die Reaktion auf den Schock, aber mein Vater kannte mich einfach zu gut. Bevor ich mich versah, war ich aus dem Schwimmteam raus und auf dem Tennisplatz. Mit einer Trainerin.«

»Dein Vater scheint ein kluger Mann zu sein.«

»Oh ja, er ist sehr scharfsinnig. Niemand kann ihm lange etwas vormachen. Der Himmel weiß, wie oft ich es versucht habe.«

»Stehst du deiner Familie nahe?«, wollte Nathan wissen.

Jackie glaubte, einen sehnsüchtigen Unterton in seiner Stimme zu hören. »Sehr. Manchmal beinahe zu sehr. Vielleicht ziehe ich mich deshalb immer wieder irgendwohin zurück und versuche etwas Neues. Wenn es nach Daddy ginge, wäre ich in Newport mit dem Mann seiner Wahl verheiratet, würde seine Enkel großziehen und nie etwas anstellen. Hast du Familie hier in Florida?«

»Nein.« Sein Ton verriet, dass dieses Thema für ihn tabu war.

Um ihn nicht schon wieder zu verärgern, ließ Jackie es dabei bewenden. »Willst du um die Wette schwimmen? Zum anderen Ende und zurück. Du hast drei Züge Vorsprung.«

Er blickte sie an. Sie trat Wasser, das Gesicht nur wenige Zentimeter von seinem entfernt. Er erkannte, dass er sie im Bruchteil von Sekunden an sich reißen und küssen konnte. Ein Wettschwimmen, befand er, war eine bessere Idee. »Gut.« Er schwamm lässig drei Züge, dann sah er sie an sich vorbeisausen. Belustigt setzte er ihr nach.

Es mochte einige Jahre her sein, seit sie in einem Schwimmteam mitgewirkt hatte, aber nach ein paar Metern merkte Nathan, dass sie ihren Kampfgeist bewahrt hatte. Bei den meisten Frauen wäre er geneigt gewesen, absichtlich zu verlieren. Bei Jackie allerdings nicht.

Als sie die Wand erreichten und wendeten, waren sie Kopf an Kopf. Den erwarteten Vorsprung konnte Nathan nicht erzielen. Jackies lange Beine brachten sie schnell voran, und ihre schlanken Arme schnitten mit behänden, gleichmäßigen Zügen durch das Wasser. Allmählich rückte er vor, im Vorteil durch seine größere Reichweite. Eine halbe Länge vor ihr erreichte er den Rand des Pools.

»Ich muss nachgelassen haben.« Ein wenig außer Atem lehnte Jackie die Unterarme auf den Rand, legte die Wange darauf und musterte Nathan. Seine Haut glänzte. Wassertropfen rannen über seine muskulösen Arme und Schultern. Die Art von Armen und Schultern, dachte sie, auf die sich eine Frau verlassen kann. »Du bist gut in Form, Nathan.«

»Du auch.« Er war selbst außer Atem geraten.

»Nächstes Mal gebe ich dir keinen Vorsprung.«

Er grinste. »Ich werde trotzdem gewinnen.«

»Vielleicht.« Sie strich sich mit einer Hand durch das Haar, sodass es sich reizvoll um ihr Gesicht lockte. »Wie ist denn dein Tennis?«

»Nicht schlecht.«

»Nun, das wäre eine Möglichkeit.« Sie zog sich aus dem Wasser, setzte sich auf den Rand und ließ die Beine baumeln. »Wie steht es mit Latein?«

»Was soll mit Latein sein?«

»Wir könnten ein Latein-Turnier veranstalten.«

Kopfschüttelnd setzte er sich neben sie. »Ich kann aber kein Latein.«

»Jeder kann etwas Latein. ›Corpus delicti‹ oder ›magna cum laude‹.« Sie lehnte sich auf die Ellbogen zurück. »Ich habe nie begriffen, warum man es eine tote Sprache nennt, wenn es täglich benutzt wird.«

»Das ist gewiss einige Gedanken wert.«

Sie lachte. Sie konnte nicht anders. Er hatte so eine drollige Art, ihr zu sagen, dass er sie für verrückt hielt. Wenn seine Augen so hell und freundlich blickten und das Lächeln um seine Lippen zu spielen begann, dann kam er ihr vor wie jemand, den sie schon ihr Leben lang kannte. »Ich mag dich, Nathan. Wirklich.«

»Ich mag dich auch, glaube ich.« Es war absolut unmöglich, ihr Lächeln nicht zu erwidern, so, wie es unmöglich war, sie nicht anzusehen, wenn sie irgendwo in der Nähe war. Sie wirkte einfach anziehend. Mit ihr zusammen zu sein, war, wie sich an einem heißen Tag in einen kalten See zu stürzen. Ein Schock für den Körper zwar, aber ein herrlich angenehmer Schock, von Kopf bis Fuß.

Bevor Nathan bewusst wurde, was er tat, strich er ihr eine feuchte Locke aus dem Gesicht. Sobald seine Finger ihre Wange streiften, erkannte er, dass es ein Fehler war.

Jackie richtete sich ein wenig auf und nahm seine Hand in ihre. Sie zog seine Finger an die Lippen, in einer Geste, deren Natürlichkeit ihn erstaunte. »Nathan, gibt es irgendeine Frau, wegen der ich mich sorgen müsste?«

Er wich nicht zurück, obgleich er wusste, dass er es hätte tun sollen. Irgendwie hatten seine Finger sich mit ihren verschlungen. »Was meinst du damit?«

»Ich meine, du hast gesagt, dass du keine Beziehung hast, aber ich frage mich, ob da nicht doch jemand ist. Ich habe nichts gegen Konkurrenz, ich möchte es nur wissen.«

Es gab niemanden. Selbst wenn es jemanden gegeben hätte, wäre die Erinnerung an sie verpufft wie eine Rauchwolke. Das war es, was ihn beunruhigte. »Jackie, du bist mir immer einen Schritt voraus.«

»Ja?« Sie brauchte sich nur ein wenig vorzubeugen, und schon berührten ihre Lippen federleicht seine. »Was meinst du, wie lange es dauern wird, bis du mich eingeholt hast?«

Er war sich nicht bewusst, dass er sich bewegt hatte, aber irgendwie umschmiegten seine Hände ihr Gesicht. Es hätte ganz einfach sein können, unkompliziert. Sie war willig, er wollte sie. Sie waren Erwachsene, die die Regeln und Risiken kannten. Es gab keine Versprechungen, und es waren keine nötig. Doch während ihre Lippen sich unter seinen öffneten, während er nahm, was sie bot, und nach mehr fieberte, erkannte er, dass nichts daran einfach war.

»Ich denke nicht, dass ich bereit für dich bin«, murmelte er, aber er drückte sie sanft hinab auf den Beckenrand.

»Dann denke nicht.« Jackie schlang die Arme um seinen Hals. Sie hatte gewartet. Sie hatte auf ihn gewartet, nur auf ihn, ihr ganzes Leben lang. Es war so einfach, so natürlich, ihn zu wollen und diesem Verlangen nachzugeben.

Irgendwie hatte sie schon als Mädchen geahnt, dass es nur einen Mann für sie gab. Sie hatte nicht gewusst, wie oder wann sie ihn finden würde oder ob überhaupt. Ohne ihn wäre sie zufrieden gewesen, allein zu leben. Doch nun war er da, sein Mund lag auf ihren Lippen, sein Körper wärmte ihren. Sie brauchte nicht an morgen oder übermorgen zu denken, während sie einen lebenslangen Traum in den Armen hielt. Sie murmelte seinen Namen und genoss das Gefühl, ebenfalls begehrt zu werden.

Sie war nicht wie andere Frauen. Nathan hatte zuvor begehrt, aber nicht so. Er konnte nicht denken, wenn er Jackie nahe war. Er konnte nur fühlen. Zärtlichkeit, Leidenschaft, Verzweiflung, Verlangen.

Lag es daran, dass sie jedermanns Traum war? Eine großzügige, willige Frau, deren Bedürfnisse und Forderungen denen eines Mannes entsprachen – eine Frau ohne Hemmungen und Verstellung. Er wünschte, er könnte glauben, dass es das war. Aber er wusste, dass es mehr war, viel mehr.

Und er verlor sich, mehr und mehr. Sein ganzes Leben lang hatte er gewusst, wohin er ging und warum. Es war nicht möglich, es war nicht richtig, ihr zu gestatten, das zu ändern. Er musste aufhören, solange er noch eine Wahl hatte oder zumindest vorgeben konnte, eine zu haben.

Langsam und mit wesentlich mehr Mühe, als Nathan sich vorgestellt hatte, zog er sich zurück. Die Sonne stand im Westen, noch hoch genug, um Glanzlichter auf Jackies Haar zu zaubern. Es war nicht einfach braun, wie er geglaubt hatte, es wies Dutzende von Schattierungen auf. Sanft, warm, satt. Genau wie ihre Augen. Genau wie ihre Haut.

Er zwang sich, sie nicht noch einmal zu berühren. »Wir sollten lieber hineingehen.«

Sie war innerlich dahingeschmolzen. Völlig. In diesem Moment hätte er alles von ihr verlangen können, und sie hätte es ihm ohne Zögern gegeben. Sie blinzelte, wehrte sich gegen die Rückkehr in die Wirklichkeit. Hätte sie die Wahl gehabt, wäre sie in seinen Armen geblieben, für immer. Doch sie war nicht dumm.

Nathan wollte nicht hineingehen, um das Begonnene fortzusetzen, sondern um es zu beenden. Sie schloss die Augen, akzeptierte den Schmerz. »Geh nur vor. Ich sonne mich noch ein bisschen.«

»Jackie?« Sie öffnete die Augen. Es überraschte ihn, solch eine Geduld in ihnen zu sehen. Er rückte von ihr ab, denn sonst hätte er sie erneut berührt. »Ich fange nicht gern etwas an, solange ich nicht weiß, wie es ausgeht.«

Sie stieß einen langen Seufzer aus, weil sie verstand. »Das ist sehr schade. Auf diese Weise entgeht einem schrecklich viel.«

»Und man macht weniger Fehler. Ich mache nun mal nicht gern Fehler.«

»Ist es das, was ich bin?« Es lag gerade genug Belustigung in ihrer Stimme, um ihn zu erleichtern.

»Ja. Du warst von Anfang an ein Fehler.« Er bemerkte, dass sie ihn anblickte, wie sie manchmal dreinblickte, wenn sie ein kompliziertes Gericht zubereitete. »Du weißt, dass es besser wäre, wenn du nicht hierbleibst.«

Sie zog eine Braue hoch. Es war die einzige Veränderung an ihrem stillen, intensiven Blick. »Wirfst du mich hinaus?«

»Nein.« Er sagte es zu schnell und verfluchte sich sofort dafür. »Ich sollte es tun, aber ich scheine nicht dazu fähig zu sein.«

Sie legte leicht eine Hand auf seine Schulter. Er war wieder verspannt. »Du willst mich, Nathan. Ist das so schrecklich?«

»Ich nehme nicht alles, was ich will.«

Sie runzelte nachdenklich die Stirn. »Nein, das tust du nicht. Du bist zu empfindsam. Das ist eines der Dinge, die mir am besten an dir gefallen. Aber du wirst mich irgendwann nehmen. Weil etwas Richtiges zwischen uns ist. Und wir wissen es beide.«

»Ich schlafe nicht mit jeder Frau, die mich anzieht.«

»Das freut mich zu hören.« Jackie setzte sich auf, zog die Knie an, schlang die Arme um sie. »Das wäre in mehr als einer Hinsicht gefährlich.« Sie musterte ihn. »Glaubst du, dass ich mit jedem Mann schlafe, der meinen Blutdruck erhöht?«

Ratlos und ein wenig unbehaglich bewegte er die Schultern. »Ich kenne dich oder deine Lebensweise nicht.«

»Das stimmt. Nun, ich bin fünfundzwanzig, und ich habe mich unzählige Male verliebt und entliebt. Verlieben gefällt mir besser, aber es hat nie angehalten. Vielleicht ist es für dich schwer zu akzeptieren, aber ich bin keine Jungfrau mehr.«

Sie klopfte ihm auf die Schulter, als er den Kopf schüttelte. »Ich weiß, schockierend, nicht wahr? Ich gestehe, dass ich mit einem Mann zusammen war. Genau genommen mit zweien. Das erste Mal an meinem einundzwanzigsten Geburtstag.«

»Jackie ...«

»Ich weiß«, unterbrach sie ihn, »das ist heutzutage ein bisschen spät für das erste Mal, aber ich hasse es, Trends zu folgen. Ich war jedenfalls verrückt nach ihm. Er konnte Yeats zitieren.«

»Das erklärt alles«, brummte Nathan.

»Ich wusste, dass du es verstehen würdest. Dann habe ich vor ein paar Jahren mit Fotografieren angefangen. Stimmungsvolle Schwarz-Weiß-Fotos. Da lernte ich diesen Mann kennen. Schwarze Lederjacke, sehr düsteres gutes Aussehen.« In ihren Augen lag eher Belustigung als Rührseligkeit. »Er zog bei mir ein und saß herum, attraktiv und bedrückt. Ich brauchte nur ein paar Wochen, um zu merken, dass es mir nicht liegt, deprimiert zu sein. Aber ich habe ein paar wundervolle Fotos gemacht. Seitdem hat niemand mein Herz schneller schlagen lassen. Außer dir.«

Er saß still, wunderte sich, dass es ihn freute, dass es nur zwei wichtige Männer in ihrem Leben gegeben hatte. Und dass er nun auf beide eifersüchtig war. Nach einer Weile blickte er sie wieder an. Das Licht hatte sich leicht verändert. Es erwärmte ihre Haut. »Ich kann nicht recht entscheiden, ob du überhaupt keine Tücken hast oder mehr als jeder andere.«

»Ist es nicht schön, sich über etwas wundern zu können? Ich glaube, deshalb will ich schreiben. Dabei kann man sich von Anfang bis Ende wundern.« Jackie schwieg einen Moment, fuhr dann fort: »Nathan, da ist noch etwas, über das du dich wundern könntest. Ich bin in dich verliebt.« Sie stand auf, und während er in erstauntem Schweigen dasaß, sagte sie: »Ich möchte nicht, dass du dich deswegen sorgst. Ich hasse es nur, wenn man die Dinge wegzuheucheln versucht. Gute Dinge, meine ich. Ich gehe jetzt doch lieber hinein und ziehe mich um, bevor ich das Abendessen zubereite.«

Nathan fragte sich, ob wohl irgendjemand sonst so gelassen eine Bombe platzen lassen und dann davongehen konnte, ohne den Schaden zu prüfen. Jackie konnte es.

Er runzelte die Stirn und beobachtete, wie die Sonnenstrahlen auf dem Wasser tanzten. Ein Boot fuhr nach Norden. Er hörte von Ferne das Tuckern des Motors. Die Luft roch nach Frühling, nach sonnengewärmten Blumen und frisch geschnittenem Gras. Die Tage wurden länger, und die Hitze hielt sich bis in den Abend. So war das Leben. Es ging weiter. Es verlief nach einem Schema.

Jackie war in ihn verliebt. Es war absurd. Warum war er dann nicht überrascht? Es hing damit zusammen, wer sie war. Während er es nicht gewohnt war, Worte wie Liebe leichthin zu benutzen, war sie viel freier mit Worten und Gefühlen.

Er wusste nicht einmal, was Liebe für sie bedeutete. Eine Anziehungskraft, eine Zuneigung, ein Funke. Das war für viele Leute mehr als genug. Hatte sie ihm nicht gerade selbst gesagt, dass sie sich unzählige Male verliebt und entliebt hatte? Er war nur ein weiteres Abenteuer für sie.

War es nicht das, was er glauben wollte? Warum verärgerte ihn dieser Gedanke dann so sehr? Weil er kein weiteres Abenteuer sein wollte. Nicht für sie. Er wollte nicht, dass sie in ihn verliebt war, aber wenn sie es war, dann sollte es richtig sein.

Nathan stand auf, ging hinüber zu der Mauer, die seinen Besitz begrenzte und hinter der der Kanal vorbeiplätscherte. Früher einmal war sein Leben so gleichförmig verlaufen – wie ein ruhiger Kanal, der mühelos zum Meer floss. So wollte er es. Er hatte keine Zeit, sich mit impulsiven Frauen abzugeben, die von Liebe sprachen.

Irgendwann in der Zukunft würde Zeit für solche Dinge sein – mit der richtigen Frau. Einer vernünftigen, geschliffenen, dachte Nathan. Dann fragte er sich, warum das plötzlich nach einem hübschen Möbelstück statt nach einer Ehefrau klang.

Jackie tat ihm das an, erkannte er, und es missfiel ihm. Sie hatte kein Recht, ihm zu sagen, dass sie verliebt in ihn war, ihn denken zu lassen, dass vielleicht auch er …

Nein, er unterbrach sich. Es war mehr als lächerlich, sich vorzustellen, dass er verliebt in sie sein könnte. Er kannte sie kaum, und meistens war sie ein Ärgernis. Wenn er sich zu ihr hingezogen fühlte, dann einfach deshalb, weil sie attraktiv war. Und er hatte sich in Deutschland so sehr in die Arbeit vertieft, dass ihm keine Zeit für andere Dinge geblieben war, die ein Mann brauchte.

Oh nein, das war eine Lüge. Er empfand etwas für Jackie. Er wusste nicht recht, was, aber er fühlte es. Er wollte mehr als nur mit ihr ins Bett gehen und seine Lust stillen. Er wollte bei ihr sein, sie halten, ihre leise, faszinierende Stimme all seine Verspannungen verscheuchen lassen.

Aber das ist keine Liebe, versicherte Nathan sich. Es mochte ein wenig Zuneigung sein. Das war akzeptabel. Ein Mann konnte Zuneigung für eine Frau entwickeln, ohne sich zu verlieben.

Er fuhr sich mit einer Hand durchs Haar, wandte sich dann dem Haus zu. Was immer dazu nötig war, er wollte wieder normal werden. Er redete sich ein, dass es ratsam, nicht feige war, durch die Seitentür hineinzugehen und Jackie zu meiden.

Jackie schämte sich nicht, dass sie Nathan gesagt hatte, was sie für ihn empfand. Und sie wollte die Worte nicht zurücknehmen. Sie war der festen Meinung, dass es sinnlos war, eine Entscheidung zu bereuen, nachdem sie gefallen war. Außerdem hätte es nichts an der Tatsache geändert, dass es die Wahrheit war.

Sie hatte nicht beabsichtigt, sich in ihn zu verlieben, und dadurch war es umso süßer und wichtiger. Zu anderen Zeiten in ihrem Leben hatte sie einen Mann gesehen, ihn für den Richtigen gehalten und beschlossen, sich zu verlieben.

Bei Nathan war die Liebe unerwartet gekommen, ohne Plan oder Überlegung. Es war einfach passiert, so, wie sie es immer gehofft hatte. Im Herzen hatte sie gewusst, dass Liebe nicht geplant werden konnte. Er war nicht der perfekte Mann für sie, zumindest nicht in der Weise, wie sie es sich vorgestellt hatte. Sie war sich nicht sicher, ob er all die Qualitäten besaß, die sie bei einem Mann als wünschenswert ansah. Doch diese ganzen Überlegungen zählten nicht, weil sie ihn liebte.

Sie war bereit, ihm Zeit zu lassen – ein paar Tage, vielleicht sogar eine Woche –, um zu reagieren, wie immer es ihm beliebte. Sie selbst zweifelte nicht an der Entwicklung der Dinge. Sie liebte ihn. Das Schicksal hatte in Gestalt ihres

Cousins Fred eingegriffen und sie zusammengeführt. Vielleicht wusste Nathan es noch nicht. Während sie Eier für ein Soufflé aufschlug, lächelte sie vor sich hin. Eigentlich war sie sicher, dass er es noch nicht wusste, aber sie war genau das, was er brauchte.

Wenn ein Mann logisch, konservativ und – nun, ein klein wenig spießig war, dann brauchte er die Liebe und das Verständnis einer Frau, die all das nicht war. Und diese Frau liebte ihn, weil er so war.

Jackie konnte sich genau vorstellen, wie es im Laufe der Jahre zwischen ihnen werden würde. Sie würden sich so nahekommen und sich so gut verstehen, dass einer die Gedanken des anderen erraten konnte. Übereinstimmung würde nicht immer möglich sein, aber Verständnis. Er würde an seinem Zeichenbrett arbeiten und Besprechungen führen, während sie schrieb und gelegentlich nach New York fuhr, um ihren Verleger aufzusuchen.

Wenn seine Arbeit ihn wegführte, würde sie ihn begleiten, seine Karriere unterstützen, so, wie er ihre unterstützte. Bis die Kinder kamen. Dann, für ein paar Jahre, würden sie beide mehr zu Hause bleiben wollen. Sie wollte sich nicht vorstellen, ob es Jungen oder Mädchen würden, denn etwas so Kostbares sollte eine Überraschung sein. Aber sie war sicher, dass Nathan ein ausgezeichneter Vater sein würde.

Und sie würde immer für ihn da sein, ihm die verspannten Schultern massieren, seine düsteren Stimmungen vertreiben, sein Genie wachsen sehen. Mit ihr würde er öfter lächeln. Mit ihm würde sie beständiger werden. Sie würde stolz auf ihn sein und er auf sie. Wenn sie den Pulitzer-Preis gewann, würden sie mit Champagner feiern und sich die Nacht hindurch lieben.

Es war eigentlich sehr einfach. Nun musste sie nur darauf warten, dass er erkannte, wie einfach es war.

In diesem Augenblick klingelte das Telefon.

Mit der Rührschüssel in der Armbeuge nahm Jackie den Hörer ab. »Hallo?«

Nach kurzem Zögern erklang eine wundervoll modulierte Stimme. »Ist da die Residenz Powell?«

»Ja. Kann ich Ihnen helfen?«

»Ich möchte gern Nathan sprechen. Hier ist Justine Chesterfield.«

Der Name war Jackie vertraut. Justine Chesterfield, der kürzlich geschiedene Liebling der Klatschspalten. Der Name öffnete Türen in Bridgeport, Monte Carlo und St. Moritz. Alles in der entsprechenden Saison natürlich.

Jackie glaubte an Vorahnungen, und ihre momentane gefiel ihr gar nicht. Sie war versucht, einfach aufzulegen, aber sie bezweifelte, dass es etwas genützt hätte. »Natürlich.« Ihre Mutter wäre entzückt über ihren liebenswürdigen Ton gewesen. »Ich werde nachsehen, ob er zu sprechen ist, Mrs. Chesterfield.«

Es war lächerlich, eifersüchtig auf eine Stimme am Telefon zu sein. Außerdem war sie überhaupt nicht eifersüchtig veranlagt. Dennoch vermittelte es Jackie eine ungeheure Befriedigung, dem Hörer die Zunge herauszustrecken, bevor sie Nathan suchen ging.

Da er gerade die Treppe herunterkam, brauchte Jackie nicht weit zu suchen. »Da ist ein Anruf für dich. Justine Chesterfield.«

»Oh.« Er verspürte einen Anflug von schlechtem Gewissen, der ihn verblüffte. Warum sollte er sich wegen eines Anrufs von einer alten Freundin schuldig fühlen? »Danke. Ich nehme ihn in meinem Arbeitszimmer entgegen.«

Jackie verweilte nicht absichtlich in der Halle. Konnte sie etwas dafür, dass ihr plötzlich das Knie juckte? Also blieb sie stehen und kratzte, während Nathan sein Arbeitszimmer betrat und den Hörer abnahm.

»Justine, hallo ... Vor ein paar Tagen ... Eine neue Haushälterin? Nein, das war ...« Wie konnte er ihr Jackie erklären? »Ich wollte dich auch anrufen. Ja, wegen Fred MacNamara.«

Jackie ging zurück in die Küche. Sie starrte das Telefon an. Es war verlockend, den Hörer abzuheben, sehr langsam, sehr leise – natürlich nur, um zu sehen, ob er noch telefonierte. Gedacht, getan. Dann, mit einem unterdrückten Fluch, legte sie den Hörer zurück auf die Gabel – hörbar.

Es interessierte sie eigentlich gar nicht, was er dieser Justine zu sagen hatte. Sollte er der doch erklären, warum eine Frau beim ihm im Haus wohnte. Weil dieser Gedanke sie belustigte, drehte sie das Radio lauter und sang inbrünstig mit.

Mit der Sorgfalt einer Frau, die gerne kocht, rührte sie das Soufflé an. Sie wollte nicht mit Töpfen und Pfannen klappern. Sie konnte sich beherrschen. Sie machte es sich nicht zur Gewohnheit, aber sie wusste, wie es ging. Schließlich war es nur ein Anruf. Wahrscheinlich rief jene Frau nur an, um für ihren bevorzugten Wohltätigkeitsverein zu sammeln. Oder vielleicht wollte sie ihren Salon umgestalten. Es gab ein Dutzend sehr harmloser und völlig logischer Gründe für Justine Chesterfield, um Nathan anzurufen.

Weil sie ihn sich angeln will, dachte Jackie bitter und zwang sich, den Souffléteig in die Pfanne zu gießen, ohne einen Tropfen zu verschütten.

»Jackie?«

Sie drehte sich um, so umsichtig mit ihrem Lächeln wie zuvor mit dem Teig. »Alles klar? Hattest du einen netten Plausch mit Justine?«

»Ich wollte dich wissen lassen, dass ich ausgehe, damit du dich nicht um das Dinner sorgst.«

»Hmm.« Jackie legte eine Gurke auf das Holzbrett und begann, sie in Scheiben zu schneiden. »Ist es eigentlich Justines zweite oder dritte Ehe, die inzwischen geschieden wurde?«

»Die dritte, glaube ich.« Nathan lehnte sich an den Türrahmen, während er beobachtete, wie Jackie mit tödlicher Treffsicherheit das Messer hinabsausen ließ. Eifersucht, dachte er. Er hatte eine eifersüchtige Frau am Hals, ohne eigenes Verschulden. Er wollte etwas sagen, schwieg dann aber. Er sah keinen Anlass für Erklärungen. Vielleicht war es absurd, aber wenn sie glaubte, dass er und Justine eine romantische Beziehung hegten, war es vielleicht für alle am besten. »Wir sehen uns später.«

»Viel Spaß.« Jackie drehte sich nicht um und hörte auch nicht auf zu schneiden, bis sie die Haustür ins Schloss fallen hörte. Dann schüttete sie den Soufflèteig in den Ausguss.

Es half Jackie, sich wieder an die Arbeit zu begeben, das tröstende Rattern der Schreibmaschine zu hören. Noch mehr half die Entwicklung einer neuen Romangestalt – Carlotta, eine schlampige, hinterhältige Bordellwirtin, die die Männer wie Pokerchips benutzte.

Jake, der auch nur ein Mann war, fiel auf sie herein. Aber Sarah, mit dem klaren Blick einer Frau, erkannte Carlotta als das, was sie war. Aus Angst vor seinen wachsenden Gefühlen für Sarah wandte Jake sich Carlotta zu. Irgendwann würde sie ihn verraten, und dieser Verrat würde Sarah beinahe das Leben kosten, aber vorerst musste Sarah die Tatsache verkraften, dass der Mann, den sie liebte, sich einer anderen Frau zuwandte, um seine Leidenschaft abzureagieren.

Jackie hätte es vorgezogen, Carlotta hässlich und verblüht zu beschreiben. Doch das wäre weder Jake noch ihrem Buch gerecht geworden. Pflichtbewusst stellte sie Carlotta als eine atemberaubende Frau dar, auf eine kühle, berechnende Art.

Sie hatte Justines Foto oft genug gesehen, um sie beschreiben zu können. Blass und gertenschlank, mit Augen von dem klaren Blau eines Bergsees und einem schmalen, beinahe kindlichen Mund. Ein schlanker Hals und weizenblondes

Haar, hohe Wangenknochen und geschmeidige Glieder. Sie nahm sich die dichterische Freiheit, ein paar ausschweifende Züge, üppige Proportionen und ein Alkoholproblem hinzuzufügen.

Während Jackie schrieb, begann sie, die Gestalt klarer zu sehen und sogar Carlottas Drang zu verstehen, Männer zu benutzen und von deren niederen Trieben und Schwächen zu leben. Sie entdeckte, dass Carlotta eine unglückliche Kindheit und eine verheerende erste Ehe durchlebt hatte. Leider besänftigte das ihre Stimmung gegenüber Justine, sogar während sie Carlotta schreckliche Probleme für Jake und Sarah erschaffen ließ.

Als Jackie den Schwung verlor, war es kurz vor Mitternacht. Sie redete sich ein, dass sie nicht wegen Nathan aufblieb, als sie trödelte, eine Gesichtsmaske auflegte, an die sie sich höchstens einmal im Monat erinnerte, sich die Fingernägel feilte und in Zeitschriften blätterte.

Um ein Uhr knipste sie schließlich entschieden die Nachttischlampe aus, lag dann reglos da und starrte hinauf an die Decke.

Vielleicht hatten alle anderen ja doch recht. Vielleicht war sie wirklich verrückt. Eine Frau, die sich in einen Mann verliebte, der überhaupt nichts von ihr wissen wollte, forderte geradezu Probleme heraus. Und Kummer. Es war ihre erste Erfahrung mit richtigem Kummer, und sie konnte nicht gerade sagen, dass es ihr gefiel.

Aber sie liebte ihn, mit all der Energie und Hingabe, zu der sie fähig war. Es war ganz anders als damals mit dem Yeats-Heini oder dem Lederjackentyp. Die hatten ein Gefühl der Aufregung geweckt – wie sich vielleicht eine Läuferin fühlte, der ein kurzer Hundert-Meter-Sprint bevorstand. Das war ganz anders als die Vorbereitung auf einen Marathon-Lauf. Die Aufregung war ebenfalls da, aber dazu kam eine eiserne

Entschlossenheit, durchzuhalten und auf die lange Strecke vorbereitet zu sein.

Wie bei meiner Schreiberei, dachte Jackie und setzte sich im Bett auf. Die Parallele war so klar. Bei all ihren anderen Projekten hatte sie diesen raschen, beinahe fieberhaften Anfall von Energie und Kraft verspürt – als ob sie gewusst hätte, dass nach einer kurzen, vielleicht erinnerungswürdigen Begeisterung die Ernüchterung folgen würde.

Bei ihrer Schreiberei verspürte sie die Sicherheit, dass es das Richtige für sie war. Es war nicht so sehr ihre letzte Chance als vielmehr ihre einzige. Was sie nun begonnen hatte, war die eine Sache, nach der sie in all den Jahren des Experimentierens gesucht hatte.

Mit ihrer Liebe zu Nathan war es ebenso. Andere Männer, die sie gemocht hatte, waren wie Sprungbretter, die sie zu dem einzigen Mann hinkatapultiert hatten, den sie für den Rest ihres Lebens wollte.

Wenn jemand sich zwischen sie und ihre Schreiberei gestellt hätte, hätte sie das toleriert? Nicht eine Minute lang. Im Geiste krempelte sie sich die Ärmel hoch. Sie ließ auch niemanden zwischen sich und ihren Mann treten. Justine Chesterfield konnte sich auf einen harten Kampf gefasst machen.

6. Kapitel

Nathan war seit fast einer Stunde wieder zu Hause, aber er saß in seinem geparkten Wagen und starrte in die Nacht. Es war seltsam für einen Mann, sich nicht in sein eigenes Haus zu trauen, aber so war es. Jackie war dort drinnen. Im Schlafzimmer. Es war jetzt ihr Schlafzimmer. Es würde nie wieder nur ein Gästezimmer sein.

Er hatte das Licht brennen sehen, und er hatte es ausgehen sehen. Vielleicht schlief sie. Er war nicht sicher, ob er jemals wieder in Ruhe würde schlafen können. Er wollte hineingehen, die Treppe zu ihrem Zimmer hinaufsteigen und sich verlieren in der Verheißung, die sie bedeutete. Oder der Bedrohung.

Nichts an seinen Gefühlen für Jackie ergab Sinn, nichts ließ sich analysieren. Immer und immer wieder durchlebte er im Geist, wie sie ihn am Pool angesehen hatte, wie ihre feuchte Haut sich angefühlt hatte, wie ihre Stimme geklungen hatte.

Konnte es so leicht für sie sein, sich zu verlieben? Ja, dachte Nathan. Nun, da er sie allmählich kennen und verstehen lernte, war er sicher, dass es für Jackie so natürlich wie das Atmen war, sich zu verlieben und diese Liebe zu erklären.

Er konnte es ausnutzen. Sie würde es ihm nicht einmal verdenken. Er konnte ohne schlechtes Gewissen oder Schuldgefühle tun, wovon er träumte – in ihr Zimmer gehen und beenden, was sie zuvor begonnen hatten.

Und doch – er konnte es nicht. Er würde nie vergessen, wie ihre Augen geblickt hatten. Vertrauensvoll, ehrlich und unglaublich verletzlich. Sie hielt sich für hart, für unverwüstlich.

Und er glaubte, dass sie es war, bis zu einem gewissen Punkt. Wenn sie ihn wirklich liebte und er ihr wehtäte, indem er beiläufig nahm, was die Liebe sie zu geben drängte, würde sie sich nicht unterkriegen lassen. Wie sollte er also mit ihr umgehen?

Er hatte am frühen Abend geglaubt, es zu wissen. Sich mit Justine zu treffen war ein kalkulierter Schritt gewesen, um sich von Jackie zu distanzieren, ihr und sich selbst zu zeigen, wie lächerlich unwahrscheinlich eine Beziehung zwischen ihnen wäre.

Und dann, in Justines eleganter Eigentumswohnung mit den gold-weißen Räumen und den geschmackvollen französischen Antiquitäten, hatte er an nichts anderes als an Jackie denken können. Es hatte ausgezeichneten Lachs gegeben, zubereitet von Justines Haushälterin. Und ihn hatte plötzlich nach dem würzigen Hähnchen verlangt, das Jackie an jenem ersten Abend zubereitet hatte.

Er hatte gelächelt, als Justine – in einen eleganten weißen Hausanzug gekleidet, das weizenblonde Haar zu einer eleganten Rolle hochgeschlungen – ihm Brandy serviert hatte. Und er hatte daran gedacht, wie Jackie in Shorts aussah.

Mit Justine hatte er über gemeinsame Freunde gesprochen und Ansichten über Frankfurt und Paris ausgetauscht. Ihre Stimme klang leise und beruhigend, ihre Bemerkungen waren präzise und leicht amüsant. Er hatte sich an die Ausbrüche und die verworrenen, wilden Pfade erinnert, die Jackies Unterhaltungen einschlagen konnten.

Justine war eine geschätzte Freundin. Sie war eine Frau, mit der er sich stets völlig wohlgefühlt hatte. Er kannte ihre Familie, und sie kannte seine. Ihre Ansichten mochten nicht immer völlig übereinstimmen, aber sie waren stets vereinbar. Im Laufe der zehn Jahre, die sie sich kannten, waren sie nie Geliebte geworden. Justines Ehen und Nathans Reisen hatten das verhindert, obgleich stets eine leichte und angenehme Anziehungskraft zwischen ihnen in der Luft gelegen hatte.

Das konnte sich nun ändern, und sie waren sich dessen beide bewusst. Sie war unverheiratet, und er war zu Hause. Sehr wahrscheinlich würde es nie eine Frau geben, die er besser kannte, die seinem Geschmack mehr entsprach als Justine Chesterfield. Doch er hatte sich danach gesehnt, in der Küche zu sitzen und Jackie bei der Zubereitung einer Mahlzeit zu beobachten, auch wenn das verdammte Radio plärrte. Er hielt es durchaus für möglich, dass er den Verstand verlor.

Der Abend hatte mit einem züchtigen, beinahe brüderlichen Kuss geendet. Er hatte nicht mit Justine schlafen wollen, obgleich er sicherlich eine Frau brauchte. Es erzürnte ihn zu erkennen, dass er an Jackie gedacht und sich wie ein Betrüger gefühlt hätte, wenn er mit Justine geschlafen hätte. Es bestand kein Zweifel daran. Er wurde verrückt.

Nathan gab den Versuch auf, vernünftig zu denken, und stieg verwirrt aus dem Wagen. Während er das Haus betrat, dachte er, dass ein langes Bad im Whirlpool ihn vielleicht genügend ermüden würde, um erholsamen Schlaf zu finden.

Jackie hörte Geräusche von unten und setzte sich im Bett auf. Nathan? Sie hatte keinen Wagen vorfahren und anhalten gehört. Über eine halbe Stunde lang hatte sie auf seine Rückkehr gelauscht, und selbst im Halbschlaf hätte sie es gehört. Sie kroch zum Fußende des Bettes und spitzte die Ohren. Stille.

Wenn es Nathan war, warum kam er dann nicht herauf? Ihr Herz begann zu pochen, während sie zur Tür schlich und hinausspähte. Warum spazierte er dann im Dunkeln umher?

Weil es nicht Nathan ist, entschied sie. Es war ein Einbrecher, der vermutlich seit Wochen das Haus beobachtete und auf seine Chance gewartet hatte. Er wusste, dass sie allein im Haus war und schlief, und daher war er eingebrochen, um Nathan auszurauben.

Mit einer Hand auf dem Herzen zögerte Jackie. Sie konnte die Polizei rufen und sich dann im Bett verkriechen. Das schien ihr eine wundervolle Idee. Doch kaum war sie einen Schritt zurückgeschlichen, als sie auch schon stehen blieb.

Was war, wenn das Geräusch eine völlig harmlose Ursache hatte? Falls Nathan ihrer nicht schon überdrüssig war, dann würde er es gewiss werden, wenn er von jener Frau zurückkehrte und das Haus voller Polizisten vorfand, nur weil Jackie hysterisch gehandelt hatte.

Jackie holte tief Luft und beschloss, hinunterzugehen und sich zu vergewissern, dass es guten Grund zur Panik gab.

Langsam, mit dem Rücken dicht an der Wand, schlich sie sich die Treppe hinab. Immer noch kein Geräusch. Es war völlig dunkel und still im Haus. Ein Einbrecher musste irgendwelche Geräusche machen, wenn er das Familiensilber stahl.

Wahrscheinlich bildest du dir alles nur ein, sagte sie sich, als sie die untere Etage erreichte. Sie lauschte, aber sie hörte noch immer nichts. Als sich ihr Herzschlag wieder beruhigt hatte, beschloss sie, einen kurzen Rundgang durch das Haus zu machen. Sie wusste, dass ihre Fantasie mit ihr durchgehen würde, wenn sie zurück ins Bett ging, ohne ihre Neugier befriedigt zu haben.

Jackie begann zu pfeifen, ganz leise, während sie von Raum zu Raum ging. Natürlich war niemand da, aber falls doch jemand da sein sollte, wollte sie ihn wissen lassen, dass sie schon auf dem Weg war.

Nachdem sie durch den Wohnraum, vorbei an Nathans Arbeitszimmer und ins Esszimmer gegangen war, stellte sie sich nicht nur einen alltäglichen Einbrecher vor, sondern eine ganze Bande psychotischer Schläger, die aus einem supersicheren Gefängnis in Kentucky ausgebrochen waren. Entschlossen betrat sie die Küche. Hinter ihr brannten sämtliche

Lichter im Haus. Als sie nun zum Schalter griff, hörte sie Schritte.

Ihre Finger erstarrten, nicht jedoch ihre Fantasie. Sie waren im Solarium – inzwischen mindestens sechs. Einer von ihnen hatte eine Narbe von der Schläfe bis zum Kinn. Sie trat einen Schritt zurück und dachte an das Telefon in ihrem Zimmer hinter verschlossener Tür, als sich die Schritte näherten.

Zu spät, erkannte sie. Impulsiv und verzweifelt griff sie nach der erstbesten Waffe – der Bratpfanne.

Als Nathan nur mit seiner Unterhose bekleidet die Küche betrat, war es fraglich, wessen Überraschung größer war. Er zuckte zurück, lächerlich verlegen, als Jackie einen Schrei ausstieß und die Pfanne losließ, die mit lautem Klappern auf dem Boden landete, kurz bevor Jackie in ein hysterisches Gekicher ausbrach.

»Wieso zum Teufel schleichst du hier im Haus herum?«

Sie schlug beide Hände vor den Mund, während sie nach Luft schnappte. »Ich hielt dich für sechs Männer mit Mordabsichten. Einer von euch hatte eine Narbe im Gesicht, und der Kleine sah aus wie ein Wiesel.«

»Also bist du jetzt hier, um uns alle mit der Bratpfanne zu vertreiben.«

»Nicht ganz.« Noch immer glucksend lehnte sie sich an den Schrank. »Es tut mir leid. Ich lache immer, wenn ich Angst habe.«

»Wer nicht?«

»Ich dachte nur, dass da ein Einbrecher ist, und dann …« Sie bekam einen Schluckauf. »Dann dachte ich, du wärst diese Bande aus Kentucky mit einem Anführer namens Bubba. Ich brauche Wasser.« Sie nahm ein Glas und füllte es bis zum Rand, während Nathan ihr zu folgen versuchte.

»Du hast dir offensichtlich endlich den richtigen Beruf ausgesucht. Bei deiner Fantasie wirst du Millionen verdienen.«

»Danke.« Sie hob das Glas und trank hastig.

»Was zum Teufel machst du denn jetzt?«

»Ich werde meinen Schluckauf los. Todsichere Methode.« Sie stellte das Glas ab und wartete. »Siehst du? Alles klar. Jetzt bist du an der Reihe. Wieso schleichst du im Dunkeln und in Unterwäsche im Haus herum?«

»Es ist mein Haus.«

»Stimmt. Und der Slip ist sehr hübsch. Tut mir leid, dass ich dich erschreckt habe.«

»Du hast mich nicht erschreckt.« Ungehalten bückte Nathan sich und hob die Bratpfanne auf. »Ich war gerade auf dem Weg, ein Bad zu nehmen, und da fiel mir ein, dass ich vorher noch einen Drink wollte.«

»Oh. Nun, das erklärt alles.« Jackie presste die Lippen zusammen. Es war wohl nicht angebracht, wieder zu kichern. »Hast du dich gut amüsiert?«

»Wie bitte? Ach so, ja.« Im Moment amüsierte es ihn ganz und gar nicht, dass sie nur ein übergroßes T-Shirt mit einem Bild von Mozart auf der Brust trug. Mit Mühe hielt er den Blick auf ihrem Gesicht, aber das half nicht viel. »Ich möchte dich aber nicht aufhalten.«

»Ach, schon gut. Ich mache dir einen Drink.«

»Das kann ich selbst.« Er ergriff ihr Handgelenk, bevor sie den Schrank öffnen konnte.

»Kein Grund, so mürrisch zu sein. Ich habe gesagt, dass es mir leidtut.«

»Ich bin nicht mürrisch. Geh ins Bett, Jackie.«

»Ich mache dir zu schaffen, stimmt's?«, murmelte sie, während sie sich zu ihm umdrehte. Mit der freien Hand berührte sie seine Wange. »Das ist nett.«

»Ja, du machst mir zu schaffen, und es ist nicht besonders nett.« Ihr Gesicht war frei von Make-up. »Geh jetzt ins Bett.«

»Willst du mitkommen?«

Er kniff die Augen zusammen, als sie lächelte. »Du gehst zu weit.«

»Es war nur ein Vorschlag.« Jackie verspürte eine Woge der Zärtlichkeit, als sie sich vorstellte, wie er die Situation wohl betrachtete. Ein ehrenhafter Mann, der seine Absichten für unehrenhaft hielt. »Nathan, ist es so schwer für dich zu verstehen, dass ich dich liebe und mit dir schlafen möchte?«

Er wollte nicht, dass ihre Worte Sinn ergaben, konnte es nicht zulassen. »Schwer zu verstehen und unmöglich zu glauben ist für mich, dass jemand sich nach einigen Tagen als verliebt betrachtet. So leicht geht das nicht, Jackie.«

»Manchmal doch. Nimm Romeo und Julia. Nein, das ist ein schlechtes Beispiel, wenn man das Ende bedenkt.« Erwärmt von der Erinnerung, wie sich seine Lippen auf ihren anfühlten, zeichnete sie seinen Mund mit der Fingerspitze nach. »Tut mir leid. Mir fällt im Moment kein gutes Beispiel ein, weil ich an dich denke.«

Sein Magen verkrampfte sich. »Wenn du versuchst, es mir schwer zu machen, dann gelingt es dir.«

»Ich wollte es dir nicht schwer, sondern unmöglich machen.« Sie rückte näher. Ihre Schenkel berührten sich. Sie senkte den Blick. »Küss mich, Nathan. Selbst meine Fantasie reicht dabei nicht an die Wirklichkeit heran.«

Er verfluchte sie oder versuchte es zumindest, aber sein Mund lag bereits auf ihrem. Jedes Mal waren die Küsse ein wenig süßer, ein wenig erregender, ein wenig schwerer zu vergessen. Er war am Verlieren, und er wusste es. Wenn er erst einmal seinen Bedürfnissen nachgab, war er nicht sicher, ob er sich noch zurückziehen konnte. Und er wusste auch nicht genau, worin er sich verstricken würde.

Jackie war nackt unter dem losen T-Shirt. Weich und nackt und bereits warm für ihn. Unwillkürlich griff er nach ihr, forschte, nahm, obwohl seine Vernunft ihn vor der Gefahr warnte. Er hatte stets sorgfältig die Chancen, die Risiken, die Folgen berechnet, ehe er den ersten Schritt unternahm. Ihr Körper schien für seine Hände, sein Vergnügen, seine Bedürfnisse geschaffen zu sein.

Es war so leicht, den nächsten Schritt zu tun. Unbekümmert. Blindlings. Leichtsinnig. Sie murmelte seinen Namen, während sie über seinen Rücken streichelte, dann hinab zu seinen Hüften. Er spürte jede Kurve, jede Linie ihres Körpers, während seine Hände unter den dünnen Baumwollstoff glitten. Wie konnte es so vertraut und doch so neu sein, so behaglich und doch so aufregend?

Er wollte genießen, sich verlieren. Es wäre so leicht gewesen. Ihr Körper war an seinen geschmiegt, bereit, wartend, eifrig. Und die Glut, die er in ihr erkannte, stieg ihm zu Kopf. Keine andere Frau hatte er jemals so begehrt.

Irgendwo weit entfernt hörte Nathan eine Tür zuschlagen und einen Schlüssel in einem Schloss. In einem letzten Versuch der Selbstverteidigung schob er Jackie von sich. »Moment mal.«

Seufzend, verträumt, öffnete sie die Augen. »Hmm?«

Wenn sie ihn weiterhin so anblickte, würde er ihr noch den dürftigen Ersatz für ein Nachthemd vom Körper reißen. »Ich weiß nicht, warum es passiert, aber es muss aufhören. Ich bin nicht so heuchlerisch, um zu sagen, dass ich dich nicht will, aber ich bin auch nicht so verrückt, um etwas anzufangen, das uns beide unglücklich machen würde.«

»Warum sollte es uns unglücklich machen, uns zu lieben?«

»Weil es niemals darüber hinausgehen könnte.« Als sie auf ihn zutrat, legte er die Hände auf ihre Schultern. Verdammt, sie zitterte. »Ich habe keinen Platz für dich in meinem Leben, Jackie. Ich will keinen Platz schaffen. Ich glaube nicht, dass du das verstehst.«

»Nein.« Sie beugte sich vor, streifte mit den Lippen über

sein Kinn. »Und wenn ich es glaubte, würde ich es für sehr traurig halten.«

»Glaube es.« Aber Nathan war sich nicht mehr sicher, dass er es selbst tat. »Meine Arbeit kommt zuerst. Sie nimmt all meine Zeit, meine Energie, meine Konzentration in Anspruch. So will ich es. Eine glühende Affäre mit dir hat einen gewissen Reiz, aber … aus irgendeinem Grund mag ich dich, und ich glaube nicht, dass es alles ist, was du willst oder brauchst.«

»Es muss nicht alles sein.«

»Das ist es aber, und darüber solltest du nachdenken.« Er musste ruhig bleiben, ruhig genug, um sie zum Zuhören zu bringen. »In sechs Wochen gehe ich nach Denver. Wenn ich dort fertig bin, ist Sydney an der Reihe. Ich weiß nicht, wo oder für wie lange ich danach weg sein werde. Ich reise ohne viel Gepäck, und es beinhaltet keine Geliebte oder die Sorge um jemanden, der zu Hause auf mich wartet.«

Jackie schüttelte den Kopf, während sie einen kleinen Schritt zurücktrat. »Ich frage mich, was dich so unwillig gemacht hat, dich hinzugeben, so entschlossen, dich an einen geraden, schmalen Pfad zu halten. Keine Kurven, keine Umwege, Nathan?« Sie neigte den Kopf und musterte ihn. Es lag kein Zorn in ihrem Blick, nur ein Mitgefühl, das er nicht wollte. »Es ist mehr als traurig, es ist wirklich eine Sünde, jemanden abzuweisen, der dich liebt, nur weil du deine Routine nicht aufgeben willst.«

Langsam öffnete er den Mund zu einer Erwiderung: Gründe, Erklärungen, ein Zorn, den er vergessen geglaubt hatte. Jahre der Beherrschung gewannen die Oberhand. »Vielleicht ist es das, aber so lebe ich nun mal. So habe ich entschieden zu leben.« Er tat ihr wiederum weh und diesmal sehr stark. Und er wusste, dass er sich selbst ebenfalls wehtat. »Es fiele mir leichter, mich abzuwenden, wenn du eine andere

Frau wärst. Ich will nicht fühlen, was ich für dich fühle. Verstehst du?«

»Ja. Leider.« Jackie sah bedrückt zu Boden. Als sie den Blick wieder hob, lag der Schmerz noch in ihren Augen, aber etwas Stärkeres war hinzugekommen. »Aber du verstehst nicht, dass ich nicht aufgebe. Gib den Iren die Schuld, ein störrisches Volk. Ich will dich, Nathan, und so weit oder so schnell du auch läufst, ich werde dich einholen. Und dann werden all deine hübschen Pläne wie ein Stapel Dominosteine einstürzen.« Sie nahm sein Gesicht zwischen die Hände und küsste ihn entschlossen. »Und du wirst mir dafür danken, weil dich niemand je so lieben wird wie ich.«

Sie küsste ihn erneut, sanfter diesmal, wandte sich dann ab. »Ich habe frische Limonade gemacht, falls du immer noch etwas trinken möchtest. Gute Nacht.«

Er blickte ihr nach, mit dem flauen Gefühl, dass er die Dominosteine bereits klappern hören konnte.

Mit einem Seufzer lehnte Jackie sich von der Schreibmaschine zurück. Es war nicht gerade ihr bester Tag. Nathan hatte das Haus bereits am frühen Morgen verlassen, noch bevor sie aufgestanden war. Er hatte ihr eine Nachricht hinterlassen – sie konnte es nicht einmal eine hingekritzelte Nachricht nennen, denn seine Handschrift war genauso diszipliniert wie alles andere an ihm –, dass er den Tag über fort sein würde.

Jackie gönnte sich einen Schokoladenriegel, während sie die gegenwärtige Situation durchdachte, die ihr ganz und gar nicht gefiel.

Sie liebte einen Mann, der entschlossen war, sie und seine eigenen Gefühle von sich zu weisen – nicht, weil er an eine andere Frau gebunden war, nicht, weil er an einer fatalen Krankheit litt, nicht, weil er eine kriminelle Vergangenheit hatte, sondern weil ihm diese Gefühle lästig waren.

Er war zu ehrenhaft, um die Situation auszunutzen, und zu störrisch, um zuzugeben, dass er und sie zusammengehörten.

Kein Platz in seinem Leben für mich? dachte Jackie, während sie aufstand und umherzuwandern begann. Glaubte er wirklich, dass sie eine so lächerliche Behauptung akzeptierte und aufgab? Natürlich tat sie das nicht. Aber noch mehr störte sie, dass er überhaupt solch eine Behauptung aufstellte.

Was machte ihn so entschlossen, keine Liebe anzunehmen, so entschlossen, seine Gefühle nicht zu akzeptieren? Ihre eigene Familie konnte manchmal anstrengend anständig sein, aber stets war Liebe freimütig gegeben worden. Jackie war ohne Angst vor Gefühlen aufgewachsen. Wenn man nicht fühlte, war man nicht lebendig. Sie wusste, dass Nathan etwas empfand, aber wann immer seine Gefühle hervortraten, wich er zurück und errichtete diesen Schutzwall.

Er liebt mich, dachte Jackie, während sie sich aufs Bett fallen ließ. Darin konnte sie sich nicht irren. Doch er wehrte sich entschieden gegen sie. Also musste sie kämpfen. Sie hatte nichts gegen einen guten Kampf einzuwenden, nur dieser tat weh. Jedes Mal, wenn er zurückwich, wenn er leugnete, was zwischen ihnen war, schmerzte es ein wenig mehr.

Sie war offen zu ihm gewesen, und das hatte nicht geklappt. Sie hatte ihn bewusst provoziert, und das hatte sie auch nicht viel weitergebracht. Sie hatte sich verführerisch gegeben, und sie hatte sich hilfsbereit gezeigt. Sie wusste nicht recht, welchen Schritt sie als Nächstes unternehmen sollte.

Jackie drehte sich auf den Bauch und überlegte, ob sie ein Nickerchen machen sollte. Es war früher Nachmittag, sie hatte seit dem Frühstück ununterbrochen gearbeitet, und sie konnte keine Begeisterung für den Pool aufbringen. Wenn sie mit dem Gedanken an Nathan einschlief, erwachte sie vielleicht mit einer Lösung. Sie beschloss, sich auf das Schicksal zu verlassen – schließlich hatte es sie bis hierher gebracht –, und schloss die Augen.

Jackie war fast eingeschlafen, als es an der Tür klingelte. Ein Enzyklopädie-Verkäufer, dachte sie verschlafen. Oder es waren drei Männer in weißen Anzügen mit Flugblättern für eine Erweckungsbewegung – was recht interessant sein könnte. Mit einem Gähnen kuschelte sie sich in das Kissen. Dann kam ihr ein anderer Gedanke: Es war ein Telegramm von zu Hause, jemand hatte einen schrecklichen Unfall erlitten.

Sie sprang aus dem Bett und rannte hinunter. »Ich komme!« Während sie sich die Haare aus der Stirn strich, riss sie hastig die Tür auf.

Es war kein Telegramm und kein Handelsreisender. Es war Justine Chesterfield. Jackie kam zu dem Schluss, dass es wirklich nicht gerade ihr bester Tag war.

Sie lehnte sich an die Tür und lächelte frostig. »Hallo.«

»Hallo. Ist Nathan da?«

»Tut mir leid, er ist weg.« Es reizte sie, die Tür leise und vollständig zu schließen. Aber das wäre unhöflich gewesen. Jackie hörte beinahe die ermahnende Stimme ihrer Mutter. Sie holte tief Luft und mäßigte ihren Tonfall. »Er hat nicht gesagt, wo er ist oder wann er zurückkommt, aber Sie können gern warten, wenn Sie möchten.«

»Danke.« Die beiden Frauen tauschten abschätzende Blicke, bevor Justine über die Schwelle trat. Ihre große, sanft gerundete Gestalt kam in einer weißen Bundfaltenhose und einem roten Seidenhemd reizvoll zur Geltung. Sie trug eine schlichte, elegante Goldkette und dazu passende Ohrringe. Ihr Haar wellte sich sanft bis auf die Schultern, an den Schläfen von Perlmuttkämmen zurückgehalten.

Sie war vollkommen. Vollkommen lieblich, vollkommen gepflegt, vollkommen wohlerzogen. Jackie war froh, sie hassen zu können.

»Ich hoffe, ich störe Sie nicht …«, setzte Justine an.

»Keineswegs.« Jackie deutete zum Wohnzimmer. »Machen Sie es sich bequem.«

»Danke.« Justine trat ein, legte ihre Handtasche auf einen kleinen Tisch. Die Tasche passte perfekt zu ihren weißen Pumps. »Sie müssen Jacqueline sein, Freds Cousine.«

»Das muss ich wohl sein.«

»Ich bin Justine Chesterfield. Eine alte Freundin von Nathan.«

»Ich habe Ihre Stimme wiedererkannt.« Das war also die Art Frau, die Nathan bevorzugte. Dezent geschliffen, dezent vornehm, dezent schön. Jackie unterdrückte ein Seufzen und spielte die Gastgeberin. »Kann ich Ihnen etwas anbieten? Kaffee? Eine Erfrischung?«

»Ich hätte gern etwas Kaltes, wenn es Ihnen nichts ausmacht.«

»Gut. Setzen Sie sich. Ich bin gleich zurück.«

Jackie grollte, während sie Limonade zubereitete und Butterkekse auf einen Teller legte. Sie dachte selten an ihr Aussehen, wenn sie im Haus zu bleiben gedachte. Aber ausgerechnet an diesem Tag musste sie ihre bequemste und am stärksten ausgeblichene Jeans sowie ein unförmiges T-Shirt mit grellen grün-gelben Streifen anhaben. Sie trug ein Vermögen an Gold und Edelsteinen an den Händen, und ihre Füße waren nackt. Der Nagellack auf ihren Zehennägeln hatte abzublättern begonnen.

Zum Teufel, dachte sie und unternahm einen vagen und vergeblichen Versuch, ihr Haar mit den Fingern zu kämmen. Fest entschlossen, Nathan keinen Grund zur Beschwerde zu geben, hob sie das Tablett, um zu ihrem Gast zurückzukehren. Nathans Gast.

Der Sonnenschein und die kräftigen, herben Farben im Raum schmeichelten Justine zweifellos. Jackie gestand es sich nicht gern ein, aber sie war nun einmal durch und durch ehrlich.

»Das ist schrecklich nett von Ihnen«, sagte Justine, als sie Platz nahm. »Ich hatte eigentlich gehofft, dass wir uns ein bisschen unterhalten könnten. Sind Sie sehr beschäftigt? Nathan hat mir erzählt, dass Sie an einem Buch arbeiten.«

»Wirklich?« Es war eher Überraschung als der Wunsch zu plaudern, was Jackie veranlasste, sich zu setzen. Sie hatte nicht gedacht, dass Nathan sich überhaupt an ihre Schreiberei erinnerte, und schon gar nicht, dass er jemand anderem davon erzählte. Und Justine war die zweite Person nach Mrs. Grange, die nicht abfällig darüber sprach.

»Ja. Er hat gesagt, dass Sie einen Roman schreiben und sehr hingebungsvoll und diszipliniert arbeiten. Nathan hält sehr viel von Disziplin.«

»Das habe ich bemerkt.« Jackie stellte fest, dass sie nichts gegen ein Glas Limonade einzuwenden hatte. Sie schenkte sich ein, nahm einen Schluck. »Ich hatte gerade eine Pause eingelegt, als Sie klingelten.«

»Das trifft sich gut.« Justine wählte einen Keks und knabberte daran. Ihr Duft war sehr vornehm, nicht aufdringlich, aber lieblich und weiblich. Ihre Fingernägel waren lang und zartrosa lackiert. Sie trug nur einen Ring, einen prachtvollen Opal, von Diamanten eingefasst. »Ich sollte mich wohl zuerst entschuldigen.«

»Entschuldigen?«

»Für das Durcheinander zwischen Ihnen und Nathan.« Justine bemerkte mit einem Anflug von Neid, dass Jackies Gesicht frei von Kosmetika und ihre Haut so rein wie ein Gebirgsquell war. »Ich war es, die Nathan überredet hat, für die Zeit seines Aufenthalts in Europa Fred hier wohnen zu lassen. Damals schien es eine perfekte Lösung zu sein, da Nathan sein Haus nicht so lange leer stehen lassen wollte und Fred in der Luft zu hängen schien.«

»Fred hängt immer in der Luft«, erklärte Jackie über den Rand des Glases hinweg. Sie musterte Justine mit einem Anflug von Mitgefühl. Freds Charme mochte Mrs. Grange nicht beeinflusst haben, aber sie war die große Ausnahme von der Regel. »Er hat es außerdem an sich, einen glauben zu lassen, dass er Stroh zu Gold spinnen kann. Solange man für das Stroh bezahlt.«

»Es scheint so.« Anerkennung für den Vergleich zeigte sich in Justines Augen. »Ich fühle mich … nun, ein wenig schuldig daran, dass Fred unter Vorspiegelung falscher Tatsachen mit Ihrem Geld getürmt ist.«

»Nicht nötig.« Jackie biss herzhaft in ihren Keks. »Ich kenne Fred schon mein Leben lang. Wenn jemand ihn durchschaut hat, dann ich.« Mit einem ihrer Meinung nach wundervoll kühlen Lächeln fügte sie hinzu: »Jedenfalls sind Nathan und ich zu einer zufriedenstellenden Vereinbarung gelangt.«

»Das sagte er.« Justine nahm einen Schluck Limonade. »Offensichtlich sind Sie eine erstklassige Köchin.«

»Ja.« Jackie hielt nichts davon, die Wahrheit zu verbergen, doch sie fragte sich, was Nathan wohl sonst noch erzählt haben mochte. Wenn wir kämpfen wollen, dachte sie unruhig, warum bringen wir es dann nicht einfach hinter uns?

»Ich bin eine völlige Niete im Kochen. Haben Sie wirklich in Paris studiert?«

»Unter anderem.« Jackie lächelte unwillkürlich. Sie hatte Justine nicht mögen wollen. Die Frau war zwar sehr kühl und geschliffen, aber etwas Freundliches lag in ihren Augen. Freundlichkeit, wie auch immer verpackt, zog Jackie an.

Justine erwiderte das Lächeln, und die Spannung zwischen ihnen ließ noch ein wenig mehr nach. »Miss MacNamara – Jacqueline –, darf ich offen sein?«

»Auf diese Weise kommt man gewöhnlich schneller voran.«

»Sie sind ganz anders, als ich erwartet hatte.«

Jackie lehnte sich zurück und zog die Beine an. »Was haben Sie denn erwartet?«

»Ich dachte immer, wenn Nathan sich in jemanden verliebt, dass die Frau gewiss sehr elegant und distanziert wäre. Womöglich langweilig.«

Jackie schluckte. »Moment mal. Sagten Sie gerade, dass er verliebt ist?«

»Bis über beide Ohren. Wussten Sie das nicht?«

»Er verbirgt es gut«, murmelte Jackie.

»Nun, für mich war es gestern Abend völlig offensichtlich. Wir waren übrigens nie mehr als gute Freunde.« Justine zuckte leicht die Achseln. »Wenn ich in Ihrer Position wäre, wüsste ich es zu schätzen, wenn man mir das klarmachte.«

Jackie fühlte sich nicht oft wie ein Dummkopf anderen gegenüber, aber sie akzeptierte es, wenn es einmal der Fall war. »Ich weiß zu schätzen, dass Sie mir das sagen. Darf ich Sie fragen, warum nichts zwischen Ihnen und Nathan läuft?«

»Das habe ich mich selbst auch gefragt.« Mit der Gelassenheit einer Frau, die nie zunimmt, aß Justine einen weiteren Keks. »Es war einfach nie der richtige Zeitpunkt da. Ich bin nicht unabhängig. Ich bin gern verheiratet, und deswegen bin ich es recht oft. Ich war es gerade, als ich Nathan kennenlernte. Dann, nach meiner ersten Scheidung, lebten wir in verschiedenen Teilen des Landes. So ging es weiter, fast zehn Jahre lang. Ich war immer mit jemand anderem beschäftigt, und Nathan war immer mit seiner Arbeit beschäftigt. Aus bestimmten Gründen zieht er es so vor.«

Jackie vermutete, dass Justine diese Gründe kannte, und hätte gern danach gefragt. Aber sie durfte nicht so weit gehen. Wenn die Beziehung zwischen ihr und Nathan klappen sollte, dann mussten die Erklärungen von ihm selbst kommen. »Ich danke Ihnen, dass Sie mir das alles gesagt haben. Und ich sollte Ihnen wohl gestehen, dass Sie ebenfalls anders sind, als ich erwartet hatte.«

»Und was hatten Sie erwartet?«

»Eine berechnende Abenteuerin mit Eiszapfen am Herzen und Absichten auf meinen Mann. Ich habe die letzte Nacht überwiegend damit verbracht, Sie zu hassen.« Als Justine lächelte, war Jackie sehr froh, dass sie Carlotta nicht wie eine Vogelscheuche dargestellt hatte.

»Dann gehe ich also nicht fehl in der Annahme, dass Sie ihn mögen, oder?«

»Ich liebe ihn.«

Justine lächelte erneut, mit einem Anflug von Wehmut diesmal, der Jackie mehr verriet, als Worte es vermocht hätten. »Er braucht jemanden. Er glaubt es zwar nicht, aber es ist so.«

»Ich weiß. Und ich werde diejenige sein.«

»Dann wünsche ich Ihnen Glück. Das hatte ich übrigens nicht vor, als ich kam.«

»Wieso haben Sie es sich anders überlegt?«

»Sie haben mich hereingebeten und mir etwas zu trinken angeboten, obwohl Sie mich eigentlich zum Teufel gewünscht haben.«

Jackie grinste. »Und ich dachte, ich hätte es so geschickt verborgen.«

»Nein, das haben Sie nicht, Jackie – so nennt Nathan Sie doch, oder?«

»Meistens.«

»Jackie, ich möchte Ihnen gern einen Rat geben.«

»Ich nehme jeden an, den ich bekommen kann.«

»Manche Männer brauchen mehr Rippenstöße als andere. Benutzen Sie bei Nathan beide Hände.«

»Das habe ich vor.« Den Kopf zur Seite geneigt, überlegte Jackie. »Wissen Sie, Justine, ich habe da diesen Cousin. Zweiten Grades, väterlicherseits. Nicht Fred«, sagte sie hastig. »Der, den ich meine, ist Professor an der Universität von Michigan. Mögen Sie den intellektuellen Typ?«

Mit einem Lachen stellte Justine ihr Glas ab. »Fragen Sie mich lieber noch mal in sechs Monaten. Ich habe gerade akademischen Urlaub.«

7. Kapitel

Als Nathan einige Stunden später nach Hause kam, ahnte er nichts von Justines Besuch oder den Schlussfolgerungen, die in seinem Wohnzimmer gezogen worden waren. Wahrscheinlich war es so am besten.

Es war schlimm genug, dass er sich freute, zu Hause zu sein. Es war eine andere Art Freude als diejenige, die er bei seiner Rückkehr aus Deutschland verspürt hatte. Damals hatte er sich auf das Vertraute, das Alleinsein, die Routine gefreut, die er sich im Laufe der Jahre aufgebaut hatte. Er hatte es nicht als spießig, sondern einfach als zweckmäßig angesehen.

Nun freute sich ein Teil von ihm – ein Teil, den er noch immer nicht anzuerkennen bereit war – darauf, zu Jackie nach Hause zu kommen. Vorfreude und eine Woge der Aufregung erwachten in ihm bei dem Wissen, dass sie da war, um sich zu unterhalten, sich zu entspannen, ja sogar sich mit ihm zu kabbeln. Das Ungewohnte und die Gesellschaft gaben einem Abend zu Hause eine neue Dimension. Die Herausforderung, sie auszumanövrieren, war ihm unbewusst zu einer Gewohnheit geworden. Irgendwann hatte er aufgehört, ihr Eindringen in seine Privatsphäre übel zu nehmen.

Er hörte die Musik, sobald er die Tür öffnete. Es war nicht der Rock, den er aus der Küche zu hören gewohnt war, sondern ein lieblicher und sinnlicher Walzer von Strauß. Obgleich er sich nicht ganz sicher war, ob der Senderwechsel nun Anlass zur Sorge gab oder nicht, war er auf der Hut, als er seine Aktentasche und die Entwürfe für das Projekt in Denver in sein Arbeitszimmer brachte.

Nathan lockerte seine Krawatte, während er zur Küche ging.

Jackie trug nicht die gewohnten Shorts, sondern einen Overall aus irgendeinem weichen, seidigen Stoff von der Farbe geschmolzener Butter. Er klebte nicht an ihrem Körper, sondern umfloss ihn eher. Ihre Füße waren nackt, und sie trug einen langen, hölzernen Ohrring. Sie war gerade damit beschäftigt, einen runden Laib knusprigen Brotes aufzuschneiden.

Nathan überkam stark und deutlich das Gefühl, dass er sich abwenden und davonlaufen sollte, so weit und so schnell er nur konnte. Und weil ihn das ärgerte, trat er erst recht ein. »Hallo, Jackie.«

Sie hatte gewusst, dass er da war, aber es gelang ihr, milde und glaubhaft überrascht zu wirken, als sie sich umdrehte. »Hi!« Er sah unverschämt attraktiv aus im Anzug und mit gelockerter Krawatte. Weil ihr Herz schwach wurde, ging sie zu ihm und küsste ihn auf die Wange. »Wie war dein Tag?«

Er wusste nicht, was er von ihr halten sollte. Das war nichts Neues. Doch er merkte, dass ihr lässiger Begrüßungskuss genau das war, was er brauchte, und es beunruhigte ihn. »Arbeitsreich.«

»Nun, du musst mir alles darüber erzählen, aber du solltest erst etwas Wein trinken.« Sie schenkte bereits zwei Gläser ein. Die Sonne schien auf die Flüssigkeit und ließ sie golden funkeln. »Ich hoffe, du bist hungrig. Das Essen ist in ein paar Minuten fertig.«

Er nahm den Wein entgegen und fragte nicht, wieso ihr Timing immer so perfekt war. Ob sie ihn wohl heimlich mit einem Peilgerät ausgestattet hatte? »Hast du heute viel geschafft?«

»Ziemlich.« Jackie legte das geschnittene Brot in einen Korb. »Ich hatte heute Nachmittag eine kleine Flaute, aber danach bin ich sehr gut vorangekommen.« Sie verzog ihre

Lippen, und erneut hatte er das Gefühl, dass da etwas war, das er wissen sollte. Er wollte jedoch nicht fragen. »Ich habe beschlossen, mich nächste Woche auf die ersten hundert Seiten zu konzentrieren und sie dann einem Agenten zu schicken, den ich in New York kenne.«

»Das ist gut«, brachte Nathan hervor und wunderte sich, warum der Gedanke ihn in Panik versetzte. Er wollte doch, dass sie vorankam, oder? Je mehr, desto weniger würde es ihn belasten, wenn er ihr dann sagen musste, dass ihre Zeit um war. Kein noch so großes Ausmaß an Vernunft konnte die quälende Angst vertreiben, dass sie ihm sagen könnte, sie bräuchte das Haus nicht länger zum Arbeiten und würde ausziehen. »Es muss gut klappen.«

»Besser als erwartet, und ich erwarte immer recht viel.« Die Zeituhr summte, und Jackie drehte sich zum Herd um. »Ich dachte mir, wir essen auf der Terrasse. Es ist ein so schöner Abend.«

Erneut fühlte er sich bedroht, aber weniger stark und deutlich. »Es wird regnen.«

»In den nächsten Stunden noch nicht.« Sie holte eine Kasserolle aus dem Backofen. »Hoffentlich magst du das. Es heißt ›Schinkenfleckerln‹.«

Der Topf mit gebräunten Nudeln und Kochschinken in brodelnder Soße hatte etwas sehr Heimeliges und Unbedrohliches an sich. »Es sieht köstlich aus.«

»Es ist ein sehr einfaches österreichisches Gericht«, sagte sie. Das erklärt den Wiener Walzer, dachte er. »Bring das Brot mit, ja? Ich habe draußen schon gedeckt.«

Die Sonne ging gerade unter. Die heraufziehenden Wolken, die während der Nacht Regen bringen sollten, waren rosa und orange angehaucht. Die Luft war kühl, und eine leichte Brise von Osten ließ das Meer erahnen.

Der runde Tisch draußen war für zwei gedeckt. Zwanglos.

Nathan hätte übertrieben, wenn er es bewusst romantisch genannt hätte. Farbige Platzdeckchen, die Jackie gekauft haben musste, lagen unter seinem weißen Alltagsgeschirr. Sie hatte Blumen hingestellt, aber es waren nur ein paar Gänseblümchen in einer bunten Flasche. Die Flasche war auch nicht seine, also konnte er nur annehmen, dass Jackie in einem der Geschäfte im Ort gestöbert hatte.

Er lehnte sich zurück, während sie das Essen auftrug. »Ich habe dir noch gar nicht für all die Mahlzeiten gedankt.«

Sie lächelte nur, als sie sich ihm gegenübersetzte. »Sie gehören zu unserer Vereinbarung.«

»Ich weiß, aber du gibst dir mehr Mühe, als du müsstest. Ich weiß es zu schätzen.«

»Das ist nett. Ich koche wirklich gern, wenn jemand da ist, der es mit mir teilt. Nichts ist deprimierender, als für sich allein zu kochen.«

Er hatte nicht so gedacht. Früher. »Jackie ...« Sie blickte ihn an, die Augen groß und rund und sanft, und er vergaß, was er hatte sagen wollen. Er griff nach seinem Weinglas. »Ich ... ähm ... ich habe das Gefühl, dass wir einen schlechten Start hatten. Da wir sozusagen beide Opfer sind, möchte ich einen Waffenstillstand vorschlagen.«

»Ich dachte, den hätten wir ohnehin schon.«

»Einen offiziellen.«

»Also gut.« Sie hob ihr Glas und stieß mit ihm an. »Lebe lange und gedeihe!«

»Wie bitte?«

Sie schmunzelte in ihr Weinglas. »Ich hätte wissen müssen, dass du kein Fan von ›Star Trek‹ bist. Das ist die vulkanische Begrüßung, Nathan, aber um es schlicht zu halten, wünsche ich dir einfach alles Gute.«

»Danke.« Unbewusst lockerte er seine Krawatte ein wenig mehr. »Warum erzählst du mir nicht von deinem Buch?«

Zum ersten Mal sah Jackie ihn sprachlos an. Sie öffnete die Lippen, nicht zu einem Lächeln, nicht zu einer Entgegnung, sondern in völliger Überraschung. »Wirklich?«, brachte sie nach einem Moment hervor.

»Ja, ich möchte hören, wovon es handelt.« Er nahm ein Stück Brot und strich Butter darauf. »Möchtest du denn nicht mit mir darüber reden?«

»Nun, doch. Ich dachte nur, du wärst nicht interessiert. Du hast bisher nie gefragt oder überhaupt irgendetwas gesagt, und ich überfalle die Leute gewöhnlich mit dem, was ich gerade tue, weil ich mich zu sehr engagiere und die Perspektive verliere. Deshalb hielt ich es für besser, nicht von dem Buch zu sprechen, da ich dich ohnehin schon verrückt mache. Ich dachte, du würdest es sowieso hassen, unter den gegebenen Umständen.«

Nathan nahm einen Bissen Nudeln, kaute und überlegte. »Das verstehe ich. Ich kann dir gar nicht sagen, wie sehr es mich erschreckt, aber ich verstehe es. Warum erzählst du mir nicht jetzt von deinem Buch?«

»Also gut.« Jackie befeuchtete sich die Lippen. »Die Geschichte spielt in Arizona, in den Siebzigerjahren des neunzehnten Jahrhunderts – etwa eine Dekade nach dem Mexikanischen Krieg, als das Land an die Vereinigten Staaten als Teil von New Mexico abgetreten wurde.«

Jackie nahm ein Stück Brot und zerpflückte es, bevor sie merkte, dass sie nervös war. »Die Helden heißen Jake und Sarah, und es ist eigentlich deren Geschichte. Er ist ein Revolverheld, und sie ist in einem Kloster erzogen worden. Mir gefiel die Idee, sie in Arizona anzusiedeln, weil es Amerikas Westen wirklich verkörpert. Die Earps, die Claytons, Tombstone, Tucson, Apachen.« Ihre Nervosität verschwand, als sie zu fantasieren begann. »Es verleiht dem Ganzen diese nette, blutige Grenztradition.«

»Schießereien, Kopfgeldjäger und Indianerangriffe?«

»Darum geht es. Sarah kommt nach dem Tod ihres Vaters in den Westen. Er hat sie glauben lassen, dass er ein wohlhabender Goldschürfer sei. Sie ist im Osten aufgewachsen, wo sie all die Dinge gelernt hat, die wohlerzogene junge Damen aus guten Familien lernen sollten. Dann, nach seinem plötzlichen Tod, kommt sie nach Arizona und stellt fest, dass ihr Vater sich in all den Jahren, die sie in bescheidenem Luxus im Osten verlebt hat, von seiner schäbigen Goldmine kaum über Wasser halten konnte und jeden Penny, den er erübrigen konnte, für ihre Erziehung ausgegeben hat.«

»Nun ist sie mittellos, verwaist und fehl am Platze.«

»Genau.« Jackie schenkte Wein nach. »Das macht sie verletzlich und sympathisch und bringt sie außerdem sofort in Gefahr. Jedenfalls entdeckt sie schon bald, dass ihr Vater nicht bei einem Mineneinsturz starb, sondern ermordet wurde. Inzwischen ist sie bereits ein paarmal auf Jake Redman gestoßen, den hartgesottenen Revolverhelden, der für alles steht, was sie zu hassen gelernt hat. Er rettet ihr während eines Indianerüberfalls das Leben.«

»Also ist er nicht durch und durch schlecht.«

»Ein ungeschliffener Diamant«, erklärte Jackie. »Weißt du, zu jener Zeit waren viele Goldsucher und Abenteurer in der Gegend, aber der Krieg und der Truppenrückzug verzögerten die Ansiedlung. Daher dominierten noch immer die Apachen, und das machte es zu einem wilden und gefährlichen Ort für eine fromm erzogene junge Dame.«

»Aber sie bleibt.«

»Wenn sie wegliefe, wäre sie eher Mitleid erregend als sympathisch. Sie muss einfach herausfinden, wer ihren Vater getötet hat und warum. Und außerdem fühlt sie sich stark, wenn auch ungewollt, zu Jake Redman hingezogen.«

»Und er sich zu ihr?«

»Du hast es erfasst.« Sie lächelte ihn an, während sie mit ihrem Weinglas spielte. »Jake glaubt jedoch – wie viele Männer und auch Frauen –, dass er niemanden braucht und schon gar nicht jemanden, der seinen Lebensstil beeinflussen und ihn überreden würde, sesshaft zu werden. Er ist ein Einzelgänger, ist es immer gewesen und will es auch bleiben.«

Nathan zog eine Augenbraue hoch, während er an seinem Glas nippte. »Sehr clever«, bemerkte er mild.

Erfreut, dass er den Zusammenhang sah, sagte sie: »Ja, das fand ich auch. Aber Sarah ist recht entschlossen. Sobald sie entdeckt, dass sie ihn liebt, dass ihr Leben ohne ihn niemals komplett wäre, macht sie ihn mürbe. Natürlich gibt Carlotta ihr Bestes, um alles zu verpfuschen.«

»Carlotta?«

»Die Lebedame der Stadt. Es geht nicht so sehr darum, dass sie Jake will, obwohl sie das natürlich tut. Alle wollen ihn. Aber sie hasst Sarah und alles, wofür Sarah steht. Außerdem weiß sie, dass Sarahs Vater ermordet wurde, weil er nach fünf Jahren endlich auf die Hauptader gestoßen ist. Die Mine, für die Sarah nun den Claim besitzt, ist nämlich ein Vermögen wert. Bis hierher bin ich gekommen.«

»Aber wie geht es aus?«

»Das weiß ich nicht.«

»Was soll das heißen? Du schreibst es doch. Also musst du es wissen.«

»Nein. Ich glaube sogar, wenn ich es genau wüsste, würde es mir nicht halb so viel Spaß machen, mich jeden Tag ranzusetzen.«

Jackie bot Nathan noch mehr Nudeln an, doch er schüttelte den Kopf. »Ich komme der Sache näher, aber es ist nicht wie ein Grundriss.« Weil sie sah, dass er das nicht verstand, stützte sie die Ellbogen auf den Tisch und beugte sich vor. »Ich sage dir, warum ich nie eine gute Architektin geworden wäre, obwohl ich den ganzen Prozess und die Vorstellung, einen leeren Bauplatz durch ein Gebäude zum Leben zu erwecken, unglaublich faszinierend finde. Du musst jedes Detail kennen, von Anfang an. Du musst sicher sein, bevor du die erste Schaufel Erde aushebst, wie es zum Schluss sein soll. Wenn du baust, bist du nicht nur dafür verantwortlich, ein attraktives, funktionelles Werk zu schaffen. Du bist auch für die Leben der Menschen verantwortlich, die in dem Gebäude leben oder arbeiten, die Treppen herauf- oder herunterlaufen, die Fahrstühle benutzen. Nichts darf dem Zufall überlassen werden, und die Fantasie muss sich der Sicherheit und der Durchführbarkeit beugen.«

»Ich glaube, du irrst dich«, wandte Nathan nach einem Moment ein. »Aber du wärst sicher eine ausgezeichnete Architektin geworden.«

Sie lächelte. »Nein. Nur, weil ich es verstehe, bedeutet das nicht, dass ich es tun kann. Glaub mir, ich habe es versucht.« Sie berührte seine Hand, ungezwungen. »Du bist ein ausgezeichneter Architekt, weil du es nicht nur verstehst, sondern fähig bist, Kunst mit Durchführbarkeit zu kombinieren, Kreativität mit Realität.«

Er musterte sie, gerührt und erfreut über ihre Einsicht. »Tust du das mit deiner Schreiberei?«

»Ich hoffe es.« Sie lehnte sich zurück und beobachtete die heraufziehenden Wolken. Kurz nach Einbruch der Dunkelheit würde es regnen. »Mein ganzes Leben lang habe ich ein kreatives Betätigungsfeld nach dem anderen gesucht. Musik, Malerei, Tanz. Ich habe mit zehn meine erste Sonate komponiert.« Sie verzog selbstironisch die Lippen. »Ich war frühreif.«

»Ach, wirklich?«

Jackie schmunzelte. »Es war keine besonders gute Sonate. Meine Eltern waren sehr geduldig, sogar nachsichtig mit mir, und ich habe es nicht immer verdient. Diesmal … es klingt wohl dumm in meinem Alter, aber diesmal möchte ich, dass sie stolz auf mich sind.«

»Es klingt nicht dumm«, murmelte er. »Wir entwachsen nie dem Wunsch, die Anerkennung unserer Eltern zu finden.«

»Hast du sie, Nathan?«

»Ja.« Das Wort klang schroff, und weil er es selbst merkte, lächelte er. »Sie sind beide sehr erfreut über die Richtung, die meine Karriere genommen hat.«

Sie entschied, ein wenig nachzuhaken. »Dein Vater ist nicht Architekt, oder?«

»Nein. Finanzier.«

»Aha. Das ist eigentlich komisch. Ich kann mir vorstellen, dass unsere Eltern mehr als einmal Cocktails zusammen getrunken haben. J. D.s größtes Interesse sind die Finanzen.«

»Du nennst deinen Vater J. D.?«

»Nur, wenn ich an ihn als Geschäftsmann denke. Es hat ihm immer einen Riesenspaß gemacht, wenn ich in sein Büro gestürmt bin, mich auf seinen Schreibtisch gelümmelt und gesagt habe: ›Also, J. D., Kauf oder Verkauf?‹«

»Du magst ihn sehr, nicht wahr?«

»Wahnsinnig. Meine Mutter auch, obwohl sie ständig nörgelt. Sie will immer, dass ich nach Paris fliege und mich herrichten lasse.« Mit einem schwachen Stirnrunzeln berührte Jackie ihren Haaransatz. »Sie ist überzeugt, dass die Franzosen einen Weg finden würden, um mich elegant und sittsam zu gestalten.«

»Mir gefällst du, wie du bist«, erklärte Nathan direkt, und erneut sah er Überraschung auf ihrem Gesicht.

»Das ist das Netteste, das du mir je gesagt hast.«

Während er ihr in die Augen sah, glaubte er, das erste Grollen des Donners zu hören. »Wir sollten lieber das Zeug hier ins Haus bringen. Der Regen kündigt sich an.«

»In Ordnung.« Jackie erhob sich und half, den Tisch abzuräumen. Es war töricht, sich durch eine so schlichte Feststellung gerührt zu fühlen. Nathan hatte ihr nicht gesagt, dass sie schön oder brillant sei. Er hatte nicht gesagt, dass er sie wahnsinnig liebte. Er hatte ihr nur gesagt, dass sie ihm gefiel, wie sie war. Nichts hätte einer Frau wie ihr mehr bedeutet.

»Ich nehme an«, eröffnete Jackie, als sie und Nathan in der Küche das Geschirr wegräumten, »dass du den Tag nicht am Strand verbracht hast, da du so formell gekleidet bist.«

»Nein. Ich hatte Besprechungen mit meinen Klienten aus Denver.«

Sie schenkte den Rest Wein aus der Flasche in ihre Gläser. »Du hast noch gar nicht gesagt, was du dort bauen wirst.«

»›S & S-Industries‹ errichten ein Zweigwerk in Denver. Sie brauchen ein Bürogebäude.«

»Du hast vor ein paar Jahren eins für sie in Dallas gebaut.«

Überrascht blickte Nathan sie an. »Ja, das stimmt, das habe ich.«

»Wird dieses hier im selben Stil errichtet?«

»Nein. In Dallas war ich auf flott und futuristisch aus. Viel Glas und Stahl, mit einem nüchternen Eindruck. Dieses soll klassisch werden. Sanftere, vornehmere Linien.«

»Kann ich die Zeichnungen sehen?«

»Wenn du möchtest.«

»Ja, ich möchte gern.« Jackie trocknete sich die Hände ab, reichte ihm dann sein halb volles Weinglas. »Kann ich sie denn jetzt sehen?«

»Gut.« Er stellte die Tatsache nicht infrage, dass er sie ihr zeigen wollte, dass ihre Ansicht ihm wichtig war. Beides waren neue Auffassungen für ihn, über die es später nachzudenken galt.

Sie gingen in sein Arbeitszimmer, als es durch die heraufziehenden Wolken dunkel zu werden begann. Er zog die Grundrisse aus den Pappröhren und breitete sie aus. Interessiert beugte Jackie sich über seine Schulter.

»Die Außenwände werden aus braunem Backstein sein«, erklärte er und versuchte dabei zu ignorieren, dass ihr Haar seine Wange streifte, als sie sich weiter vorbeugte. »Ich setze eher Rundungen statt gerade Linien ein.« Warum bemerkte er nun erst ihren Duft? Hatte er sich inzwischen daran gewöhnt, oder lag es daran, dass sie so nahe stand – nahe genug, um sie ohne die geringste Mühe berühren zu können? »Ich habe die Fenster abgerundet und ...«

Als er die Worte verklingen ließ, blickte sie auf und lächelte. Verständnis und Geduld hätten kein Unbehagen in einem Mann erwecken sollen, aber er blickte verlegen auf die Papiere auf dem Schreibtisch.

»Und jedes einzelne Büro wird wenigstens ein Fenster haben. Ich habe immer die Meinung vertreten, dass es die Produktivität erhöht, wenn man sich nicht eingesperrt fühlt.«

»Ja.« Sie lächelte immer noch, und keiner von beiden blickte auf die Zeichnungen. »Es ist ein wundervolles Gebäude. Sehr solide, ohne bedrückend zu sein. Klassisch, aber nicht gesetzt. Ich nehme an, die Rahmen und Verzierungen werden rosafarben.«

»Um mit dem Backstein zu verschmelzen.« Ihr Mund war rosenfarben, sehr sanft, sehr zart rosenfarben. Unwillkürlich drehte er den Kopf gerade weit genug, um ihn zu kosten.

Diesmal wusste er, dass er Donner hörte, das Unwetter war wesentlich näher. Er wich zurück. Wortlos begann er, die Zeichnungen zusammenzurollen.

»Ich möchte die Innenentwürfe sehen.«

»Jackie ...«

»Es ist wirklich nicht fair, die Dinge halb fertig zu belassen.«

Nathan nickte und entrollte den nächsten Satz Zeichnungen. Sie hatte recht. Er hatte es wohl von Anfang an gewusst: Eine begonnene Sache musste man beenden.

Jackie holte tief Atem. Sie fühlte sich wie ein Taucher, der gerade den letzten Sprung auf dem Brett ausgeführt hatte. Es gab kein Zurück mehr.

Sie hatte zu Beginn des Abends nicht geahnt, dass Nathan sie so nahe an sich herankommen lassen würde. Seine Abwehr wurde schwächer, die Distanz kleiner. Es war schwer zu akzeptieren, dass der Grund dafür womöglich nur Verlangen war. Aber selbst wenn das alles war, was er momentan für sie empfinden konnte, dann war es alles, was sie fordern wollte. Verlangen war zumindest ehrlich.

Sie hatte geglaubt, ihn nicht noch mehr lieben zu können, als sie es bereits tat. Doch nun wusste sie, dass es nicht stimmte. Mit jedem Schritt, den sie sich näherkamen, mit jeder Stunde, die sie gemeinsam verbrachten, weitete sich ihr Herz.

Geduldig, sogar voller Mitgefühl für sein Dilemma, hörte sie zu, während er die Grundrisse erklärte.

Es war ein ausgezeichnetes Werk. Ihr Auge war scharf und ihr Wissen ausgeprägt genug, um das zu erkennen. Aber auch er war großartig. Seine Hände waren kräftig und langgliedrig, gebräunt von den Stunden, die er draußen mit der Überwachung seiner Projekte verbrachte, künstlerisch auf ihre eigene kompetente, sachliche Art. Seine Stimme war sonor, männlich, aber nicht schroff; kultiviert, aber nicht affektiert. Ein Hauch von Limonenduft hing an seiner Haut.

Jackie murmelte zustimmend und legte eine Hand auf seinen Arm, als er sie auf einen Aspekt des Gebäudes hinwies. Sie spürte die Muskeln unter dem knitterfreien Stoff seines klassischen, konservativen Anzugs. Sie hörte seine Stimme bei ihrer Berührung stocken. Und auch sie hörte den Donner.

»Hier wird ein Atrium entstehen. Wir werden Fliesen statt Teppichboden benutzen, wegen des kühleren, sauberen Eindrucks. Und hier …« Sein Mund wurde trocken, seine Muskeln spannten sich unter ihrer flüchtigen Berührung. Er hielt es für nötig, sich zu setzen.

»Der Sitzungssaal?«, vermutete Jackie und hockte sich auf die Stuhllehne.

»Was? Ja.« Die Krawatte erwürgte ihn fast. Nathan zerrte daran und rang um Konzentration. »Wir behalten die Rundbögen bei. Die Täfelung wird …« Er fragte sich, warum zum Teufel die Täfelung je bedeutsam gewesen war. Jackies Hand lang nun auf seiner Schulter, knetete die Verspannung fort, die er bisher nicht einmal wahrgenommen hatte.

»Was ist mit der Täfelung?«

Was ist eigentlich damit? dachte er, als Jackie sich vorbeugte und mit einem schlanken, beringten Finger über die Pläne strich. »Wir nehmen Mahagoni. Honduras.«

»Es wird wunderschön sein. Jetzt und in hundert Jahren auch noch. Indirekte Beleuchtung?«

»Ja.« Er blickte sie erneut an. Sie lächelte, den Kopf dicht über seinem zur Seite geneigt, den Körper ein wenig zu ihm gebeugt. Die Tinte des Grundrisses seines Lebens schien zu verblassen. »Jackie, es kann nicht so weitergehen.«

»Da stimme ich dir völlig zu.« Mit einer geschmeidigen Bewegung sank sie auf seinen Schoß.

»Was tust du da?« Er lächelte sie unwillkürlich an.

»Du hast recht. Es kann so nicht weitergehen. Ich bin sicher, dass du genauso verrückt wirst wie ich, und das können wir doch nicht zulassen, oder?«

»Wahrscheinlich nicht.«

»Nein. Also werde ich dem ein Ende setzen.«

»Wem?« Nathan legte eine Hand auf ihr Handgelenk, als sie seine Krawatte abnahm.

»Der Unsicherheit.« Jackie ignorierte seine Hand und begann, sein Hemd aufzuknöpfen. »Das ist ein sehr angenehmer Stoff«, bemerkte sie. »Ich übernehme die volle Verantwortung, Nathan. Du hast in dieser Angelegenheit wirklich nichts zu sagen.«

»Wovon redest du da, Jackie?« Er nahm sie bei den Schultern, als sie ihm das Jackett auszuziehen begann. »Was zum Teufel hast du vor?«

»Ich setze meinen Kopf durch, Nathan.« Sie presste den Mund auf seinen, und das Lachen, das in ihm aufstieg, wurde zu einem Stöhnen. »Es hat keinen Sinn, dich dagegen zu wehren«, murmelte sie an seinen Lippen, während sie ihm das Jackett auszog. »Ich bin eine sehr entschlossene Frau.«

»Das merke ich.« Er spürte, dass sie das Hemd aus seinem Hosenbund zu ziehen begann. »Jackie ... verdammt, Jackie, wir sollten lieber darüber reden.«

»Kein Gerede mehr.« Sie knabberte sanft an seinem Ohrläppchen, ließ dann die Zunge in seine Ohrmuschel gleiten. »Ich werde dich haben, Nathan, willig oder nicht.« Sie schloss erneut die Zähne um sein Ohrläppchen. »Bring mich nicht dazu, dir wehzutun.«

Diesmal lachte er wirklich, wenn auch unsicher. »Jackie, ich wiege siebzig Pfund mehr als du.«

»Je größer sie sind ...«, sagte sie und hakte seine Hose auf.

In einer automatischen Abwehrgeste legte er die Hände auf ihre. »Du meinst es ernst.«

Jackie lehnte sich weit genug zurück, um ihm in die Augen blicken zu können. In diesem Moment zuckte der erste Blitz über den Himmel. »Todernst.« Sie blickte ihn unverwandt an, während sie den Reißverschluss ihres Overalls hinabzog. »Du kommst nicht aus diesem Zimmer, bis ich mit dir fertig bin, Nathan. Mach mit, und ich werde sanft sein. Andernfalls ...« Sie zuckte die Achseln, und der Overall glitt aufreizend von ihren Schultern.

Es war zu spät, viel zu spät, um vorzutäuschen, dass er nicht mit ihr schlafen wollte. »Ich will dich.« Er streichelte ihre Wangen und strich mit den Fingern durch ihr Haar. »Komm mit nach oben.«

Sie drehte den Kopf, sodass ihre Lippen sich in seine Handfläche pressten. Es war eine Geste großer Zärtlichkeit, eine Geste, die an Unterwürfigkeit grenzte. Doch als sie ihn wieder anblickte, schüttelte sie den Kopf. »Genau hier. Genau jetzt.« Sie presste die geöffneten Lippen auf seine, ließ ihm keine Wahl.

Sie reizte, quälte und neckte ihn. Sie schmiegte sich an ihn, und ihre Lippen waren schnell und drängend, verweilten auf seinen, liebkosten sein Gesicht. Sein Puls raste. Er spürte es im Kopf, in den Lenden, in den Fingerspitzen. Ihre Hände waren gnadenlos ... wundervoll ... als sie ihn streichelte, verführerisch, erregend.

Kein Zögern. Jackie kannte die Bedeutung des Wortes nicht. Wie der Sturm, der an die Fenster peitschte, war sie ganz Blitz und Feuer. Man kann sich an ihr verbrennen, dachte er, und Narben zurückbehalten. Doch er schloss seine Arme um sie, hielt sie eng umschlungen, während er um Beherrschung rang. Sie trieb ihn über die Grenzen hinaus, die er sich stets gesetzt hatte, fort von Vernunft, fort von Zivilisiertheit.

Es war sein Atem, der so schnell und unregelmäßig ging. Es war seine Haut, die feucht und heiß vor Verlangen wurde. Er streifte ihr den Stoff von den Schultern, mit dem heftigen Drang, ihre Haut an seiner zu spüren.

»Jackie.« Sein Mund war an ihrem Hals. Mehr ... Er konnte nur daran denken, mehr zu bekommen. »Jackie«, wiederholte er, »gib mir eine Minute, ja?«

Doch ihr Mund war ebenso begierig. Sie lachte nur.

Er fluchte leise, doch selbst der Fluch blieb ihm im Hals stecken. Er zog ihr den Overall vom Körper, als sie nun zu Boden glitten.

Jackie konnte es kaum erwarten. Sie zerrte und riss, um

das letzte Hindernis seiner Kleidung zu entfernen. Sie wollte ihn spüren, alles von ihm. Ihre Haut entflammte durch die Reibung von Körper an Körper, als sie eng umschlungen über den Teppich rollten.

Sie hatte gedacht, sie würde ihn führen, zwingen, drängen, verführen. Sie hatte sich geirrt. Plötzlich hatte sie nicht länger die Kontrolle. Ein letzter Rest von Vernunft sagte ihr jedoch, dass Nathan ebenso verloren war wie sie.

Das Verlangen war übermächtig, gelenkt von einer Liebe, die nur einer von beiden eingestehen konnte. Doch im Lampenlicht, während der Sturm seinen Gipfel erreichte, war Verlangen genug.

Eng umschlungen suchten sie und fanden mehr. Die Fähigkeit zu intensiver Konzentration war beiden eigen. Regen, von einem rastlosen Wind gepeitscht, prasselte an die Fenster, wurde aber ignoriert. Etwas schwankte auf einem Tisch, als er angestoßen wurde, polterte dann zu Boden. Keiner von beiden hörte es.

Es gab keine gemurmelten Versprechungen, keine geflüsterten Liebesworte. Nur Seufzer und Schauer. Es gab auch keine zärtlichen Liebkosungen und sanften Küsse. Einzig allein Begehren und Hunger.

Tief einatmend schob sich Nathan auf sie. Blitze zuckten noch immer über den Himmel, erhellten ihr Gesicht und Haar. Jackies Kopf war zurückgeworfen, ihre Augen waren klar und offen, als er sie nahm.

Vollkommen! Verträumt kuschelte Jackie sich an Nathan, während ihr dieses eine Wort durch den Kopf ging. Nichts war jemals so vollkommen gewesen. Sein Herz pochte noch immer an ihrem, sein Atem wärmte noch immer ihre Wange. Der Regen hatte nachgelassen, und der Donner war nur noch ein schwaches Grollen in der Ferne.

Jackie hatte den körperlichen Akt der Liebe nicht gebraucht, um ihre Gefühle für Nathan zu bestätigen. Das Liebesspiel war nur eine Erweiterung des Verliebtseins. Doch selbst bei ihrer lebhaften und oftmals weitreichenden Fantasie hatte Jackie nicht geahnt, dass etwas so wundervoll sein konnte. Nathan hatte sie geleert, und er hatte sie gefüllt. Sie schloss die Augen, schlang die Arme um ihn, genoss es.

Nathan wusste nicht, was er ihr sagen sollte oder ob er überhaupt fähig war zu sprechen. Er hatte geglaubt, sich zu kennen. Doch der Nathan Powell, mit dem er den größten Teil seines Lebens gelebt hatte, war nicht derselbe Mann, der sich so leichtsinnig in die Leidenschaft gestürzt hatte, der mit hungriger Missachtung gegeben und genommen hatte.

Er hatte jegliches Gefühl für Zeit und Ort verloren, als er rastlos, sogar hemmungslos in Jackie eingedrungen war. Wie er es, das begriff er bereits, nie wieder tun würde, es sei denn mit Jackie.

Er hätte sie mit mehr Behutsamkeit nehmen sollen und gewiss mit mehr Überlegung. Doch einmal begonnen, hatte er den letzten Rest an Vernunft verloren.

Sie hatte es gewollt – er hatte es gewollt –, aber wurde es dadurch richtig? Es hatte keine Worte, keine Fragen gegeben. Er hatte überhaupt nicht an seine Verantwortung oder ihren Schutz gedacht. Das ließ ihn ein wenig zusammenzucken, während er mit einer Hand durch ihr Haar strich.

Sie mussten darüber reden, und zwar bald, denn er musste eingestehen, dass das Geschehene sich wiederholen würde. Dadurch wird es nicht dauerhaft, versicherte er sich, als er besitzergreifend die Hand um ihre Schulter schmiegte. »Jackie?«

Als Jackie den Kopf hob und zu ihm aufblickte, wurde Nathan von einer solch unerwarteten Woge der Zärtlichkeit überwältigt, dass er nicht sprechen konnte. Lächelnd beugte sie sich vor und küsste ihn auf die Lippen. Es brauchte nicht mehr als das, um die Glut des Verlangens erneut zu schüren. Nathan zog sie näher zu sich. Geschmeidig glitt sie auf ihn.

»Ich liebe dich, Nathan. Nein, sag nichts.« Sie knabberte mit den Lippen an seinen, suchte eher zu besänftigen, als zu erregen. »Du brauchst nichts zu erwidern. Ich musste es dir nur sagen. Und ich will dich wieder und wieder lieben.«

Ihre Berührung hatte es ihm bereits verraten, und nun glitt ihr Mund tiefer und tiefer, zunächst an seinem Hals entlang. Seine Reaktion war so umgehend, dass es ihn selbst verblüffte.

»Jackie, warte einen Moment.«

»Keine Klagen mehr«, murmelte sie. »Ich habe dich einmal geschändet, ich kann es wieder tun.«

»Gott sei Dank, aber warte.« Entschieden, nur an sie denkend, schob Nathan sie von sich. »Wir müssen einen Moment miteinander reden.«

»Wir können reden, wenn wir alt sind, obwohl ich erwähnen möchte, dass ich verrückt nach deinem Teppich bin.«

»Ich mag ihn inzwischen auch. Aber jetzt warte«, beharrte er, als sie sich seinen Händen zu entwinden suchte. »Ich meine es ernst.«

Sie stieß einen übertriebenen Seufzer aus. »Muss das sein?«

»Ja.«

»Also gut.« Sie legte sich bequem hin. »Schieß los.«

»Ich zäume das Pferd bereits von hinten auf«, begann er, wütend auf sich selbst. »Aber ich habe nicht vor, denselben Fehler noch mal zu begehen. Vorhin ist alles so schnell passiert, dass ich nicht gefragt habe, ob es in Ordnung war.«

»Natürlich war es in Ordnung«, erwiderte sie mit einem Lachen. »Ach so.« Sie zog die Brauen hoch, als ihr klar wurde, was er meinte. Obwohl er sie noch immer an den Schultern festhielt, gelang es ihr, ihn zu küssen. »Ja, es ist in Ordnung. Ich weiß zwar, dass ich wie ein Schussel aussehe, aber ich bin keiner. Na ja, zumindest bin ich ein verantwortungsbewusster.«

Die Zärtlichkeit kehrte unerwartet zurück, und er umschmiegte ihr Gesicht mit beiden Händen. »Du siehst nicht wie ein Schussel aus. Du benimmst dich vielleicht wie einer, aber du siehst wundervoll aus.«

»Jetzt weiß ich, dass ich dich aufrege.« Jackie versuchte, es leichthin zu sagen, aber ihre Augen glitzerten. »Ich möchte, dass du mich für wundervoll hältst. Ich wollte es immer sein.«

Das Haar fiel ihr in die Stirn, reizte ihn, es zu streicheln, die Finger darin zu vergraben. »Als ich dich zum ersten Mal sah, als ich müde und verärgert war und du in meinem Whirlpool gesessen hast, da fand ich schon, dass du wundervoll bist.«

»Und ich dachte, du seist Jake.«

»Was?«

»Ich habe so dagesessen und an meinen Roman gedacht und an Jake – wie er aussieht, weißt du.« Sie strich mit den Fingern über sein Gesicht, während sie sich erinnerte. »Gestalt, Haarfarbe, Gesichtszüge. Ich habe die Augen geöffnet, sah dich und dachte … das ist er.« Sie lehnte die Wange an seine Brust. »Mein Held.«

Beunruhigt legte Nathan einen Arm um sie. »Ich bin kein Held, Jackie.«

»Für mich bist du es.« Sie küsste seine Wange und lehnte ihre Stirn an seine. »Ich habe den Strudel vergessen.«

»Welchen Strudel?«

»Den Apfelstrudel, den ich zum Nachtisch gebacken habe. Soll ich ihn servieren, und dann essen wir ihn im Bett?«

Später, dachte er, später denke ich über ihre Vorstellung von Liebe und Helden nach. »Klingt sehr vernünftig.«

»Gut.« Sie küsste ihn auf die Nasenspitze, lächelte dann. »Dein Bett oder meins?«

»Meins«, murmelte er. »Ich will dich in meinem.«

8. Kapitel

Genüsslich räkelte Jackie sich im Bett. Nichts erschien ihr im Moment herrlicher, als lange zu schlafen – nach so vielen Tagen, an denen sie früh aufgestanden war und sich sogleich an die Schreibmaschine gesetzt hatte.

Sie kuschelte sich verschlafen in die Kissen und stellte sich vor, sie sei zwölf Jahre alt und es wäre Sonnabend. Mit zwölf hatte ihr nichts besser gefallen als Samstage. Doch als sie sich bewegte, berührte ihr Bein das von Nathan. Es brauchte nicht mehr als das für sie, um sehr, sehr glücklich darüber zu sein, dass sie nicht mehr zwölf war. »Bist du wach?«, fragte sie, ohne die Augen zu öffnen.

»Nein.« Besitzergreifend legte er einen Arm um sie.

Noch immer verschlafen, mit dem Anflug eines Lächelns auf den Lippen, knabberte sie an seinem Ohrläppchen. »Möchtest du es sein?«

»Hängt davon ab.« Er rückte näher, genoss das behagliche Gefühl, ihren warmen Körper an seinem zu spüren. »Haben wir die Strudelkrümel aus dem Bett entfernt?«

»Ich bin nicht sicher. Soll ich nachsehen?« Und schon zog Jackie die Decke über ihre Köpfe und attackierte ihn.

Diese Frau hat mehr Energie, als ihr zusteht, dachte Nathan später, als sie auf ihm lag. Die Laken waren nun irgendwo am Fußende verheddert. Er war noch immer atemlos, während er Jackie mit halb geschlossenen Augen musterte.

Sie war hochgewachsen, schlank und sehr sanft gerundet. Ihre Haut schimmerte golden im Licht des späten Morgens, abgesehen von einem bemerkenswert schmalen Streifen an den Hüften, der weiß war, unberührt von der Sonne. Das zerzauste Haar umrahmte ihr Gesicht.

Er hatte immer geglaubt, lange Haare bei einer Frau vorzuziehen, doch ihre Frisur erlaubte ihm, ungehindert ihren Nacken zu streicheln. Er tat es nun, und Jackie schnurrte wie eine zufriedene Katze.

Was sollte er nur mit ihr anfangen? Sie sanft abzuschieben war nicht einmal mehr eine entfernte Möglichkeit. Er wollte sie bei sich haben, brauchte sie. Brauchen. Das war ein Wort, das er stets sorgsam gemieden hatte. Nun, da es auf ihn eingestürmt war, hatte er keine Ahnung, wie er damit umgehen sollte.

Er versuchte sich auszumalen, was er am nächsten Tag, in einer Woche, in einem Monat ohne sie tun sollte. Sein Kopf blieb störrisch leer. Das sah ihm gar nicht ähnlich. Er war nicht mehr er selbst, seit Jackie sich in sein Leben geschlichen hatte.

Was wollte sie von ihm? Nathan verachtete sich selbst, weil er wusste, dass er sie nicht fragen würde. Er wusste bereits, was sie wollte, als wäre es diskutiert, überlegt und erwogen worden. Sie liebte ihn, zumindest zurzeit. Und er … mochte sie. Liebe war ein Wort, das er sich nicht gestattete. Liebe bedeutete Versprechungen. Er machte nie Versprechungen, solange er nicht sicher war, dass er sie halten konnte. Ein unbedacht gegebenes und gebrochenes Versprechen war schlimmer als eine Lüge.

Während die Morgensonne zum Fenster hereinschien und die Vögel den Frühling besangen, wünschte Nathan, dass es so einfach sein könnte, wie Jackie es sich vorstellte. Liebe, Heirat, Familie. Er wusste nur zu gut, dass Liebe nicht den Erfolg einer Ehe garantierte und dass eine Ehe nicht gleichzeitig auch »Familie« hieß.

Seine Eltern führten eine Ehe, in der Liebe nicht länger von Bedeutung war. Ich bin nicht wie mein Vater, dachte Nathan, während er Jackie im Arm hielt. Er wollte dafür sorgen, dass er niemals wie sein Vater wurde. Aber er verstand den Stolz auf den Erfolg und den Drang nach Leistung, der seinem Vater eigen war. Und ihm selbst ebenso.

Er schüttelte heftig den Kopf. Er hatte in über zehn Jahren nicht so viel an seinen Vater oder seinen Mangel an Familiensinn gedacht wie seit seiner Bekanntschaft mit Jackie. Sie brachte ihn dazu. Sie ließ ihn Möglichkeiten erwägen, die er vor langer Zeit mit Vernunft und Logik zurückgewiesen hatte. Sie ließ ihn wünschen und bedauern, was er nie zuvor gewünscht oder bedauert hatte.

Er konnte sich nicht gestatten, sie zu lieben, denn dann hätte er Versprechungen abgegeben. Und wenn die Versprechungen gebrochen waren, würde er sich hassen. Sie verdiente etwas Besseres als das, was er ihr geben konnte.

»Nathan?«

»Hmm.«

»Woran denkst du?«

»An dich.«

Als sie den Kopf hob, blickten ihre Augen unerwartet ernst. »Ich hoffe nicht.«

Erstaunt strich er ihr mit den Fingern durch das wirre Haar. »Warum nicht?«

»Weil du dich schon wieder verspannst.« Eine dunkle Regung huschte über ihr Gesicht – der erste Schatten von Kummer. »Bereue es nicht. Ich glaube, ich könnte es nicht ertragen.«

»Nein.« Er zog sie fester an sich. »Nein, ich bereue es nicht. Wie könnte ich?«

Sie drehte das Gesicht in seine Halsbeuge. Er wusste nicht, dass sie mit den Tränen kämpfte, und sie hätte es ihm nicht erklären können. »Ich liebe dich, Nathan, und ich will auch nicht, dass du das bereust oder dass du dich deswegen sorgst.

Ich möchte, dass du die Dinge einfach geschehen lässt, wie es ihnen zu geschehen bestimmt ist.«

Er hob ihr Kinn an. Ihre Augen waren nun trocken, sie hatte gewonnen. Seine blickten eindringlich. »Und das ist dir genug?«

»Genug für heute.« Das Lächeln war wieder da. Selbst er spürte die Mühe nicht, die es sie kostete. »Ich weiß nie, was morgen genug sein wird. Was hältst du von Brunch? Du liebst meine Crêpes, aber ich weiß nicht, ob Schlagsahne da ist. Natürlich können wir auch Omelette essen – falls die Champignons nicht vertrocknet sind. Oder wir begnügen uns mit dem restlichen Strudel. Vielleicht sollten wir vorher schwimmen gehen, und dann …«

»Jackie?«

»Ja?«

»Halt den Mund.«

»Jetzt sofort?«, fragte sie, als er seine Hand zu ihrer Hüfte hinabgleiten ließ.

»Ja.«

»In Ordnung.« Sie begann zu lachen, aber seine Lippen begegneten ihrem Mund mit solch stiller, sanfter Zärtlichkeit, dass ihr Lachen zu einem hilflosen Seufzer wurde. Ihre Augen, zuvor leuchtend vor Belustigung, schlossen sich. Sie war eine starke Frau, oft mutig auf ihre Weise, aber sie besaß keinen Schutz vor Zärtlichkeit.

Für Nathan war es ebenso unerwartet. Es war kein heißes Aufflackern, nur Wärme. Eine betörende, wohlige Wärme, die ihm unter die Haut kroch, in den Kopf, ins Herz. Mit einem Kuss, einem leichten Verschmelzen von Lippen, erfüllte sie ihn.

Er hatte sie nicht für zart gehalten. Aber nun war sie zart, während ihr Körper unter seinen Händen einfach dahinzuschmelzen schien.

Geduld. Sie hatte gewusst, dass eine stete, stählerne Geduld in ihm war, doch bisher hatte er sie ihr nie gezeigt. Mitgefühl. Auch das hatte sie in ihm gespürt. Doch es nun von ihm geschenkt zu bekommen, war kostbarer als aller Reichtum der Welt. Sie war erneut in ihm verloren, nicht in dem hektischen Rennen, an das sie bereits gewöhnt war, sondern in einer langsamen, ausgedehnten Suche, die sie dorthin führen würde, wohin sie immer hatte gehen wollen.

Nathan liebkoste, wo er zuvor begierig genommen hatte. Jackies Haut war wie Seide, und sie erzitterte unter seiner Berührung. Nun ging eher Sinnlichkeit von ihr aus statt Ekstase, eine Ruhe, die den Platz der Energie eingenommen hatte.

Er strich mit den Fingerspitzen über ihren Körper, und es entzückte ihn, neue Entdeckungen auf einem bereits eroberten Gebiet zu machen. Dieselbe Frau und doch eine andere. Ihre Freigebigkeit war noch vorhanden, doch nun verbunden mit einer Verletzlichkeit, die ihn tief berührte. Er fand ihren Geschmack irgendwie süßer. Als er die Lippen auf ihre Brust presste, spürte er ihren Herzschlag, rasch und leicht.

Forschend ließ er einen Finger über die Innenseite ihres Handgelenks gleiten, spürte auch dort ihren Puls schlagen, und dieser Puls schlug für ihn. Er verschränkte die Finger mit ihren, führte sie an die Lippen und küsste jeden einzelnen.

Der Boden schien ihrer Welt zu entgleiten. Mit jeder Berührung war Jackie tiefer, immer tiefer in Nathans geglitten. Nun, als er nichts weiter tat, als mit dem Mund über ihre Fingerspitzen zu streichen, stürzte sie kopfüber ins Dunkel, vertraute ihm unbedingt, dass er sie auffangen würde.

Er hätte sie um alles bitten, alles von ihr verlangen können. In diesem Moment war ihre Liebe so überwältigend, dass sie ihm jeden Wunsch erfüllt hätte, ohne jeglichen Gedanken an sich selbst. Er hatte eine Gefangene. Obwohl er es nicht wissen mochte, war sie versklavt, solange er sie haben wollte.

Er wusste nur, dass sich wiederum etwas geändert hatte. Er war nun Beschützer ebenso wie Liebhaber, Gebender ebenso wie Nehmender. Die Begeisterung, die dieses Wissen in ihm erweckte, war mit einer Spur von Angst verbunden, die er zu ignorieren versuchte. Er konnte nicht an morgen und an die Konsequenzen von morgen denken, wenn er diese Frau möglicherweise immer mehr begehrte. Sie hätte keine Einwände erhoben, wenn er sie hastig genommen, wenn er sie beide ohne Vorspiel oder Zärtlichkeiten zum Gipfel geführt hätte. Vielleicht verspürte er deshalb, weil er begriff, dass sie ihn zu allen Bedingungen akzeptierte, den Drang, ihr alles zu geben, was er vermochte.

Gemächliche Liebkosungen. Beinahe quälend langsam. Zartes Streicheln. Leise Seufzer durchbrachen die Stille. Wäre es möglich gewesen, hätte Nathan Jackie auf Blumen gebettet. Zarte Blüten, schimmernde Düfte, er hätte all das über ihre Haut gegossen. Er hatte jedoch nur sich selbst.

Das war genug. Er war mehr als genug für sie. Sie zeigte es ihm in der Art, in der ihre Lippen sich öffneten, in der Art, wie sie ihn umarmte. Kein Traum, in dem sie je geschwelgt hatte, kein Wunsch, den sie sich je gegönnt hatte, reichte an die Wirklichkeit seiner Zärtlichkeit heran.

Seine Hände waren so kühl, so ruhig auf ihrer Haut. Und doch – mit jeder Berührung spürte sie sich erglühen. Die Hitze kam nun von innen, sodass es möglich war, sie einzudämmen und zu verhindern, dass sie übermächtig wurde. Nur züngelnde Flammen, die niedrig brannten.

So sanft, wie er es getan hatte, griff sie nach ihm, bot die Freuden und Verlockungen bedingungsloser Liebe. Als sie erzitterte, murmelte er. Beruhigend. Und sie, die nie geglaubt hatte, einen Mann als Beschützer zu brauchen, begriff, dass sie ohne ihn verloren war.

Freigebigkeit ohne Einschränkungen. Dass sie gab, dass

er ebenso geben konnte, dass er sich gezwungen sah, es ihr gleichzutun, war etwas Neues für ihn.

Er glitt in sie, und die Zärtlichkeit blieb bestehen. Langsame, harmonische Bewegungen vereinten sie. Ein Seufzer verklang, wie vom Winde verweht. Mit seinem Mund auf ihrem fuhren sie fort. Wie ein Wiener Walzer war ihr Tanz leicht und elegant. Als sich das Tempo steigerte, wirbelten sie mit der Musik, mit geöffneten Augen und ineinander versunkenen Blicken.

Der Tanz endete so sanft, wie er begonnen hatte.

Die Sonne stand nun höher. Zufrieden, eng an Nathans Körper geschmiegt, beobachtete Jackie das Wehen der Gardinen in der sanften Brise. Wenn sie sich genug konzentrierte, konnte sie den zarten Duft der Blumen unten im Garten auffangen. Eine Mischung aus Gerüchen, die vom Frühling und von neuem Leben kündeten.

Jeder Moment der vielen Stunden, die sie zusammen verbracht hatten, haftete fest in ihrem Gedächtnis. Unauslöschlich. Sie wusste, dass sie diese Erinnerungen oft hervorholen und immer wieder genießen würde.

»Weißt du, was ich gern möchte?«, fragte sie.

»Hmm?« Wäre Nathan nicht so benommen gewesen, dann hätte es ihn gewundert, dass er so kurz vor Mittag im Bett dösen konnte.

»Hierbleiben, hier im Bett, den ganzen Tag lang.«

»Wir haben einen recht guten Auftakt dazu gemacht.«

Mit einem schelmischen Grinsen drehte sie sich zu ihm um. »Vielleicht sollten wir …« Sie unterbrach sich und fluchte leise, als das Telefon klingelte. »Da hat sich jemand verwählt«, sagte sie und kletterte über Nathans Schulter, als er nach dem Apparat greifen wollte. »Es ist nur eine Frau mit blecherner Stimme, die dir mitteilen will, dass du in einem Preisausschreiben gewonnen hast und zehn kostenlose Zeitschriftenabonnements erhältst, sofern du eine Bearbeitungsgebühr von 7,75 Dollar pro Monat zahlst.«

Er zögerte einen Moment, weil es so glaubwürdig klang, wie sie es sagte. »Und wenn nicht?«

»Aber wenn doch? Hast du genug Willenskraft, um zehn kostenlosen Zeitschriften im Monat zu widerstehen? Überlege es dir gut, Nathan, sehr gut.«

Er legte eine Hand über ihr Gesicht und drückte sie in die Kissen. Energisch nahm er den Hörer ab. »Hallo?«

»Du bist gewarnt worden«, flüsterte Jackie in verhängnisvollem Ton.

»Carla?«

»Carla?« Jackie biss ihn in die Schulter.

»Aua! Verdammt! Nein, Carla, ich ... Was gibt es?« Um sich zu schützen, rollte Nathan sich herum und hielt Jackie unter sich gefangen. »Ja, das hatte ich erwartet.« Er ignorierte die fuchtelnden Arme und gemurmelten Flüche unter sich und lauschte. »Gut, wir verlegen den Termin vor, wenn nötig. Nein, darum habe ich mich schon gekümmert. Vereinbare es für morgen. Um zehn. Benachrichtige Craig. Ich möchte ihn dabeihaben.« Jackie wand sich unter ihm und gab keuchende Geräusche von sich. Er ignorierte auch das. »Ja, ich habe es genossen, mich ein paar Tage entspannen zu können. Bis morgen, Carla.«

Als er den Hörer auflegte, gelang es Jackie, sich unter ihm hervorzuwinden. Mit glühenden Wangen rang sie übertrieben tief nach Atem und schlug ihm das Kissen über den Kopf. »So, du wolltest mich also ersticken, um mit der italienischen Gräfin durchzubrennen und im ›Holiday Inn‹ eine wilde, verbotene Affäre mit ihr anzufangen. Versuch nicht, es zu leugnen«, warnte sie. »Die Anzeichen sind allzu deutlich.«

»Also gut. Welche Gräfin ist es?«

»Carla.« Sie schlug erneut mit dem Kissen auf ihn ein, zielte diesmal tiefer und musste dann ein lautes Lachen unterdrücken, als er ihre Taille umfing. »Nein, versuch nicht, dich auszusöhnen. Es ist zu spät. Ich habe bereits beschlossen, dich und die Gräfin umzubringen. Ich werde euch durch einen Stromschlag töten, während ihr gemeinsam ein Schaumbad nehmt. Kein Gericht wird mich verurteilen.«

»Jedenfalls nicht, wenn es vorher eingehend deinen Geisteszustand untersucht.«

Sie zielte erneut, diesmal auf eine sehr empfindsame Körperpartie. Er entging ihrem Angriff, indem er sie auf den Rücken warf und wiederum seinen Körper benutzte, um sich zu schützen. Mit verschlungenen Armen rollten sie sich im Bett herum. Er begann gerade, es zu genießen, als sie, ineinander verknäult, hart auf den Fußboden fielen.

Atemlos, mit zusammengekniffenen Augen, rieb Nathan sich die Schulter. »Du bist verrückt.«

Jackie hockte sich über ihn, stützte die Hände zu beiden Seiten seines Kopfes auf. »Also, Powell, wenn dir dein Leben lieb ist, dann gestehe. Wer ist Carla?«

Er musterte sie. Ihre Augen leuchteten, ihre Wangen glühten vor Belustigung. Ihr wunderschöner Mund lächelte. Lässig umfing er ihre Hüften mit beiden Händen. »Du willst also die Wahrheit?«

»Und nichts als die Wahrheit.«

»Die Gräfin Carla Mandolini und ich haben seit Jahren eine stürmische, verworfene Affäre. Sie täuscht ihren Ehemann, den ältlichen und impotenten Grafen, indem sie meine Sekretärin spielt. Der Narr glaubt tatsächlich, die Zwillinge seien von ihm.«

Er ist wirklich bezaubernd, dachte Jackie, während sie sich herabbeugte. »Eine sehr glaubhafte Geschichte«, meinte sie, kurz bevor ihr Mund seine Lippen bedeckte.

»Also, Nathan, betrachte dich als gekidnappt. Du solltest lieber freiwillig mitkommen.«

Er blickte auf, während er sich ein Handtuch um die Taille schlang. Ohne anzuklopfen, öffnete Jackie die Badezimmertür und stürmte herein. Er hätte inzwischen daran gewöhnt sein sollen, dass sie jederzeit und überall auftauchen konnte.

»Darf ich mir vorher die Schuhe anziehen?«

»Du hast zehn Minuten.«

Bevor sie hinausgehen konnte, packte er sie am Arm. »Wo warst du?« Er begann bereits, an ihr zu hängen. Als er am Morgen allein erwacht war, hatte es ihn all seine Selbstbeherrschung gekostet, nicht durch das Haus zu stürmen und sie zu suchen. Seit drei Tagen waren sie ein Liebespaar, und schon fühlte er sich verlassen, wenn sie nicht bei ihm war, wenn er am Morgen die Augen aufschlug.

»Einige von uns müssen arbeiten, selbst sonnabends.« Sie ließ den Blick an ihm hinabgleiten, dann wieder hinauf. Er war feucht, gebräunt und beinahe nackt. Sie hielt es für schade, dass sie bereits Pläne gemacht hatten. »Unten in zehn Minuten, oder ich lasse dich leiden.«

»Was ist los, Jackie?«

»Du bist nicht in der Position, Fragen zu stellen.« Mit einem letzten Lächeln verließ sie ihn. Er hörte sie leichtfüßig die Treppe hinunterlaufen.

Was hat sie jetzt wohl für mich auf Lager? fragte Nathan sich, während er nach seinem Rasierer griff. Eigentlich müsste ich verärgert sein, dachte er, während er sich das Gesicht einseifte. Er hatte den Tag bereits verplant.

Den Vormittag hatte er im Büro mit Vorbereitungen für das Sydney-Projekt und letzten Maßnahmen für Denver verbringen wollen. Er hatte gedacht, dass es nett wäre, Jackie und sich selbst anschließend Lunch und Tennis im Country Club zu gönnen. Entführt zu werden, gehörte nicht zu seinen Plänen.

Doch er war nicht verärgert. Mit präzisen Strichen führte er den Rasierer über seine Haut. Er konnte sich deutlich im Spiegel erkennen. Was hatte sich geändert?

Er war noch immer Nathan Powell, ein Mann mit Verantwortungsbewusstsein und Werten. Es war kein Fremder, der ihn aus dem Spiegel ansah, sondern ein Mann, den er sehr gut kannte. Die Augen waren dieselben, ebenso wie die Gesichtszüge und der Haaransatz. Wenn er genauso aussah wie sonst, warum empfand er dann nicht genauso? Und warum konnte er, der sich so gut kannte, nicht genau feststellen, was er fühlte?

Er verdrängte den Gedanken, während er den restlichen Schaum abspülte. Es war absurd. Er war genau derjenige, der er immer gewesen war. Die einzige Veränderung in seinem Leben war Jackie.

Und was zum Teufel sollte er mit Jackie tun? Das war eine Frage, die er nicht mehr sehr lange hinausschieben konnte. Je engagierter er wurde, desto sicherer war er, dass er ihr wehtun würde. Und das würde er den Rest seines Lebens bereuen. In ein paar Wochen musste er sie verlassen und nach Denver gehen. Er konnte sie nicht mit Versprechungen und Liebesschwüren zurücklassen, und er konnte auch nicht erwarten, dass sie blieb, wenn er ihr nicht sagte, was sie zu hören ersehnte.

Er wollte glauben, dass sie nichts weiter als einige farbenfrohe Seiten in dem sehr schlichten Buch seines Lebens war. Doch er wusste bereits, dass er im Laufe seines Lebens immer wieder zu jenen wenigen Seiten zurückblättern würde.

Sie sollten miteinander reden. Er trug Aftershave auf, das seine Haut kühlte und prickeln ließ. Es lag bei ihm, dass sie es taten – ruhig, ernst und so bald wie möglich. Die Welt, sosehr er es sich nun auch wünschen mochte, bestand nicht nur aus zwei Menschen.

»Nathan, deine Zeit wird knapp!«

Jackies Stimme drang von unten herauf und durchbrach seine Träumerei. Tagträume waren ebenfalls etwas Neues in seinem Leben. Er fluchte auf sich selbst und begann hastig, sich anzuziehen.

Nathan fand Jackie in der Küche, wo sie gerade die große rote Kühltasche schloss, während im Radio eine Band aus den Fünfzigerjahren ein romantisches Liebeslied spielte.

»Du hast Glück, dass ich entschieden habe, großzügig zu sein und dir weitere fünf Minuten zu gewähren.« Sie drehte sich um und musterte ihn. Er trug schwarze Shorts zu einem weißen Hemd, und sein Haar war noch ein wenig feucht. »Es hat sich gelohnt.«

Er war beinahe, aber nicht ganz an ihre offenen und unverfrorenen Komplimente gewöhnt. »Was ist los, Jackie?«

»Ich habe es dir doch gesagt. Du bist gekidnappt.« Sie trat vor und schlang die Arme um seine Taille. »Wenn du zu fliehen versuchst, wird es gefährlich für dich.« Sie presste das Gesicht in seine Halsbeuge und schnupperte. »Ich liebe dein Aftershave.«

»Was ist in der Kühltasche?«

»Überraschungen. Setz dich doch. Du kannst Getreideflocken essen.«

»Getreideflocken?«

»Der Mensch lebt nicht vom Brot allein, Nathan.« Sie küsste ihn schnell. »Du bekommst auch eine Banane.« Sie wandte sich ab und holte zwei Bananen. Während sie ihre schälte, erklärte sie: »Betrachte dich lieber für den heutigen Tag als meine Geisel und mach es uns leicht.«

»Was?«

»Wir haben die letzten Tage beide hart gearbeitet – nun, abgesehen von einem sehr denkwürdigen Tag.« Sie lächelte, während sie von der Banane abbiss. »Und der war auf seine Art erschöpfend. Daher mache ich eine Spazierfahrt mit dir.«

»Ich verstehe.« Nathan schnitt seine Banane in eine Schüssel mit Müsli. »An einen bestimmten Ort?«

»Nein. Irgendwohin. Iss du nur, ich bringe die Kühltasche ins Boot.«

»Ins Boot? Mein Boot?«

»Natürlich.« Sie nahm die Tasche und drehte sich mit einem Lächeln zu ihm um. »Sosehr ich dich auch liebe, Nathan, weiß ich doch, dass selbst du nicht übers Wasser gehen kannst. Der Kaffee ist übrigens heiß, aber beeil dich, ja?«

Er tat es, weil er mehr an ihrem Vorhaben interessiert war als an einer Schüssel Getreideflocken. Sie hatte das Radio angelassen, vermutlich für ihn. Nachdem er seine Schüssel ausgespült hatte, stellte er die Musik ab. Automatisch prüfte er die Vordertür. Jackie hatte sie offen gelassen. Er verschloss sie, ging dann zur Hintertür hinaus.

Jackie verstaute gerade die Vorräte unter Deck. Sie trug ein Top in leuchtendem Orange, passend zu ihren Shorts und dem Rahmen ihrer Sonnenbrille.

»Alles klar?«, fragte sie. »Leg ab, ja?«

»Du steuerst?«

»Sicher. Ich bin sozusagen auf einem Boot geboren worden.« Sie glitt hinter das Steuer und warf einen Blick zurück über die Schulter, als Nathan mit der Leine in der Hand zögerte. »Vertrau mir. Ich habe mir die Karte angesehen.«

»Nun, dann.« Mit einem ergebenen Seufzer löste er die Leinen und ging an Bord.

Jackie reichte ihm eine Tube. »Sonnenschutz.« Geschickt lenkte sie das Boot vom Steg fort. »Was hältst du von St. Thomas?«

»Jackie ...«

»Es war bloß ein Scherz. Ich dachte nur, wie aufregend es sein müsste, den ganzen Kanal abzufahren. Einfach nur dahinfahren.«

Das hatte er sich auch vorgenommen, aber erst für später. Nach der Pensionierung vielleicht. Doch wenn Jackie es sagte, schien es bereits morgen möglich zu sein. Und es erweckte in ihm den Wunsch, es würde morgen passieren. Er schwieg, während er beobachtete, wie sie das Boot handhabte.

Er hätte wissen müssen, dass sie damit umzugehen verstand. Vielleicht konnte sie sich nicht erinnern, die Türen hinter sich zu verschließen, aber was immer sie anpackte, tat sie mit lässiger Geschicklichkeit. Mit leichter Hand passierte sie den Kanal. Selbst als sie die Geschwindigkeit erhöhte, entspannte er sich.

»Du hast dir einen schönen Tag fürs Kidnappen ausgesucht.«

»Das finde ich auch.« Sie warf ihm ein belustigtes Lächeln zu, setzte sich dann bequemer zurecht.

Das Boot ließ sich wie ein Traum lenken. Natürlich hatte sie gewusst, dass Nathan es perfekt in Ordnung hielt. Das war eines der Dinge, die sie an ihm bewunderte. Er nahm Besitztümer nicht als selbstverständlich hin. Wenn ihm etwas gehörte, verdiente es seine Beachtung. Zu viele Leute, die sie kannte, sie selbst mit eingeschlossen, entwickelten eine gleichgültige Missachtung für das, was ihnen gehörte. Sie hatte etwas von ihm gelernt über den Stolz auf Besitz und die Verantwortung, die dazugehörte.

Sie gehörte nun zu ihm. Und Jackie hoffte, dass er sich allmählich mit derselben Hingabe um sie kümmern würde. Du willst schon wieder zu schnell voran wie üblich, ermahnte sie sich. Auch das hatte sie von Nathan gelernt. Es musste vorläufig reichen, dass er nicht länger alarmiert reagierte, wenn sie ihm sagte, dass sie ihn liebte. Dass er es zu akzeptieren begann, bedeutete einen riesigen Schritt vorwärts. Und bald – im Lauf der Zeit, korrigierte sie sich – wird er akzeptieren, dass er mich auch liebt.

Sie wusste, dass er sie liebte. Es war kein Wunschdenken, kein hoffnungsvoller Traum. Sie erkannte es, wenn er sie ansah, spürte es, wenn er sie berührte. Und weil sie es wusste, war es umso schwerer zu warten.

Jackie hatte stets nach sofortiger Erfüllung getrachtet. Schon als Kind hatte sie die Fähigkeiten besessen, schnell zu lernen und das Gelernte anzuwenden, sodass die Belohnungen schnell gekommen waren. Das Schreiben hatte ihr mehr als ihre Liebe fürs Geschichtenerzählen bewiesen. Es hatte ihr außerdem gezeigt, dass man auf manche Belohnungen am besten wartete. Nathan zu bekommen, ihn wirklich zu bekommen, war es wert, ein Leben lang zu warten.

Jackie lenkte das Boot in einen Wasserweg, wo das Gebüsch dicht und grün war. Er war kaum breit genug für zwei Boote. Nahe den Ufern ragten tote Wurzeln wie verdrehte Arme empor. Hinter ihnen schäumte das Kielwasser weiß, während das Wasser vorne dunkler, geheimnisvoller war. Über ihnen blitzte die Sonne, kündete, vielleicht drohend, den schwülen Sommer an, der noch Wochen entfernt lag. Gischt spritzte schillernd im Licht. Der Motor schnurrte, ließ einen Schwarm Vögel über die Baumwipfel entfliehen.

»Warst du schon mal am Amazonas?«, fragte Jackie.

»Nein.« Nathan drehte sich zu ihr um. »Du?«

»Noch nicht«, entgegnete sie, als wäre es nur ein kleines Versäumnis. »Es könnte dort so ähnlich sein wie hier. Braunes Wasser, dichte Vegetation, die alle möglichen gefährlichen Lebewesen verbirgt. Sind da unten Krokodile oder Alligatoren?«

»Kann ich nicht sagen.«

»Ich muss es nachschlagen.« Eine Libelle, blau und glänzend, huschte über den Bug und erregte ihre Aufmerksamkeit. »Es ist wunderschön hier.« Abrupt stellte sie den Motor ab.

»Was hast du vor?«

»Lauschen.«

Wenige Augenblicke später begannen die Vögel zu rufen, raschelten durch die Blätter und wurden kühn in der Stille. Insekten sandten einen hellen Chor empor. Ein Platschen erklang, dann noch eins, als ein Frosch einen Käfer zum frühen Mittagsmahl verschlang. Sogar das Wasser selbst hatte einen Klang, ein leises Murmeln, das zu Trägheit einlud. Von fern, viel zu fern, um wichtig zu sein, kam das Summen eines anderen Bootes.

»Ich ging früher schrecklich gern campen«, erinnerte Jackie sich. »Ich schnappte mir immer einen meiner Brüder und ...«

»Ich wusste gar nicht, dass du Brüder hast.«

»Zwei. Zum Glück für mich haben alle beide ein lebhaftes Interesse an den vielen Unternehmen meines Vaters, sodass ich tun kann, was mir gefällt, und mich nicht verpflichtet fühle.«

»Hast du nie Interesse an unternehmerischem Aufstieg entwickelt?«

»Oh Himmel, nein. Na ja, ich dachte daran, Vorstandsvorsitzende zu werden, als ich sechs war. Dann beschloss ich, lieber Gehirnchirurgin zu werden. Daher war ich überglücklich, als Ryan und Brandon mich erlösten.« Gemächlich schlüpfte sie aus ihren Leinenschuhen und reckte die Zehen. »Ich habe immer gedacht, dass es sehr schwer sein muss, der Sohn eines anspruchsvollen Vaters zu sein und nicht in seine Fußstapfen treten zu wollen.«

Sie sagte es nebenhin, doch als Nathan stumm blieb, erkannte sie, dass sie einen wunden Punkt berührt haben musste. Sie öffnete den Mund, um zu fragen, schloss ihn dann jedoch wieder. Alles zu seiner Zeit, ermahnte sie sich. »Jedenfalls, obwohl es manchmal der Erpressung bedurfte, damit einer meiner Brüder mit mir kam, habe ich es wahrhaft geliebt, am Lagerfeuer zu sitzen und zu lauschen.«

»Wo habt ihr denn gecampt?«

»Ach, hier und da. Arizona war am besten. Die Wüste hat etwas Unbeschreibliches an sich, wenn man neben einem Zelt sitzt.« Sie lächelte. »Natürlich hat eine Präsidentensuite mit Zimmerservice auch etwas für sich. Hängt von der Stimmung ab. Möchtest du jetzt steuern?«

»Nein. Du machst es prima.«

Mit einem Lachen startete sie den Motor. »Ich sage es ja nicht gern, aber bisher war es noch gar nichts.«

Jackie lenkte das Boot durch die Kanäle, bog in jeden abgelegenen Seitenarm ein, der ihr gefiel. Es entzückte sie, hinter Lauderdales Vergnügungsdampfer, der »Jungle Queen«, herzutuckern und den Touristen zuzuwinken. Eine Zeit lang war sie sehr zufrieden, dessen Kielwasser und Richtung zu folgen.

Die Häuser am Ufer gefielen ihr, mit ihren großzügigen Gärten und stämmigen Säulen. Sie genoss die Fülle der Frühlingsblumen und das Glitzern der Pools. Als andere Boote vorbeifuhren, erfand sie Geschichten über die Insassen, die Nathan zum Lachen oder zum Augenverdrehen brachten.

Es gefiel ihr jedoch auch ebenso gut, von den befahreneren Routen abzuweichen und vorzugeben, sie hätte sich auf den stillen, gewundenen Gewässern mit dem dichten Ufergebüsch verirrt. Im Schatten gebeugter Palmen und Zypressen stellte sie erneut den Motor ab und setzte ihre Vorstellung von einem Picknick um.

Es gab Sekt in Pappbechern, Krabbensalat mit Plastikgabeln und winzige Schweizer Baisers, weiß und glänzend. Nachdem Jackie Nathan überredet hatte, sein Hemd auszuziehen, rieb sie ihn mit Sonnenschutzlotion ein, während sie ununterbrochen davon redete, ein Buch über die Everglades schreiben zu wollen.

Während sie die Creme auf seiner Haut verteilte, fiel ihr auf, wie entspannt er war. Sie spürte keine Verkrampfung in seinem Schulterbereich mehr, keinen Knoten in seinem Nacken.

Sobald die Kühltasche wieder verstaut war, begab sie sich zurück ans Steuer. Sie wendete das Boot und brauste davon.

Jackie fuhr in das Hafengebiet ein, gesellte sich zu den Vergnügungsdampfern, den Frachtschiffen und den Segelbooten. Das Gewässer war weit und offen, die Gischt kühl und die Luft voller Geräusche.

»Kommst du oft hierher?«, rief sie.

»Nein. Nicht sehr oft.«

»Ich liebe es hier! Denk bloß an all die Orte, an denen die Schiffe waren, bevor sie hergekommen sind. Und an die sie weiterfahren werden. Hunderte von Menschen, Tausende kommen hierher auf dem Weg nach … ich weiß nicht … Mexiko, Kuba …«

»Zum Amazonas?«

»Ja.« Lachend zog sie einen Kreis, sodass die Gischt ins Boot hineinspritzte. »Es gibt so viele Orte, die man sehen müsste. Man lebt nicht lange genug, um all das zu tun, was man tun sollte.« Ihr Haar flatterte wild um ihr Gesicht. »Deswegen werde ich auch zurückkehren.«

»Nach Florida?«

»Nein. Ins Leben.«

Nathan beobachtete, wie sie erneut lachte und einem anderen Boot zuwinkte. Wenn irgendjemand das vermag, dachte er, dann ist es Jackie. Er ließ ihr ihren Willen. Er wusste nicht, ob er sie überhaupt hätte aufhalten können, wenn er es versucht hätte. Außerdem hatte er sich längst eingestanden, dass ihm die rasante Fahrt gefiel.

9. Kapitel

Am frühen Nachmittag lenkte Jackie das Boot zu einem Anlegesteg und wies Nathan an, die Leinen festzumachen. Während er gehorchte, holte sie ihr Portemonnaie aus der Luke.

»Wohin gehen wir jetzt?«

»Einkaufen.«

Er reichte ihr eine Hand und half ihr an Land. »Was denn?«

»Irgendetwas. Vielleicht nichts.« Hand in Hand gingen sie los. »Die Frühlingsferien sind bald da. In ein paar Wochen wird die College-Meute herströmen.«

»Erinnere mich bloß nicht daran.«

»Ach, sei kein Muffel, Nathan. Kinder müssen auch Dampf ablassen. Aber ich denke daran, dass es in den Läden dann wie im Irrenhaus zugehen wird, und sosehr mir das auch gefällt, dir gefällt es nicht. Deshalb sollten wir es jetzt tun.«

»Was?«

»Einkaufen«, wiederholte sie geduldig. »Einmal Tourist spielen, kitschige Souvenirs, überflüssigen Nippes und T-Shirts mit albernen Aufdrucken kaufen, um Muschelaschenbecher feilschen.«

»Ich kann dir gar nicht sagen, wie dankbar ich bin, dass du an mich denkst.«

»Es ist mir ein Vergnügen, Darling.« Sie drückte ihm einen raschen Kuss auf die Wange. »Wenn ich mich nicht irre, tust du so was nie.«

»Das stimmt.«

»Dann wird es Zeit. Du bist vernünftigerweise nach Süden gezogen und hast dir Fort Lauderdale wegen seines Wachstums ausgesucht, aber du gehst nicht gerade oft am Strand spazieren.«

»Ich dachte, wir wollten einkaufen gehen.«

»Das ist dasselbe.« Sie schlang einen Arm um seine Taille. »Soweit ich weiß, besitzt du kein einziges T-Shirt mit einem Rocksänger oder einem dummen Spruch drauf.«

»Ich fühle mich benachteiligt«, scherzte Nathan.

»Ich weiß. Deswegen will ich dir dazu verhelfen.«

»Jackie.« Er blieb stehen, drehte sich zu ihr um, nahm sie sanft bei den Schultern. »Bitte nicht.«

»Du wirst es mir später danken.«

»Wir schließen einen Kompromiss. Ich kaufe eine Krawatte.«

»Nur, wenn eine nackte Meerjungfrau drauf ist.«

Jackie fand am Las-Olas-Boulevard genau das, was sie suchte. In einem Labyrinth von kleinen Seitengassen gab es Geschäfte, die alles verkauften, von Schnorcheln bis zu Saphiren. Entschieden zog sie Nathan in einen kleinen, überfüllten Laden, dessen Eingang von zwei leuchtend roten Flamingos flankiert wurde.

»Sie kommen einfach zu sehr in Mode«, meinte sie bedauernd und deutete auf die hochbeinigen Vögel. »Schade, dass ich sie so gern mag. Oh, sieh nur, so etwas wollte ich schon immer. Eine Spieluhr mit Muscheln. Was meinst du wohl, was sie spielt?« Sie zog die Dose auf, für Nathan einer der hässlichsten Gegenstände, die er je gesehen hatte. Sie spielte »Moon River«.

»Nein.« Jackie schüttelte den Kopf. »Darauf kann sogar ich verzichten.«

»Dem Himmel sei Dank!« Er seufzte theatralisch.

Schmunzelnd stellte sie die Spieluhr zurück und durchstöberte die Regale mit ebenso idiotischem Krimskrams. »Ich verstehe ja, dass du ein Auge für das Ästhetische und

Harmonische hast, aber das Hässliche und Nutzlose hat auch etwas für sich.«

»Schon, aber das kann ich hier nicht sagen. Es sind Kinder anwesend.«

»Nimm das hier.«

»Nein«, lehnte Nathan ab, als sie einen Pelikan aus Venusmuscheln hochhielt. »Ich kann dir nicht genügend danken, aber das darf ich nicht annehmen.«

»Nur zu Demonstrationszwecken. Es hat einen gewissen Charme.« Jackie lachte, als er die Augenbrauen verächtlich hochzog. »Nein, im Ernst. Stell dir vor, ein Paar kommt auf Hochzeitsreise hierher, und es will etwas Albernes und sehr Persönliches als Erinnerung an diesen Tag. Sie brauchen etwas, das sie sich in zehn Jahren ansehen können, das die romantische, sehr intime Zeit vor Versicherungsprämien und nassen Windeln zurückbringt!«

»Aber doch nicht ausgerechnet ein Pelikan! Und schon gar nicht einer aus Muscheln.«

»Mehr Fantasie«, bat Jackie mit einem Seufzen. »Du brauchst nur ein bisschen mehr Fantasie.« Mit anscheinend aufrichtigem Bedauern stellte sie den Pelikan zurück.

Dann zog Jackie Nathan zu einem Ständer mit bunt bedruckten T-Shirts. Sie hielt eins hoch, auf dem ein grinsender Hai mit dunkler Brille prangte. »Das …«, verkündete sie hoheitsvoll, »… bist du.«

»Ach ja?«

»Eindeutig. Das soll nicht heißen, dass du ein Raubtier bist, aber Haie sind dafür bekannt, dass sie Einzelgänger sind, und die Sonnenbrille ist ein Symbol für das Bedürfnis nach Privatsphäre.«

Er musterte den Aufdruck, stirnrunzelnd und fasziniert. »Weißt du, ich kenne sonst niemanden, der T-Shirts philosophisch betrachtet.«

»Kleider machen Leute, Nathan.« Jackie hängte es sich über den Arm und sah sich weiter um.

Als sie an einem Ständer voller Krawatten mit aufgedruckten Fischen verweilte, sprach Nathan ein Machtwort. »Nein, Jackie, nicht mal dir zuliebe.«

Sie seufzte über seinen Mangel an Weitblick und gab sich mit dem T-Shirt zufrieden.

Danach schleifte sie ihn durch Dutzende von Geschäften, bis ihm Visionen von Neonpalmen, Plastikbechern und grellen Strohhüten durch den Kopf schwirrten. Jackie kaufte mit einer eklatanten Missachtung von Stil oder Nützlichkeit.

Dann, einer plötzlichen Eingebung folgend, erwarb sie einen Papagei aus Pappmaché, den sie ihrem Vater schicken wollte. »Meine Mutter wird ihn zwingen, ihn in eins seiner Büros zu verfrachten, aber ihm wird er gefallen. Daddy hat einen wundervollen Sinn für das Alberne.«

»Hast du das von ihm geerbt?«

»Vermutlich.« Die Hände in die Hüften gestemmt, drehte sie sich im Kreis, um sich zu vergewissern, dass sie nichts übersehen hatte. »Nun, jetzt sollte ich bei dem kleinen Juwelier mal schauen, ob ich etwas Angemessenes für meine Mutter finde.« Sie nahm ihm zwei Pakete ab. »Wie hältst du dich?«

»Ich bin bereit, wenn du es bist.«

»Du bist süß.« Jackie beugte sich vor und küsste ihn. »Warum spendiere ich dir nicht Eiscreme als Belohnung?«

»Ja, warum eigentlich nicht?«

Sie grinste und dachte bei sich, dass Nathan gewaltige Fortschritte mache. »Sobald ich etwas Geschmackvolles für meine Mutter gefunden habe«, versprach sie.

Eine Viertelstunde später erstand Jackie eine perlenbesetzte Goldbrosche. Es war ein sehr elegantes Stück von makellosem Stil. Der Kauf zeigte Nathan zweierlei. Erstens, dass sie sehr impulsiv kaufte und dabei kaum auf den Preis achtete. Und zweitens, dass sie durchaus Geschmack bewies. Die konventionelle, elegante Brosche stellte eine völlig andere Stilrichtung als der Papagei dar, den sie für ihren Vater ausgewählt hatte. Es veranlasste ihn, sich zu fragen, ob Jackies Eltern tatsächlich so verschieden waren, wie Jackie sie einschätzte.

Er hatte stets daran geglaubt, vielleicht zu sehr, dass Kinder die Eigenschaften ihrer Eltern erbten, gute wie schlechte. Doch Jackie schien nichts von einer Frau zu haben, die eine klassisch elegante Brosche tragen würde, und auch nichts von einem Mann, der in der Geschäftswelt aufging.

Kurz darauf hatte er sich um andere Dinge zu sorgen. Sie waren wieder auf der Straße, und Jackie machte Anstalten, ein Tandem zu mieten.

»Jackie, ich glaube nicht, dass …«

»Leg doch die Pakete in den Korb, Nathan.« Sie tätschelte seine Hand, bevor sie den Mietpreis bezahlte.

»Hör mal, ich habe nicht mehr auf einem Fahrrad gesessen, seit ich ein Teenager war.«

»Fahrradfahren verlernt man nicht.« Sie lächelte. »Ich setze mich nach vorn, wenn du beruhigt bist.«

Vielleicht hatte sie ausnahmsweise einmal nicht beabsichtigt, ihn herauszufordern, aber Nathan bezweifelte es. Er schwang ein Bein über den Sattel und setzte sich auf den Vordersitz. »Steig auf. Und vergiss nicht, dass du es gewollt hast.«

»Ich liebe gebieterische Männer«, säuselte sie in geziertem Tonfall, und es zuckte unwillkürlich um seine Mundwinkel.

Sie behielt recht. Er hatte es nicht verlernt. Sie strampelten ruhig und gelassen dahin, erst die Straße und dann die Strandpromenade entlang.

Jackie war froh, dass er die Führung übernommen hatte. Es gab ihr Gelegenheit, vor sich hin zu träumen und sich umzublicken. Was ich, dachte sie mit einem Lächeln, auch sonst getan hätte. Doch so brauchte sie nicht zu befürchten, mit einem geparkten Wagen zusammenzustoßen oder Fußgänger umzufahren. Sie konnte sich darauf verlassen, dass Nathan gewissenhaft steuerte. Das war ein Grund mehr für sie, ihn zu lieben.

Sie passte sich seinem Rhythmus an und betrachtete seine Schultern. Stark und verlässlich. Sie empfand beide Ausdrücke als äußerst reizvoll. Seltsam, sie hatte nie gedacht, dass sie Verlässlichkeit so attraktiv finden würde, bis sie sie gefunden hatte. Ihn gefunden hatte.

Nathan war entspannt. Er genoss die Sonne und den Tag. Das konnte sie ihm vermitteln. Natürlich nicht jeden Tag, sinnierte sie. Er würde nicht immer ihren spontanen Plänen zustimmen. Aber oft genug, dachte sie und wünschte, der Abstand zwischen ihnen wäre nicht zu groß, um ihn umarmen zu können.

Nathan hatte sich nie ausgemalt, am Meer entlangzuradeln – und schon gar nicht, es genüsslich zu tun. Er kam höchst selten in dieses Stadtviertel. Es war für Touristen und Teenager geschaffen. Mit Jackie zusammen zu sein, ließ ihn sich wie beides fühlen. Sie zeigte ihm neue Aspekte, nicht nur der Stadt, in der er seit fast zehn Jahren wohnte, sondern auch des Lebens, das er seit über dreißig Jahren kannte.

Alles an Jackie war unerwartet. Wie hätte Nathan wissen sollen, dass das Unerwartete auch erfrischend sein konnte? Ein paar Stunden lang hatte er nun heute überhaupt nicht an Denver oder Sydney oder Vertragsstrafen oder die Verpflichtungen des nächsten Tages gedacht, die in seinem Kalender standen. Er hatte, kurz gesagt, nicht an morgen gedacht.

Er lebte im Hier und Jetzt, die Sonne strahlte, und das Wasser hob sich tiefblau vom goldenen Strand ab. Kinder spielten jauchzend in der Brandung, und es roch nach Sonnenöl.

Auf der anderen Straßenseite wehten farbenfrohe Strandhandtücher auf Balkonen und verliehen einem billigen kleinen Hotel einen exotischen Eindruck. Nathan fing den Geruch von Hotdogs auf, und er sah Kinder buntes Softeis schlürfen, das ihnen klebrig auf die Arme tropfte. Seltsamerweise hatte er plötzlich auch Appetit auf Eiscreme.

Als er aufblickte, entdeckte er einen schwarz-gelben Drachen in Form einer Biene, der mit dem Wind aufstieg. Ein kleines Flugzeug zog vorüber, mit einem flatternden Reklamestreifen für ein lokales Restaurant im Schlepptau.

Nathan nahm alles in sich auf, und er fragte sich, warum er bisher geglaubt hatte, dass der Strand keinen Reiz für ihn bot. Vielleicht, weil er bisher allein gewesen war.

Impulsiv machte er Jackie ein Zeichen und hielt an. »Du schuldest mir ein Eis.«

»Das stimmt.« Geschmeidig glitt sie vom Fahrrad, küsste ihn, ging dann ein paar Schritte zurück zu einem Verkäufer. Sie studierte das Angebot, überlegte hin und her, beratschlagte länger und ernsthafter als zuvor wegen einer Fünfhundert-Dollar-Brosche. Nachdem sie die Vor- und Nachteile abgewogen hatte, entschied sie sich für Vanilleeis im Schokoladenmantel mit Nüssen.

Sie steckte das Wechselgeld ein, drehte sich um und sah Nathan. Er hielt einen großen orangefarbenen Luftballon in der Hand. »Passt zu deiner Aufmachung«, kommentierte er und schlang ihr die Schnur um das Handgelenk.

Jackie spürte Tränen aufsteigen. Es war nur ein farbiger Luftballon an einer Schnur, aber als Symbol unschlagbar. Sie wusste, dass sie, wenn die Luft schließlich entwichen war, die Überreste so sentimental wie eine Rose zwischen die Seiten eines Buches legen würde. »Danke«, brachte sie mühsam hervor und übergab ihm das Eis, bevor sie ihm um den Hals fiel.

Nathan hielt sie fest und versuchte, die Verlegenheit nicht

zu zeigen, die er plötzlich empfand. Wie sollte ein Mann eine Frau behandeln, die wegen eines Luftballons weinte? Er hatte erwartet, dass sie lachen würde. Er küsste ihre Schläfe und rief sich in Erinnerung, dass sie selten das Erwartete tat. »Gern geschehen.«

»Ich liebe dich, Nathan.«

»Ich glaube, du tust es vielleicht tatsächlich«, murmelte er. Die Vorstellung erfreute und erschütterte ihn zugleich. Was soll ich nur mit ihr anfangen? fragte er sich, während er sie fester in die Arme schloss.

Als Jackie aufsah, bemerkte sie die Sorge und den Zweifel in seinem Blick. Sie unterdrückte ein Seufzen und berührte sanft seine Wange. Es ist noch Zeit, sagte sie sich, es ist noch viel Zeit. »Das Eis schmilzt.« Lächelnd strich sie mit den Lippen über seine. »Warum setzen wir uns nicht da drüben auf die Mauer, während wir essen? Dann kannst du dein neues Hemd anziehen.«

Er schloss eine Hand um ihr Kinn, verweilte bei einem weiteren Kuss. »Ich ziehe mich nicht auf der Straße um.«

Sie lächelte erneut und nahm ihn bei der Hand.

Als sie schließlich zurückradelten, trug er das T-Shirt mit dem grinsenden Hai.

Jackie stand in der Haustür und blickte Nathan nach. Sie hob eine Hand zum Gruß, als sein Wagen die Straße hinabfuhr. Einen Moment lang durchbrach nur das verhallende Motorengeräusch die morgendliche Stille. Dann hörte sie nachbarliche Geräusche von Kindern, die zur Schule gebracht wurden, zuschlagende Türen, Abschiedsrufe und letzte Ermahnungen. Nette Geräusche, dachte Jackie, während sie sich an den Türrahmen lehnte. Alltägliche Geräusche, die sich Morgen für Morgen wiederholten. Sie hatten etwas Beständiges an sich, etwas Tröstliches.

Sie fragte sich, ob Ehefrauen sich wohl so fühlten, wenn sie ihre Ehemänner nach einer letzten Tasse Kaffee verabschiedeten, bevor der Arbeitstag begann. Es war eine seltsame Mischung an Gefühlen. Die Freude, ihren Mann ordentlich aus dem Haus gehen zu sehen, und das Bedauern darüber, dass es Stunden dauern würde, bevor er zurückkehrte.

Aber ich bin keine Ehefrau, erinnerte Jackie sich, als sie ins Haus zurückkehrte, ohne daran zu denken, die Tür zu schließen. Es hatte keinen Sinn, sich einzubilden, sie wäre eine. Und es hatte noch weniger Sinn zu bedauern, dass Nathan noch lange nicht zu einer Bindung und Eheringen bereit war.

Das sollte auch nicht so wichtig sein.

Sie nagte an der Unterlippe, während sie die Treppe hinaufging. Mrs. Grange schrubbte bereits eifrig in der Küche, und sie selbst hatte genügend Arbeit, um den ganzen Tag hindurch beschäftigt zu sein. Wenn Nathan nach Hause kam, freute er sich, sie zu sehen, und sie würden plaudern wie ein Ehepaar.

Es konnte nicht so wichtig sein.

Schließlich war sie glücklich. Glücklicher mit Nathan als je zuvor. Da sich nie Tragödien in ihrem Leben ereignet hatten, bedeutete das sehr viel. Er mochte sie gern, und wenn er das Ausmaß seiner Zuneigung auch noch beschränkte, hatten sie doch mehr, als viele Leute je bekamen.

Er lachte inzwischen viel öfter. Es war eine Genugtuung zu wissen, dass sie ihm dazu verholfen hatte. Wenn sie jetzt die Arme um ihn legte, versteifte er sich nur noch sehr selten. Ob er wohl wusste, dass er im Schlaf nach ihr suchte und sie festhielt? Sie bezweifelte es. Sein Unterbewusstsein hatte bereits akzeptiert, dass sie zusammengehörten. Es würde ein bisschen länger dauern, bis er es auch bewusst akzeptierte.

Also wollte Jackie geduldig sein. Vor Nathan hatte sie nicht gewusst, dass sie zu einer solch großen Geduld fähig war. Es freute sie, diese Tugend in sich zu entdecken.

Er hatte sie verändert. Sie setzte sich an die Schreibmaschine und dachte, dass er das vermutlich auch nicht wusste. Sie selbst hatte es erst gemerkt, als es bereits geschehen war. Sie dachte mehr an die Zukunft, ohne das Bedürfnis nach einer rosaroten Brille. Sie wusste inzwischen die Fähigkeit zu sorgfältiger Planung zu schätzen – was nicht bedeutete, dass sie nicht immer wieder Gefallen an einer interessanten Abschweifung finden würde. Sie hatte jedoch inzwischen verstanden, dass Glück und Vergnügen nicht immer von Impulsivität abhingen.

Jackie hatte begonnen, das Leben ein wenig anders zu sehen. Ihr war klar geworden, dass Verantwortungsgefühl nicht unbedingt eine Last war. Es konnte auch Genugtuung und Befriedigung vermitteln. Etwas durchzustehen, auch wenn die erste Begeisterung verflogen war, bildete einen Teil des Lebens. Das hatte Nathan ihr gezeigt.

Jackie war nicht sicher, ob sie es ihm hinreichend erklären könnte, sodass er es verstand und ihr glaubte. Schließlich hatte sie bisher niemandem Grund zu der Annahme gegeben, dass sie vernünftig, verlässlich und hartnäckig sein konnte. Nun lagen die Dinge anders.

Nachdenklich blickte Jackie hinab auf den gefütterten Umschlag, der neben dem sauber getippten Stapel Manuskriptseiten lag. Zum ersten Mal im Leben war sie bereit, sich zu offenbaren. Und mich zu bewähren, dachte sie und holte tief Luft, zuerst vor mir selbst, dann vor Nathan, und dann vor meiner Familie.

Es gab keine Garantie, dass der Agent ihr Werk annahm, dass es ihm zusagte, obwohl er sich grundsätzlich ermutigend gezeigt hatte. Ich habe keine Angst vor Risiken, sagte sie sich. Dennoch zögerte sie, bevor sie die Seiten in den Umschlag steckte.

Sie hatte Angst vor diesem einen Risiko, auch wenn sie es sich nur ungern eingestand. Es ging nicht mehr nur darum, eine unterhaltsame Geschichte von Anfang bis Ende zu schreiben. Nun stand ihre Zukunft auf dem Spiel. Die Zukunft, von der sie einmal unbekümmert geglaubt hatte, dass sie sich von selbst finden würde. Wenn sie nun versagte, konnte sie es niemandem als sich selbst vorwerfen.

Jackie konnte diesmal nicht behaupten, wie sie es bei so vielen ihrer anderen Projekte getan hatte, dass sie etwas Interessanteres gefunden hatte. Die Schriftstellerei war ihr Metier. Und obwohl sie wusste, dass es töricht war, entschied für sie der Erfolg oder Misserfolg ihrer Arbeit über den Erfolg oder Misserfolg bei Nathan.

Jackie schloss die Augen und sagte das erstbeste Gebet auf, das ihr in den Sinn kam. Danach schob sie das Manuskript in den Umschlag, drückte ihn an die Brust und lief hinunter.

»Mrs. Grange, ich muss etwas erledigen. Es wird nicht lange dauern.«

Die Haushälterin blickte kaum von ihrer Arbeit auf. »Lassen Sie sich nur Zeit.«

Eine Viertelstunde später war es getan. Jackie verließ die Post in der Gewissheit, soeben den größten Fehler ihres Lebens begangen zu haben. Sie hätte das erste Kapitel noch einmal überarbeiten sollen. Ein Dutzend schreiender Fehler kamen ihr nun in den Sinn, jetzt, da das Manuskript aufgegeben war.

Ihr ging durch den Kopf, dass sie einen wundervollen Aspekt nicht genügend erforscht hatte und dass ihre Charakterisierung des Sheriffs viel zu schwach war. Er hätte Tabak kauen sollen. Das war die Lösung, die perfekte Lösung! Sie brauchte nur ins Postamt zu gehen, ihm ein Stück Kautabak in den Mund zu stecken, und schon wurde das Buch zu einem Bestseller.

Sie machte einen Schritt auf die Tür zu, blieb stehen und ging einen Schritt zurück. Sie benahm sich albern. Mit wackeligen Beinen setzte sie sich auf den Bordstein und ließ den Kopf auf die Knie sinken. Das Manuskript geht nach New York, und zwar heute, entschied sie. Es wunderte sie, dass sie früher einmal beabsichtigt hatte, diesen denkwürdigen Augenblick mit Champagner zu feiern. Nun war ihr absolut nicht nach Feiern zumute. Ihr war danach zumute, ins Bett zu kriechen und sich die Decke über den Kopf zu ziehen.

Was war, wenn sie sich irrte? Warum hatte sie bisher nie die Tatsache in Betracht gezogen, dass sie sich gänzlich irren konnte – in ihrem Buch, in Nathan, in sich selbst?

Sie hatte ihr Herz in diesen Roman gelegt und ihn dann an einen praktisch Fremden geschickt, der die Autorität besaß, ihn zu loben oder zu verdammen, ohne jegliche Rücksicht auf ihre Person. Es war nichts als eine geschäftliche Entscheidung.

Sie hatte Nathan ihr Herz geschenkt, sie hatte es ihm mit beiden Händen gereicht und ihn förmlich gezwungen, es anzunehmen. Wenn er nun versuchte, es ihr zurückzugeben, wie sanft auch immer, das Herz war angeknackst.

Jackie spürte Tränen auf ihren Wangen. Welch ein erbärmlicher Anblick, dachte sie empört, während sie mit dem Handrücken die Tränen wegwischte. Eine erwachsene Frau saß auf einem Bordstein und weinte, weil sich die Dinge vielleicht nicht so entwickelten, wie sie es wollte.

Sie schniefte, stand dann auf. Vielleicht klappte es nicht, und sie würde es verkraften müssen. Aber bis dahin wollte sie ihr Möglichstes tun, um zu gewinnen.

Zu Mittag saß Jackie am Tresen in der Küche, die Ellbogen aufgestützt, und schaute sich die neuesten Fotos von Mrs. Granges Enkelkindern an, während sie Nudelsalat aßen.

»Sie sind entzückend. Dieser hier … das ist Lawrence, stimmt's?«

»Ja. Er ist drei, ein richtiger Strolch.«

Jackie musterte den Kleinen mit dem Fleck am Kinn, der nach Erdnussbutter aussah. »Er sieht aus wie ein Herzensbrecher. Haben Sie oft Gelegenheit, mit ihnen zusammen zu sein?«

»Hin und wieder. Aber es scheint nie genug zu sein bei Enkelkindern. Sie wachsen schneller heran als die eigenen Kinder. Die hier, Anne Marie, ist mir ähnlich.« Mrs. Grange deutete mit einem Finger auf den Schnappschuss eines kleinen Mädchens in einem duftigen blauen Kleid. »Es ist jetzt kaum zu glauben …«, sie tätschelte ihre üppige Hüfte, »… aber ich war eine gut aussehende Frau, als ich ein paar Jahre und ein paar Pfunde weniger hatte.«

»Sie sind immer noch eine gut aussehende Frau, Mrs. Grange.« Jackie schenkte von dem Fruchtsaft nach, den sie gebraut hatte. »Und Sie haben eine wundervolle Familie.«

Weil das Kompliment ungezwungen klang, nahm Mrs. Grange es an. »Familien, die machen vieles wieder gut. Ich war achtzehn, als ich davonlief, um Clint zu heiraten. Oh, er war hübsch anzusehen, das können Sie mir glauben. Schlank wie eine Schlange und doppelt so hinterhältig.« Sie schmunzelte, wie eine Frau es über einen alten und beinahe verblassten Fehler vermochte.

»Man konnte sagen, ich war völlig hingerissen.« Sie nahm eine Gabel voll Nudeln, während sie im Geist zurückblickte. Es fiel ihr gar nicht auf, dass sie mit jemandem, den sie kaum kannte, über private Dinge redete. Jackie machte es leicht zu reden.

»Mädchen haben in dem Alter keinen Verstand, und ich war nicht anders. Schnell gefreit, lang bereut, sagt man, aber wer hört schon darauf?«

»Die Leute, die das sagen, hatten wahrscheinlich nie das Glück, völlig hingerissen zu sein«, wandte Jackie ein.

Mrs. Grange lächelte bewundernd über Jackies Logik. »Das ist sehr wahr, und ich kann nicht sagen, dass ich es bereue, obwohl ich mich mit vierundzwanzig in einer winzigen, engen Wohnung wiederfand, ohne Ehemann, ohne einen Penny und mit vier kleinen Jungen, die ihr Essen verlangten. Clint hatte uns verlassen.«

»Das tut mir leid. Es muss schrecklich für Sie gewesen sein.«

»Es war nicht gerade ein schöner Moment.« Mrs. Grange wandte den Kopf und sah, dass Jackie sie nicht mit höflichem Interesse, sondern voller Mitgefühl und Verständnis anblickte. »Manchmal bekommen wir, wonach wir verlangen, und ich hatte nach Clint Grange verlangt, der wertlosen Schlange, die er war.«

»Was taten Sie, nachdem er fort war?«

»Ich weinte. Damit verbrachte ich die ganze Nacht und den größten Teil des nächsten Tages. Es tat mächtig gut, das Selbstmitleid, aber meine Jungen brauchten eine Mutter, nicht eine heulende Weibsperson, die sich nach ihrem Mann verzehrte. Also beschloss ich, etwas zu unternehmen. Damals fing ich an, Häuser zu putzen. Achtundzwanzig Jahre später putze ich sie immer noch.«

Sie blickte sich mit einem Gefühl schlichter Befriedigung in der blitzsauberen Küche um. »Meine Kinder sind erwachsen, und zwei von ihnen haben eine eigene Familie. Man könnte wohl sagen, dass Clint mir einen Gefallen getan hat, aber ich glaube nicht, dass ich ihm danken würde, wenn wir uns zufällig im Supermarkt begegnen.«

»Wieso meinen Sie, dass er Ihnen einen Gefallen getan hat? Das verstehe ich nicht.«

»Wenn er bei mir geblieben wäre, wäre ich nie dieselbe Mutter geworden, dieselbe Person. Man könnte vielleicht sagen, dass manche Menschen das Leben anderer verändern, indem sie hineintreten, und andere, indem sie hinausgehen.« Mrs. Grange lächelte, während sie ihren Teller leerte. »Allerdings glaube ich nicht, dass ich Tränen vergießen würde, wenn ich zu hören bekäme, dass der alte Clint in der Gosse liegt und bettelt.«

Jackie lachte und prostete ihr zu. »Ich mag Sie, Mrs. Grange.«

»Ich mag Sie auch, Miss Jackie. Und ich hoffe, dass Sie bei Mr. Powell finden, was Sie suchen.« Mrs. Grange erhob sich, zögerte dann aber. Sie war stets eine gute Mutter gewesen, aber nie großzügig mit Lob umgegangen. »Sie sind einer der Menschen, die Leben verändern, indem Sie hineintreten. Sie tun Mr. Powell sehr gut.«

»Das hoffe ich. Ich liebe ihn so sehr.« Mit einem Seufzer sammelte Jackie Mrs. Granges Fotos ein. »Aber das ist nicht immer genug, oder?«

»Es ist besser als nichts.« Auf ihre schroffe Art klopfte sie Jackie auf die Schulter und ging dann ihren Pflichten nach.

Jackie dachte darüber nach, nickte und ging dann hinauf, wo sie sich in die Arbeit stürzte.

Lange nachdem Mrs. Grange nach Hause gegangen und der Nachmittag zum Abend geworden war, fand Nathan Jackie am Schreibtisch vor. Sie saß über die Maschine gebeugt, das Haar fiel ihr ins Gesicht, und sie hatte die nackten Füße hinter die Stuhlbeine gehakt.

Er beobachtete sie völlig fasziniert. Er hatte sie nie zuvor wirklich arbeiten gesehen. Wann immer er heraufgekommen war, hatte sie irgendwie seine Nähe gespürt und sich auf dem Stuhl umgedreht, sobald er eingetreten war.

Nun hämmerte sie auf die Tasten, hielt dann inne, hämmerte erneut, pausierte dann, während sie aus dem Fenster starrte, als wäre sie in Trance verfallen. Sie tippte erneut, blickte stirnrunzelnd auf das Papier vor sich, lächelte dann, murmelte etwas vor sich hin.

Er blickte zu dem Stapel Papier zu ihrer Rechten, ohne zu ahnen, dass es größtenteils Kopien von dem waren, was sie am Morgen abgeschickt hatte. Er hatte das unangenehme Gefühl, dass sie sich inzwischen dem Ende näherte. Dann schalt er sich wegen seiner Selbstsucht. Was sie tat, war wichtig. Das verstand er seit jenem Abend, als sie ihm einen Teil der Handlung erzählt hatte. Es war falsch von ihm zu wünschen, sie würde nicht so gut oder so schnell vorankommen, doch er setzte unwillkürlich die Beendigung ihres Buches mit der Beendigung ihrer Beziehung gleich. Dennoch war er sich bewusst, während er im Türrahmen stand und sie beobachtete, dass er derjenige sein würde, der diese Beziehung beendete, und zwar bald.

Ein Monat war vergangen. Nur ein Monat? dachte Nathan und strich sich mit der Hand durch das Haar. Wie war es ihr gelungen, sein Leben in ein paar Wochen derart auf den Kopf zu stellen? Trotz seiner gegenteiligen Absichten hatte er sich in sie verliebt. Das machte es nur noch schlimmer. Verliebt, wie er war, wollte er ihr all die hübschen, unrealistischen Versprechungen geben: Ehe, Familie, ein Leben lang gemeinsame Tage und Nächte. Aber er konnte ihr nur Enttäuschung bieten.

Es war gut, wirklich gut, dass Denver nur noch knapp zwei Wochen entfernt war. Er hatte bereits Vorbereitungen und Besprechungen durchzuführen, die ihn mehr im Büro und weniger zu Hause hielten. In zwölf Tagen würde er ein Flugzeug nach Westen besteigen, fort von ihr. Wenn es keine Liebe wäre, wenn er nur Verlangen verspürt hätte, wäre er vielleicht versucht gewesen, jene Versprechungen zu machen, um sie dazubehalten. Aber sie verdiente etwas Besseres, und er wollte dafür sorgen, dass sie sich nicht mit weniger zufriedengab.

Leise trat er zu ihr. Als ihre Finger erneut innehielten, legte er die Hände auf ihre Schultern. Mit einem leisen Schrei sprang sie auf.

»Entschuldige«, sagte er, aber er musste lachen. »Ich wollte dich nicht erschrecken.«

»Das hast du auch nicht. Du hast mir eine Todesangst eingejagt.« Mit einer Hand auf dem Herzen sank Jackie zurück auf den Stuhl. »Wieso bist du schon so früh zu Hause?«

»Das bin ich nicht. Es ist sechs Uhr durch.«

»Oh! Kein Wunder, dass mein Rücken sich anfühlt, als gehörte er einem achtzigjährigen Gewichtheber.«

Nathan begann, ihre Schultern zu massieren. Das war auch etwas, das er von ihr gelernt hatte. »Wie lange bist du denn schon dabei?«

»Ich weiß nicht. Hmm ... genau da.« Sie seufzte wohlig und wand sich unter seinen Händen. »Ich wollte mir einen Wecker stellen, als Mrs. Grange ging, aber dann ist Burt Donley in die Stadt geritten, und ich habe es vergessen.«

»Burt Donley?«

»Der kaltblütige Lohnarbeiter von Samuel Carlson.«

»Ja, natürlich, Burt.«

Schmunzelnd blickte sie über die Schulter hoch zu Nathan. »Burt hat Sarahs Vater ermordet, in Carlsons Auftrag. Er und Jake müssen wegen Laramie miteinander abrechnen. Dort hat Burt Jakes besten Freund erschossen – in den Rücken natürlich.«

»Natürlich.«

»Und wie war dein Tag?«

»Nicht so aufregend. Keine größeren Schießereien oder Begegnungen mit lockeren Frauen.«

»Zum Glück für dich fühle ich mich sehr locker.« Jackie stand auf, ließ ihren Körper an seinem hinaufgleiten, bis ihre Arme um seinen Nacken lagen. »Ich gehe jetzt nachsehen, was ich uns zum Abendessen auftischen kann, und dann reden wir darüber.«

»Jackie, du brauchst nicht jeden Abend für mich zu kochen.«

»Wir haben ein Abkommen getroffen.«

Er küsste sie, länger und intensiver, als er es vorgehabt hatte. Als er schließlich zurückwich, lag jener sanfte, verklärte Blick in ihren Augen, den er lieb gewonnen hatte. »Ich würde sagen, das hat sich erledigt. Meinst du nicht?«

»Es macht mir nichts aus, für dich zu kochen, Nathan.«

»Ich weiß.« Sie konnte nicht ahnen, wie sehr ihn diese schlichte Bemerkung rührte. »Aber ich nehme an, du hattest den härteren Tag von uns beiden.« Er zog sie näher, wollte ihr Haar riechen, mit den Lippen über ihre Schläfe streifen. Beinahe unbewusst hatte er die Hände unter ihr Hemd gleiten lassen, um ihren Rücken zu streicheln. »Ich würde ja anbieten, etwas zuzubereiten, aber ich bezweifle, dass du es essen könntest. In den letzten Wochen ist mir klar geworden, dass meine Kocherei nicht nur schlecht, sondern beschämend ist.«

»Wir könnten eine Pizza kommen lassen.«

»Eine ausgezeichnete Idee.« Er zog sie zum Bett. »In einer Stunde.«

»Eine noch viel bessere Idee«, murmelte sie zärtlich und schmiegte sich an ihn.

10. Kapitel

Später, viel später, nachdem die Sonne untergegangen war und die Grillen ihre Serenade angestimmt hatten, saßen Jackie und Nathan auf der Terrasse, mit einem leeren Pizzakarton vor ihnen und warm gewordenem Wein in den Gläsern. Das Schweigen zwischen ihnen hatte sich ausgedehnt, lang und behaglich. Es herrschte eine Ungezwungenheit zwischen ihnen, die gewöhnlich nur aus Jahren der Freundschaft oder aus völligem Verständnis erwuchs.

Der Mond war voll und hell und spendete großzügig Licht. Mit ausgestreckten Beinen und halb geschlossenen Augen stellte Jackie fest, dass sie liebend gern stundenlang so sitzen geblieben wäre. So könnte es sein, genau so, dachte sie, für den Rest meines Lebens. »Weißt du, Nathan, ich habe nachgedacht.«

»Hmm?« Er blickte sie an. Mondschein ließ ihre Haut und ihre Augen besonders leuchten. Obgleich er wusste, dass er sie am liebsten im hellen Sonnenschein, voll vibrierender Energie, in Erinnerung behielt, würde es auch sicher Zeiten geben, in denen er eine Erinnerung wie diese brauchte – Jackie, völlig entspannt, im Licht des Vollmonds.

»Hörst du mir zu?«

»Nein, ich sehe dich an. Manchmal bist du unglaublich schön.«

Sie lächelte, beinahe schüchtern, nahm dann seine Hände. »Mach so weiter, und ich kann überhaupt nicht mehr denken.«

»Mehr braucht es dazu nicht?«

»Willst du meine Idee jetzt hören oder nicht?«

»Ich bin nie sicher, ob ich deine Ideen hören möchte.«

»Diesmal ist es eine sehr gute. Ich finde, wir sollten eine Party geben.«

»Eine Party?«

»Ja, du weißt doch, was eine Party ist, Nathan. Eine gesellige Zusammenkunft, oft mit Musik, Essen, Getränken, zum Zwecke der Unterhaltung.«

»Ich habe davon gehört«, meinte er argwöhnisch.

»Dann haben wir die erste Hürde gemeistert.« Sie küsste seine Hand, aber er spürte, dass sie in Gedanken bereits wieder einmal vorausgeeilt war. »Du bist jetzt seit Wochen aus Europa zurück und hast noch keinen deiner Freunde gesehen. Du hast doch Freunde, oder?«

»Ein paar.«

»Damit wäre die zweite Hürde genommen.« Träge streckte Jackie die Beine noch weiter aus, rieb mit dem Fußrücken über seine Wade. »Als Geschäftsmann und Säule der Gesellschaft – ich bin sicher, dass du eine Säule der Gesellschaft bist – ist es praktisch deine Pflicht, Gäste einzuladen.«

Er zog eine Braue hoch. »Ich bin nie eine besondere Säule gewesen.«

»Da irrst du dich. Jeder, der einen Anzug so trägt wie du, ist eine perfekte Säule.« Sie lächelte ihn an, in dem Wissen, dass sie ihn wieder mal aus der Fassung gebracht hatte. »Ein Mann von Rang, das bist du, Darling. Ein Hort der Kraft und des Konservatismus. Ein eingefleischter Republikaner.«

»Woher willst du wissen, dass ich Republikaner bin?«

Ihr Lächeln wurde mitfühlend. »Bitte, Nathan, lass uns nicht über das Offensichtliche diskutieren. Hast du jemals einen ausländischen Wagen besessen?«

»Ich wüsste nicht, was das damit zu tun hat.«

»Schon gut. Deine politische Gesinnung ist ganz allein deine Sache.« Jackie streichelte seine Hand. »Ich selbst bin eine politische Agnostikerin, falls es so etwas gibt. Aber wir kommen vom Thema ab.«

»Das ist nichts Neues.«

»Reden wir über die Party, Nathan.« Sie beugte sich aufgeregt vor. »Du hast doch diese dicken, kleinen Adressbücher neben jedem Telefon im Haus liegen. Bestimmt könntest du in denen genügend lustige Leute finden, um eine Party zusammenzustellen.«

»Lustige Leute?«

»Eine Party ist nichts ohne Leute. Es muss nichts Umwerfendes sein – nur ein paar Dutzend Personen, einige nette Cocktailhappen und gute Laune. Es könnte gleichzeitig eine Willkommens- und eine Abschiedsparty für dich werden.«

Nathan blickte sie scharf an. Ihre Augen wirkten ruhig und wesentlich ernster als ihre Worte. Also dachte auch sie an Denver. Es sah ihr ähnlich, es nicht direkt zu erwähnen oder Fragen zu stellen. Er schloss die Finger fester um ihre Hand. »An wann hast du gedacht?«

»Wie wäre es mit nächster Woche?«

»Gut. Ich kenne einen Partyservice, den wir anrufen können.«

»Nein. Eine Party ist etwas Persönliches.«

»Und viel Arbeit.«

Jackie schüttelte den Kopf. Sie konnte ihm nicht erklären, dass sie etwas brauchte, um ihre Gedanken zu beschäftigen. »Keine Sorge, Nathan. Wenn ich mich auf etwas verstehe, dann ist es, eine Party zu veranstalten. Kümmere du dich um die Einladungen. Ich erledige den Rest.«

»Wenn du das möchtest.«

»Sehr. Da das nun geklärt ist, wie wäre es mit einer Runde im Pool?«

Nathan sah zum Becken hinüber. Es wirkte einladend und verlockend, aber das war das Nichtstun ebenfalls. »Geh nur, Jackie. Die Vorstellung, mir eine Badehose anziehen zu müssen, erscheint mir zu kompliziert.«

»Wer braucht schon eine Badehose?« Um ihren Standpunkt zu untermauern, stand sie auf und schlüpfte aus ihren Shorts.

»Jackie ...«

»Nathan«, unterbrach sie ihn und ahmte dabei seinen Tonfall nach. »Eine der zehn größten Freuden im Leben ist Nacktbaden im Mondschein.« Ihr dünner Slip gesellte sich zu den Shorts. Das weite T-Shirt reichte ihr bis an die Oberschenkel. »Dein Pool liegt sehr abgeschieden«, fuhr sie fort. »Deine Nachbarn bräuchten eine Leiter und ein Fernglas, um etwas sehen zu können.« Gelassen zog sie sich das T-Shirt über den Kopf und stand da, schlank und nackt.

Sein Mund wurde trocken. Er hätte inzwischen über dieses Stadium hinweg sein müssen. In den letzten Wochen hatte er jeden Zentimeter von ihr gesehen, berührt, gekostet. Doch ihr Anblick am Rand des Pools, ihr golden schimmernder Körper im Mondschein, ließ sein Herz pochen wie das eines Teenagers beim ersten Rendezvous.

Jackie erhob sich auf die Zehenspitzen, streckte sich und sprang gekonnt ins Wasser. Lachend tauchte sie wieder auf. »Wie sehr habe ich das vermisst!« Ihr Körper glänzte unter der Oberfläche, wirkte dunkler und irgendwie üppiger durch den Mondschein und das Wasser. »Früher habe ich mich immer um ein Uhr morgens hinausgeschlichen, um so zu schwimmen. Meine Mutter wäre entsetzt gewesen, obwohl das Grundstück von einer drei Meter hohen Mauer umgeben war und der Pool hinter Bäumen versteckt lag. Ich fand es wundervoll dekadent, um ein Uhr morgens nackt zu schwimmen. Kommst du nicht rein?«

Das Atmen fiel Nathan bereits schwer, und er schüttelte nur den Kopf. Wenn er zu ihr in den Pool spränge, würde er nicht viel schwimmen.

»Und du hast behauptet, du wärst keine Säule der Gesellschaft.« Jackie lachte über ihn und zog die Finger durch das Wasser. »Also gut, dann muss ich wohl härter durchgreifen. Es geschieht zu deinem Besten.« Mit einem Seufzer hob sie eine Hand aus dem Wasser. Wie ein Kind, das Cowboy spielt, zielte sie auf Nathan, den Zeigefinger ausgestreckt, den Daumen erhoben. »Los, Nathan, steh langsam auf. Keine plötzlichen Bewegungen.«

»Gib mir eine Chance, Jackie.«

»Das ist ein Colt«, warnte sie ihn. »Steh auf und halte deine Hände so, dass ich sie sehen kann.«

Er hätte nicht sagen können, warum er es tat. Vielleicht lag es am Vollmond. Er erhob sich.

»Gut. Und jetzt zieh dich aus.« Sie legte die Zunge an die Oberlippe. »Langsam.«

»Du bist wirklich verrückt.«

»Bettle nicht, Nathan, das ist jämmerlich.« Jackie zog den Daumen über einem unsichtbaren Hahn zurück. »Hast du überhaupt eine Ahnung, was eine 38er Kugel einem menschlichen Körper antun kann? Glaub mir, es ist kein schöner Anblick.«

Mit einem Achselzucken zog er sich das Hemd aus. Es konnte nicht schaden, in seinen Shorts ins Wasser zu gehen. »Du hast nicht den Mut, das Ding zu benutzen.«

»Verlass dich lieber nicht darauf.« Es zuckte um ihre Lippen, als sie ein Grinsen unterdrückte. »Komm nur einen Schritt näher, und ich puste dir die Kniescheibe weg. Dann erfährst du erst mal, was das Wort ›Schmerz‹ bedeutet. Jetzt zieh die Hose aus.«

Er zweifelte nicht daran, dass sie verrückt war, aber offensichtlich hatte es ein wenig abgefärbt. Er öffnete seine Shorts und ließ sie fallen. Sie sollte eine Überraschung erleben, wenn er sich zu ihr ins Wasser gesellte.

»So ist es gut, sehr gut.« Jackie ließ sich bewusst Zeit, ihn abschätzend zu betrachten. »Und jetzt den Rest.«

Er blickte ihr in die Augen, während er sich den Slip auszog. »Du hast keinen Anstand«, beschwerte er sich.

»Kein bisschen. Ist das nicht ein Glück für dich?« Lachend gestikulierte sie mit der imaginären Pistole. »Ins Wasser, Nathan.«

Er sprang hinein, nicht mehr als eine Armeslänge von ihr entfernt. Als er auftauchte, verkündete er: »Du hast deine Pistole fallen lassen.«

Sie blickte hinab, als wäre sie überrascht. »Das stimmt.«

»Jetzt wollen wir mal sehen, wie hart du durchgreifst, wenn du unbewaffnet bist.«

Nathan hechtete auf sie zu, doch Jackie war schnell.

Sie tauchte tief ab und glitt unter ihm hindurch. Als sie an die Oberfläche kam, war sie fast zwei Meter entfernt und lächelte selbstgefällig. »Verpasst«, rief sie fröhlich und wartete auf seinen nächsten Zug.

Langsam umkreisten sie einander, ohne sich aus den Augen zu lassen. Jackie biss sich auf die Lippe, um nicht zu lachen. Nathan war ein ebenso guter Schwimmer wie sie, aber sie baute auf Schnelligkeit und Behändigkeit, um zu gewinnen ... Bis sie zu verlieren bereit war.

Er näherte sich, sie wich aus. Er machte Scheinangriffe, sie reagierte entsprechend. Er manövrierte, sie manövrierte aus. Einige Minuten lang waren nur das Zirpen von Insekten und das Plätschern des Wassers zu hören.

Plötzlich inspiriert, hob Nathan eine Hand aus dem Wasser, legte die Finger an, zielte mit dem Zeigefinger und krümmte den Daumen. »Sieh mal, was ich gefunden habe.«

Mehr brauchte es nicht, um Jackie in übermütiges Lachen ausbrechen zu lassen. Mit zwei langen Zügen hatte er sie.

»Du hast doch tatsächlich geschummelt, Nathan. Du bist doch kein hoffnungsloser Fall.« Kichernd umarmte sie ihn. Dann legte er plötzlich eine Hand hart und fest um ihre Schulter.

Die Härte war so uncharakteristisch, dass sie ihn erstaunt anblickte. Was sie in seinen Augen sah, ließ ihr den Atem stocken. Diesmal war es ihr Mund, der trocken wurde. »Nathan«, brachte sie hervor, bevor er ihre Lippen mit seinen verschloss.

Das Verlangen war wilder, heftiger, rasender denn je zuvor. Jackies Herz pochte verzweifelt an seinem, als er sie stürmisch küsste, fordernd, verzehrend. Er knabberte sanft an ihrer Unterlippe, seine Zunge erforschte ihren Mund. Ihr Körper entspannte sich. Sie glitten unter die Oberfläche, ohne an Luft zu denken.

Das Wasser umgab sie, machte ihre Bewegungen langsamer, aber nicht weniger drängend. Das kühle, nächtlich dunkle Wasser umströmte sie aufreizend sinnlich, rann dann von ihren Körpern hinab, als sie auftauchten, noch immer eng umschlungen.

Jackies anfängliche Passivität war vergangen. Nun war sie ebenso leidenschaftlich und begierig wie Nathan. Sie klammerte sich an ihn, den Kopf zurückgelegt, als er sie hochhob, sodass er an ihren nassen Brüsten saugen konnte. Ihre Hände verkrampften sich um seine Schultern. Dann lag ihr Mund wieder auf seinem.

Sie ließ die Hände über ihn gleiten, während ihre Sinne schneller waren als ihre Bewegungen. Ihre Körper waren in einer Zeitlupentraumwelt gefangen, aber ihre Gedanken, ihre Bedürfnisse überschlugen sich.

Nathan griff hinab, fand sie, kühl und einladend. Bei seiner Berührung kam sein Name über ihre Lippen. Der Klang im stillen Mondschein steigerte seine Erregung. Sie klammerte sich an ihn, ließ die Hände über seinen Körper gleiten, griff dann nach Halt. Ihre Lippen waren feucht und geöffnet, als er sie erneut nahm.

Jackie fand sich mit dem Rücken am Beckenrand wieder. Zitternd vor Erwartung, öffnete sie sich für Nathan, stöhnte dann, als er sie erfüllte. Sie ließ ihre Hände ins Wasser sinken, und er war da, hielt sie fest, bewegte sich in ihr.

Der Mond schien auf ihr Gesicht, machte es exotisch und wunderschön, aber Nathan konnte nur sein Gesicht in ihre Halsbeuge pressen und auf der Woge treiben.

Jackie gehörte zu den Menschen, die zum Gastgeber geboren waren, und sie sorgte sich selten um den Erfolg einer Party. Aber diesmal war es anders. Sie wollte ein perfektes Fest veranstalten, um sich und Nathan zu beweisen, dass sie ebenso in seine Welt wie in seine Arme gehörte.

Ihr blieben nur noch wenige Tage, bevor er Tausende von Meilen wegfliegen würde, und er hatte ihr bislang nicht ein einziges Mal gesagt, was er von ihr wollte, was er für sie beide wollte. Sie weigerte sich zu glauben, dass er eine dauerhafte Beziehung noch immer für unmöglich hielt.

Er hatte ihr nie gesagt, dass er sie liebte. Das schmerzte sie manchmal sehr. Andererseits hatte er ihr seine Liebe auf so viele Arten gezeigt. Oft rief er sie mitten am Tag an, nur um ihre Stimme zu hören. Er brachte ihr Blumen aus seinem Garten oder von einem Stand am Straßenrand, wenn der alte Strauß in der Vase gerade zu verwelken begann. Er hielt sie fest in den Armen, nachdem das Liebesspiel vorüber, die Leidenschaft verklungen war und Zufriedenheit zurückblieb.

Jackie verdrängte ihre Zweifel. Sie redete sich ein, dass sie keine schönen Worte brauchte, dass sie sich ausnahmsweise mit dem begnügen musste, was sie hatte, anstatt zu fordern, was sie wollte.

Eine Stunde vor Beginn der Party begann Jackie, sich zu verwöhnen. Als Erstes gönnte sie sich ein ausgedehntes Schaumbad. Dann nahm sie sich Zeit für ein sorgfältiges Make-up in exotischem Stil. Als sie ihr Gesicht aus jedem Winkel im Spiegel musterte, war sie mit dem Ergebnis sehr zufrieden. Schließlich benutzte sie ein neues Parfüm, bevor sie in das Kleid schlüpfte, das sie erst am Vortag gekauft hatte.

Nathan war bereits unten und unterhielt sich mit Mrs. Grange, die mit ihrem Sohn, dem angehenden Lehrer, gekommen war, um bei der Bewirtung der Gäste zu helfen. Jackie hörte die Stimmen aus der Halle, als sie zur Treppe ging. Und da sie stets Spaß an einem Hauch von Dramatik hatte, legte sie eine Hand auf das Geländer und schritt hoheitsvoll die Stufen hinab.

Sie wurde nicht enttäuscht. Nathan blickte auf, sah sie und verstummte mitten im Satz. Die Augen, in verschiedenen Bronzetönen umschattet, beherrschten ihr Gesicht. Ihr Haar war duftig und gelockt, in einer Mischung aus Naturwellen und weiblichem Geschick. Große Silbersterne glitzerten an ihren Ohren.

Als es Nathan gelang, den Blick von ihrem Gesicht zu lösen, erlebte er eine zweite Überraschung. Das Kleid, das sie gewählt hatte, wirkte atemberaubend. Blendend weiß fiel es schlicht und schmal von ihren Brüsten hinab bis zu ihren Knöcheln, ließ die Schultern frei und die Arme nackt, abgesehen von einem Dutzend Silberreifen, die einen Arm vom Handgelenk bis zum Ellbogen zierten.

Lächelnd erreichte Jackie den Fuß der Treppe, drehte sich dann im Kreis und enthüllte den Schlitz hinten im Kleid, der bis zur Mitte der Oberschenkel reichte. »Nun, was meinst du?«

»Du bist atemberaubend.«

Jackie vollendete den Kreis und musterte Nathan. Niemand trägt einen schwarzen Anzug mit so viel Stil wie er, dachte sie. Es musste an seinem breitschultrigen, muskulösen Körper liegen, der seinem Konservatismus einen gefährlichen Eindruck verlieh. Sie trat einen Schritt näher und küsste ihn.

Dann, mit ihrer Hand in seiner, wandte er sich an Mrs. Grange und den großen blonden Mann, der neben ihr stand. »Ich bin Ihnen sehr dankbar, dass Sie uns heute Abend aushelfen. Und das ist also Ihr Sohn. Sie müssen Charlie sein.«

»Ja, Ma'am.« Er schluckte schwer, nahm dann die Hand, die sie ihm bot. Charlies Handfläche war feucht. Seine Mutter hatte ihm nicht gesagt, dass Miss Jackie eine Göttin war.

»Es freut mich, Sie kennenzulernen, Charlie. Ihre Mom hat uns viel von Ihnen erzählt. Soll ich Ihnen zeigen, wo wir die Bar aufgebaut haben?«

Mrs. Grange stieß ihm mit einem Ellbogen in die Rippen. Der Junge sah aus wie ein törichter Hohlkopf, wenn er so dreinblickte wie in diesem Moment. Sie seufzte. »Ich werde ihm zeigen, was er wissen muss. Komm, Charlie, gehen wir.«

Charlie begleitete seine Mutter – weil sie seinen Arm in eisernem Griff hielt –, aber er warf einen letzten vernarrten Blick über die Schulter zurück.

»Der Junge hat Stielaugen bekommen, als er dich sah«, stellte Nathan fest.

Lachend hakte Jackie sich bei ihm unter. »Das ist süß.«

»Meine Augen sind mir aus dem Kopf gefallen.«

Sie blickte ihn an, beinahe auf gleicher Höhe mit ihm, da sie hochhackige Sandaletten trug. »Das ist noch süßer.«

»Du schaffst es immer, mich zu überraschen, Jackie.«

»Das hoffe ich.«

Er berührte ihre Schulter, ließ dann die Fingerspitzen an ihrem Arm hinabgleiten. »Das ist das erste Mal, dass ich mir wünsche, eine Party wäre vorbei, noch bevor sie begonnen hat.« Sie duftete nicht wie sonst, sondern sexy und aufreizend. »Was hast du da oben mit dir angestellt?«

»Weibliche Tricks. Ich bin immer noch ich, Nathan.«

»Ich weiß.« Er schlang einen Arm um ihre Taille. »Deswegen wünsche ich ja, die Party wäre schon vorbei.« Er senkte die Lippen auf ihre, als es an der Haustür klingelte.

»Runde eins«, kündigte Jackie an und behielt die Hand in seiner, während sie öffnen gingen.

Die meisten Gäste waren ebenso daran interessiert, etwas über die Frau in Nathans Leben zu erfahren, wie an einem geselligen Abend. Es störte Jackie nicht. Sie war viel zu neugierig auf seine Freunde.

Sie stellte fest, dass Nathan die verschiedensten Leute kannte, von spießigen und steifen bis hin zu lässigen. Es brauchte nur ein Lächeln und eine Begrüßung, damit es zwischen ihr und Craig Johnson funkte, dem Architekten, der seit zwei Jahren in Nathans Firma beschäftigt war. Er bevorzugte Stiefel und verwaschene Jeans, hatte aber ein Zugeständnis gemacht und dazu ein Jackett angezogen. Sie erkannte dieses Jackett als sündhaft teuer.

Er schloss seine Hand um ihre, musterte sie von Kopf bis Fuß und zwinkerte ihr dann zu. »Ich wollte Sie mir schon lange einmal ansehen.«

»Um die außerberuflichen Interessen Ihres Chefs zu prüfen?«

»So ähnlich.« Er hielt noch immer ihre Hand in seiner, und sie hatte das Gefühl, dass er seine Eindrücke von Menschen ebenso durch Berührungen wie durch Blicke sammelte. »An Nathans Geschmack kann man wirklich nie etwas aussetzen. Ich habe immer gewusst, dass eine Frau, die er mehr als zweimal ansieht, etwas Besonderes sein muss.«

»Das klingt nach einem Kompliment.«

»Das könnte man sagen. Ich bin sehr froh, weil Nathan ein guter Freund ist. Der beste. Haben Sie vor hierzubleiben?«

Jackie zog eine Braue hoch. Obwohl sie direkte Fragen bevorzugte, fühlte sie sich nicht zu einer direkten Antwort verpflichtet. »Sie kommen sofort zur Sache, nicht wahr?«

»Ich hasse es, Zeit zu verschwenden.«

Die Hand noch immer in Craigs, blickte Jackie sich um und entdeckte Nathan. »Ich habe vor hierzubleiben.«

Er lächelte. Er hatte jenes rasche, arrogante Lächeln, das Frauen umwerfend fanden, und zwar, weil sie nie sicher sein konnten, was er dachte. »Warum nehmen wir dann nicht einen Drink zusammen?«

Sie hakte sich bei ihm unter und führte ihn zur Bar. »Kennen Sie eigentlich Justine Chesterfield?«

Sein Lachen klang tief und voll. Es gefiel Jackie ebenso wie das sonnengebleichte Haar, das ihm in die Stirn fiel. »Hat Ihnen schon mal jemand gesagt, dass Sie so durchschaubar wie Glas sind?«

»Ich hasse es, Zeit zu verschwenden.«

»Das weiß ich zu schätzen.« Er blieb an der Bar stehen und amüsierte sich darüber, wie bewundernd Jackie von Charlie angestarrt wurde. »Justine ist eine nette Frau, aber ein bisschen zu prächtig für meinen Geschmack.«

»Gibt es jemand Besonderen?«

»Das hängt davon ab. Haben Sie eine Schwester?«

Mit einem Lachen wandte Jackie sich ab und bestellte Champagner. Keiner von beiden merkte, dass Nathan sie mit leicht besorgter Miene beobachtete.

Nathan war nicht eifersüchtig. Er hatte Eifersucht stets als ein sehr dummes und unproduktives Gefühl betrachtet, das den Betroffenen veranlasste, sich wie ein Idiot zu benehmen. Er war weder ein Idiot noch eifersüchtig, doch er fühlte sich verdächtig wie beides, während er Jackie mit Craig beobachtete.

Craig war gewiss eher ihr Typ. Er war wie ihr geschliffener Diamant Jake Redman, mit seinem schlaksigen Körperbau und seinem sonnengebleichten Haar, das stets eine Spur zu lang wirkte. Außerdem besaß er eine täuschend nachlässige Einstellung, ein völliges Desinteresse an Konventionen und einen untrüglichen Blick für Qualität. Schnelle Wagen, lange Nächte und strahlende Lichter. Das war Craig.

Als Nathan sah, wie Jackie Craig anlächelte, zog er die mögliche Befriedigung in Erwägung, die sich einstellen würde, wenn er beide erdrosselt hätte.

Lächerlich, sagte er sich und nippte an seinem Drink. Craig war sein Freund, wahrscheinlich der beste, den er je gehabt hatte. Und Jackie ... Was war Jackie?

Geliebte, Freundin, Gefährtin. Eine Freude und, seltsamerweise, ein Fels. Es wunderte ihn, dass er jemanden wie sie, die wie ein Schmetterling aussah und sich auch so verhielt, als solide und beständig ansah. Sie konnte loyal sein, wenn Loyalität angebracht war, und sie konnte stark sein, wenn Stärke erforderlich war. Aber er hatte ihr keinen Grund gegeben, ihm Treue zu schwören. Zu ihrem eigenen Besten. Er wollte sie nicht einsperren oder einengen. Oder vielleicht doch? fragte er sich, während er zu ihr ging.

Sie lachte erneut, mit strahlendem Gesicht und funkelnden Augen. »Nathan, du hast mir gar nicht erzählt, dass dein Partner die Art Mann ist, vor der Mütter ihre Töchter warnen«, scherzte sie, doch sie nahm dabei wie selbstverständlich Nathans Hand.

»Ich fasse das gern als Kompliment auf«, meinte Craig. »Eine nette Party, Nathan. Ich habe übrigens deinen guten Geschmack bereits lobend erwähnt.«

»Danke. Und damit du es weißt, draußen auf der Terrasse stehen Tische voller Essen. Wie ich deinen Appetit kenne, überrascht es mich, dass du sie noch nicht gefunden hast.«

»Ich bin schon auf dem Weg.« Craig zwinkerte Jackie zu und schlenderte davon.

»Nun, das war ja geradezu ein Wink mit dem Zaunpfahl«, bemerkte sie.

»Er schien sehr viel von deiner Zeit zu beanspruchen.«

Sie zog die Brauen hoch, lächelte dann strahlend. »Das ist nett. Sehr, sehr nett.« Jackie strich leicht mit den Lippen über seine. »Manche Frauen halten nichts von besitzergreifenden Männern. Ich persönlich mag sie sehr. Bis zu einem gewissen Grad.«

»Ich meinte doch nur …«

»Verdirb es nicht.« Jackie küsste ihn erneut und hakte sich bei ihm unter. »Nun, wollen wir jetzt umherwandern und gesellig aussehen oder uns auf das Essen stürzen, bevor ich verhungere?«

Nathan zog ihre Hand an die Lippen. Der flüchtige Anfall von Eifersucht hatte ihn nicht veranlasst, sich wie ein Idiot zu benehmen. »Wir stürzen uns aufs Essen«, entschied er. »Es ist schwer, mit leerem Magen gesellig zu sein.«

In wenigen Stunden sollte Nathan nach Denver abreisen, und nichts war geklärt. Einige Male hatte er versucht, mit Jackie zu reden, aber sie hatte ihn davon abgebracht. Es war feige, aber wenn er sie aus seinem Leben streichen wollte, dann wollte er es so lange wie möglich hinauszögern.

Nun wurde die Zeit knapp, aber sie hatte sich geschworen, zumindest den Grund zu erfahren, falls er sie nicht länger wollte. Sie straffte die Schultern vor der Schlafzimmertür und trat ein. »Ich habe dir Kaffee gebracht.«

Nathan blickte von seinem Koffer auf. »Danke.« Er hatte geglaubt, schon einige Male zuvor im Leben unglücklich gewesen zu sein. Er hatte sich geirrt.

»Brauchst du Hilfe beim Packen?« Sie nippte an ihrem

eigenen Kaffee. Irgendwie war es leichter, ein ernstes, lebensveränderndes Gespräch zu führen, wenn man dabei etwas so Nebensächliches tat wie Kaffee trinken.

»Nein. Ich bin fast fertig.«

Jackie nickte und setzte sich neben den Koffer auf die Bettkante. »Du hast mir noch nicht gesagt, wie lange du fort sein wirst.«

»Weil ich nicht sicher bin.« Er hatte Packen nie zuvor gehasst. Es war für ihn nur eine kleine lästige Aufgabe gewesen. Nun hasste er es. »Es könnten drei, vielleicht vier Wochen werden, wenn sich keine größeren Komplikationen ergeben.«

Sie nippte erneut, aber der Kaffee schmeckte bitter. »Soll ich hier sein, wenn du zurückkommst?«

Ja, bitte, wollte er sagen, aber er erwiderte: »Das liegt bei dir.«

»Nein, das stimmt nicht. Wir wissen beide, wie ich fühle, was ich will. Ich habe kein Geheimnis daraus gemacht. Jetzt geht es darum, was du fühlst und was du willst.«

Ihre Augen waren sehr ernst. Auf ihren Lippen lag nicht einmal der Anflug eines Lächelns. Er vermisste bereits die strahlende, lebhafte Miene, die sie trug, wie andere Frauen Schmuck trugen. »Du bedeutest mir sehr viel, Jackie.« Das Wort »Liebe« war da, in seinem Kopf, in seinem Herzen, aber er konnte es nicht sagen. »Mehr als irgendjemand sonst.«

Es wunderte Jackie, dass sie beinahe verzweifelt genug war, beinahe hungrig genug, um diesen Krumen zu akzeptieren und sich zufriedenzugeben. Doch sie zog eine Braue hoch und musterte ihn weiterhin intensiv. »Und?«

Er packte noch ein Hemd ein. Er wollte die richtigen Worte wählen. In den vergangenen vierundzwanzig Stunden hatte er sich immer wieder überlegt, was er ihr sagen wollte, was er tun wollte. In einer wilden Fantasievorstellung hatte er sie mit zum Flughafen genommen, und sie waren zusammen nach Denver geflogen. Auf einem Muschelpelikan. Doch das hier war die Realität. »Ich kann dich nicht bitten zu bleiben, zu warten und dann von einem Tag zum anderen zu leben. Das will ich nicht für dich, Jackie.«

»Ich möchte, dass du einen Schritt zurückgehst und mir sagst, was du für dich selbst willst. Das, was du vorher hattest, Nathan? Frieden und Ruhe und keine Komplikationen?«

War es das nicht? Aber irgendwie, wenn sie es sagte, klang jenes Leben nicht länger geregelt und behaglich, es klang schal und langweilig. »Ich kann dir nicht geben, was du willst«, sagte er und bemühte sich um Ruhe. »Ich kann dir keine Ehe und Familie und lebenslange Bindung versprechen, weil ich nicht an diese Dinge glaube, Jackie. Ich tue dir lieber jetzt weh als ständig und für den Rest unseres Lebens.«

Einen Moment lang sagte sie nichts. Sie fürchtete, zu viel zu sagen. In seinen letzten Worten hatte mehr Betrübnis gelegen, als sie ihm zugetraut hatte. »War es so schlimm?«, fragte sie leise. »Bist du so unglücklich aufgewachsen?«

»Das ist nicht relevant.«

»Oh doch, und wir beide wissen es.« Sie erhob sich. Sie musste sich bewegen, damit die Spannung in ihr nicht explodierte. »Nathan, ich will nicht sagen, dass du mir eine Erklärung schuldest. Wenn man für jemanden etwas tut, dann sollte es meiner Meinung nach freiwillig geschehen oder gar nicht.« Jackie setzte sich wieder, nun etwas ruhiger. »Aber ich muss sagen, dass ich es für richtig halte, wenn du mir den Grund sagst.«

Nathan setzte sich auf das andere Ende des Bettes. »Ja, du hast recht, Jackie. Dir steht eine Begründung zu.«

Er schwieg lange und versuchte, sich die Worte zurechtzulegen. Doch es war nicht möglich. Also fing er einfach irgendwie an. »Meine Mutter stammt aus einer wohlhabenden und angesehenen Familie. Es wurde von ihr erwartet, eine

Ehe mit einem wohlhabenden und angesehenen Mann einzugehen. In diesem Sinne wurde sie erzogen und ausgebildet.«

»Das war in ihrer Generation nicht so ungewöhnlich.«

»Nein, und es war die Faustregel in ihrer Familie. Mein Vater besaß mehr Ehrgeiz als Sicherheit, aber er hatte sich einen Ruf als Aufsteiger erworben. Er war dynamisch und hatte Ausstrahlung. Als meine Mutter sich in ihn verliebte, waren ihre Eltern nicht sonderlich erfreut, aber sie erhoben keine Einwände. Die Ehe mit ihr gab meinem Vater genau das, was er wollte. Einen angesehenen Namen, Wohlstand, eine vornehme Frau, die angemessen Gäste bewirten und ihm einen Erben schenken konnte.«

Jackie blickte in ihre leere Tasse. »Ich verstehe.«

»Er hat sie nicht geliebt. Ihre Ehe war eine rein geschäftliche Entscheidung.« Nathan hielt erneut inne. War das der Kern? War es das, was seinen Eltern und ihm selbst am meisten geschadet hatte?

»Ich bezweifle nicht, dass er eine gewisse Zuneigung zu ihr empfand. Doch er war nie fähig, viel von sich zu geben. Seine Geschäfte führten ihn oft von zu Hause fort. Er war besessen davon, ein Vermögen zu machen, Erfolg zu haben. Als ich geboren wurde, schenkte er meiner Mutter eine Smaragdkette als Belohnung für die Produktion eines Sohnes.«

Jackie setzte zu einer Entgegnung an, erstaunt über die Bitterkeit in seiner Stimme. Dann schwieg sie jedoch. Manchmal war es besser, nur zuzuhören.

»Meine Mutter betete ihn an, war beinahe fanatisch. Als Kind hatte ich eine Krankenschwester, ein Kindermädchen und einen Leibwächter. Sie hatte Angst vor dem, was mein Vater getan hätte, wenn mir etwas zugestoßen wäre. Sie war weniger besorgt um mich als ihren Sohn, sondern als seinen Sohn. Sein Symbol.«

»Aber Nathan ...«

Er schüttelte den Kopf. »Sie hat es mir beinahe wortwörtlich so gesagt, ich war damals fünf oder sechs. Das und noch vieles mehr. Ich sah die beiden kaum, während ich aufwuchs. Sie war so damit beschäftigt, eine perfekte Dame der Gesellschaft zu sein, und er flog ständig irgendwohin, um Verträge abzuschließen. Seine Vorstellung von Vaterschaft beschränkte sich auf periodische Überprüfungen meiner schulischen Fortschritte sowie auf Vorträge über Verantwortung und Familienehre. Das Problem war nur, dass er selbst keine Ehre besaß. Er hatte andere Frauen. Meine Mutter wusste und ignorierte es. Er sagte mir einmal, dass diese Beziehungen nichts Ernstes seien. Ein Mann, der so oft von zu Hause fort ist, braucht einen gewissen Trost.«

»Er hat es dir so erzählt?«, hakte Jackie ziemlich schockiert nach.

»Als ich sechzehn war. Inzwischen waren die Gefühle meiner Mutter für ihn gestorben, und wir drei lebten wie höfliche Fremde unter einem Dach. Allerdings hatte ich meistens das Haus für mich allein.«

»Es muss schrecklich für dich gewesen sein.« Jackie dachte an ihre eigene Familie, die wohlhabend und angesehen war. Ihr Haus war jedoch nie kalt und still gewesen. »Nathan, hast du ihnen je gesagt, wie du dich gefühlt hast?«

»Einmal. Sie waren einfach entsetzt über meinen Mangel an Dankbarkeit. Und meinen Mangel an … Anstand, so ein Thema überhaupt zur Sprache zu bringen. Man lernt, nicht mit dem Kopf gegen eine Wand zu rennen, die nicht nachgibt, sondern findet andere Wege.«

»Was für andere Wege?«

»Studium, persönliche Ambitionen. Ich kann nicht sagen, dass sie aufhörten, als Eltern für mich zu existieren, aber ich verlagerte meine Prioritäten. Mein Vater war fort, als ich das Studium begann. Als er herausfand, dass ich Architektur studierte, kam er, um mir den Boden zu entziehen. Er wollte, wie du es einmal ausgedrückt hast, dass ich in seine Fußstapfen trete. Er erwartete es. Nein, er verlangte es. Ich hatte achtzehn Jahre lang unter seiner Fuchtel gestanden, völlig eingeschüchtert von ihm. Aber irgendetwas war geschehen. Als ich beschloss, dass ich bauen wollte, wurde diese Idee, dieser Traum größer als er.«

»Du warst erwachsen geworden«, murmelte sie.

»Anscheinend zumindest genug, um mich gegen ihn zu behaupten. Er drohte, mir den Unterhalt zu streichen. Er sagte, ich hätte eine Verpflichtung ihm gegenüber und dem Familiengeschäft. Mehr war die Familie nicht. Ein Geschäft. Meine Mutter stimmte völlig zu. Ihr war es egal. Für sie war ich nur der Sohn meines Vaters.«

»Das ist bestimmt zu hart, Nathan. Deine Mutter …«

»Sie hat mir gesagt, dass sie mich nicht wollte. Sie glaubte, dass ihre Ehe zu retten gewesen wäre, wenn ich nicht gekommen wäre. Ohne die Verantwortung für ein Kind hätte sie meinen Vater auf seinen Reisen begleiten können.«

Jackie wurde blass. »Sie haben dich nicht verdient.« Sie schluckte schwer, stand auf und ging zu ihm.

»Darum geht es nicht.« Nathan streckte abwehrend eine Hand aus. Er wusste, dass er die Fassung verloren hätte, wenn Jackie ihn in diesem Moment umarmt hätte. »An jenem Tag, als ich mich meinem Vater widersetzte, traf ich eine Entscheidung. Ich hatte keine Familie und brauchte keine. Meine Großmutter hatte mir genug Geld hinterlassen, um davon das Studium bestreiten zu können. Also benutzte ich es und nahm nichts von meinem Vater. Was ich von da an getan habe, habe ich allein getan, für mich selbst. Daran hat sich nichts geändert.«

Jackie wusste, dass Nathan ihr nicht gestatten würde, ihn zu trösten. Und sosehr ihr Herz sich auch danach sehnte, sagte ihr die Vernunft, dass es vielleicht nicht Trost war, was er brauchte.

»Du lässt sie immer noch über dein Leben bestimmen.« Ihre Stimme war nicht länger sanft, sondern zornig. Zornig auf ihn, zornig für ihn. »Ihre Ehe war hässlich, und deshalb ist die Ehe an sich hässlich? Das ist eine dumme Einstellung.«

»Nicht die Ehe an sich, die Ehe für mich.« Plötzlich wurde auch er zornig. Er hatte in einer alten Wunde gestochert, und Jackie wollte dennoch mehr. »Glaubst du, dass man nur braune Augen oder ein Grübchenkinn von den Eltern erbt? Sei nicht dumm, Jackie. Sie geben uns wesentlich mehr. Mein Vater war selbstsüchtig. Ich bin auch selbstsüchtig, aber ich habe wenigstens genug Verstand, um zu wissen, dass ich nicht mich, dich oder die Kinder, die wir hätten, in solch ein Unglück stürzen darf.«

»Verstand?« Das MacNamara-Temperament, seit Generationen berühmt, kam zum Vorschein. »Wie kannst du dastehen, so einen Unsinn reden und es auch noch Verstand nennen? Du hast nicht genug Verstand, um einen Teelöffel zu füllen. Herrje, Nathan, wenn dein Vater ein Mörder gewesen wäre, würdest du dann herumlaufen und andere Menschen zerstückeln? Mein Vater liebte rohe Austern, und ich kann nicht mal ihren Anblick ertragen. Heißt das, dass ich ein Adoptivkind bin?«

»Die Vergleiche sind absurd!«

»Absurd? Ich?« Wütend griff Jackie nach dem erstbesten Gegenstand, einer venezianischen Schale aus dem neunzehnten Jahrhundert, und zerschmetterte sie auf dem Fußboden. »Ich werde dir sagen, was absurd ist. Es ist absurd, jemanden zu lieben, wiedergeliebt zu werden und sich zu weigern, daraus etwas Dauerhaftes werden zu lassen, weil es vielleicht, nur vielleicht, nicht perfekt klappen könnte.«

»Ich rede nicht von perfekt. Verdammt, Jackie, nicht die Vase!«

Doch das gute Stück war bereits nur noch ein Haufen französischer Porzellanscherben auf dem Fußboden. »Natürlich redest du von perfekt. Perfektion ist alles für dich. Du projizierst dein Leben Jahre in die Zukunft und sorgst dafür, dass es bloß keine Probleme oder Unebenheiten gibt.«

»Prima.« Nathan drehte sie zu sich herum, bevor sie einen weiteren Gegenstand greifen konnte. »Das soll dir beweisen, dass ich recht habe. Mir liegt daran, die Dinge auf eine bestimmte Art zu erledigen. Ich plane tatsächlich voraus und bestehe darauf, die Dinge so sorgfältig zu beenden, wie sie begonnen wurden. Du hingegen, wie du selbst eingestanden hast, führst nie etwas zu Ende.«

Jackie hob das Kinn. Ihre Augen waren trocken. Die Tränen würden später kommen, das wusste sie. »Ich habe mich schon gefragt, wie lange es dauern würde, bis du mir das ins Gesicht schleuderst. In einem hast du recht, Nathan. Die Welt besteht aus zwei verschiedenen Arten von Menschen, den Sorgfältigen und den Sorglosen. Ich bin ein sorgloser Mensch und damit zufrieden. Aber ich halte nicht weniger von dir, weil du ein sorgfältiger Mensch bist.«

Er atmete tief aus. »Ich habe es nicht als Beleidigung gemeint.«

»Nein? Nun, vielleicht nicht, aber die Feststellung ist getroffen. Wir sind nicht gleich, und obwohl ich uns beiden ein gewisses Maß an Weiterentwicklung und Kompromissbereitschaft zutraue, werden wir nie gleich sein. Das ändert nichts an der Tatsache, dass ich dich liebe und mein Leben mit dir verbringen möchte.«

Diesmal griff sie nach ihm, packte ihn beim Hemd. »Du bist nicht wie dein Vater, und ich bin garantiert nicht wie deine Mutter. Lass es nicht zu, dass sie dir, dass sie uns das antun.«

Er bedeckte ihre Hände mit seinen und versuchte, durchzuatmen und ruhig mit ihr zu sprechen. »Vielleicht wäre es leichter, wenn du nicht so wichtig wärst. Dann könnte ich sagen: Also gut, wir wollen uns, also gehen wir das Risiko ein. Aber du bedeutest mir zu viel, um mich darauf einlassen zu können.«

»Ich bedeute dir zu viel.« Die Tränen drohten loszubrechen, und zwar bald, deshalb wich sie lieber zurück. »Zum Teufel mit dir dafür, Nathan. Dafür, dass du selbst jetzt nicht den Mut hast, mir zu sagen, dass du mich liebst.« Sie wirbelte herum und stürzte hinaus. Kurz darauf hörte er die Haustür ins Schloss fallen.

11. Kapitel

»Die Maurer haben zwei Tage wegen des Regens verloren. Ich lasse jetzt in Doppelschichten arbeiten.« Nathan stand auf der Baustelle und blinzelte in die Sonne, die endlich aufgetaucht war. Es war kalt in Denver. Die wenigen hoffnungsvollen Wildblumen, die sich hinausgewagt hatten, waren achtlos zertrampelt worden. Im nächsten Frühling würde das gesamte Grundstück bepflanzt und grün sein. Er musterte die aufgerissene Erde sowie den Rohbau und sah alles bereits wie vollendet vor sich.

»Für das lausige Wetter, das du hattest, bist du in knapp drei Wochen sehr gut vorangekommen.« Craig, die Augen von einem Stetson beschattet, die gestiefelten Beine breit auseinandergestellt, betrachtete die Balken und Träger. Im Gegensatz zu Nathan sah er nicht das Endprodukt vor sich. Er bevorzugte dieses Stadium, in dem noch Möglichkeiten offenstanden. »Es sieht gut aus«, entschied er. »Du hingegen siehst entsetzlich aus.«

»Es ist immer so angenehm, dich in der Nähe zu haben, Craig.« Nathan blickte hinab auf sein Klemmbrett und gab einen detaillierten Bericht der ausgeführten und der geplanten Arbeiten.

»Du scheinst alles unter Kontrolle zu haben, wie üblich.«

»Ja.«

Craig sah die Schatten unter Nathans Augen, die Linien der Anspannung um seinen Mund. Craigs Ansicht nach gab es nur eines, das einen starken Mann zerschlagen aussehen lassen konnte. Und das war eine Frau.

»Der Bauinspektor müsste heute kommen.«

»Dann hoffen wir das Beste.«

Einer der Bauarbeiter hatte ein tragbares Radio voll aufgedreht. Nathan dachte an Jackie, die stets Musik aus den Küchenlautsprechern dröhnen ließ. »Irgendwelche Probleme zu Hause?«

»Geschäftlich? Nein. Aber ich wollte dich dasselbe fragen.«

»Ich war nicht da. Hast du das vergessen? Wie steht es mit dem Sydney-Projekt?«

»In etwa sechs Wochen kann es beginnen. Hattest du eine Meinungsverschiedenheit mit Jackie?«

»Wieso?«

»Weil du so aussiehst, als hättest du keine Nacht vernünftig geschlafen, seit du hier bist. Möchtest du darüber reden?«

»Es gibt nichts zu reden.«

Craig zog eine Braue hoch. »Wie du meinst, Boss.«

Nathan fluchte und rieb sich die Stirn. »Entschuldige.«

»Schon gut.« Eine Weile beobachtete Craig schweigend die Männer bei der Arbeit. »Ich könnte einen Kaffee und einen Teller Eier gebrauchen. Da ich ein Spesenkonto habe, bezahle ich.«

»Du bist wirklich ein Kumpel«, entgegnete Nathan und begleitete Craig zum Lieferwagen.

Zehn Minuten später saßen die beiden Freunde in einer schmierigen kleinen Imbissbude, in der die Gerichte auf einer Schiefertafel standen und die Kellnerinnen kurze Uniformen in grellem Pink trugen. Ein kahlköpfiger Mann döste am Tresen vor sich hin.

»Du hast schon immer die stilvollsten Lokale ausfindig gemacht«, brummte Nathan, als sie sich in eine Nische setzten. Doch er dachte unwillkürlich daran, wie sehr es Jackie gefallen hätte.

Eine Kanne Kaffee wurde auf den Tisch gestellt, ohne bestellt worden zu sein. Craig schenkte selbst ein und beobachtete den aufsteigenden Dampf. »Du kannst deine schicken französischen Restaurants für dich behalten. Niemand kocht Kaffee wie in einem Imbiss.«

Jackie schon, dachte Nathan und stellte fest, dass er den Geschmack verloren hatte.

Craig grinste die schlampige Blondine an, die mit einem Bestellblock an ihren Tisch trat. »Den blauen Spezialteller, bitte. Ich möchte zwei.«

»Zwei blaue Teller«, murmelte sie, während sie schrieb.

»Auf einem Teller, Darling«, fügte Craig hinzu.

Sie blickte von ihrem Block auf und musterte ihn. »Sie haben wohl einiges aufzufüllen.«

»Genau. Bringen Sie meinem Freund das Gleiche.«

Sie wandte sich an Nathan und entschied augenblicklich, dass es heute ihr Glückstag war. Zwei tolle Männer an einem Tisch, obwohl der Dunkelhaarige aussah, als hätte er eine harte Nacht hinter sich. Sie lächelte ihn an, zeigte dabei schiefe Vorderzähne. »Wie möchten Sie denn die Eier, Süßer?«

»Beidseitig«, antwortete Craig und lenkte ihre Aufmerksamkeit wieder auf sich. »Und wringen Sie nicht das ganze Fett aus den Pommes.«

Schmunzelnd ging sie davon und rief mit schriller Stimme in die Küche: »Zwei doppelte Blaue. Und dreh die Eier um.«

Zum ersten Mal seit Wochen verspürte Nathan den Drang zu lächeln. »Was ist der blaue Teller?«

»Zwei Eier, Schinken, Pommes frites, Brötchen und Kaffee vom Fass.« Craig streckte die Beine aus und legte die Füße auf den Platz neben Nathan. »Also, hast du sie angerufen?«

Es hatte keinen Sinn vorzugeben, dass er nicht darüber reden wollte. Wäre das der Fall gewesen, dann hätte Nathan genauso gut auf der Baustelle bleiben können. Er war mitgekommen zu diesem deftigen Frühstück, weil er darauf bauen konnte, dass Craig ehrlich zu ihm war, ob die Wahrheit nun angenehm war oder nicht. »Nein, ich habe sie nicht angerufen.«

»Also hattet ihr einen Streit?«

»Ich glaube nicht, dass man es Streit nennen könnte.« Stirnrunzelnd erinnerte Nathan sich an die Scherben auf dem Fußboden. »Doch, man könnte es wohl so nennen.«

»Verliebte streiten sich ständig.«

Nathan lächelte erneut. »Das könnte von Jackie stammen.«

»Eine vernünftige Frau.« Craig schenkte sich Kaffee nach und bemerkte, dass Nathan seine Tasse nicht angerührt hatte. »Wie du aussiehst, würde ich sagen, dass sie gewonnen hat, worum es auch immer ging.«

»Nein. Keiner von uns hat gewonnen.«

Craig schwieg einen Moment und tippte mit seinem Löffel auf den Tisch im Takt des Country-Songs, der aus der Musikbox dröhnte. »Mein alter Herr war ganz groß im Blumenschicken, wann immer er und meine Mutter aneinandergeraten waren. Klappte immer.«

»In diesem Fall ist es nicht so einfach.«

Craig wartete, bis zwei bis zum Rand beladene Teller serviert wurden. Er zwinkerte der Kellnerin zu und begann, mit gesundem Appetit zu essen. »Nathan, ich weiß, dass du ein Mann bist, der die Dinge gern für sich behält. Ich respektiere das. Die Zusammenarbeit mit dir in den letzten Jahren war eine Ausbildung für mich, in Organisation und Kontrolle, in Professionalismus. Aber ich denke doch, dass wir inzwischen mehr als Kollegen sind. Wenn ein Mann Probleme mit einer Frau hat, hilft es gewöhnlich, einem anderen Mann die Geschichte anzuvertrauen. Nicht, weil der andere Frauen besser versteht. Sie können einfach gemeinsam verwirrt sein.«

»Jackie will eine feste Bindung. Die kann ich ihr nicht geben.«

»Kannst du nicht?« Gemächlich goss Craig sich Honig auf ein Brötchen. »Oder willst du nicht?«

»Nicht in diesem Fall. Aus Gründen, auf die ich nicht eingehen will, kann ich ihr nicht die Ehe und Familie geben, die sie möchte. Jackie braucht Versprechungen. Ich gebe keine Versprechungen.«

»Nun, das musst du selbst entscheiden. Aber mir scheint, du bist nicht allzu glücklich dabei. Wenn du sie nicht liebst …«

»Ich habe nicht gesagt, dass ich sie nicht liebe.«

»Nicht? Dann habe ich es wohl missverstanden.«

»Hör mal, Craig, die Ehe ist schon unmöglich genug, wenn die Betreffenden dieselben Ansichten und Gewohnheiten haben. Wenn sie so verschieden sind wie Jackie und ich, ist es schlimmer als unmöglich. Sie will ein Zuhause, Kinder und all die Verwicklungen, die dazugehören. Ich bin oft wochenlang unterwegs, und wenn ich dann nach Hause komme, will ich …« Er verstummte, weil er nicht länger wusste, was er wollte.

»Ja, das ist allerdings ein Problem. Eine Frau mitzuschleppen und mit ihr all die namenlosen Hotelzimmer und einsamen Mahlzeiten zu teilen, wäre unbequem. Und eine zu haben, die dich liebt und auf dich wartet, wenn du nach Hause kommst, würde dir auf den Geist gehen.«

Nathan blickte den Freund ruhig an. »Es wäre aber unfair ihr gegenüber.«

»Ja, wahrscheinlich. Es ist besser, ohne sie unglücklich zu sein, als zu riskieren, mit ihr glücklich zu sein. Deine Eier werden kalt, Boss.«

»Ehen scheitern genauso oft, wie sie gut ausgehen.«

»Ja, die Statistiken sind nicht günstig. Da fragt man sich, warum die Leute sich immer wieder hineinstürzen.«

»Du hast es nicht getan.«

»Nein. Ich habe noch keine Frau gefunden, die hinterhältig genug ist.« Craig grinste, während er seinen Teller leerte. »Vielleicht besuche ich Jackie nächste Woche.«

Der plötzliche Zorn auf Nathans Gesicht veranlasste Craig, sich zurückzulehnen. »Überleg mal, Nathan, wenn eine Frau Licht in das Leben eines Mannes bringt und er die Jalousie herunterlässt, dann fordert er förmlich heraus, dass jemand anders das Licht genießt. Willst du das?«

»Treib es nicht zu weit, Craig!«

»Nein, ich glaube, das hast du selbst schon getan.« Craig beugte sich vor. Seine Miene war ernst. »Lass mich dir etwas sagen, Nathan. Du bist ein guter Mensch und ein ausgezeichneter Architekt. Du lügst nicht, und du machst es dir nicht leicht. Du trittst für deine Leute und deine Prinzipien ein, aber du bist so starrköpfig, dass du nicht zu Kompromissen bereit bist, wenn sie angebracht sind. Du wirst all das auch ohne Jackie sein, aber mit ihr könntest du wesentlich mehr sein. Sie tut dir gut.«

»Das weiß ich.« Nathan schob seinen kaum angerührten Teller beiseite. »Mich beunruhigt, was ich ihr antun könnte. Wenn es um mich ginge …«

»Was dann?«

»Tatsache ist, dass es mir nicht besser geht ohne sie. Aber vielleicht geht es ihr besser ohne mich.«

»Sie ist wohl die Einzige, die das entscheiden kann.« Craig zog seine Brieftasche hervor. »Ich nehme an, ich weiß genauso viel wie du über dieses Projekt hier.«

»Ja, und?«

»Und ich habe ein Flugticket in meinem Zimmer. Für übermorgen. Ich tausche es gegen dein Hotelzimmer.«

Nathan setzte zu Ausflüchten an, wollte all die Gründe aufzählen, weshalb er der Verantwortliche für das Projekt war. Ausflüchte, erkannte er, mehr waren es nicht. »Behalt es«, lehnte er schroff ab. »Ich fliege heute.«

»Ein weiser Schritt«, meinte Craig und fügte ein großzügiges Trinkgeld zum Rechnungsbetrag hinzu.

Nach einem äußerst anstrengenden Flug mit zahlreichen Zwischenlandungen traf Nathan um zwei Uhr morgens zu Hause ein. Er war sicher, dass Jackie da sein würde. Das allein hatte ihn in Gang gehalten. Seinen Anruf hatte sie zwar nicht beantwortet, aber sie konnte einkaufen oder spazieren gegangen oder im Pool sein. Er glaubte nicht, dass sie fort war.

Irgendwo im Herzen hatte er die ganze Zeit gewusst, dass sie bei seiner Rückkehr da sein würde, was immer er auch gesagt hatte, was immer auch vorgefallen war. Sie war zu störrisch und zu selbstbewusst, um ihn aufzugeben, nur weil er sich wie ein Idiot benommen hatte.

Sie liebte ihn, und wenn eine Frau wie Jackie liebte, fuhr sie fort zu lieben, in guten wie in schlechten Zeiten. Er hatte ihr schlechte Zeiten bereitet. Nun, wenn sie ihn ließ, wollte er sich um bessere Zeiten bemühen.

Aber Jackie war nicht da. Er wusste es von dem Moment an, als er seine Eingangstür öffnete. Das Haus machte denselben stillen, beinahe respektablen Eindruck wie früher, bevor sie eingezogen war. Einen einsamen Eindruck. Fluchend nahm er zwei Stufen auf einmal und rief ihren Namen.

Das Bett war leer, auf Mrs. Granges nüchterne Art gemacht. Keine farbenfrohen Hemden oder schmuddeligen Schuhe lagen herum. Das Zimmer war wie aus dem Ei gepellt. Er verabscheute es auf Anhieb. Noch immer unfähig, es zu akzeptieren, öffnete er den Schrank. Nur seine eigene ordentliche Kleidung hing darin.

Wütend auf Jackie und mehr noch auf sich selbst stürmte Nathan ins Gästezimmer. Und er musste es akzeptieren.

Sie war nicht da. Der Haufen Bücher und Papiere war verschwunden. Ebenso ihre Schreibmaschine.

Lange Zeit starrte er vor sich hin und wunderte sich, wie er jemals geglaubt haben konnte, es sei vorzuziehen, zu Ordnung und Frieden nach Hause zurückzukehren. Müde setzte er sich auf die Bettkante. Ihr Geruch war noch da, aber nur schwach. Das war das Schlimmste daran, einen Hauch von ihr zu haben, ohne den Rest.

Nathan legte sich auf das Bett, denn er wollte nicht in dem anderen Bett schlafen, das er Nacht für Nacht mit Jackie geteilt hatte. So leicht kommt sie mir nicht davon, dachte er und schlief augenblicklich ein.

»Es ist mehr als erbärmlich für einen erwachsenen Mann, beim Scrabble zu schummeln.«

»Ich brauche nicht zu schummeln.« J. D. MacNamara blickte seine Tochter eindringlich an. »›Zucklar‹ ist ein Adjektiv und bedeutet ›anmutig‹. Wie in: Die Ballerina vollführte eine zucklare Pirouette.«

»Das ist alles Unsinn.« Jackie blickte ihn finster an. »Ich habe dir schon ›quoho‹ durchgehen lassen, aber das hier geht wirklich zu weit.«

»Dass du jetzt Schriftstellerin bist, heißt noch lange nicht, dass du jedes Wort des Lexikons kennst. Geh nur, schlag es nach, aber du verlierst fünfzig Punkte, wenn du es findest.«

Jackie streckte zögernd die Hand nach dem Lexikon aus. Sie wusste, dass ihr Vater wundervoll lügen konnte, aber sie wusste auch, dass er ein unheimliches Geschick dafür hatte, als Sieger hervorzugehen. Mit einem Seufzer ließ sie die Hand sinken. »Ich gebe mich geschlagen. Ich kann nämlich durchaus ›zucklar‹ spielen, Dad.«

»Braves Mädchen.« Zufrieden mit sich selbst schrieb er seine Punkte auf.

Sie hob ihr Weinglas und musterte ihn. J. D. MacNamara war ein beachtlicher Mann. Das hatte sie schon immer gewusst. Es lag wohl an Nathans Beschreibung seines eigenen Vaters, seiner Familie, dass sie sich nun erst richtig bewusst wurde, was ihr vergönnt war. Ihr Vater hatte den Ruf eines knallharten Geschäftsmannes. Es bereitete ihm großes Vergnügen, die Konkurrenz zu überflügeln. Doch nun, als er seine Tochter in einer Partie Scrabble übertrumpfte, lag ein ebenso zufriedener Ausdruck auf seinem Gesicht wie nach dem erfolgreichen Abschluss eines Multimillionen-Dollar-Geschäfts.

Er liebte einfach das Leben, mit all seinen Biegungen und Windungen. Vielleicht hatte Nathan recht, dass Kinder mehr als nur die Augenfarbe erbten, und wenn sie diese Lebensfreude von ihrem Vater geerbt hatte, so war sie ihm dankbar. »Ich habe dich lieb, Daddy, auch wenn du ein verdammter Schummler bist.«

»Ich habe dich auch lieb, Jackie. Aber das hält mich nicht davon ab, dich zu schlagen. Du bist dran.«

Sie stützte die Ellbogen auf den Tisch und starrte angestrengt auf ihre Buchstaben. Der Raum war behaglich erleuchtet. Die Gardinen waren noch offen, während die Sonne am östlichen Himmel unterging. Der zweite Salon, wie ihre Mutter ihn zu nennen pflegte, diente zwanglosen Familienzusammenkünften, aber er bildete ein Vorbild an Eleganz und gutem Geschmack.

Das rosa-graue Muster der weichen, bodenlangen Gardinen wiederholte sich im Polster eines geschwungenen Sofas. In der Ostwand befand sich eine breite Fensterbank, auf der Jackie sich als Kind beim Versteckspielen verkrochen und als Teenager von ihrem neuesten Schwarm geträumt hatte. Sie hatte Tausende von Stunden in diesem Raum verbracht, glückliche, wütende, tränenreiche Stunden. Es war ihr Zuhause. Bisher hatte sie es nicht völlig verstanden oder zu schätzen gewusst.

»Was ist mit dir los, Mädchen? Schriftsteller sind doch angeblich so wortgewandt.«

Es zuckte ein wenig um ihre Lippen. J. D. war bereits in die Gewohnheit verfallen, sie mehrmals am Tag Schriftstellerin zu nennen. »Ach, lass mich in Frieden.«

»Wie redest du eigentlich mit deinem Vater? Ich sollte dir den Hintern versohlen.« Er tat entrüstet.

Sie grinste. »Und wer soll dir dabei helfen?«

Er grinste ebenfalls. Er hatte ein volles, gutmütiges Gesicht mit jener ach so irischen rötlichen Haut. Seine Augen waren strahlend blau, selbst durch die Brille, die auf seiner Nasenspitze thronte. Er trug einen Anzug, weil es zum Dinner so erwartet wurde, aber seine Weste war aufgeknöpft und die Krawatte gelockert. Eine Zigarre klemmte zwischen seinen großen Zähnen, eine Zigarre, die Patricia in würdevollem Schweigen duldete.

Jackie schob ihre Buchstaben hin und her. »Weißt du, Daddy, ich denke jetzt erst darüber nach, aber du und Mom, ihr seid so verschieden.«

»Hmm?« Er blickte auf, abgelenkt von der kreativen Anforderung, ein neues Wort zu erfinden.

»Ich meine, Mom ist so elegant, so vornehm.«

»Und was bin ich? Ein Bauer?«

»Nicht direkt.« Als er die Stirn runzelte, ordnete sie ihre Buchstaben auf dem Brett an. »Da, ›hyfoxal‹.«

»Was zum Teufel ist das? Das Wort gibt es nicht.«

»Es kommt aus dem Lateinischen und heißt ›clever‹ oder ›gerissen‹. Wie in: Mein Vater ist bekannt für seine ›hyfoxalen‹ Geschäfte.«

Als Antwort benutzte J. D. ein Schimpfwort, über das seine Frau missbilligend die Nase gerümpft hätte.

»Schlag es nach«, forderte Jackie ihn auf. »Wenn du fünfzig Punkte verlieren willst.« Um ihn abzulenken, fragte sie: »Daddy, wie schafft ihr beide es, so glücklich zu bleiben?«

»Ich lasse sie tun, was sie am besten kann, und sie lässt mich tun, was ich am besten kann. Außerdem bin ich verrückt nach ihr.«

»Ich weiß.« Jackies Augen füllten sich mit Tränen, die neuerdings recht locker saßen. »Ich denke in letzter Zeit viel daran, was ihr beide für mich und die Jungs getan habt. Dass ihr euch liebt, ist vielleicht das Wichtigste von allem.«

»Jackie, warum erzählst du mir nicht, was mit dir los ist?«

Sie schüttelte den Kopf, streichelte aber seine Wange. »Ich bin in diesem Frühling nur erwachsen geworden.«

»Und hat das zufällig etwas mit dem Mann zu tun, den du liebst?«

»So ziemlich alles. Du würdest ihn mögen, Daddy. Er ist stark, manchmal zu stark. Er ist nett und witzig auf eine sehr seltsame Art. Er mag mich, wie ich bin.« Die Tränen drohten erneut zu fließen, und sie presste die Hände auf die Augen. »Er stellt für alles Listen auf und sorgt immer dafür, dass B auf A folgt. Er ...« Sie atmete tief durch und ließ die Hände sinken. »Er ist der Typ Mann, der einer Frau die Tür aufhält, nicht, weil er es für angemessen hält, sondern weil er durch und durch ein Gentleman ist.« Sie lächelte wieder. »Mom würde ihn auch mögen.«

»Wo liegt dann das Problem, Jackie?«

»Er ist einfach noch nicht bereit für mich und unsere Gefühle. Und ich weiß nicht, wie lange ich noch darauf warten kann, dass er bereit wird.«

J. D. runzelte die Stirn. »Soll ich ihm einen Tritt in den Hintern versetzen?«

Das brachte Jackie zum Lachen. »Ich werde es dich wissen lassen.«

Patricia segelte in den Salon, schlank und hübsch in einem Seidengewand im selben Hellblau wie ihre Augen. Sie ging zur Bar, schenkte sich ein kleines Glas Sherry ein und setzte sich dann in einen Sessel. Sie kreuzte die Beine, die ihr Mann noch immer für die schönsten an der gesamten Ostküste hielt, und nippte. »Jackie, ich habe letzte Woche einen neuen Friseur gefunden. Ich bin überzeugt, dass er Wunder an dir vollbringen könnte.«

Jackie blies sich die Haare aus der Stirn. »Ich liebe dich, Mom.«

Sofort wurde Patricias Blick sanft. »Ich dich auch, Darling. Ich wollte dir sagen, wie wundervoll dir die Sonnenbräune steht, aber nach allem, was ich in letzter Zeit gelesen habe, sorge ich mich wegen der Spätfolgen.« Dann lächelte sie auf eine Art, die sie erstaunlich wie ihre Tochter aussehen ließ. »Es ist schön, dich für eine kleine Weile zu Hause zu haben. Ohne dich und die Jungen ist es immer ein wenig zu still im Haus.«

»Wir werden sie jetzt nicht mehr oft zu sehen kriegen«, meinte J. D. »Nun, da die Kleine eine große Schriftstellerin ist.«

»Es ist doch nur ein Buch«, erinnerte Jackie ihn. »Bis jetzt.«

»Es hat mir sehr viel Genugtuung bereitet, Honoria gegenüber zu erwähnen – ganz nebenbei natürlich –, dass du dein Manuskript verkauft hast.« Patricia nahm einen kleinen Schluck Sherry.

»Nebenbei?« J. D. lachte laut auf. »Sie konnte es kaum erwarten, zum Telefon zu greifen und damit anzugeben.«

Als es an der Haustür klingelte, wollte Jackie aufspringen, doch ihre Mutter hielt sie zurück. »Philip wird öffnen, Jacqueline. Richte bitte dein Haar.«

Gehorsam kämmte Jackie sich mit den Fingern durchs Haar, als der ergrauende Butler Philip an der Tür zum Salon erschien. »Entschuldigung, Mrs. MacNamara, ein Nathan Powell ist draußen an der Tür, um Miss Jacqueline zu sehen.«

Mit einem leisen Schrei sprang Jackie auf.

Ihre Mutter hielt sie erneut zurück. »Jacqueline, setz dich und benimm dich wie eine Dame. Philip wird den Herrn hereinführen.«

»Aber …«

»Setz dich«, befahl J. D. »Und halte den Mund.«

»Genau«, murmelte Patricia, und Jackie sank langsam zurück auf den Stuhl.

»Und an deiner Stelle würde ich diese schmollende Miene ablegen«, riet J. D. »Es sei denn, du willst, dass er gleich wieder geht.«

Jackie biss die Zähne zusammen, starrte ihren Vater wütend an und lehnte sich dann zurück. Vielleicht haben sie recht, dachte sie. Ausnahmsweise wollte sie nichts überstürzen.

Als sie Nathan erblickte, wäre Jackie jedoch beinahe sofort vom Stuhl aufgesprungen, hätte ihr Vater nicht seinen Fuß auf ihren gestellt.

»Jackie.« Nathans Stimme klang irgendwie angespannt und rau, als hätte er tagelang nicht gesprochen.

»Hallo, Nathan.« Sie erhob sich langsam und reichte ihm die Hand. »Ich habe dich nicht erwartet.«

»Nein, ich …« Er kam sich plötzlich sehr töricht vor mit der bunt verschnürten Schachtel unter dem Arm. »Ich hätte anrufen sollen.«

»Natürlich nicht.« Jackie hakte sich bei ihm unter. »Ich möchte dir meine Eltern vorstellen. J. D. und Patricia MacNamara.«

J. D. stand auf. Er hatte sich bereits sein Urteil gebildet, und wenn er jemals einen so liebeskranken Mann gesehen hatte, so erinnerte er sich zumindest nicht. Mit Mitgefühl und Interesse bot er seine Hand. »Es freut mich, Sie kennenzulernen. Ich bewundere Ihre Arbeit.« Er schüttelte Nathan kräftig die Hand. »Jackie hat uns alles von Ihnen erzählt. Ich hole Ihnen einen Drink.«

Nathan nickte während dieser rasch abgefeuerten Bemerkungen, bevor er sich zur Begrüßung an Mrs. MacNamara wandte. So wird Jackie in zwanzig Jahren aussehen, durchfuhr es ihn. Noch immer hübsch, mit blütenzarter Haut und einer Anmut, die nur die Jahre brachten. »Mrs. MacNamara, entschuldigen Sie mich, dass ich Sie einfach so überfalle, aber ...«

»Das ist nicht nötig.« Doch es freute Patricia, dass er den Anstand hatte, um Verzeihung zu bitten. »Möchten Sie sich nicht setzen, Mr. Powell?«

»Nun, ich ...«

»Hier, nehmen Sie. Es gibt nichts Besseres als einen kräftigen Schluck Whiskey für einen Mann.« J. D. klopfte ihm auf den Rücken, während er ihm das Glas reichte. »Sie entwerfen also Gebäude. Beschäftigen Sie sich auch mit Umbauten?«

»Ja, wenn es ...«

»Gut, gut. Ich möchte mit Ihnen über ein Gebäude sprechen, das ich ins Auge gefasst habe. Es ist in einem desolaten Zustand, aber es ist ausbaufähig. Wenn ich ...«

»Entschuldigen Sie mich bitte.« Nathan drückte J. D. das Glas wieder in die Hand und nahm Jackies Arm. Ohne ein weiteres Wort zog er sie durch die Terrassentür hinaus.

»Nun denn.« Patricia zog beide Augenbrauen hoch, als wäre sie schockiert, und verbarg ihr Lächeln hinter ihrem Glas.

J. D. lachte johlend und trank den Whiskey selbst. »Ist dir danach zumute, eine Hochzeit auszurichten, Patty, altes Mädchen?«

Die Luft war lau und von Blumenduft erfüllt. Die Sterne schienen zum Greifen nahe und wetteiferten mit dem Mond um Helligkeit. Nathan bemerkte nichts von alldem. Er blieb auf der Terrasse stehen, legte seine Schachtel auf einen leuchtend weißen Tisch und riss Jackie in die Arme. Sie passte perfekt hinein.

»Es tut mir leid«, brachte er nach einer kleinen Ewigkeit hervor. »Ich war unhöflich zu deinen Eltern.«

»Schon gut. Das sind wir oft.« Sie hob beide Hände zu seinem Gesicht und musterte ihn. »Du siehst müde aus.«

»Nein, das bin ich nicht.« Er war alles andere. Um Fassung ringend trat er zurück. »Ich hatte befürchtet, dass du hier auch nicht sein würdest.«

»Auch nicht?«

»Du warst weg, als ich nach Hause kam, und dann habe ich deine Wohnung ausfindig gemacht, aber da warst du auch nicht. Also bin ich hergekommen.«

Jackie lehnte sich zurück an den Tisch. »Du hast mich gesucht?«

»Ein paar Tage lang.«

»Es tut mir leid. Ich habe dich nicht vor nächster Woche aus Denver zurückerwartet. Dein Büro auch nicht.«

»Ich bin früher gekommen als … Du hast mein Büro angerufen?«

»Ja, das habe ich. Du bist früher als was … aus Denver zurückgekommen, Nathan?«

»Früher als erwartet«, sagte er schroff. »Ich habe Craig das Projekt übertragen und bin nach Hause geflogen. Du warst weg. Du hattest mich verlassen.«

Beinahe hätte sie sich lachend in seine Arme geworfen, aber sie hielt sich zurück. »Hattest du etwa erwartet, dass ich bleiben würde?«

»Ja. Nein. Ja, verdammt.« Er fuhr sich mit beiden Händen

nervös durch das Haar. »Ich weiß, dass ich kein Recht hatte, es zu erwarten, aber ich tat es. Dann, als ich nach Hause kam, war das Haus leer. Ich hasse es dort ohne dich. Ich kann nicht denken ohne dich. Das ist deine Schuld. Du hast etwas mit meinem Verstand angestellt.«

Er begann umherzuwandern, was sie eine Braue hochziehen ließ. Der Nathan, den sie kannte, machte selten unnötige Bewegungen. »Jedes Mal, wenn ich etwas sehe, frage ich mich, was du dazu sagen würdest. Ich konnte nicht mal einen blauen Spezialteller essen, ohne an dich zu denken.«

»Das ist wirklich schrecklich.« Jackie holte tief Luft. »Möchtest du mich zurückhaben, Nathan?«

Zorn lag in seinen Augen, als er sich umdrehte. Ein heller, rasender Zorn, der sie erneut dazu veranlasste, sich in seine Arme stürzen zu wollen. »Soll ich etwa vor dir kriechen, Jackie?«

»Lass es mich überlegen.« Sie berührte die Schachtel und fragte sich, was sie wohl enthalten mochte. »Du hast es verdient, ein bisschen kriechen zu müssen, aber ich kann es nicht übers Herz bringen.« Sie lächelte. »Ich bin nicht fortgegangen, Nathan.«

»Du bist doch ausgezogen. Das Haus ist ohne dich so ordentlich wie ein Grab.«

»Hast du nicht in den Schrank geschaut?«

»Was meinst du damit?«

»Dass meine Sachen noch im Gästezimmer sind. Ich konnte nicht ohne dich in deinem Bett schlafen, also bin ich umgezogen, aber ich bin nicht ausgezogen.« Erneut berührte sie sein Gesicht, sehr sanft diesmal. »Ich hatte nicht die Absicht, dich dein Leben ruinieren zu lassen.«

Nathan ergriff Jackies Hand, als wäre sie ein Rettungsring. »Warum bist du dann hier und nicht dort?«

»Ich wollte meine Eltern sehen. Zum Teil wegen der Dinge, die du mir erzählt hast. Es hat mich erkennen lassen, dass ich sie sehen musste, ihnen irgendwie danken musste dafür, dass sie so wundervoll sind. Und zum Teil, weil ich ihnen sagen wollte, dass ich endlich etwas von Anfang bis Ende getan habe.« Sie atmete tief durch. »Ich habe das Buch verkauft.«

»Verkauft? Ich wusste gar nicht, dass du es abgeschickt hast.«

»Ich wollte es dir nicht sagen. Ich wollte nicht, dass du von mir enttäuscht wärst, wenn es nicht geklappt hätte. Und das wärst du doch gewesen?«

»Das wäre ich nicht gewesen.« Er zog sie an sich. Ihr Duft, so sehr vermisst, umgab ihn. Nun erst verstand er, dass man nach Hause kommen konnte, auch ohne vertraute Wände. »Ich bin sehr glücklich für dich. Ich bin stolz auf dich. Ich wünschte … ich wäre bei dir gewesen.«

»Dieses erste Mal musste ich es allein tun.« Jackie lehnte sich in seinen Armen zurück. »Ich möchte gern, dass du das nächste Mal da bist.«

Er umarmte sie fester, und seine Augen wurden dunkel. Jakes Blick, dachte sie wieder einmal, schwindlig vor Liebe. »Ist es so einfach? Brauchte ich nur zu kommen und zu fragen?«

»Mehr brauchtest du nie zu tun.«

»Ich habe dich nicht verdient.«

Jackie lächelte. »Ich weiß.«

Lachend schwang er sie im Kreis herum. Dann küsste er sie fest, lange und atemberaubend. »Ich war darauf vorbereitet, alle möglichen Angebote und Versprechungen abzugeben. Aber du verlangst keine.«

»Das heißt nicht, dass ich sie nicht gern hören würde.« Sie lehnte den Kopf an seine Schulter. »Warum sagst du mir nicht, was du im Sinn hattest?«

»Ich will dich, aber es soll alles seine Richtigkeit haben. Keine langen Trennungen, keine gebrochenen Versprechungen. Ich tue etwas, was ich schon lange hätte tun sollen. Ich mache Craig zu meinem gleichberechtigten Partner.«

»Das ist eine ausgezeichnete Entscheidung.«

»Persönlich wie geschäftlich. Ich lerne, Jackie.«

»Das merke ich.«

»Zwischen uns beiden aufgeteilt, wird die Arbeitslast genügend abnehmen, sodass ich eine richtige Familie gründen kann. Ich weiß nicht, was für einen Ehemann oder Vater ich abgeben werde, aber …«

Sie legte einen Finger an seine Lippen. »Das werden wir gemeinsam herausfinden.«

»Ja.« Er nahm erneut ihre Hände. »Ich werde trotzdem noch reisen müssen, aber ich hoffe, dass du mich begleiten wirst, wann immer du kannst.«

»Versuch nur, mich davon abzuhalten.«

»Und du wirst dafür sorgen, dass ich nicht vergesse, dass die Ehe und die Familie an erster Stelle stehen.«

»Darauf kannst du wetten.«

»Ich wollte dir sagen, dass sich alles für mich geändert hat, seit ich dich gefunden habe. Dich zu verlieren wäre schlimmer, als meine Augen oder Arme zu verlieren, weil ich ohne dich nicht sehen und nichts berühren kann. Ich brauche dich. Ich möchte mein ganzes Leben mit dir teilen. Wir können voneinander lernen, gemeinsame Fehler machen, und ich liebe dich mehr, als ich dir sagen kann.«

»Ich finde, du hast das sehr hübsch gesagt.« Jackie schniefte, schüttelte dann den Kopf. »Ich will nicht weinen. Ich sehe scheußlich aus, wenn ich weine, und ich möchte heute Abend hübsch sein. Gib mir mein Geschenk, bevor ich anfange zu plappern, ja?«

»Mir gefällt es, wenn du plapperst.« Er drückte einen Kuss auf ihre Stirn, ihre Schläfe, ihr Grübchen. »Ich bin Cousin Fred sehr viel schuldig.«

Jackie lachte mit Tränen in den Augen. »Er sucht dringend einen Käufer für fünfundzwanzig Morgen Sumpfland.«

»Gekauft.« Erneut umfasste er ihr Gesicht. »Ich liebe dich, Jackie.«

»Ich weiß. Aber du kannst es ruhig wiederholen, sooft du willst.«

»Das habe ich vor, aber zuerst sollst du das hier haben.« Er reichte ihr die Schachtel. »Ich wollte dir etwas schenken, das dir zeigt, wie ich für dich empfinde. Wie du mir Hoffnung auf eine Zukunft gegeben hast, an die ich nie geglaubt habe.«

Ungeduldig riss sie das Papier auf und nahm das Geschenk aus der Schachtel. Einen Moment lang war sie sprachlos. Reglos stand sie im Mondschein, mit glitzernden Tränen auf den Wangen. In ihren Händen lag ein Pelikan aus Muscheln. Als sie zu Nathan aufblickte, schwammen ihre Augen in Tränen. »Niemand versteht mich so wie du«, flüsterte sie gerührt.

»Bleib, wie du bist«, murmelte er und zog sie erneut ganz dicht an sich, mit dem kitschigen Vogel zwischen ihnen. »Komm, lass uns nach Hause gehen, Jackie, in unser Zuhause.«

Nora Roberts

Das Geheimnis von Orcas Island

Roman

Aus dem amerikanischen Englisch von
Tatjána Lénárt-Seidnitzer

HarperCollins

1. Kapitel

Alles, was er brauchte, war in dem Rucksack, der über seiner Schulter hing. Einschließlich seiner 38er. Wenn alles gut ging, würde er keine Verwendung für sie haben.

Ronald zog eine Zigarette aus dem zerknitterten Päckchen in seiner Brusttasche und wandte sich vom Wind ab, um sie anzuzünden. Ein Junge von etwa acht Jahren raste an der Reling der Fähre entlang, ignorierte fröhlich die Rufe seiner Mutter. Ronald konnte sich in den Jungen einfühlen. Es war kalt, gewiss. Der beißende Wind vom Pudget-Sund wehte alles andere als frühlingshaft. Aber der Ausblick war sagenhaft. In der verglasten Lounge zu sitzen, war zwar gemütlicher, aber es musste dem Erlebnis etwas nehmen.

Das Kind wurde von einer blonden Frau mit rosigen Wangen und sich schnell rötender Nase geschnappt. Ronald lauschte, als sie miteinander schimpften, während die Frau den Jungen wieder hineinzog. Familien, dachte er, sind sich selten einig. Er wandte sich ab, lehnte sich über die Reling und rauchte gemächlich, während die Fähre an Inselgruppen vorbeituckerte.

Sie hatten die Skyline von Seattle hinter sich gelassen, aber noch ragten die Berge vom Festland auf und beeindruckten den Betrachter. Es herrschte Einsamkeit, trotz der vereinzelten abgehärteten Passagiere, die über das schräge Deck spazierten oder auf hölzernen Bänken an sonnigen Stellen kauerten. Er zog die Großstadt vor, mit ihrer Hektik, ihren Menschenmengen, ihrem Schwung. Ihrer Anonymität. Hatte es immer getan. Er konnte beim besten Willen nicht verstehen, woher diese rastlose Unzufriedenheit kam, die er verspürte, oder warum sie so schwer auf ihm lastete.

Der Job. Während des letzten Jahres hatte er den Job dafür verantwortlich gemacht. Druck war etwas, das er stets akzeptiert, sogar herausgefordert hatte. Er hatte geglaubt, das Leben ohne Druck wäre fade und sinnlos. Doch in letzter Zeit hatte es nicht gereicht. Er begab sich von Ort zu Ort, nahm wenig mit, ließ weniger zurück.

Zeit, um auszusteigen, dachte er, während er ein Fischerboot vorbeituckern sah. Zeit, etwas anderes zu tun. Aber was? Er könnte sich selbstständig machen. Er hatte einige Male mit diesem Gedanken gespielt. Er könnte reisen. Er war bereits in der Welt herumgekommen, aber es war vielleicht anders, es als Tourist zu tun.

Eine tapfere Seele kam mit einer Videokamera hinaus an Deck. Ronald drehte sich um, rückte außer Sichtweite. Aller Wahrscheinlichkeit nach eine unnötige Vorsichtsmaßnahme, der Schritt war instinktiv. Ebenso wie die Wachsamkeit und die lässige Haltung, die eine drahtige Bereitschaft verbarg.

Niemand schenkte ihm besondere Beachtung, obgleich einige Frauen ihn zweimal anblickten.

Er war überdurchschnittlich groß, mit dem straffen, soliden Körperbau eines Leichtgewichtboxers. Die lässige Jacke und verwaschene Jeans verbargen wohltrainierte Muskeln. Dichtes schwarzes Haar wehte ihm locker aus dem gebräunten, hohlwangigen Gesicht. Es war unrasiert, hart geschnitten. Die Augen, von einem hellen klaren Grün, hätten den Scher-dich-zum-Teufel-Eindruck mildern können, aber sie blickten eindringlich drein und – in diesem Moment – eine Spur gelangweilt.

Es versprach ein gemächlicher Routineauftrag zu werden.

Ronald hörte das Anlegesignal und verlagerte den Rucksack. Routine oder nicht, der Job war seiner. Er würde ihn erledigen, seinen Bericht einreichen, sich dann ein paar Wochen nehmen, um zu überlegen, was er mit dem Rest seines Lebens anfangen sollte.

Er ging mit einigen anderen Fußgängern von Bord. Ein wilder, süßer Duft nach Blumen empfing ihn, der mit dem dumpferen Geruch des Wassers wetteiferte. Die Blumen wuchsen in romantischer Pracht, viele mit Blüten so groß wie seine Faust. Ein Teil seiner Person schätzte durchaus ihre Farben und ihren Reiz, aber er nahm sich selten die Zeit, stehen zu bleiben und an einer Rose zu schnuppern.

Wagen rollten von der Rampe. Ronald zog eine weitere Zigarette heraus, zündete sie an und blickte flüchtig um sich – auf die hübschen, farbenfrohen Gärten, das reizvolle Hotel und Restaurant, die Schilder, die Informationen über die Fähre und Parkmöglichkeiten boten. Nun war alles eine Frage des Timings. Er ignorierte das Terrassencafé, obgleich er wirklich gern eine Tasse Kaffee getrunken hätte, und bahnte sich einen Weg über das Parkgelände.

Er entdeckte den Kleinbus mühelos, das blau-weiße amerikanische Modell mit der Aufschrift »Whale Watch Inn« auf der Seite. Es war sein Job, mit diesem Kleinbus zum Gasthaus zu kommen. Wenn die diesbezüglichen Details erledigt worden waren, dann handelte es sich um eine Routinesache. Wenn nicht, dann würde er einen anderen Weg finden.

Um Zeit zu gewinnen, bückte er sich und band seinen Schnürsenkel. Die wartenden Wagen wurden an Bord der Fähre gelassen, und die Fußgänger waren bereits an Deck. Es standen nun nicht mehr als ein Dutzend Wagen auf dem Parkplatz, einschließlich des Kleinbusses. Er nahm sich noch einen Moment Zeit, um seine Jacke aufzuknöpfen, als er die Frau sah.

Ihr Haar war in einem Zopf zurückgekämmt, nicht offen wie auf dem Aktenfoto. Es schien im Sonnenschein von einem tieferen, satteren Blond zu sein. Sie trug eine große getönte Brille, die ihr halbes Gesicht verdeckte, aber er wusste, dass er sich nicht irrte. Er sah ihre zarte Kieferpartie, die kleine gerade Nase, den vollen, schön geformten Mund.

Seine Informationen waren zutreffend. Sie war eins achtundsechzig, wog hundertzehn Pfund, hatte eine zierliche, sportliche Figur. Ihre Kleidung war lässig – Jeans, ein weiter wollweißer Pullover über einer blauen Bluse. Die Bluse passte vermutlich zu ihrer Augenfarbe. Die Jeans waren in knöchelhohe Wildlederstiefel gesteckt, und ein Paar Kristallohrringe baumelten von ihren Ohren.

Sie ging zielstrebig, mit einem klappernden Schlüsselbund in einer Hand und einer großen Leinentasche über der Schulter. Es war nichts Kokettes an ihrem Gang, doch er fiel einem Mann auf. Lange, geschmeidige Schritte, ein sanfter Hüftschwung, Kopf erhoben, Augen geradeaus gerichtet.

Ja, einem Mann fällt so etwas auf, dachte Ronald, während er die Zigarette wegschnippte. Er vermutete, dass sie es wusste. Und wartete, bis sie den Wagen erreicht hatte, bevor er sich ihr näherte.

Charity hörte auf, den letzten Satz von Beethovens Neunter zu summen, blickte hinab auf den rechten Vorderreifen und fluchte. Weil sie sich unbeobachtet wähnte, trat sie dagegen, dann ging sie zur Rückseite, um den Wagenheber zu holen.

»Haben Sie Probleme?«

Sie zuckte zusammen, ließ den Wagenheber beinahe auf ihren Fuß fallen, wirbelte dann herum.

Ein harter Bursche. Das war ihr erster Gedanke, als sie Ronald anstarrte. Seine Augen waren gegen die Sonne zusammengekniffen. Er hatte eine Hand um den Riemen seines Rucksacks gelegt und die andere in die Tasche gesteckt. Sie legte eine Hand auf ihr Herz, vergewisserte sich, dass es noch schlug, lächelte dann.

»Ja, ich habe einen Platten. Ich habe gerade eine Familie mit vier Kindern zur Fähre gebracht, von denen zwei unter sechs Jahren und Anwärter für die Besserungsanstalt sind. Ich bin mit den Nerven am Ende, die Rohre in Haus sechs sind kaputt, und mein Faktotum hat gerade im Lotto gewonnen. Und wie steht's bei Ihnen?«

In der Akte war nicht erwähnt, dass sie eine Stimme wie *café au lait* hatte, die starke, dunkle Art, die man in New Orleans trank. Er registrierte es, deutete dann auf den Platten. »Soll ich ihn wechseln?«

Charity hätte es selbst tun können, aber es war nicht ihre Art, angebotene Hilfe abzulehnen. Außerdem konnte er es wahrscheinlich schneller, und er sah so aus, als könnte er die fünf Dollar gebrauchen, die sie ihm zu geben gedachte. »Danke.« Sie reichte ihm den Wagenheber. »Sind Sie gerade mit der Fähre gekommen?«

»Ja.« Ihm lag nichts an Small Talk, aber er benutzte ihn – und ihre Freundlichkeit – so geschickt wie den Wagenheber. »Ich bin ein bisschen umhergereist. Ich dachte mir, ich bleibe eine Weile auf Orcas. Mal sehen, ob ich ein paar Wale entdecken kann.«

»Sie sind an den richtigen Ort gekommen. Gestern habe ich von meinem Fenster aus eine Herde gesehen.« Sie lehnte sich gegen den Lieferwagen, genoss den Sonnenschein. Während er arbeitete, beobachtete sie seine Hände. Stark, fähig, schnell. Sie schätzte es, wenn jemand einen einfachen Job gut erledigte. »Sind Sie auf Urlaub?«

»Auf Reisen. Ich nehme hier und da Gelegenheitsarbeiten an. Kennen Sie jemanden, der Hilfe braucht?«

»Vielleicht.« Mit geschürzten Lippen beobachtete sie, wie er den Reifen abzog. »Was für Arbeit?«

»Dies und das. Wo ist der Ersatz?«

»Ersatz?« Länger als zehn Sekunden in seine Augen zu blicken, wirkte wie eine Hypnose.

»Der Reifen.« Sein Mundwinkel zuckte leicht in einem widerstrebenden Lächeln. »Sie brauchen einen, der nicht platt ist.«

»Richtig. Der Ersatz.« Kopfschüttelnd über ihre eigene Dummheit, ging sie ihn holen. »Er ist hinten im Wagen.« Sie drehte sich um und stieß gegen Ronald. »Entschuldigung.«

Er legte eine Hand auf ihren Arm, um sie zu stützen. Sie standen einen Moment im Sonnenschein, blickten sich stirnrunzelnd an. »Schon gut. Ich hole ihn.«

Als er in den Wagen kletterte, atmete Charity tief durch. Ihre Nerven waren zerrütteter, als sie für möglich gehalten hatte. »Oh, passen Sie auf ...« Sie zog eine Grimasse, als Ronald sich hinhockte und die Überreste eines Kirschlutschers von seinem Knie löste. Ihr Lachen war spontan und so volltönend wie ihre Stimme. »Entschuldigung. Ein Souvenir aus Orcas Island von Jimmy MacCarthy, ›dem Zerstörer‹, einem fünfjährigen Delinquenten.«

»Ich hätte lieber ein T-Shirt.«

»Tja, wer nicht?« Charity nahm ihm die klebrige Masse ab, wickelte sie in ein sauberes Papiertuch und ließ sie in ihre Tasche fallen. »Eigentlich sind wir eine Familieneinrichtung«, erklärte sie, während er mit dem Ersatzreifen hinauskletterte. »Meistens haben wir gern Kinder um uns, aber gelegentlich kommen auch welche mit ganz schaurigen Gelüsten, so wie Jimmy und Judy, und dann denkt man manchmal daran, das Gasthaus in eine Tankstelle zu verwandeln. Mögen Sie denn Kinder?«

Er blickte auf, während er den Reifen aufsteckte. »Aus sicherer Entfernung.«

Sie lachte über seine Antwort. »Woher sind Sie?«

»St. Louis.« Er hätte ein Dutzend anderer Ort angeben

können. Er wusste nicht, warum er sich für die Wahrheit entschied. »Aber ich komme nicht oft dorthin.«

»Familie?«

»Nein.«

Die Art, in der er es sagte, ließ sie ihre Neugier zügeln. Sie würde sich ebenso wenig in jemandes Privatleben einmischen, wie sie den Lutscher auf die Straße werfen würde. »Ich wurde hier auf Orcas geboren. Jedes Jahr sage ich mir, dass ich mir sechs Monate nehme und reise. Irgendwohin.« Sie zuckte die Schultern, während er die letzte Radmutter anzog. »Ich schaffe es nie. Außerdem ist es herrlich hier. Wenn Sie keinen Termin haben, werden Sie vielleicht länger bleiben, als Sie ursprünglich geplant hatten.«

»Vielleicht.« Er stand auf. »Wenn ich Arbeit finden kann und eine Unterkunft.«

Charity betrachtete es nicht als Anspielung. Sie hatte ihn beinahe fünfzehn Minuten lang beobachtet und abgeschätzt. Die meisten Einstellungsgespräche dauerten kaum länger. Er hatte einen starken Rücken und intelligente – wenn auch beunruhigende – Augen, und wenn der Zustand seines Rucksacks und seiner Schuhe ein Anzeichen war, dann hatte er eine Pechsträhne. Ihr war beigebracht worden, anderen Menschen eine hilfreiche Hand zu bieten. Und wenn sie dabei gleichzeitig eines ihrer vordringlichen Probleme lösen konnte … »Sind Sie gut mit den Händen?«

Er blickte sie an und konnte nicht verhindern, dass seine Gedanken abschweiften. »Ja. Ziemlich gut.«

Ihre Brauen – und ihr Blutdruck – hoben sich ein wenig, als sie seine Musterung bemerkte. »Ich meine mit Werkzeug. Hammer, Säge, Schraubenzieher. Können Sie tischlern, heimwerken?«

»Gewiss.« Es war leicht gegangen, beinahe zu leicht. Er wunderte sich über das vage, ungewohnte Schuldgefühl.

»Wie gesagt, mein Faktotum hat im Lotto gewonnen, ein Haupttreffer. Er ist nach Hawaii gezogen, um Bikinis zu studieren und *poi* zu essen. Ich gönne es ihm, außer dass wir mitten in der Renovierung des Westflügels waren. Vom Gasthaus«, fügte sie hinzu und deutete auf das Firmenzeichen auf dem Lieferwagen. »Ich kann Ihnen Unterkunft und Verpflegung und einen Fünfer pro Stunde bieten.«

»Das klingt, als hätten wir beide unsere Probleme gelöst.«

»Prima.« Sie bot ihm die Hand.

»Ronald DeWinter.«

»Okay, Ronald.« Sie öffnete die Fahrertür. »Steigen Sie ein.«

»Mein Großvater hat das Gasthaus 1938 errichtet«, verkündete Charity während der Fahrt. »Im Laufe der Jahre hat er ein paar Mal angebaut, aber es ist eigentlich immer noch ein Gasthaus. Wir können uns nicht durchringen, es Hotel zu nennen, nicht einmal in den Prospekten. Ich hoffe, Sie suchen Abgeschiedenheit.«

»Ich habe nichts dagegen«, erwiderte Ronald.

»Ich auch nicht. Meistens.« Kein sehr redseliger Bursche, dachte sie mit einem kleinen Lächeln. Aber das war in Ordnung. Sie konnte genug für beide reden. »Es ist noch Vorsaison, und deshalb sind wir bei Weitem nicht ausgebucht. Sie dürften reichlich Freizeit haben, um herumzuspazieren. Die Aussicht vom Mount Constitution ist wirklich spektakulär. Und die Wanderwege sind großartig, falls Ihnen daran liegt.«

»Ich dachte mir, ich guck mich vielleicht mal in British Columbia um.«

»Das ist kein Problem. Nehmen Sie die Fähre nach Sidney. Wir veranstalten recht viele Ausflüge dorthin, für unsere Reisegruppen.«

»Wir?«

»Das Gasthaus. Pop – mein Großvater – hat in den Sechzigern ein halbes Dutzend Blockhäuser gebaut. Wir haben ein besonderes Pauschalangebot für Reisegruppen, mit Halbpension. Die Hütten sind ein bisschen rustikal, aber den Touristen gefällt das. Wir bekommen etwa zweimal pro Woche eine Gruppe. In der Hauptsaison können wir es verdreifachen.« Charity bog in eine schmale, gewundene Straße ein und hielt die Geschwindigkeit bei fünfzig.

Ronald kannte die Antworten bereits, aber es hätte seltsam gewirkt, wenn er nicht gefragt hätte. »Leiten Sie den Gasthof?«

»Ja. Ich habe zwischendurch dort gearbeitet, solange ich denken kann. Als mein Großvater vor einigen Jahren starb, habe ich den Betrieb übernommen.« Sie schwieg einen Moment. Es schmerzte immer noch. Wahrscheinlich würde es immer so bleiben. »Er liebte es. Nicht nur das Gasthaus, sondern die Idee an sich. Jeden Tag neue Menschen zu treffen, es ihnen behaglich zu machen, sie kennenzulernen.«

»Ich nehme an, das Geschäft läuft recht gut.«

Sie zuckte die Schultern. »Wir kommen zurecht.« Sie umrundeten eine Kurve, wo der Wald einem breiten Streifen blauen Wassers Platz machte. Vereinzelte Häuser standen hoch oben auf den Klippen. Ein Boot mit geblähten weißen Segeln fuhr mit dem Wind, kräuselte das glasklare Wasser. »Solche Aussichten gibt es auf der ganzen Insel. Selbst wenn man hier lebt, wirken sie beeindruckend.«

»Und Landschaft ist gut für das Geschäft.«

Sie runzelte ein wenig die Stirn. »Es kann nicht schaden«, sagte sie und blickte ihn an. »Interessiert es Sie wirklich, Wale zu sehen?«

»Es scheint mir eine gute Idee, da ich schon einmal hier bin.«

Sie hielt den Wagen an und deutete auf die Klippen. »Wenn Sie Geduld und ein gutes Fernglas haben, ist dort oben eine gute Stelle. Wir haben sie vom Gasthaus aus gesehen, wie gesagt. Aber wenn Sie sie aus der Nähe sehen wollen, ist ein Boot besser.« Als er nichts dazu sagte, startete sie den Wagen wieder. Er machte sie nervös. Er schien nicht das Wasser oder den Wald anzusehen, sondern sie.

Ronald blickte auf ihre Hände. Starke, geschickte, nüchterne Hände, entschied er, obgleich ihre Finger nun ein wenig nervös auf das Lenkrad trommelten. Sie fuhr weiterhin schnell, lenkte den Wagen mühelos über die gewundene, bergige Straße. Ein anderer Wagen kam ihnen entgegen. Ohne die Geschwindigkeit zu drosseln, hob sie eine Hand zum Gruß.

»Das war Lori, eine unserer Kellnerinnen«, erklärte Charity. »Sie arbeitet in der Frühschicht, damit sie zu Hause ist, wenn ihre Kinder von der Schule kommen. Gewöhnlich haben wir eine Belegschaft von zehn. Im Sommer kommen fünf oder sechs Aushilfskräfte dazu.«

Nach der nächsten Kurve kam das Gasthaus in Sicht. Es war genauso wie erwartet, aber dennoch wirkte es reizvoller als auf den Fotos, die er gesehen hatte. Es war aus weißen Schindeln, mit blauen Rahmen um die ovalen Bogenfenster, fantasievollen Türmchen und einer breiten Veranda. Eine Rasenfläche führte geradewegs zum Wasser hinab, auf das ein schmaler Steg hinausführte. Daran vertäut lag ein kleines Motorboot, das gemächlich auf den Wellen schaukelte.

Ein Mühlrad drehte sich in einem flachen Teich an der Seite des Gasthauses. Im Westen, wo die Bäume dichter standen, erblickte Ronald eines der Blockhäuser, von denen sie gesprochen hatte. Überall blühten Blumen.

»Hinten befindet sich ein größerer Teich.« Charity bog in einen kleinen Parkplatz ein, der bereits zur Hälfte belegt war. »Dort züchten wir Forellen.« Sie stieg aus und wartete auf ihn. »Fast alle benutzen den Hintereingang. Ich kann Sie später herumführen, aber jetzt wollen wir Sie erst einmal unterbringen.«

»Es ist hübsch hier.« Er sagte es, ohne nachzudenken, aber er meinte es ernst. Zwei Schaukelstühle standen auf der hinteren, quadratischen Veranda. Er drehte sich um und musterte die Aussicht. Teils Wald, teils Wasser, und sehr reizvoll. Friedlich. Einladend. Er dachte an die Pistole in seinem Rucksack. Der Schein kann trügen, dachte er.

Mit einem leichten Stirnrunzeln beobachtete Charity ihn. Er schien sich nicht nur umzusehen, sondern alles in sich aufzunehmen. Es war ein seltsamer Gedanke, aber sie hätte schwören können, dass er den Gasthof sechs Monate später genau würde beschreiben können, bis hin zum letzten Tannenzapfen.

Dann drehte Ronald sich zu ihr um, und der Eindruck blieb bestehen, jetzt nur persönlicher, intensiver. Der Wind frischte auf, ließ die Windspiele klimpern, die am Dachvorsprung hingen.

»Sind Sie Künstler?«, fragte sie unvermittelt.

»Nein.« Er lächelte, und die Veränderung in seinem Gesicht war rasch und charmant. »Warum?«

»Ich dachte nur.« Du musst dich vor seinem Lächeln in Acht nehmen, ermahnte sie sich. Es wirkte entspannend, und sie bezweifelte, dass es klug wäre, sich ihm gegenüber zu entspannen.

Doppelte Glastüren führten in einen großen luftigen Raum, der nach Lavendel und Holzrauch roch. Zwei lange weiche Sofas und einige Polstersessel in der Nähe eines riesigen, steinernen Kamins, in dem Scheite knisterten. Antiquitäten befanden sich verstreut im Raum – ein Sekretär und ein Stuhl mit einem Trio alter Tintenfässer, eine eicherne Hutablage, ein Buffet mit glänzenden, geschnitzten Türen. In einer

Ecke stand ein Spinett mit vergilbten Tasten, und zwei breite Bogenfenster an der entfernten Wand ließen das Wasser wie einen Teil der Dekoration wirken. An einem Tisch spielten zwei Frauen Scrabble.

»Wer gewinnt heute?«, fragte Charity.

Beide blickten auf. Und strahlten. »Wir liegen Kopf an Kopf.« Die Frau zur Rechten fuhr sich geziert durch das Haar, als sie Ronald erblickte. Sie war alt genug, um seine Großmutter zu sein, aber sie nahm ihre Brille ab und straffte die dünnen Schultern. »Ich wusste gar nicht, dass Sie einen neuen Gast mitbringen, Liebes.«

»Ich auch nicht.« Charity ging zum Kamin und legte Holz nach. »Ronald DeWinter, Miss Lucy und Miss Millie.«

Sein Lächeln kam erneut, sanft und glatt. »Ladys.«

Miss Lucy spähte durch ihre Brillengläser. »Kannten wir nicht einmal einen DeWinter, Millie?«

»Nicht, dass ich wüsste.« Millie, stets zu einem Flirt bereit, strahlte Ronald weiterhin an, obgleich sie ihn nur sehr verschwommen sehen konnte. »Waren Sie schon einmal hier, Mr. DeWinter?«

»Nein, Ma'am. Es ist das erste Mal.«

»Es wird Ihnen hier gefallen.« Millie gab einen kleinen Seufzer von sich. Es war wirklich bedauerlich, was die Jahre ihr antaten. Es schien wie gestern, dass hübsche junge Männer ihr die Hand geküsst und sie zu Spaziergängen eingeladen hatten. Heute nannten sie sie Ma'am. Wehmütig wandte sie sich wieder dem Spiel zu.

»Die Ladys kommen schon länger hierher, als ich mich erinnern kann«, sagte Charity, während sie Ronald einen Flur entlangführte. »Sie sind reizend, aber ich sollte Sie vor Miss Millie warnen. Angeblich hatte sie in ihrer Zeit einen beachtlichen Ruf, und sie hat immer noch einen Blick für einen attraktiven Mann.«

»Ich werde vorsichtig sein.«

»Ich habe den Eindruck, dass Sie es für gewöhnlich sind.« Sie holte einen Schlüsselbund hervor und öffnete eine Tür. »Hier geht es zum Westflügel.« Sie schritt einen weiteren Flur entlang, flott, geschäftsmäßig. »Wie Sie sehen, waren die Renovierungsarbeiten im vollen Gang, als George das große Los zog. Die Zierleisten sind entfernt worden.« Sie deutete auf einen ordentlichen Stapel Holz an einer frisch gestrichenen Wand. »Die Türen müssen noch lackiert werden.«

Sie nahm die Sonnenbrille ab und ließ sie in ihre Tasche fallen. Er hatte richtig vermutet. Der Blusenkragen entsprach beinahe der Farbe ihrer Augen.

»Wie viele Zimmer?«

»Zwei Einzel, ein Doppel und eine Suite in diesem Flügel, alle in unterschiedlichen Stadien der Unordnung.« Sie umrundete eine Tür, die an einer Wand lehnte, und betrat ein Zimmer. »Sie können dieses nehmen. Es ist am weitesten fertiggestellt.«

Es war ein kleiner heller Raum. Das Fenster war von Bleiglasscheiben umrahmt. Das Bett war unbezogen und der Fußboden nackt und musste geschmirgelt werden. Die Wände hatten offensichtlich neue Tapeten.

»Im Augenblick macht es nicht viel her«, bemerkte Charity.

»Es ist prima.« Er hatte sich an Orten aufgehalten, die das kleine Zimmer wie eine Suite im »Waldorf« wirken ließen.

Automatisch prüfte sie den Schrank und das angrenzende Bad auf Sachen, die fehlten. »Sie können hier anfangen, damit Sie es gemütlicher haben. Mir ist es egal. George hatte sein eigenes System. Ich habe es nie verstanden, aber für gewöhnlich schaffte er, was zu tun war.«

In der nächsten halben Stunde führte Charity Ronald durch den Flügel und erklärte genau, was und wie sie es haben wollte. Ronald hörte zu, sagte wenig und schätzte die Anlage ab. Er wusste vom Grundriss, den er gesehen hatte, dass die Unterbringung im Westflügel ihm leichten Zugang zum Erdgeschoss und dem restlichen Gasthaus bot.

Ich werde arbeiten müssen, überlegte er, während er die halb fertigen Wände musterte. Er betrachtete es als kleinen Bonus. Mit den Händen zu arbeiten, war etwas, was er genoss und wofür ihm in der Vergangenheit wenig Zeit geblieben war.

Charity Ford war sehr genau in ihren Anweisungen. Eine Frau, die wusste, was sie wollte, und beabsichtigte, es zu bekommen. Das gefiel ihm.

»Was ist dort oben?« Er deutete auf eine Treppe am Ende des Flurs.

»Meine Räume. Wir kümmern uns um sie, wenn die Gästezimmer fertig sind.« Sie klapperte mit dem Schlüsselbund. »Was halten Sie also davon?«

»Wovon?«

»Von der Arbeit.«

»Haben Sie Werkzeug?«

»Im Schuppen. Auf der anderen Seite des Parkplatzes.«

»Ich kann es schaffen.«

»Ja.« Charity war sich dessen sicher. Sie standen im achteckigen Salon der Suite. Er war leer, abgesehen von Baumaterial und Plastikplanen. Und es war still. Plötzlich bemerkte sie, dass sie recht nahe beieinander standen und dass sie kein Geräusch hören konnte. Sie reichte ihm die Schlüssel. »Die werden Sie brauchen.«

»Danke.« Ronald steckte das Bund in die Tasche.

Sie holte tief Luft und fragte sich, warum sie sich plötzlich fühlte, als hätte sie einen Riesenschritt mit geschlossenen Augen gemacht. »Haben Sie schon gegessen?«

»Nein.«

»Ich bringe Sie hinunter in die Küche. Mae wird Sie versorgen.« Sie ging hinaus, ein wenig zu hastig. Sie wollte dem Gefühl entfliehen, dass sie völlig allein mit ihm war. Und hilflos. Ein dummer Gedanke, sagte sie sich. Sie war nie hilflos. Dennoch verspürte sie Erleichterung, als sie die Tür hinter ihnen schloss.

Charity führte Ronald durch die leere Eingangshalle in einen großen Speisesaal, in Pastellfarben dekoriert. Auf jedem Tisch stand eine kleine Vase mit frischen Blumen. Große Fenster boten einen Ausblick auf das Wasser, und in die südliche Wand war ein Aquarium eingelassen.

Dort blieb Charity einen Moment stehen und musterte den Raum, bis sie überzeugt war, dass die Tische zum Dinner richtig gedeckt waren. Dann eilte sie durch eine Pendeltür in die Küche.

»Und ich sage, es fehlt Basilikum.«

»Und ich sage Nein.«

»Was immer Sie tun«, flüsterte Charity Ronald zu, »geben Sie keiner von beiden recht.« Sie setzte ihr schönstes Lächeln ein. »Ladys, ich bringe einen hungrigen Mann mit.«

Die Frau, die den Topf bewachte, hielt einen tropfenden Kochlöffel hoch. Das beste Wort, sie zu beschreiben, war »breit« – Gesicht, Hände, Hüften. Sie warf Ronald einen prüfenden Blick zu. »Dann setzen Sie sich«, sagte sie und deutete mit einem Daumen zu einem langen Holztisch.

»Mae Jenkins, Ronald DeWinter.«

»Ma'am.«

»Und Dolores Rumsey.« Die andere Frau hielt ein Glas mit Kräutern in der Hand. Sie war so schmal, wie Mae breit war. Nachdem sie Ronald zugenickt hatte, schlich sie sich zum Topf.

»Lass die Finger davon«, befahl Mae, »und gib dem Mann von dem Brathähnchen.«

Murrend ging Dolores einen Teller holen.

»Ronald wird da weitermachen, wo George aufgehört hat«, erklärte Charity. »Er ist im Westflügel untergebracht.«

»Nicht aus dieser Gegend.« Mae blickte ihn erneut an – so, wie ein Kindermädchen einen kleinen schmuddeligen Jungen angesehen hätte, fand er.

»Nein.«

Mit einem Naserümpfen schenkte sie ihm eine Tasse Kaffee ein. »Sieht aus, als könnten Sie ein paar anständige Mahlzeiten gebrauchen.«

»Hier wird er sie bekommen«, warf Charity beschwichtigend ein. Sie zuckte nur ein wenig zusammen, als Dolores einen Teller mit kaltem Huhn und Kartoffelsalat vor Ronald auf den Tisch knallte.

»Hätte mehr Dill drangehört.« Dolores starrte Ronald finster an, wie um zu verhindern, dass er ihr zu widersprechen wagte.

Er hielt es für das Beste, sie anzulächeln und schweigend mit dem Essen zu beginnen. Bevor Mae reagieren konnte, öffnete sich die Tür.

»Bekomme ich hier eine Tasse Kaffee?« Der Mann blieb stehen und warf Ronald einen neugierigen Blick zu.

»Bob Mullons, Ronald DeWinter. Ich habe ihn eingestellt, um den Westflügel zu beenden. Bob ist meine rechte Hand.«

»Willkommen an Bord.« Bob trat zum Herd, goss sich selbst eine Tasse Kaffee ein und gab drei Stück Zucker dazu, während Mae missbilligend mit der Zunge schnalzte. Die Vorliebe für Süßes schien keine Auswirkungen zu zeigen. Er war groß, knapp eins neunzig und konnte nicht mehr als fünfundsiebzig Kilo wiegen. Sein hellgraues Haar war um die Ohren kurz geschnitten und aus der hohen Stirn gekämmt. Er grinste, als Mae ihn von ihrem Herd fortscheuchte.

»Haben Sie die Sache mit der Rechnung mit dem Gemüsehändler geklärt?«, fragte Charity.

»Alles erledigt. Sie haben ein paar Anrufe bekommen, während Sie unterwegs waren. Und da sind einige Papiere zu unterschreiben.«

»Ich kümmere mich darum.« Charity blickte zur Uhr und dann zu Ronald. »Ich bin im Büro hinter der Eingangshalle, falls Sie noch etwas wissen müssen.«

»Ich komme schon zurecht.«

»Okay.« Sie musterte ihn einen Moment lang. Sie konnte sich nicht recht erklären, wie er mit vier anderen Personen in einem Raum sein und dennoch so allein wirken konnte. »Bis später.«

Ronald unternahm einen langen Streifzug durch das Gasthaus, bevor er das Werkzeug in den Westflügel brachte. Er sah ein junges Paar, das frisch verheiratet sein musste, in enger Umarmung am Teich. Ein Mann und ein Junge spielten auf einem kleinen Basketballplatz. Die Ladys, wie er sie inzwischen für sich bezeichnete, saßen auf der Veranda. Eine vierköpfige Familie fuhr in einem Kombiwagen vor. Ein Mann mit Baseballmütze spazierte den Pier entlang, eine Videokamera auf der Schulter.

Vögel zwitscherten in den Bäumen, und in der Ferne dröhnte ein Motorboot. Er hörte ein Baby halbherzig schreien und die Klänge einer Klaviersonate von Mozart.

Hätte er nicht persönlich die Daten studiert, dann hätte er geschworen, am falschen Ort zu sein.

Er wählte die Suite, machte sich an die Arbeit und fragte sich, wie lange er brauchen würde, um in Charitys Räume zu gelangen.

Mit den Händen zu arbeiten, hatte etwas Beruhigendes an sich. Zwei Stunden vergingen, und er entspannte sich langsam.

Ein Blick zur Uhr bewog ihn, einen weiteren unnötigen Gang zum Schuppen zu machen. Charity hatte erwähnt, dass jeden Abend um fünf Uhr im Gesellschaftsraum Wein serviert wurde. Es konnte nicht schaden, wenn er sich die Gäste einmal genauer ansah.

Er machte sich auf den Weg, blieb dann bei der Tür zu seinem Zimmer stehen. Er hatte etwas gehört, eine Bewegung. Vorsichtig schlich er hinein, blickte sich im leeren Raum um.

Leise summend kam Charity aus dem Badezimmer, faltete ein Laken auseinander und begann das Bett zu machen.

»Was tun Sie hier?«

Sie unterdrückte einen Schrei, stolperte rückwärts, sank auf das Bett und rang nach Atem. »Lieber Himmel, Ronald …«

Er trat näher, musterte sie aus zusammengekniffenen Augen. »Ich habe Sie gefragt, was Sie hier tun.«

»Das sollte doch offensichtlich sein.« Sie klopfte mit der Hand auf den Stapel Bettlaken.

»Erledigen Sie auch Hausarbeit?«

»Von Zeit zu Zeit.« Sie stand auf und glättete das Laken auf dem Bett. »Im Bad sind Seife und saubere Handtücher.« Sie neigte den Kopf zur Seite. »Sie sehen aus, als könnten Sie sie gebrauchen. Haben Sie gearbeitet?«

»So war es abgemacht.«

Mit einem zustimmenden Murmeln schlug sie die Zipfel des Lakens unter die Matratze, wie er es von seiner Großmutter kannte. »Ich habe ein extra Kissen und eine Decke in den Schrank gelegt.« Gekonnt breitete sie das obere Laken aus.

Er beobachtete, wie sie sich von einer Seite des Bettes zur anderen bewegte. Er konnte sich nicht erinnern, wann er zum letzten Mal jemanden ein Bett hatte machen sehen. Es erweckte Gedanken in ihm, die er sich nicht leisten konnte. Gedanken daran, wie es sein mochte, es wieder zu zerwühlen – mit ihr. »Hören Sie niemals auf zu arbeiten?«

»Manchmal.« Sie breitete eine weiße Tagesdecke über dem Bett aus. »Wir erwarten morgen eine Reisegruppe. Deshalb sind wir alle recht beschäftigt.«

»Morgen?«

»Hmm. Mit der ersten Fähre aus Sidney. Haben Sie ...« Charity verstummte, als sie sich umdrehte und praktisch gegen ihn stieß. Instinktiv glitten seine Hände zu ihren Hüften, als sie sich gegen seine Schultern stützte. Eine Umarmung – ungeplant, ungewollt und schockierend intim.

Sie war schlank unter dem langen weiten Pullover, schlanker als erwartet. Und ihre Augen waren blauer, als sie hätten sein dürfen, größer, sanfter. Sie roch wie das Gasthaus, nach dieser einladenden Mischung aus Lavendel und Holzrauch. Fasziniert hielt er sie weiterhin, obwohl er wusste, dass er es nicht sollte.

»Habe ich was?« Die Finger auf ihren Hüften ausgebreitet, zog er sie ein Stückchen näher. Er sah den verwirrten Ausdruck in ihren Augen. Ihre Reaktion rührte ihn.

Sie hatte alles vergessen. Sie konnte ihn nur anstarren, verblüfft über die Gefühle, die sie durchströmten. Unwillkürlich schlossen sich ihre Finger um sein Hemd. Sie bekam einen Eindruck von Stärke, einer rücksichtslosen Stärke mit möglicher Gewalt. Dass er sie erregte, machte sie sprachlos.

»Was möchten Sie?«, murmelte Ronald.

»Was?«

Er dachte daran, sie zu küssen, den Mund hart auf ihren zu pressen. »Ich habe gefragt, ob Sie etwas möchten.« Er schob die Hände unter ihrem Pullover zu ihrer Taille hoch.

Die Wärme, der Druck seiner Finger brachten sie zurück. »Nein.« Sie wollte zurückweichen, fand sich noch immer festgehalten und kämpfte gegen die aufsteigende Panik. Bevor sie wieder sprechen konnte, hatte er sie losgelassen.

Enttäuschung. Eine seltsame Reaktion, dachte sie.

»Ich wollte …« Sie holte tief Luft und wartete, dass sie sich beruhigte. »Ich wollte fragen, ob Sie alles gefunden haben, was Sie brauchen.«

Er löste den Blick von ihrem. »Es sieht so aus.«

Sie fuhr sich nervös mit der Zunge über die Lippen, um sie zu befeuchten. »Gut. Ich habe viel zu tun, also lasse ich Sie jetzt allein.«

Er nahm ihren Arm, bevor sie zurücktreten konnte. Vielleicht war es nicht klug, aber er wollte sie erneut berühren. »Danke für die Handtücher.«

»Aber ja.«

Er beobachtete, wie sie hinauseilte, und wusste, dass sie genauso aufgewühlt war wie er. Nachdenklich zog er eine Zigarette hervor. Er konnte sich nicht erinnern, jemals so leicht aus dem Gleichgewicht gebracht worden zu sein. Gewiss nicht von einer Frau, die nicht mehr getan hatte, als ihn anzusehen. Doch gewöhnlich landete er auf den Füßen.

Es könnte vorteilhaft für ihn sein, ihr nahezukommen, ihre Reaktion auf ihn auszunutzen. Er ignorierte eine Woge der Selbstverachtung und entzündete ein Streichholz.

Er hatte einen Job zu erledigen. Er konnte es sich nicht leisten, in Charity Ford mehr zu sehen als ein Mittel zum Zweck.

2. Kapitel

Der Morgen graute, und der Himmel im Osten war fantastisch. Ronald stand am Rand der schmalen Straße, die Hände in die Hosentaschen gesteckt. Obgleich er selten Zeit dazu hatte, genoss er solche Morgen, wenn die Luft kühl und funkelnd klar war. Er hatte sich dreißig Minuten versprochen, dreißig einsame, beruhigende Minuten.

Sonnenschein drang durch die Wolken, verlieh ihnen wilde, lebhafte Farben und Formen. Traumformen. Er erwog, sich eine Zigarette anzuzünden, entschied sich dann dagegen. Im Moment wollte er nur die Morgenluft schmecken, mit der Würze der See.

Ein Hund bellte in der Ferne. Möwen, die zu einem frühen Mahl aufbrachen, flogen über das Wasser, zerrissen die Stille mit ihren Schreien. Der Duft nach Blumen, ein Feiern des Frühlings, wehte zart mit der stillen Brise herüber.

Er fragte sich, warum er so sicher gewesen war, dass er die Hektik und den Lärm von Großstädten bevorzugte.

Er sah ein Reh aus dem Wald kommen und witternd den Kopf heben. Das ist Freiheit, dachte er plötzlich. Seinen Platz zu kennen und damit zufrieden zu sein. Das Reh bahnte sich vorsichtig einen Weg durch das hohe Gras. Hinter ihm kam ein hochbeiniges Kitz. Ronald blieb gegen den Wind stehen und beobachtete, wie sie ästen.

Er war rastlos. Obgleich er versuchte, den Frieden um sich her aufzunehmen, durchdrang ihn Ungeduld. Dies war nicht sein Platz. Er hatte keinen Platz. Das war eines der Dinge, die ihn so perfekt für seinen Job machten. Keine Wurzeln, keine Familie, keine Frau, die auf seine Rückkehr wartete. So wollte er es.

Aber es hatte ihm eine enorme Zufriedenheit verschafft, die Tischlerarbeiten am Vortag auszuführen, sein Zeichen auf etwas Dauerhaftem zu hinterlassen. Umso besser für seine Tarnung. Wenn er Geschick und Sorgfalt bei der Arbeit zeigte, würde er eher akzeptiert werden.

Er wurde bereits akzeptiert. Charity vertraute ihm. Sie hatte ihm ein Dach über dem Kopf und Verpflegung und einen Job gegeben, in dem Glauben, dass er alles drei brauchte. Sie schien ohne Tücken zu sein. Etwas hatte am Vorabend zwischen ihnen geschwelt, und dennoch hatte sie nichts getan, um es zu provozieren oder zu verlängern. Sie hatte ihn nur angesehen, und alles, was sie fühlte, hatte deutlich in ihren Augen gestanden.

Er durfte von ihr nicht als Frau denken. Er durfte von ihr niemals als seiner Frau denken.

Er verspürte erneut den Drang nach einer Zigarette und unterdrückte ihn bewusst. Wenn man etwas so sehr begehrte, dann war es das Beste, es zu übergehen. Sobald man nachgab, verlor man die Kontrolle.

Er hatte Charity begehrt. Einen kurzen, blendenden Moment lang hatte er sie ersehnt. Ein sehr ernster Fehler. Er hatte das Verlangen unterdrückt, aber es war immer wieder aufgestiegen – als er sie in der Nacht in den Flügel hatte kommen hören, als er den sanften Klängen von Chopin, die leise aus ihren Räumen gedrungen waren, gelauscht hatte. Und erneut mitten in der Nacht, als er in der tiefen ländlichen Stille erwacht war und an sie gedacht hatte.

Er hatte keine Zeit für Sehnsüchte. An einem anderen Ort, zu einer anderen Zeit, hätten sie sich begegnen und einander genießen können, solange solche Freuden andauerten. Doch nun war sie ein Teil eines Auftrags – nicht weniger und nicht mehr.

Er hörte Laufschritte und spannte sich instinktiv. Das Reh, so wachsam wie er, hob den Kopf, sprintete dann mit seinem Jungen zurück in den Wald. Ronalds Waffe war kurz oberhalb des Knöchels festgeschnallt, eher aus Gewohnheit als aus Notwendigkeit, aber er griff nicht danach. Wenn er sie brauchte, konnte sie in weniger als einer Sekunde in seiner Hand liegen. Stattdessen wartete er gefasst, um zu sehen, wer im Morgengrauen über die einsame Straße rannte.

Charity atmete schnell, eher aus dem Bemühen, mit ihrem Hund Schritt zu halten, als von dem Dreimeilenlauf. Ludwig sprang voraus, zog nach rechts, zerrte nach links, verhedderte und entwirrte die Leine. Es war eine tägliche Routine, an die beide gewöhnt waren. Charity hätte den kleinen goldbraunen Cocker unter Kontrolle halten können, aber sie wollte ihm den Spaß nicht verderben. Daher schwenkte sie mit ihm ab, wechselte das Tempo von einem raschen Sprint zu einem gemächlichen Dauerlauf und wieder zurück.

Sie zögerte flüchtig, als sie Ronald sah. Dann, weil Ludwig vorausstürmte, umfasste sie die Leine fester und hielt Schritt.

»Guten Morgen«, rief sie, kam dann abrupt zum Stillstand, als Ludwig beschloss, an Ronalds Schienbeinen hochzuspringen und ihn anzubellen. »Er beißt nicht.«

»Das sagen alle.« Doch er grinste und hockte sich nieder, um den Hund zwischen den Ohren zu kraulen. Ludwig sank sofort nieder, rollte sich herum und bot seinen Bauch zum Streicheln. »Netter Hund.«

»Ein netter, verwöhnter Hund«, fügte Charity hinzu. »Ich muss ihn wegen der Gäste eingesperrt halten, aber er speist wie ein König. Sie sind früh auf.«

»Sie auch.«

»Ich finde, dass Ludwig jeden Morgen einen guten Lauf verdient, weil er so verständnisvoll wegen des Eingesperrtseins ist.«

Um seine Anerkennung zu zeigen, raste Ludwig einmal um Ronald herum und wickelte die Leine um dessen Beine.

»Wenn ich ihn nur dazu bringen könnte, das Konzept einer Leine zu verstehen.« Sie bückte sich, um Ronald zu befreien und den inzwischen tänzelnden Hund zu bändigen.

Ihre leichte Jacke war geöffnet, enthüllte ein bequemes T-Shirt. Ihr Haar, streng aus dem Gesicht gekämmt, unterstrich ihre Gesichtszüge. Ihre Haut wirkte beinahe durchscheinend, da sie vom Laufen glühte. Er hatte den Drang, sie zu berühren, um zu sehen, wie sie sich unter seinen Fingerspitzen anfühlte. Und um zu sehen, ob diese sofortige Reaktion wieder ausbrechen würde.

»Ludwig, halt einen Moment still.« Sie lachte und zog an seinem Halsband. Als Antwort sprang er hoch und leckte ihr Gesicht.

»Er gehorcht gut«, bemerkte Ronald trocken.

»Jetzt sehen Sie, warum ich den Zwinger brauche. Er glaubt, dass er mit jedem spielen kann.« Ihre Hand streifte Ronalds Bein, als sie mit der Leine kämpfte.

Als er ihr Handgelenk umfasste, erstarrten sie beide. Er spürte, wie ihr Puls sich beschleunigte. Es war eine unglaublich erregende Reaktion. Obgleich es ihm schwerfiel, hielt er die Finger locker. Er hatte sie nur aufhalten wollen, bevor sie versehentlich seine Waffe fand. Nun hockten sie, Knie an Knie, auf der einsamen Straße, während der Hund versuchte, sich zwischen sie zu drängen.

»Sie zittern.« Ronald sagte es argwöhnisch, aber er ließ sie nicht los. »Reagieren Sie immer so, wenn ein Mann Sie berührt?«

»Nein.« Weil es sie verblüffte, hielt sie still und wartete, was als Nächstes passieren würde. »Ich bin ziemlich sicher, dass es das erste Mal ist.«

Es freute ihn, das zu hören, und es ärgerte ihn, weil er es glauben wollte. »Dann werden wir vorsichtig sein müssen, oder?« Er gab sie frei, stand auf.

Langsam, weil sie sich ihres Gleichgewichts nicht sicher war, erhob sie sich. Er war verärgert. Obgleich er sich beherrschte, war es deutlich in seinen Augen zu sehen. »Ich kann nicht besonders gut vorsichtig sein.«

Feuer lag in seinem Blick, ein Feuer, das tobte und dann schnell und völlig unterdrückt wurde. »Ich schon.«

»Ja.« Der kurze lodernde Blick hatte sie alarmiert, aber sie wusste sich zu behaupten. Sie neigte den Kopf, um Ronald zu mustern. »Ich glaube, das müssen Sie auch, bei der hitzigen Ader, mit der Sie zu kämpfen haben. Auf wen sind Sie wütend, Ronald?«

Es gefiel ihm nicht, so leicht durchschaut zu werden. Während er sie beobachtete, senkte er eine Hand und kraulte Ludwig, der an ihm hochgesprungen war. »Im Moment auf niemanden«, sagte er, aber es war gelogen. Er war wütend – auf sich selbst.

Sie schüttelte nur den Kopf. »Ihnen stehen Ihre Geheimnisse zu, aber ich kann mich nur wundern, warum Sie zornig auf sich selbst sind, weil Sie auf mich ansprechen.«

Gemächlich blickte er die Straße hinauf, dann hinunter. Sie hätten allein auf der Insel sein können. »Möchten Sie gern, dass ich etwas dagegen unternehme, hier und jetzt?«

Er könnte es, erkannte sie. Und würde es. Wenn er zu weit getrieben wurde, würde er genau das tun, was er wollte, wann er wollte. Der Anflug von Erregung, der sie durchströmte, verärgerte sie. Macho-Typen waren nichts für sie. Betont blickte sie auf ihre Uhr.

»Danke. Es ist bestimmt ein verlockendes Angebot, aber ich muss zurück und das Frühstück vorbereiten.« Sie kämpfte mit dem Hund und ging davon, mit würdigem Schritt, wie sie hoffte. »Ich werde es Sie wissen lassen, falls ich eine Viertelstunde einschieben kann.«

»Charity?«

Sie wandte den Kopf und richtete einen kühlen Blick auf Ronald. »Ja?«

»Ihr Schnürsenkel ist offen.«

Sie hob nur das Kinn und ging weiter.

Er lächelte ihr nach und steckte die Daumen in die Hosentaschen. Ja, die Frau hat wirklich einen tollen Gang, dachte er. Es war ein verdammtes Pech, dass er anfing, sie zu mögen.

Ronald interessierte sich für die Reisegruppe. Es war leicht für ihn, im Erdgeschoss herumzutrödeln, bei einer zweiten Tasse Kaffee in der Küche zu verweilen, mit der dicken Mae und der dünnen Dolores zu plaudern. Er hatte nicht erwartet, zur Arbeit herangezogen zu werden, doch als er sich mit einem Armvoll Tischdecken wiederfand, machte er das Beste daraus.

Charity, in einem leuchtend roten T-Shirt mit dem Firmenzeichen über der Brust, arrangierte sorgfältig eine Serviette in einem Wasserglas.

Ronald wartete einen Moment, beobachtete ihre flinken Finger. »Wohin sollen die hier?«

Sie blickte auf, fragte sich, ob sie noch böse auf ihn sein sollte, entschied sich dann aber dagegen. Im Moment brauchte sie wirklich jede Hilfe, die sie bekommen konnte. »Am besten auf die Tische. Weiß nach unten, rot obendrauf. Über Eck. Okay?« Sie deutete auf einen Tisch, der bereits gedeckt war, damit er sah, wie sie es sich vorstellte.

»Gewiss.« Er begann die Decken auszubreiten. »Wie viele erwarten Sie?«

»Fünfzehn von der Reisegruppe.« Sie hielt ein Glas gegen das Licht und stellte es erst nach kritischer Inspektion zurück auf den Tisch. »Plus die Gäste, die schon da sind. Wir servieren das Frühstück zwischen halb acht und zehn Uhr.« Sie blickte zur Uhr, ging zu einem anderen Tisch. »Von außerhalb kommen auch einige. Aber richtig hektisch ist es erst mittags und abends.«

Die Kellnerin, die am Vortag an ihnen vorbeigefahren war, eilte mit einem Tablett voll klapperndem Besteck herein. Charity rasselte Instruktionen für sie herunter, deckte einen weiteren Tisch, eilte dann zu einer Wandtafel neben dem Eingang und schrieb mit flüssiger, eleganter Handschrift das Morgenmenü auf.

Dolores, deren stachlige rote Haare und gespitzte Lippen Ronald an ein mageres Hühnchen denken ließen, kam aus der Küche gestürmt und stützte die Hände in die dürren Hüften. »Das muss ich mir nicht gefallen lassen, Charity.«

Charity schrieb ruhig weiter. »Was denn?«

»Ich gebe mir die größte Mühe, und ich habe Ihnen gesagt, dass ich mich schlecht fühle.«

Aha, Dolores fühlt sich wieder einmal schlecht, dachte Charity, hätte mich auch gewundert, wenn dem nicht so wäre! Dabei setzte sie »Omelette mit Käse und Schinken« auf die Liste. Besonders, wenn sie ihren Willen nicht bekam. »Ja, Dolores.«

»Meine Brust ist so beengt, dass ich kaum atmen kann.«

»Hmm.«

»War die halbe Nacht auf, aber ich bin gekommen, wie immer.«

»Und ich weiß es zu schätzen, Dolores. Sie wissen, wie sehr ich Sie brauche.«

»Nun.« Ein wenig besänftigt, zupfte Dolores an ihrer Schürze. »Man kann sich darauf verlassen, dass ich meine Arbeit tue, aber sagen Sie der da drinnen ...« Sie deutete mit dem Daumen zur Küche. »Sagen Sie ihr nur, dass sie mich in Frieden lassen soll.«

»Ich werde mit ihr reden, Dolores. Versuchen Sie, geduldig zu sein. Wir sind alle ein bisschen nervös heute Morgen, weil Mary Alice wieder krank ist.«

»Krank?« Dolores schnaubte. »Nennt man das heutzutage so?«

Charity hörte nur mit halbem Ohr hin und schrieb weiter. »Wie meinen Sie das?«

»Wenn sie krank ist, dann weiß ich nicht, warum ihr Wagen die ganze Nacht in Bill Perkins Auffahrt gestanden hat. Und was meinen Zustand angeht …«

Charity hörte auf zu schreiben. Ronald zog die Augenbrauen hoch, als er plötzlich einen stählernen Unterton in ihrer Stimme hörte. »Wir reden später darüber, Dolores.«

Dolores schob die Unterlippe vor und stolzierte zurück in die Küche.

Charity unterdrückte ihren Zorn und wandte sich an die Kellnerin. »Lori, ich bin anschließend mit Bob im Empfang. Wenn es zu hektisch wird, rufen Sie mich. Ronald …«

»Soll ich bedienen helfen?«

Sie schenkte ihm ein schnelles, dankbares Lächeln. »Wissen Sie denn, wie?«

»Ich werde es schon herausfinden.«

»Danke.« Sie blickte zur Uhr, eilte dann hinaus.

Er hatte nicht erwartet, sich zu amüsieren, aber es war schwer, es nicht zu tun, wo Miss Millie mit ihm flirtete, als er ihr Erdbeerkompott servierte. Der Duft nach Gebäck – etwas Köstliches mit Äpfeln und Zimt –, die ruhigen Klänge klassischer Musik und das leise Stimmengemurmel machten es beinahe unmöglich, sich nicht zu entspannen. Er trug Tabletts hin und her. Das mürrische Geplänkel zwischen Mae und Dolores wirkte eher belustigend als verärgernd. Also amüsierte er sich und nutzte seine Position aus, während er seiner Arbeit nachging.

Während er die Fenstertische abräumte, sah er einen Reisebus vorfahren. Er zählte die Köpfe und musterte die Gesichter der Gruppe. Der Reiseleiter war ein großer Mann in weißem Hemd, das sich über den Schultern spannte. Er hatte ein rundes, gerötetes Gesicht, das ständig lächelte, während er seine Passagiere hereinführte. Ronald durchquerte den Raum, um die Gäste in der Eingangshalle beobachten zu können.

Die Gruppe bestand aus Paaren und Familien mit kleinen Kindern. Der Reiseleiter – Ronald wusste bereits, dass sein Name Block lautete – begrüßte Charity mit einem herzlichen Lächeln und reichte ihr die Namensliste.

Wusste sie, dass Block wegen Betrugs im Knast gesessen hatte? War sie sich bewusst, dass der Mann, mit dem sie scherzte, einer zweiten Verhaftung nur durch geschickte Rechtsverdrehung entkommen war?

Ronalds Wangenmuskeln spannten sich, als Block mit einem Finger an Charitys goldenem Hängeohrring schnippte.

Während Charity Häuser zuwies und Schlüssel austeilte, wechselten zwei von der Gruppe Geld bei ihrem Assistenten. Einer fünfzig und der andere sechzig, registrierte Ronald, als kanadische Geldscheine übergeben und amerikanische Währung entgegengenommen wurde.

Innerhalb von zehn Minuten saß die gesamte Gruppe im Speisesaal. Charity band sich eine Schürze um, öffnete einen Notizblock und begann Bestellungen aufzunehmen.

Sie sieht nicht aus, als ob sie es eilig hätte, bemerkte Ronald. Wie sie plauderte und lächelte und Fragen beantwortete, schien es, als hätte sie alle Zeit der Welt. Doch sie bewegte sich wie der Blitz. Sie trug drei Teller auf dem rechten Arm, schenkte Kaffee mit links ein und schäkerte mit einem Baby, alles zur selben Zeit.

Irgendetwas bedrückt sie, dachte Ronald. Es war kaum wahrzunehmen ... nur ein schwaches Stirnrunzeln. War an diesem Morgen etwas schiefgelaufen, das ihm entgangen war? Wenn es eine Lücke im System gab, dann musste er es herausfinden und ausnutzen. Aus diesem Grunde war er eingeschleust worden.

Charity servierte eine weitere Runde Kaffee an einem Vierertisch, scherzte mit einem kahlköpfigen Mann, bahnte sich dann einen Weg zu Ronald. »Ich glaube, die Krise ist vorbei.« Sie lächelte ihn an, aber erneut spürte er etwas Unterschwelliges … Verärgerung? Enttäuschung?

»Gibt es etwas, was Sie nicht tun?«

»Ich versuche mich aus der Küche herauszuhalten. Das Restaurant hat drei Sterne. Ich möchte Ihnen danken, dass Sie eingesprungen sind.«

»Schon gut.« Er stellte fest, dass er sie gern lächeln sehen wollte. Richtig lächeln. »Die Trinkgelder waren gut. Miss Millie hat mir einen Fünfer zugesteckt.«

Sie tat ihm den Gefallen. Ihre Lippen verzogen sich, und was immer ihre Augen umwölkt hatte, verschwand für einen Moment. »Ihr gefällt es, wie Sie mit einem Werkzeuggurt aussehen. Warum machen Sie nicht eine Pause, bevor Sie im Westflügel anfangen?«

»In Ordnung.«

Sie zog eine Grimasse über das Geräusch von zersplitterndem Glas. »Ich wusste doch, dass das Snyser-Kind keinen Orangensaft wollte.« Sie eilte davon, um die Scherben zu beseitigen und sich die Entschuldigungen der Eltern anzuhören.

Der Empfang lag verlassen da. Ronald überlegte, ob er hinter das Pult schlüpfen und einen schnellen Blick in die Bücher werfen sollte, entschied aber, dass es warten konnte. Gewisse Arbeiten waren besser im Dunkeln zu erledigen.

Eine Stunde später betrat Charity den Westflügel. Sie hatte es geschafft, den Gästen gegenüber die Fassung zu wahren und freundlich zu bleiben, doch sobald sich die Tür hinter ihr schloss, stieß sie eine Reihe wilder Flüche aus.

Ronald trat in einen Türrahmen und beobachtete, wie sie mit wütend funkelnden Augen über den Flur stürmte. »Probleme?«

»Ja«, fauchte sie und lief ein halbes Dutzend Schritte an ihm vorbei, ehe sie sich zu ihm umdrehte. »Ich kann Unfähigkeit ertragen und auch ein gewisses Maß an Dummheit. Ich toleriere sogar einen gelegentlichen Anfall von Faulheit, aber ich lasse mich nicht belügen.«

Ronald wartete einen Moment. Ihr Zorn war heiß und lodernd, aber er richtete sich nicht gegen ihn. »In Ordnung«, sagte er und wartete.

»Sie hätte mir sagen können, dass sie freihaben will oder eine andere Schicht. Ich hätte es einrichten können. Stattdessen hat sie gelogen und sich in den letzten fünf Wochen fünfmal im letzten Augenblick krankgemeldet. Ich habe mir Sorgen um sie gemacht.« Charity wandte sich ab, trat gegen die Tür. »Ich hasse es, zum Narren gehalten zu werden. Und ich hasse es, belogen zu werden.«

»Sie reden von der Kellnerin … Mary Alice?«

»Natürlich.« Sie wirbelte herum. »Vor drei Monaten bat sie mich um einen Job. Es war die ruhigste Zeit, aber sie tat mir leid. Jetzt schläft sie mit Bill Perkins – oder genauer gesagt, sie bekommt wohl keinen Schlaf, und deshalb meldet sie sich krank. Ich musste sie entlassen.« Sie atmete tief aus, und es klang wie eine Maschine, die Dampf abließ. »Ich bekomme Kopfschmerzen, wann immer ich jemanden entlassen muss.«

»Ist es das, was Sie den ganzen Morgen bekümmert hat?«

»Sobald Dolores diesen Bill erwähnte, wusste ich es.« Inzwischen ruhiger geworden, rieb sie sich die schmerzende Stirn. »Dann musste ich die Anmeldungen und das

Frühstück hinter mich bringen, bevor ich sie anrufen und mich mit ihr befassen konnte. Sie hat geweint.« Sie warf Ronald einen kläglichen Blick zu. »Ich wusste, dass sie weinen würde.«

»Hören Sie, Baby, das Beste für Sie ist, wenn Sie ein paar Schmerztabletten nehmen und die Sache vergessen.«

»Ich habe schon welche genommen.«

»Geben Sie ihnen eine Chance zu wirken.« Bevor ihm bewusst wurde, was er tat, hob er die Hände, umfasste ihr Gesicht und massierte mit kreisenden Daumen ihre Schläfen. »Da drinnen geht zu viel vor.«

»Wo?«

»In Ihrem Kopf.«

Sie spürte, wie ihre Augen schwer und ihr Blut warm wurden. »Nicht im Moment.« Sie legte den Kopf zurück und schloss die Augen. Instinktiv trat sie vor. »Ronald ...« Sie seufzte ein wenig, als der Schmerz aus ihrem Kopf schwand und sich in ihrem Mittelpunkt regte. »Mir gefällt es auch, wie Sie mit einem Werkzeuggurt aussehen.«

»Wissen Sie eigentlich, was Sie da herausfordern?«

Sie musterte seinen Mund. Er war voll und fest und gewiss rücksichtslos auf den Lippen einer Frau. »Nicht genau.« Vielleicht lag darin der Reiz. Sie wusste es nicht. Aber sie fühlte, und was sie fühlte, war neu und aufregend. »Vielleicht ist es besser so.«

»Nein.« Obgleich er wusste, dass es ein Fehler war, konnte er nicht widerstehen, mit den Fingern über ihr Kinn zu streicheln und über ihre Lippen. »Es ist immer besser, die Konsequenzen zu kennen, bevor man etwas unternimmt.«

»Also sind wir wieder vorsichtig.«

Er ließ die Hände sinken. »Ja.«

Sie hätte dankbar sein sollen. Statt ihre wirren Gefühle auszunutzen, wich er zurück. Sie wollte dankbar sein, aber sie verspürte nur den Stachel der Zurückweisung. Er hat damit begonnen, dachte sie. Erneut. Und er hat es beendet. Erneut. Sie war es leid, ganz nach seinen Launen herumgestoßen zu werden. »Auf diese Weise entgeht Ihnen viel, Ronald, oder? Viel Wärme, viel Vergnügen.«

»Viele Enttäuschungen.«

»Vielleicht. Für einige von uns ist es wohl schwerer, abseits von anderen zu leben. Aber wenn Sie es so wollen, prima.« Sie holte tief Luft. Ihre Kopfschmerzen kamen zurück, doppelt stark. »Fassen Sie mich nicht wieder an. Ich bin es gewöhnt zu beenden, was ich beginne.« Sie blickte in den Raum hinter ihnen. »Sie leisten gute Arbeit hier«, sagte sie kurz angebunden. »Ich lasse Sie jetzt damit weitermachen.«

Er verfluchte sie, während er den Fensterrahmen abschmirgelte. Sie hatte kein Recht, Schuldgefühle in ihm zu wecken, nur weil er auf Distanz blieb. Es war nicht nur eine Angewohnheit für ihn, es war eine Frage des Überlebens. Es war hemmungslos und gefährlich, sich jeder Frau zu nähern, die anziehend wirkte.

Doch es war mehr als nur Anziehungskraft, und es war eindeutig anders als alles, was er je zuvor gefühlt hatte. Wann immer er ihr nahe war, wurde seine Zielstrebigkeit von Fantasien darüber getrübt, wie es sein mochte, mit ihr zusammen zu sein, sie zu halten, sie zu lieben.

Und mehr als Fantasien sind es nicht, erinnerte Ronald sich. Wenn alles gut ging, würde er in wenigen Tagen wieder fort sein – und möglicherweise ihr Leben zerstört haben. Es ist mein Job, rief er sich ins Gedächtnis.

Er sah sie an, als sie mit diesen langen energischen Schritten zum Lieferwagen ging. Ihr folgten die Frischvermählten, Hand in Hand, obwohl jeder einen Koffer trug.

Charity wird sie zur Fähre bringen, dachte er. Somit hatte er eine Stunde Zeit, um ihre Räume zu durchsuchen.

Ronald konnte jeden Zentimeter eines Zimmers durchsehen, ohne eine Spur zu hinterlassen. Er konzentrierte sich zuerst auf das Naheliegende – den Schreibtisch in dem kleinen Salon. Für die meisten Leute war es üblich, unachtsam in der Privatsphäre ihres eigenen Heims zu sein. Ein Stück Papier, eine dahingekritzelte Notiz, ein Name in einem Adressenbuch wurden oft zurückgelassen und von einem geschulten Auge entdeckt.

Es war ein alter Schreibtisch, aus massivem Mahagoni mit einigen Kratzern und Flecken. Zwei der Messinggriffe waren lose. Wie der Rest des Zimmers war er sauber und aufgeräumt. Ihre persönlichen Papiere – Versicherungspolicen, Rechnungen, Korrespondenz – befanden sich links. Die Geschäftsunterlagen beanspruchten die drei rechten Schubladen.

Einer raschen Durchsicht entnahm er, dass der Gasthof einen recht anständigen Profit abwarf, den sie zum größten Teil gleich wieder in das Unternehmen steckte. Neue Bettwäsche. Badezimmerarmaturen, Farbe. Der Herd, den Mae so eifrig hütete, war erst sechs Monate zuvor angeschafft worden.

Sie nahm sich ein Gehalt – ein überraschend bescheidenes. Selbst nach einer kritischen Prüfung fand er keinerlei Anhaltspunkte, dass sie die Finanzen des Gasthauses benutzte, um sich das Leben zu erleichtern.

Eine ehrliche Frau, stellte Ronald fest. Zumindest oberflächlich betrachtet.

Ein gerahmtes Foto stand auf dem Schreibtisch. Es zeigte Charity vor der Windmühle, mit einem zerbrechlich aussehenden, weißhaarigen Mann.

Der Großvater, entschied Ronald, doch es war Charitys Bild, das er näher betrachtete. Ihr Haar war zu einem Pferdeschwanz zurückgekämmt, und ihr unförmiger Overall war an den Knien fleckig. Von Gartenarbeit, vermutete er. Sie hielt einen Armvoll Sommerblumen. Sie sah aus, als berühre sie keine Sorge der Welt, und ihr anderer Arm stützte den alten Mann.

Er fragte sich, was sie wohl gedacht haben mochte in dem Moment, als das Foto aufgenommen wurde, und was sie danach wohl getan hatte. Aber was geht mich das an? fragte er sich schließlich. Er fluchte über sich selbst und wandte den Blick vom Foto ab.

Sie machte sich Notizen für sich selbst: Tapetenmuster zurückbringen. Bauklötze für Spielzeugkiste. Klavierstimmer anrufen. Platten flicken lassen.

Er fand nichts, was den Grund seines Aufenthalts im Gasthaus berührte. Er wandte sich vom Schreibtisch ab und durchsuchte gründlich den Rest des Salons.

Dann ging er in das angrenzende Schlafzimmer. Das Bett war mit einer weißen Spitzendecke und zahlreichen kleinen Kissen bedeckt. Daneben stand ein herrlicher alter Schaukelstuhl mit glatt gewetzten Armlehnen. Darin saß ein großer rosa Teddybär.

Die Gardinen waren romantisch gerüscht. Das Fenster stand offen, und die Brise wehte herein und blähte sie auf. Das Zimmer einer Frau, dachte Ronald, durch und durch feminin mit der Spitze und den Kissen, den lieblichen Düften und zarten Farben. Dennoch hieß es einen Mann willkommen, ließ ihn wünschen, ließ ihn begehren. Es ließ ihn wünschen, eine Stunde, eine Nacht in der Zartheit, der Behaglichkeit zu verbringen.

Er überquerte den handgeknüpften Teppich, begrub seinen Selbstekel und durchsuchte ihre Kommode.

Er fand einige Schmuckstücke, die er für Erbstücke hielt. Sie gehören in einen Safe, dachte er, ärgerlich auf Charity. Er fand eine Flasche Parfüm. Er wusste genau, wie es roch. Wie ihre Haut. Beinahe hätte er danach gegriffen, bevor er sich beherrschte. Nicht Parfüm interessierte ihn, sondern Beweismaterial.

Ein Stapel Briefe fiel ihm ins Auge. Von einem Liebhaber? fragte er sich und verdrängte die plötzliche Eifersucht, die er als lächerlich empfand.

Der Raum macht mich verrückt, dachte er, während er das schmale Satinband aufknüpfte. Es war ihm unmöglich, sich Charity nicht in diesem Zimmer vorzustellen, auf das Bett gekuschelt, in etwas Weißem und Dünnem, das Haar offen und die Kerzen entzündet.

Er schüttelte sich, während er den ersten Brief entfaltete. Ein Zimmer mit einem rosa Teddybär ist nicht verführerisch, sagte er sich.

Das Datum verriet ihm, dass die Briefe während ihres College-Besuchs in Seattle geschrieben worden waren. Von ihrem Großvater, erkannte Ronald. Alle. Sie waren mit Zuneigung und Humor verfasst, und sie enthielten Dutzende von Anekdoten über das tägliche Leben im Gasthaus. Ronald legte sie wieder zurück, wie er sie vorgefunden hatte.

Ihre Kleidung war lässig, abgesehen von einigen wenigen Kleidern. Kräftige Stiefel, Turnschuhe, Hausschuhe und zwei Paar elegante Pumps standen im Schrank, sorgfältig geordnet, wie alles im Raum.

Außer einem Wecker lagen zwei Bücher auf ihrem Nachttisch, eine Sammlung Gedichte und ein Kriminalroman mit schaurigem Einband. Sie hatte eine Schachtel Schokolade in der Schublade und Chopin im tragbaren Stereogerät. Dutzende von Kerzen, verschieden weit abgebrannt, standen im Raum verteilt. An einer Wand hing eine Landschaft in dunklen, wilden Blau- und Grautönen. An einer anderen befand sich eine Sammlung von Fotos, die meisten im Gasthaus aufgenommen, viele von ihrem Großvater. Ronald suchte hinter jedem. Er entdeckte, dass die Tapete verblichen war, sonst nichts.

Ihre Räume waren sauber. Ronald stand mitten im Schlafzimmer, atmete den Geruch nach Kerzenwachs und Parfüm ein. Sie hätten nicht sauberer sein können, wenn man gewusst hätte, dass sie durchsucht werden sollten. Nach einer Stunde hatte er nur erfahren, dass sie eine ordnungsliebende Frau war, die lässige Kleidung und Chopin mochte und eine Schwäche für Schokolade und Krimis hatte. Warum machte sie das so faszinierend?

Mit finsterer Miene schob er die Hände in die Hosentaschen und kämpfte um Objektivität, wie er es nie zuvor hatte tun müssen. Alle Indizien deuteten darauf hin, dass sie in sehr dunkle Geschäfte verwickelt war. Alles, was er in den letzten vierundzwanzig Stunden entdeckt hatte, ließ darauf schließen, dass sie eine offene, ehrliche und hart arbeitende Frau war. Was sollte er glauben?

Er ging zur Tür am anderen Ende des Raumes. Sie führte hinaus auf eine winzige Veranda mit einer langen Treppe, die hinab zum Teich führte. Er wollte die Tür öffnen, hinaustreten und die frische Luft einatmen. Doch er wandte sich ab und ging den gleichen Weg hinaus, den er hereingekommen war.

Der Duft ihres Schlafzimmers blieb stundenlang bei ihm.

3. Kapitel

»Ich habe dir gesagt, das Mädchen taugt nichts.«

»Ich weiß, Mae.«

»Ich habe dir gesagt, dass es ein Fehler ist, sie einzustellen.«

»Ja, Mae.« Charity unterdrückte ein Seufzen. »Du hast es mir gesagt.«

»Wenn du ständig Streuner aufnimmst, wirst du zwangsläufig irgendwann gebissen.«

Charity widerstand – knapp – dem Drang zu schreien. »Das hast du mir gesagt.«

Mit einem zufriedenen Brummen beendete Mae die Reinigung ihres ganzen Stolzes – des achtflammigen Gasherdes. »Du bist zu weichherzig, Charity.«

»Ich dachte, du hättest gesagt, ich hätte einen zu harten Schädel.«

»Das auch.« Da Mae eine Schwäche für ihre junge Arbeitgeberin hatte, schenkte sie ein Glas Milch ein und schnitt ein großes Stück von ihrem doppelten Schokoladenkuchen ab. Sie stellte beides auf den Tisch und sagte in energischem Ton: »Iss das jetzt. Durch mein Gebäck hast du dich als Kind immer besser gefühlt.«

Charity setzte sich und piekste mit einem Finger in die Glasur. »Ich hätte ihr freigegeben.«

»Ich weiß.« Mae strich über Charitys Schulter. »Das ist das Problem mit dir. Du bist zu großzügig.«

»Ich hasse es, zum Narren gehalten zu werden.« Mit finsterer Miene nahm Charity einen großen Bissen Kuchen. Schokolade war ein besseres Heilmittel für ihre Kopfschmerzen als ein ganzes Röhrchen Tabletten, dessen war sie sicher. Ihre Schuldgefühle waren jedoch etwas ganz anderes. »Meinst du, dass sie einen anderen Job bekommt?«

»Typen wie Mary Alice landen immer auf den Füßen. Würde mich nicht überraschen, wenn sie mit Sack und Pack bei diesem Perkins-Jungen einzieht. Also, sorg dich nicht um sie. Habe ich dir nicht gesagt, dass sie keine sechs Monate bleibt?«

Charity schob sich mehr Kuchen in den Mund. »Du hast es mir gesagt«, murmelte sie.

»Und was ist jetzt mit diesem Mann, den du mitgebracht hast? Woher kommt er? Was macht er, und wie heißt er?«

Charity nahm einen Schluck Milch. »Ronald DeWinter.«

»Komischer Name.« Mae blickte sich in der Küche um, überrascht und ein bisschen enttäuscht, dass nichts mehr zu tun war. »Was weißt du noch von ihm?«

»Er brauchte einen Job.«

»Ich nehme an, es gibt einen ganzen Haufen Taschendiebe, Fassadenkletterer und Massenmörder, die einen Job brauchen.«

»Er ist kein Massenmörder«, erklärte Charity. Sie hielt es für besser, sich eines Urteils über die anderen Beschäftigungen zu enthalten.

»Vielleicht nicht, vielleicht doch.«

»Er ist ein Vagabund. Aber nicht ziellos, würde ich sagen. Er weiß, wohin er geht. Auf alle Fälle brauchte ich jemanden, da George auf und davon ist. Er leistet gute Arbeit.«

Das hatte Mae auf einem kurzen Gang zum Westflügel selbst herausgefunden. Aber sie hatte andere Dinge im Sinn. »Er guckt dich an.«

Charity strich mit einem Finger am Milchglas auf und ab. »Jeder hier guckt mich an.«

»Stell dich mir gegenüber nicht dumm, junge Dame. Ich habe dir den Popo gewischt.«

»Was immer das mit irgendetwas zu tun hat«, antwortete

Charity mit einem Grinsen. »Er guckt … also?« Sie zuckte die Schultern. »Ich gucke zurück.« Sie lächelte nur, als Mae die Brauen hochzog. »Sagst du mir nicht immer, dass ich einen Mann in meinem Leben brauche?«

»Es gibt solche und solche Männer«, entgegnete Mae weise. »Dieser sieht nicht schlecht aus, und er scheut keine Arbeit. Aber er hat eine harte Ader in sich. Der kennt sich aus, Mädchen, daran besteht kein Zweifel.«

»Jimmy Logerman wäre dir wohl lieber, wie?«

»Rückgratloser Wurm!«

Charity lachte und stützte das Kinn in die Hände. »Du hattest recht, Mae. Ich fühle mich wirklich besser.«

Erfreut band Mae die Schürze von der üppigen Taille ab. Sie bezweifelte nicht, dass Charity ein vernünftiges Mädchen war, aber sie beabsichtigte, Ronald im Auge zu behalten. »Gut. Iss nicht noch mehr Kuchen, sonst bleibst du die ganze Nacht mit Bauchschmerzen auf.«

»Ja, Ma'am.«

»Und hinterlass keine Unordnung in meiner Küche«, fügte Mae hinzu, während sie sich einen schlichten braunen Mantel anzog.

»Nein, Ma'am. Gute Nacht, Mae.«

Charity seufzte, als die Haustür ins Schloss fiel. Maes Weggang signalisierte gewöhnlich das Ende des Tages. Sofern kein Notfall eintrat, gab es bis zum Sonnenaufgang nichts mehr zu tun.

Seit Kurzem spielte Charity mit dem Gedanken, eine Sauna mit Solarium einbauen zu lassen. Das könnte einen Teil der erholungsuchenden Gäste anlocken. Sie hatte einige Preise eingeholt und sah im Geiste bereits den Sonnenraum an der Südseite des Gasthauses vor sich. Im Winter könnten die Gäste sich dort aufwärmen, wenn sie von ihren Wanderungen zurückkehrten.

Sie selbst würde es auch genießen, vor allem an jenen seltenen Wintertagen, wenn das Gasthaus leer war und es nichts zu tun gab.

Außerdem hegte sie den Langzeitplan, einen Geschenkartikelladen zu eröffnen, und zwar mit Waren einheimischer Künstler. Sie fragte sich, ob Ronald lange genug bleiben würde, um daran zu arbeiten.

Es war nicht klug, an ihn in Verbindung mit irgendwelchen ihrer Pläne zu denken. Wahrscheinlich war es nicht klug, überhaupt an ihn zu denken. Er war, wie sie selbst gesagt hatte, ein Vagabund. Männer wie er ließen sich nicht lange an einem Ort nieder.

Sie konnte nicht aufhören, an ihn zu denken. Beinahe vom ersten Moment an hatte er Gefühle in ihr geweckt. Er war ein attraktiver Mann, auf eine harte, gefährliche Art. Aber da war mehr. Etwas in seinen Augen? In seiner Stimme? In seiner Art, sich zu bewegen? Sie spielte mit den Kuchenkrümeln, während sie darüber nachdachte. Vielleicht lag es einfach daran, dass er so anders war als sie. Schweigsam, argwöhnisch, einzelgängerisch.

Mae hat recht, dachte Charity. Sie hatte schon immer eine Schwäche für Streuner und Pechvögel gehegt. Aber dies war anders. Sie schloss einen Moment die Augen und wünschte, sie könnte eine Erklärung dafür finden, warum es so anders war.

Nie zuvor hatte sie etwas Ähnliches erlebt wie die Gefühle, die durch Ronald in ihr entfacht worden waren. Es war mehr als nur körperlich. Sie konnte es sich jetzt eingestehen. Dennoch ergab es keinen Sinn. Aber sie hatte auch immer geglaubt, dass man von Gefühlen nicht erwarten konnte, dass sie einen Sinn ergaben.

Am Morgen, draußen auf der verlassenen Straße, hatte sie einen Moment lang gespürt, wie Emotionen von ihm ausströmten. Sie hatten beinahe beängstigend gewirkt in ihrer Geschwindigkeit und Stärke. Solche Gefühle konnten wehtun … demjenigen, der sie hegte, und demjenigen, der sie empfing. Sie hatten sie verwirrt und Sehnsucht in ihr geweckt.

Sie glaubte zu wissen, wie sein Mund schmecken würde. Nicht mild, nicht süß, sondern würzig und kräftig. Wenn er bereit war, würde er nicht fragen, er würde nehmen. Es beunruhigte sie, dass es ihr nicht missfiel. Sie war seit ihrer frühesten Jugend gewöhnt, ihren eigenen Kopf zu haben, ihre eigenen Entscheidungen zu treffen. Ein Mann wie Ronald hatte vermutlich wenig Respekt vor den Wünschen einer Frau.

Es wäre besser, viel besser, ihre Beziehung – ihre kurzfristige Beziehung – auf einer rein geschäftlichen Ebene zu halten. Freundlich, aber vorsichtig. Sie legte wieder das Kinn auf die verschränkten Hände. Es war ein Jammer, dass es ihr so schwerfiel, beides miteinander zu verbinden.

Ronald beobachtete, wie Charity mit den Krümeln auf ihrem Teller spielte. Ihr Haar war zerzaust, als hätte sie ungeduldig mit den Fingern darin gewühlt. Ihre nackten Füße lagen übereinander geschlagen auf dem Stuhl ihr gegenüber.

Entspannt. Er war sich nicht sicher, ob er jemals jemanden so entspannt gesehen hatte, außer im Schlaf. Es war ein scharfer Kontrast zu der brennenden Energie, die sie tagsüber antrieb.

Er wünschte, sie wäre in ihren Räumen. Er hatte verhindern wollen, ihr zu begegnen. Das war persönlich. Er musste sie aus dem Weg haben, damit er das Büro durchsuchen konnte. Das war beruflich.

Er wusste, dass er zurückweichen und sich außer Sicht halten sollte, bis sie sich zur Nacht zurückzog.

Was war an dieser stillen Szene so reizvoll, so unwiderstehlich? Die Küche war warm, und Essensdüfte hingen noch in der Luft. In einem Hängekorb über der Spüle wucherte eine grüne Blattpflanze. Jede Oberfläche hier in der Küche war geschrubbt, sauber und glänzte. Der riesige Kühlschrank summte.

Charity sah aus, als würde sie darauf warten, dass er hereinkam und sich zu ihr setzte, um über kleine, unbedeutende Dinge zu reden. Das war verrückt. Er wollte nicht, dass irgendeine Frau auf ihn wartete, und schon gar nicht sie.

Aber er wich nicht zurück in die Schatten des Speisesaals. Er trat auf sie zu, ins Licht.

»Ich dachte, die Leute auf dem Lande gehen früh schlafen.«

Sie zuckte zusammen, aber erholte sich rasch. Sie war beinahe an die lautlose Art gewöhnt, in der er sich bewegte. »Meistens. Mae hat mir Schokoladenkuchen und ein aufmunterndes Gespräch gegeben. Möchten Sie Kuchen?«

»Nein.«

»Umso besser. Sonst hätte ich auch noch ein Stück gegessen und mich krankgemacht. Keine Willenskraft. Wie wäre es mit einem Bier?«

»Ja. Danke.«

Sie stand träge auf, ging zum Kühlschrank und rasselte eine Reihe von Marken herunter. Er wählte eine aus und beobachtete, wie sie es in ein Glas goss. Sie ist nicht mehr verärgert, stellte er fest. Also war sie nicht nachtragend. Als er das Glas entgegennahm, vermutete er, dass sie beinahe alles verzieh, jedem vertraute und mehr gab, als erbeten wurde.

»Warum sehen Sie mich so an?«, murmelte sie.

Er nahm einen langen durstigen Schluck Bier. »Sie haben ein schönes Gesicht.«

Sie zog eine Augenbraue hoch, als er sich setzte und eine Zigarette hervorholte. Sie holte einen Aschenbecher aus einer Schublade und setzte sich neben ihn. »Ich nehme gern Komplimente entgegen, aber ich glaube nicht, dass das der Grund ist.«

»Es ist Grund genug für einen Mann, eine Frau anzusehen.« Er nippte am Glas. »Sie hatten heute Abend viel zu tun.«

»So viel, dass ich schnellstens eine neue Kellnerin anstellen muss. Ich hatte gar keine Gelegenheit, Ihnen für Ihre Hilfe mit den Dinnergästen zu danken.«

»Kein Problem. Sind die Kopfschmerzen weg?«

»Ja, danke. Der Ärger über Sie hat mich von Mary Alice abgelenkt, und Maes Schokoladenkuchen hat den Rest besorgt. Wie war Ihr Tag?«

Sie lächelte ihn an, ein ungezwungenes Angebot von Freundschaft, dem er schwer widerstehen konnte, das zu akzeptieren ihm aber unmöglich schien. »Ganz gut. Miss Millie hat gesagt, dass ihre Zimmertür klemmt. Also habe ich so getan, als hätte ich sie abgeschmirgelt.«

»Und ihr damit eine unheimliche Freude gemacht.«

Er konnte ein Lächeln nicht verhindern. »Ich glaube nicht, dass ich jemals so beliebäugelt wurde.«

»Oh, ich glaube schon.« Charity neigte den Kopf, um ihn aus einem neuen Winkel zu mustern. »Aber, mit Entschuldigung an Ihr Ego, in Miss Millies Fall handelt es sich eher um Kurzsichtigkeit als Begierde. Sie ist zu eitel, um vor irgendeinem Mann über zwanzig eine Brille zu tragen.«

»Mir ist es lieber, außerdem glaube ich doch, dass sie mich lüstern ansieht. Sie hat mir erzählt, dass sie seit 1952 zweimal im Jahr herkommt.« Er dachte einen Moment darüber nach, und es verwunderte ihn, dass jemand immer und immer wieder an denselben Ort zurückkehren konnte.

»Sie und Miss Lucy gehören schon fast zum Inventar. Als Kind dachte ich, wir wären verwandt.«

»Führen Sie das Geschäft schon lange?«

»Mit Unterbrechungen meine ganzen siebenundzwanzig Jahre lang.« Lächelnd neigte sie den Stuhl zurück. Sie entspannte sich mühelos und genoss es, andere entspannt zu sehen. Auch er wirkte nun so, mit den Beinen unter dem Tisch ausgestreckt und einem Glas in der Hand. »Sie wollen doch wohl nicht meine Lebensgeschichte hören, oder, Ronald?«

Er blies eine Rauchwolke aus. »Ich habe nichts anderes zu tun.« Und er wollte ihre Version dessen hören, was er in ihrer Akte gelesen hatte.

»Also gut. Ich wurde hier geboren. Meine Mutter verliebte sich ein bisschen später im Leben als die meisten. Sie war fast vierzig, als sie mich bekam, und zerbrechlich. Es gab Komplikationen. Nach ihrem Tod zog mein Großvater mich auf. Daher bin ich hier im Gasthaus aufgewachsen, abgesehen von der Zeit, die er mich fort zur Schule schickte. Ich liebte diesen Ort.«

Sie blickte sich in der Küche um. »In der Schule verzehrte ich mich nach dem allem hier – und nach Pop. Selbst im College vermisste ich es so sehr, dass ich jedes Wochenende mit der Fähre nach Hause kam. Aber er wollte, dass ich andere Orte sehe, bevor ich mich hier niederlasse. Ich sollte reisen, neue Ideen für das Gasthaus bekommen. New York sehen, New Orleans, Venedig. Ich weiß nicht …« Ihre Stimme verklang.

»Warum haben Sie es nicht getan?«

»Mein Großvater war krank. Ich war in meinem letzten College-Jahr, als ich herausfand, wie krank er war. Ich wollte abbrechen, nach Hause kommen, aber das hat ihn so aufgeregt, dass ich es für besser hielt, den Abschluss zu machen. Er hielt noch drei Jahre durch, aber es war … schwierig.« Sie wollte nicht über die Tränen und die Ängste reden oder über die Belastung, das Gasthaus zu leiten und gleichzeitig einen Fast-Invaliden zu versorgen. »Er war der tapferste, netteste Mann, den ich je gekannt habe. Er war so sehr ein Teil von hier, dass ich manchmal immer noch erwarte, ein Zimmer zu betreten und ihn zu sehen, wie er die Möbel auf Staub inspiziert.«

Ronald schwieg einen Moment, dachte ebenso an das, was sie ausgelassen hatte, wie an das, was sie erzählt hatte. Er wusste, dass ihr Vater als unbekannt galt – überall ein schwieriges Hindernis, aber besonders in einer Kleinstadt. In den letzten sechs Lebensmonaten ihres Großvaters hatten dessen Arztkosten das Gasthaus fast ruiniert. Aber über diese Dinge sprach sie nicht, und er konnte auch keinerlei Anzeichen von Bitterkeit entdecken. »Haben Sie je daran gedacht, das Gasthaus zu verkaufen und weiterzuziehen?«

»Nein. Oh, ich denke manchmal schon noch an Venedig. Es gibt Dutzende von Orten, die ich besuchen möchte. Solange ich das Gasthaus habe, um hierher zurückzukehren.« Sie stand auf, um ihm noch ein Bier zu holen. »Wenn man einen Betrieb wie diesen führt, lernt man Leute von überall kennen. Und man hört immer irgendwelche Geschichten über andere Orte.«

»Reisen aus zweiter Hand?«

Die Bemerkung traf sie, weil sie ihren eigenen Gedanken zu nahe kam. »Vielleicht.« Sie stellte ihm die Flasche hin, brachte dann ihr Geschirr zum Spülstein. Selbst das Wissen, dass sie überempfindlich war in diesem Punkt, hielt sie nicht davon ab, zornig zu werden. »Manchen von uns ist es eben bestimmt, langweilig zu sein.«

»Ich habe nicht gesagt, dass Sie langweilig sind.«

»Nein. Nun, ich bin es wohl für jemanden, der einfach weiterzieht, wann immer und wohin auch immer es ihm beliebt. Einfach, gesetzt und naiv.«

»Sie legen mir Worte in den Mund, Baby.«

»Das ist sehr leicht, Baby, da Sie selbst höchst selten welche hineinlegen. Löschen Sie das Licht, wenn Sie gehen.«

Ronald packte Charity beim Arm, als sie an ihm vorbeistürmte, in einer Reflexbewegung, die er fast schon bereute, bevor sie ausgeführt war. Doch es war getan, und der eingeschnappte, trotzige Blick, den sie ihm zuwarf, löste eine Kettenreaktion in ihm aus. Es gab Dinge, die er mit ihr tun konnte, auf die er brannte, die keiner von beiden je vergessen würde. »Warum sind Sie wütend?«

»Ich weiß nicht. Ich scheine nicht länger als zehn Minuten mit Ihnen reden zu können, ohne gereizt zu werden. Da ich normalerweise mit jedem auskomme, muss es an Ihnen liegen.«

»Da haben Sie vermutlich recht.«

Sie beruhigte sich ein wenig. Es war nicht seine Schuld, dass sie niemals irgendwo gewesen war. »Sie sind kaum achtundvierzig Stunden hier, und ich habe dreimal beinahe mit Ihnen gestritten. Das ist ein Rekord für mich.«

»Ich habe nicht mitgezählt.«

»Oh, ich glaube doch. Ich bezweifle, dass Sie auch nur irgendetwas vergessen. Waren Sie vielleicht Polizist oder etwas Ähnliches?«

Er musste sich bewusst bemühen, ein ausdrucksloses Gesicht zu behalten und nicht zu erstarren. »Warum?«

»Sie haben gesagt, dass Sie kein Künstler sind. Das war meine erste Vermutung.« Sie entspannte sich, obgleich er die Hand nicht von ihrem Arm genommen hatte. Zorn war etwas, das sie nur in schnellen, flüchtigen Ausbrüchen kannte. »Es ist die Art, wie Sie Leute ansehen, so als würden Sie Personenbeschreibungen und besondere Kennzeichen aufnehmen. Und manchmal, wenn ich mit Ihnen zusammen bin, fühle ich mich, als sollte ich mich auf ein Verhör vorbereiten. Dann sind Sie vielleicht Schriftsteller? Wenn man in der Hotelbranche ist, bekommt man einen guten Blick dafür, welchen Beruf die Leute ausüben.«

»Diesmal irren Sie sich.«

»Nun, was sind Sie dann?«

»Derzeitig bin ich Faktotum.«

Sie zuckte die Schultern. »Eine andere Eigenschaft der Hotelmenschen ist das Respektieren der Privatsphäre, aber wenn Sie sich als Massenmörder herausstellen, wird Mae mir ewig Vorwürfe machen.«

»Gewöhnlich bringe ich nur eine Person zur selben Zeit um.«

»Das erleichtert mich ungemein.« Sie ignorierte die plötzliche Angst, dass er die schlichte Wahrheit gesagt haben könnte. »Sie halten übrigens immer noch meinen Arm fest.«

»Ich weiß.«

»Soll ich Sie bitten, mich loszulassen?«

»Ich würde mir nicht die Mühe machen.«

Sie holte tief Luft. »Also gut. Was wollen Sie, Ronald?«

»Diese Sache aus dem Weg räumen, für uns beide.«

Er erhob sich. Ihr Schritt zurück war instinktiv und überraschender für sie als für ihn. »Das halte ich nicht für eine gute Idee.«

»Ich auch nicht.« Mit der freien Hand hob er ihr Haar hoch. Es war weich, wie er vermutet hatte. Dicht und voll und so weich, dass seine Finger hineintauchten und verloren waren. »Aber ich bereue lieber etwas, was ich getan habe, als etwas, was ich nicht getan habe.«

»Ich bereue lieber gar nichts.«

»Zu spät.« Er hörte sie nach Atem ringen, als er sie an sich riss. »So oder so, wir werden beide viel zu bereuen haben.«

Er war vorsätzlich grob. Er wusste, wie sanft er sein konnte, obgleich er das Wissen selten anwandte. Zu ihr hätte er es sein können. Vielleicht schob er deswegen jeden Wunsch nach Zärtlichkeit beiseite. Er wollte sie erschrecken, wollte sichergehen, dass sie vor ihm davonlief, wenn er sie losließ, weil er so sehr wollte, dass sie zu ihm lief.

Tief im Innern hegte er die Hoffnung, dass er sie genügend verängstigen, sie genügend abstoßen konnte, damit sie ihn fortschickte. Wenn sie es tat, war sie sicher vor ihm, und er war es vor ihr. Er dachte, er könnte es schnell vollbringen. Dann, plötzlich, war es ihm unmöglich, überhaupt zu denken.

Sie schmeckte himmlisch. Er hatte nie an den Himmel geglaubt, aber der Geschmack lag auf ihren Lippen, rein und süß und vielversprechend. Ihre Hand war zu seiner Brust gewandert, in einer automatischen Abwehrbewegung. Doch sie wehrte ihn nicht ab, wie er erwartet hatte. Sie erwiderte seinen harten, beinahe brutalen Kuss mit Leidenschaft und einem Schuss Vertrauen.

Sein Kopf wurde leer. Es war eine erschreckende Erfahrung für einen Mann, der seine Gedanken unter solch strenger Kontrolle hielt. Dann nahm er alles von ihr auf, ihren Duft, ihre Berührung, ihren Geschmack.

Er wich zurück – um seinetwillen, nicht um ihretwillen. Er war ein Überlebenskünstler, war es schon immer gewesen. Sein Atem ging schnell und rau. Eine Hand war noch immer in ihren Haaren vergraben, und die andere umklammerte ihren Arm. Er konnte sie nicht freigeben. Sosehr er sich auch ermahnte, sie loszulassen, sich abzuwenden und davonzugehen, er konnte sich nicht bewegen. Er starrte sie an und sah sein Spiegelbild in ihren Augen.

Er verwünschte sie – ein letztes rasches Leugnen –, bevor er seinen Mund erneut auf ihren presste. Es war nicht der Himmel, dem er zustrebte, wie er sich sagte. Es war die Hölle.

Sie wollte ihn besänftigen, aber er gab ihr keine Gelegenheit. Wie zuvor sandte er sie an einen heißen, luftleeren Ort, an dem nur für Gefühle Raum war.

Sie hatte recht gehabt. Sein Mund war nicht weich, er war hart und rücksichtslos und unwiderstehlich. Ohne Zögern, ohne Gedanken an Selbstschutz öffnete sie sich für ihn, nahm begierig, was er bot, gab selbstlos, was er verlangte.

Charitys Rücken war an die glatte kühle Fläche des Kühlschranks gepresst, gefangen von Ronalds festem, straffem Körper. Wäre es möglich gewesen, hätte sie ihn näher an sich gezogen.

Sein Gesicht war rau, zerkratzte ihres, und sie erzitterte, denn sogar das erregte sie. Verzweifelt grub sie sich in seine Unterlippe und verspürte eine neue Woge der Erregung, als er stöhnte und den schon bodenlosen Kuss noch vertiefte.

Sie wollte berührt werden. Sie versuchte ihm dieses neue, zwingende Verlangen zuzuflüstern, aber sie brachte nur ein Stöhnen zustande. Ihr Körper schmerzte. Allein die Vorstellung seiner streichelnden Hände auf ihrem Körper ließ sie erschauern.

Einen Moment lang schlugen ihre Herzen im selben wilden Rhythmus aneinander. Dann riss er sich los, in dem Bewusstsein, dass er sehr nahe an eine Grenze gekommen war, die er nicht zu überschreiten wagte. Er konnte kaum atmen, noch weniger denken. Bis er sich sicher war, dass er beides konnte, schwieg er.

»Gehen Sie zu Bett, Charity.«

Sie blieb, wo sie war, davon überzeugt, dass ihre Beine nachgeben würden, wenn sie einen Schritt täte. Er war ihr noch immer so nahe, dass sie die Hitze seines Körpers spürte. Doch sie blickte in seine Augen und erkannte, dass er bereits außer Reichweite war. »Einfach so?«

Schmerz. Er hörte ihn aus ihrer Stimme und wünschte, sich einreden zu können, dass sie ihn selbst verursacht hatte. Er griff nach seinem Bier, überlegte es sich aber anders, als er merkte, dass seine Hand zitterte. Nur eines war klar: Er musste sie loswerden, bevor er sie erneut berührte. »Sie sind nicht der Typ für eine schnelle Nummer auf dem Küchenfußboden.«

Die Farbe, die die Leidenschaft ihr ins Gesicht getrieben hatte, verschwand. »Nein. Zumindest bin ich es nie gewesen.« Nach einem tiefen beruhigenden Atemzug trat sie vor. Sie war dafür, sich den Tatsachen zu stellen, selbst den unangenehmen. »Ist das alles, was es gewesen wäre, Ronald?«

Er ballte die Hand zur Faust. »Ja. Was sonst?«

»Ich verstehe.« Sie blickte ihm weiterhin in die Augen und wünschte, ihn hassen zu können. »Ich bedaure Sie.«

»Tun Sie es nicht.«

»Sie sind nur für Ihre Gefühle verantwortlich, nicht für meine. Und Sie tun mir nun einmal leid. Manche Menschen verlieren ein Bein oder eine Hand oder ein Auge, und entweder verkraften sie den Verlust, oder sie werden bitter. Ich kann nicht sehen, welcher Teil Ihnen fehlt, Ronald, aber es ist genauso tragisch.« Er antwortete nicht. Sie hatte es auch nicht erwartet. »Vergessen Sie das Licht nicht.«

Er wartete, bis sie gegangen war, bevor er nach einem Streichholz kramte. Er brauchte Zeit, um seinen Kopf – und seine Hände – unter Kontrolle zu bringen, bevor er das Büro durchsuchte. Was ihn beunruhigte, war, dass es wesentlich länger dauern würde, sein Herz unter Kontrolle zu bringen.

Beinahe zwei Stunden später wanderte Ronald anderthalb Meilen zur nächsten Tankstelle, um die Telefonzelle zu benutzen. Die Straße war still, das winzige Dorf dunkel. Der Wind hatte aufgefrischt, und es roch nach Regen.

Er wählte und wartete auf die Verbindung.

»Conby.«

»DeWinter.«

»Sie sind spät dran.«

Ronald blickte nicht zur Uhr. Er wusste, dass es an der Ostküste beinahe drei Uhr morgens war. »Habe ich Sie geweckt?«

»Kann ich davon ausgehen, dass Sie sich etabliert haben?«

»Ja, ich bin drinnen. Die Schiebung mit dem Lottogewinn hat mir den Weg freigemacht. Der platte Reifen hat mir einen Anknüpfungspunkt gegeben. Miss Ford ist … vertrauensvoll.«

»Das bedeutet nicht, dass sie nicht ehrgeizig ist. Was hat sich ergeben?«

Ein Fall von schlechtem Gewissen, dachte Ronald, während er ein Streichholz entzündete, ein sehr schlimmer Fall. »Ihre Räume sind sauber.« Er verstummte und hielt die Flamme an das Ende seiner Zigarette. »Es ist gerade eine Reisegruppe da, überwiegend Kanadier. Ein paar haben Geld gewechselt. Nicht über hundert.«

Die Pause war sehr kurz. »Das ist kaum genug, um das Geschäft lohnenswert zu machen.«

»Ich habe eine Liste aus dem Büro. Die Namen und Adressen der eingetragenen Gäste.«

Eine weitere längere Pause trat ein, und ein raschelndes Geräusch, das Ronald verriet, dass sein Kontaktmann nach Schreibmaterial suchte. »Lassen Sie hören.«

Ronald las die Liste vor, die er sich kopiert hatte. »Block ist der Reiseleiter. Er kommt regelmäßig, einmal die Woche, für zwei oder drei Nächte.«

»›Vision Tours‹.«

»Genau.«

»Wir haben dort einen Mann. Konzentrieren Sie sich auf Ford und ihre Belegschaft.« Das leise Klopfen von Conbys Bleistift auf dem Notizblock erklang. »Auf keinen Fall können Sie die Sache ohne einen Insider durchziehen. Diese Charity Ford ist die offensichtliche Antwort.«

»Es passt nicht zusammen.«

»Wie bitte?«

Ronald trat die Zigarette unter seinem Stiefelabsatz aus. »Ich sagte, es passt nicht zusammen. Ich habe sie beobachtet. Ich habe ihr Privatkonto überprüft, verdammt. Sie hat weniger als dreitausend in bar. Alles andere fließt in das Gasthaus für neue Laken und Seife.«

»Ich verstehe.« Erneut eine Pause. »Unsere Miss Ford hat wohl noch nie von Schweizer Bankkonten gehört, wie?«

»Sie ist nicht der Typ, Conby. Es ist der falsche Blickwinkel.«

»Ich kümmere mich um die Winkel, DeWinter. Kümmern Sie sich um Ihren Job. Ich sollte Sie nicht erst daran erinnern müssen, dass wir fast ein Jahr gebraucht haben, um dieser Sache auf die Spur zu kommen. Das Büro will es schnell abwickeln, und das erwarte ich von Ihnen. Wenn Sie ein persönliches Problem dabei haben, dann lassen Sie es mich jetzt wissen.«

»Nein.« Er wusste, dass persönliche Probleme nicht erlaubt waren. »Wenn Sie Zeit und das Geld der Steuerzahler verschwenden wollen, soll es mir recht sein. Ich melde mich wieder.«

»Tun Sie das.«

Ronald legte auf. Er fühlte sich etwas besser, während er finster den Hörer anstarrte und sich vorstellte, dass Conby eine schlaflose Nacht verbrachte. Conby würde einen armen Angestellten anrufen und die Liste in den Computer eingeben lassen. Dann würde er in seinem unbehaglichen Haus am Stadtrand von Washington seinen Kaffee trinken und auf die Resultate warten.

Die unangenehmen und schmutzigen Arbeiten würde er, wie immer, anderen überlassen.

So läuft das Spiel nun mal ab, sagte Ronald sich, während er den langen Rückweg zum Gasthaus antrat. Doch in letzter Zeit wurde er der Spielregeln sehr müde.

Charity hörte Ronald zurückkehren. Neugierig blickte sie zur Uhr. Es war kurz nach eins, und der Regen hatte eine halbe Stunde zuvor eingesetzt.

Sie fragte sich, wo Ronald gewesen sein mochte. Seine Sache, sagte sie sich, während sie sich im Bett umdrehte und versuchte, sich vom Prasseln des Regens einlullen zu lassen. Solange er seine Arbeit erledigte, konnte er kommen und gehen, wie es ihm beliebte. Wenn er im Regen spazieren gehen wollte, sollte es ihr nur recht sein.

Wie hatte er sie so küssen und dabei nichts empfinden können? Sie presste die Augen zu und verwünschte sich selbst. Sie hatte sich um ihre eigenen Gefühle zu sorgen, nicht um Ronalds. Das Problem war, dass sie immer zu viel fühlte. Diesmal konnte sie sich diesen Luxus nicht leisten.

Irgendetwas war mit ihr geschehen, als er sie geküsst hatte. Etwas Aufregendes, das tief in ihr Inneres gedrungen war und endlose Möglichkeiten geweckt hatte. Nein, keine Möglichkeiten, dachte sie kopfschüttelnd, sondern Fantasien. Wenn sie klug wäre, würde sie diesen einen Moment der Erregung hinnehmen und aufhören, mehr zu wollen. Vagabunden ließen sich nicht auf gefühlsmäßige Bindungen ein. Sie hatte den besten Beweis vor sich.

Charitys Mutter hatte sich einem Vagabunden zugewandt und ihm ihr Herz, ihr Vertrauen, ihren Körper geschenkt. Sie war schließlich schwanger und allein zurückgeblieben. Monatelang hatte sie ihm nachgetrauert. Sie war im selben Krankenhaus gestorben, in dem ihr Baby geboren worden war, nur wenige Tage später. Betrogen, verlassen und voller Scham.

Erst nach dem Tod ihres Großvaters hatte Charity das Ausmaß dieser Scham entdeckt. Er hatte das Tagebuch ihrer Mutter aufbewahrt. Charity hatte es verbrannt, nicht aus Scham, sondern aus Mitleid. Sie würde ihre Mutter stets als eine tragische Gestalt ansehen, die Liebe gesucht und nicht gefunden hatte.

Aber ich bin nicht wie meine Mutter, sagte sie sich, während sie wach lag und dem Regen lauschte. Sie war weit weniger zerbrechlich. Ihr Leben lang hatte sie die wärmende Liebe gespürt.

Nun war ein Vagabund in ihr Leben getreten. Er hatte von Reue gesprochen, wie sie sich erinnerte. Und sie befürchtete, dass sie bereuen würde, was auch immer zwischen ihnen geschehen mochte – oder auch nicht geschehen mochte.

4. Kapitel

Der Regen hielt den ganzen Morgen an, sanft, gemächlich, beständig. Er brachte Kälte mit sich und eine Düsterkeit, die nicht weniger reizvoll wirkte als Sonnenschein. Wolken hingen über dem Wasser, verwandelten alles in verschiedene Grautöne. Regentropfen prasselten auf das Dach und an die Fenster, ließen das Gasthaus umso abgeschiedener wirken. Gelegentlich frischte der Wind auf, rüttelte an den Fensterscheiben.

Im Morgengrauen beobachtete Ronald, wie Charity, in eine Windjacke gehüllt, Ludwig zu seinem morgendlichen Lauf ausführte. Und er sah sie vierzig Minuten später tropfnass zurückkommen. Er hörte die Musik in ihrem Zimmer erklingen, nachdem sie durch den Hintereingang hinaufgegangen war. Diesmal hatte sie etwas Ruhiges mit vielen Geigen gewählt. Er bedauerte es, als die Musik aufhörte und Charity den Flur entlang zum Speisesaal eilte.

Von seiner Position im zweiten Stock konnte er das Treiben in der Küche nicht hören, aber er konnte es sich vorstellen. Mae und Dolores würden sich zanken, während Waffeln und Brötchen gebacken wurden. Charity würde hastig eine Tasse Kaffee trinken, bevor sie hinauseilte, um der Kellnerin beim Decken der Tische zu helfen und das Morgenmenü aufzuschreiben.

Ihr Haar war gewiss feucht und ihre Stimme ruhig, während sie Dolores' tägliche Beschwerden beschwichtigte. Sie roch bestimmt nach Regen. Wenn die Frühaufsteher kamen, würde sie lächeln, sie mit Namen begrüßen und ihnen das

Gefühl vermitteln, eine Mahlzeit im Haus eines alten Freundes einzunehmen.

Das ist ihr größtes Geschick, überlegte Ronald. Einem Fremden das Gefühl zu geben, zu Hause zu sein.

Konnte sie so unkompliziert sein, wie sie wirkte? Ein Teil von ihm wollte es unbedingt glauben. Ein anderer Teil von ihm fand es unmöglich. Er hätte den Kuss am Vorabend nicht als unkompliziert bezeichnet. Es schien widersprüchlich, dass eine Frau mit so beruhigendem Blick und so sanfter Stimme von einer derart tobenden Leidenschaft ergriffen werden konnte. Dennoch war es geschehen. Vielleicht war ihre Leidenschaft ebenso gespielt wie ihre ruhige Gelassenheit.

Es ärgerte ihn. Allein die Erinnerung an seine hilflose Reaktion auf sie machte ihn wütend. Deshalb zwang er sich, die Lage weiter zu analysieren. Wenn er sich von dem angezogen fühlte, was Charity zu sein schien, dann war es nur einleuchtend. Er führte ein einsames und oft turbulentes Leben. Obgleich er es sich ausgesucht hatte und so bevorzugte, war es nicht ungewöhnlich, dass er sich zu einer Frau hingezogen fühlte, die all das repräsentierte, was er nie gehabt hatte. Und nie gewollt hatte, sagte er sich.

Er hatte nicht vor zu behaupten, in Charity irgendwelche Antworten gefunden zu haben. Die einzigen Antworten, die er suchte, betrafen seinen Job.

Erst einmal wollte er abwarten, bis der allmorgendliche Ansturm vorüber war. Erst wenn Charity dann in ihrem Büro beschäftigt war, würde er in die Küche hinuntergehen und sich von Mae Frühstück geben lassen.

Da ist eine Frau, die mir nicht traut, dachte Ronald mit einem Grinsen. Sie hatte keine einzige naive Ader in ihrem üppigen Körper. Und abgesehen von Charity gab es niemanden, da war er sicher, der die Vorgänge im Gasthaus besser kannte als sie.

Ja, er würde sich Mühe geben und seinen Charme bei Mae spielen lassen. Und er beabsichtigte, eine gewisse Distanz zu Charity zu wahren. Vorläufig.

»Du siehst ziemlich verhärmt aus heute Morgen.«

»Oh, herzlichen Dank.« Charity unterdrückte ein Gähnen, während sie sich eine Tasse Kaffee einschenkte. Verhärmt war nicht der richtige Ausdruck. Sie war erschöpft bis auf die Knochen. Ihr Körper war es nicht gewöhnt, mit nur drei Stunden Schlaf zu funktionieren. Das habe ich Ronald zu verdanken, dachte sie.

»Setz dich.« Mae deutete zum Tisch. »Ich brate dir Eier.«

»Ich habe keine Zeit. Ich ...«

»Setz dich«, wiederholte Mae und wedelte mit einem Holzlöffel. »Du brauchst was zum Futtern.«

»Mae hat recht«, warf Dolores ein. »Nur mit Kaffee kann ein Körper nicht arbeiten. Du brauchst Proteine und Kohlenhydrate.« Sie stellte ein Rosinenbrötchen auf den Tisch. »Wenn ich nicht genügend Proteine zu mir nehme, fühle ich mich ganz schwach.« Im Moment gefiel es ihr, sich genauso um Charity zu sorgen wie um sich selbst. »Wenn du mich fragst, könnte sie knusprigen Schinken zu den Eiern gebrauchen, Mae.«

»Ich brate ihn schon.«

Charity setzte sich, da sie in der Minderheit war. Die beiden Frauen konnten streiten, aber wenn es um eine gemeinsame Sache ging, hielten sie zusammen wie Pech und Schwefel. »Ich bin nicht verhärmt«, verteidigte sie sich. »Ich habe nur nicht gut geschlafen.«

»Ein warmes Bad vor dem Schlafengehen«, verordnete Mae, als der Schinkenspeck in der Pfanne brutzelte. »Nicht heiß. Lauwarm.«

»Mit Badesalz. Nicht Schaum oder Öl«, fügte Dolores

hinzu und stellte ein Glas Saft auf den Tisch. »Gutes, altmodisches Badesalz. Ist es nicht so, Mae?«

»Könnte nicht schaden.« Mae war zu sehr um Charity besorgt, um an Streit zu denken. »Du arbeitest zu viel, Mädchen.«

»Das stimmt«, sagte Charity, weil es der einfachste Weg war. »Und ich habe keine Zeit für ein gemächliches Frühstück, weil ich mich um eine neue Kellnerin kümmern muss, damit ich nicht mehr so viel zu arbeiten brauche. Ich habe eine Annonce in die heutige Morgenzeitung gesetzt. Also müssten bald Anrufe kommen.«

»Ich habe Bob aufgetragen, die Annonce zu stornieren«, verkündete Mae und schlug ein Ei in die Pfanne.

»Was? Warum?«, fuhr Charity auf. »Verdammt, wenn du glaubst, dass ich Mary Alice wieder einstelle, nachdem ...«

»Keineswegs, und beschimpfe mich nicht, junge Dame.«

»Gereizt.« Dolores schnalzte missbilligend mit der Zunge. »Das kommt davon, wenn man zu viel arbeitet.«

»Es tut mir leid«, murmelte Charity. »Aber Mae, ich habe damit gerechnet, bis Ende der Woche eine neue Kraft zu haben.«

»Die Tochter meines Bruders hat ihren nichtsnutzigen Ehemann in Toledo verlassen und ist nach Hause zurückgekommen. Bonnie ist ein gutes Mädchen. Hat hier ein paar Mal im Sommer gearbeitet, während sie zur Schule ging.«

»Ja, ich erinnere mich. Sie hat einen Musiker geheiratet.«

Mit finsterer Miene nahm Mae die Eier aus der Pfanne. »Saxofonbläser«, sagte sie, als erkläre das alles. »Sie war es leid, im Wohnwagen herumzuziehen, und ist vor ein paar Wochen nach Hause gekommen. Sie sucht Arbeit.«

Mit einem Seufzer strich Charity sich durch das Haar. »Warum hast du mir das nicht vorher gesagt?«

»Vorher hast du niemanden gebraucht.« Mae stellte die Eier auf den Tisch. »Jetzt brauchst du jemanden.«

Charity blickte auf, als Mae den Herd zu säubern begann. Das Herz der Köchin war so groß wie alles andere an ihr. »Wann kann sie anfangen?«

Mae räusperte sich. »Ich habe ihr gesagt, dass sie heute Nachmittag vorbeikommen soll, damit du sie dir ansehen kannst. Ich erwarte nicht, dass du sie einstellst, wenn sie dir nicht zusagt.«

»Nun, dann.« Charity griff zur Gabel. Erfreut, dass eine Aufgabe erledigt war, streckte sie die Beine aus und legte die Füße auf einen leeren Stuhl. »Ich habe wohl doch Zeit fürs Frühstück.«

Ronald trat durch die Schwingtür und fluchte beinahe laut. Er hatte angenommen, dass Charity inzwischen einer ihrer Dutzenden Pflichten nachging. Stattdessen saß sie in der warmen, duftenden Küche, fast wie am Vorabend. Mit einem verräterischen Unterschied: Sie war nun nicht entspannt.

Ihr Lächeln schwand in dem Moment, als er eintrat. Langsam nahm sie die Füße vom Stuhl und richtete sich auf. Er sah, wie sich ihr Körper versteifte, beinahe Muskel für Muskel. Ihre Gabel hielt auf halbem Wege zum Mund inne. Dann wandte sie sich ein wenig von ihm ab und aß weiter. Die Geste kam wohl einem Schlag ins Gesicht so nahe wie nur möglich.

Er verwarf die Idee von Frühstück und Geplauder in der Küche. Vorläufig wollte er sich mit Kaffee begnügen.

»Hab mich schon gewundert, wo Sie stecken«, sagte Mae, als sie erneut Schinkenspeck aus dem Kühlschrank nahm.

»Ich wollte Ihnen nicht im Weg sein.« Er deutete zur Kaffeekanne. »Ich dachte mir, ich nehme mir eine Tasse mit.«

»Sie brauchen was zum Futtern.« Dolores legte eine Platzdecke gegenüber von Charity auf den Tisch. »Oder etwa nicht, Mae? Ohne ein vernünftiges Frühstück kann ein Mann nicht arbeiten.«

Mae goss eine Tasse Kaffee ein. »Er sieht aus, als könnte er recht gut mit leerem Magen arbeiten.«

Das stimmt, dachte Charity. Er hatte bereits gearbeitet, als sie den Westflügel verlassen hatte, und konnte nicht mehr geschlafen haben als sie. Aber er sah überhaupt nicht mitgenommen aus. »Die Mahlzeiten sind ein Teil Ihrer Bezahlung, Ronald.« Obgleich ihr der Appetit vergangen war, knabberte sie an dem Schinken. »Ich glaube, Mae hat noch Pfannkuchenteig übrig, falls Sie keine Eier möchten.«

Es war eine ungewohnt kühle Einladung. So kühl, dass Dolores den Mund zu einer Bemerkung öffnete. Mae stieß sie hastig an, mit warnendem Blick.

Er nahm den Becher, den Mae ihm hinstellte, und trank den Kaffee schwarz. »Eier sind mir recht«, sagte er, doch er setzte sich nicht. Die einladende Atmosphäre, die gewöhnlich zur Küche gehörte, war wie weggeblasen.

Ich werde mich nicht schuldig fühlen, sagte Charity sich und ignorierte einen strafenden Blick von Dolores. Schließlich war sie die Chefin, und ihre Beziehung zu Ronald war rein geschäftlich. Doch sie konnte das lange gespannte Schweigen nicht ertragen.

»Mae, ich möchte gern Teegebäck und Sandwiches für heute Nachmittag. Der Regen soll den ganzen Tag anhalten, also werden wir Musik und Tanz im Gesellschaftsraum veranstalten.« Sie zog einen Notizblock aus der Blusentasche. »Fünfzig Sandwiches müssten reichen. Wir kochen je eine große Kanne Tee und Kakao.«

»Um welche Zeit?«

»Um drei Uhr, finde ich. Dann servieren wir um fünf den Wein für diejenigen, die bleiben wollen. Deine Nichte kann aushelfen.« Sie begann sich Notizen zu machen.

Sie sieht so müde aus, dachte Ronald. Blass und überraschend zerbrechlich. Ihr Haar war zu zarten dunklen

Löckchen getrocknet. Wie gern wollte er es ihr aus der Stirn streichen und die Farbe in ihre bleichen Wangen zurückkehren sehen.

»Iss deine Eier auf«, befahl Mae. Dann nickte sie Ronald zu. »Ihre sind gleich fertig.«

»Danke.« Er setzte sich und wünschte ebenso inbrünstig wie Charity, zehn Meilen entfernt zu sein.

Dolores beklagte sich darüber, dass der Regen ihre Nasenschleimhaut anschwellen ließ.

»Reichen Sie mir bitte das Salz«, murmelte Ronald.

Charity schob es in seine Richtung. Ihre Finger berührten sich flüchtig, und sie zuckte zurück.

»Danke.«

»Keine Ursache.« Charity stach die Gabel in die Eier. Sie wusste aus Erfahrung, dass es schwierig war, aus der Küche zu entkommen, ohne ihren Teller zu leeren, und sie wollte es schnell tun.

»Schöner Tag«, sagte er, weil er wollte, dass sie ihn wieder ansah. Sie tat es, und aufgestauter Zorn funkelte in ihren Augen. Es war ihm lieber als die kühle Höflichkeit zuvor.

»Ich mag den Regen.«

»Wie ich gesagt habe – es ist ein schöner Tag.« Er brach ein Stück von seinem Brötchen ab.

Dolores schnäuzte sich kräftig. Ein belustigtes Lächeln spielte um Charitys Mundwinkel, bevor sie es zu unterdrücken vermochte. »Sie finden die Farbe, die Sie brauchen, im Vorratskeller. Sie ist mit den entsprechenden Räumen gekennzeichnet.«

»In Ordnung.«

»Pinsel und Rollen sind auch dort. Gleich rechts auf der Werkbank.«

»Ich werde sie schon finden.«

»Gut. In Haus 4 tropft ein Hahn.«

»Ich werde ihn mir ansehen.«

Sie wollte nicht, dass er so verdammt gefällig war. Sie wollte ihn ebenso angespannt und verstimmt sehen, wie sie es war. »In Haus 2 klemmt das Fenster.«

Er blickte sie gleichmütig an. »Ich werde es richten.«

Sie bemerkte, dass Dolores sich nicht länger beklagte, sondern sie anstarrte. Sogar Mae runzelte die Stirn über ihrer Rührschüssel. Ach, zum Teufel, dachte Charity und schob ihren Teller fort. Eigentlich hatte sie beabsichtigt, sich selbst um diese Kleinigkeiten zu kümmern. Nun nahm sie einen Schlüsselbund aus der Tasche und reichte ihn Ronald. »Bringen Sie die Schlüssel ins Büro zurück, sobald Sie fertig sind.«

»Ja, Ma'am.« Er ließ die Schlüssel in seine Brusttasche fallen. »Ist sonst noch etwas?«

»Ich werde es Sie wissen lassen.« Sie stand auf, trug ihren Teller zur Spüle und marschierte hinaus.

»Was ist bloß in sie gefahren?«, wollte Dolores wissen. »Sie sieht aus, als würde sie am liebsten jemandem den Kopf abreißen.«

»Sie hat nur nicht gut geschlafen.« Besorgter, als sie sich anmerken lassen wollte, stellte Mae die Rührschüssel nieder. Weil sie sich wie die Mutter eines schlecht erzogenen Kindes fühlte, trug sie die Kaffeekanne zu Ronald und schenkte ihm eine zweite Tasse ein. »Charity ist heute Morgen nicht ganz auf der Höhe. Sie ist überarbeitet.«

»Ich habe ein dickes Fell.« Doch es hatte ihn getroffen. »Vielleicht sollte sie mehr Arbeit an andere übertragen.«

»Das Mädchen? Ha!« Erfreut, dass er sich nicht beklagte, wurde Mae mitteilsamer. »Das liegt ihr nicht. Sie fühlt sich verantwortlich, wenn sich ein Gast einen Zeh stößt. Genau wie ihr Grandpa.« Sie schüttete ein Tütchen mit Vanillezucker in die Schüssel und rührte weiter. »In allem, was hier passiert, hat sie die Finger drin – außer in meiner Kocherei.«

Ihr breites Gesicht verzog sich zu einem Lächeln. »Ich habe sie aus der Küche gescheucht, als sie noch ein Kind war, und ich kann es auch heute noch, wenn es sein muss.«

»Das Mädchen kann kein Wasser kochen, ohne den Topf anzusengen«, warf Dolores ein.

»Sie könnte, wenn sie wollte«, entgegnete Mae verteidigend. »Sie hat es nicht nötig zu kochen, solange sie mich hat, und sie ist klug genug, es zu wissen. Aber alles andere trägt ihren Stempel. Sie nimmt ihre Pflichten sehr ernst.«

»Das ist eine bewundernswerte Eigenschaft«, meinte Ronald. »Sie arbeiten wohl schon sehr lange hier, oder?«

»Achtundzwanzig Jahre im kommenden Juni.« Mae deutete mit dem Kopf zu Dolores. »Sie ist acht Jahre hier.«

»Neun«, korrigierte Dolores. »Diesen Monat werden es neun.«

»Es scheint, dass die Leute hierbleiben, wenn sie hier einmal zu arbeiten angefangen haben.«

»Da haben Sie recht«, bestätigte Mae.

»Das Gasthaus scheint wirklich loyales, hart arbeitendes Personal zu haben.«

»Charity macht es einem leicht. Sie hatte vorhin nur ein bisschen schlechte Laune.«

»Sie hat müde ausgesehen«, sagte Ronald bedächtig und ignorierte den Anflug von schlechtem Gewissen. »Vielleicht ruht sie sich heute ein wenig aus.«

»Sehr unwahrscheinlich.«

»Aber das Haushaltspersonal scheint auszureichen, und um die Buchführung kümmert sich Bob.«

»Sie wird ein Bett finden, das zu machen ist, und sie wird ihre Nase in die Bücher stecken und jede Spalte prüfen.« Stolz klang aus Maes Stimme, während sie Mehl in die Rührschüssel gab. »Nicht, dass sie ihren Angestellten nicht traut. Ihr bliebe nur das Herz stehen, wenn eine Rechnung zu spät bezahlt oder eine Bestellung vertauscht würde. Es geht darum, dass sie lieber sich selbst als jemand anderen verantwortlich macht, wenn ein Fehler unterläuft.«

»Ich nehme an, ihr entgeht nicht viel.«

»Charity wüsste, wenn eine Serviette mit einem Fleck aus der Wäsche zurückkäme«, bestätigte Mae. »Trink eine heiße Zitrone«, riet sie Dolores, als diese sich erneut schnäuzte.

»Heißen Tee mit Honig«, entgegnete Dolores.

»Zitrone. Honig verklebt die Kehle.«

»Meine Mutter hat mir immer heißen Tee mit Honig gegeben«, beharrte Dolores.

Sie stritten noch immer darüber, als Ronald aus der Küche schlüpfte.

Ronald verbrachte die meiste Zeit zurückgezogen im Westflügel. Die Arbeit half ihm nachzudenken. Obgleich er Charity einige Male vorbeikommen hörte, suchte keiner von beiden die Gesellschaft des anderen. Er konnte objektiver sein, erkannte er, wenn er nicht in ihrer Nähe war.

Maes Bemerkungen hatten seine Beobachtungen und die Informationen, die ihm gegeben worden waren, untermauert. Charity Ford führte das Gasthaus von oben bis unten. Was immer vorging, geschah direkt vor ihren Augen. Logischerweise bedeutete es, dass sie voll in die Operation verwickelt war, ja die Operation vielleicht sogar leitete, die zu zerstören er gekommen war.

Und dennoch ... was er am Vorabend zu Conby gesagt hatte, traf immer noch zu. Es passte nicht zusammen. Die Frau arbeitete beinahe rund um die Uhr, um mit dem Gasthof Erfolg zu haben. Er hatte sie alles tun sehen, vom Blumenumtopfen bis hin zum Schleppen von Feuerholz. Und wenn sie nicht eine erstaunliche Schauspielerin war, machte ihr auch alles Spaß.

Sie wirkte nicht wie der Typ, der auf leichte Art zu Geld kommen wollte. Und sie schien auch nicht der Typ zu sein, der all die Dinge ersehnte, die man mit leichtem Geld kaufen konnte. Aber das sagte ihm sein Instinkt, es war keine Tatsache.

Das Problem lag darin, dass Conby Tatsachen verlangte. Ronald verließ sich stets auf seinen Instinkt. Sein Job bestand darin, Charitys Schuld, nicht ihre Unschuld zu beweisen. Doch in weniger als zwei Tagen hatten sich seine Prioritäten geändert.

Es ging nicht nur darum, dass er sie attraktiv fand. Er hatte schon andere Frauen attraktiv gefunden und ohne Bedenken überführt. Das war Gerechtigkeit. Eines der wenigen Dinge, an die er ohne Vorbehalt glaubte, war Gerechtigkeit.

Bei Charity musste er sichergehen, dass seine Schlussfolgerungen über sie auf mehr als nur den Gefühlen basierten, die sie in ihm erweckte. Gefühle und Instinkte waren etwas anderes. Wenn ein Mann in seiner Position sich gestattete, von Gefühlen beeinflusst zu werden, dann war er nutzlos.

Woran lag es dann? So lange und so gründlich er es auch durchdachte, er konnte nicht einen einzigen speziellen Grund feststellen, warum er sich ihrer Unschuld so sicher war. Weil es das Ganze ist, erkannte er. Sie, das Gasthaus, die Atmosphäre, die sie umgab. All das erweckte in ihm den Wunsch zu glauben, dass solche Menschen, solche Orte existierten, und zwar makellos.

Er begann weich zu werden. Eine hübsche Frau, große blaue Augen, und schon glaubte er an Märchen. Entrüstet trug er die Farbtöpfe und Pinsel zum Spülstein, um sie auszuwaschen. Er wollte eine Pause einlegen, von der Arbeit und seinen abschweifenden Gedanken.

Im Gesellschaftsraum dachte Charity ebenso widerstrebend an Ronald, während sie einen Stapel Schallplatten auf den Tisch zwischen Miss Millie und Miss Lucy legte.

»Welch nette Idee.« Miss Lucy rückte ihre Brille zurecht und spähte auf die Labels. »Ein hübscher, altmodischer Tanztee. Das wird bestimmt alle Gäste unterhalten.«

»Für junge Menschen ist es schwer, an einem regnerischen Tag etwas mit sich anzufangen. Es macht sie gereizt.« Miss Millie hielt eine Single hoch. »Oh, sieh nur. Rosemary Clooney. Ist das nicht entzückend?«

»Suchen Sie sich Ihre Lieblingslieder aus.« Charity blickte sich zerstreut im Raum um. Wie sollte sie eine Party vorbereiten, wenn sie nur daran denken konnte, wie Ronald sie am Frühstückstisch angesehen hatte? »Ich verlasse mich auf Sie.«

Ob Ronald wohl kommt? fragte sie sich. Würde er die Musik hören und sich leise in den Raum stehlen? Würde er sie anblicken, bis ihr Herz zu hämmern begann und sie alles und jeden vergaß außer ihm?

Du wirst allmählich verrückt, schalt sie sich. Sie blickte zur Uhr. Es war Viertel vor drei. Mit einem bisschen Glück konnte sie alles vorbereitet haben, bevor die anderen Gäste kamen. Die beiden Ladys waren in eine Diskussion über Perry Como vertieft. Charity verließ sie und begann am Sofa zu ziehen.

»Was machen Sie da?«

Ein Aufschrei entwich ihr, und im nächsten Atemzug blitzte sie Ronald ärgerlich an. »Wenn Sie weiterhin so herumschleichen, werde ich Maes Idee, dass Sie ein Fassadenkletterer sind, ernster nehmen.«

»Ich bin nicht herumgeschlichen. Sie waren nur so mit Schnaufen und Keuchen beschäftigt, dass Sie mich nicht gehört haben.«

»Ich habe weder geschnauft noch gekeucht.« Sie warf das Haar über die Schulter zurück und starrte ihn finster an.

»Aber ich bin beschäftigt. Wenn Sie mir also aus dem Weg gehen könnten …«

Sie wedelte mit der Hand, und er ergriff sie und hielt sie fest. »Ich habe gefragt, was Sie da machen.«

»Ich stricke einen Pullover«, fauchte Charity. »Wonach sieht es wohl aus, was ich tue? Ich verrücke das Sofa.«

»Nein, das werden Sie nicht tun.«

Sie konnte, wenn es der Anlass gebot, sehr hochmütig sein. »Wie bitte?«

»Ich sagte, dass Sie das Sofa nicht verrücken werden. Es ist zu schwer.«

»Danke für Ihre Ansicht, aber ich habe es schon des Öfteren verrückt.« Charity senkte die Stimme, als sie die interessierten Blicke der beiden Ladys bemerkte. »Und wenn Sie mir gefälligst aus dem Weg gehen, werde ich es wieder tun.«

Er blieb stehen, wo er war. »Sie müssen wirklich alles selbst machen, wie?«

»Was soll das heißen?«

»Wo ist Ihr Assistent?«

»Der Computer hat einen Defekt. Da Bob besser damit umgehen kann als ich, spielt er mit Teilchen, während ich Möbel verrücke. Und jetzt …«

»Wo soll es hin?«

»Ich habe Sie nicht gebeten …«

Ronald war bereits an das andere Ende des Sofas getreten. »Ich habe gefragt, wohin es soll.«

»An die Seitenwand.«

»Was sonst noch?«

Sie strich den Rock ihres Kleides glatt. »Ich habe Ihnen bereits eine Liste mit Arbeiten gegeben.«

Er hakte die Daumen in seine Hosentaschen. »Alles erledigt.«

»Der Wasserhahn in Haus 4?«

»Er brauchte eine neue Dichtung.«

»Das Fenster in Haus 2?«

»Ich habe es ein bisschen abgeschliffen.«

»Das Streichen?«

»Der erste Anstrich trocknet gerade.« Er neigte den Kopf zur Seite. »Wollen Sie es überprüfen?«

Sie atmete tief aus. Es war schwer, verärgert zu sein, wenn er alles erledigt hatte, was ihm aufgetragen worden war. »Sehr tüchtig, wie?«

»Das stimmt. Haben Sie den toten Punkt überwunden?«

»Wie meinen Sie das?«

»Sie haben heute Morgen ein bisschen müde ausgesehen.« Ronald ließ den Blick über ihre Gestalt wandern. Das pflaumenfarbene Kleid umschmiegte ihre Beine. Eine Reihe Silberknöpfe verlief vom hochgeschlossenen Kragen bis hinab zum Saum, und er fragte sich unwillkürlich, wie lange es dauern würde, sie zu öffnen. Auch an den Ohren trug sie Silber, fantasievolle Gehänge aus drei Stäbchen, die er in ihrer Kommodenschublade gesehen hatte. »Jetzt sehen Sie nicht mehr müde aus«, fügte er hinzu und begegnete wieder ihrem Blick.

Als ihr plötzlich bewusst wurde, dass sie den Atem angehalten hatte, seit er seine Musterung begonnen hatte, beeilte sie sich, normal zu atmen. Und sie rief sich ins Gedächtnis, dass sie keine Zeit hatte, sich von ihm – oder ihren Gefühlen für ihn – ablenken zu lassen. »Ich bin zu beschäftigt, um müde zu sein.« Erleichtert signalisierte sie der Kellnerin, die mit einem beladenen Tablett eintrat. »Stellen Sie es nur auf das Büfett, Lori.«

»Die zweite Ladung kommt auch sofort.«

»Prima. Ich muss nur …« Sie brach ab, als die ersten Gäste aus dem Regen zur Hintertür hereinkamen. Sie gab auf und wandte sich an Ronald. Wenn er schon im Weg war, konnte er sich auch nützlich machen. »Ich wäre Ihnen dankbar, wenn

Sie den Teppich aufrollen und im Westflügel verstauen könnten. Anschließend sind Sie herzlich willkommen, zu bleiben und sich zu amüsieren.«

»Danke. Vielleicht werde ich es tun.«

Charity begrüßte die Gäste, hängte deren Jacken auf, bot Erfrischungen an und stellte die Musik an, noch bevor Ronald den Teppich außer Sicht bringen konnte.

Sie ist dafür geschaffen, dachte er, während er sie beobachtete. Sie war dafür geschaffen, im Mittelpunkt zu stehen, andere dazu zu bringen, sich wohlzufühlen. Sein Platz hingegen war stets am Rand gewesen.

»Oh, Mr. DeWinter.« Miss Millie, nach Flieder duftend, bot ihm eine Tasse an. »Sie müssen unbedingt Tee trinken. Es gibt nichts Besseres als Tee, um Trübsinn an einem Regentag zu vertreiben.«

Er lächelte sie an. Wenn sogar ihre kurzsichtigen Augen erkannten, dass er brütete, dann musste er sich vorsehen. »Danke.«

»Ich liebe Partys«, sagte sie sehnsüchtig, während sie den Paaren zusah, die nach einem romantischen Song aus den Fünfzigerjahren tanzten. »Als ich ein junges Mädchen war, dachte ich kaum an etwas anderes. Ich begegnete meinem Mann bei einem Tee wie diesem. Das ist beinahe fünfzig Jahre her. Wir tanzten stundenlang.«

Er hätte sich nie als galant bezeichnet, aber es war schwer, ihr zu widerstehen. »Möchten Sie jetzt tanzen?«

Eine schwache Röte färbte ihre Wangen. »Sehr gern, Mr. DeWinter.«

Charity beobachtete, wie Ronald Miss Millie zur Tanzfläche führte. Ihr Herz wurde weich. Sie versuchte sich dagegen zu wehren, aber es war vergebens. Wie lieb von ihm, dachte sie, vor allem, da er keineswegs ein lieber Mann war. Sie bezweifelte, dass Tanztees und verträumte alte Ladys seinem

Stil entsprachen, aber Miss Millie würde sich lange an diesen Tag erinnern.

Welche Frau würde das nicht? überlegte Charity. An einem regnerischen Nachmittag mit einem starken, geheimnisvollen Mann zu tanzen war eine Erinnerung, die wie eine rote Rose in ein Buch gepresst werden sollte. Es war zweifellos ein Glück für sie, dass er sie nicht aufgefordert hatte. Sie hatte bereits zu viele Erinnerungen an Ronald verwahrt. Mit einem Seufzen führte sie eine Gruppe Kinder in den Fernsehraum und legte einen Zeichentrickfilm in das Videogerät.

Ronald sah sie fortgehen. Und wenig später sah er sie zurückkehren.

»Das war wundervoll«, sagte Miss Millie, als die Musik verklang.

»Es war mir ein Vergnügen«, erwiderte Ronald und machte ihr Vergnügen komplett, indem er ihr die Hand küsste. Als sie mit verklärter Miene zu ihrer Schwester an den Tisch zurückgekehrt war, hatte er sie bereits vergessen und dachte an Charity.

Sie lachte, als ein älterer Mann sie auf das Parkett führte. Die Musik hatte gewechselt, war nun schnell und lateinamerikanisch. Ein Mambo, glaubte er. Oder eine Rumba. Er kannte den Unterschied nicht. Charity hingegen schien es genau zu wissen. Sie bewegte sich durch die komplizierte, auffallende Nummer, als hätte sie ihr Leben lang getanzt.

Das Kleid flatterte um ihre Beine. Sie lachte, das Gesicht nahe an dem ihres Partners. Der erste Anflug von Eifersucht ärgerte Ronald und ließ ihn sich wie einen Trottel fühlen. Der Mann, mit dem Charity tanzte, war alt genug, um ihr Vater zu sein.

Als die Musik endete, war es Ronald gelungen, das unangenehme Gefühl zu unterdrücken, aber stattdessen war ein anderes in ihm aufgestiegen. Verlangen. Er begehrte sie, wollte sie bei der Hand nehmen und aus dem überfüllten Raum an einen schummrigen, stillen Ort führen, wo sie nur den Regen hören konnten. Er wollte sehen, wie ihre Augen groß und verklärt wurden, wie sie es bei seinem Kuss geworden waren. Er wollte das unglaubliche Gefühl spüren, wenn ihr Mund weich und heiß unter seinem wurde.

»Es ist ein Erlebnis, sie tanzen zu sehen, stimmt's?«

Ronald schreckte aus seinen Gedanken auf, als Bob sich zu ihm gesellte und sich ein Sandwich vom Tablett nahm. »Wie bitte?«

»Charity. Sie tanzen zu sehen, ist ein Erlebnis.« Bob steckte sich das winzige Sandwich in den Mund. »Sie hat einmal versucht, es mir beizubringen, in der Hoffnung, dass ich die Damen bei Anlässen wie diesem unterhalten kann. Das Problem ist, dass ich nicht nur zwei linke Füße, sondern auch zwei linke Beine habe.« Er zuckte fröhlich die Schultern und griff nach einem weiteren Sandwich.

»Haben Sie den Computer repariert?«

»Ja. War nur eine Kleinigkeit.« Das dreieckige Schnittchen verschwand. Ronald bemerkte einen Anflug von Nervosität in der Art, wie Bob mit den Fingern auf den Servierwagen trommelte. »Ich kann Charity ebenso wenig den Umgang mit Computern beibringen wie sie mir die Samba. Wie läuft die Arbeit?«

»Recht gut.« Ronald beobachtete, wie Bob sich eine Tasse Tee einschenkte und drei Stück Zucker hineintat. »Ich müsste in zwei oder drei Wochen fertig sein.«

»Sie wird etwas anderes für Sie finden.« Bob blickte hinüber zu Charity, die mit einem neuen Partner einen Foxtrott tanzte. »Sie hat ständig neue Ideen. In letzter Zeit hat sie etwas über den Einbau einer Sauna mit Solarium verlauten lassen.«

Ronald steckte sich eine Zigarette an. Er beobachtete nun die Gäste, machte sich im Geist Notizen, um sie an Conby weiterzugeben. Da waren zwei Männer, die allein zu sein schienen, obgleich sie mit anderen Gästen der Reisegruppe plauderten. Block stand in der Nähe der Tür, mit einem Teller voller Sandwiches, und lächelte vor sich hin.

»Das Gasthaus muss gut gehen.«

»Ach, es ist beständig.« Bob richtete seine Aufmerksamkeit auf das Teegebäck. »Vor ein paar Jahren sah es ein bisschen wackelig aus, aber Charity findet immer einen Weg, um sich über Wasser zu halten. Nichts ist ihr wichtiger.«

Ronald schwieg einen Moment. »Ich kenne mich in der Hotelbranche nicht aus, aber sie scheint ihr Handwerk zu verstehen.«

»Durch und durch.« Bob wählte einen Keks mit rosa Glasur. »Sie identifiziert sich völlig mit dem Gasthaus.«

»Arbeiten Sie schon lange hier?«

»Seit etwa zweieinhalb Jahren. Sie konnte sich mich eigentlich nicht leisten, aber sie wollte die Dinge ändern, die Buchhaltung modernisieren. Neues Leben hineinpumpen, wie sie sagte.« Jemand hatte einen Jitterbug aufgelegt, und Bob grinste. »Genau das hat sie getan.«

»Offensichtlich.«

»Wie lange wollen Sie bleiben?«

»Solange es braucht.«

Bob nahm einen großen Schluck Tee. »Solange was braucht?«

»Der Job.« Ronald blickte gelassen zum Westflügel hinüber. »Ich beende gern, was ich begonnen habe.«

»Tja, nun …« Bob legte mehrere Kekse auf einen Teller. »Ich werde sie den Damen anbieten und hoffe, dass ich sie essen darf.«

Ronald beobachtete, wie Bob den Raum durchquerte und im Vorübergehen noch ein paar schnelle Worte mit Block tauschte. Da Ronald das Gefühl hatte, er brauche Zeit zum Nachdenken, zog er sich wieder in den Westflügel zurück.

5. Kapitel

Es regnete immer noch, als Ronald Stunden später zurückkehrte. Im Gesellschaftsraum spielte Musik, ein sanftes, melodiöses Lied aus den Fünfzigerjahren. Der Raum war nun schummriger, erleuchtet nur vom Feuer im Kamin und einer Glaskugel-Lampe. Er war außerdem leer, abgesehen von Charity, die aufräumte und dabei die Musik mitsummte.

»Ist die Party vorüber?«

Sie blickte sich um und fuhr dann hastig fort, Tassen und Teller aufzustapeln. »Ja. Sie sind nicht lange geblieben.«

»Ich hatte zu arbeiten.«

Weil sie in Bewegung bleiben wollte, leerte sie nun Aschenbecher aus. »Ich war müde heute Morgen, aber das ist keine Entschuldigung dafür, dass ich grob zu Ihnen war. Es tut mir leid, wenn ich Ihnen den Eindruck vermittelt habe, dass Sie sich nicht ein paar Stunden lang amüsieren können.«

Ronald wollte keine Entschuldigung akzeptieren, die er nicht verdiente. »Mir macht die Arbeit Spaß.«

»Wie dem auch sein mag, gewöhnlich erteile ich nicht so schroffe Befehle. Ich war böse auf Sie.«

»War?«

Sie blickte ihn klar und offen an. »Bin. Aber das ist mein Problem. Und ich bin genauso böse auf mich. Ich habe mich wie ein Kind aufgeführt, und nur, weil Sie die Dinge gestern Abend nicht haben ausarten lassen.«

Verlegen griff er zur Weinkaraffe und goss sich ein Glas ein. »Sie haben sich nicht wie ein Kind aufgeführt.«

»Dann eben wie eine zurückgestoßene Frau oder was genauso Dramatisches. Widersprechen Sie mir bitte nicht, wenn ich mich entschuldige.«

Trotz bester Bemühungen verzogen sich seine Lippen zu einem Lächeln. Wenn er nicht aufpasste, könnte sich durchaus herausstellen, dass er verrückt nach ihr war. »Also gut. Kommt noch mehr?«

»Nur ein bisschen. Ich sollte meine persönlichen Gefühle nicht auf die Leitung des Gasthauses einwirken lassen. Das Problem ist, dass beinahe alles, was ich denke oder fühle, mit dem Gasthaus zusammenhängt.«

»Keiner von uns hat gestern Abend ans Gasthaus gedacht. Vielleicht liegt das Problem darin.«

»Vielleicht.«

»Wollen Sie die Couch zurückschieben?«

»Ja.« Geschäftlich wie üblich, dachte Charity, während sie ihr Ende des Sofas anhob. Sobald es an seinem Platz stand, schüttelte sie die Kissen auf. »Ich habe Sie mit Miss Millie tanzen sehen. Es hat sie entzückt.«

»Ich mag sie.«

»Das glaube ich auch.« Langsam richtete sie sich auf und musterte ihn. »Sie sind nicht der Typ, der leicht jemanden mag.«

»Nein.«

Sie wollte zu ihm gehen, eine Hand auf seine Wange legen. Das ist lächerlich, sagte sie sich. Trotz ihrer Entschuldigung war sie immer noch böse auf ihn wegen des vergangenen Abends. »War das Leben so hart?«, murmelte sie.

»Nein.«

Mit einem kleinen Lachen schüttelte Charity den Kopf. »Und wenn es so wäre, würden Sie es mir auch nicht sagen. Ich muss lernen, Ihnen keine Fragen zu stellen. Warum schließen wir nicht Frieden, Ronald? Das Leben ist zu kurz für schlechte Gefühle.«

»Ich habe keine schlechten Gefühle Ihnen gegenüber, Charity.«

Sie lächelte ein wenig. »Es ist verlockend, aber ich werde nicht fragen, was für Gefühle Sie haben.«

»Ich könnte es Ihnen auch nicht sagen, weil ich es noch nicht ergründet habe.« Es wunderte ihn, dass er es ausgesprochen hatte. Nachdem er den Wein getrunken hatte, stellte er das leere Glas ab.

»Nun.« Erstaunt schob sie mit beiden Händen ihr Haar zurück. »Das ist das Erste, was Sie mir sagen, das ich wirklich verstehen kann. Wir scheinen im selben Boot zu sitzen. Kann ich davon ausgehen, dass wir Frieden haben?«

»Gewiss.«

Sie blickte zum Plattenspieler, als eine neue Schallplatte auf den Teller herabfiel. »Das ist eins meiner Lieblingslieder. *Smoke Gets in Your Eyes.*« Sie lächelte wieder, als sie zu Ronald zurückblickte. »Sie haben mich gar nicht zum Tanzen aufgefordert.«

»Nein, das habe ich nicht.«

»Miss Millie behauptet, dass Sie sehr gut tanzen.« Sie streckte eine Hand aus, in einer Geste, die ebenso Friedensangebot wie Einladung war. Unfähig zu widerstehen, nahm er ihre Hand in seine. Ihre Blicke hielten sich gefangen, als er sie langsam an sich zog.

Das Feuer war heruntergebrannt. Regen prasselte gegen die Fensterscheiben. Die Schallplatte war alt und zerkratzt, die Melodie rührend traurig. Charitys Hand ruhte leicht auf Ronalds Schulter, seine auf ihrer Taille.

Ihre hohen Absätze brachten sie fast auf Augenhöhe mit ihm. Er konnte den leichten Duft einatmen, der so sehr ein Teil von ihr zu sein schien. Verführt davon, zog er sie langsam näher. Ihre Schenkel berührten sich. Noch näher. Ihr Körper schmiegte sich an seinen.

Es war so still. Nur die sanfte Musik, der Regen, das Knistern des Feuers waren zu hören. Er spürte ihr Herz an seinem klopfen, schnell und nicht sehr gleichmäßig. Auch seines schlug nicht mehr gleichmäßig.

Brauchte er sie nur zu berühren, um zu glauben, dass sie der Anfang und das Ende von allem war? Und um zu wünschen … Seine Hand glitt ihren Rücken hinauf, bis sie sich in ihren Haaren verfing. Um zu wünschen, dass sie zu ihm gehören könnte.

Er war sich nicht sicher, wann dieser Gedanke bei ihm aufgekommen war. Vielleicht hatte es beim ersten Blick begonnen. Sie war unerreichbar für ihn – hätte es sein sollen. Doch wenn sie in seinen Armen war, warm und beinahe fügsam, gingen ihm Dutzende von Möglichkeiten durch den Kopf.

Charity wollte lächeln, irgendeine leichte, gelassene Bemerkung machen. Aber sie war nicht in der Lage, auch nur ein Wort herauszubringen. Ihre Kehle war wie zugeschnürt. Die Art, in der Ronald sie jetzt anblickte, so, als wäre sie die einzige Frau, die er je gesehen hatte oder sehen wollte, ließ sie vergessen, dass der Tanz als Geste der Freundschaft gedacht war.

Sie wusste, dass sie vielleicht niemals Freunde würden, sosehr sie sich auch bemühte. Aber sein Blick gab ihr zu verstehen, dass sie sehr leicht seine Geliebte sein könnte.

Vielleicht war es falsch, aber es schien nicht wichtig zu sein, während sie über das Parkett glitten. Das Lied sprach von betrogener Liebe, doch sie hörte nur die Poesie heraus. Sie spürte ihren Willen dahinschwinden, während ihr die Musik zu Kopf stieg. Nein, es schien nicht wichtig. Nichts schien wichtig zu sein, solange sie sich in seinen Armen wiegte. Sie versuchte nicht einmal, vernünftig zu denken. Sie folgte ihrem Herzen und presste die Lippen auf seine.

Unverzüglich. Unwiderstehlich. Unwiderruflich. Gefühle

sprangen von einem zum anderen über, mischten sich dann in einem Strom der Leidenschaft.

Mit stürmischen rauen Küssen trieb er beide an den Rand der Selbstbeherrschung. Es war mehr als Verlangen, wie er wusste. Verlangen hatte niemals geschmerzt, nicht so tief. Es war wie ein Kratzer, bald vergessen, schnell verheilt. Dies war eine klaffende, tiefe Wunde.

Lust hatte ihn nie die Besinnung verlieren lassen oder ihm jeden zusammenhängenden Gedanken geraubt. Dennoch konnte er nur an sie, Charity, denken. Diese Gedanken waren wirr, und sie waren allesamt verboten. Verzweifelt ließ er die Lippen über ihr weiches Gesicht wandern, während wilde Fantasien, sie zu berühren, jeden verbotenen Zentimeter von ihr zu kosten, in seinem Kopf herumwirbelten. Es wäre nicht genug. Es wäre niemals genug. Soviel er auch von ihr nahm, sie würde ihn stets anziehen. Und sie konnte ihn veranlassen zu bitten. Diese Gewissheit erschreckte ihn.

Sie zitterte, während sie sich an ihn schmiegte. Ihre sanften Seufzer drängten ihn an den Rand der Vernunft. Er fand erneut ihren Mund, weidete sich daran.

Kaum erkannte er den Wechsel, konnte keinen Grund dafür finden. Ganz plötzlich war sie wie Glas in seinen Armen, etwas Kostbares, etwas Zerbrechliches, das er beschützen und verteidigen musste. Er hob die Hände zu ihrem Gesicht, liebkoste es zart und behutsam. Sein Mund, nur einen Moment zuvor gierig, wurde sanft.

Charity taumelte benommen. Neue, vibrierende Gefühle strömten in sie. Schwach geworden, ließ sie den Kopf zurückfallen. Ihre Arme sanken kraftlos hinab. Zärtlichkeit erreichte, was Leidenschaft nicht ganz vollbracht hatte. Frei wie ein Vogel, der sich davonschwingt, flog ihr Herz ihm zu.

Sie spürte Tränen in ihren Augen brennen, hörte ihren eigenen Seufzer der Hingabe, während seine Lippen sanft mit ihren spielten. Sie würde sich stets dieses einen wunderbaren Augenblicks erinnern, in dem die Welt sich veränderte – die Musik, der Regen, der Blumenduft. Nichts war mehr, wie es zuvor gewesen war. Nichts würde jemals so sein wie vorher. Und sie wollte es auch nicht.

Erschüttert wich sie zurück und hob eine Hand an ihren benommenen Kopf. »Ronald ...«

»Komm mit mir.« Unwillig zu denken, zog er sie wieder an sich. »Ich will wissen, wie es ist, mit dir zusammen zu sein, dich auszuziehen, dich zu berühren.«

Mit einem Stöhnen gab sie sich erneut seinen Lippen hin.

»Charity, Mae will ...« Lori verstummte abrupt im Türrahmen. Sie räusperte sich und starrte auf das Gemälde an der gegenüberliegenden Wand. »Entschuldigung. Ich wollte nicht ...«

Charity war erschrocken zurückgewichen und rang um Fassung. »Schon gut. Was ist denn, Lori?«

»Tja ... Mae und Dolores ... Vielleicht könnten Sie in die Küche kommen, wenn Sie eine Minute Zeit haben.« Lori eilte davon, mit einem Lächeln auf den Lippen.

»Ich sollte ...« Charity hielt inne, um tief Atem zu schöpfen. »Ich sollte gehen.« Sie wich einen Schritt zurück. »Wenn die beiden erst einmal anfangen, brauchen sie ...« Sie verstummte, als Ronald ihren Arm nahm.

Er wartete, bis sie den Kopf hob und ihn wieder ansah. »Die Dinge haben sich geändert.«

Es klang so einfach, wenn er es sagte. »Ja, das stimmt.«

»Richtig oder falsch, Charity, wir werden es zu Ende führen.«

»Nein.« Sie war keineswegs ruhig, aber sie war entschlossen. »Wenn es richtig ist, werden wir es zu Ende führen. Ich will nicht vorgeben, dich nicht zu wollen, aber du hast recht, Ronald. Die Dinge haben sich wirklich verändert. Ich weiß jetzt nämlich, was ich fühle, und ich muss mich erst daran gewöhnen.«

Er verstärkte den Griff, als sie sich zum Gehen wandte. »Was fühlst du denn?«

Sie hätte nicht lügen können, selbst wenn sie es gewollt hätte. Unehrlichkeit war ihr zuwider. Wenn es um Gefühle ging, hatte sie weder die Fähigkeit noch den Wunsch, sie zu unterdrücken. »Ich bin in dich verliebt.«

Er löste die Finger von ihrem Arm. Sehr langsam, sehr behutsam, so, als wiche er vor einem gefährlichen Tier zurück, gab er sie frei.

Sie las Erstaunen auf seinem Gesicht. Das war verständlich. Und sie las Misstrauen. Das war schmerzhaft. Sie blickte ihn noch einmal mit ernsten Augen an, bevor sie sich abwandte.

»Anscheinend müssen wir uns beide erst daran gewöhnen.«

Sie lügt. Immer und immer wieder redete Ronald es sich ein, während er in seinem Zimmer umherwanderte. Wenn Charity nicht ihn belog, dann belog sie zumindest sich selbst. Zu lügen schien den Menschen leichtzufallen, wenn es um die Liebe ging.

Er blieb am Fenster stehen und starrte hinaus in die Dunkelheit. Der Regen hatte aufgehört, und der Mond zog durch die Wolken. Ronald riss das Fenster auf und atmete die kühle feuchte Luft ein. Er brauchte etwas, um seinen Kopf zu klären.

Sie setzte ihm zu. Verärgert wandte er sich vom Anblick der Bäume und Blumen ab und wanderte erneut umher. Ihr ungezwungenes Lächeln, die großzügige Aufnahme, die zwanglose Freundschaft … dann die Leidenschaft, die ungehemmte Reaktion, die Verführung. Er wollte glauben, dass es eine Falle war, obgleich sein wohltrainierter Verstand diese Vorstellung als absurd empfand.

Sie hatte keinen Grund, ihn zu verdächtigen. Seine Tarnung war sicher. Sie hielt ihn für einen Vagabunden, der auf der Durchreise ein paar Sehenswürdigkeiten besichtigte und sich ein wenig Taschengeld verdiente. Er war derjenige, der die Falle aufstellte.

Ronald ließ sich auf das Bett fallen und zündete sich eine Zigarette an. Lügen waren ein Teil seines Jobs, ein Teil, den er sehr gut beherrschte. Charity hat mich nicht belogen, überlegte er. Aber sie irrte sich. Er hatte sie begehren lassen, und sie rechtfertigte ihr Verlangen nach einem relativ Fremden, indem sie sich einredete, verliebt zu sein.

Aber wenn es zutraf …

Er konnte sich nicht leisten, so zu denken. Er lehnte sich an das Kopfende zurück und starrte an die nackte Wand. Er konnte sich den Luxus nicht leisten, sich vorzustellen, wie es wäre, geliebt zu werden, und erst recht von einer Frau, für die Liebe »ein Leben lang« bedeutete. Er konnte sich keine Tagträume über Zugehörigkeit leisten. Selbst wenn sie nicht ein Teil seines Auftrags gewesen wäre, hätte er Charity Ford umgehen müssen.

Von ihr war zu erwarten, dass sie Liebe mit weißen Jägerzäunen, sonntäglichen Dinners und Abenden am Kamin verband. Er war nicht gut für sie. Er würde niemals gut für sie sein. Ronald DeWinter, dachte er mit einem freudlosen Lächeln, immer auf dem Holzweg. Eine zweifelhafte Vergangenheit, eine unsichere Zukunft. Einer Frau wie Charity hatte er nichts zu bieten.

Aber er begehrte sie. Das Verlangen verzehrte ihn. Er wusste, dass sie inzwischen oben in ihren Räumlichkeiten war. Er stellte sie sich vor, in das große Bett gekuschelt, unter weißen Decken, vielleicht mit einer brennenden weißen Kerze auf dem Tisch.

Er brauchte nur die Treppe hinaufzusteigen und durch die

Tür zu gehen. Sie würde ihn nicht fortschicken. Wenn sie es versuchte, würde er nur wenige Augenblicke brauchen, um ihren Widerstand zu brechen. Da sie sich verliebt glaubte, würde sie nachgeben, dann in seine Arme sinken. Er sehnte sich danach, dort zu sein, auf das Bett zu sinken, in sie hineinzusinken und beide sich vergessen zu lassen.

Aber sie hatte um Zeit gebeten. Er wollte ihr nicht verwehren, was er selbst brauchte. Und während der Zeit, die er ihr gewährte, wollte er all sein Geschick auf die eine Sache verwenden, die er für sie tun konnte. Er wollte ihre Unschuld beweisen.

Am folgenden Morgen beobachtete Ronald die Abreise der Reisegruppe. Er stand auf einer Stehleiter mitten in der Eingangshalle und ließ sich Zeit beim Auswechseln der Glühbirnen in der Deckenleuchte. Die Sonne war herausgekommen, voll und strahlend, und tauchte den Raum in helles Licht.

Am Empfang plauderte Charity mit Block. Er trug ein frisches weißes Hemd und sein ständiges Lächeln. Er nahm einen Taschenrechner aus der Brieftasche und prüfte, ob ihre Berechnungen mit seinen übereinstimmten.

Bob kam aus dem Büro und reichte ihr einen Computerausdruck. Ronald entging nicht der schnelle, unsichere Blick, den Bob in seine Richtung sandte, bevor er sich wieder zurückzog.

Charity und Block verglichen Listen. Immer noch lächelnd, nahm er ein Bündel Geldscheine aus der Brieftasche. Er bezahlte in kanadischer Währung, bar. Sie verschloss das Geld in einer Schublade und reichte ihm die Quittung.

»Ihre kleine Party gestern hat den Tag gerettet«, sagte er ihr. »Meine Leute betrachten ihn als Höhepunkt der Reise.«

Erfreut lächelte sie ihn an. »Danke, Roger.«

»Einige Gäste werden deshalb wiederkommen.« Er tätschelte ihre Hand, blickte dann zur Uhr. »Es wird Zeit zum Aufbruch. Wir sehen uns nächste Woche.«

»Gute Fahrt, Roger.« Charity wandte sich ab, um einigen abreisenden Gästen Postkarten und ein paar Schlüsselanhänger mit Miniatur-Walen zu verkaufen.

Ronald schraubte die Kuppel der Deckenlampe wieder an und ließ sich dabei Zeit, bis die Eingangshalle leer war.

»Ist es nicht seltsam für eine Reisegesellschaft, bar zu bezahlen?«

Charity blickte zu ihm auf. »Wir lehnen Bargeld niemals ab.« Sie lächelte ihn an, wie sie es sich vorgenommen hatte. Meine Gefühle sind mein Problem, erinnerte sie sich, während er von der Leiter stieg. Sie wünschte nur, die Stunden der Seelenforschung in der vergangenen Nacht hätten zu einer Lösung geführt.

»Ich hätte eher erwartet, dass per Überweisung oder Scheck bezahlt wird.«

»Es ist nun mal deren Firmenpolitik. Und glaub mir, für ein kleines, unabhängiges Hotel ist ein bar zahlender Kunde wie ›Vision Tours‹ sehr wichtig.«

»Das kann ich mir denken. Hast du schon lange mit ihnen zu tun?«

»Ein paar Jahre. Warum?«

»Reine Neugier. Block sieht eigentlich nicht wie ein Reiseleiter aus.«

»Roger Block? Nein, sicher nicht. Er sieht wohl eher wie ein Ringkämpfer aus.«

Charity wandte sich wieder ihren Papieren zu. Es fiel ihr schwer, mit Ronald zu plaudern, während ihre Gefühle so nahe an der Oberfläche schwelten. »Er leistet gute Arbeit.«

»Aha. Ich bin dann oben.«

»Ronald?« Es gab so vieles, was sie sagen wollte, aber sie

spürte, obgleich er nur wenige Schritte entfernt stand, dass er sich von ihr distanziert hatte. »Wir haben noch gar nicht über einen freien Tag gesprochen. Du kannst den Sonntag nehmen, wenn du möchtest.«

»Vielleicht werde ich es tun.«

»Und wenn du Bob am Ende der Woche deine Arbeitsstunden angibst, kümmert er sich um deine Bezahlung.«

»In Ordnung. Danke.«

Ein junges Paar mit einem Kleinkind kam aus dem Speisesaal. Ronald ging davon und ließ Charity deren Fragen über Bootsvermietung beantworten.

Es wird nicht leicht sein, mit ihm zu reden, dachte Charity später. Aber sie musste es tun. Den ganzen Vormittag über hatte sie sich geschäftlich betätigt. Sie hatte die Reinigung sämtlicher Zimmer überprüft, jedes Telefonat auf ihrer Liste geführt und sich Maes Bemerkungen zufolge in der Küche als Nervensäge betätigt.

Sie versuchte auszuweichen. Das sah ihr gar nicht ähnlich. Ihr Leben lang war sie es gewöhnt, Probleme frontal in Angriff zu nehmen. Nicht nur in geschäftlicher Hinsicht. Persönliche Probleme war sie ebenfalls stets direkt angegangen. Sie hatte verkraftet, elternlos zu sein. Selbst als Kind war sie nie den manchmal schmerzhaften Fragen über ihre Herkunft ausgewichen.

Aber damals hatte sie ihren Großvater gehabt. Er war so verlässlich, so liebevoll gewesen. Er hatte ihr geholfen zu verstehen, dass sie eine eigenständige Person war. Ebenso wie er ihr über ihre erste Jugendliebe hinweggeholfen hatte.

Er war nun nicht mehr da, und Charity war keine Fünfzehnjährige mehr, die sich nach dem Klassensprecher verzehrte. Aber wenn er ihr etwas beigebracht hatte, dann war es die Überzeugung, dass sie sich ehrlicher Gefühle nicht zu schämen brauchte.

Mit einer Thermoskanne voll Kaffee bewaffnet, machte sie sich auf den Weg zum Westflügel. Sie wünschte nur, sie würde sich nicht so fühlen, als begebe sie sich geradewegs in die Höhle des Löwen.

Ronald hatte den Salon fertig. Der Geruch nach frischer Farbe war stark, obwohl er ein Fenster offen gelassen hatte. Die Tür musste noch eingehängt werden und der Fußboden poliert, aber Charity konnte sich den Raum bereits mit duftigen Gardinen und dem geblümten Teppich vorstellen, den sie auf dem Dachboden verstaut hatte.

Aus dem angrenzenden Schlafzimmer hörte sie das Geräusch einer Motorsäge. Ein schönes Geräusch, dachte sie, als sie die Tür aufstieß und hineinspähte.

Ronald stand konzentriert über das Holz gebeugt, das auf zwei Böcken lag. Sägespäne flogen auf, tanzten golden im Sonnenschein. Seine Hände und Arme waren damit bedeckt. Er trug ein Stirnband, um die Haare aus dem Gesicht zu halten. Er summte nicht bei der Arbeit vor sich hin, wie sie es tat. Und er sprach auch nicht mit sich selbst, wie George es getan hatte. Aber sie glaubte, Freude in ihm zu entdecken, weil er eine Arbeit tat und sie gut tat.

Er kann die Dinge in Ordnung bringen, dachte sie, während sie ihm beim Abmessen des Holzes für den nächsten Schnitt zusah. Gute Dinge, sogar wichtige Dinge. Dessen war sie sich sicher. Nicht nur, weil sie ihn liebte. Weil es so war. Wenn eine Frau ihr ganzes Leben lang Fremde in ihrem Haus bewirtete, lernte sie zu sehen, zu beurteilen.

Sie wartete, bis er die Säge niederlegte, bevor sie eintrat. Noch ehe sie etwas sagen konnte, wirbelte er herum. Ihr Schritt zurück war instinktiv, abwehrend. Es war lächerlich, aber sie dachte, dass er, falls er eine Waffe besäße, sie gezogen hätte.

»Es tut mir leid«, murmelte sie nervös. »Ich hätte daran denken sollen, dass ich dich erschrecken würde.«

»Schon gut.« Ronald fasste sich schnell, obgleich es ihn ärgerte, dass er sich hatte überraschen lassen. Wenn er nicht an sie gedacht hätte, dann hätte er ihre Anwesenheit vielleicht gespürt.

»Ich muss oben einiges erledigen, und deshalb dachte ich mir, dass ich dir auf dem Weg Kaffee bringe.« Charity stellte die Thermosflasche auf die Stehleiter und bereute es sogleich, denn mit leeren Händen kam sie sich töricht vor. »Und ich wollte nachsehen, wie es hier so läuft. Der Salon sieht großartig aus.«

»Es geht ganz gut voran. Hast du die Farbe beschriftet?«

»Ja. Warum?«

»Weil es in so sauberer Druckschrift auf dem Deckel jeder Dose im jeweiligen Farbton des Inhalts ausgeführt wurde. Das sieht nach dir aus.«

»Zwanghaft ordentlich?« Sie zog eine Grimasse. »Ich kann irgendwie nicht anders.«

»Mir gefällt die Art, in der du die Pinsel nach Größe geordnet aufbewahrst.«

Charity zog eine Augenbraue hoch. »Machst du dich über mich lustig?«

»Ja.«

»Tja, solange ich es weiß.« Sie war ruhiger geworden. »Möchtest du denn Kaffee?«

»Ja. Ich nehme mir welchen.«

»Deine Hände sind voller Sägespäne.« Sie winkte ihn beiseite und schraubte den Deckel auf. »Ich nehme an, dass wir wieder Frieden haben.«

»Ich wusste gar nicht, dass er unterbrochen war.«

Sie blickte ihn über die Schulter an, goss dann Kaffee in einen Plastikbecher. »Ich habe dich gestern in Verlegenheit gebracht. Es tut mir leid.«

Er nahm den Becher entgegen und setzte sich auf einen Sägebock. »Du legst mir wieder einmal Worte in den Mund.«

»Diesmal brauche ich das nicht. Du hast ausgesehen wie vom Donner gerührt.« Rastlos bewegte sie die Schultern. »Ich hätte wahrscheinlich genauso reagiert, wenn mir jemand so unverhofft gesagt hätte, dass er mich liebt. Es muss ziemlich überraschend gewesen sein, wir kennen uns ja noch nicht lange.«

Ronald stellte den Kaffee beiseite, der ihm nicht schmeckte. »Es war nur eine momentane Reaktion von dir.«

»Nein. Ich dachte mir, dass du das glauben könntest. Ich habe sogar erwogen, auf Nummer sicher zu gehen und dich in dem Glauben zu lassen. Ich bin miserabel in Täuschungen. Es scheint mir fairer, dir zu sagen, dass es nicht meine Gewohnheit ist ... dass ich mich Männern normalerweise nicht an den Hals werfe. Die Wahrheit ist, dass du der Erste bist.«

»Charity.« Er fuhr sich mit der Hand durch das Haar, nahm das Stirnband ab und ließ noch mehr Sägespäne tanzen. »Ich weiß nicht, was ich dir sagen soll.«

»Du brauchst gar nichts zu sagen. Ich hatte mir eine kleine Rede zurechtgelegt. Sie war sogar ziemlich gut ... ruhig, verständnisvoll, mit einigen Spritzern Humor. Ich habe sie vermasselt.« Sie stieß ein Stück Holz in eine Ecke, bevor sie ans Fenster trat. Glockenblumen und Akelei blühten in einem Beet direkt darunter. Spontan schob sie die Scheibe hoch, um deren schwachen zarten Duft einzuatmen. »Es geht darum, dass wir nicht einfach so tun können, als hätte ich es nicht gesagt. Ich kann nicht so tun, als würde ich nicht so fühlen. Das bedeutet nicht, dass ich von dir dieselben Gefühle erwarte, wenn ich dir meine zeige.«

»Was erwartest du dann?« Ronald stand direkt hinter ihr.

Sie zuckte zusammen, als er ihre Schulter umfasste. Sie nahm all ihren Mut zusammen und drehte sich zu ihm um. »Dass du ehrlich zu mir bist.« Sie sprach nun hastig, und sie merkte nicht, dass er sich automatisch ein wenig zurückzog.

»Ich weiß es zu schätzen, dass du nicht vorgibst, mich zu lieben. Ich mag zwar einfach sein, Ronald, aber ich bin nicht dumm. Ich weiß, es könnte leichter sein, zu lügen und das zu sagen, was du glaubst, das ich hören möchte.«

»Du bist nicht einfach«, murmelte er. Er hob eine Hand und berührte ihre Wange. »Mir ist noch nie eine verwirrendere, kompliziertere Frau begegnet.«

Erstaunen kam zuerst, dann Freude. »Das ist das Netteste, was du mir je gesagt hast. Niemand hat mir je vorgeworfen, kompliziert zu sein.«

Er hatte seine Hand senken wollen, doch sie hatte ihre bereits erhoben und seine ergriffen. »Ich hatte das nicht als ein Kompliment gedacht.«

Das brachte sie zum Grinsen. Wieder entspannt, setzte sie sich auf das Fensterbrett. »Noch besser. Ich hoffe, es bedeutet, dass wir aufgehört haben, uns voreinander verlegen zu fühlen.«

»Ich weiß wirklich nicht, was ich dir gegenüber fühle.« Er ließ die Hände an ihren Armen hinauf zu den Schultern wandern, dann wieder hinab zu den Ellbogen. »Aber« – er rang sichtlich mit sich – »verlegen ist nicht das richtige Wort.«

Berührt – viel zu tief – stand sie auf. »Ich muss gehen.«

»Warum?«

»Weil es mitten am Tag ist, und wenn du mich küsst, könnte ich das vergessen.«

Bereits erregt, zog er sie an sich heran. »Immer organisiert.«

»Ja.« Sie legte eine Hand auf seine Brust, um Distanz zwischen sich und ihn zu bringen. »Ich muss einige Rechnungen durchgehen.« Mit angehaltenem Atem wich sie zur Tür zurück. »Ich will dich, Ronald. Ich bin mir nur nicht sicher, ob ich damit fertigwerden kann.«

Das bin ich auch nicht, dachte er, nachdem sie die Tür hinter sich geschlossen hatte. Bei einer anderen Frau wäre er sicher gewesen, dass körperliche Erlösung die Spannung beendet hätte. Bei Charity wusste er, dass ihr Einfluss auf ihn sich nur verstärken würde, wenn sie miteinander schliefen.

Und sie hatte bereits beträchtlichen Einfluss auf ihn. Es war an der Zeit, sich das einzugestehen und sich damit zu beschäftigen. Vielleicht hatte er so stark auf ihre Liebeserklärung reagiert, weil er befürchtete, wie er nie zuvor etwas befürchtet hatte, dass er sich in sie verlieben könnte.

»Ronald!« Er hörte die Freude in Charitys Stimme, als sie ihn rief. Er öffnete die Tür und sah sie oben auf der Treppe stehen. »Komm hoch. Beeil dich. Ich möchte, dass du sie siehst.«

Sie verschwand, ließ ihn mit dem Wunsch zurück, sie hätte ihn an jeden anderen Ort als in ihr unschuldig verführerisches Schlafzimmer gerufen.

Als er ihr Wohnzimmer betrat, rief sie erneut, nun mit Ungeduld in der Stimme. »Beeil dich. Ich weiß nicht, wie lange sie noch da sind.«

Charity saß auf dem Fensterbrett. Musik spielte – irgendetwas Vibrierendes und Leidenschaftliches. Wie kam es nur, dass er klassische Musik nie zuvor als leidenschaftlich empfunden hatte?

»Verdammt, Ronald, du wirst sie verpassen. Steh nicht da im Türrahmen herum. Ich habe dich nicht gerufen, um dich an die Bettpfosten zu binden.«

Weil er sich wie ein Dummkopf fühlte, ging er zu ihr.

Sie hielt ein Fernglas in der Hand und deutete hinaus aufs Meer. »Sieh mal. Wale.«

Er beugte sich aus dem Fenster und folgte ihrer führenden Hand. Er entdeckte ein paar Gestalten in der Ferne, die das Wasser kräuselten, während sie schwammen. Fasziniert nahm er Charity das Fernglas aus der Hand. »Es sind drei.« Erfreut setzte er sich neben sie auf das Fensterbrett und legte geistesabwesend eine Hand auf ihr Knie. Es brannte nicht, es war einfach nur warm.

»Ja, es ist ein Junges dabei. Ich glaube, es sind dieselben, die ich vor ein paar Tagen gesehen habe.« Sie schloss eine Hand um seine, während sie beide aufs Meer hinausstarrten. »Sie sind großartig, nicht wahr?«

»Ja.« Er konzentrierte sich auf das Junge, das gerade zwischen den beiden größeren Walen zu sehen war. »Ich habe eigentlich nicht erwartet, wirklich welche zu sehen.«

»Warum nicht? Die Insel ist nach ihnen benannt worden.« Charity kniff die Augen zusammen in dem Versuch, den Weg der Wale zu verfolgen. Sie brachte es nicht übers Herz, Ronald um das Fernglas zu bitten. »Meine erste klare Erinnerung an einen Wal reicht zurück zu der Zeit, als ich etwa vier war. Pop nahm mich mit hinaus in seinem jämmerlich kleinen Boot. Keine zehn Meter entfernt schoss ein Wal aus dem Wasser. Ich schrie mir die Lunge aus dem Leib. Ich dachte, er würde uns ganz und gar verschlingen.« Lachend lehnte sie sich an den Fensterrahmen zurück. »Er folgte uns zehn oder fünfzehn Meter. Danach bedrängte ich Pop gnadenlos, mich wieder mit hinauszunehmen.«

»Und? Tat er es?«

»Jeden Montagnachmittag in jenem Sommer. Wir sahen nicht immer Wale, aber es waren herrliche Tage. Die schönsten Tage.« Sie wandte das Gesicht in den Wind. »Ich muss mich glücklich schätzen, ihn so lange gehabt zu haben, aber es gibt Zeiten – wie jetzt –, wo ich mir einfach nur wünsche, er wäre hier.«

»Wie jetzt?«

»Er liebte es, die Wale zu beobachten«, sagte Charity leise. »Selbst als er krank war, richtig krank, saß er stundenlang am Fenster. Eines Nachmittags fand ich ihn hier sitzend, mit dem Fernglas auf dem Schoß. Ich dachte, er sei nur eingeschlafen, aber er war tot.« Ihre Stimme wurde rau. »Er hätte es so gewollt – einfach zu entschlummern, während er nach Walen Ausschau hielt. Seit seinem Tod konnte ich es nicht über mich bringen, mit dem Boot hinauszufahren.« Sie schüttelte den Kopf. »Wie dumm.«

»Nein.« Ronald ergriff ihre Hand und verschränkte die Finger mit ihren. »Das ist gar nicht dumm.«

Sie drehte ihm das Gesicht zu. »Du kannst ein netter Mann sein.« Das Telefon klingelte. Sie stöhnte, aber sie glitt pflichtbewusst vom Fensterbrett, um abzunehmen.

»Hallo. Ja, Bob. Was soll das heißen, dass er nicht mehr liefern will? Zum Teufel mit der neuen Leitung. Wir kaufen seit zehn Jahren bei dieser Firma. Ja, in Ordnung. Ich komme sofort. Oh, Moment.« Sie blickte vom Telefon auf. »Ronald, sind die Wale noch da?«

»Ja. Auf dem Weg nach Süden. Ich weiß nicht, ob sie den Kleinen füttern oder nur einen Nachmittagsbummel machen.«

Sie lachte und hielt den Hörer wieder an ihr Ohr. »Bob … Was? Ja, das war Ronald.« Sie zog die Augenbrauen hoch. »Ja, wir sind in meinem Zimmer. Ich habe ihn gerufen, weil ich eine Herde Wale vom Schlafzimmerfenster aus entdeckt habe. Vielleicht sollten Sie es den Gästen sagen, die in der Nähe sind. Nein, Sie haben keinen Grund, sich um mich zu sorgen. Warum sollten Sie? Ich komme gleich runter.«

Kopfschüttelnd legte sie den Hörer auf. »Ich scheine das Haus voller Aufpasser zu haben«, murmelte sie.

»Probleme?«

»Nein. Bob hat gehört, dass du in meinem Schlafzimmer bist, und da kehrte er den großen Bruder heraus. Typisch.« Charity holte ein Haarband aus einer Schublade und band sich mit einigen raschen Bewegungen das Haar aus dem Gesicht. »Letztes Jahr hat Mae gedroht, einen Gast zu vergiften, der einen Annäherungsversuch bei mir unternahm. Man könnte meinen, ich wäre fünfzehn.«

Ronald drehte sich um und musterte sie. Sie trug Jeans und ein T-Shirt mit aufgedrucktem Plan der Insel. »Ja, das könnte man.«

»Das sehe ich nicht als Kompliment an.« Doch sie hatte keine Zeit, sich darüber auszulassen. »Ich muss unten eine kleine Krise bewältigen. Du kannst gern bleiben und die Wale beobachten.« Sie ging zur Tür, blieb dann aber stehen. »Jetzt hätte ich es fast vergessen. Kannst du Regale bauen?«

»Wahrscheinlich.«

»Großartig. Ich könnte im Salon in der Suite welche gebrauchen. Wir reden noch darüber.«

Er hörte sie die Treppe hinunterlaufen. Welche Krise auch immer am anderen Ende des Gasthauses eingetreten sein mochte, er war überzeugt, dass Charity sie bewältigen würde. In der Zwischenzeit hatte sie ihn allein in ihrem Zimmer gelassen. Es wäre sehr einfach, ihren Schreibtisch noch einmal zu durchsuchen, um zu sehen, ob sie irgendetwas liegen gelassen hatte, das ihm half, die Untersuchung voranzutreiben.

Zumindest hätte es einfach sein sollen. Ronald blickte wieder aufs Meer hinaus. Er sollte es ohne Zögern tun können. Aber er konnte nicht. Sie vertraute ihm. Irgendwann in den vergangenen vierundzwanzig Stunden hatte er einen Punkt erreicht, an dem es ihm nicht möglich war, ihr Vertrauen zu verletzen.

Das machte ihn nutzlos. Fluchend lehnte er sich an den Fensterrahmen. Ohne sich dessen bewusst zu sein, hatte sie völlig seine Fähigkeit untergraben, seinen Job zu erledigen. Es wäre das Beste für ihn gewesen, Conby anzurufen und sich von diesem Fall abziehen zu lassen. Es wäre lediglich darum gegangen, seinen Rücktritt gleich einzureichen statt am Ende des Auftrags. Es war eine Frage der Pflicht.

Aber auch das konnte er nicht. Es hatte nichts damit zu tun, dass er geliebt wurde, sich wie zu Hause fühlte. Er musste einfach an ihre Unschuld glauben. Er musste seinen Job beenden und Charitys Unschuld beweisen. Das war eine Frage der Loyalität.

Conby hätte gesagt, dass seine Loyalität dem Büro galt, nicht einer Frau, die er kaum eine Woche kannte. Und Conby hat sich geirrt, dachte Ronald, während er das Fernglas fortlegte. Es gab Zeiten, seltene Zeiten, in denen man die Gelegenheit hatte, etwas Gutes zu tun, etwas Richtiges.

Wenn das Einzige, was er Charity geben konnte, ein blütenreiner Name war, so beabsichtigte er, ihn ihr zu geben. Und dann aus ihrem Leben zu verschwinden.

Er stand auf und blickte sich im Raum um. Er wünschte, er wäre nichts weiter als der arbeitslose Vagabund, den sie in ihr Haus aufgenommen hatte. Wenn er es wäre, hätte er vielleicht ein Recht, sie zu lieben. Aber wie die Dinge standen, konnte er nichts weiter tun, als sie zu retten.

6. Kapitel

Das Wetter erwärmte sich. Der Frühling brach aus, voller Pracht und Farben und Düfte. Die Insel war eine Fundgrube an Wildblumen, Laubbäumen und Vogelgesang. Im Morgengrauen, mit dünnen Nebelschwaden über dem Wasser, war es ein mystischer, zeitloser Ort.

Ronald stand am Straßenrand und beobachtete den Sonnenaufgang, wie er es wenige Tage zuvor getan hatte. Er kannte die Namen der Blumen nicht, die in einem Gewirr neben der Straße wuchsen. Er konnte das Lied eines Eichelhähers nicht von dem eines Spatzen unterscheiden. Aber er wusste, dass Charity draußen mit ihrem Hund lief und dass sie auf dem Rückweg an der Stelle vorbeikommen würde, an der er stand.

Er musste sie sehen, mit ihr reden, mit ihr zusammen sein.

Am Vorabend war er in ihre Geldschublade eingebrochen und hatte die Scheine untersucht, die sie ordentlich gebündelt aufbewahrte. Er hatte über zweitausend Dollar in gefälschter kanadischer Währung gefunden. Sein erster Impuls war gewesen, es ihr zu sagen, ihr alles zu unterbreiten, was er wusste. Doch er hatte diesen Impuls unterdrückt. Es ihr zu sagen, würde Männern wie Conby nicht zum Beweis ihrer Unschuld genügen.

Er hatte genug Beweise, um Block zu fassen. Und beinahe genug, um Bob ebenfalls zu verhaften. Aber er konnte die beiden nicht festnehmen, ohne Charity in Verdacht zu bringen. Nach ihrem eigenen Eingeständnis und nach den Aussagen ihres loyalen Personals konnte im Gasthaus keine Stecknadel fallen, ohne dass sie nicht davon wusste.

Wenn das stimmte, wie konnte er dann beweisen, dass ohne ihr Wissen beinahe zwei Jahre lang ein Falschmünzer- und Schmugglerring direkt vor ihrer Nase operiert hatte?

Er glaubte es, und zwar so fest, wie er noch nie etwas geglaubt hatte. Conby und die anderen im Büro wollten Fakten. Ronald rauchte seine Zigarette und beobachtete, wie der Nebel mit der aufgehenden Sonne wich. Er musste ihnen Fakten liefern. Solange er das nicht konnte, wollte er ihnen gar nichts liefern.

Er könnte warten, bis Block mit seiner Reisegesellschaft das nächste Mal den Gasthof aufsuchte. Damit würde er – Ronald – Zeit gewinnen. Genug Zeit, um dafür zu sorgen, dass Charity nicht mittendrin steckte. Wenn der große Knall kam, würde sie wie gelähmt und verletzt sein. Sie würde es überwinden. Wenn alles vorüber war und sie von seiner Rolle dabei erfuhr, würde sie ihn hassen. Er würde es überwinden. Er würde es müssen.

Er hörte einen Wagen, schaute auf und richtete den Blick dann wieder aufs Wasser. Er fragte sich, ob er eines Tages zurückkehren könnte und am selben Fleck stehen und darauf warten, dass Charity über die Straße zu ihm gelaufen kam.

Fantasien, sagte Ronald sich und schnippte die halb gerauchte Zigarette zu Boden. Er verschwendete viel zu viel Zeit mit Fantasien.

Der Wagen kam schnell, mit protestierendem Motor und röhrendem Auspuff. Ronald blickte erneut auf, verärgert, weil sein Morgen und seine Gedanken gestört wurden.

Seine Verärgerung rettete ihm das Leben.

Er brauchte nur einen Moment, um zu erkennen, was geschah, und eine Sekunde länger, um dem zu entgehen. Als der Wagen auf ihn zuschoss, sprang er beiseite und rollte sich in die Büsche. Er hielt seine Waffe bereits in der Hand, noch bevor er sich wieder aufrappelte. Er erhaschte einen Blick auf das Heck des Fahrzeugs, als es um die nächste Kurve raste. Ihm blieb nicht einmal Zeit zu fluchen, bevor er Charitys Schrei hörte.

Er rannte, ungeachtet des Brennens im Oberschenkel, wo der Wagen ihn gestreift hatte, und des Bluts auf seinem Arm, den er sich an einem Stein aufgeschrammt hatte. Er hatte dem Tod ins Auge gesehen. Er hatte getötet. Aber er hatte keine Panik gekannt bis zu diesem Moment, als ihr Schrei in seinem Kopf nachhallte. Er hatte keine Qual gekannt, bis er Charity neben der Straße liegen sah.

Der Hund hockte neben ihr, wimmernd, und stupste ihr Gesicht mit der Nase an. Er drehte sich um, als Ronald sich näherte, begann zu knurren, sprang dann bellend auf.

»Charity.« Ronald kniete sich neben sie und fühlte mit zitternder Hand nach ihrem Puls. »Es wird alles gut, Baby«, murmelte er, während er sie auf gebrochene Knochen untersuchte.

War sie überfahren worden? Eine schreckliche Vision, wie sie vom Wagen gerammt und in die Luft geschleudert wurde, stieg im Geiste vor ihm auf. Mit all seiner Selbstbeherrschung unterdrückte er diese Vorstellung. Charity atmete. Er klammerte sich daran.

Der Hund winselte, als Ronald ihren Kopf drehte und die Wunde an ihrer Schläfe untersuchte. Es war der einzige farbige Fleck in ihrem Gesicht. Mit seinem Stirnband tupfte er das Blut ab.

Grimmig steckte er die Waffe wieder ein. Dann hob er Charity auf die Arme. Ihr Körper wirkte schlaff. Er verstärkte seinen Griff, fürchtete halb, sie könnte ihm durch die Arme schlüpfen. Er sprach zu ihr, während der gesamten halben Meile zurück zum Gasthaus, obwohl sie blass und stumm blieb.

Bob stürmte aus dem Vordereingang des Gasthauses. »Lieber Himmel! Was ist passiert? Was, zum Teufel, haben Sie ihr getan?«

Ronald hielt gerade lange genug inne, um ihm einen düsteren, zornigen Blick zuzuwerfen. »Ich glaube, Sie wissen es besser. Holen Sie mir die Wagenschlüssel. Sie muss ins Krankenhaus.«

»Was geht hier vor?« Mae kam durch die Tür, wischte sich die Hände an der Schürze ab. »Lori sagt, sie hat gesehen ...« Sie erblasste, aber dann bewegte sie sich mit erstaunlicher Schnelligkeit, schob Bob beiseite, um zu Charity zu gelangen. »Bringen Sie sie nach oben.«

»Ich bringe sie ins Krankenhaus.«

»Nach oben«, wiederholte Mae und hielt ihm die Tür auf. »Wir rufen Dr. Mertens. Das geht schneller. Kommen Sie schon, Junge. Bob, ruf den Doktor an. Sag ihm, er soll sich beeilen.«

Ronald ging durch die Tür, den Hund auf den Fersen. »Und rufen Sie auch die Polizei«, fügte er hinzu. »Sagen Sie, es handelt sich um Fahrerflucht.«

Ohne Zeit mit Worten zu verschwenden, führte Mae ihn den Weg hinauf. Sie war ein wenig außer Atem, als sie den zweiten Stock erreichten, aber sie wurde nicht langsamer. Als sie Charitys Zimmer betraten, war die Farbe in ihr Gesicht zurückgekehrt.

»Legen Sie sie auf das Bett, und seien Sie vorsichtig.« Sie riss die Tagesdecke aus Spitze beiseite und schob dann ebenso wirkungsvoll Ronald zur Seite. »So, Mädchen, es wird alles gut.« Zu Ronald sagte sie: »Gehen Sie ins Badezimmer und holen Sie mir ein sauberes Handtuch.« Sie setzte sich auf die Kante, legte eine Hand auf Charitys Gesicht und untersuchte die Kopfwunde. »Sieht schlimmer aus, als es ist.« Sie atmete tief aus. Als Ronald ihr das Handtuch gab, drückte sie es auf

Charitys Schläfe. »Kopfwunden bluten immer stark. Aber diese ist nicht allzu tief.«

Er wusste nur, dass ihr Blut immer noch an seinen Händen klebte. »Sie müsste allmählich zu sich kommen.«

»Lassen Sie ihr Zeit. Später möchte ich wissen, was passiert ist, aber jetzt werde ich sie ausziehen und nachsehen, ob sie sonst noch irgendwo verletzt ist. Warten Sie unten.«

»Ich lasse sie nicht allein.«

Mae blickte auf. Ihre Lippen waren geschürzt, und Sorgenfältchen zeigten sich um ihre Augen. Nach einem Moment nickte sie nur. »Also gut. Aber dann machen Sie sich auch nützlich. Holen Sie mir die Schere aus dem Schreibtisch. Ich will die Bluse aufschneiden.«

So stehen die Dinge also, überlegte Mae, während sie Charitys Schuhe aufband. Sie erkannte, wenn ein Mann zu Tode erschrocken war. Nun, sie musste ihr Mädchen eben wieder auf die Beine bringen. »Sie können bleiben«, sagte sie zu Ronald, als er ihr die Schere reichte. »Aber was auch immer zwischen Ihnen beiden vorgeht, Sie werden sich umdrehen, bis ich sie akzeptabel gemacht habe.«

Er ballte die Hände zu Fäusten und schob sie in die Taschen, während er herumwirbelte. »Ich will wissen, wo sie verletzt ist.«

»Immer mit der Ruhe.« Mae schob die Bluse beiseite und beherrschte ihre Gefühle, während sie die Kratzer und Prellungen untersuchte. »Öffnen Sie die oberste rechte Schublade und geben Sie mir ein Nachthemd. Eins mit Knöpfen. Und gucken Sie nicht her«, fügte sie hinzu. »Sonst schicke ich Sie hinaus.«

Als Antwort warf er ein weißes Nachthemd auf das Bett. »Mir ist es egal, was sie anhat. Ich will wissen, wie schwer sie verletzt ist.«

»Ich weiß, Junge.« Maes Stimme wurde sanft, während sie Charitys schlaffen Arm in einen Ärmel steckte. »Sie hat ein paar Kratzer und Prellungen, das ist alles. Nichts gebrochen. Die Schnittwunde an ihrer Stirn muss behandelt werden, aber Schnitte heilen. Sie hat sich schlimmer verletzt, als sie vor einiger Zeit von einem Baum fiel. Sie kommt zu sich.«

Nun drehte er sich zu ihr um, Nachthemd oder nicht. Aber Mae hatte es bereits zugeknöpft. Er unterdrückte – knapp – den Drang, zu Charity zu eilen, behielt die Entfernung bei und beobachtete, wie ihre Augenlider flatterten. Das flaue Gefühl in seinem Magen war Erleichterung. Als sie stöhnte, wischte er sich die feuchten Handflächen an den Hosenbeinen ab.

»Mae?« Während Charity versuchte, klar zu sehen, streckte sie eine Hand aus. Sie erkannte die massige Gestalt ihrer Köchin, aber sonst wenig. »Was … Oh, mein Kopf.«

»Tut ziemlich weh, nicht wahr?« Maes Stimme klang forsch, aber sie nahm Charitys Hand in ihre. »Der Doktor wird das wieder in Ordnung bringen.«

»Doktor?« Verdutzt versuchte Charity sich aufzusetzen, aber vor Schmerz sank sie sofort zurück in die Kissen. »Ich will keinen Doktor.«

»Das wolltest du nie, aber er kommt trotzdem.«

»Ich werde nicht …« Widerspruch kostete zu viel Mühe. Stattdessen schloss sie die Augen und konzentrierte sich darauf, ihre Gedanken zu klären. Es war ziemlich offensichtlich, dass sie im Bett lag, aber wie, zum Teufel, war sie dorthin gekommen?

Sie erinnerte sich, dass sie mit Ludwig gelaufen war und dass er einen Baum neben der Straße unwiderstehlich gefunden hatte. Und dann … »Da war ein Auto«, sagte sie und öffnete wieder die Augen. »Der Fahrer muss betrunken oder verrückt gewesen sein. Er schien direkt auf mich zuzukommen. Wenn Ludwig mich nicht schon von der Straße gezogen hätte … Ich glaube, ich bin gestolpert. Ich weiß es nicht.«

»Das ist jetzt nicht wichtig«, versicherte Mae ihr. »Wir werden es später herausfinden.«

Nach energischem Klopfen öffnete Mae die Außentür. Ein kleiner rüstiger Mann mit weißem Haar kam hereingeeilt. Er trug eine schwarze Tasche, einen schmuddeligen Overall und schlammige Stiefel.

Nach einem Blick auf ihn schloss Charity die Lider. »Gehen Sie weg, Dr. Mertens. Ich fühle mich nicht wohl.«

»Sie wird sich nie ändern.« Dr. Mertens nickte Ronald zu, trat dann an das Bett, um seine Patientin zu untersuchen.

Leise zog Ronald sich in das Wohnzimmer zurück. Er brauchte einen Moment, um sich zusammenzureißen, um den Zorn zu bekämpfen, der in ihm aufstieg, nun, da er wusste, dass Charity wieder in Ordnung kommen würde. Er hatte seine Eltern verloren, er hatte seinen besten Freund begraben, aber er hatte nie diese Panik verspürt wie in dem Moment, als er Charity blutend und bewusstlos neben der Straße gefunden hatte.

Er nahm eine Zigarette heraus und trat an das offene Fenster. Er dachte an den Fahrer des alten verrosteten Chevy, der sie angefahren hatte. Obwohl sich Ronalds Zorn abkühlte, wusste er eines ganz genau: Es hätte ihm große Freude bereitet, denjenigen umzubringen, der sie verletzt hatte.

»Entschuldigung.« Lori stand händeringend in der Tür zum Flur. »Der Sheriff ist hier. Er will Sie sprechen, also habe ich ihn heraufgebracht.« Sie zupfte an ihrer Schürze und starrte auf die geschlossene Tür zum anderen Zimmer. »Charity?«

»Der Arzt ist bei ihr«, sagte Ronald. »Es ist nichts Schlimmes.«

Lori schloss die Augen und holte tief Luft. »Ich sage es den anderen. Treten Sie ein, Sheriff.«

Ronald musterte den dicklichen Mann, der offensichtlich

aus dem Bett geholt worden war. Sein Hemdsaum steckte nur zum Teil in der Hose, und er nippte an einer Tasse Kaffee, während er das Zimmer betrat.

»Sie sind Ronald DeWinter?«

»Stimmt.«

»Sheriff Royce.« Er setzte sich mit einem Seufzer auf die Armlehne von Charitys rosenfarbenem Queen-Anne-Sessel. »Was hat das mit der Fahrerflucht auf sich?«

»Vor zwanzig Minuten hat jemand versucht, Miss Ford zu überfahren.«

Royce starrte auf die geschlossene Tür, genau wie Lori zuvor. »Wie geht es ihr?«

»Sie hat eine Kopfverletzung und einige Prellungen.«

»Waren Sie bei ihr?« Royce zog einen Notizblock und einen Bleistiftstummel hervor.

»Nein. Ich war etwa eine Viertelmeile entfernt. Der Wagen schwenkte auf mich zu, fuhr dann weiter. Ich hörte Charity schreien. Als ich sie erreichte, war sie bewusstlos.«

»Ich nehme an, Sie haben den Wagen nicht gut sehen können?«

»Dunkelblauer Chevy. 67er oder 68er. Kaputter Auspuff. Vorderer rechter Kotflügel durchgerostet. Washingtoner Kennzeichen, Alpha Foxtrott Julia 847.«

Royce zog beide Augenbrauen hoch, während er die Beschreibung aufnahm. »Sie haben einen guten Blick.«

»Das stimmt.«

»Gut genug, um vermuten zu können, dass er Sie absichtlich anfahren wollte?«

»Ich brauche es nicht zu vermuten. Er hat gezielt.«

Ohne mit der Wimper zu zucken, machte Royce sich weiterhin Notizen. Er fügte für sich selbst eine Notiz als Gedächtnisstütze hinzu, Ronald DeWinter überprüfen zu lassen. »Er? Haben Sie den Fahrer gesehen?«

»Nein«, sagte Ronald schroff. Er verfluchte sich noch immer deswegen.

»Wie lange sind Sie denn schon auf der Insel, Mr. DeWinter?«

»Fast eine Woche.«

»Eine kurze Zeit, um sich Feinde zu schaffen.«

»Ich habe keine – hier –, soweit ich weiß.«

»Das macht Ihre Auffassung recht seltsam.« Immer noch kritzelnd, blickte Royce auf. »Es gibt niemanden hier auf der Insel, der Charity kennt und etwas gegen sie hat. Wenn es wahr ist, was Sie sagen, dann haben wir es mit Mordversuch zu tun.«

Ronald schnippte seine Zigarettenkippe aus dem Fenster. »Genau darüber reden wir. Ich will wissen, wem dieser Wagen gehört.«

»Ich werde es überprüfen.«

»Sie wissen es bereits.«

Royce klopfte mit dem Block auf sein Knie. »Ja, Sir, Sie haben einen guten Blick, das muss ich Ihnen lassen. Vielleicht kenne ich jemanden, der einen Wagen besitzt, auf den Ihre Beschreibung passt. Wenn ja, dann weiß ich, dass diese Person nicht einmal einen Hasen überfahren würde, geschweige denn eine Frau. Andererseits muss man einen Wagen nicht besitzen, um ihn zu fahren.« Er blickte auf, als Mae die Verbindungstür öffnete. »Nun dann, Maeflower.«

Es zuckte um ihre Mundwinkel, bevor sie die Lippen zusammenpresste. »Wenn du nicht vernünftig in einem Sessel sitzen kannst, dann steh gefälligst auf deinen Füßen, Jack Royce.«

Royce erhob sich grinsend. »Mae und ich sind zusammen zur Schule gegangen«, erklärte er. »Damals gefiel es ihr auch, mich herumzukommandieren. Du hast wohl heute keine Waffeln auf der Speiseliste, oder, Maeflower?«

»Vielleicht doch. Finde du heraus, wer mein Mädchen verletzt hat, und ich sorge dafür, dass du welche bekommst.«

»Ich arbeite daran.« Sein Gesicht wurde wieder ernst, als er zur Tür deutete. »Ist sie in der Lage, mit mir zu reden?«

»Seit sie zu sich gekommen ist, hat sie nichts anderes getan als reden.« Mae blinzelte eine Flut erleichterter Tränen fort. »Geh nur hinein.«

Royce wandte sich an Ronald. »Ich melde mich wieder.«

»Der Doc sagt, sie kann schon Tee und Toast bekommen.« Mae schniefte, inszenierte dann ein Naseschnäuzen. »Heuschnupfen«, sagte sie schroff. »Ich bin froh, dass Sie in der Nähe waren, als sie verletzt wurde.«

»Wenn ich noch näher gewesen wäre, wäre sie nicht verletzt worden.«

»Und wenn sie diesen Hund nicht spazieren geführt hätte, wäre sie im Bett gewesen.« Sie hielt inne und sah Ronald dann ruhig an. »Ich nehme an, wir könnten ihn erschießen.«

Überrascht lachte er ein wenig auf. »Charity könnte etwas dagegen haben.«

»Sie würde es auch nicht mögen, dass Sie sich hier draußen zergrübeln. Ihr Arm blutet, Junge.«

Gelassen blickte er hinab auf seinen zerrissenen, blutigen Hemdsärmel. »Ein bisschen.«

»Ich kann es nicht erlauben, dass Sie Blutspuren auf dem ganzen Fußboden hinterlassen.« Sie ging zur Tür und winkte ihm zu. »Kommen Sie mit hinunter. Ich reinige Ihren Arm. Dann können Sie dem Mädchen das Frühstück bringen. Ich habe keine Zeit, den ganzen Morgen diese Treppen hinauf- und hinunterzulaufen.«

Nachdem der Arzt sein Abtasten und der Sheriff seine Befragung beendet hatten, starrte Charity zur Decke hinauf. Alles, was nur schmerzen konnte, schmerzte sie. Besonders der Kopf, aber auch ihr restlicher Körper.

Die Medizin hätte es gelindert, aber sie wollte so lange einen klaren Kopf behalten, bis sie alles ergründet hatte. Deswegen hatte sie die Pille, die Dr. Mertens ihr gegeben hatte, unter der Zunge behalten, bis sie allein gelassen worden war. Sobald sie ihre Gedanken geordnet hatte, wollte sie die Tablette schlucken und ein paar Stunden lang Vergessen finden.

Sie hatte den Wagen nur sehr flüchtig gesehen, aber er war ihr vertraut erschienen. Während des Gesprächs mit dem Sheriff hatte sie sich erinnert. Das Auto gehörte Mrs. Norton, einer netten alten Dame, die Zierdeckchen und Puppenkleider für die Kunstgewerbeläden im Ort häkelte. Charity glaubte nicht, dass Mrs. Norton jemals schneller als fünfundzwanzig Meilen die Stunde gefahren war. Das war wesentlich weniger als die Geschwindigkeit, mit der das Auto an diesem Morgen auf Charity zugerast war.

Sie hatte den Fahrer nicht gesehen, nicht richtig, aber sie hatte entschieden den Eindruck, dass es ein Mann gewesen war. Mrs. Norton war seit sechs Jahren verwitwet.

Dann ist alles ganz einfach, entschied Charity. Jemand hatte getrunken, Mrs. Nortons Wagen gestohlen und mit ihm eine wilde Vergnügungsfahrt über die Insel unternommen. Wahrscheinlich hatte er sie gar nicht am Straßenrand stehen sehen.

Zufrieden setzte sie sich im Bett auf. Alles Weitere war die Sorge des Sheriffs. Sie hatte eigene Probleme.

Die Frühstücksschicht würde wahrscheinlich ein Chaos werden. Aber vermutlich konnte sie sich darauf verlassen, dass Lori die anderen beruhigte. Dann war da der Fleischer. Sie musste noch die Bestellung für den nächsten Tag bei ihm aufgeben. Außerdem musste sie noch die Fotos auswählen, die sie für die Annonce in der Reisebroschüre verwenden wollte. Die Anzahlung war noch nicht erfolgt, und in Haus 3 rauchte außerdem der Kamin.

Was sie brauchte, war ein Notizblock, ein Bleistift und ein Telefon. Das war einfach. Sie konnte alle drei Dinge auf ihrem Schreibtisch im Wohnzimmer finden. Vorsichtig schwang sie die Beine über die Bettkante. Gar nicht so schlecht, dachte sie, aber sie ließ sich einen Moment Zeit, bevor sie aufzustehen versuchte.

Ärgerlich mit sich selbst stützte Charity eine Hand auf den Bettpfosten. Ihre Beine fühlten sich an, als wären sie mit Schlagsahne statt mit Muskeln und Knochen gefüllt.

»Was, zum Teufel, tust du da?«

Sie zuckte zusammen beim Klang von Ronalds Stimme. Dann wandte sie vorsichtig den Kopf zur Tür. »Nichts«, sagte sie und versuchte zu lächeln.

»Geh zurück ins Bett.«

»Ich habe nur ein paar Dinge zu erledigen.«

Sie schwankte, und sie war so weiß wie das Nachthemd, das züchtig bis zum Hals geschlossen und verführerisch kurz war. Ohne ein weiteres Wort stellte er das Tablett ab, das er gebracht hatte, durchquerte den Raum und hob Charity auf die Arme.

»Ronald, nicht. Ich …«

»Halt den Mund.«

»Ich wollte mich gleich wieder hinlegen. Gleich nach …«

»Halt den Mund«, wiederholte Ronald. Er legte sie auf das Bett, und dann gab er auf. Die Arme um sie geschlungen, barg er das Gesicht an ihrem Hals. »Oh Himmel, Baby.«

»Es ist ja alles gut.« Sie strich mit einer Hand durch sein Haar. »Mach dir keine Sorgen.«

»Ich dachte, du wärst tot. Als ich dich fand, dachte ich, du wärst tot.«

»Oh, das tut mir leid.« Sie massierte die Verkrampfung aus seinem Nacken, versuchte sich vorzustellen, wie er sich gefühlt haben musste. »Es muss schrecklich gewesen sein,

Ronald. Aber es sind nur ein paar Prellungen und blaue Flecke. In ein paar Tagen werden sie fort sein, und wir vergessen alles.«

»Ich werde es nicht vergessen.« Er löste sich von ihr. »Nie.«

Der Jähzorn, den sie in seinen Augen sah, ließ ihr Herz flattern. »Ronald, es war ein Unfall. Sheriff Royce wird sich darum kümmern.«

Er schluckte die Worte hinunter, die er sagen wollte. Es war besser, wenn sie an einen Unfall glaubte. Vorläufig. Er richtete sich auf, um das Tablett zu holen. »Mae hat gesagt, dass du essen darfst.«

Sie dachte an die Listen, die sie aufzustellen hatte, und beschloss, dass sie eher dazu kam, wenn sie sich gefügig zeigte. »Ich werde es versuchen. Wie geht es Ludwig?«

»Okay. Mae hat ihn hinausgebracht und ihm einen Schinkenknochen gegeben.«

»Ah, sein Lieblingsmahl.« Charity biss in den Toast und gab vor, Appetit zu haben.

»Wie geht es deinem Kopf?«

»Nicht allzu schlecht.« Es war eigentlich keine Lüge. Sie war sicher, dass ein Schlag mit einem Vorschlaghammer schlimmer gewesen wäre. »Keine Fäden.« Sie schob ihr Haar zurück, um ihm den leichten Verband zu zeigen. Ringsumher war die Haut dunkel verfärbt. »Willst du ein paar Finger hochhalten und mich fragen, wie viele ich sehe?«

»Nein.« Ronald wandte sich ab, weil er vor Wut zu explodieren fürchtete. Ein weiterer Gefühlsausbruch von ihm hätte ihr gerade noch gefehlt, ermahnte er sich. Er war nicht der Typ, der die Fassung verlor – zumindest war er es nicht gewesen, bis er ihr begegnet war. Er begann mit Schalen und Fläschchen herumzuspielen, die im Raum verteilt standen. Sie liebt nutzlose kleine Dinge, dachte er, während er einen Amethyst aufhob. Er fühlte sich linkisch und legte ihn nieder.

»Der Sheriff sagte, der Wagen hätte dich gestreift«, bemerkte Charity. Sie trank den beruhigenden Kräutertee und fühlte sich beinahe wieder menschlich. »Ich bin froh, dass du nicht verletzt bist.«

»Verdammt, Charity!« Ronald wirbelte heftig herum, beherrschte sich dann mühsam. »Nein, ich bin nicht verletzt.« Und er wollte dafür sorgen, dass auch sie nicht wieder verletzt wurde. »Es tut mir leid. Die ganze Geschichte hat mich nervös gemacht.«

»Ich weiß, was du meinst. Möchtest du Tee? Mae hat zwei Tassen bringen lassen.«

Er blickte zur hübschen geblümten Kanne. »Nur, wenn du einen Schuss Whiskey dazu hast.«

»Tut mir leid. Der ist ausgegangen.« Sie lächelte und klopfte auf das Bett. »Warum setzt du dich nicht zu mir?«

»Weil ich versuche, die Hände von dir zu lassen.«

»Oh.« Ihr Lächeln vertiefte sich. Es freute sie, dass sie robust genug war, um eine rasche Woge des Verlangens zu verspüren. »Ich mag deine Hände auf mir, Ronald.«

»Schlechter Zeitpunkt.« Weil er nicht widerstehen konnte, durchquerte er den Raum und nahm ihre Hand in seine. »Ich mag dich, Charity. Ich möchte, dass du mir das glaubst.«

»Das tue ich.«

»Nein.« Beharrlich verstärkte er den Griff um ihre Finger. Er wusste, dass er nicht gut mit Worten umgehen konnte, aber es war ihm wichtig, dass sie es verstand. »Mit dir ist es anders, als es je mit irgendjemandem zuvor gewesen ist.« Er bekämpfte eine neue Woge der Verzweiflung und lockerte seinen Griff. »Mehr kann ich dir nicht geben.«

Sie spürte ihr Herz bis zum Halse klopfen. »Wenn ich gewusst hätte, dass ich so viel von dir bekommen kann, hätte ich mir vielleicht schon vorher eine Beule am Kopf geholt.«

»Aber du verdienst mehr.« Er setzte sich und strich unendlich zart und sanft mit einem Finger um die Wunde an ihrer Stirn.

»Ich stimme zu.« Charity führte seine Hand an ihre Lippen und sah, wie seine Augen sich verdunkelten. »Ich bin geduldig.«

Etwas rührte sich in ihm, und er vermochte es nicht zu verhindern. »Du weißt nicht genug von mir. Du weißt gar nichts von mir.«

»Ich weiß, dass ich dich liebe. Ich nehme an, den Rest wirst du mir irgendwann erzählen.«

»Vertrau mir nicht, Charity. Nicht so sehr.«

»Hast du etwas so Unverzeihliches getan, Ronald?«

»Ich hoffe nicht.« Er wusste, dass er bereits zu viel gesagt hatte. »Du solltest dich jetzt ausruhen.«

»Das will ich auch, wirklich. Sobald ich mich um ein paar Dinge gekümmert habe.«

»Das Einzige, um was du dich heute kümmern musst, bist du.«

»Das ist sehr lieb von dir, und sobald ich ...«

»Du wirst mindestens vierundzwanzig Stunden lang nicht aufstehen.«

»Das ist doch lächerlich. Welchen Unterschied macht es schon, ob ich liege oder sitze?«

»Dem Arzt zufolge einen sehr großen.« Er nahm eine Tablette vom Nachttisch. »Ist das die Medizin, die er dir gegeben hat?«

»Ja.«

»Die du nehmen solltest, bevor er gegangen ist?«

Sie bemühte sich, nicht zu schmollen. »Ich werde sie nehmen, nachdem ich ein paar Telefonate geführt habe.«

»Keine Telefonate heute.«

»Jetzt hör mal zu, Ronald. Ich weiß deine Sorge zu schätzen, aber ich nehme keine Befehle von dir an.«

»Ich weiß. Du gibst sie mir.«

Bevor sie antworten konnte, senkte er die Lippen auf ihre, sanft, federleicht, warm. Mit einem kleinen entzückten Laut ließ sie sich hineinsinken.

Er hatte geglaubt, es würde leicht sein, nur eine flüchtige Kostprobe zu nehmen. Doch seine Hand ballte sich zu einer Faust, während er das Verlangen nach mehr bekämpfte. Sie war jetzt so verletzlich. Er wollte besänftigen, nicht erregen … wollte trösten, nicht verführen. Doch innerhalb von Sekunden war er erregt und verführt.

Als er zurückwich, murmelte sie einen Protest und zog ihn wieder an sich. Sie brauchte diese Zärtlichkeit von ihm, brauchte sie mehr als jede Medizin.

»Sachte«, sagte Ronald und kämpfte um Selbstbeherrschung. »Meine Willenskraft ist ein bisschen geschwächt, und du brauchst Ruhe.«

»Ich hätte lieber dich.«

Sie lächelte ihn an, und sein Magen verkrampfte sich. »Machst du alle Männer verrückt?«

»Ich glaube nicht.« Charity strich sich das Haar aus der Stirn. »Jedenfalls bist du der Erste, der mich das fragt.«

»Wir reden später darüber.« Entschlossen, das Beste für sie zu tun, reichte er ihr die Pille. »Nimm sie.«

»Später.«

»Jetzt.«

Mit einem Seufzer steckte sie die Pille in den Mund, nippte an dem erkaltenden Tee. »Da. Zufrieden?«

Er musste grinsen. »Ich bin alles andere als zufrieden, seit ich dich das erste Mal gesehen habe, Baby. Heb die Zunge!«

»Wie bitte?«

»Du hast es gehört.« Er legte eine Hand unter ihr Kinn. »Du bist ziemlich gut, aber ich bin besser.«

Sie wusste, dass sie geschlagen war. Sie nahm die Pille aus

dem Mund, schluckte sie dann betont auffällig. Sie berührte ihre Lippen mit der Zungenspitze. »Sie könnte immer noch da sein. Willst du mich danach durchsuchen?«

»Was ich will, ist, dass du im Bett bleibst.« Er küsste sie sanft. »Keine Anrufe, kein Papierkram.« Er ließ den Mund zu ihrem Hals wandern, nahm dann ihr Ohrläppchen zwischen die Lippen und spürte sie erschauern – und sich selbst. »Versprich es.«

»Ja.« Ihre Lippen öffneten sich unter seinen. »Ich verspreche es.«

»Gut.« Ronald richtete sich auf und nahm das Tablett. »Wir sehen uns später.«

»Aber …« Charity biss die Zähne zusammen, als er zur Tür ging. »Du spielst unfair, Ronald DeWinter.«

»Ja.« Er blickte zu ihr zurück. »Und um zu gewinnen.« Er verließ sie in der Gewissheit, dass sie ihr Versprechen nicht brechen würde. Er hatte sich um seine eigenen Angelegenheiten zu kümmern.

7. Kapitel

Ein wichtiger Aspekt von Ronalds Ausbildung hatte darin bestanden zu lernen, einen Auftrag auf gründliche und sachliche Art durchzuführen. Er hatte es stets als seine zweite Natur empfunden, beides zu tun. Bisher. Doch jetzt beabsichtigte er aus sehr persönlichen Gründen, gründlich zu sein.

Nachdem er Charity verließ, erwartete er, Bob allein im Büro vorzufinden, und er hoffte, ihn dort allein vorzufinden. Er wurde nicht enttäuscht.

Bob saß vor dem eingeschalteten Computerbildschirm, den Telefonhörer am Ohr. Geistesabwesend winkte er Ronald zu und setzte dann das Telefonat fort. »Gut, Mr. Parkington. Also ein Doppelzimmer für den fünfzehnten und sechzehnten Juli. Ich habe es notiert.«

»Legen Sie auf«, verlangte Ronald.

Bob hielt nur einen Finger hoch, signalisierte damit, er sei gleich durch mit dem Gespräch. »Ja, einschließlich Bad und Frühstück. Ihre Reservierung ...«

Ronald schlug mit einer Hand auf das Telefon, unterbrach die Verbindung.

»Was, zum Teufel, tun Sie da?«

»Ich frage mich wirklich, ob ich mir die Mühe machen soll, mit Ihnen zu reden, oder ob ich Sie lieber gleich umbringe.«

Bob sprang vom Stuhl auf und brachte hastig den Schreibtisch zwischen sich und Ronald. »Hören Sie, ich weiß, dass Sie einen unangenehmen Morgen hatten ...«

»Wirklich? Unangenehm. Das ist ein nettes, höfliches Wort

dafür. Aber Sie sind auch ein netter, höflicher Mann, nicht wahr?«

Bob blickte zur Tür und fragte sich, ob er die Chance hatte, sie zu erreichen. »Wir sind alle ein bisschen gereizt wegen Charitys Unfall. Sie könnten wahrscheinlich einen Drink vertragen.«

Ronald trat zu einem Stapel Computerhandbücher und förderte einen silbernen Flachmann zutage. »Ihrer?«, fragte er. Bob starrte ihn an. »Ich nehme an, Sie halten ihn hier versteckt für die langen Abende, wenn Sie bis spät arbeiten – und allein. Wundern Sie sich nicht, wieso ich wusste, wo er zu finden ist?« Er stellte die Flasche ab. »Ich bin darauf gestoßen, als ich vor ein paar Nächten hier eingebrochen bin und die Bücher durchgesehen habe.«

»Sie sind eingebrochen?« Bob wischte sich mit dem Handrücken über die plötzlich trockenen Lippen. »Das ist eine miese Art, Charity zu danken, dass sie Ihnen einen Job gegeben hat.«

»Ja, da haben Sie recht. Fast so mies, wie Charitys Gasthaus zu benutzen, um Falschgeld in Umlauf und Verbrecher aus dem Land zu bringen.«

»Ich weiß nicht, wovon Sie reden.« Bob machte einen vorsichtigen Schritt zur Tür. »Verschwinden Sie hier, DeWinter. Wenn ich Charity erzähle, was Sie getan haben …«

»Aber Sie werden es ihr nicht erzählen. Sie werden ihr gar nichts erzählen – noch nicht. Aber Sie werden es mir erzählen.« Ein einziger Blick ließ Bob reglos in seinem vorsichtigen Schritt zu Tür verharren. »Versuchen Sie, zur Tür zu kommen, und ich breche Ihnen ein Bein.« Ronald schüttelte eine Zigarette aus der Schachtel. »Setzen Sie sich.«

»Ich brauche mir das nicht gefallen zu lassen.« Bob machte einen Schritt zurück, fort von der Tür, fort von Ronald. »Ich werde die Polizei rufen.«

»Nur zu.« Ronald entzündete die Zigarette und beobachtete Bob durch eine Rauchwolke. »Ich war sehr versucht, dem Sheriff heute Morgen alles zu erzählen, was ich weiß. Aber das hätte mir die Genugtuung genommen, persönlich mit Ihnen und Ihren Komplizen abzurechnen.« Er schob das Telefon über den Schreibtisch in Bobs Richtung. »Aber rufen Sie ihn nur an. Ich werde einen Weg finden, mit Ihnen abzurechnen, auch wenn Sie im Knast sitzen.«

»Hören Sie, ich weiß, dass Sie aufgeregt sind …«

»Sehe ich aufgeregt aus?«, murmelte Ronald.

Nein, dachte Bob, er sieht eiskalt aus. Kaltblütig genug, um zu töten. Oder Schlimmeres. Sein Magen verkrampfte sich. Doch es musste einen Ausweg geben. Es gab immer einen. »Sie haben etwas von Falschgeld gesagt. Warum erzählen Sie mir nicht, worum es geht, und wir versuchen es in aller Ruhe …«

Bevor er aussprechen konnte, zerrte Ronald ihn am Kragen vom Stuhl hoch. »Wollen Sie sterben?«

»Nein.«

»Dann lassen Sie den Quatsch.« Ronald stieß ihn zurück auf den Stuhl. »Es gibt zwei Dinge, die Charity hier nicht erledigt. Nur zwei. Sie kocht nicht, und sie arbeitet nicht mit dem Computer. Besser gesagt, sie kann nicht. Sie kann nicht kochen, weil Mae es ihr nicht beigebracht hat. Es ist recht leicht zu erraten, warum. Mae will in der Küche regieren, und Charity lässt sie gewähren. Es ist genauso leicht zu erraten, warum sie nicht mit einem elementaren Bürocomputer umgehen kann. Sie haben es ihr nicht beigebracht, oder Sie haben die Lektionen so kompliziert und widersprüchlich gestaltet, dass sie es nie verstanden hat. Wollen Sie mir verraten, warum Sie das getan haben?«

»Sie hat sich eigentlich nie dafür interessiert.« Bob schluckte schwer. »Sie kann die Grundbegriffe ausführen, wenn sie muss, aber Sie kennen Charity ja. Sie interessiert sich mehr für Menschen als für Maschinen. Ich zeige ihr alle Ausdrucke.«

»Alle? Sie und ich wissen, dass Sie ihr nicht alle zeigen. Soll ich Ihnen sagen, was meiner Ansicht nach auf den Disketten ist, die Sie in der Schublade versteckt halten?«

Mit nervösen Fingern holte Bob ein Taschentuch hervor und wischte sich über die Stirn. »Ich weiß wirklich nicht, wovon Sie reden.«

»Sie führen die Bücher für das Gasthaus und für das kleine Nebengeschäft, das Sie und Ihre Freunde betreiben. Ich kann mir denken, dass ein Mann wie Sie Unterlagen aufbewahrt. Als kleine Rückversicherung für den Fall, dass die Leute, für die Sie arbeiten, auf Sie verzichten wollen.« Ronald öffnete eine Schublade und nahm eine Diskette heraus. »Wir sehen sie uns später an«, sagte er und warf sie auf den Schreibtisch. »Zwei- oder dreitausend werden die Woche hier ›gewaschen‹. Bei zweiundfünfzig Wochen im Jahr ergibt das eine recht ordentliche Ausbeute. Nimmt man dazu die Gebühren, die Sie berechnen, um jemanden innerhalb der Reisegruppe über die Grenze zu schmuggeln, dann ergibt das eine hübsche Summe.«

»Das ist doch verrückt.« Bob zerrte an seinem Hemdkragen. »Sie müssen wissen, dass es verrückt ist.«

»Wussten Sie, dass Ihre Referenzen hier immer noch in den Akten sind?«, fragte Ronald im Plauderton. »Das Problem ist nur, dass sie nicht stimmen. Sie haben nie in einem Hotel in San Francisco gearbeitet.«

»Also habe ich meine Chancen ein bisschen aufgepolstert. Das beweist gar nichts.«

»Ich glaube, wir stoßen auf etwas Interessanteres, wenn wir Ihre Unterlagen durchgehen.«

Bob starrte hinab auf die Diskette. »Kann ich einen Schluck haben?«

Ronald warf ihm den Flachmann zu. »Sie halten mich für einen Cop, stimmt's? Oder zumindest waren Sie besorgt genug, um die Ohren offen zu halten. Sie haben mich die falschen Fragen stellen hören, und Sie hatten Angst, ich könnte Charity von dem Unternehmen erzählen.«

»Es kam mir komisch vor.« Bob nahm einen Schluck Wodka, wischte sich die Lippen ab und trank erneut. »Sie haben mich von Anfang an nervös gemacht.«

»Warum?«

»Wenn man in meinem Geschäft ist, lernt man, Cops zu erkennen. Im Supermarkt, auf der Straße, im Wäschegeschäft. Wo auch immer, man erkennt sie.«

Ronald dachte an sich selbst und die Jahre, die er auf der anderen Seite verbracht hatte. Auch er hatte Cops entlarvt, und er konnte es immer noch. »Okay. Was haben Sie also getan?«

»Ich habe Block gesagt, dass ich Sie für einen Spitzel halte, aber er meinte, ich sei nur hysterisch. Ich wollte aussteigen, bis Sie wieder weg sind, aber er wollte nicht auf mich hören. Gestern Abend, als Sie zum Dinner unten waren, habe ich Ihr Zimmer durchsucht. Ich habe eine Schachtel Patronen gefunden. Keine Waffe, nur die Patronen. Das hieß, dass Sie sie bei sich hatten. Ich habe Block angerufen und ihm gesagt, dass Sie mit Sicherheit ein Cop sind. Sie haben viel Zeit mit Charity verbracht, und deshalb dachte ich mir, dass sie mit Ihnen zusammenarbeitet.«

»Also haben Sie versucht, sie umzubringen.«

»Nein, nicht ich.« In Panik drückte Bob sich an die Stuhllehne zurück. »Ich schwöre es. Ich bin kein gewalttätiger Mensch, DeWinter. Teufel, ich mag Charity. Ich wollte mich zurückziehen, eine Verschnaufpause einlegen. Wir haben schon einen anderen Platz eingerichtet, in den Olympic Mountains. Ich dachte, wir könnten ein paar Wochen lang legal vorgehen und dann umziehen. Block hat nur gesagt, dass er sich um die Sache kümmern will, und ich dachte, er meinte damit, wir würden bei der Reisegruppe in der nächsten Woche reell vorgehen. Das hätte mir Zeit gegeben, hier alles zu regeln und auszusteigen. Wenn ich gewusst hätte, was er vorhatte …«

»Was dann? Hätten Sie Charity gewarnt?«

»Ich weiß es nicht.« Bob leerte den Flachmann, doch der Alkohol half kaum, seine Nerven zu beruhigen. »Hören Sie, ich begehe Gaunereien, Hochstapelei. Ich bringe keine Leute um.«

»Wer hat den Wagen gefahren?«

»Ich weiß es nicht. Ich schwöre es.« Bob umklammerte die Armlehnen des Stuhls, als Ronald einen Schritt auf ihn zutrat. »Schauen Sie, nachdem es passiert war, habe ich mich mit Block in Verbindung gesetzt. Er hat gesagt, er hat jemanden angeheuert. Er selbst kann es nicht gewesen sein, weil er auf dem Festland war. Er sagte, dass der Bursche sie nicht umbringen wollte. Block wollte sie nur ein paar Tage aus dem Weg haben. Wir erwarten eine größere Lieferung, und …« Er brach ab in dem Wissen, dass er sich tiefer und tiefer hineinzog.

Ronald nickte nur. »Sie werden herausfinden, wer den Wagen gefahren hat.«

»Okay, sicher.« Bob gab das Versprechen, ohne zu wissen, ob er es halten konnte. »Ich werde es herausfinden.«

»Sie und ich werden in den nächsten Tagen zusammenarbeiten.«

»Aber … wollen Sie Royce nicht anrufen?«

»Lassen Sie Royce meine Sorge sein. Sie werden weiterhin das tun, was Sie am besten können. Lügen. Nur werden Sie jetzt Block belügen. Sie werden genau das tun, was ich Ihnen sage, wenn Sie am Leben bleiben wollen. Wenn Sie gute Arbeit leisten, lege ich bei meinen Vorgesetzten ein Wort für Sie ein. Vielleicht können Sie ein Abkommen treffen, wenn Sie der Anklage Beweise liefern.« Ronald beugte sich vor. »Wenn Sie versuchen zu verschwinden, werde ich Sie aufspüren. Ich werde Sie finden, wo auch immer Sie sich verstecken, und wenn ich mit Ihnen fertig bin, werden Sie wünschen, ich hätte Sie getötet.«

Bob blickte Ronald in die Augen. Er glaubte ihm. »Was soll ich tun?«

»Erzählen Sie mir von der nächsten Lieferung.«

Charity war es leid. Es war schlimm genug, dass sie Ronald ihr Wort gegeben hatte und den ganzen Tag im Bett bleiben musste. Sie konnte nicht einmal das Telefon benutzen, um im Büro anzurufen und sich zu erkundigen, was in der Welt vorging.

Sie versuchte es mit Fassung zu tragen und blätterte durch die Bücher und Zeitschriften, die Lori ihr gebracht hatte. Sie gestand sich sogar ein, dass sie sich gelegentlich, wenn es im Gasthof besonders hektisch zugegangen war, den Luxus ersehnt hatte, einen müßigen Tag im Bett verbringen zu können. Nun konnte sie es, und sie hasste es.

Die Tablette, die Ronald sie zu schlucken gezwungen hatte, hatte sie schläfrig gemacht. Sie schlummerte immer wieder ein, um später zu erwachen und sich zu ärgern, dass sie nicht genug Beherrschung besaß, um wach zu bleiben und sich zu langweilen.

Er hat mich versprechen lassen, im Bett zu bleiben, dachte Charity und klopfte ungehalten auf das Kissen, und er hat nicht einmal genug Anstand, um mir fünf Minuten lang Gesellschaft zu leisten. Es lag nicht in ihrer Natur, untätig zu sein, und wenn sie es noch fünf Minuten länger sein musste, würde sie schreien.

Sie lächelte ein wenig bei dieser Vorstellung. Was würde er tun, wenn sie einen Grauen erregenden Schrei ausstieße? Es würde interessant sein, das herauszufinden. Sie nickte und holte tief Luft.

»Was tust du da?«

Sie atmete langsam wieder aus, als Ronald eintrat. Freude stieg in ihr auf, aber sie verbarg sie schnell hinter Groll. »Das fragst du mich ständig.«

»Wirklich?« Er brachte wieder ein Tablett, mit Maes köstlicher Hühnersuppe und selbst gebackenen Brötchen. »Also, was hast du getan?«

»Mich zu Tode gelangweilt. Ich glaube, ich würde lieber erschossen werden.« Sie beschloss, ein wenig freundlicher zu sein. Nicht aus Freude, ihn zu sehen, sagte sie sich, sondern weil es inzwischen dämmerte und sie seit Stunden nichts gegessen hatte. »Ist das für mich?«

»Wahrscheinlich.« Ronald stellte das Tablett auf ihren Schoß, blieb in ihrer Nähe stehen und betrachtete sie lange und gründlich. Er konnte den Zorn nicht beschreiben, den er beim Anblick der Prellungen und Bandagen verspürte. Ebenso wenig, wie er die Freude und Erleichterung beschreiben konnte, die er verspürte, als er die Verärgerung in ihrem Blick und die Farbe auf ihren Wangen sah. »Ich glaube, du irrst dich, Charity. Du wirst überleben.«

»Was ich nicht dir zu verdanken habe.« Sie machte sich über die Suppe her. »Erst entlockst du mir ein Versprechen, und dann lässt du mich zwölf Stunden lang verrotten. Du hättest ruhig mal für eine Minute heraufkommen können, um nachzusehen, ob ich nicht im Koma liege.«

Er war heraufgekommen, aber sie hatte geschlafen. Dennoch war er fast eine halbe Stunde geblieben und hatte sie nur angesehen. »Ich war ein bisschen beschäftigt«, sagte er und brach sich ein halbes Brötchen ab.

»Darauf wette ich.« Charity entriss ihm das Brötchen wieder. »Da du gerade hier bist, könntest du mir sagen, wie es unten läuft.«

»Alles unter Kontrolle«, murmelte er und dachte an Bob und die Telefonate, die er selbst bereits geführt hatte.

»Es ist erst Bonnies zweiter Tag. Sie hat nicht …«

»Sie kommt gut zurecht«, warf er ein. »Mae bewacht sie wie ein Adler. Wo kommen die alle her?« Er deutete auf das halbe Dutzend Vasen mit frischen Blumen.

»Die Gänseblümchen hat Lori gebracht. Dann sind die Ladys mit den Veilchen gekommen. Sie hätten eigentlich nicht all die Treppen steigen sollen.« Sie rasselte weitere Namen von Leuten herunter, die ihr Blumen gebracht oder geschickt hatten.

Ich hätte ihr welche bringen sollen, dachte Ronald. Er stand auf und steckte die Hände in die Hosentaschen. Es war ihm gar nicht in den Sinn gekommen. Solche Dinge fielen ihm nicht ein. Nicht die kleinen, romantischen Dinge, die einer Frau wie Charity zustanden.

»Ronald?«

»Was?«

»Bist du den ganzen Weg heraufgekommen, nur um die Pfingstrosen anzustarren?«

»Nein.« Er hatte nicht einmal deren Namen gewusst. Er wandte sich von den dicken rosa Blüten ab. »Willst du noch etwas essen?«

»Nein.« Sie klopfte mit dem Löffel an die leere Schale. »Ich will nicht mehr essen, ich will keine Zeitschriften mehr, und ich will nicht, dass sonst noch jemand kommt und mir die Hand tätschelt und mir sagt, dass ich viel Ruhe brauche. Wenn du das im Sinn hattest, kannst du gleich wieder gehen.«

»Du bist eine charmante Patientin, Charity.« Er beherrschte sich eisern und nahm das Tablett fort.

»Nein, ich bin eine miserable Patientin.« Wütend gab sie ihre Selbstbeherrschung auf, und genauso wütend warf sie ihm ein Taschenbuch an den Kopf. Zum Glück verfehlte sie ihr Ziel. »Und ich bin es leid, hier eingesperrt zu sein, so als hätte ich eine ansteckende Krankheit. Ich habe eine Beule am Kopf, keinen Gehirntumor.«

»Ich glaube nicht, dass ein Gehirntumor ansteckend ist.«

»Sei kein solcher Schlaumeier.« Mit finsterem Blick kreuzte sie die Arme vor der Brust. »Ich bin es leid, hier zu liegen, und noch mehr leid, gesagt zu kriegen, was ich tun soll.«

»Das verträgst du nicht besonders gut, oder? Ganz gleich, wie gut es für dich ist?«

Gerade jetzt wollte sie nichts weniger hören als die Wahrheit. »Ich habe ein Gasthaus zu führen, und das kann ich nicht vom Bett aus.«

»Heute Abend brauchst du das nicht.«

»Es ist mein Gasthaus, wie es mein Körper und Kopf ist.« Charity warf die Decke beiseite. Doch während sie begann, aus dem Bett zu steigen, lastete ihr Versprechen wie eine Kette auf ihr. Sie ließ sich wieder zurück in die Kissen fallen.

Ronald musterte sie abwägend. »Warum stehst du nicht auf?«

»Weil ich es versprochen habe. Und jetzt verschwinde, verdammt. Verschwinde und lass mich in Ruhe.«

»Gut. Ich sage Mae und den anderen, dass du dich wieder besser fühlst. Sie waren besorgt um dich.«

Sie warf ein anderes Buch nach ihm, doch sie traf nur die Tür, die sich hinter ihm schloss. Zum Teufel mit ihm, dachte sie und ließ das Kinn auf die Knie sinken. Zum Teufel mit allem.

Zum Teufel mit ihr, dachte Ronald. Er war nicht zu Charity hinaufgegangen, um sich zu streiten, und er hatte es nicht nötig, eine schlecht gelaunte Frau zu ertragen, die Dinge nach ihm warf, während er nichts zurückwerfen konnte. Auf halbem Weg die Treppe hinunter kehrte er um und stieg wieder hinauf.

Charity blies Trübsal, als er die Tür öffnete. Sie wusste es, sie hasste es, und sie wünschte in Ruhe gelassen zu werden, um damit fortfahren zu können. »Was ist?«

»Steh auf.«

Sie richtete sich im Bett auf. »Warum?«

»Steh auf«, wiederholte Ronald. »Zieh dich an. Es muss doch einen Fußboden zu wischen oder einen Papierkorb zu leeren geben.«

Sie reckte das Kinn vor. »Ich habe gesagt, dass ich nicht aufstehe, und ich werde es auch nicht tun.«

»Entweder stehst du allein auf, oder ich zerre dich aus dem Bett.«

Zorn verdunkelte ihre Augen und ließ sie das Kinn noch mehr vorstrecken. »Das würdest du nicht wagen.« Sie bereute ihre Worte, noch während sie sprach. Sie hatte bereits erkannt, dass er ein Mann war, der alles wagte. Und sie hatte recht.

Ronald trat zum Bett und ergriff ihren Arm. Charity hielt sich an einem Bettpfosten fest. Dennoch gelang es ihm, sie auf die Knie hochzuziehen. Bevor das Tauziehen weitergehen konnte, begann sie zu kichern.

»Das ist albern.« Sie schlang den Arm um den Bettpfosten. »Wirklich albern. Hör auf, Ronald. Sonst falle ich noch auf den Kopf und hole mir ein Loch.«

»Du wolltest aufstehen. Also steh auf.«

»Nein, ich wollte mir selbst leidtun. Und es ist mir auch ganz gut gelungen. Ronald, du wirst mir noch die Schulter auskugeln.«

»Du bist die trotzigste, eigensinnigste, unvernünftigste Frau, die mir je begegnet ist«, sagte er. Doch er ließ sie los.

»Den ersten beiden muss ich zustimmen, aber unvernünftig bin ich normalerweise nicht.« Sie lächelte zu ihm auf und kreuzte die Beine im Indianer-Stil. Der Sturm war vorüber. Zumindest auf ihrer Seite. Sie erkannte den Zorn, der noch immer seine Augen verdunkelte. Sie stieß einen langen Seufzer aus. »Ich habe gerade eine tolle Mitleidsparty für mich abgehalten, als du hereinkamst. Es tut mir leid, dass ich es an dir ausgelassen habe.«

»Ich brauche keine Entschuldigung.«

»Doch.« Sie hätte ihm die Hand geboten, aber sie bezweifelte, dass er zu einem Friedensabkommen bereit war. »Ich bin es nicht gewöhnt, von den Vorgängen abgeschnitten zu sein. Ich bin fast nie krank, und deswegen habe ich nicht viel Übung darin, es tapfer zu ertragen.« Sie warf ihm einen verstohlenen Seitenblick zu. »Es tut mir wirklich leid, Ronald. Willst du böse auf mich bleiben?«

»Das wäre vielleicht die beste Lösung.« Verärgerung hatte nichts mit dem zu tun, was er im Moment fühlte. Sie sah so reizvoll aus mit dem halben Lächeln auf dem Gesicht, dem zerzausten Haar, dem hochgeschlossenen Nachthemd, den halb entblößten Schenkeln.

»Willst du mir eine runterhauen?«

»Vielleicht.« Es war hoffnungslos. Er lächelte und setzte sich neben sie. »Wenn du wieder auf den Beinen bist, tue ich es vielleicht einmal.«

»Es war nett von dir, dass du mir das Dinner gebracht hast. Ich habe mich nicht einmal bedankt.«

»Nein, das hast du nicht.«

Sie beugte sich vor und küsste ihn auf die Wange. »Danke.«

»Gern geschehen.«

Charity blies sich die Haare aus der Stirn. »Hatten wir heute Abend viele Gäste?«

»Ich habe dreißig Tische bedient.«

»Ich werde dir eine Gehaltserhöhung geben müssen. Hat Mae ihren Schokoladencremekuchen gebacken?«

»Ja.«

»Ich nehme an, es ist keiner übrig.«

»Nicht ein Krümel. Er war köstlich.«

»Du hast welchen gehabt?«

»Die Mahlzeiten sind ein Teil meiner Bezahlung.«

Charity fühlte sich benachteiligt und lehnte sich zurück an die Kissen. »Stimmt.«

»Willst du jetzt wieder schmollen?«

»Nur eine Minute. Ich wollte dich fragen, ob der Sheriff etwas Neues über den Wagen weiß.«

»Nicht viel. Er hat ihn etwa zehn Meilen von hier gefunden, verlassen.« Ronald strich eine Falte zwischen ihren Brauen fort. »Sorg dich deswegen nicht.«

»Das tue ich auch eigentlich nicht. Ich bin nur froh, dass der Fahrer sonst niemanden verletzt hat. Lori sagt, dass dein Arm verwundet ist.«

»Ein bisschen.« Ihre Hände waren miteinander verschlungen. Er wusste nicht, ob er ihre oder sie seine genommen hatte.

»Bist du gerade spazieren gegangen, als es passierte?«

»Ich habe auf dich gewartet.«

»Oh.« Charity lächelte erneut.

»Du solltest dich jetzt lieber ausruhen.« Er fühlte sich verlegen und linkisch. Keine andere Frau hatte ihm je eine der beiden Reaktionen entlockt.

Widerstrebend ließ sie seine Hand los. »Sind wir wieder Freunde?«

»Das könnte man wohl sagen. Gute Nacht, Charity.«

»Gute Nacht.«

Er ging zur Tür und öffnete sie. Aber er konnte nicht über die Schwelle treten. Er stand dort, kämpfte mit sich selbst.

Obwohl es nur wenige Sekunden waren, erschien es beiden wie Stunden. »Ich kann nicht.« Er drehte sich wieder um, schloss leise die Tür.

»Was?«

»Ich kann nicht gehen.«

Ihr Lächeln erblühte, in den Augen, auf den Lippen. Sie öffnete die Arme für ihn, wie er es erwartet hatte. Zu ihr zurückzugehen, war beinahe so schwer, wie fortzugehen. Er nahm ihre Hände und hielt sie fest.

»Ich bin nicht gut für dich, Charity.«

»Und ich glaube, du bist sogar sehr gut für mich.« Sie führte ihre vereinten Hände an die Wange und fuhr fort: »Und das wiederum bedeutet, dass einer von uns beiden sich irren muss.«

»Wenn ich könnte, würde ich fortgehen.«

Sie spürte den Stich und akzeptierte ihn. Sie hatte nie erwartet, dass es schmerzlos wäre, Ronald zu lieben. »Warum?«

»Aus Gründen, die ich dir nicht erklären kann. Aber ich kann nicht fortgehen. Früher oder später wirst du wünschen, ich hätte es getan.«

»Nein.« Sie zog ihn auf das Bett hinab. »Was auch passiert, ich werde froh sein, dass du geblieben bist.« Nun strich sie die Falten von seiner Stirn fort. »Ich habe dir doch gesagt, dass es nur dann passieren wird, wenn es richtig ist.« Sie verschränkte die Hände hinter dem Nacken. »Ich liebe dich, Ronald. Heute Nacht ist etwas, was ich will, etwas, was ich beschlossen habe.«

Charity zu küssen, war, wie in einem Traum zu versinken. Sanft, betörend, zu schön, um wahr zu sein. Ronald wollte sie umhegen, wollte ihr Zärtlichkeit schenken, ihr nicht wehtun, und wusste doch, dass er letztlich keine andere Wahl hatte, als ihr wehzutun.

Doch in dieser Nacht, für ein paar kostbare Stunden, gab

es keine Zukunft. Mit ihr könnte er sein, was er nie zuvor zu sein versucht hatte. Sanft, liebevoll, zärtlich. Mit ihr könnte er glauben, dass Liebe genug war.

Er liebte sie. Obgleich er nie gewusst hatte, dass er zu diesem starken und zerbrechlichen Gefühl fähig war, verspürte er es mit ihr. Es durchströmte ihn, schmerzlos und süß, heilte vergessene Wunden, linderte Schmerzen, mit denen er stets gelebt hatte. Wie hätte er ahnen können, dass sie seine Rettung sein würde? In der kurzen Zeit, die ihm blieb, wollte er es ihr zeigen. Und indem er es ihr zeigte, gab er sich selbst etwas, das er nie erwartet hatte.

Er gab ihr das Gefühl, schön zu sein. Und zart, dachte Charity, während seine Lippen sie liebkosten. Sie hörte ihr Seufzen, dann seines, als sie die Hände an seinem Rücken hinaufgleiten ließ. Sanft lehnte er sie zurück, berührte sie kaum, während sich der Kuss ausdehnte. Obwohl sie ihn so liebte, hatte sie nicht gewusst, dass er zu solcher Zärtlichkeit fähig sein könnte. Und sie konnte auch nicht wissen, dass er selbst es soeben erst entdeckt hatte.

Das Lampenlicht glühte warm. Ronald hatte nicht daran gedacht, die Kerzen zu entzünden. Aber er konnte Charity im Schein der Lampe sehen, die Augen dunkel, die Lippen vor Sehnsucht leicht geöffnet, als er seine auf ihren Mund senkte. Er hatte nicht daran gedacht, Musik anzustellen. Doch ihr Nachthemd wisperte, als sie die Arme um ihn schlang. Es war ein Geräusch, an das er sich stets erinnern würde. Ein Windhauch drang zum geöffneten Fenster herein, brachte den Duft der Blumen mit sich. Doch es war der Duft ihrer Haut, der ihm zu Kopf stieg.

Leicht, so als fürchte er, sie mit seiner Berührung zu verletzen, umschmiegte er ihre Brüste mit den Händen. Ihr stockte der Atem, und dann stöhnte sie auf. Nichts hatte ihn je so erregt.

Dann waren ihre Hände an seinem Hemd, sie öffnete die Knöpfe, während ihre Augen in seine blickten. Sie waren so dunkel, so tief wie das Wasser, das ihr Haus umgab. In ihnen konnte er alles lesen, was sie empfand.

»Ich will dich berühren«, sagte Charity, während sie ihm das Hemd von den Schultern streifte. Ihr Herz begann zu rasen, als sie ihn anblickte, seine festen Muskeln, seine straffe Haut.

Es war eine Stärke an ihm, die sie erregte, vielleicht weil sie ahnte, dass er rücksichtslos sein konnte. Es war eine Härte in seinem Körper, die sie erkennen ließ, dass er ein Mann war, der gekämpft hatte, der weiter kämpfen würde. Aber seine Hände waren zärtlich, beinahe zögernd. Ihre Erregung wuchs.

»Mir scheint, dass ich dich mein ganzes Leben lang so berühren wollte.« Sanft strich sie mit den Fingerspitzen über den Verband an seinem Arm. »Tut es weh?«

»Nein.« Jeder Muskel in Ronalds Körper spannte sich, als sie die Hände von seiner Taille zu seiner Brust gleiten ließ. Es war ihm unverständlich, wie jemand ihm so viel Frieden und Qual zur selben Zeit bringen konnte. »Charity ...«

»Küss mich nur, Ronald«, murmelte sie.

Er konnte es ihr nicht abschlagen. Er fragte sich, um was sie ihn bitten würde, wüsste sie, dass er machtlos war, ihr in diesem Moment irgendetwas zu verweigern. Er kämpfte gegen eine Woge der Verzweiflung, streichelte sie leicht und zart, bis er sie erschauern spürte.

Er wusste, dass er ihr lustvolles Vergnügen bereiten konnte, dass er ihre Leidenschaft entfachen konnte. Der Drang, es zu tun, loderte in ihm wie ein Buschfeuer. Er wusste, dass er sie schwach oder stark, wild oder matt machen konnte. Doch es war kein Gefühl der Macht, das dieses Wissen in ihm weckte. Es war Scheu.

Sie würde ihm geben, worum auch immer er bat, ohne Fragen, ohne Vorbehalte. Diese starke, wundervolle Frau war sein. Es war kein Traum, aus dem er verzweifelt mitten in der Nacht erwachen würde. Es war wirklich. Sie war wirklich, und sie wartete auf ihn.

Er hätte ihr das Nachthemd mit einem Ruck vom Körper reißen können. Stattdessen öffnete er einen winzigen Knopf nach dem anderen, folgte dem schmalen Pfad mit sanften Küssen. Sie konnte nur aufstöhnen, als seine Zunge ihre Haut befeuchtete, aufreizend und erhitzend. Die Nachtluft streifte sie, als er sie auszog. Dann hob er sie hoch, schmiegte sie in seine Arme.

Charity war um ihn geschlungen. Ihr Herz pochte heftig an seinen Lippen. Er brauchte einen Moment, um sich zurückzuhalten, sich zu beherrschen. Er wandte all sein Geschick an, um sie über die Grenze der Vernunft zu bringen.

Ihr Körper war gespannt an seinem. Er beobachtete, wie sie benommen die Augen öffnete. Sie wisperte seinen Namen, und dann bedeckte er ihren Mund mit seinem und fing ihr langes, leises Stöhnen auf, als ihr Körper schlaff wurde.

Es schien unmöglich. Unmöglich, so viel zu spüren und dennoch mehr zu brauchen. Blindlings griff sie nach ihm. Erneutes Verlangen stieg in ihr auf. Sie war eine Gefangene, eine willige Gefangene der heftigen Empfindungen, die er in ihr entfachte. Sie wollte sich um ihn schlingen, ihn festhalten, für immer. Er führte sie in einer langen, gemächlichen Reise an Orte, die sie nie gesehen hatte, an Orte, die sie nie wieder verlassen wollte.

Als er in sie glitt, hörte sie sein leises Aufstöhnen. Also war er genauso gefangen wie sie.

Das Gesicht an ihren Hals gepresst, bekämpfte er den Drang, der Erlösung entgegenzustürmen. Er war gefangen zwischen Himmel und Hölle, und er genoss es. Genoss sie. Er hörte sie seinen Namen flüstern, fühlte die Stärke in sie strömen. Sie war mit ihm, wie niemand zuvor es gewesen war.

Charity schlang die Arme um Ronald, um zu verhindern, dass er zurückwich. »Beweg dich nicht.«

»Ich tue dir weh.«

»Nein.« Sie stieß einen langen, langen Seufzer aus. »Nein, tust du nicht.«

»Ich bin zu schwer«, beharrte er und rollte sich mit ihr herum, sodass ihre Positionen vertauscht waren.

Zufrieden bettete sie den Kopf an seine Schulter. »Du bist der unglaublichste Liebhaber.«

Er versuchte nicht einmal, ein Lächeln zu unterdrücken. »Danke.« Besitzergreifend streichelte er über ihre Hüfte. »Hattest du viele?«

Nun lächelte Charity. Die Spur von Eifersucht in seiner Stimme war eine großartige Ergänzung zu der bereits herrlichen Nacht. »Definiere ›viele‹.«

Er unterdrückte einen Anflug von Verärgerung, der in ihm aufstieg, und ging auf ihr Spiel ein. »Mehr als drei. Drei sind ein paar. Mehr als drei sind viele.«

»Aha. Nun, in dem Fall …« Sie wünschte beinahe, sie könnte lügen und eine ganze Horde erfinden. »Dann hatte ich wohl weniger als ein paar. Das bedeutet aber nicht, dass ich einen unglaublichen nicht erkenne, wenn ich ihn finde.«

Er hob den Kopf und starrte sie an. »Ich habe in meinem Leben nichts getan, um dich zu verdienen.«

»Sei nicht dumm.« Sie hob den Kopf und küsste ihn flüchtig. »Und wechsle nicht das Thema.«

»Welches Thema?«

»Du bist clever, Ronald DeWinter, aber nicht so clever.« Sie musterte ihn im Lampenschein. »Jetzt bin ich an der Reihe, dich zu fragen, ob du viele Geliebte hattest.«

Diesmal lächelte er nicht. »Zu viele. Aber nur eine, die mir etwas bedeutet.«

Die Belustigung schwand aus ihren Augen, bevor Charity sie schloss. »Du bringst mich zum Weinen«, murmelte sie und senkte den Kopf wieder auf seine Brust.

Noch nicht, dachte Ronald und streichelte ihr Haar. Schon bald, aber noch nicht. »Warum hast du nie geheiratet?«, wunderte er sich laut. »Und keine Kinder?«

»Was für eine komische Frage! Ich habe vorher niemanden genug geliebt.« Sie zuckte zusammen über ihre eigenen Worte, zwang sich dann zu einem Lächeln, als sie den Kopf hob. »Das war kein Wink.«

Aber es war genau das, was er hören wollte. Er wusste, dass es verrückt war, so zu denken, wenn auch nur für ein paar Stunden, aber er wollte sich vorstellen, dass sie ihn genug liebte, um zu verzeihen, zu akzeptieren und zu versprechen. »Wie steht es mit den Reisen, die du unternehmen wolltest? Sollten die nicht zuerst kommen?«

Sie zuckte die Schultern und schmiegte sich wieder an ihn. »Vielleicht bin ich nie gereist, weil ich im Innern weiß, dass es mir missfallen würde, all die Orte allein zu sehen. Was ist schon schön an Venedig, wenn man niemanden hat, mit dem man in einer Gondel fahren kann? Oder Paris, wenn niemand da ist, um Händchen zu halten?«

»Du könntest mit mir hinfahren.«

Bereits halb eingeschlafen, lachte sie. Sie vermutete, dass er kaum mehr besaß als den Preis für die Überfahrt mit der Fähre. »Gut. Lass mich wissen, wann ich packen soll.«

»Würdest du es tun?« Er hob ihr Kinn und blickte in ihre schläfrigen Augen.

»Natürlich.« Sie küsste ihn, kuschelte den Kopf erneut an seine Schulter und schlief ein.

Ronald knipste die Lampe neben dem Bett aus. Lange Zeit hielt er Charity fest und starrte in die Dunkelheit.

8. Kapitel

Langsam schlug Charity die Augen auf und wunderte sich, warum sie sich nicht bewegen konnte. Verschlafen starrte sie in Ronalds Gesicht. Es war nur wenige Zentimeter von ihrem entfernt. Er hatte sie im Schlaf an sich gezogen, hielt ihre Arme und Beine wirkungsvoll mit seinen gefangen. Obgleich sein Griff recht beengend wirkte, empfand sie ihn als unglaublich süß. Sie ignorierte die Unbequemlichkeit, lag still und nutzte die Gelegenheit, um ihn ausgiebig zu betrachten.

Sie hatte stets geglaubt, dass die Leute im Schlaf sanfter, verletzlicher aussahen. Nicht Ronald. Er hatte den Körper eines Kämpfers und die Augen eines Mannes, der es gewohnt war, sich Schwierigkeiten direkt zu stellen. Nun waren seine Augen geschlossen, und sein Körper entspannt. Beinahe.

Dennoch fand sie, dass er, ob wach oder schlafend, knallhart aussah. War es immer so? fragte sie sich. Hatte er so sein müssen? Lächeln verlieh seinem Gesicht allerdings einen gewissen Charme. Es linderte das Misstrauen in seinen Augen. Ihrer Ansicht nach lächelte er viel zu selten.

Das werde ich ändern, dachte Charity. Jetzt spielte um ihre Lippen ein Lächeln, während sie ihn beobachtete. Mit der Zeit wollte sie ihm sanft beibringen, sich zu entspannen, zu genießen, zu vertrauen. Sie würde ihn glücklich machen. So zu lieben wie sie, ohne dass diese Liebe erwidert wurde, war nicht dankbar. Und es war auch nicht dankbar zu teilen, was sie während der Nacht geteilt hatten, ohne dass sein Herz ebenso verloren war wie ihres. Früher oder später würde er dahinterkommen, wie gut sie zusammenpassten.

Ich lasse dich nicht gehen, sagte sie ihm im Stillen. Du weißt es noch nicht, aber ich habe Einfluss auf dich, und der ist überhaupt nicht leicht zu brechen.

Ronald ist fähig zu geben, dachte sie. Nicht nur körperlich, obgleich sie sich nicht schämte einzugestehen, dass sein Geschick sie entzückt hatte. Er war ein Mann voller Gefühle, von denen zu viele unterdrückt waren. Was ist mit ihm geschehen, wunderte sie sich, dass er sich so vor der Liebe hütet und sich so sehr fürchtet, sie zu geben?

Sie liebte ihn zu sehr, um eine Antwort zu fordern. Es war eine Frage, die er von sich aus beantworten musste. Eine Frage, die er beantworten würde, sobald er ihr genug vertraute. Dann brauchte sie ihm nur zu zeigen, dass nichts davon zählte. Von nun an zählte nur noch, was sie füreinander empfanden.

Charity beugte sich über Ronald und küsste ihn leicht auf den Mund. Sofort öffnete er die Augen. Fasziniert beobachtete sie, wie deren Ausdruck sich von Misstrauen in Verlangen verwandelte. »Du hast einen leichten Schlaf«, sagte sie. »Ich habe nur …«

Bevor sie aussprechen konnte, presste er seinen Mund hungrig und beharrlich auf ihren. Sie stöhnte leise auf, als sie sich seinem Kuss hingab.

Es war der einzige Weg, den er kannte, um ihr zu sagen, wie viel es ihm bedeutete, aufzuwachen und sie warm und willig an seiner Seite vorzufinden. An zu vielen Morgen war er allein in fremden Betten in leeren Räumen erwacht.

Jahrelang hatte er sich bewusst von jedem abgesondert, der versucht hatte, ihm nahezukommen. Er hatte sich eingeredet, es sei wegen des Jobs. Aber das war eine Lüge, eine von vielen. Er hatte es vorgezogen, allein zu bleiben, weil er nicht hatte riskieren wollen, erneut zu verlieren. Erneut zu trauern. Nun, über Nacht, hatte sich alles geändert.

Er würde alles in Erinnerung behalten – die blassen Lichtstrahlen, die sich in den Raum stahlen, das erste Zwitschern, Trällern und Singen der Vögel, die die aufgehende Sonne begrüßten, den Duft von Charitys Haut, die sich an seiner erwärmte. Und den Geschmack ihres Mundes, der sich begierig unter seinem öffnete.

Es steckten so tiefe, dunkle Bedürfnisse in ihm. Charity spürte sie, verstand sie und begegnete ihnen bedingungslos. Während das Morgengrauen die Nacht vertrieb, erweckte er ihre eigenen Bedürfnisse, bis sie seine widerspiegelten.

Langsam, mit Leichtigkeit, schlüpfte er in sie. Mit einem Seufzer hieß sie ihn willkommen.

Charity fühlte sich so stark wie ein Ochse und so zufrieden wie eine Katze, die Sahne geschleckt hat. Mit geschlossenen Augen streckte sie die Arme. »Wenn ich bedenke, dass ich Joggen für die beste Art hielt, den Tag zu beginnen!« Lachend kuschelte sie sich wieder an Ronald. »Ich muss dir danken, dass du mir gezeigt hast, wie sehr ich mich geirrt habe.«

»Es war mir ein Vergnügen.« Er spürte sein Herz noch immer wie einen Hammer an seine Rippen pochen. »Gib mir eine Minute, und ich zeige dir den besten Grund, um morgens im Bett zu bleiben.«

Es war verlockend. Doch bevor ihr Blut sich erhitzen konnte, schüttelte sie den Kopf und setzte sich auf. »Vielleicht hast du etwas Zeit, wenn ich zurückkomme.«

Er umfasste ihr Handgelenk mit lockerem Griff. »Von wo?«

»Von Ludwigs Auslauf.«

»Nein.«

»Was, nein?«, hakte Charity nach.

Er kannte den Ton. Sie war wieder die Chefin, obgleich ihr Gesicht noch vom Liebesspiel glühte und sie nackt bis zur Taille war, wo das Laken sie umhüllte. Sie war wieder die Frau, die keine Befehle annahm. Er beschloss ihr zu zeigen, dass sie sich wiederum irrte. »Nein, du gehst nicht mit dem Hund hinaus.«

Weil sie vernünftig sein wollte, lächelte sie. »Doch, natürlich. Ich habe mein Versprechen gehalten und bin den ganzen Tag im Bett geblieben. Und die ganze Nacht. Jetzt heißt es zurück an die Arbeit.«

Innerhalb des Gasthauses war es ihm nur recht. Je früher alles wieder seinen normalen Gang nahm, desto besser. Aber auf keinen Fall wollte er sie allein auf einer verlassenen Straße herumwandern lassen. »Du bist nicht in der Verfassung, eine Meile zu laufen.«

»Drei Meilen, und ich bin sehr wohl in der Verfassung.«

»Drei?« Ronald zog eine Augenbraue hoch und strich mit einer Hand über ihren Schenkel. »Kein Wunder, dass du so herrlich feste Muskeln hast.«

»Das tut nichts zur Sache.« Sie wich zurück, bevor seine Berührung sie schwächen konnte.

»Du hast einen unglaublichen Körper.«

Sie schob seine forschenden Hände beiseite. »Ronald ... wirklich?«

Seine Lippen verzogen sich zu einem Lächeln. So gefielen sie Charity am besten. »Absolut. Lass es mich dir zeigen.«

»Nein, ich ...« Sie hielt seine Hände fest, die ihre Schenkel streichelten. »Wir bringen uns womöglich um, wenn wir das noch einmal versuchen.«

»Ich riskiere es.«

»Ronald, ich meine es ernst.« Ihr stockte der Atem, als er mit den Zähnen über ihre Haut strich. Es ist unmöglich, dachte sie, unmöglich, dass dieses tiefe Verlangen erneut erwacht. »Ronald ...«

»Fabelhafte Beine«, murmelte er und streichelte ihre Kniekehle mit der Zunge. »Ich habe ihnen letzte Nacht längst nicht genug Beachtung geschenkt.«

»Doch. Du versuchst nur, mich abzulenken.«

»Ja.«

»Das kannst du nicht.« Charity schloss die Augen. Er konnte es, und er tat es. »Ludwig braucht seinen Auslauf.«

»Prima.« Ronald setzte sich auf und umfing ihre Taille mit den Händen. »Ich führe ihn aus.«

»Du?« Sie wandte den Kopf ab, um seinem Kuss zu entgehen, und erschauerte, als seine Lippen über ihren Hals wanderten. »Das ist nicht nötig. Ich bin völlig ... Ronald ...« Sie flüsterte seinen Namen schwach, als er die Daumen über ihre Brüste kreisen ließ.

»Ja, ein wirklich unglaublicher Körper«, murmelte er. »Rank und schlank und unglaublich ansprechend. Ich kann dich nicht anfassen, ohne dich zu begehren.«

»Du versuchst mich zu verführen.«

»Dir entgeht auch gar nichts, oder?«

Sie war dabei zu verlieren, wurde beschämend schwach. Sie wusste, dass sie sich später darüber ärgern würde, doch nun konnte sie sich nur an ihn klammern und ihn seinen Willen durchsetzen lassen. »Ist das deine Antwort auf alles?«

»Nein.« Ronald hob ihre Hüften und führte sie zu ihm. »Aber es reicht.«

Unfähig zu widerstehen, schlang sie Arme und Beine um ihn und ließ das Verlangen von beiden Besitz ergreifen. Als es gestillt war, sank sie kraftlos zurück auf das Bett. Sie widersprach nicht, als Ronald die Decke über ihre Schultern hochzog.

»Bleib hier«, sagte er und küsste ihr Haar. »Ich komme zurück.«

»Die Leine hängt am Haken unter der Treppe«, murmelte Charity. »Er bekommt zwei Messlöffel Futter, wenn ihr zurück seid. Und frisches Wasser.«

»Ich glaube, ich kann mit dem Hund umgehen, Charity.«

Sie gähnte und zog die Decke höher. »Er jagt gern die Nachbarskatze, aber keine Sorge, er erwischt sie nicht.«

»Das erleichtert mich ungemein.« Ronald band sich die Schuhe zu. »Sonst noch etwas, das ich wissen sollte?«

»Hmm.« Sie kuschelte sich in die Kissen. »Ich liebe dich.«

Wie immer erschütterte es ihn, sie es sagen zu hören und zu wissen, dass sie es ernst meinte. Schweigend ging er hinaus.

Charity war nicht müde, aber sie gab Ronald recht. Schlaf war nicht der beste Grund, um morgens im Bett zu bleiben. Trotz ihrer Prellungen und Abschürfungen hatte sie sich noch nie besser gefühlt. Dennoch gönnte sie es sich, liegen zu bleiben und zu träumen, bis ihr Gewissen sie schließlich zum Aufstehen drängte.

Automatisch stellte sie die Stereoanlage an und machte das Bett. Im Wohnzimmer sah sie die Notizen durch, die sie sich gemacht hatte, und fügte noch einige hinzu. Dann stellte sie sich unter die Dusche.

Sie summte Tschaikowskys Violin-Konzert mit, als sich plötzlich raschelnd der Vorhang öffnete. »Ronald!« Sie presste beide Hände aufs Herz und lehnte sich gegen die Kacheln. »Du könntest mich genauso gut erschießen wie mich zu Tode erschrecken. Hast du noch nie vom Bates-Motel gehört?«

»Ich habe mein Fleischermesser in der anderen Hose gelassen.« Sie hatte das Haar auf dem Kopf zu einem witzig aussehenden Knoten gesteckt und ein Stück duftender Seife in der Hand. Ihre Haut glänzte nass. Er zog sich das Hemd aus und warf es beiseite. »Hast du nie daran gedacht, deinem Hund beizubringen, bei Fuß zu gehen?«

»Nein.« Grinsend beobachtete Charity, wie er seine Jeans öffnete. »Ich nehme an, du kannst eine Dusche gebrauchen.« Schweigend warf er die Hose zum Hemd. Sie musterte ihn lange und gründlich. »Nun, offensichtlich hat dich der Lauf nicht … ermüdet.« Sie lachte, als er zu ihr unter die Dusche stieg.

Es war fast eine Stunde später, als Charity in die Eingangshalle hinunterging. Sie blieb am Empfang stehen und lächelte. »Guten Morgen, Bob.«

»Charity.« Er spürte, wie seine Handflächen feucht wurden, als er Ronald hinter ihr entdeckte. »Wie fühlen Sie sich? Sie sind schrecklich früh auf den Beinen.«

»Mir geht es gut.« Flüchtig sah sie die Papiere auf dem Pult durch. »Es tut mir leid, dass ich Sie gestern habe hängen lassen.«

»Das ist doch Unsinn.« Angst verkrampfte ihm den Magen, als er die Wunde an ihrer Stirn musterte. »Wir waren besorgt um Sie.«

»Danke, aber es besteht kein Grund zur Sorge mehr.« Sie lächelte Ronald an. »Ich habe mich nie im Leben besser gefühlt.«

Bob fing ihren Blick auf, und sein Herz sank. Wenn der Cop verliebt in sie ist, dachte er, wird alles nur noch brenzliger. »Freut mich zu hören. Aber …«

Charity unterbrach seinen Protest, indem sie eine Hand hob. »Gibt es irgendetwas Dringendes?«

»Nein.« Er blickte erneut zu Ronald. »Nein, nichts.«

»Gut.« Sie legte die Papiere beiseite und musterte ihn. »Was ist los, Bob?«

»Nichts. Was sollte sein?«

»Sie sehen ein bisschen blass aus. Sie werden doch hoffentlich nicht krank, oder?«

»Nein, nein, es ist alles bestens. Wir haben ein paar neue Reservierungen. Der Juli ist fast ausgebucht.«

»Großartig. Ich sehe es mir nach dem Frühstück an. Bis später.« Sie nickte ihm zu und betrat den Speisesaal.

Drei Tische waren bereits besetzt. Bonnie nahm die Bestellungen entgegen. Das Frühstücksmenü war sauber auf der Tafel aufgelistet, und im Hintergrund spielte sanfte Musik. Die Blumen auf den Tischen waren frisch, und der Kaffee war heiß.

»Ist etwas nicht in Ordnung?«, fragte Ronald.

»Nein.« Charity zupfte den Kragen ihrer Bluse zurecht. »Was sollte nicht in Ordnung sein? Es scheint alles bestens zu sein.« Sie fühlte sich nutzlos und ging in die Küche.

Es gab keinen Streit zu schlichten. Mae und Dolores arbeiteten Seite an Seite, und Lori belud ihr Tablett mit der ersten Bestellung.

»Wir brauchen mehr Butter für den Französischen Toast«, rief Mae.

»Kommt sofort.« Munter wie ein Vogel, formte Dolores hübsche Butterbällchen. Als sie Lori die gefüllte Schale reichte, erblickte sie Charity in der Tür. »Guten Morgen.« Ihr schmales Gesicht verzog sich zu einem Lächeln. »Ich habe nicht erwartet, Sie schon auf den Beinen zu sehen.«

»Es geht mir gut.«

»Setz dich, Mädchen.« Mae blickte kaum auf und fuhr fort, Käse für ein Omelette zu reiben. »Dolores wird dir Tee geben.«

Charity lächelte trotz zusammengebissener Zähne. »Ich will keinen Tee.«

»Wollen oder brauchen sind zwei verschiedene Dinge.«

»Es freut mich, dass es Ihnen besser geht«, sagte Lori, während sie mit ihrem Tablett hinauseilte.

Bonnie kam herein, mit einem Bestellblock in der Hand.

»Oh, hallo, Charity, wir dachten, Sie würden sich noch einen Tag ausruhen. Geht es Ihnen besser?«

»Mir geht es gut«, antwortete Charity knapp. »Sehr gut.«

»Prima. Zwei Omelettes mit Schinken, Mae. Einen Französischen Toast mit Würstchen, zwei Kräutertees, ein Rosinenbrötchen. Und der Kaffee geht zur Neige.« Nachdem sie die Bestellzettel auf einen Haken am Herd gespießt hatte, eilte sie hinaus.

Charity griff nach einer Schürze, doch Mae schob sie fort. »Ich habe dir gesagt, dass es mir gut geht. Ich werde helfen, Order aufzunehmen.«

»Die einzigen Order, die du heute erhältst, sind die von mir. Jetzt setz dich.« Mae streichelte ihr über den Arm. Niemand verstand es besser als sie, diesen trotzigen Blick zu erkennen und mit ihm umzugehen. »Sei ein liebes Mädchen. Ich sorge mich weniger, wenn ich weiß, dass du ordentlich gefrühstückt hast. Du willst doch nicht, dass ich mich sorge, oder?«

»Nein, natürlich nicht, aber ...«

»So ist es richtig. Jetzt setz dich. Ich mache dir einen Französischen Toast. Den magst du doch am liebsten.«

Charity setzte sich.

Dolores stellte ihr eine Tasse Tee hin. »Sie haben uns gestern einen gehörigen Schreck eingejagt. Setzen Sie sich, Ronald. Ich bringe Ihnen Ihren Kaffee.«

»Danke.« Er blickte Charity an und murmelte: »Du schmollst.«

»Tue ich nicht.«

»Der Doc kommt heute Morgen und sieht noch einmal nach dir.«

»Herrje, Mae ...«

»Du wirst nichts tun, bis er sein Okay gibt.« Mit einem Nicken begann Mae Bonnies Bestellung vorzubereiten. »Wir brauchen dich hundertprozentig auf dem Posten. Gestern war es schwer genug.«

Charity hörte auf, in ihren Tee zu starren, und blickte auf. »Ach, wirklich?«

»Jeder hat Fragen gestellt, die keiner beantworten konnte. Ein ganzer Stapel Bettwäsche ging verloren.«

»Verloren? Aber ...«

»Ich habe ihn gefunden.« Mae machte für Dolores Platz am Herd. »Aber es war eine Zeit lang sehr verwirrend. Und dann die Dinnerschicht ... Wir hätten ein zusätzliches Paar Hände gut gebrauchen können.« Über Charitys Kopf hinweg zwinkerte sie Ronald zu. »Wir werden alle mächtig froh sein, wenn Doc sein Okay gibt. Dolores, lass den Schinkenspeck knusprig werden.«

»Er ist knusprig.«

»Nicht genug.«

»Soll ich ihn verbrennen?«

Charity lächelte und nippte an ihrem Tee. Es war schön, wieder dabei zu sein.

Es war bereits Nachmittag, als Charity Ronald wiedersah. Sie hatte einen Bleistift hinter dem Ohr, einen Notizblock in einer Tasche und einen Staublappen in der anderen, und sie stürmte den Flur entlang zu ihren Räumen.

»Hast du es eilig?«

»Oh.« Sie blieb lange genug stehen, um ihn anzulächeln. »Ja. Ich habe ein paar Papiere in meinem Zimmer, die im Büro sein sollten.«

»Wozu das?« Er zupfte am Staublappen.

»Eins der Zimmermädchen ist an Grippe erkrankt. Ich habe es nach Hause geschickt.« Sie blickte zur Uhr und runzelte die Stirn. Sie konnte etwa zwei Minuten für ein Gespräch erübrigen. »Ich hoffe nur, dass Bob nicht das Gleiche hat.«

»Was ist mit Bob?«

»Ich weiß nicht. Er sieht einfach nicht gut aus.« Charity warf ihr Haar zurück, ließ damit die schlanken Goldspiralen an ihren Ohren tanzen. »Jedenfalls fehlt uns ein Zimmermädchen, und heute kommen Gäste für die Häuser 3 und 5. Die Garsons sind heute Morgen aus Zimmer 5 ausgezogen. Sie verdienen nicht gerade eine Medaille für Sauberkeit.«

»Der Arzt hat gesagt, dass du dich heute Nachmittag eine Stunde hinlegen sollst.«

»Ja, aber ... Woher weißt du das?«

»Ich habe ihn gefragt.« Ronald zog das Staubtuch aus ihrer Tasche. »Ich reinige Haus 5.«

»Sei nicht albern. Das ist nicht deine Aufgabe.«

»Meine Aufgabe ist es, Sachen in Ordnung zu bringen. Ich werde Haus 5 in Ordnung bringen.« Er nahm ihr Kinn zwischen zwei Finger. »Wenn ich damit fertig bin, komme ich hinauf. Wenn du dann nicht im Bett liegst, hole ich dich.«

»Das klingt ja wie eine Drohung.«

Er beugte sich hinab und küsste sie hart. »Das ist es auch.«

»Ich bin völlig verängstigt«, sagte sie und rannte die Treppe hinauf.

Es lag nicht daran, dass Charity die Anordnung des Arztes missachten wollte. Ein kurzer Nachmittagsschlaf stand nur ganz unten auf ihrer Liste all der Dinge, die sie zu erledigen hatte.

Dazu kam außerdem noch, dass Bob zerstreut und durcheinander war. Besorgt, dass er krank war oder sich mit einem privaten Problem herumschlug, übernahm sie die Hauptlast seiner Arbeit.

Zweimal fasste sie ernsthaft den Entschluss, eine Pause einzulegen und in ihre Räume hinaufzugehen, und beide Male wurde sie von eintreffenden Gästen aufgehalten. Sie vertraute darauf, dass Ronald Haus 5 in Ordnung gebracht hatte, und führte ein frisch verheiratetes Paar hinein.

»Von hier haben Sie einen herrlichen Ausblick auf den Garten«, bemerkte Charity, während sie verstohlen prüfte, ob frische Handtücher da waren. Ronald hatte sie auf die Stange gehängt, wie es sich gehörte. Das Bett war mit militärischer Präzision gemacht worden, an der sie nichts aussetzen konnte.

»Jeden Nachmittag um fünf Uhr wird Wein im Gesellschaftsraum serviert. Wir empfehlen Ihnen, einen Tisch zu reservieren, wenn Sie bei uns das Dinner einnehmen möchten – vor allem, da heute Sonnabend ist. Das Frühstück wird zwischen halb acht und zehn serviert. Wenn Sie …« Charity brach ab, als Ronald eintrat. »Ich komme gleich«, sagte sie ihm und wandte sich wieder an die Flitterwöchner.

»Entschuldigung.« Ronald nickte beiden freundlich zu, bevor er Charity auf die Arme hob. »Miss Ford wird woanders gebraucht. Einen wunderschönen Aufenthalt hier.«

Sobald Charity den ersten Schreck überwunden hatte, wehrte sie sich. »Bist du verrückt geworden? Lass mich runter!«

»Das habe ich vor – sobald wir bei deinem Bett angekommen sind.«

»Du kannst doch nicht einfach …« Ihre Worte endeten in einem Aufstöhnen, als er sie durch den Gesellschaftsraum trug.

Zwei Männer, die auf dem Sofa saßen, stellten abrupt ihr Gespräch ein. Eine Familie, die gerade von einem Spaziergang zurückkehrte, starrte von der Tür aus herüber. Miss Millie und Miss Lucy unterbrachen ihr tägliches Scrabble-Spiel am Fenster.

»Ist das nicht höchst romantisch?«, bemerkte Miss Millie, während Ronald mit Charity im Westflügel verschwand.

»Du hast mich völlig blamiert«, schimpfte Charity.

Er trug sie die Treppe hinauf. »Du kannst von Glück sagen, dass ich nur das getan habe.«

»Du hattest kein Recht, mich zu unterbrechen, als ich gerade Gäste empfing. Und dann musstest du auch noch Rhett Butler spielen!«

»Wenn ich mich recht erinnere, hatte er etwas anderes im Sinn, als er eine trotzige Frau zum Bett trug.« Ronald ließ sie nicht besonders sanft auf die Matratze fallen. »Du wirst dich ausruhen.«

»Ich bin sehr versucht, dich zum Teufel zu jagen.«

Er beugte sich zu ihr herunter und nahm ihr Gesicht zwischen die Hände. »Nur zu!«

»Meine Manieren sind zu fest verwurzelt, um es mir zu gestatten«, entgegnete sie hoheitsvoll.

»Welch ein Glück für mich!« Ronald beugte sich ein wenig näher. Belustigung lag nun in seinem Blick, sodass sie die Zähne zusammenbeißen musste, um nicht zu lachen. »Ich will, dass du sechzig Minuten lang nicht aus diesem Bett aufstehst.«

»Oder?«

»Oder … ich hetze dir Mae auf den Hals.«

»Das ist ein Tiefschlag.«

Er drückte ihr einen Kuss auf die Stirn. »Schalte eine Stunde ab, Baby. Es wird dich nicht umbringen.«

Sie spielte mit dem obersten Knopf seines Hemdes. »Es würde mir besser gefallen, wenn du zu mir kämst.«

»Ich sagte abschalten, nicht anturnen.« Als das Telefon im Wohnzimmer zu klingeln begann, hielt er sie mit einer Hand zurück. »Du bleibst liegen. Ich gehe ran.«

Sie verdrehte die Augen hinter seinem Rücken, als er nach nebenan ging.

»Ja? Sie ruht. Sagen Sie ihm, dass sie in einer Stunde zurückruft. Stellen Sie bis vier Uhr keine Gespräche durch.«

Ronald blickte gedankenverloren auf einen Katalog hinunter, der aufgeschlagen auf dem Schreibtisch lag. Charity hatte ein Goldarmband mit einem quadratischen roten Stein eingekreist. »Kümmern Sie sich um alles, was in der nächsten Stunde anfällt.«

»Was war?«, rief Charity vom Schlafzimmer aus.

»Ich sage es dir in einer Stunde.«

»Verdammt, Ronald, wenn es nun wichtig ist …«

Er blieb im Türrahmen stehen. »Ist es nicht.«

Sie warf ihm einen vernichtenden Blick zu. »Woher willst du das wissen?«

»Ich weiß, dass es nicht wichtiger ist als du. Nichts ist wichtiger.« Er schloss die Tür vor ihrer verblüfften Miene.

Ich muss Bob fest an der Leine halten, dachte Ronald, während er die Treppe hinunterging. Solange er mehr Angst vor mir als vor Block hat, geht alles klar.

Er musste den Druck nur noch ein paar Tage lang aufrechterhalten. Block und »Vision Tours« sollten am Dienstag eintreffen. Wenn sie sich am Donnerstagmorgen abmeldeten, wollte er die Falle zuschnappen lassen.

Ronald öffnete die Bürotür und sah Bob auf den Computerbildschirm starren und hastig Kaffee trinken. »Für jemanden, der sich den Lebensunterhalt durch Betrug verdient, sind Sie reichlich nervös.«

Bob nahm noch einen Schluck. »Ich habe noch nie mit einem Cop im Nacken gearbeitet.«

»Sehen Sie mich einfach als Ihren neuen Partner an«, riet Ronald. Er nahm ihm den Becher aus der Hand und roch daran. »Und lassen Sie das Saufen sein.«

»Haben Sie etwas Nachsicht mit mir.«

»Ich bin nachsichtiger, als Sie es verdienen. Charity macht sich Sorgen, dass Sie sich etwas eingefangen haben – etwas anderes als einen Aufenthalt im Gefängnis. Ich will nicht, dass sie sich sorgt.«

»Hören Sie, Sie verlangen von mir, dass ich Block belüge, dass ich ihn reinlege.« Bobs Hand zitterte, als er sich durch das Haar strich. »Sie wissen nicht, zu was dieser Mann fähig ist. Ich weiß nicht, wozu er fähig ist.« Er blickte zum Becher, den Ronald außer Reichweite gestellt hatte. »Ich brauche etwas, das mir über die nächsten Tage hinweghilft.«

»Seien Sie sich über eines im Klaren.« Ronald steckte sich ruhig eine Zigarette an. »Bringen Sie die Sache zuwege, und ich setze mich für Sie ein. Vermasseln Sie es, und ich sorge dafür, dass Sie lange Zeit im Knast sitzen. Und jetzt machen Sie eine Pause.«

»Was?«

»Ich sagte, machen Sie eine Pause. Gehen Sie spazieren. Trinken Sie einen richtigen Kaffee.«

»Gewiss.« Während Bob aufstand, wischte er sich die Handflächen an der Hose ab. »Hören Sie, DeWinter, ich treibe ein ehrliches Spiel mit Ihnen. Ich erwarte von Ihnen, wenn es zum Endspurt kommt, dass Sie mir Block vom Leibe halten.«

»Ich werde mich um Block kümmern.« Es war ein Versprechen, das Ronald zu halten gedachte. Als er zum Telefon griff, schloss sich die Tür hinter Bob. »DeWinter«, meldete er sich, als die Verbindung hergestellt war.

»Machen Sie es kurz«, sagte Conby. »Ich habe Freunde zu Besuch.«

»Ich werde versuchen, Ihren Martini nicht warm werden zu lassen. Ich will wissen, ob Sie den Fahrer ausfindig gemacht haben.«

»DeWinter, ein kleiner Handlanger ist kaum wichtig für uns.«

»Für mich ist er wichtig. Haben Sie ihn gefunden?«

»Ein Mann, auf den die Beschreibung Ihres Informanten passt, wurde heute Morgen in Tacoma festgenommen. Er wird zum Verhör bei der Lokalpolizei festgehalten. Wir benutzen unseren Einfluss, um die Prozedur zu verlängern. Ich fliege am Montag hinüber«, fuhr Conby fort. »Am Dienstagvormittag werde ich im Gasthaus eintreffen. Wie man mir sagte, bekomme ich ein Zimmer mit Blick auf einen Fischteich. Das klingt sehr malerisch.«

»Ich will Ihr Wort, dass Charity aus der Sache herausgehalten wird.«

»Wie ich bereits erklärte, gibt es keinen Anlass zur Sorge, falls sie unschuldig ist. Wie gesagt, falls sie wirklich unschuldig ist.«

»Es geht nicht um ›falls‹.« Ronald zügelte mühsam sein Temperament und drückte seine Zigarette aus. »Sie ist unschuldig. Wir haben Beweise dafür.«

»Das Wort eines winselnden kleinen Buchhalters.«

»Sie wurde beinahe umgebracht, und sie weiß nicht einmal, warum.«

»Dann behalten Sie sie gut im Auge. Wir haben nicht den Wunsch, sie verletzt zu sehen oder sie mehr als nötig hineinzuziehen. Da draußen gibt es einen Polizisten, der dieselbe leidenschaftliche Meinung über Miss Ford hegt wie Sie. Sheriff Royce hat Ihre Spur zu uns verfolgt.«

»Wie hat er es angestellt?«

»Er ist ein schlauer Cop mit Beziehungen. Er hat einen Cousin oder Schwager oder so was Ähnliches bei uns im FBI. Er war nicht gerade erfreut, dass wir ihn im Dunkeln gelassen haben.«

»Das kann ich mir denken.«

»Ich nehme an, dass er Ihnen bald einen Besuch abstatten wird. Gehen Sie vorsichtig mit ihm um, DeWinter, aber werden Sie mit ihm fertig.«

Gerade als Ronald das Klicken in der Leitung hörte, öffnete sich die Tür. Ausnahmsweise hat Conby ins Schwarze getroffen, dachte er und legte den Hörer auf, bevor er sich auf dem Stuhl zurücklehnte. »Sheriff.«

»Ich will wissen, was, zum Teufel, hier vorgeht, Agent DeWinter.«

»Schließen Sie die Tür. Und ich wäre Ihnen sehr dankbar, wenn Sie den ›Agent‹ vorläufig wegließen.«

Royce stützte nur beide Handflächen auf den Schreibtisch. »Ich will wissen, was ein getarnter FBI-Agent in meinem Territorium zu suchen hat.«

»Er befolgt Befehle. Wollen Sie sich nicht setzen?« Ronald deutete auf den Stuhl.

»Ich will wissen, an was für einem Fall Sie arbeiten.«

»Was hat man Ihnen denn gesagt?«

Royce schnaubte verächtlich. »Selbst mein Cousin hat mich an der Nase herumgeführt, DeWinter, aber mir bleibt nichts anderes übrig, als anzunehmen, Ihr Hiersein hat etwas damit zu tun, dass Charity gestern beinahe überfahren wurde.«

»Ich bin hier, weil ich hierher beordert wurde.« Ronald wartete einen Moment, maß Royce mit einem langen direkten Blick. »Aber mein Hauptanliegen besteht darin, Charity zu beschützen.«

Royce arbeitete nicht schon seit fast zwanzig Jahren als Gesetzesvertreter, ohne einen Mann beurteilen zu können. Er fällte sein Urteil über Ronald, und er war zufrieden. »Ich habe aus Washington eine Menge Unsinn darüber gehört, dass gegen Charity ermittelt wird.«

»Es wurde gegen sie ermittelt. Jetzt nicht mehr. Aber sie könnte in Schwierigkeiten geraten. Sind Sie bereit zu helfen?«

»Ich kenne das Mädchen schon ihr ganzes Leben lang.« Royce nahm seinen Hut ab und strich sich mit den Fingern durch das Haar. »Warum hören Sie nicht auf, dumme Fragen zu stellen, und sagen mir endlich, was vorgeht?«

Ronald informierte ihn über den Sachverhalt, hielt ein- oder zweimal inne, um Royce Zwischenfragen stellen zu lassen. »Ich habe keine Zeit, nähere Einzelheiten zu erläutern. Ich möchte wissen, wie viele Ihrer Männer Sie am Donnerstagmorgen erübrigen können.«

»Alle«, erwiderte Royce spontan.

»Ich will nur die erfahrensten. Ich bin informiert worden, dass Block nicht nur das Falschgeld, sondern auch einen Mann mitbringt, der sich als Jack Marshall eintragen wird. Sein richtiger Name lautet Dupont. Vor einer Woche hat er zwei Banken in Ontario ausgeraubt, einen Wächter erschossen und einen Zivilisten verletzt. Block wird ihn innerhalb der Reisegruppe aus Kanada herausschmuggeln, ihn ein paar Tage hierbehalten und dann in Etappen nach Südamerika schicken. Für den Reiseservice von Männern wie Dupont kassiert er ein ganz schön hohes Honorar. Wir werden Agenten hier im Gasthaus haben, aber es sind auch Zivilisten hier. Es gibt keine Möglichkeit, das Lokal zu räumen, ohne den beiden einen Wink zu geben.«

»Es ist ein riskantes Spiel, das Sie treiben.«

»Ich weiß.« Ronald dachte an Charity. »Es ist die einzige Art, auf die ich es zu spielen verstehe.«

9. Kapitel

Als Ronald feststellte, dass Charity sich weder im Büro noch in der Küche oder sonst wo im Gasthaus aufhielt, verlor er die Beherrschung.

»Sie hat einige Gäste zur Fähre gefahren«, teilte Mae ihm mit. Dann beobachtete sie fasziniert, wie er seiner Wut freien Lauf ließ. »Du meine Güte«, sagte sie, als er sich wieder einigermaßen beruhigt hatte. »Sie hat es aber schlimm erwischt, Junge.«

»Warum haben Sie Charity gehen lassen?«

»Sie gehen lassen?« Mae stieß ein lautes Lachen aus. »Ich habe das Mädchen nichts mehr tun lassen, seit sie laufen kann. Sie tut es einfach.« Sie musterte ihn. »Gibt es irgendeinen Grund, warum sie nicht zur Fähre hätte fahren sollen?«

»Nein.«

»Dann ist ja alles gut. Beruhigen Sie sich. Sie wird in einer halben Stunde zurück sein.«

Unruhig marschierte Ronald auf und ab, ohne Unterlass. Mae und Dolores tauschten Blicke über den Raum hinweg. Es würde viel zu schwatzen geben, sobald sie die Küche wieder für sich selbst hatten.

Mae dachte daran, wie Charity am Morgen gelächelt hatte. Das Mädchen war förmlich in die Küche getanzt. Sie behielt Ronald im Auge, während er brütend eine Tasse Kaffee trank und fortwährend zur Uhr sah. In der Tat, dachte sie, den Jungen hat es schlimm erwischt. »Sie haben heute frei, oder?«

»Wie bitte?«

»Es ist Sonntag«, sagte sie geduldig. »Es ist Ihr freier Tag, oder?«

»Ja, ich nehme es an.«

»Ein schöner Tag. Gutes Wetter für ein Picknick.« Mae begann Roastbeef zu schneiden. »Haben Sie was vor?«

»Nein.«

»Charity liebt Picknicks. Sehr sogar. Wissen Sie, ich glaube, das Mädchen war seit über einem Monat keinen Tag von hier fort.«

»Haben Sie Dynamit?«

»Wozu denn das?«, warf Dolores ein.

»Ich nehme an, es braucht Dynamit, um Charity einen Tag lang aus dem Gasthaus zu vertreiben.«

Es dauerte einen Moment, aber dann begriff Dolores den Scherz. Sie kicherte. »Hast du das gehört, Mae? Er will Dynamit.«

»Dummköpfe«, murmelte Mae, während sie ihren Schokoladenkuchen anschnitt. »Dem Mädchen kann man nicht mit Dynamit oder Drohungen oder Befehlen beikommen. Da kann man genauso gut mit dem Kopf gegen die Wand rennen. Wenn man etwas von ihr will, muss man sie glauben lassen, dass sie einem einen Gefallen tut. Sie glauben lassen, dass es einem wichtig ist. Dolores, hol mir den großen Korb aus dem Hinterzimmer. Junge, wenn Sie weiter so herumlaufen, wetzen Sie mir noch den Fußboden durch.«

»Sie hätte inzwischen zurück sein müssen.«

»Sie wird schon kommen. Können Sie mit einem Boot umgehen?«

»Ja, warum?«

»Charity hat Picknicks auf dem Wasser immer geliebt. Sie war seit langer Zeit nicht mehr in einem Boot draußen. Zu lange.«

»Ich weiß. Sie hat es mir erzählt.«

Mae drehte sich zu ihm um. Ihre Miene war entschlossen. »Wollen Sie mein Mädchen glücklich machen?«

Ronald versuchte es mit einem Schulterzucken abzutun, aber er konnte nicht anders. »Ja. Ja, das will ich.«

»Dann fahren Sie mit ihr im Boot hinaus. Lassen Sie sie nicht Nein sagen.«

»In Ordnung.«

Zufrieden drehte Mae sich wieder um. »Gehen Sie in den Keller und holen Sie eine Flasche Wein. Französischen. Sie mag das französische Zeug.«

»Sie kann von Glück sagen, dass sie Sie hat.«

Maes breites Gesicht rötete sich ein wenig, aber sie sagte kurz angebunden: »Hier bei uns haben wir einander. Sie sind in Ordnung«, fügte sie hinzu. »Ich war mir nicht sicher, als Sie hier ankamen, aber Sie sind in Ordnung.«

Ronald wartete bereits, als Charity zurückkehrte. Während sie aus dem Lieferwagen stieg, ging er ihr schon entgegen, den Korb in der Hand. »Hallo.«

»Hallo.« Sie begrüßte ihn mit einem Lächeln und einem schnellen Kuss. Obwohl zwei Teenager in der Nähe spielten, schlang er einen Arm um sie und zog sie hart an sich. Sie bemerkte, dass er einen weiten schwarzen Pullover über die Jeans gezogen hatte und einen Korb trug. »Was ist das?«

»Ein Korb. Mae hat mir ein paar Sachen eingepackt. Heute ist mein freier Tag.«

»Oh.« Charity warf ihr Haar zurück. »Stimmt ja. Wohin willst du?«

»Hinaus aufs Wasser, wenn ich das Boot benutzen darf.«

»Gewiss.« Sie blickte zum Himmel hinauf, ein wenig sehnsüchtig. »Es ist ein großartiger Tag dafür. Leichte Brise, kaum eine Wolke.«

»Dann lass uns gehen.«

»Uns? Ach, Ronald, ich kann nicht. Ich habe heute Nachmittag Dutzende von Dingen zu erledigen. Und ich …« Sie wollte nicht eingestehen, dass sie nicht bereit war, wieder aufs Wasser hinauszufahren. »Ich kann nicht.«

»Ich bringe dich vor der Dinnerschicht zurück.« Er legte eine Hand an ihre Wange. »Ich brauche dich bei mir, Charity. Ich muss ein bisschen Zeit mit dir verbringen, allein.«

»Vielleicht könnten wir eine Spazierfahrt machen. Du hast die Berge noch nicht gesehen.«

»Bitte.« Er stellte den Korb ab und nahm ihre Arme. »Tu es für mich.«

Hat er je zuvor »bitte« gesagt? fragte sie sich. Sie bezweifelte es. Mit einem Seufzer blickte sie zum Boot hinüber, das sanft am Pier schaukelte. »Also gut. Vielleicht für eine Stunde. Ich gehe mich umziehen.«

Der rote Sweater und die Jeans halten sie warm genug, entschied er. Und das wusste sie auch. Sie wollte nur Zeit schinden. »Du siehst gut aus, wie du bist.« Er behielt ihre Hand in seiner, während sie den Pier hinuntergingen. »Er könnte ein bisschen Instandhaltung gebrauchen.«

»Ich weiß.« Sie wartete, bis Ronald ins Boot gestiegen war. Als er ihr eine Hand reichte, zögerte sie. Dann zwang sie sich, ihm zu folgen. »Ich habe keinen Schlüssel an meinem Bund.«

»Mae hat mir einen gegeben.«

»Aha.« Charity setzte sich ins Heck. »Ich verstehe. Eine Verschwörung.«

Er brauchte nur zweimal zu reißen, um den Motor anzuwerfen. »Nach allem, was du mir neulich erzählt hast, hätte dein Großvater nicht gewollt, dass du ewig um ihn trauerst.«

»Nein.« Sie blickte zum Gasthaus zurück, während ihre Augen feucht wurden. »Nein, das hätte er nicht gewollt. Aber ich hatte ihn so lieb.« Sie holte tief Luft. »Ich mache die Leinen los.«

Bevor Ronald das Boot in Gang setzte, nahm er ihre Hand

und zog sie neben sich. Nach einem Moment lehnte sie den Kopf an seine Schulter.

»Bist du oft Boot gefahren?«

»Gelegentlich. Als ich noch ein Kind war, haben wir jeden Sommer ein paar Mal ein Boot gemietet und sind über den Fluss gefahren.«

»Wer ist wir?« Sie beobachtete, wie seine Miene sich verschloss. »Welcher Fluss?«, fragte sie stattdessen.

»Der Mississippi.« Er lächelte und legte einen Arm um ihre Schultern. »Ich komme aus St. Louis. Weißt du nicht mehr?«

»Der Mississippi.« Augenblicklich sah sie im Geiste Dampfschiffe und Jungen auf Holzflößen vor sich. »Den möchte ich gern sehen. Weißt du, was großartig wäre? Den ganzen Weg hinabzufahren, von St. Louis bis nach New Orleans. Das muss ich in meine Akte aufnehmen.«

»Deine Akte?«

»Die Akte über Dinge, die ich gern tun möchte.« Mit einem Lachen winkte sie einem vorüberziehenden Segelboot zu, bevor sie sich vorbeugte und Ronald einen Kuss auf die Wange drückte. »Danke.«

»Wofür?«

»Dass du mich überredet hast. Es hat mir immer Spaß gemacht, einen Nachmittag hier draußen zu verbringen, andere Boote zu beobachten, die Häuser zu betrachten. Es hat mir gefehlt.«

»Hast du je daran gedacht, dass du dem Gasthaus zu viel gibst?«

»Nein. Man kann etwas, das man liebt, nicht zu viel geben.« Sie drehte sich um. Wenn sie die Augen mit der Hand beschattete, konnte sie das Gasthaus gerade noch in der Ferne sehen. »Wenn ich nicht so starke Gefühle dafür hätte, würde ich es verkaufen und eine Stelle in einem modernen Hotel in Seattle oder Miami oder sonst wo annehmen. Acht Stunden pro Tag und bezahlter Urlaub.« Allein die Idee brachte sie zum Lachen. »Ich würde ein ordentliches, strenges Kostüm und vernünftige Schuhe tragen, ein eigenes Büro haben und allmählich verrückt werden.« Sie griff in ihre Tasche nach der Sonnenbrille. »Du müsstest das eigentlich verstehen. Du hast geschickte Hände und einen scharfen Verstand. Warum bist du nicht Obertischler bei einer großen Konstruktionsfirma?«

»Als es an der Zeit war, habe ich vielleicht die falsche Wahl getroffen.«

Mit geneigtem Kopf musterte sie ihn nachdenklich durch die getönten Gläser. »Nein, das glaube ich nicht. Nicht für dich.«

»Du weißt nicht genug von mir, Charity.«

»Doch, natürlich. Ich lebe seit einer Woche mit dir. Das ist wahrscheinlich vergleichbar mit einer flüchtigen Bekanntschaft von sechs Monaten. Ich weiß, dass du sehr ernst und verschlossen bist. Du hast ein hitziges Temperament, das selten mit dir durchgeht. Du bist ein ausgezeichneter Tischler, der einen angefangenen Job gern zu Ende führt. Du kannst sehr galant zu netten alten Damen sein.« Sie lachte ein wenig und hielt das Gesicht gegen den Wind. »Du trinkst den Kaffee schwarz, du schreckst nicht vor harter Arbeit zurück, du hast großes Geschick beim Schreinern … und du bist ein wundervoller Liebhaber.«

»Und das reicht dir?«

Sie hob die Schultern. »Ich glaube nicht, dass du viel mehr von mir weißt. Ich sterbe vor Hunger«, sagte sie abrupt. »Willst du nicht essen?«

»Such einen Platz aus.«

»Fahr dort hinüber. Siehst du den kleinen Landvorsprung da drüben? Da können wir ankern.«

Der Landvorsprung bestand aus einem schmalen Streifen Sand. Dahinter erhoben sich große glatte Felsen, die dicht mit Pinien bewachsen waren. Charity breitete die Decke, die Ronald mitgebracht hatte, am Fuß der Felsen aus. Sie kniete sich darauf nieder und blickte sich um. Wenige Schritte entfernt umspülte das Wasser einen großen Stein, der glatt gewetzt war von Wind und Zeit. Ein einsames Boot kreuzte in der Ferne, mit geblähten weißen Segeln.

Charity öffnete den Korb, erblickte eine Flasche Champagner und holte sie mit hochgezogenen Augenbrauen hervor. »Oh, das scheint ja ein tolles Picknick zu werden.«

»Mae hat gesagt, dass du das französische Zeug magst.«

»Das stimmt. Aber ich habe noch nie Champagner bei einem Picknick getrunken.«

»Dann wird es Zeit.« Ronald nahm die Flasche, ging zum Wasser und steckte sie in den feuchten Sand. »Wir lassen sie noch ein bisschen kühlen.« Er kehrte zurück und nahm Charitys Hand, bevor sie den Korb weiter erforschen konnte. Er kniete sich nieder, zog sie an sich und schloss den Mund über ihrem.

Ihr stockte der Atem, als er den Kuss vertiefte. Sie schlang die Arme um ihn, ließ dann die Hände hinaufgleiten und umfasste seine Schultern. Verlangen erwachte wie eine Flutwelle, schwoll rasch an, zog sie mit sich.

Er brauchte es, sie so festzuhalten, die Hitze der Leidenschaft mit ihren Lippen zu schmecken, ihr Herz an seinem klopfen zu spüren. Seine Hände wühlten in ihrem Haar, während er sie wild und heftig küsste.

Es war eine Unruhe in ihm, ein Zorn, den sie nicht verstand. Sie reagierte auf beides, presste sich an ihn, bot ihm ohne Zögern, was immer er brauchte. Vielleicht war es genug. Allmählich wurde sein Mund sanfter. Dann hielt er sie nur noch fest.

»Das ist eine sehr nette Art, ein Picknick zu beginnen«, brachte Charity hervor, als sie ihre Stimme wiederfand.

»Ich kann anscheinend nicht genug von dir bekommen.«

»Das ist mir recht.«

Ronald umfasste ihr Gesicht mit den Händen. Ihre Augen wirkten ruhig und verständnisvoll. Es wäre besser, dachte er, und gewiss sicherer, sie einfach die Sandwiches herausholen zu lassen. Sie könnten über das Wetter reden, über das Wasser und die Leute im Gasthaus. Es gab so vieles, was er ihr nicht sagen konnte. Aber als er ihr in die Augen blickte, erkannte er, dass er ihr genügend über sich erzählen musste, damit sie eine Wahl treffen konnte. »Setz dich«, sagte er.

Etwas in seinem Ton beunruhigte sie. Er will mir sagen, dass er fortgeht, dachte sie. »In Ordnung.« Sie verschlang die Hände miteinander und schwor sich, einen Weg zu finden, ihn zum Bleiben zu veranlassen.

»Ich war nicht fair zu dir.« Ronald lehnte sich zurück an einen Felsen. »Es gibt da gewisse Dinge über mich, die du wissen solltest, die du hättest wissen sollen, bevor es zwischen uns so weit gekommen ist.«

»Ronald …«

»Es wird nicht lange dauern. Ich komme aus St. Louis. Ich bin in einem Viertel aufgewachsen, das du nicht einmal annähernd begreifen würdest. Rauschgift, Zuhälter, Nutten.« Er blickte hinaus auf das Wasser. Das Segelboot hatte Fahrt aufgenommen. »Ein riesiger Unterschied zu diesem Ort, Baby.«

Also, er fasst Vertrauen, dachte Charity. Sie wollte dafür sorgen, dass er es nicht bereute. »Es ist nicht wichtig, woher du kommst, sondern wo du jetzt bist.«

»Das stimmt nicht ganz. Ein Teil der Herkunft bleibt hängen.« Er drückte flüchtig ihre Hand, ließ sie dann los. »Wenn mein Vater nüchtern genug war, fuhr er Taxi. Wenn er nicht nüchtern genug war, hockte er in der Wohnung herum. Eine meiner ersten Erinnerungen ist, dass ich nachts aufwachte, weil meine Mutter ihn anschrie. Alle paar Monate drohte sie, ihn zu verlassen. Dann riss er sich zusammen, bis es ihn wieder überkam. Also hörte sie schließlich auf, ihm zu drohen, und ging fort.«

»Wohin seid ihr gegangen?«

»Ich sagte, sie ging fort.«

»Aber … hat sie dich denn nicht mitgenommen?«

»Ich nehme an, sie rechnete sich aus, dass es schwer genug für sie allein sein würde, auch ohne sich mit einem Zehnjährigen abzugeben.«

Charity schüttelte den Kopf und kämpfte mit einem tiefen, brennenden Zorn. Sie hatte Mühe zu verstehen, wie eine Mutter ihr Kind verlassen konnte. »Sie muss sehr verwirrt und verängstigt gewesen sein. Nachdem sie …«

»Ich habe sie nie wiedergesehen«, sagte Ronald. »Du musst begreifen, dass nicht jeder bedingungslos liebt. Nicht jeder liebt überhaupt.«

»Oh, Ronald.« Sie wollte ihn an sich ziehen, doch er hielt sie von sich ab.

»Ich blieb weitere drei Jahre bei meinem Vater. Eines Abends betrank er sich, bevor er ins Taxi stieg. Er brachte sich selbst und einen Fahrgast um.«

»Oh, Himmel.« Charity streckte eine Hand nach ihm aus, doch er schüttelte den Kopf.

»Damit wurde ich Mündel unter Amtsvormundschaft, was mir nicht besonders lag. Also machte ich mich davon, trieb mich auf der Straße herum.«

»Mit dreizehn?«, warf Charity entsetzt ein.

»Dort hatte ich ohnehin die meiste Zeit gelebt.«

»Aber wovon?«

Ronald schüttelte eine Zigarette aus seiner Schachtel, entzündete sie und nahm einen tiefen Zug, bevor er wieder sprach. »Ich nahm Gelegenheitsarbeiten an, wenn ich welche fand. Wenn nicht, dann stahl ich. Nach ein paar Jahren war ich so gut im Stehlen, dass ich mich nicht mehr besonders um anständige Jobs kümmerte. Ich brach in Häuser ein, schloss Wagen kurz, klaute Handtaschen. Verstehst du, was ich dir sage?«

»Ja. Dass du allein und verzweifelt warst.«

»Ich war ein Dieb. Verdammt, Charity, ich war kein armes, irregeleitetes Kind. Ich hörte auf, ein Kind zu sein, als ich nach Hause kam und feststellte, dass mein Vater sinnlos betrunken und meine Mutter fort war. Ich wusste, was ich tat. Ich suchte es mir aus.«

Sie hielt seinem Blick offen stand, bekämpfte den Drang, ihn in die Arme zu schließen. »Wenn du erwartest, dass ich ein Kind verdamme, weil es einen Weg zum Überleben gesucht hat, dann muss ich dich enttäuschen.«

Sie sieht es zu romantisch, dachte Ronald und schnippte die Zigarettenkippe ins Wasser.

»Stiehlst du immer noch?«

»Was ist, wenn ich Ja sage?«

»Dann müsste ich dir sagen, dass du dumm bist. Du wirkst auf mich nicht dumm, Ronald.«

Ronald zögerte einen Moment, bevor er sich entschloss, Charity den Rest zu erzählen. »Ich war in Chicago. Ich war gerade sechzehn geworden. Es war Januar und so kalt, dass die Augen nicht tränen konnten. Ich beschloss, genügend zusammenzubringen, um einen Bus nach Süden nehmen zu können. Ich nahm mir vor, in Florida zu überwintern und die reichen Touristen zu schröpfen. Damals lernte ich John Brody kennen. Ich brach in seine Wohnung ein und fand mich plötzlicher einer 45er gegenüber. Er war ein Cop.«

Die Erinnerung an jenen Moment brachte ihn noch immer zum Lachen. »Ich weiß nicht, wer überraschter war. Er gab mir drei Möglichkeiten zur Auswahl. Die erste, mich dem

Jugendgericht zu übergeben. Die zweite, mich gehörig zu verprügeln. Die dritte, mir etwas zu essen zu geben.«

»Für was hast du dich entschieden?«

»Es ist schwer, den harten Burschen zu markieren, wenn ein Hundert-Kilo-Mann eine 45er auf einen richtet. Ich aß eine Dose Suppe. Er ließ mich auf der Couch schlafen.« In der Erinnerung sah er sich selbst, dünn und voller Bitterkeit, schlaflos auf dem durchgesessenen Sofa liegen. »Ich sagte mir immer wieder, dass er ein sentimentaler Dummkopf sei und ich ihn so ausnehmen sollte, wie ich nur konnte, und dann abhauen würde. Aber ich habe es nicht getan. Und als Nächstes schickte er mich zur Schule.« Ronald hielt einen Moment inne und blickte zum Himmel hinauf. »Er baute immer Sachen unten im Keller des Gebäudes. Er brachte mir bei, mit einem Hammer umzugehen.«

»Er muss ein außergewöhnlicher Mensch gewesen sein.«

»Er war erst fünfundzwanzig, als ich ihn kennenlernte. Er war auf der verkehrten Straßenseite aufgewachsen, hatte sich an Jugendbanden beteiligt. Irgendwann ist er dann umgekehrt. So beschloss er, auch mich zu bekehren. In gewisser Weise gelang es ihm. Als er ein paar Jahre später heiratete, kaufte er ein heruntergekommenes Haus am Stadtrand. Wir richteten es Zimmer für Zimmer her. Er sagte immer, dass ihm nichts besser gefalle, als auf einer Baustelle zu leben. Wir waren gerade dabei, seine Werkstatt herzurichten, als er getötet wurde. In Ausübung seines Dienstes. Er war zweiunddreißig. Er hinterließ einen dreijährigen Sohn und eine schwangere Witwe.«

»Ronald, es tut mir so leid.« Charity beugte sich zu ihm vor und nahm seine Hände.

»Es hat etwas in mir abgetötet. Es ist mir nie gelungen, es zurückzubekommen.«

»Ich verstehe.« Sie hielt ihn fest, als er zurückweichen

wollte. »Wenn du jemanden verlierst, der so sehr Teil deines Lebens war, dann wird immer etwas fehlen. Ich denke immer noch dauernd an Pop. Es macht mich immer noch traurig. Manchmal macht es mich auch zornig, weil ich ihm noch so viel sagen wollte.«

»Du lässt einiges aus. Denk daran, was ich war, woher ich kam. Ich war ein Dieb.«

»Du warst ein Kind.«

Er nahm ihre Schultern und schüttelte sie. »Mein Vater war ein Trinker.«

»Ich weiß nicht einmal, wer mein Vater war. Sollte ich mich deswegen schämen?«

»Es ist nicht wichtig, nicht wahr? Wo ich war, was ich getan habe?«

»Nicht besonders. Mich interessiert mehr, was du jetzt bist.«

Ronald konnte ihr nicht sagen, was er jetzt war. Zu ihrer eigenen Sicherheit musste er die Täuschung noch einige Tage aufrechterhalten. Aber da war etwas, was er ihr sagen konnte. Wie die Geschichte, die er soeben erzählt hatte, war es etwas, was er niemals zu einem anderen gesagt hatte. »Ich liebe dich.«

Ihre Hände wurden schlaff in seinen, ihre Augen riesig. »Würdest du …« Sie holte tief Luft. »Würdest du das bitte wiederholen?«

»Ich liebe dich.«

Mit einem unterdrückten Schluchzen warf sie sich ihm in die Arme. Ich werde nicht weinen, sagte sie sich und presste die Augen gegen die drohenden Tränen fest zu. Sie wollte nicht weinerlich sein in diesem wundervollsten und aufregendsten Moment ihres Lebens. »Halt mich nur einen Moment fest, ja?« Überwältigt presste sie das Gesicht an seine Schulter. »Ich kann es noch nicht fassen.«

»Da bist du nicht die Einzige«, sagte Ronald, doch er lächelte, während er ihr Haar streichelte. Es war gar nicht so schwer, es zu sagen, erkannte er. Er könnte sich sogar leicht daran gewöhnen, es mehrmals am Tag zu sagen.

»Vor einer Woche kannte ich dich noch nicht einmal.« Charity lehnte den Kopf zurück, bis ihre Lippen sich trafen. »Und jetzt kann ich mir mein Leben ohne dich nicht mehr vorstellen.«

»Sag das nicht. Du könntest deine Ansicht ändern.«

»Auf keinen Fall.«

»Versprich es.« Überwältigt von einem plötzlichen Gefühl der Dringlichkeit, nahm er ihre Hände. »Ich will, dass du es mir versprichst.«

»Also gut, ich verspreche es. Ich werde meine Ansicht darüber, dass ich dich liebe, nicht ändern.«

»Ich binde dich an dieses Versprechen, Charity.« Er zog sie fest an sich. »Willst du mich heiraten?«

Sie wich zurück, rang nach Atem. »Was? Wie bitte?«

»Ich will, dass du mich heiratest – heute, jetzt.« Er war verrückt, und er wusste es. Es war falsch. Und doch, als er sie wieder an sich zog, wusste er, dass er einen Weg finden musste, sie zu halten. »Du musst doch jemanden kennen, einen Pfarrer, einen Friedensrichter, der es tun kann.«

»Nun, ja, aber …« Sie legte eine Hand an ihren wirren Kopf. »Da sind der Papierkram und die Genehmigungen. Oje, ich kann gar nicht denken.«

»Denk nicht. Sag nur, dass du willst.«

»Natürlich will ich, aber …«

»Kein Aber.« Ronald presste den Mund auf ihren. »Ich will, dass du zu mir gehörst. Ich brauche es, zu dir zu gehören. Glaubst du mir das?«

»Ja.« Atemlos berührte sie seine Wange mit einer Hand. »Ronald, wir sprechen über Heirat, über ein Leben lang. Ich beabsichtige, es nur einmal zu tun.« Sie fuhr sich mit der Hand durch das Haar und setzte sich wieder. »Vermutlich sagt das jeder, aber ich muss daran glauben können. Es muss mit mehr anfangen als mit ein paar Worten von einem Standesbeamten. Einen Moment, bitte«, sagte sie, bevor er sie unterbrechen konnte. »Du hast mich völlig verblüfft, und ich möchte, dass du mich richtig verstehst. Ich liebe dich, und ich kann mir nichts vorstellen, was ich mir mehr wünsche, als zu dir zu gehören. Es geht auch nicht darum, dass ich eine riesige, pompöse Hochzeitsfeier brauche.«

»Worum geht es dann?«

»Ich möchte Blumen und Musik und Freunde, Ronald.« Sie umschmiegte mit den Händen sein Gesicht. »Ich möchte neben dir stehen und wissen, dass ich hübsch aussehe, damit alle sofort erkennen können, wie stolz ich darauf bin, deine Frau zu werden.«

»Wie lange brauchst du?«

»Kann ich zwei Wochen haben?«

Er hatte Angst, ihr zwei Tage zu geben. Aber so ist es am besten, dachte er. Er würde sie nie halten können, wenn noch Lügen zwischen ihnen standen. »Ich gebe dir zwei Wochen, wenn du anschließend mit mir fortgehst.«

»Wohin?«

»Überlass es mir.«

»Ich liebe Überraschungen.« Sie lächelte. »Und du … du bist bisher die größte Überraschung.«

»In zwei Wochen.« Er nahm fest ihre Hände in seine. »Egal, was auch passiert.«

»Du lässt es so klingen, als müssten wir in der Zwischenzeit eine Naturkatastrophe überstehen.« Sie hauchte einen Kuss auf seine Wange und lächelte erneut. »Es wird alles gut, Ronald, für uns beide. Das ist ein weiteres Versprechen. Und jetzt möchte ich den Champagner trinken.«

Während er die Flasche aus dem Wasser holte, nahm sie die Gläser aus dem Korb. Als sie wieder zusammen auf der Decke saßen, ließ er den Korken knallen.

»Auf neue Anfänge«, sagte sie und ließ ihr Glas an seinem klirren.

Er wollte daran glauben, dass es möglich war. »Ich werde dich glücklich machen, Charity.«

»Das hast du bereits.« Sie kuschelte sich an ihn, den Kopf an seine Schulter gelegt. »Das ist das schönste Picknick, das ich je erlebt habe.«

Er küsste sie auf das Haar. »Du hast noch nichts gegessen.«

»Wer braucht schon Essen?«, entgegnete sie mit einem Seufzer. Er verschränkte seine Hand mit ihrer, und gemeinsam blickten sie zum Horizont hinaus.

An der Rezeption war es am Dienstag so hektisch wie nur selten. Charity teilte Zimmer und Häuser ein, beantwortete Fragen, holte einen Keks für ein jammerndes Kleinkind und wartete, dass der Ansturm vorüberging.

Sie war die Erste, die zugab, dass sie gewöhnlich den Lärm, die Probleme und das Gedränge der Gäste brauchte, weil es den Erfolg des Gasthauses bewies. Doch jetzt fiel es ihr schwer, sich auf die Arbeit zu konzentrieren, weil sie den Kopf voller Pläne für ihre Hochzeit hatte.

Sollte sie Chopin oder Beethoven nehmen? Würde das Wetter beständig bleiben, sodass sie die Zeremonie im Garten abhalten konnten, oder wäre es besser, eine gemütliche Feier im Gesellschaftsraum zu planen? Wann konnte sie sich endlich einen Nachmittag freinehmen, um das richtige, das perfekte Kleid zu kaufen? Etwas Knöchellanges, mit romantischem Spitzenbesatz. In Eastsound gab es eine Boutique, die sich auf Kleidung spezialisiert hatte, wie sie ihr vorschwebte. Wenn sie doch nur …

»Wollen Sie das nicht unterschreiben?«

»Entschuldigung, Roger.« Charity schreckte aus ihren Überlegungen auf und lächelte ihn an. »Ich scheine heute Morgen nicht ganz hier zu sein.«

»Kein Problem.« Block tätschelte ihre Hand, als sie seinen Dienstplan unterzeichnete. »Frühlingsgefühle?«

»So könnte man es nennen.« Sie warf ihr Haar zurück. »Wir sind ein bisschen im Verzug. Der Computer spinnt mal wieder. Der arme Bob kämpft seit gestern damit.«

»Es sieht so aus, als hätten Sie auch einen Kampf gehabt.«

Sie schob eine Hand an die heilende Wunde an ihrer Schläfe. »Ich hatte letzte Woche einen Unfall.«

»Hoffentlich nichts Ernstes?«

»Nein, eigentlich nur unangenehm. Irgendein Idiot hat mich fast überfahren.«

»Das ist ja schrecklich.« Er musterte sie aufmerksam und setzte eine ernste Miene auf. »Wurden Sie schwer verletzt?«

»Nein, nur ein paar Prellungen und eine Platzwunde. Der Schreck war am schlimmsten.«

»Das kann ich mir denken. Derartige Dinge erwartet man in dieser Gegend nicht. Hoffentlich hat man ihn geschnappt.«

»Nein, noch nicht.« Da Charity den Zwischenfall bereits abgehakt hatte, zuckte sie gelassen mit den Schultern. »Um die Wahrheit zu sagen, bezweifle ich, dass er je geschnappt wird. Ich nehme an, er hat die Insel verlassen, sobald er wieder nüchtern war.«

»Betrunkene Fahrer.« Block stieß einen verächtlichen Laut aus. »Nun, Sie haben das Recht, nach so einer Sache zerstreut zu sein.«

»Ich habe noch einen angenehmeren Grund. Ich werde bald heiraten.«

»Was Sie nicht sagen!« Ein breites Lächeln trat auf Blocks Gesicht. »Wer ist denn der Glückliche?«

»Ronald DeWinter. Ich weiß nicht, ob Sie ihn kennengelernt haben. Er führt die Renovierungsarbeiten im Westflügel aus.«

»Das ist ja sehr praktisch, nicht wahr?« Er lächelte weiterhin. Die Romanze erklärte vieles. Ein Blick in Charitys Gesicht verdrängte jeglichen Rest von Zweifeln. Er beschloss, ein nettes langes Gespräch mit Bob über dessen voreilige Schlüsse zu führen. »Ist er von hier?«

»Nein, aus St. Louis.«

»Nun, ich hoffe, dass er Sie uns nicht wegnimmt.«

»Sie wissen doch, dass ich das Gasthaus niemals aufgeben würde, Roger.« Ihr Lächeln verblasste ein wenig. Das war ein Punkt, über den sie und Ronald nie gesprochen hatten. »Jedenfalls verspreche ich, mich besser auf meine Arbeit zu konzentrieren. Sechs von Ihren Leuten möchten Boote ausleihen. Ich kann sie gegen Mittag zum Jachthafen bringen lassen.«

»Ich werde ihnen Bescheid geben.«

Die Eingangstür öffnete sich, und Charity blickte auf. Sie sah einen kleinen, schlanken Mann mit gut frisiertem, rotbraunem Haar eintreten. Er trug ein adrettes Sporthemd und eine kleine Ledertasche. »Guten Morgen.«

»Guten Morgen.« Er blickte sich flüchtig in der Eingangshalle um, während er an den Empfang trat. »Conby, Richard Conby. Ich habe reserviert.«

»Ja, Mr. Conby, wir haben Sie erwartet.« Charity wühlte in den Papieren auf dem Pult und betete insgeheim, dass Bob den Computer bald reparieren würde. »Wie war Ihre Reise?«

»Nichts Besonderes.« Er trug sich ins Register ein, mit Wohnsitz in Seattle. Seine sorgfältig manikürten Fingernägel wirkten auf Charity belustigend und beeindruckend zugleich. »Ich habe gehört, dass dieser Gasthof ruhig und erholsam sein soll. Ich möchte mich ein paar Tage entspannen.«

»Ich bin sicher, dass Sie sich hier ausgezeichnet entspannen werden.« Sie nahm einen Schlüssel aus der Schublade. »Ich führe Sie jetzt gern zu Ihrem Zimmer, Mr. Conby. Wenn Sie Fragen über das Gasthaus oder die Insel haben, dann wenden Sie sich einfach an mich oder an jemanden vom Personal.« Sie trat hinter dem Pult hervor und ging voraus zur Treppe.

»Oh, das werde ich ganz gewiss tun«, sagte Conby und folgte ihr.

10. Kapitel

Um fünf Minuten nach zwölf hört Conby ein Klopfen und öffnete seine Zimmertür. »Pünktlich wie immer, DeWinter.« Er blickte forschend auf Ronalds Werkzeuggürtel. »Sehr arbeitsam, wie ich sehe.«

»Dupont ist in Haus 3.«

»Konnten Sie ihn eindeutig identifizieren?«

»Ich habe sein Gepäck getragen.«

»Sehr gut. Wir schnappen ihn uns wie geplant am Donnerstagmorgen, bevor wir uns Block vornehmen.«

»Was ist mit dem Fahrer des Wagens, der Charity zu töten versucht hat?«

Conby ging ins angrenzende Badezimmer und wusch sich sorgsam die Hände »Sie zeigen ein ungebührliches Interesse für diesen kleinen Handlanger.«

»Haben Sie ein Geständnis von ihm?«

»Ja.« Conby trocknete sich die Hände mit einem weißen Handtuch. »Er hat gestanden, sich letzte Woche mit Block getroffen und fünftausend kassiert zu haben – um Miss Ford aus dem Weg zu räumen. Eine sehr geringe Summe für einen Mord.« Er warf das Handtuch über die Stange und kehrte in den Wohnraum zurück. »Wenn Block großzügiger gewesen wäre, hätte er vielleicht mehr Erfolg gehabt.«

Ronald packte ihn am Kragen und hob ihn auf die Zehenspitzen hoch. »Seien Sie vorsichtig«, warnte er sanft.

»Das sollte ich wohl eher zu Ihnen sagen.« Conby befreite sich und zupfte sein Hemd zurecht. In den fünf Jahren, die er Ronalds Vorgesetzter war, hatte er dessen Methoden stets als grob und seine Haltung als arrogant empfunden. Das Problem war nur, dass die Ergebnisse unverändert exzellent waren. »Sie verlieren den Scharfblick in diesem Fall, Agent DeWinter.«

»Nein. Es hat eine Weile gedauert – vielleicht zu lange –, aber ich sehe jetzt sehr scharf. Sie haben genug Beweise gegen Block, um ihn wegen Mordkomplott festzunehmen. Und Dupont haben wir praktisch in der Tasche. Warum also warten?«

»Ich brauche Sie wohl nicht daran zu erinnern, wer diesen Fall leitet.«

»Das wissen wir beide, Conby. Aber es ist ein Unterschied, ob man hinter einem Schreibtisch sitzt oder an der Front kämpft. Wenn wir die beiden jetzt festnehmen, in aller Stille, dann besteht ein geringeres Risiko, dass unschuldige Menschen gefährdet werden.«

»Ich habe nicht die Absicht, jemanden der Gäste zu gefährden. Oder vom Personal«, fügte Conby hinzu, denn er glaubte zu wissen, worum es Ronald ging. »Ich habe ebenso meine Anweisungen wie Sie. Wir arbeiten mit den kanadischen Behörden zusammen, und wir wollen Block festnageln, wenn er gerade das Geld übergibt. Was die Anklage wegen Mordkomplott angeht, liegt uns nur die Aussage eines billigen, gedungenen Mörders vor. Es braucht vielleicht ein bisschen mehr, um damit durchzukommen.«

»Sie werden schon damit durchkommen. Wie viele Leute haben Sie hier?«

»Morgen werden vier Agenten eintreffen. Es müsste eigentlich alles glattgehen.«

»Das sollte es auch. Wenn ihr irgendetwas zustößt, werde ich Sie zur Rechenschaft ziehen.«

Charity stürmte mit einem beladenen Tablett in die Küche. »Ich verstehe gar nicht, wie die Dinge so plötzlich außer

Kontrolle geraten können. Hatten wir jemals am Mittwochabend ein volles Haus?« Sie holte ihren Bestellblock hervor. »Zwei Spezial mit Naturreis, eins mit gebackener Kartoffel und einen Kinderteller Rippchen mit Fritten.« Sie eilte zur Bar, um die Getränke selbst einzuschenken.

»Immer mit der Ruhe«, riet Mae. »Die Leute werden nicht weglaufen, bevor sie gegessen haben, das wäre wirklich das erste Mal.«

»Das ist ja das Problem.« Charity belud ihr Tablett. »Ausgerechnet jetzt muss Lori krank sein.« Sie wich abrupt zurück, um nicht mit Ronald zusammenzustoßen. »Entschuldige.«

»Soll ich dir helfen?«

»Sehr gern!« Sie lächelte, beugte sich über das Tablett und küsste ihn. »Die Salate gehen an Tisch 5.«

»Vier Salate des Hauses.« Dolores summte den Hochzeitsmarsch, während sie Ronald das Tablett reichte.

Fünf Minuten später begegnete Charity ihm erneut im Türrahmen. »Komische Gäste heute«, murmelte sie.

»Wieso?«

»Der Mann an Tisch 2 ist so nervös, als hätte er eine Bank ausgeraubt. Und das Paar an Tisch 8, angeblich in den zweiten Flitterwochen, verbringt mehr Zeit damit, alle anderen anzusehen als einander.«

Ronald sagte nichts. In weniger als dreißig Minuten hatte sie Dupont sowie zwei von Conbys Agenten ausgemacht.

»Und dann der kleine Mann im dreiteiligen Anzug an Tisch 4. Anzug und Krawatte. Ist gekommen, um sich zu entspannen, sagt er. Wie kann man sich in einem dreiteiligen Anzug entspannen? Behauptet, aus Seattle zu kommen, und dabei spricht er mit östlichem Dialekt. Sieht aus wie ein Wiesel.«

»Findest du?« Ronald gestattete sich ein Lächeln über ihre Beschreibung von Conby.

»Ein sehr gepflegtes Wiesel«, fügte Charity hinzu und

schüttelte sich. »Wenn jemand so geschniegelt ist, bekomme ich immer eine Gänsehaut.«

Aber Pflicht war Pflicht, und das Wiesel saß in ihrem Bereich.

»Möchten Sie jetzt bestellen?«, fragte sie Conby mit einem strahlenden Lächeln.

Er nahm den letzten Schluck seines Wodka-Martini. »Auf der Karte steht, dass die Forelle fangfrisch ist.«

»Ja, Sir.« Darauf war sie besonders stolz. Der eigene Teich war ihre Idee gewesen. »Das ist sie ganz gewiss.«

»Sie war wohl frisch, als sie heute Morgen geliefert wurde.«

»Nein.« Charity senkte den Bestellblock, doch sie lächelte weiterhin. »Wir züchten unsere Forellen selbst.«

Conby zog eine Augenbraue hoch und tippte an sein leeres Glas. »Ihr Fisch mag besser sein als Ihr Wodka, aber ich bezweifle, dass er wirklich frisch ist. Doch er scheint das einzig Interessante auf Ihrer Karte zu sein. Daher werde ich mich damit begnügen müssen.«

»Der Fisch ist frisch«, wiederholte Charity mit bewundernswerter Ruhe, wie sie fand.

»Sicherlich sehen Sie es so. Ihre Auffassung von frisch könnte jedoch von meiner abweichen.«

»Ja, Sir. Entschuldigen Sie mich bitte einen Moment.«

Sie mag unschuldig sein, dachte Conby, aber tüchtig ist sie nicht gerade.

»Wo brennt's denn?«, fragte Mae, als Charity in die Küche stürmte.

»In meinem Kopf.« Sie stemmte die Hände in die Hüften. »Der Winzling da draußen behauptet, dass unser Wodka schlecht, unsere Speisekarte langweilig und unser Fisch nicht frisch sei.«

Mae schnaubt empört. »Was hat er denn gegessen?«

»Noch nichts. Ein Drink, und schon maßt er sich ein Urteil an.«

»Der Bursche an Tisch 4 will noch einen Wodka-Martini«, verkündete Ronald, der mit einem beladenen Tablett hereinkam.

Charity wirbelte herum. »Ach, will er das wirklich?«

Er konnte sich nicht erinnern, jemals ein derart zorniges Funkeln in ihren Augen gesehen zu haben. »Ja, das will er.«

»Nun, ich habe vorher etwas anderes für ihn«, rief Charity und stürmte hinaus.

»Habe ich etwas verpasst?«, fragte Ronald.

»Der Mann hat Nerven! Bezeichnet unser Essen als langweilig, bevor er es überhaupt probiert hat«, schimpfte Mae. »Ich hätte Lust, ihm eine ordentliche Handvoll Curry in sein Essen zu mischen. Langweilig? Ha! Das wollen wir doch mal sehen!«

Alle drehten sich um, als Charity zurückkehrte. Sie trug einen großen Teller, und darauf zappelte eine Forelle.

»Oje!« Dolores schlug beide Hände vor den Mund.

Grinsend wandte Mae sich wieder dem Herd zu.

»Charity.« Ronald griff nach ihrem Arm, doch sie entwich ihm. Kopfschüttelnd folgte er ihr zur Tür.

Einige der Gäste starrten Charity nach, als sie den zappelnden Fisch durch den Speisesaal trug. Sie trat an Tisch 4 und hielt das Tablett vor Conbys Nase.

»Ihre Forelle, Sir.« Kurzerhand stellte sie ihm den Teller hin. »Frisch genug?«, fragte sie mit einem höflichen Lächeln.

Im Türrahmen bog Ronald sich förmlich vor Lachen. Er hätte ein Jahresgehalt für ein Foto von Conby und dem Fisch gegeben, die sich verdutzt anstarrten.

Als Charity in die Küche zurückkehrte, reichte sie Dolores das Tablett. »Sie können den Fisch zurückbringen. Tisch 4 hat sich für ein Schweineschnitzel entschieden. Ich wünschte, ich hätte ein Schwein zur Hand.« Sie lachte laut auf, als Ronald sie vom Boden hochhob.

»Du bist die Beste.« Er presste die Lippen auf ihre und ließ sie dort, lange nachdem er Charity wieder abgesetzt hatte. »Die absolut Beste.« Er lachte noch immer, während er sie fest in die Arme schloss. »Stimmt's nicht, Mae?«

»Sie hat ihre guten Momente.« Mae wollte nicht zeigen, wie gut es ihr tat, die beiden einander anlächeln zu sehen. »Und jetzt hört ihr zwei auf, euch in meiner Küche zu betätscheln, und geht wieder an die Arbeit.«

Charity hob das Gesicht zu einem letzten Kuss. »Ich sollte ihm jetzt lieber den Martini mixen. Er sah aus, als könnte er einen gebrauchen.«

Da sie nicht nachtragend war, bediente sie Conby während des gesamten Mahls äußerst aufmerksam und freundlich. Und weil sie bemerkte, dass er sich auch bis zum Nachtisch nicht entspannt hatte, brachte sie ihm ein Stück Schwarzwälder Kirschtorte auf Kosten des Hauses. »Ich hoffe, Sie haben Ihr Mahl genossen, Mr. Conby.«

Es war ihm unmöglich einzugestehen, dass er niemals, nicht einmal in Washingtons feinsten Restaurants, besser gegessen hatte. »Es war recht gut, danke.«

Sie lächelte, während sie ihm Kaffee einschenkte. »Vielleicht kommen Sie ein andermal wieder und versuchen die Forelle.«

Selbst für Conby war es schwer, ihrem Lächeln zu widerstehen. »Vielleicht. Sie führen ein interessantes Haus, Miss Ford.«

»Wir geben uns Mühe. Leben Sie schon lange in Seattle?«

Er goss weiterhin Sahne in seinen Kaffee, doch er war sehr auf der Hut. »Warum fragen Sie?«

»Ihr Dialekt. Er klingt sehr östlich.«

Conby überlegte nur Sekunden. Er wusste, dass Dupont den Speisesaal bereits verlassen hatte, aber Block saß an einem Tisch in der Nähe und unterhielt einige Mitglieder seiner

Reisegruppe mit Geschichten, die Conby als langweilig empfand. »Sie haben ein gutes Ohr. Ich wurde vor achtzehn Monaten nach Seattle versetzt. Aus Maryland. Ich bin im Marketing tätig.«

»Maryland. Angeblich haben Sie dort die besten Krabben des Landes.«

»Das haben wir. Das kann ich Ihnen versichern.« Der reichhaltige Kuchen und der köstliche Kaffee hatten ihn besänftigt. Er lächelte sogar. »Schade, dass ich Ihnen keine mitgebracht habe.«

Lachend legte Charity ihm freundlich eine Hand auf den Arm. »Sie sind ein netter Kerl, Mr. Conby. Einen schönen Abend.«

Mit gespitzten Lippen blickte Conby ihr nach, als sie davonging. Er konnte sich nicht erinnern, jemals als »netter Kerl« bezeichnet worden zu sein. Eigentlich gefiel es ihm.

»Es sind nur noch drei Tische mit Unentwegten besetzt«, verkündete Charity, als sie erneut die Küche betrat. »Und ich komme um vor Hunger.« Sie öffnete den Kühlschrank und suchte nach etwas zu essen.

Doch Mae schloss die Tür wieder. »Du hast keine Zeit.«

»Keine Zeit?« Charity presste die Hand auf den Magen. »Mae, bei der Hektik heute Abend konnte ich nicht einmal zwischendurch etwas naschen.«

»Ich mache dir ein Sandwich, aber du hattest einen Anruf. Etwas wegen der morgigen Lieferung.«

»Der Lachs. Verdammt.« Charity blickte zur Uhr. »Inzwischen ist geschlossen.«

»Ich glaube, es ist eine Nummer für den Notfall angegeben worden. Der Zettel liegt oben.«

»Schon gut, schon gut. Ich bin in zehn Minuten zurück.« Sie warf einen letzten sehnsüchtigen Blick auf den Kühlschrank. »Mach mir lieber zwei Sandwiches.«

Als Charity ihre Zimmertür öffnete, blieb sie wie angewurzelt stehen und starrte verblüfft in den Raum. Leise Musik erklang. Kerzen brannten, und Blumen standen auf einem Tisch am Fußende des Bettes. Er war für zwei gedeckt.

Ronald hatte sie erwartet. Er nahm eine Flasche Wein aus einem gläsernen Kübel und zog den Korken. »Ich dachte schon, du würdest nie kommen.«

Sie lehnte sich mit dem Rücken gegen die geschlossene Tür. »Wenn ich gewusst hätte, was mich erwartet, wäre ich viel früher gekommen.«

»Du hast gesagt, dass du Überraschungen magst.«

»Ja.« In ihren Augen lag Überraschung und Freude, als sie sich das zerzauste Haar aus der Stirn strich. »Und ob ich das mag.« Sie nahm ihre Schürze ab und trat an den Tisch, während Ronald den Wein einschenkte, der golden im Kerzenschein funkelte. »Danke«, murmelte sie, als er ihr ein Glas reichte.

»Ich wollte dir etwas geben.« Er nahm ihre Hand, drückte sie und versuchte, nicht daran zu denken, dass es ihr letzter gemeinsamer Abend war, bevor all die Fragen beantwortet werden mussten. »Ich bin nicht besonders gut in romantischen Gesten.«

»Oh doch, du bist sehr gut. Champagner-Picknicks, nächtliche Dinner.« Sie schloss einen Moment die Augen. »Mozart.«

»Aufs Geratewohl ausgesucht«, gab er zu. Er fühlte sich töricht nervös. »Ich habe etwas für dich.«

Sie blickte zum Tisch. »Noch etwas anderes?«

»Ja.« Er griff hinab zu seinem Stuhl und hob eine kleine quadratische Schachtel auf. »Es ist heute gekommen.« Er drückte ihr die Schachtel in die Hand.

»Ein Geschenk?« Ihr gefiel stets die Vorfreude ebenso wie das Geschenk selbst. Daher musterte sie einen Moment die

Schachtel und schüttelte sie. Doch sobald der Deckel geöffnet war, nahm sie hastig das Armband heraus. »Oh, Ronald, es ist herrlich.« Verblüfft musterte sie das schimmernde Gold und den funkelnden quadratischen Amethyst. »Es ist herrlich«, sagte sie erneut. »Ich könnte schwören, dass ich es schon einmal gesehen habe. Letzte Woche«, erinnerte sie sich. »In einer der Zeitschriften, die Lori mir gebracht hat.«

»Sie lag auf deinem Schreibtisch.«

Charity nickte überwältigt. »Ja, ich hatte dieses Armband umkreist. Das mache ich oft bei schönen Dingen, von denen ich weiß, dass ich sie mir nie kaufen werde.« Sie holte tief Luft. »Ronald, es ist wundervoll und sehr romantisch von dir, aber ...«

»Dann verdirb es nicht.« Er nahm das Armband und legte es ihr an. »Ich brauche Übung.«

»Nein.« Sie schlang die Arme um ihn und lehnte die Wange an seine Schulter. »Du hast den Dreh heraus.«

Ronald hielt sie fest, ließ die Musik, Charitys Duft, den Augenblick auf sich einwirken. Mit ihr konnte es anders sein.

»Weißt du eigentlich, wann ich mich in dich verliebt habe, Ronald?«

»Nein.« Er küsste ihr Haar. »Ich habe eher über das Warum als über das Wann nachgedacht.«

Mit einem sanften Lachen kuschelte sie sich an ihn. »Zuerst dachte ich, es war, als du mit mir getanzt und mich geküsst hast, bis ich ganz schwach wurde.«

»So?« Er drehte ihren Kopf, begegnete ihren Lippen mit seinen. Sanft entfachte er ihr Feuer.

»Ja.« Sie lehnte sich an ihn, die Augen geschlossen. »Genau so. Aber da ist es nicht passiert. Da habe ich es erkannt, aber das war nicht der Moment, in dem ich mich in dich verliebt habe. Erinnerst du dich noch, als du mich nach dem Ersatz gefragt hast?«

»Dem was?«

»Dem Ersatz. Du wolltest wissen, wo der Ersatz ist, damit du meinen Reifen wechseln konntest.« Sie lehnte sich zurück und lächelte über seine verblüffte Miene. »Ich kann es wohl nicht Liebe auf den ersten Blick nennen, denn ich kannte dich schon zwei oder drei Minuten.«

Er streichelte über ihre Wangen, ihr Haar, ihren Hals. »Einfach so?«

»Ja. Ich brauchte nur einen platten Reifen zu haben. Der Rest war ganz einfach.«

Einen Platten, erinnerte Ronald sich, der vorsätzlich arrangiert worden war, ebenso wie ihr plötzlicher Bedarf an einem Faktotum. So wie alles arrangiert worden ist, dachte er und verstärkte den Griff um sie. Alles, außer dass er sich in sie verliebt hatte.

»Charity ...« Er hätte alles dafür gegeben, ihr die Wahrheit sagen zu können, die ganze Wahrheit. Aber ihre Unwissenheit bedeutete Sicherheit. »Ich wollte nicht, dass es passiert«, sagte er bedächtig. »Ich wollte niemals so für jemanden empfinden.«

»Tut es dir leid?«

»Vieles tut mir leid, aber nicht, dass ich dich liebe.« Er gab sie frei. »Dein Dinner wird kalt.«

»Wenn wir für etwa eine Stunde eine andere Beschäftigung finden, können wir es Mitternachts-Dinner nennen.« Sie ließ die Hände an seiner Brust hinaufgleiten und spielte mit dem obersten Hemdknopf. »Möchtest du Schach spielen?«

»Nein.«

Sie öffnete den Knopf und arbeitete sich langsam, beständig hinab. »Scrabble?«

»Auch nicht.«

»Jetzt weiß ich.« Sie strich mit einem Finger hinab über seine Brust, bis zum Verschluss seiner Jeans. »Wie wäre es mit einer sensationellen Partie Canasta?«

»Ich kann nicht spielen.«

Grinsend öffnete sie den Verschluss. »Oh, ich habe das Gefühl, dass du sehr schnell kapieren würdest.« Ihr Lachen wurde von seinem Mund gedämpft.

Charitys Absicht, ihn zu verführen, schwand dahin, als er ihren Kopf zurückbog und sie wild küsste. Es war nicht die sanfte, zärtliche Leidenschaft, die er ihr bisher gezeigt hatte. Es war ein raues, heftiges Bedürfnis, und es enthielt eine Spur von Zorn, einen Anflug von Verzweiflung. Benommen drängte sie sich an ihn, ließ sich gehen.

Ronald hatte sie zuvor gebraucht. Er wusste inzwischen, dass er sie bereits gebraucht hatte, lange bevor er sie kennengelernt hatte. Doch an diesem Abend war es anders. In ein paar Stunden würde sie alles erfahren. Sooft er sich auch sagte, dass er alles in Ordnung bringen würde, so fürchtete er dennoch sehr, dass sie ihm nicht würde verzeihen können. Ihm blieb nur dieser Abend.

Atemlos klammerte sie sich an ihn, als sie zusammen auf das Bett fielen. Nun war er der rastlose, rücksichtslose Liebhaber, den sie in ihm neben dem sanften, geduldigen vermutet hatte. Und er erregte sie ebenso sehr. So fieberhaft wie er, zog sie ihm das Hemd aus und genoss das Gefühl seiner Haut unter ihren Händen.

Sie spürte, wie seine Muskeln sich spannten, während er die Lippen hungrig über ihr Gesicht wandern ließ. Mit einem kehligen Lachen zog sie an seiner Jeans, während sie über das Bett rollten. Wenn es ein Spiel war, das sie veranstalteten, dann wollte sie, dass beide gewannen.

Ein Stöhnen entschlüpfte ihm, als ihre forschenden Hände ihn dem Delirium nahebrachten. Er packte ihre Handgelenke, zog sie über ihren Kopf. Schwer atmend beobachtete er ihr Gesicht, während er in den Ausschnitt ihrer Bluse griff und sie mit einem Ruck entzweiriss.

Ihr stockte der Atem, als er den Mund aufreizend und quälend langsam auf ihre Haut senkte. Sie bog sich ihm entgegen. Als ihre Hände wieder frei waren, presste sie ihn nur noch fester an sich und schrie auf, als er begierig an ihrer Brust saugte.

Sie wurde von wilden, heftigen Gefühlen beherrscht, die jedoch nie die schmale Linie zwischen Lust und Schmerz überschritten. Sie fühlte sich mitgerissen, tiefer und tiefer in einen endlosen Tunnel des unermesslichen Entzückens.

Ungeduldig zerrte er die Hose über ihre Hüften hinab, kostete begierig jeden Zentimeter ihres enthüllten Körpers. Sie klammerte sich an ihn, streichelte über seine Haut. Sie war unfähig zu denken, fühlte nur noch. Immer wieder formten ihre Lippen seinen Namen.

Dann presste er den Mund auf ihren, schluckte ihren Schrei der Erlösung, dämpfte ihr Stöhnen der Hingabe, während er in sie drang.

Schnell, wild, hemmungslos bewegten sie sich im Einklang. Getrieben von der Liebe, verloren in Leidenschaft, klammerten sie sich aneinander. Selbst als sie in die Wirklichkeit zurückkehrten, hielten sie einander umschlungen.

Mit halb geschlossenen Augen stieß Charity einen langen Seufzer aus. »Das war wundervoll.«

Ronald füllte ihr Weinglas auf. »Meinst du das Essen oder die Einleitung?«

Sie lächelte. »Beides. Ich glaube, wir sollen Mitternachts-Dinner zu einem regelmäßigen Ereignis machen.«

Es war weit nach Mitternacht. Sogar kalter Fisch schmeckte köstlich mit Wein und Liebe. Er hoffte, dass es immer so bleiben konnte. »Als du mich das erste Mal so angesehen hast, hat es mir den Atem geraubt.«

Sie blickte ihm weiterhin in die Augen. »Wie?«

»So, als wüsstest du genau, was ich denke. Was ich will und versuche, nicht zu wollen. Du machst mir Angst.«

Ihr Lächeln schwand. »Wirklich?«

»Mit dir ist alles anders. Völlig anders.« Er nahm ihre Hände und wünschte, schöne Worte parat zu haben, ein wenig Poesie. »Jedes Mal, wenn du in ein Zimmer kommst …« Aber er hatte keine schönen Worte, keine Poesie. »Es ist anders.«

»Ich bin verrückt nach dir. Wenn ich jemanden gesucht hätte, um mein Leben mit ihm zu teilen, mein Heim und meine Träume, dann wärst du es gewesen.« Sie sah den Anflug von Besorgnis in seinem Blick. In dieser Nacht war kein Raum für Sorgen in ihrem Leben. Mit einem verwegenen Lächeln knabberte sie an seinen Fingern. »Weißt du, was ich möchte?«

»Mehr Schwarzwälder Kirschtorte?«

»Das auch.« Charity blickte ihn über ihre verschlungenen Hände hinweg an. »Ich möchte die ganze Nacht damit verbringen, dich zu lieben, mit dir zu reden, Wein zu trinken und Musik zu hören.«

»Was möchtest du als Erstes tun?«

Sie musste lachen. Es war wunderbar, ihn so entspannt zu sehen, so glücklich. »Eigentlich möchte ich mit dir über etwas reden.«

»Ich habe dir schon gesagt, dass ich einen Anzug tragen werde und keinen Smoking.«

Lächelnd strich sie mit einem Finger über seinen Handrücken. »Darum geht es nicht. Ich weiß zwar, dass du in einem Smoking wunderbar aussehen würdest, aber ich finde einen Anzug angemessener für eine zwanglose Gartenhochzeit. Ich möchte mit dir darüber reden, was nach der Hochzeit geschehen soll.«

»Ich beabsichtige, dich nach der Hochzeit vierundzwanzig Stunden lang zu lieben.«

»Oh.« Nachdenklich nippte sie an ihrem Wein, so, als würde sie es in Erwägung ziehen. »Damit kann ich mich einverstanden erklären. Worüber ich sprechen möchte, ist langfristiger. Es geht um etwas, das Block neulich zu mir gesagt hat.«

»Block?«, hakte er nach. Er war alarmiert.

»Es war nur so eine Bemerkung, aber sie gab mir zu denken.« Sie war beunruhigt, das sah er daran, wie sie die Schultern bewegte. »Ich habe erwähnt, dass wir heiraten werden, und er hat gesagt, dass er hofft, du nimmst mich nicht fort von hier. Mir war plötzlich aufgegangen, dass du vielleicht nicht hier leben möchtest, auf Orcas.«

Ronald spürte die Spannung verebben. »Das ist alles?«

»Es ist gar nicht so unwichtig. Dir könnte der Gedanke nicht behagen, in einer Art öffentlichem Haus zu leben, wo ständig Leute kommen und gehen, mit Störungen und …« Sie ließ ihre Worte verklingen. »Ich meine, ich muss wissen, was du davon hältst, hier auf der Insel zu bleiben, im Gasthaus zu leben.«

»Was hältst du davon?«

»Es geht nicht mehr darum, was ich davon halte. Es geht darum, was wir beide davon halten.«

Es erstaunte ihn, dass sie so leicht sein Herz rühren konnte. Er nahm an, dass es immer so bleiben würde. »Es ist sehr lange her, seit ich mich irgendwo zu Hause gefühlt habe. Hier tue ich es, hier bei dir.«

Sie lächelte. »Bist du müde?«

»Nein.«

»Gut.« Charity stand auf und verkorkte den Wein. »Ich hole nur schnell die Schlüssel.«

»Was für Schlüssel?«

»Für den Wagen«, sagte sie, während sie ins Nebenzimmer ging.

»Fahren wir irgendwo hin?«

»Ich kenne den schönsten Ort auf der Insel, um den Sonnenaufgang zu beobachten.« Sie kam mit einer Decke und den Schlüsseln zurück. »Willst du die Sonne mit mir aufgehen sehen, Ronald?«

»Aber du hast nur einen Bademantel an.«

»Ja, und? Es ist zwei Uhr morgens. Vergiss den Wein nicht.« Lachend öffnete sie die Tür und schlich die Treppe hinunter. Sie verzog ein wenig das Gesicht, als sie den ersten Schritt auf den Kies tat. Kurzerhand hob Ronald sie auf die Arme. »Mein Held«, murmelte sie.

»Gewiss.« Er setzte sich auf den Fahrersitz. »Wohin geht's?«

»Zum Strand.«

Langsam fuhr er vom Parkplatz und bog auf die Straße ein.

»Es ist eine wundervolle Nacht.«

»Ein wundervoller Morgen.«

»Wie auch immer.« Tief atmete sie die frische Luft ein. »Ich hatte nie Zeit für große Abenteuer. Also muss ich mich in die kleinen stürzen, wenn ich die Chance dazu habe.«

»Steht uns das bevor? Ein Abenteuer?«

»Gewiss. Wir werden den Wein austrinken, uns unter den Sternen lieben und die Sonne über dem Wasser aufgehen sehen.«

Stunden später kuschelte Charity sich eng an Ronald. Die Flasche Wein war leer, und die Sterne verloschen einer nach dem anderen. »Ich werde heute völlig nutzlos sein«, murmelte sie schläfrig. »Und es kümmert mich nicht einmal.«

Er zog die Decke über sie. Die Morgen waren noch immer kühl. Er hatte es nicht geplant, aber die lange Liebesnacht gab ihm neue Hoffnung. Wenn es ihm gelang, Charity zu überreden, den Vormittag über zu schlafen, dann konnte er seinen

Auftrag vollenden und ihr danach alles erklären. Auf diese Weise würde er sie von der Gefahr fernhalten und am Anfang beginnen.

»Es ist kurz vor Morgengrauen«, murmelte sie.

Sie sprachen nicht, während sie den Tagesanbruch beobachteten. Der Himmel wurde blass. Die Nachtvögel verstummten. Einen Moment lang schien die Zeit stillzustehen. Dann, allmählich, sickerten Farben über den Horizont, spiegelten sich im Wasser. Die Schatten verblassten, und die Baumwipfel leuchteten golden. Der erste Morgenvogel verkündete den neuen Tag. Ronald zog Charity an sich, um sie unter dem aufhellenden Himmel zu lieben.

Sie schlummerte auf dem Beifahrersitz, während er zurückfuhr. Der Himmel war von einem blassen, milchigen Blau, doch im Gasthaus war noch alles still.

Als er sie aus dem Wagen hob, seufzte sie und lehnte den Kopf an seine Schulter. »Ich liebe dich, Ronald.«

»Ich weiß.« Zum ersten Mal im Leben wollte er an nächste Woche denken, an nächsten Monat, sogar an nächstes Jahr – an alles, außer den bevorstehenden Tag. Er trug sie die Stufen hinauf in ihr Schlafzimmer. »Ich liebe dich auch, Charity.«

Es kostete ihn wenig Mühe, sie zu überzeugen, sich in das Bett zu kuscheln und zu schlafen, nachdem er ihr versprochen hatte, Ludwig zu seinem täglichen Auslauf hinauszuführen.

11. Kapitel

Duponts Festnahme erwies sich als ein Muster an gut organisierter Polizeiarbeit. Um 7:45 Uhr war sein abgelegenes Haus von den besten Leuten umstellt, die Sheriff Royce und das FBI zu bieten hatten. Ronald hatte Conbys Einwände gegen das Hinzuziehen der Lokalpolizei ignoriert und ihm geraten, aus dem Weg zu bleiben.

Als die Männer positioniert waren, begab Ronald sich zur Tür, die Waffe in einer Hand. Er klopfte. Als keine Antwort kam, signalisierte er seinen Männern, die Waffen zu ziehen und sich zu nähern. Mit dem Schlüssel, den er von Charitys Bund genommen hatte, öffnete er die Tür.

Drinnen ließ er den Blick durch den Raum schweifen, die Beine gespreizt, die Waffe fest in beiden Händen. Mit einer Kopfbewegung signalisierte er seiner Rückendeckung »vorwärts«.

Vorsichtig näherte er sich dem Schlafzimmer. Zum ersten Mal trat ein Lächeln – ein grimmiges Lächeln – auf sein Gesicht. Dupont war in der Dusche. Und er sang.

Das Gesinge endete abrupt, als Ronald den Vorhang aufriss.

»Machen Sie sich nicht die Mühe, die Hände zu heben.« Mit erhobener Waffe warf er Dupont ein Handtuch zu. »Das Haus ist umstellt, Kumpel. Warum trocknen Sie sich nicht ab, während ich Ihnen Ihre Rechte vorlese?«

»Gut gemacht«, bemerkte Conby, als der Gefangene in Handschellen abgeführt wurde. »Wenn Sie den Rest auch so glatt erledigen, sorge ich dafür, dass Sie eine Beförderung bekommen.«

»Behalten Sie sie.« Ronald steckte seine Waffe ein. Es gab nur noch eine Hürde zu nehmen, bevor er die Vergangenheit von der Zukunft trennen konnte. »Wenn dieser Fall erledigt ist, steige ich aus.«

»Sie sind seit über zehn Jahren bei der Polizei, DeWinter. Sie werden nicht aufhören.«

»Warten Sie's ab«, entgegnete Ronald, und damit eilte er zum Gasthaus zurück, um zu beenden, was er begonnen hatte.

Bob hockte im Büro und trank gierig Kaffee mit Schuss. Kurzerhand nahm Ronald ihm den Becher aus der Hand und schüttete den Inhalt in den Abfalleimer.

»Ich brauchte einfach ein bisschen etwas, um es zu überstehen«, verteidigte sich Bob. Doch er hatte eindeutig mehr als ein bisschen getrunken. Er lallte, und seine Augen waren glasig.

Selbst unter den günstigsten Umständen fiel es Ronald schwer, Sympathie für einen Betrunkenen aufzubringen. Er zerrte Bob am Hemd vom Stuhl hoch. »Reißen Sie sich zusammen, und zwar schnell. Wenn Block kommt, fertigen Sie ihn und seine kleine Gruppe ab. Wenn Sie ihn warnen – wenn Sie auch nur mit einer Wimper zucken, hänge ich Sie zum Trocknen auf.«

»Charity erledigt die Anmeldungen«, brachte Bob zwischen klappernden Zähnen hervor.

»Heute nicht. Sie werden hinaus ans Pult gehen und es erledigen. Und Sie werden gute Arbeit leisten, weil Sie wissen, dass ich hier drinnen bin und Sie beobachte.«

Gerade als Ronald von Bob zurücktrat, öffnete sich die Bürotür. »Tut mir leid, dass ich zu spät komme.« Trotz ihrer schweren Augenlider strahlte Charity Ronald an. »Ich habe verschlafen.«

Sein Herz setzte einen Schlag lang aus und sank. »Du hast nicht genug geschlafen.«

»Das musst du mir gerade sagen.« Ihr Lächeln schwand, als sie Bob anblickte. »Was ist los?«

Er ergriff die Gelegenheit mit beiden Händen. »Ich habe Ronald gerade gesagt, dass ich mich nicht besonders gut fühle.«

»Sie sehen auch nicht gut aus.« Besorgt trat sie zu Bob und befühlte seine Stirn, die feucht war und ihre Sorge verstärkte. »Wahrscheinlich haben Sie sich auch den Virus eingefangen, der gerade umgeht.«

»Das befürchte ich auch.«

»Sie hätten heute gar nicht kommen sollen. Vielleicht sollte Ronald Sie nach Hause fahren.«

»Nein, ich schaffe es schon.« Mit zitternden Knien ging Bob zur Tür. »Es tut mir leid, Charity.« Er drehte sich um und sandte ihr einen letzten Blick. »Sehr leid.«

»Seien Sie nicht albern. Geben Sie nur auf sich Acht.«

»Ich helfe ihm«, murmelte Ronald und folgte Bob hinaus. Als sie gerade die Eingangshalle durchquerten, trat Block ein.

»Guten Morgen.« Das übliche Lächeln trat auf Blocks Gesicht, doch seine Augen blickten argwöhnisch. »Gibt es ein Problem?«

»Grippe.« Bobs Gesicht war leicht grünlich vor Angst. »Hat mich heute Morgen ziemlich schwer erwischt.«

»Ich habe Dr. Mertens angerufen«, verkündete Charity, als sie hinter das Pult trat. »Gehen Sie gleich nach Hause, Bob. Er kommt zu Ihnen.«

»Danke«, murmelte Bob. Doch einer von Conbys Agenten folgte ihm hinaus, und er wusste, dass er lange Zeit nicht nach Hause kommen würde.

»Dieser Virus ist eine richtige Plage hier in der Gegend.« Charity schenkte Block ein entschuldigendes Lächeln. »Mir fehlt ein Zimmermädchen, eine Kellnerin und jetzt Bob. Ich hoffe, niemand von Ihrer Gruppe hatte Beschwerden wegen des Service.«

»Kein Einziger.« Wieder entspannt, stellte Block seinen Aktenkoffer auf das Pult. »Es ist mir immer ein Vergnügen, mit Ihnen Geschäfte zu tätigen, Charity.«

Ronald sah hilflos zu, wie die beiden plauderten und routinemäßig die Listen und Zahlen durchgingen. Sie sollte eigentlich oben in Sicherheit sein, fest schlafen und von ihrer gemeinsamen Nacht träumen. Verzweifelt ballte er die Hände zu Fäusten. Nun war sie mittendrin im Geschehen, ganz gleich, was er auch unternahm.

Er hörte sie lachen, als Block den zappelnden Fisch erwähnte, den sie durch den Speisesaal getragen hatte. Und er stellte sich vor, wie ihr Gesicht aussehen würde, wenn die Agenten zuschlugen und den Mann verhafteten, den sie für einen Reiseleiter und Freund hielt.

Charity las die Gesamtsumme vor. Ronald zwang sich zur Ruhe.

»Ich komme auf ... 22,50 Dollar weniger.« Block begann die Einzelbeträge in seinen Rechner einzugeben. Mit gerunzelter Stirn ging Charity erneut ihre Liste durch, Punkt für Punkt.

»Guten Morgen, meine Liebe.«

»Hmm.« Zerstreut blickte Charity auf. »Oh, guten Morgen, Miss Millie.«

»Ich bin gerade auf dem Weg nach oben, um zu packen. Ich wollte Ihnen sagen, welch herrliche Zeit wir hier hatten.«

»Es tut uns immer leid, Sie abreisen zu sehen. Es hat uns alle gefreut, dass Sie und Miss Lucy ein paar Tage länger geblieben sind.«

Miss Millie strahlte Ronald an und ließ flirtend ihre Wimpern flattern, bevor sie zur Treppe ging. Oben steht jetzt ein

Beamter, dachte er, und wird dafür sorgen, dass sie und die anderen Gäste aus dem Weg bleiben.

»Ich komme wieder auf dieselbe Summe, Roger.« Verwirrt tippte Charity mit dem Bleistift auf die Liste. »Ich würde es gern durch den Computer laufen lassen, aber … Ah, ich glaube, das ist es. Haben Sie den Wein für die Wentworths in Haus 1 berechnet? Sie haben ihn vorgestern bestellt.«

»Wentworth, Wentworth …« Aufreizend langsam ging Block seine Liste durch. »Nein, nichts.«

»Lassen Sie mich die Rechnung suchen.« Sie öffnete eine Schublade und blätterte die Akten durch. Ronald spürte einen Schweißtropfen langsam über seinen Rücken rinnen. Einer der Agenten spazierte herbei und schaute sich Postkarten an.

»Ich habe tatsächlich beide Kopien«, sagte Charity kopfschüttelnd. »Dieser Virus macht uns wirklich zu schaffen.« Sie legte ihre Kopie der Rechnung ab und gab Block seine.

»Kein Problem.« Fröhlich wie immer nahm er die neue Rechnung in Empfang. »Jetzt stimmt es überein.«

Mit der Behändigkeit langjähriger Übung rechnete Charity den Betrag in kanadische Währung um. »Das sind insgesamt 2.330 Dollar.«

Er öffnete seinen Aktenkoffer. »Es ist mir wie immer ein Vergnügen.« Er begann das Geld in Zwanzigern vorzuzählen.

Sobald Charity die Rechnung als bezahlt quittiert hatte, griff Ronald ein. »Heben Sie die Hände. Langsam.« Er presste Block den Lauf seiner Pistole in den Rücken.

»Ronald!« Charity starrte ihn entsetzt an. »Was um alles in der Welt soll das?«

»Geh um das Pult herum«, wies er sie an. »Und dann nach draußen.«

»Bist du verrückt? Ronald, um Himmels willen …«

»Nun geh schon!«

Block befeuchtete sich nervös die Lippen. »Ist das ein Überfall?«

»Haben Sie es noch nicht kapiert?« Mit der freien Hand zog Ronald seine Erkennungsmarke hervor und warf sie auf das Pult. Dann griff er nach den Handschellen. »Sie sind verhaftet.«

»Wie lautet die Anklage?«

»Mordkomplott, Falschmünzerei, Transport gesuchter Verbrecher über internationale Grenzen. Das reicht für den Anfang.« Er zerrte einen von Blocks Armen hinunter und schloss die Handschelle um das eine Handgelenk.

»Wie konntest du nur?« Charitys Stimme war kaum ein Flüstern. Sie hielt seine Erkennungsmarke in der Hand.

Er löste den Blick nur eine Sekunde lang von Block, um sie anzusehen. Eine Sekunde, die alles änderte.

»Wie dumm von mir«, murmelte Miss Millie, während sie in die Eingangshalle zurücktänzelte. »Ich war schon fast oben, als ich merkte ...«

Für einen Mann seines Gewichtes bewegte Block sich überraschend schnell. Er zog Miss Millie an sich und hielt ein Messer an ihre Kehle, bevor jemand reagieren konnte. Die Handschelle baumelte an dem Handgelenk.

»Es würde nur einen Herzschlag dauern«, sagte er ruhig und starrte Ronald an, der die Waffe auf Blocks Stirn gerichtet hielt. »Überlegen Sie es sich gut.« Block ließ den Blick durch die Halle schweifen, wo weitere Waffen gezückt worden waren. »Sonst schneide ich dieser netten kleinen Lady die Kehle durch.«

Miss Millie konnte sich nur an seinen Arm klammern und wimmern.

»Tun Sie ihr nichts.« Charity trat vor, aber sie blieb abrupt stehen, als sie sah, dass Block seinen Griff verstärkte. »Bitte, tun Sie ihr nichts.« Es muss ein Traum sein, sagte sie sich. Ein Albtraum. »Ich will wissen, was hier vorgeht.«

»Das Haus ist umstellt.« Ronald hielt den Blick und die Waffe auf Block geheftet. Er wartete vergeblich, dass einer seiner Leute, die sich hinter ihm befanden, eingriff. »Ihr etwas anzutun, würde Ihnen nichts nützen.«

»Ihnen auch nicht. Denken Sie darüber nach. Wollen Sie eine tote Großmutter am Hals haben?«

»Sie wollen doch Ihrer Liste nicht Mord hinzufügen, Block«, sagte Ronald gleichmütig und dachte, dass Charity zu nahe war, viel zu nahe.

Seine Stimme wurde mit jedem Wort lauter, während Blocks Augen den Raum überflogen. »Das ist mir egal. Und jetzt raus! Alle! Lassen Sie die Waffen fallen. Lassen Sie sie fallen und verschwinden Sie, bevor ich sie aufschlitze. Sofort!« Er ritzte mit der Klinge Miss Millies dünnen Hals.

»Bitte!« Erneut trat Charity einen Schritt vor. »Lassen Sie sie gehen. Ich bleibe bei Ihnen.«

»Verdammt, Charity, geh zurück!«

Sie hatte für Ronald nicht einmal einen Blick übrig. »Bitte, Mr. Block.« Vorsichtig trat sie noch einen Schritt vor. »Sie ist alt und gebrechlich. Ihr Herz könnte aussetzen.« Verzweifelt trat sie zwischen Block und Ronalds Waffe. »Ich mache Ihnen keine Schwierigkeiten.«

Block brauchte nur einen Moment für die Entscheidung. Er schnappte sich Charity und presste ihr die Spitze der Klinge an den Hals. Miss Millie glitt kraftlos zu Boden.

»Lassen Sie die Pistole fallen.« Block sah die Angst in Ronalds Augen und lächelte. Offensichtlich hatte er einen guten Tausch gemacht. »Zwei Sekunden, und es ist aus. Ich habe nichts zu verlieren.«

Ronald hob die Hände, ließ die Waffe fallen. »Reden wir.«

»Wir reden, wenn ich bereit dazu bin.« Block legte die

Klinge der Länge nach an Charitys Hals. Sie schloss die Augen, wartete darauf zu sterben. »Raus jetzt. Sobald jemand versucht, wieder reinzukommen, stirbt sie.«

»Raus.« Ronald deutete zur Tür. »Halten Sie sie zurück, Conby. Alle.« Er wandte sich wieder an Block, hob vorsichtig seine Jacke, um zu zeigen, dass sein Halfter leer war. »Ich bin sauber. Lassen Sie mich hierbleiben. Dann haben Sie zwei Geiseln. Ein FBI-Agent gibt Ihnen ein größeres Druckmittel.«

»Nur die Frau. Verschwinden Sie, DeWinter, oder ich bringe sie um, bevor Sie daran denken, wie Sie an mich herankommen. Sofort.«

»Herrje, Ronald, bring Miss Millie hier fort. Sie braucht einen Arzt.« Charity stockte der Atem, als die Messerspitze ihre Haut ritzte.

»Tun Sie es nicht.« Ronald hob erneut die Hände, während er zu der zusammengebrochenen Gestalt neben dem Pult ging. Vorsichtig nahm er die schluchzende Miss Millie in die Arme. »Wenn Sie ihr etwas antun, werden Sie nicht lange genug leben, um es zu bereuen, Block«, sagte er.

Mit dieser verzweifelten Drohung ließ er Charity allein zurück.

Nachdem er Miss Millie in wartende Arme übergeben hatte, eilte er von der Veranda herab. »Niemand nähert sich den Türen oder Fenstern«, wies er an. »Gebt mir eine Waffe.« Bevor jemand gehorchen konnte, entriss er einem von Royces Deputys die Pistole.

Mit einer Geste signalisierte Royce seinem Mann, still zu bleiben.

»Was sollen wir tun?«

Ronald starrte nur auf die Waffe in seiner Hand. Sie war geladen. Er war geübt. Und er war hilflos.

»DeWinter ...«, mischte Conby sich ein.

»Gehen Sie mir aus dem Weg!« Als Conby wieder zum Sprechen ansetzte, wandte Ronald sich ihm zu. »Gehen Sie mir aus dem Weg.«

Ronald starrte zum Gasthaus. Er hörte Miss Millie leise weinen, während jemand sie zu einem Wagen trug. Die Gäste, die bereits evakuiert worden waren, wurden in Sicherheit gebracht.

Charity.

Er steckte die Waffe ins Halfter und drehte sich um. »Lassen Sie die Straße in einer Meile Entfernung in beiden Richtungen sperren. Wir halten das Gasthaus aus einer Entfernung von fünfzig Fuß umstellt. Er wird nachdenken«, sagte Ronald langsam. »Und wenn er damit anfängt, dann wird ihm klar, dass er eingekreist ist.«

Ronald hob beide Hände und rieb sich das Gesicht. Er hatte schon Geiselnahmen erlebt. Er war dafür ausgebildet. Mit Zeit und einem kühlen Kopf standen die Chancen, eine Geisel aus einer derartigen Situation zu befreien, ausgezeichnet. Da die Geisel Charity war, war ausgezeichnet nicht annähernd gut genug.

»Ich will mit ihm reden.«

»Agent DeWinter, unter den gegebenen Umständen habe ich ernsthafte Vorbehalte, dass Sie diese Operation leiten«, erklärte Conby.

Ronald wirbelte zu ihm herum. »Wenn Sie sich mir in den Weg stellen, hänge ich Sie an Ihrer Seidenkrawatte auf, Conby. Warum, zum Teufel, waren Ihre Männer nicht hinter Block postiert?«

Weil Conbys Handflächen feucht waren, klang seine Stimme nur noch kühler. »Ich hielt es für besser, sie draußen bereitzuhalten, für den Fall eines Fluchtversuchs.«

Ronald bekämpfte die Woge des Zorns, die in ihm aufwallte. »Wenn ich Charity draußen habe, werde ich mich mit

Ihnen befassen, Sie Bastard.« Er wandte den Kopf an Royce. »Ich brauche eine Verbindung. Können Sie sich darum kümmern?«

»Geben Sie mir zwanzig Minuten.«

Ronald nickte und drehte sich wieder zum Gasthaus um. Systematisch erwog und verwarf er vorhandene Zugänge.

Charity verspürte ein gewisses Maß an Erleichterung, als Block das Messer von ihrer Kehle entfernte. Irgendwie wirkte die Pistole, die er nun auf sie richtete, weniger persönlich. »Mr. Block …«

»Halten Sie den Mund. Halten Sie den Mund und lassen Sie mich nachdenken.« Er wischte sich mit einem fleischigen Arm den Schweiß von der Stirn. Es hatte sich alles so schnell ereignet, zu schnell. Bisher hatte er nur aus Instinkt gehandelt. Wie Ronald einkalkuliert hatte, begann er nun zu denken. »Die haben mich hier in der Falle. Ich hätte Sie benutzen sollen, um einen Wagen zu bekommen, hätte wegfahren sollen.« Dann lachte er und blickte sich wild in der Eingangshalle um. »Wir sind hier auf einer verdammten Insel. Man kann von einer Insel nicht wegfahren.«

»Ich denke, wenn wir …«

»Halten Sie den Mund!«, schrie er. »Ich bin hier derjenige, der denken muss. FBI-Agenten. Der jammernde kleine Wurm hatte recht, die ganze Zeit«, murmelte er und dachte dabei an Bob. »Er hat DeWinter schon vor Tagen durchschaut. Und Sie?« Während er fragte, griff er in ihr Haar, riss ihren Kopf zurück und hielt den Pistolenlauf an ihre Kehle.

»Nein. Ich wusste es nicht. Ich verstehe es immer noch nicht.« Sie konnte nur einen unterdrückten Schrei von sich geben, als er sie gegen die Wand stieß. Sie hatte noch nie Mord in den Augen eines Mannes gesehen, aber sie erkannte es. »Roger … Mr. Block, überlegen Sie doch. Wenn Sie mich umbringen, haben Sie nichts mehr, um zu verhandeln.« Sie schmeckte Angst auf der Zunge, als sie die Worte hervorzwang. »Sie brauchen mich.«

»Ja.« Er lockerte seinen Griff. »Bisher waren Sie nützlich. Sie müssen einfach weiterhin nützlich sein. Wie viele Ausgänge gibt es hier?«

»Ich ... ich weiß nicht.« Charity rang nach Atem, als er erneut grausam an ihren Haaren zog.

»Sie wissen sogar, wie viele Balken dieses Haus hat.«

»Fünf. Es sind fünf Ausgänge, die Fenster nicht mitgerechnet. Die Eingangshalle, der Gesellschaftsraum, die Außentreppe zu meinen Zimmern, eine Suite im Ostflügel und der Hinterausgang, durch den Allzweckraum hinter der Küche.«

»Das ist gut.« Er keuchte ein bisschen, während er die Möglichkeiten in Betracht zog. »Die Küche. Wir nehmen die Küche. Dort habe ich Wasser und Essen, falls es eine Weile dauert. Kommen Sie.« Er behielt eine Hand in ihrem Haar und die Pistole in ihrem Nacken.

Den Blick auf den Gasthof geheftet, lief Ronald hinter der Barrikade aus Polizeiwagen auf und ab. Sie ist klug, redete er sich ein. Charity war eine kluge, vernünftige Frau. Sie würde nicht in Panik geraten. Sie würde nichts Dummes tun.

Aber sie musste schreckliche Angst haben. Er steckte sich eine Zigarette am Stummel einer anderen an, doch er fühlte sich nicht beruhigt, als der herbe Rauch in seine Lungen drang. »Wo ist das verdammte Telefon?«

»Fast fertig.« Royce schob seinen Hut zurück und richtete sich von der Beobachtung des Leitungsmanns auf, der ein provisorisches Kabel einflickte. »Mein Neffe«, erklärte er Ronald mit einem dünnen Lächeln. »Der Junge versteht seinen Job.«

»Sie haben eine Menge Verwandte.«

»Es wimmelt von ihnen. Ich habe gehört, dass Sie und Charity heiraten wollen. Gehört das zu Ihrer Tarnung?«

»Nein.« Ronald dachte an das Picknick am Strand, jenen einen klaren Augenblick. »Nein.«

»In dem Fall werde ich Ihnen einen wichtigen Rat geben«, sagte er, bevor Ronald sprechen konnte. »Sie brauchen ihn. Sie müssen ruhig werden, wirklich ruhig, bevor Sie zu dem Telefon greifen. Ein gefangenes Tier reagiert auf zwei Arten. Entweder duckt es sich und gibt auf, oder es greift alles an, was ihm in den Weg kommt.« Royce nickte zum Gasthaus hinüber. »Block wirkt nicht wie der Typ, der schnell aufgibt, und Charity ist ihm verdammt im Weg. Ist die Leitung inzwischen fertig, Junge?«

»Jawohl.« Die Hände des jungen Leitungsmannes waren verschwitzt vor Nervosität und Aufregung. »Sie können direkt durchwählen.« Er reichte Ronald den feuchten Hörer.

»Ich weiß die Nummer nicht«, murmelte Ronald. »Ich weiß die verdammte Nummer nicht.«

»Ich weiß sie.«

Ronald wirbelte zu Mae herum. In diesem Moment sah er alles, was er fühlte, in ihren Augen widergespiegelt. Später wird Zeit für Schuldgefühle sein, sagte er sich. Ein Leben lang. »Royce, Sie sollten diesen Bereich räumen.«

»Maeflower zu entfernen, ist, wie einen Panzer zu entfernen.«

»Ich rühre mich nicht vom Fleck, bis ich Charity sehe.« Mae presste ihre zitternden Lippen fest zusammen. Als sie weitersprach, klang ihre Stimme gefasst. »Sie wird mich brauchen, wenn sie herauskommt. Es ist Zeitverschwendung, darüber zu reden«, fügte sie hinzu. »Wollen Sie die Nummer?«

»Ja.«

Sie gab sie ihm. Ronald warf seine Zigarette fort und wählte.

Charity fuhr förmlich vom Stuhl auf, als das Telefon klingelte. Block am Tisch gegenüber starrte es nur an. Er hatte Charity alles stapeln lassen, was sie hatte herbeischleppen können, um die beiden Eingänge zu blockieren: Stühle, Zwanzig-Pfund-Säcke Mehl und Zucker, den rollbaren Fleischerklotz, gusseiserne Bratpfannen, all das häufte sich vor den beiden Türen.

In der stillen Küche schrillte das Telefon wieder und immer wieder, wie ein Schrei. Charity war wie erstarrt stehen geblieben und wagte nicht, sich zu rühren.

»Bleiben Sie, wo Sie sind.« Block durchquerte den Raum und nahm den Hörer ab. »Ja?«

»DeWinter. Dachte mir, Sie könnten bereit sein zu verhandeln.«

»Welche Art von Verhandlung?«

»Darüber müssen wir reden. Zuerst muss ich wissen, ob Sie Charity noch haben.«

»Haben Sie sie herauskommen sehen?«, spuckte Block in den Hörer. »Sie wissen verdammt gut, dass ich sie habe, sonst würden Sie nicht mit mir reden.«

»Ich muss mich vergewissern, dass sie noch lebt. Lassen Sie mich mit ihr reden.«

»Scheren Sie sich zur Hölle.«

Drohungen, Beschimpfungen, Flüche stiegen wie Galle in Ronalds Kehle. Doch als er sprach, klang seine Stimme sachlich. »Ich überzeuge mich, dass Sie noch eine Geisel haben, Block, oder wir verhandeln nicht.«

»Sie wollen mit ihr reden?« Block gestikulierte mit der Waffe. »Hierher«, befahl er Charity. »Machen Sie es kurz. Es ist Ihr Freund«, sagte er, als sie neben ihm stand. »Er will wissen, wie es Ihnen geht. Sagen Sie ihm, dass es Ihnen ausgezeichnet geht.« Er ließ die Pistole an ihrer Wange hinaufgleiten und an ihrer Schläfe ruhen. »Verstanden?«

Mit einem Nicken beugte sie sich zum Telefon. »Ronald?«

»Charity.« Zu viele Gefühle stürmten auf ihn ein, um sie zu messen. Er wollte sie beruhigen, ihr Versprechungen machen, sie bitten, vorsichtig zu sein. Aber er wusste, dass er nur wenige Sekunden hatte und dass Block jedes Wort mithörte. »Hat er dir wehgetan?«

»Nein.« Sie schloss die Augen und unterdrückte ein Schluchzen. »Nein, es geht mir gut. Er lässt mich etwas zu essen machen.«

»Haben Sie gehört, DeWinter? Es geht ihr gut.« Wohlüberlegt riss Block ihr den Arm auf den Rücken, bis sie aufschrie. »Aber das kann sich jederzeit ändern.«

Ronald umklammerte hilflos den Hörer, während er Charity schluchzen hörte. Es kostete ihn all die Beherrschung, die er noch besaß, um die Angst aus seiner Stimme herauszuhalten. »Sie brauchen ihr nichts anzutun. Ich sagte bereits, dass wir über die Bedingungen reden werden.«

»Wir reden über Bedingungen. Gut. Meine Bedingungen.« Block ließ Charitys Arm los und ignorierte, dass sie zu Boden sank. »Sie besorgen mir einen Wagen. Ich will ungehinderte Fahrt zum Flughafen, DeWinter. Charity fährt. Ich will ein aufgetanktes Flugzeug bereitstehen haben. Sie wird mit mir an Bord gehen, also irgendwelche Tricks, und wir sind wieder da, wo wir angefangen haben. Wenn ich meinen Zielort erreicht habe, lasse ich sie frei.«

»Wie groß soll das Flugzeug sein?«

»Versuchen Sie nicht, mich hinzuhalten.«

»Warten Sie. Ich muss es wissen. Es ist ein kleiner Flughafen, Block. Das wissen Sie. Wenn Sie weit fliegen wollen …«

»Besorgen Sie mir nur ein Flugzeug.«

»Okay.« Ronald zwang sich zu einem gleichmütigen Tonfall. Er konnte Charity nicht länger hören, und das Schweigen war so beängstigend wie ihr Schluchzen. »Ich werde dabei den Dienstweg einhalten müssen. Anders geht es nicht.«

»Zum Teufel mit Ihrem Dienstweg.«

»Hören Sie, ich habe nicht die Befugnis, Ihnen zu besorgen, was Sie wollen. Ich muss die Genehmigung einholen. Dann muss ich den Flughafen räumen, einen Piloten besorgen. Sie müssen mir ein bisschen Zeit geben.«

»Sie haben eine Stunde.«

»Ich muss mich mit Washington in Verbindung setzen. Sie wissen, wie Bürokraten sind. Es könnte drei, vielleicht vier Stunden dauern.«

»Zum Teufel damit! Sie haben zwei. Nach zwei Stunden werde ich anfangen, sie in Stücken hinauszuschicken.«

Charity schloss die Augen, senkte den Kopf auf die gefalteten Arme und weinte aus panischer Angst.

»Wir haben zwei Stunden«, murmelte Ronald, während er weiterhin das Gasthaus und den Grundriss musterte, den Royce ihm gegeben hatte. »Er ist nicht so schlau, wie ich dachte, oder vielleicht ist er zu sehr in Panik, um es zu durchdenken.«

»Das könnte zu unserem Vorteil sein«, meinte Royce, als Ronald das Angebot einer Tasse Kaffee mit einem Kopfschütteln ablehnte. »Oder es könnte gegen uns arbeiten.«

Zwei Stunden. Ronald starrte auf das stille Schindelgebäude. Er konnte die Vorstellung nicht ertragen, dass Charity so lange mit einer Pistole bedroht wurde. »Er will einen Wagen, ungehinderte Fahrt zum Flughafen und ein Flugzeug.« Er wandte sich an Conby. »Sorgen Sie dafür, dass er glaubt, er würde es bekommen.«

»Ich weiß, wie man bei Geiselnahmen vorzugehen hat, DeWinter.«

»Welcher Ihrer Männer ist der beste Schütze?«, erkundigte Ronald sich bei Royce.

»Ich bin es.« Er blickte Ronald fest in die Augen. »Wo wollen Sie mich haben?«

»Block ist mit ihr in der Küche.«

»Hat er Ihnen das gesagt?«

»Nein, Charity. Sie hat mir gesagt, dass er sie etwas zu essen machen lässt. Da ich bezweifle, dass sie an Essen denkt, wollte sie mich ihre Position wissen lassen.«

Royce blickte hinüber zu Mae, die den Pier hinauf- und hinabwanderte. »Charity ist ein zähes Mädchen. Sie verliert den Kopf nicht.«

»Bisher nicht.« Doch Ronald erinnerte sich nur zu gut an ihr gedämpftes Schluchzen. »Wir müssen zwei der Männer auf der Rückseite in Position bringen. Ich will, dass sie Distanz wahren und sich außer Sicht halten. Mal sehen, wie nahe wir herankommen.« Er wandte sich wieder an Conby. »Geben Sie uns fünf Minuten. Dann rufen Sie ihn an. Sagen Sie ihm, wer Sie sind. Sie verstehen es, sich wichtig klingen zu lassen. Halten Sie ihn am Telefon fest, so lange wie möglich.«

»Sie haben zwei Stunden, DeWinter. Wir können ein Sonderkommando aus Seattle kommen lassen.«

»Wir haben zwei Stunden«, betonte Ronald grimmig. »Charity hat sie vielleicht nicht.«

»Ich kann die Verantwortung nicht …«

Ronald unterbrach ihn. »Sie werden sie verdammt noch mal übernehmen.«

»Agent DeWinter, wenn es nicht eine Krisensituation wäre, würde ich Sie wegen Gehorsamsverweigerung festnehmen lassen.«

»Großartig. Nehmen Sie es einfach in meine Akte auf.« Er blickte zu dem Gewehr, das Royce zur Hand genommen hatte. Es war mit einem starken Zielfernrohr ausgestattet. »Greifen wir ein.«

12. Kapitel

Ich habe lange genug geweint, entschied Charity und holte tief und lange Luft. Es nützte ihr nichts. Wie ihr Bewacher musste sie nachdenken. Ihre Welt war zu einem einzigen Zimmer zusammengeschrumpft, mit Angst als ihrem ständigen Begleiter. So geht es nicht, sagte sie sich und drückte ihr Rückgrat durch. Ihr Leben wurde bedroht, und sie wusste nicht einmal, warum.

Sie erhob sich vom Fußboden, auf dem sie gekauert hatte. Block saß immer noch am Tisch, hielt die Waffe in einer Hand, während er mit der anderen monoton auf das geschrubbte Holz klopfte. Die baumelnden Handschellen klirrten. Er hat schreckliche Angst, erkannte sie, vielleicht genauso sehr wie ich. Es musste einen Weg geben, das auszunutzen.

»Mr. Block … möchten Sie Kaffee?«

»Ja. Das ist gut. Das ist eine gute Idee.« Er umfasste die Pistole fester. »Aber werden Sie nicht gerissen. Ich beobachte jede Bewegung.«

»Wird man Ihnen ein Flugzeug geben?« Sie drehte die Herdflamme auf klein. Die Küche ist voller Waffen, dachte sie. Messer, Hackbeile, Holzhammer. Sie schloss die Augen und fragte sich, ob sie den Mut hatte, eine davon zu benutzen.

»Man wird mir alles geben, solange ich Sie habe.«

»Warum will man Sie verhaften?« Bleib ruhig, dachte Charity sich. Sie wollte ruhig und wachsam und am Leben bleiben. »Das verstehe ich nicht.« Sie goss den heißen Kaffee in zwei Becher. Sie glaubte nicht, dass sie schlucken konnte, aber sie hoffte, dass diese kleine Gemeinsamkeit ihn ein wenig entspannen würde. »Die sagten etwas von Falschgeld.«

Es spielte keine Rolle, was sie wusste. Auf jeden Fall hatte er hart gearbeitet, und er war stolz darauf. »Seit über zwei Jahren betreibe ich ein hübsches kleines Spiel über die Grenze hinweg. Zwanziger und Zehner in kanadischer Währung. Ich kann sie ausstanzen wie Flaschendeckel. Aber ich bin vorsichtig.« Er schluckte den Kaffee. »Ein paar Tausend hier, ein paar Tausend dort, mit ›Vision Tours‹ als Fassade. Wir führen eine gute Reisegesellschaft, stellen unsere Kunden zufrieden.«

»Sie haben mich mit Falschgeld bezahlt?«

»Sie und ein paar andere Unternehmen. Aber Sie sind das langfristigste und beständigste.« Block lächelte sie an – so freundlich wie immer, wenn man die Waffe in seiner Hand nicht berücksichtigte. »Sie haben ein besonders günstiges Unternehmen, Charity, still, abgelegen, in Privatbesitz. Sie verkehren mit einer kleinen lokalen Bank. Es hat hervorragend geklappt.«

»Ja.« Sie starrte auf ihre Tasse, mit verkrampftem Magen. »Das ist mir klar.« Und Ronald war nicht gekommen, um Wale zu beobachten, sondern um an einem Fall zu arbeiten. Das war alles, was sie für ihn bedeutet hatte.

»Wir wollten hier nur noch ein paar Monate absahnen«, fuhr er fort. »Aber in letzter Zeit wurde Bob ängstlich.«

»Bob?« Sie ballte ihre Hände zu Fäusten im Schoß. »Er wusste davon?«

»Er war nichts als ein kleiner Betrüger, bevor ich ihn übernahm. Beging lediglich geringfügige Unterschlagungen. Ich habe ihn hier eingesetzt und reich gemacht. Hat Ihnen auch nicht geschadet«, führte er mit einem Grinsen hinzu. »Sie standen auf recht wackligem finanziellen Boden, bevor ich kam.«

»All die Zeit über«, flüsterte sie.

»Ich hatte beschlossen, noch sechs Monate weiterzumachen und dann woanders zu operieren, aber Bob wurde richtig nervös wegen Ihres neuen Handwerkers. Der Bastard hat mich reingelegt.« Er knallte die Tasse auf den Tisch. »Hat ein Abkommen mit dem FBI geschlossen. Ich hätte es merken müssen, so wie er nach der Fahrerflucht in Panik geriet.«

»Der Unfall … Sie wollten mich umbringen.«

»Nein.« Er tätschelte ihre Hand, und sie schreckte zurück. »Ehrlich gesagt, ich habe Sie immer gemocht. Ich wollte Sie nur für eine Weile aus dem Weg haben. Wollte nur wissen, wie DeWinter reagiert. Er ist gut«, sinnierte Block. »Richtig gut. Hat mich überzeugt, dass er nur an Ihnen interessiert wäre. Die Romanze war ein guter Einfall. Hat mich getäuscht.«

»Ja.« Niedergeschmettert starrte Charity auf die Maserung der Tischplatte. »Das war clever.«

»Hat mich übertölpelt«, murmelte Block. »Ich wusste, dass Sie mich nicht hereingelegt haben. Sie haben nicht das Zeug dazu. Aber DeWinter … Wahrscheinlich haben sie Dupont schon geschnappt.«

»Wen?«

»Wir operieren nicht nur mit dem Geld. Es gibt Leute, die in aller Stille das Land verlassen müssen und eine Menge für unsere Dienste bezahlen. Sieht so aus, als müsste ich mich selbst als Kunden aufnehmen.« Block lachte und leerte seine Tasse. »Wie steht es mit etwas zu essen?«

Sie erhob sich und ging zum Kühlschrank. Es war alles eine Lüge, dachte sie. Alles, was Ronald gesagt hatte, alles, was er getan hatte …

Der Schmerz ging tief und zwang sie, einen weiteren Tränenausbruch zu bekämpfen. Er hatte sie zum Narren gehalten, so gewiss und vollkommen, wie Roger Block es getan hatte. Beide hatten sie sie benutzt, sie und ihr Gasthaus. Sie würde es nie verzeihen. Sie rieb sich mit den Händen über die Augen, um sie zu klären. Und sie würde nie vergessen.

»Wie wäre es mit dem Zitronenkuchen?« Block klopfte mit dem Pistolenlauf auf den Tisch. »Mae hat sich gestern mit diesem Kuchen selbst übertroffen.«

»Ja.« Langsam nahm Charity den Kuchen heraus. »Es ist noch etwas übrig.«

Block hatte die sonnig gelben Gardinen zugezogen, aber in der Mitte war ein Spalt von zwei Zentimetern. Lautlos schlich Ronald darauf zu. Er konnte Charity in einen Schrank greifen und einen Teller herausnehmen sehen.

Tränen trockneten auf ihren Wangen. Es versetzte ihm einen Stich, es zu sehen. Ihre Hände waren ruhig. Das war etwas, eine kleine Hoffnung, an die er sich klammern konnte. Er konnte Block nicht sehen, obgleich er sich so weit vorbeugte, wie er es nur wagte.

Dann plötzlich, so, als hätte Charity ihn gespürt, begegneten sich ihre Blicke durch das Glas. Sie wappnete sich, und in diesem Moment sah er unzählige Gefühlsregungen über ihr Gesicht huschen. Dann war es wieder verschlossen. Sie blickte ihn an, wie sie einen Fremden angeblickt hätte, und wartete auf Instruktionen.

Er hielt eine Hand hoch, die Innenfläche nach außen, um ihr so klar wie möglich zu signalisieren, durchzuhalten und ruhig zu bleiben. Dann klingelte das Telefon, und er sah sie zusammenzucken.

»Das wurde auch Zeit«, sagte Block. Er schwankte beinahe, als er zum Telefon ging. »Ja? Wer, zum Teufel, spricht da?« Er lauschte eine Weile und lachte dann erfreut. »Ich verhandle gern mit Leuten, die einen Titel haben. Wo ist mein Flugzeug, Inspektor Conby?«

Hastig und verstohlen zog Charity die Gardinen noch einen Zentimeter weiter auf.

»Hierher!«, befahl Block.

Sie ließ die Hand sinken, und der Teller klapperte auf den Küchenschrank. »Was?«

Er gestikulierte mit der Pistole. »Ich sagte, hierher.«

Ronald fluchte, als sie zwischen ihn und Block trat.

»Die sollen wissen, dass ich mich an meinen Teil halte.« Block nahm sie am Arm, weniger grob diesmal. »Sagen Sie dem Mann, dass ich Sie gut behandle.«

»Er hat mir nichts getan«, sagte sie tonlos. Sie zwang sich, nicht zum Fenster zu blicken. Ronald war dort draußen. Er würde sein Bestes tun, um sie sicher herauszuholen. Das war sein Job.

»Das Flugzeug wird in einer Stunde bereit sein«, sagte Block, nachdem er aufgelegt hatte. »Gerade genug Zeit für den Zitronenkuchen und noch eine Tasse Kaffee.«

»In Ordnung.« Sie ging erneut zum Schrank. Panik durchzuckte sie, als sie zum Fenster blickte und niemanden sah. Ronald war fort. Weil ihre Finger zitterten, war sie sehr ungeschickt mit dem Aufschneiden. »Mr. Block, werden Sie mich laufen lassen?«

Er zögerte nur einen Moment, aber das reichte, um ihr zu verraten, dass seine Worte nur eine weitere Lüge waren. »Gewiss. Sobald ich frei bin.«

So stand es also. Ihr Herz, ihr Gasthaus und nun ihr Leben. Sie stellte den Kuchen vor ihn hin und musterte sein Gesicht. Er ist zufrieden mit sich selbst, dachte sie, und sie hasste ihn dafür. Aber er schwitzte noch immer.

»Ich hole Ihnen den Kaffee.« Sie ging zum Herd, setzte mechanisch einen Fuß vor den anderen. Es rauschte in ihren Ohren. Jetzt war es mehr als Angst, wie sie erkannte. Es war Zorn und Verzweiflung und ein starker, unwiderstehlicher Überlebensdrang. Sie nahm die Kaffeekanne vom Herd.

Er hielt noch immer die Pistole, und er schaufelte sich mit der linken Hand den Zitronenkuchen in den Mund. Er hält mich für einen Dummkopf, dachte Charity, für jemanden, den er benutzen und überlisten und manipulieren kann. Sie holte tief Luft. »Mr. Block?«

Er blickte auf.

Sie sah ihm direkt in die Augen. »Hier ist Ihr Kaffee«, sagte sie ruhig, und dann goss sie ihm die dampfende Flüssigkeit ins Gesicht.

Er schrie. Sie glaubte nicht, dass sie jemals zuvor einen Mann derart hatte schreien hören. Er stand halb vom Stuhl auf, tastete blindlings nach der Pistole. Dann geschah alles sehr schnell.

Charity griff ebenfalls nach der Waffe. Blocks fuchtelnde Hand traf ihre Wange. Noch während sie zurücktaumelte, ertönte das Krachen von splitterndem Glas.

Ronald sprang durchs Fenster, riss Charity zu Boden. Männer durchbrachen die verbarrikadierten Türen und stürmten in den Raum. Jemand zog sie vom Fußboden hoch und führte sie eilig hinaus.

Ronald hielt die Pistole an Blocks Schläfe. Sie knieten auf den Glassplittern – zumindest kniete Ronald und stützte den stöhnenden Block. Brandblasen bildeten sich bereits auf seinem breiten Gesicht.

»Bitte«, murmelte Ronald, »geben Sie mir einen Grund.«

»Ronald.« Royce legte ihm die Hand auf die Schulter. »Es ist vorbei.«

Doch der Zorn schnürte ihm die Kehle zu, ließ seine Finger am Abzug schlüpfrig werden. Er erinnerte sich, wie Charity ihn angeblickt hatte, als sie ihn vor dem Fenster gesehen hatte. Langsam wich er zurück und steckte die Waffe ins Halfter.

»Ja, es ist vorbei. Schaffen Sie ihn hier fort.« Er erhob sich und ging auf die Suche nach Charity.

Er fand sie in der Eingangshalle, in Maes Armen.

»Es geht mir gut«, murmelte sie. »Wirklich.« Als sie Ronald sah, wurde ihr Blick frostig. »Es wird jetzt alles gut. Ich muss einen Moment mit Ronald sprechen.«

»Sag, was du zu sagen hast.« Mae küsste sie auf beide Wangen. »Und dann nimmst du ein schönes heißes Bad.«

»In Ordnung.« Sie drückte Maes Hand. Seltsam, aber nun kam ihr alles wie ein Traum vor, als würde sie sich Schicht um Schicht einen Weg durch einen grauen Schleier bahnen. »Ich glaube, wir sind oben ungestörter«, sagte sie zu Ronald. Dann wandte sie sich ab, ohne ihn anzusehen, und ging zur Treppe.

In ihrem Wohnzimmer drehte Charity sich zu Ronald um. »Ich nehme an, du hast einen Bericht einzureichen«, begann sie. Ist das meine Stimme? wunderte sie sich. Sie klang so dünn, so fremd. Bewusst räusperte sie sich. »Mir wurde gesagt, dass ich eine Aussage machen muss, aber wir sollten wohl erst dies aus dem Weg räumen.«

»Charity.« Er trat auf sie zu, nur um abrupt innezuhalten, als sie die Arme abwehrend vorstreckte.

»Nicht.« Ihr Augen waren so kalt wie ihre Stimme. Es ist kein Traum, sagte sie sich. Es war eine so harte und brutale Wirklichkeit, wie sie es nie zuvor erlebt hatte. »Fass mich nicht an. Nicht jetzt, niemals wieder.«

Er ließ die Hände sinken. »Es tut mir leid.«

»Warum? Du hast genau das vollendet, weshalb du gekommen bist. Soweit ich es übersehen kann, hielten Bob und Block ein beachtliches System in Gang. Deine Vorgesetzten werden bestimmt sehr zufrieden mit dir sein.«

»Das ist nicht wichtig.«

Sie holte seine Erkennungsmarke aus ihrer Tasche. »Doch.« Sie warf sie ihm zu. »Doch, es ist wichtig.«

Ronald kämpfte um Ruhe und steckte die Marke in die Tasche. Er bemerkte, dass seine Hände bluteten, aber das berührte ihn nicht. »Ich konnte es dir nicht sagen.«

»Du wolltest es nicht.«

Da war eine leichte Prellung auf ihrer Wange. Einen Moment lang richtete sich all sein Zorn und sein Schuldgefühl darauf. »Er hat dich geschlagen.«

Sie strich mit der Fingerspitze über ihre Wange. »Ich bin nicht aus Zucker.«

»Ich möchte es dir erklären.«

»Ach ja?« Sie wandte sich ab. Sie wollte ihren Zorn kalt halten. »Ich glaube, ich habe schon verstanden.«

»Hör zu, Baby ...«

»Nein, hör du mir zu, Baby.« Ihre Beherrschung schwand, und sie wirbelte wieder herum. »Du hast mich belogen, du hast mich benutzt, von der ersten Minute bis zur letzten. Es war alles eine riesige, unglaubliche Lüge.«

»Nicht alles.«

»Nein? Mal sehen, wie wir eins vom anderen trennen können. Eine bequeme Unterbringung ...« Sie sah seine Augen aufblitzen. Das ärgerte ihn. »Und George, der gute alte George, ein Glückspilz. Ich nehme an, es war ein paar Tausend Dollar wert, ihn aus dem Weg zu räumen und dir eine freie Stelle zu verschaffen. Und Bob – du wusstest alles über Bob, nicht wahr?«

»Wir konnten nicht sicher sein. Nicht am Anfang.«

»Nicht am Anfang«, wiederholte sie. Solange sie einen kühlen Kopf bewahrte, konnte sie denken. Sie konnte denken, ohne zu fühlen. »Warst du dir meiner denn so sicher, Ronald? Oder hast du geglaubt, ich würde dazugehören?« Als er nicht antwortete, fuhr sie fort: »Aha, ich verstehe. Gegen mich wurde die ganze Zeit ermittelt. Du brauchtest dich mir nur zu nähern – und ich habe es dir so leicht gemacht.« Mit einem Lachen schlug sie die Hände vor das Gesicht. »Gütiger Himmel, ich habe mich dir an den Hals geworfen.«

»Von Rechts wegen durfte ich mich nicht mit dir einlassen.« Ronald kämpfte seine Verzweiflung nieder und wählte bedachtsam seine Worte. »Es ist einfach passiert. Ich habe mich in dich verliebt.«

»Sag das nicht zu mir.« Sie senkte die Hände. Ihr Gesicht war blass, der Ausdruck kalt. »Du weißt nicht einmal, was das bedeutet.«

»Ich wusste es nicht, vor dir.«

»Man kann nicht lieben, ohne zu vertrauen, Ronald. Ich habe dir vertraut. Ich habe dir nicht nur meinen Körper gegeben. Ich habe dir alles gegeben.«

»Ich habe dir alles gesagt, was ich dir sagen konnte«, entgegnete er laut. »Verdammt, den Rest musste ich verschweigen. Was ich dir über mich erzählt habe, über mein Heranwachsen, über meine Gefühle, ist alles wahr.«

»Habe ich dein Wort darauf? Agent DeWinter?«

Mit einem Fluch stürmte er zu ihr und ergriff ihre Arme. »Ich kannte dich nicht, als ich den Auftrag übernahm. Es war nur ein Job. Als sich die Dinge änderten, wurde der wichtigste Teil dieses Jobs, deine Unschuld zu beweisen und dich zu schützen!«

»Wenn du es mir erzählt hättest, dann hätte ich meine Unschuld selbst bewiesen.« Sie entriss sich seinem Griff. »Das ist mein Gasthaus, und diese Leute sind die einzige Familie, die ich habe. Glaubst du, ich würde das alles wegen Geld aufs Spiel setzen?«

»Nein. Das wusste ich nach den ersten vierundzwanzig Stunden. Ich hatte Order, Charity, und meinen Instinkt. Wenn ich dir gesagt hätte, wer ich bin und was vorging, hättest du niemals den Schein wahren können.«

»Ich bin also dumm?«

»Nein. Nur ehrlich.« Er fand seine innere Ruhe wieder. »Du hast eine Menge durchgemacht. Lass mich dich ins Krankenhaus bringen.«

»Ich habe eine Menge durchgemacht«, wiederholte sie und lachte beinahe. »Weißt du, wie es ist zu erfahren, dass ich zwei Jahre lang von Leuten benutzt wurde, die ich zu kennen glaubte? Ich habe mich immer für einen so guten Menschenkenner gehalten.« Nun lachte sie doch. Sie trat ans Fenster. »Woche für Woche haben sie mich zum Narren gehalten. Ich bin nicht sicher, ob ich es je überwinden werde. Aber das ist nichts.« Sie drehte sich um. »Das ist gar nichts im Vergleich zu dem, was ich fühle, wenn ich daran denke, wie ich es zugelassen habe, dass du mich liebst.«

»Wenn es eine Lüge wäre, warum bin ich dann hier und sage dir jetzt, dass ich es tue?«

»Ich weiß es nicht.« Plötzlich erschöpft, strich sie sich das Haar aus der Stirn. »Und es scheint auch nicht wichtig zu sein. Ich bin völlig ausgelaugt, Ronald. Eine Weile lang war ich sicher, dass er mich umbringen würde.«

»Oh, Charity.« Er zog sie an sich, und als sie sich nicht widersetzte, barg er das Gesicht in ihrem Haar.

»Ich dachte, er würde mich umbringen«, wiederholte sie und ließ die Arme steif hängen. »Und ich wollte nicht sterben. Nichts war so wichtig, wie am Leben zu bleiben. Als meine Mutter sich verliebte und diese Liebe betrogen wurde, gab sie auf. Ich war ihr nie ähnlich.« Steif wich sie aus seinen Armen zurück. »Vielleicht bin ich leichtgläubig, aber ich war nie schwach. Ich habe vor, weiterzumachen wie früher. Was es auch braucht, ich werde dich und die letzten Wochen aus meinem Leben auslöschen.«

»Nein.« Zornig nahm er ihr Gesicht zwischen die Hände. »Das wirst du nicht, weil du weißt, dass ich dich liebe. Und du hast mir ein Versprechen gegeben. Dass du nicht aufhörst, mich zu lieben, was immer auch passiert.«

»Ich habe dieses Versprechen einem Mann gegeben, der nicht existiert.« Es tat weh. Der Schmerz durchzuckte ihren ganzen Körper. »Und den Mann, der existiert, liebe ich nicht.« Sie trat einen kleinen, aber bedeutungsvollen Schritt zurück. »Lass mich allein.«

Als er sich nicht rührte, ging sie ins Schlafzimmer und verschloss die Tür hinter sich.

Eifrig fegte Mae die Glasscherben in der Küche zusammen. Zum ersten Mal seit über zwanzig Jahren war das Gasthaus geschlossen. Sie nahm an, dass es schnell genug wieder geöffnet werden würde, doch vorerst war sie es zufrieden, dass ihr Mädchen sicher oben im Bett lag und die Polizei im Aufbruch war.

Als Ronald eintrat, stützte sie die Arme auf den Besen. Sie hatte Charity, die um ihn geweint hatte, beinahe eine Stunde lang in den Armen gewiegt. Sie hatte sich vorgenommen, kühl und abweisend zu sein. Es brauchte nur einen Blick, um ihre Absicht zu ändern.

»Sie sehen erschöpft aus.«

»Ich …« Verloren blickte er sich in der Küche um. »Ich wollte fragen, wie es ihr geht, bevor ich aufbreche.«

»Es geht ihr miserabel.« Mae nickte, zufrieden mit der Qual, die sie in seinen Augen sah. »Und sie ist verstockt. Sie haben Schnittwunden.«

Automatisch strich er über den Schnitt an seiner Schläfe. »Würden Sie ihr bitte diese Nummer geben?« Er legte eine Karte auf den Tisch. »Da kann sie mich erreichen, wenn … Sie kann mich da erreichen.«

»Setzen Sie sich. Ich werde Sie verarzten.«

»Nein, schon gut.«

»Ich sagte, setzen Sie sich.« Mae ging zum Schrank und holte eine Flasche Antiseptikum. »Sie hatte einen schweren Schock.«

Plötzlich sah er im Geiste Block das Messer an Charitys Kehle halten. »Ich weiß.«

»Sie erholt sich meistens ziemlich schnell. Sie liebt Sie.«

Ronald zuckte ein wenig zusammen, als Mae das Antiseptikum auftrug, aber nicht vor Schmerz. »Sie hat mich geliebt.«

»Sie liebt Sie«, beharrte Mae. »Sie kann im Moment nur nicht. Sind Sie schon lange Agent?«

»Zu lange.«

»Werden Sie dafür sorgen, dass dieser Wurm Roger Block hinter Schloss und Riegel kommt?«

Ronald ballte die Hände zu Fäusten. »Ja.«

»Lieben Sie Charity?«

Er entspannte die Hände. »Ja.«

»Ich glaube Ihnen, und deshalb werde ich Ihnen einen Rat geben.« Ein wenig keuchend setzte Mae sich neben ihn. »Sie ist verletzt, sehr verletzt. Sie ist ein Mensch, der die Dinge gern selbst ins Lot bringt. Lassen Sie ihr ein bisschen Zeit.« Sie nahm die Karte und steckte sie in ihre Schürzentasche. »Die behalte ich vorläufig lieber bei mir.«

Charity fühlte sich stärker. Und nicht nur körperlich, entschied sie, während sie hinter Ludwig herrannte. In jeder Beziehung. Die Albträume, die sie Nacht für Nacht geweckt hatten, verblassten allmählich. Es fiel ihr längst nicht mehr so schwer, zu reden oder zu lächeln oder vorzugeben, dass wieder alles in Ordnung war.

Sie dachte selten an Ronald. Mit einem Seufzer korrigierte sie sich. Sie würde niemals wieder stark werden, wenn sie sich selbst belog. Sie dachte ständig an ihn. Es fiel ihr schwer, es nicht zu tun, und an diesem Tag war es ganz besonders schwer.

An diesem Tag hatten sie heiraten wollen. Der Schmerz kam, breitete sich aus und wurde aufgenommen. Kurz nach Mittag, während Mendelssohn-Bartholdys Hochzeitsmarsch erklang und die Sonne in den Garten schien, hätte sie ihre Hand in seine gelegt. Und das Versprechen gegeben.

Eine Fantasie, sagte Charity sich. Es war damals eine Fantasie gewesen, und es war jetzt eine.

Und dennoch … Mit jedem Tag, der verging, erinnerte sie sich deutlicher an die gemeinsame Zeit. An sein Widerstreben, seinen Zorn. Dann seine Zärtlichkeit und Besorgnis. Sie blickte hinab auf das Armband, das an ihrem Handgelenk schimmerte.

Sie hatte versucht, es in die Schachtel zurückzulegen, es in eine dunkle, selten geöffnete Schublade zu schieben. Jeden Tag nahm sie es sich von Neuem vor. Für morgen. Und jeden Tag erinnerte sie sich von Neuem, wie lieb, wie verlegen und wie wundervoll er gewesen war, als er es ihr geschenkt hatte.

Wenn es für ihn nur ein Job gewesen war, warum hatte er ihr dann so viel mehr als nötig gegeben? Nicht nur das Schmuckstück, sondern alles, was der goldene Reif symbolisierte? Er hätte ihr Freundschaft und Respekt bieten können, so wie Bob es getan hatte, und sie hätte ihm ebenso vertraut. Er hätte ihre Beziehung rein körperlich halten können. Ihre Gefühle wären dieselben geblieben.

Charity schüttelte den Kopf und beschleunigte ihr Tempo, um mit Ludwig Schritt zu halten. Sie war schwach und sentimental. Es lag nur an diesem Tag … diesem wundervollen Frühlingsmorgen, der ihr Hochzeitstag hätte sein sollen. Sie musste zum Gasthaus zurückkehren und sich beschäftigen. Dieser Tag würde vergehen, so wie all die anderen vergangen waren.

Zuerst glaubte sie, es wäre Einbildung, als sie Ronald am Straßenrand stehen und zum Sonnenaufgang über dem Wasser blicken sah. Sie zögerte. Ihre Knie wurden weich.

Er hörte sie kommen. Im zunehmenden Licht erinnerte er sich, wie er sich gefragt hatte, ob er zurückkehren würde, ob er einfach dastehen und darauf warten würde, dass Charity zu ihm gelaufen käme.

Sie lief nicht. Sie ging sehr langsam. Konnte sie wissen, dass sein Leben in ihrer Hand lag?

Sie war sehr nervös, die Finger um die Leine verkrampften und lockerten sich wieder. Sie betete, als sie vor ihm stehen blieb, dass ihre Stimme fest sein möge.

»Was willst du?«

Ronald bückte sich, um den zappelnden Hund zu streicheln. »Dazu kommen wir später. Wie geht es dir?«

»Es geht mir gut.«

»Du hattest Albträume.« Schatten lagen unter ihren Augen. Er würde es ihr nicht leichter machen, indem er es ignorierte.

Sie versteifte sich. »Sie vergehen. Mae redet zu viel.«

»Zumindest redet sie mit mir.«

»Wir haben uns alles gesagt, was zu sagen ist.«

Er schloss eine Hand um ihren Arm, als sie an ihm vorbeigehen wollte. »Du hast das letzte Mal deine Meinung gesagt. Jetzt bin ich an der Reihe.« Er bückte sich und hakte die Leine aus. Ludwig sprang davon, in Richtung Gasthaus. »Mae erwartet ihn«, erklärte Ronald, bevor sie den Hund zurückrufen konnte.

»Ich verstehe. Ihr beide habt das alles geplant?«

»Du liegst ihr sehr am Herzen. Mir auch.«

»Ich habe viel zu tun.«

»Ja. Zuerst das.« Er zog sie an sich, ignorierte ihren Widerstand und presste den Mund auf ihren. Es war wie ein Getränk nach Tagen der Wüste, wie ein Feuer nach Dutzenden langen, kalten Nächten. Er küsste sie begierig, so, als wäre es das erste Mal. Oder das letzte.

Sie konnte ihn nicht bekämpfen. Oder sich selbst. Fast schluchzend klammerte sie sich an ihn. So stark sie auch zu sein versuchte, konnte sie niemals stark genug sein, um sich gegen ihr eigenes Herz zu stellen.

Ronald presste die Lippen auf ihr Haar. »Jede Nacht wache ich auf und sehe ihn das Messer an deine Kehle halten«, murmelte er. »Und ich kann nichts dagegen tun. Ich greife nach dir, aber du bist nicht da. Eine Minute, eine schreckliche Minute lang habe ich panische Angst. Dann erinnere ich mich, dass du in Sicherheit bist. Du bist nicht bei mir, aber in Sicherheit. Das ist beinahe genug.«

Mit einem hilflosen Seufzen strich sie beruhigend über seine Schultern. »Ronald, es hat keinen Sinn, daran zu denken.«

»Glaubst du, dass ich es jemals vergessen könnte? Den Rest meines Lebens werde ich mich an jede Sekunde erinnern. Ich war für dich verantwortlich.«

»Nein.« Der Zorn kam schnell genug, um sie beide zu überraschen. »Ich bin für mich selbst verantwortlich. Ich war es und bin es und werde es immer sein. Und ich kann auf mich selbst aufpassen.«

»Ja.« Er streichelte mit der Handfläche über ihre Wange. Die Prellung war verblasst, auch wenn die Erinnerung es nicht war. »Eine teuflische Art, Kaffee zu servieren.«

»Lass es uns vergessen.« Sie schüttelte seine Hand ab und ging zum Wasser. »Ich bin nicht besonders stolz darauf, dass ich mich habe betrügen lassen. Deshalb möchte ich nicht länger darüber nachdenken.«

»Es waren Profis, Charity. Du bist nicht die einzige Person, die sie benutzt haben.«

Sie presste die Lippen zusammen. »Und du?«

»Wenn man verdeckt ermittelt, lügt man, benutzt man und zieht aus allem Vorteil, was sich bietet.« Ihre Augen waren geschlossen, als er sie zu sich umdrehte. »Ich kam her, um einen Auftrag durchzuführen. Es war lange her, dass ich mir gestattete, weiter voraus als bis zum nächsten Tag zu denken. Sieh mich an. Bitte ...«

Charity holte tief Luft und öffnete die Augen. »Das sind wir alles schon durchgegangen, Ronald.«

»Nein. Ich habe dir wehgetan. Ich habe dich getäuscht. Du warst nicht bereit, mir zuzuhören.« Sanft strich er ihr die Tränen von den Wimpern. »Ich hoffe, du bist es jetzt, denn ich halte es nicht mehr sehr lange ohne dich aus.«

»Ich war vorher zu hart zu dir.« Es kostete sie beinahe all ihre Kraft, aber sie brachte ein Lächeln zustande. »Ich war verletzt, und der Schock war größer, als ich angenommen hatte. Inspektor Conby hat mir nachher alles erklärt. Wie der ganze Einsatz abgelaufen war, was du zu tun hattest, was meine Verantwortung war.«

»Welche Verantwortung?«

»Wegen des Geldes. Es hat uns ziemlich in die Klemme gebracht, aber zumindest brauchen wir nur einen Anteil zurückzuzahlen.«

»Ich verstehe.« Ronald lachte und schüttelte den Kopf. »Er war schon immer sehr großzügig.«

»Der Unternehmer ist für den Verlust verantwortlich.« Sie neigte den Kopf. »Wusstest du nichts von der Vereinbarung, die ich mit ihm getroffen habe?«

»Nein.«

»Aber du arbeitest doch für ihn.«

»Nicht mehr. Ich habe meine Kündigung eingereicht, als ich nach Washington zurückkam.«

»Oh, Ronald, das ist doch lächerlich. Das ist, wie das Kind mit dem Badewasser auszuschütten.«

»Ich habe beschlossen, dass mir das Tischlern besser gefällt. Hast du eine Stelle für mich frei?«

Charity blickte über das Wasser hinaus. »In letzter Zeit habe ich nicht viel an Renovierung gedacht.«

»Ich arbeite billig.« Er hob ihr Gesicht zu seinem empor. »Du brauchst mich nur zu heiraten.«

»Nicht.«

»Charity.« Mit einer Geduld, die er sich gar nicht zugetraut hätte, hielt er sie fest. »Eines der Dinge, die ich am meisten an dir bewundere, ist dein Verstand. Du bist wirklich klug. Sieh mich an, richtig an. Ich nehme an, du wirst wissen, dass ich nicht zum Spaß mit dem Kopf gegen dieselbe Wand renne. Ich liebe dich. Das musst du mir glauben.« Er spürte den ersten Funken Hoffnung. »Glaube es. Du hast mein Leben verändert. Ich kann nicht zurückkehren zu der Lebensart, die vorher meine war. Ich kann nicht vorangehen, wenn du nicht bei mir bist.«

Die Arme vor der Brust verschränkt, entfernte sie sich ein kleines Stück. Das hohe Gras am Ufer war noch feucht vom Tau. Sie konnte es riechen und den zarten Duft von Wildblumen. Da fiel ihr auf, dass sie diese kleinen Dinge aus ihrem Leben verdrängt hatte, seit sie Ronald fortgeschickt hatte.

Wenn sie von ihm Ehrlichkeit verlangte, wie konnte sie ihm da weniger geben? »Ich habe dich schrecklich vermisst.« Sie schüttelte hastig den Kopf, bevor er sie wieder berühren konnte. »Ich habe versucht, mich nicht zu fragen, ob du zurückkommen würdest. Ich habe mir eingeredet, dass ich es nicht wollte. Als ich dich am Straßenrand stehen sah, wollte ich nur zu dir laufen. Keine Fragen, keine Erklärungen. Aber es ist nicht so einfach.«

»Nein.«

»Ich liebe dich, Ronald. Ich kann nicht aufhören. Ich habe es versucht«, sagte Charity und blickte ihn an. »Nicht sehr stark, aber ich habe es versucht. Ich wusste wohl hinter all dem Zorn und Schmerz, dass du nicht über deine Liebe zu mir gelogen hast. Ich wollte dir nicht verzeihen, dass du über das andere gelogen hast, aber … das ist eigentlich nur Stolz.« Vielleicht ist es doch so einfach, dachte sie. »Wenn ich wählen muss, dann nehme ich lieber die Liebe.« Sie lächelte und breitete die Arme aus. »Ich würde sagen, du bist eingestellt.«

Sie lachte, als er sie hochhob und herumwirbelte. »Wir werden dafür sorgen, dass es klappt«, versprach er und bedeckte ihr ganzes Gesicht mit Küssen. »Von heute an.«

»Wir wollten heute heiraten.«

»Und das werden wir auch.«

»Aber wir …«

»Ich habe eine Lizenz.« Er schloss den Mund über ihrem und wirbelte sie erneut herum.

»Eine Lizenz zum Heiraten?«

»Sie ist in meiner Tasche, zusammen mit zwei Tickets nach Venedig.«

»Nach …« Ihre Hände glitten von seinen Schultern. »Nach Venedig? Aber wie …?«

»Und Mae hat gestern ein Kleid für dich gekauft. Sie wollte es mich nicht sehen lassen.«

»Nun.« Die Freude war zu überwältigend, um sie Verärgerung vortäuschen zu lassen. »Du warst dir deiner schrecklich sicher.«

»Nein.« Ronald küsste sie erneut, spürte das Lächeln auf ihren Lippen und die Einwilligung. »Ich war mir deiner sicher.«